1910年，27岁的卡夫卡

卡夫卡的小妹奥特拉于1920年结了婚。1922年夏育有一岁女儿的奥特拉一家租下了一套二居室的度假房。位于南波希米亚路希尼茨附近的普拉纳。6月末卡夫卡也来这里住下,直到9月他在这里完成了《城堡》的最后9章

卡夫卡的小妹奥特拉的丈夫约瑟夫·大卫

上图是位于普拉纳的房子。
在顶层带有两个窗户的房子是卡夫卡的住室
下图是发自路希尼茨河畔的普拉纳的明信片
普拉纳村中心景观

发自路希尼茨河畔的普拉纳的明信片
上图是当地火车站（位于布拉格至维也纳铁路线上）。
下图是路希尼茨河畔

上图是圣彼得谷
下图是施品德尔磨坊入口处的易北河上游的一座桥

上图是卡夫卡在前往施品德尔磨坊的路上（右一）
下图是卡夫卡住的王冠宾馆

上图是卡夫卡与他第二个未婚妻沃里采克经常散步的里格尔公园
（布拉格区的王家葡萄园）

卡夫卡自1917年咳血以后，常请病假外出休养。1920年4—6月赴意大利小城美兰就是这类病假内容之一。下图即是当时的捷克斯拉伐克共和国为其签发的出国护照

1917年7月初,第二次订婚时的卡夫卡与菲莉斯

维也纳"壕沟"街;下图为布达佩斯的弗兰茨·约瑟夫大桥。1917年7月卡夫卡从他与菲莉斯第二次订婚的布拉格经过维也纳来到布达佩斯

卡夫卡喜欢朗诵自己的作品。但在外地朗诵平生只有一次：1916年9月在慕尼黑朗诵他的新作《在流刑营》。菲莉斯也赶来聆听。可惜这次活动不太成功，其间有好几个听众走掉。
卡夫卡朗诵时的画像（系上世纪50年代人们根据回忆画成）

上图是卡夫卡和菲莉斯于1916年7月住过的一家饭店
下图是马利恩浴场的十字泉大厅

1913年7月卡夫卡在北波希米亚的卢姆堡附近的弗兰克施坦疗养院待了两周。自1917年5月起这家疗养院在卡夫卡所支持并鼓吹的一个协会的支持下成立了一个"战士和人民神经治疗所"。因此卡夫卡此后也经常来卢姆堡。卢姆堡市场（1915年7月卡夫卡致菲莉斯的明信片）

卡夫卡与菲莉斯解除婚约后第一次在这里
——泰卿博登巴哈——相遇

上图是作家恩斯特·魏斯和他的女友演员拉赫尔·珊察拉。卡夫卡解除婚约后和他俩去丹麦的波罗的海浴场玛丽吕斯特
下图是卡夫卡寄给三妹奥特拉的明信片上的玛丽吕斯特

阿斯卡尼宫饭店,1914年7月12日在G.勃洛赫和E.魏斯的见证下,卡夫卡与菲莉斯解除了婚约

卡夫卡未婚妻菲莉斯单位的两位经理

菲莉斯的女友格蕾特·勃洛赫,在一家工厂工作

菲莉斯·鲍威尔

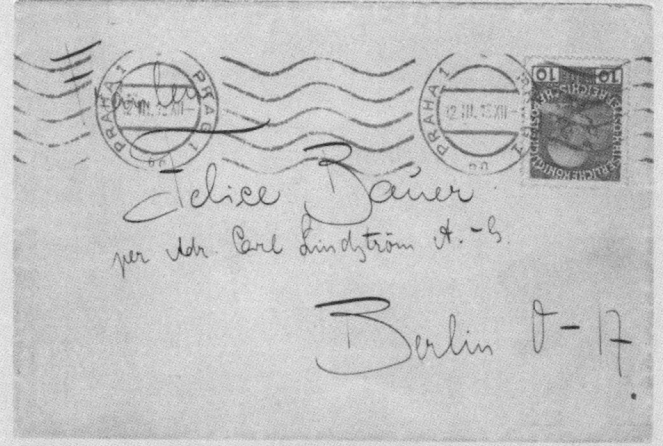

上图是卡尔·林德施特罗姆股票交易所的广告，卡夫卡未婚妻菲莉斯作为其代理人在那里供职

下图是卡夫卡从布拉格的自己办公室发往柏林菲莉斯办公室的信

与卡夫卡第一次订了婚的菲莉斯·鲍威尔(1914)

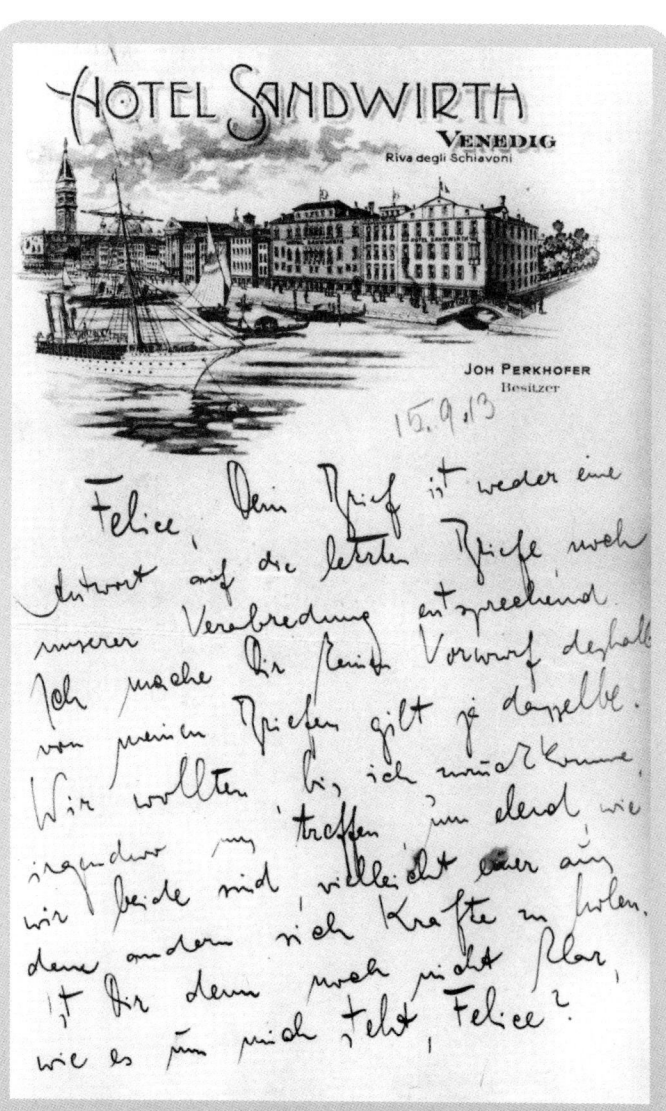

1913年9月15日卡夫卡从威尼斯致函他的订婚不久的未婚妻菲莉斯。这是手稿

卡夫卡第一个未婚妻菲莉斯与其母亲的合影

奥随格市的市场
（卡夫卡于1913年3月27日寄给菲莉斯的明信片）

奥随格一带的易北河河谷景观（卡夫卡于1913年4月22日寄给他的未婚妻菲莉斯的明信片）

*Gesammelte Werke Kafkas*

# 卡夫卡全集 第8卷

〔奥〕卡夫卡 著

叶廷芳 主编

卢永华 等译 叶廷芳 校

中央编译出版社
Central Compilation & Translation Press

《致菲莉斯情书》（Ⅰ）E.海勒和J.波尔恩编，费歇尔简装书出版社，法兰克福/美茵，1982

»Briefe an Felice und andere Korrespondenz aus der Verlobungszeit« I, Herausgegeben von Erich Heller und Jürgen Born, Fischer Taschenbuch Verlag GmbH, Frankfurt am Main, 1982

# 编者前言

这是卡夫卡的著作的一大特色：无论是想象虚构的创作，还是抒情记叙的文字，作者无不是全身心投入，呕心沥血写出来的，这赋予他的每种体裁的作品——不管小说、杂文，还是书信、日记——以鲜活的灵魂和强烈的脉搏，从而使他那些不同体裁的作品不仅获得文学的品格，而且也获得了生命哲学和悲剧美学的价值。

书信，特别是情书也是卡夫卡生命燃烧的一种重要形式。其数量之多，在现代大作家中实属罕见。它们约占卡夫卡全部文字的一半左右，而先后给两个热恋对象写的情书又占了其中一半以上，译成汉语，不少于八十万字，仅致菲莉斯的信件就达五百二十七封之多（其中夹有几十封给另一女子即菲莉斯女友的信），这不能不让人叹为观止。

卡夫卡与柏林姑娘菲莉斯·鲍威尔的爱情经历可以说是传奇性的。从 1912 年 8 月 13 日相识，到 1917 年 12 月下旬告终，整整五年零四个月。其间两次订婚（1914 年 5 月 30 日；1917 年 7 月 3 日），又两次解约（1914 年 7 月 12 日；1917 年 12 月 26 日），婚约期均未超过半年。导致这种局面和结果的根由是复杂的，但也是不难理解的。根本的原因在于卡夫卡整个儿是"由文学构成的"。他把文学创作视为"巨大的幸福"，而这一内在世界的自由却需要他付出外部世界即现实生活的牺牲。但生具的作家的精神素质决定了卡夫卡也是一个"多情的种子"，他先后对好几个女性发生兴趣并有暧昧关系，他常常抵御不了爱情和婚姻的诱惑和欲望。但是，他如果在这方面能够如愿以偿，那么八小时以外的有限时间和精力就不能保证他在创作上的成功。于是现实世界的欲望与精神世界的追求发生"内"与"外"、形而上与形而下的激烈争斗，以致把他"撕裂"了！1917 年的大咯血就是这种撕裂的象征。对此，奥地利著名的卡夫卡研究专家、卡夫卡致菲莉斯情书集汇编者之一艾里希·海勒写的《引言》作了精辟的分析，特此将他这篇长文附录在书后，供读者参考。

照理说，一个年近四十的人，在经历了一场如此马拉松似的、拉锯似的、而且以失败告终的恋爱挫折以后，纵使有多大热情都该消耗殆尽，何况，危险的（至少在当时是危险的）病魔又纠缠不放，创作更需要精力……不想，经过两年之后，生命力不仅没有随着时间的磨损而衰竭，相反，仿佛得到养精蓄锐，性爱的情感又开始喷涌了！驱动力是一个二十五岁的少妇，一个小有才气的作家——密伦娜·耶申斯卡（第十卷收入致密伦娜情书）。仅在相爱的半年时间里（1920年初夏至同年秋末），两地飞鸿，在卡夫卡这方就写了十七万字之多，感情之热烈，可以说超过了以前，不啻是卡夫卡爱情生命的绝唱。人们往往把它与歌德的不朽之作《少年维特之烦恼》相媲美。对于一个生命已经走进黄昏之年的人来说，能唱出如此美好的情歌不能不说是一个奇迹。然而就爱情本身而言，这一页"速战速决"的恋爱史，其过程和结局对于卡夫卡来说既是幸福的狂欢，又是灵魂的磨难，具有悖论意味的悲壮性，读来尤为令人感动。但卡夫卡致密伦娜情书与他致菲莉斯情书形式上有一点明显不同的是，前者的落款均不注明时间、地点，这可能出于对方是有夫之妇的考虑，尽管对方的婚姻正在解体之中。

而第9卷《致密伦娜情书》是出自卡夫卡笔下的又一本情书集，是他继前三次订婚失败后又一次巨大感情波澜的真实记录，是这位不幸的犹太人和单身汉生命后期的一次最为动人的灵魂绝唱！

但如果把这本书仅仅视作是一般的谈情说爱的情书，那就错了，它实际上是一部文学作品。正像卡夫卡把文学创作视为"内心世界向外部的巨大推进"那样，书信也是他"向外推进"的手段。这就不奇怪，书信的数量在卡夫卡九卷文集中占五分之三的比重，其中情书又占了一半以上！而致密伦娜的情书尤见分量。因为与卡夫卡交换"两地书"的这位二十五岁的青年女子，不仅是个性格爽朗、感情热烈、果断勇敢、行为不羁的女性，而且是一个在国内已经小有名气的作家。三十七岁的卡夫卡在信中既要充分表达对她的灼热爱情，又要保持着一个被对方崇拜的作家形象，这就不能不发挥出他全部的文学才华和写作技巧：或者是热烈的赞美，或者是优美的描述；有时来一段幽默的速写，有时作一番梦境的记叙；今天是转弯抹角的暗喻，明天是襟怀坦荡的畅谈；这封信在作自怨自艾的自我解剖，那封信又在笔锋犀利地针砭时弊；憧憬中笼罩着恐惧的阴云，绝望中仍以美好的回忆作慰藉……仿佛这位堕入情网的恋人在精心创作一部爱情小说。无怪乎人们说它堪与歌德那部不朽的《少年维特之烦恼》相媲美。

密伦娜不愧为是个有眼力、有识见的作家，她不仅深明这些信件的文学价值，而且也珍惜她和卡夫卡间的那一段感情。虽然她后来几易其夫，但她一直精心保存着这批信件达二十年之久，并在罹难前夕，顺利地把这些信件转移到她的友人——即本书的原编者手中，从而使卡夫卡这本珍贵的抒情散文得以和全世界的读者见面。

《致密伦娜情书》也是一份重要的文献，是文学研究的宝贵资料。通过这本爱情书简，我们还可以窥探卡夫卡那深广而丰富的"内宇宙"及其不停歇的颤动情状，尤其是他那几乎无处不在的"恐惧感"和关键时刻的犹豫心理。长达七年之久的感情纠缠，仿佛都不是为了真正的爱情，而是为婚姻在奋斗，结果弄得他心力交瘁，败下阵来。照理该歇息了，但不想，爱神丘比特的箭再一次射来，"灵台无计逃神矢"——他被射中了！他抵挡不住这位青春焕发而又才华横溢的女性的"袭击"，尽管对方是一位有夫之妇，也在所不顾。

虽然卡夫卡在思想上并不承认现存的法律制度的正当性和有效性，他在行动上却是个奉公守法的公民，这就不可避免地使他陷入"理"与"法"的矛盾之中：真挚的爱火使他寝食难宁，"偷情"的行为又使他"恐惧"不已，使他受着良心的谴责，感到自己的"龌龊"。在这种内心矛盾的折磨之下，最后当他看到密伦娜对她丈夫并没有恩断义绝（几年后还是离婚了），他终于后退了！在密伦娜方面，当然也有其特殊的考虑——对此，书里都留有明显的痕迹。

由于卡夫卡的创作都是从自己的生活经历和切身体验出发而加以升华的，带有明显的自传色彩，因此我们撰写了《卡夫卡生平和作品中的爱情关系》一文，附在书后，作为读者阅读此书时的参考。另外，本书的原编者维利·哈斯是第一手资料的掌握者，译者认为他为本书所写的《编后记》是一篇不可缺少的参考资料，在此一并译出。

读了《致密伦娜情书》这些忠实记录了两颗真挚的心的热烈跳动的书简以后，读者一定会对这位曾为卡夫卡那样深深钟爱过的女性后来的生活和命运表示关切，译者也设法满足读者这一愿望。我们请黄曼龄女士翻译了密伦娜女友的女儿写的一篇回忆录（专谈密伦娜的家庭生活及其命运），一并附在书后。

这两部情书注文，除注明者外均为原编者注。凡方括弧者亦为原编者所加。原文每封信的时间、地点均放在信首，译文则按照中国的习惯款式一律移至最后。

这里需要说明的一点是，篇幅浩瀚的《致菲莉斯情书》，由于承担翻译任务的卢永华先生中途奉命出使国外，不得不仓促约请多人共同完成任务。由于各人翻译水平、经验不一，致使全书译文质量和文字风格不尽统一，错误亦在所难免，包括我与黎奇译的《致密伦娜情书》，切望读者见谅并予批评指正。

参加《致菲莉斯情书》（本卷及第9卷前半卷）翻译的除署名者外还有庞斗非、龙丽芬、刘霞、夏林荫、张军辉、莫晓慧、吴彬、肖君。

叶廷芳

# 目录 CONTENTS

**编者前言**
**致菲莉斯情书（I）**

致索菲·弗理德曼夫人的信 007
致索菲·弗理德曼夫人的信 008
致索菲·弗理德曼夫人的信 013
马克斯·勃罗德致菲莉斯·鲍威尔的信 050
弗兰茨·卡夫卡的母亲给
菲莉斯·鲍威尔的第一封信 053
马克斯·勃罗德致菲莉斯·鲍威尔的信 066
〔附信〕奥托·皮克致弗兰茨·卡夫卡的信 216
〔附录〕库尔特·沃尔夫致弗兰茨·卡夫卡的信 271
弗兰茨·卡夫卡致菲莉斯的
父亲卡尔·鲍威尔先生的信 360
致格蕾特·勃洛赫 373
致格蕾特·勃洛赫 375
致格蕾特·勃洛赫 378
致格蕾特·勃洛赫的一封信的草稿 381
致格蕾特·勃洛赫 389
致格蕾特·勃洛赫 390
致格蕾特·勃洛赫 393

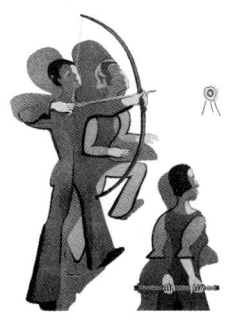

| | |
|---|---|
| 致格蕾特·勃洛赫 | 394 |
| 致格蕾特·勃洛赫 | 396 |
| 致格蕾特·勃洛赫 | 399 |
| 致格蕾特·勃洛赫 | 399 |
| 致格蕾特·勃洛赫 | 401 |
| 致格蕾特·勃洛赫 | 403 |
| 致格蕾特·勃洛赫 | 404 |
| 致格蕾特·勃洛赫 | 406 |
| 致格蕾特·勃洛赫 | 406 |
| 致格蕾特·勃洛赫 | 408 |
| 致格蕾特·勃洛赫 | 410 |
| 致格蕾特·勃洛赫 | 411 |
| 致格蕾特·勃洛赫 | 412 |
| 致格蕾特·勃洛赫 | 414 |
| 致格蕾特·勃洛赫 | 415 |
| 致格蕾特·勃洛赫 | 417 |
| 致格蕾特·勃洛赫 | 419 |
| 致格蕾特·勃洛赫 | 420 |
| 致格蕾特·勃洛赫 | 422 |
| 尤丽亚·卡夫卡夫人致菲莉斯·鲍威尔 | 424 |
| 致格蕾特·勃洛赫 | 424 |
| 致菲莉斯·鲍威尔的父母 | 425 |
| 致格蕾特·勃洛赫 | 429 |
| 致格蕾特·勃洛赫 | 430 |
| 致格蕾特·勃洛赫 | 434 |
| 致格蕾特·勃洛赫 | 435 |
| 致格蕾特·勃洛赫 | 435 |
| 致格蕾特·勃洛赫 | 438 |

致格蕾特·勃洛赫 439
致格蕾特·勃洛赫 441
致格蕾特·勃洛赫 442
致格蕾特·勃洛赫 444
尤丽亚·卡夫卡夫人致菲莉斯·鲍威尔 445
致格蕾特·勃洛赫 447
致格蕾特·勃洛赫 448
致格蕾特·勃洛赫 449
致格蕾特·勃洛赫 451
致格蕾特·勃洛赫 452
致菲莉斯的母亲——安娜·鲍威尔夫人 454
致格蕾特·勃洛赫 458
致格蕾特·勃洛赫 462
致格蕾特·勃洛赫 464
致格蕾特·勃洛赫 466
致格蕾特·勃洛赫 466
致格蕾特·勃洛赫 467
致格蕾特·勃洛赫 468
致格蕾特·勃洛赫 469
致格蕾特·勃洛赫 471
致格蕾特·勃洛赫 473
致格蕾特·勃洛赫 474
致格蕾特·勃洛赫 475
致格蕾特·勃洛赫 478
致格蕾特·勃洛赫 483

弗兰茨·卡夫卡致菲莉斯
母亲安娜·鲍威尔夫人的信 487
致格蕾特·勃洛赫 488

致格蕾特·勃洛赫 489
致格蕾特·勃洛赫 490
致格蕾特·勃洛赫 491
致格蕾特·勃洛赫 492
致格蕾特·勃洛赫 494
致格蕾特·勃洛赫 495
致格蕾特·勃洛赫 497
致格蕾特·勃洛赫 498
致格蕾特·勃洛赫 499

弗兰茨·卡夫卡致菲莉斯
母亲安娜·鲍威尔夫人 500
致格蕾特·勃洛赫 501
致格蕾特·勃洛赫 502
致格蕾特·勃洛赫 502
致格蕾特·勃洛赫 503

格蕾特·勃洛赫致弗兰茨·卡夫卡
一封信的副本或底稿 504
致格蕾特·勃洛赫 504
尤丽亚·卡夫卡夫人致安娜·鲍威尔夫人 506
弗兰茨·卡夫卡致菲莉斯·鲍威尔父母的信 507
尤丽亚·卡夫卡夫人致安娜·鲍威尔夫人 507
尤丽亚·卡夫卡夫人致安娜·鲍威尔夫 509
致格蕾特·勃洛赫 510

# 致菲莉斯情书（I）

## （1912.9.20—1914.11.3）

卢永华 等译　叶廷芳 校

尊敬的小姐：

考虑到您可能一点儿也记不起我是谁了，为此，我再作一下自我介绍。我叫弗兰茨·卡夫卡，是那天晚上在布拉格马克斯·勃罗德经理先生①家里第一次问候您的那个人。当时这个人隔着餐桌把塔利亚旅行②的照片一张接着一张地递过去，最后他用他现在正在打字的这只手握住了您的手，当时您曾答应，来年和他一起作一次巴勒斯坦之行。

如果您现在还是要作这次旅行的话——您当时说您不是优柔寡断的人，我那时也认为您完全不是这种人——那么，咱们从现在开始来谈论这次旅行，不仅有益，而且非常必要。因为我们必须充分利用对于巴勒斯坦之行来说太短暂的假期时间，也只有在我们尽可能做好准备工作并对所有的准备工作都取得一致的情况下才有可能。有一点我必须承认，尽管这一点听起来很糟糕并且与我上面所说的有些矛盾，那就是我是个写信没准的人。假使我没有打字机的话，情况会更糟糕，因为如果我没有心情写信的话，总还可以用我的手指写信。作为报应我也从未期望能准时得到回信。即使我每天都在紧张地企盼来信，但如果它没有到的话，我也不会失望，如果它最终还是来了，我会高兴得大吃一惊。每当我把信纸重新放入打字机时，我觉得是我自己让我自己为难。即使我犯了这个错误，是完全说得过去的，因为我何必在六个小时的公务之后还要写这封信，而且是用我非常不习惯的打字机。

但是，尽管如此，尽管如此——使用打字机的唯一缺陷就是必须按部就班地行事——即使对此有所顾虑的话，我指的是实际的顾虑，在旅途上把我当做陪同、导游，视我为累赘，认为我霸道，如此等等，反对我当通信者——眼下正是为这事——好像一开始就没有什么坚决反对

---

① 马克斯·勃罗德的父亲阿道尔夫·勃罗德是布拉格联合银行经理。勃罗德的父母亲当时与他们的两个儿子马克斯和奥托居住在沙棱巷1号；女儿索菲嫁给了菲莉斯的堂兄马克斯·弗理德曼，他是居住在德国的商人。

② 可能是指1912年夏卡夫卡和马克斯·勃罗德一起进行的魏玛之行，由于魏玛的"音乐名胜古迹"，所以称为"塔利亚（希腊神话中一位主管喜剧的女神——译者）之行"。参见1912年6月29日日记。

的,您或许可以试试看。

弗兰茨·卡夫卡博士　敬上

〔19〕12.9.20 于布拉格

〔工人事故保险公司信笺〕

尊敬的小姐:

我没有用打字机写信,望谅。但是,我有那么多的话要写,打字机就放在过道,尽管我们波希米亚这里今天是节日,但我觉得这封信十万火急,就是用打字机打也还不够快。窗户开着(我的窗户总是开着),天气风和日丽,温暖宜人,我哼着歌来到办公室(已经好长时间没有这样了),取到您的信,我要是今天没来就坏了,我真的不知道我怎么会在节日的今天还来办公室。

我是怎么得到您的地址的?如果您想问,最好还是别问了。我刚刚讨要到您的地址,开始人家告诉我一个什么股份公司,真让我扫兴。后来我搞到了您的住址,但是没有门牌号,最后才得到了门牌号。现在我满意了,却没有提笔写信,因为我觉得地址已经意味着一些收获了,此外我还担心,地址会不会搞错,谁是伊玛努埃教堂?没有什么事比把一封信寄给没有把握的地址更令人悲伤的了,那将不是一封信,而更多是叹息。当我知道在您居住的巷子里有一座伊玛努埃教堂时,我心里轻松多了。如果我现在还能知道您住处的方位就好了,因为在柏林找地址总是这样。我自己希望它是在北部,尽管我相信这是一个贫民区。

地址问题的顾虑(布拉格这里不清楚您到底是住在20号还是30号),使我这封信尚未开始,就不得不承受所有的苦恼。这个问题先暂且不谈。既然现在我们之间的这扇门已经开启或者我们至少已经握住了门的把手,我的确可以这样说,如果不是非这样说不可的话。小姐,您了解我此时此刻是什么心情吗?我感到异常的紧张。我现在想做的事,一会儿就不一定想做了。假使我已站在楼梯上面,但我仍然还无法知道,如果我进入房间，我将会处于什么状态。在这些毫无把握演变成稍有把握或一封信之前，我必须把它们埋在心里。经常如此——毫不夸张地说，我说有十个晚上，我在入睡之前都在编织着第一封信。现在我的一个痛苦就是不能把已经井井有条编织的内容流畅地书写出来。我的记忆力极差，但即使是最佳的记忆力也无法帮助我详细记录下我事先想好并且记住了的一小段内容，因为在每句话里都有在落笔之前把握不定的承上启下的过渡。每当我坐下来想把记住的东西写下来时，我眼前出现的是片言只语，既看不透它们又没法无视它们，如果按我那淡漠的心情的话，我只有搁笔了事。但是，尽管如此，我的思维还是萦绕着那封信，因为我根本就还没有下决心写那封信，这样的思想正好也是阻止我去写那封信的最好办法。记得有那么一次，为了把考虑好的想法写下来，我甚至半夜从床上爬起来。但我还是马上又钻进了被窝，我指责自己心神不定的愚蠢行为——这也是我的第二个痛苦——并自以为，到了第二天早上我会把脑子里记住的东西写下来。快到午夜时，又是这种想法占了上风。

在这条路上我总是走不到尽头。我不在给您写我想给您写的那许许多多，却在瞎聊我寄给您的上封信。请您记住，那封信对我具有的重要性是从何而来。它来自于您为了给我回音而写了这封信，它给我带来了一丝快乐，它就在我的身边，为了感觉对它的拥有，我的手正放在它的上面。尽快再给我来封信吧！一般看来，写信是会花费精力，请您不要费心，您给我写一小段日记，可以事半功倍。当然，您给我写的，必须比您自己认为够了的内容要多一些，因为我毕竟还不了解您。您在日记中必须写上，您何时去上班，早餐吃的是什么，您办公室窗户的朝向，您从事什么样的工作，您的男女同事的姓名，为什么人家送您礼物，谁给您送了不利健康的甜点，以及其他成千上万的我对它们的存在和可能根本不了解的东西。——对了，巴勒斯坦之行怎么办？下次，再下次，明年春天或秋天一定去。——马克斯的轻歌剧现在已经停演了①他现在

---

① 可能指计划上演的但一直未演出的轻歌剧《希尔克和她的猪群》（发表在尤勒斯·拉弗格所著《有趣的男丑角》，弗兰茨·布莱和马克斯·勃罗德选编，1909年柏林出版）。

在意大利,不久就要在你们德国出版一本惊人的文学年鉴①。我的书,小册子,小本子很幸运地出版了②。不过这本书写得并不很好,还要写更好的。向您发誓。再见。

弗兰茨·卡夫卡 上<br>〔19〕12.9.28 于布拉格<br>〔工人事故保险公司信笺〕

尊贵的小姐:

十五天前的上午10点,我收到了您的第一封信,几分钟之后我就坐下来给您写了四大张信纸③。我没有任何抱怨,因为我当时感觉没有使我感到更高兴的事了。要抱怨的只是,当我决定搁笔时,我只写了我想写的很短的一个开场白,而没有写出的内容好几天都在充斥着我的头脑,使我坐立不安,直到盼望得到您的回信和这种期望变得越来越渺茫的心情替代了这种不安。

您为什么没有给我回信?——难道我信中有什么不妥之辞使您感到迷惑不解,这是可能的,而且在这种书信中是很可能的,但信中每一句话所表达的良好意愿您不会看不出来吧。——要么是信寄丢了?但是,我是怀着极大的热情把我的信寄出的,不可能把信投错了,而您的信我是急切盼望着的。是不是信都丢了,除此心神不定的期待就没有别的什么解释了吗?——是因为没有同意巴勒斯坦之行而没有把信交给您,难道在一个家庭里会发生这样的事情吗,甚至是在您的面前?根据我的推算,那封信应该在星期天上午就到了。——那么,只有令人悲伤的可能

---

① 《阿卡迪亚》,马克斯·勃罗德编辑的创作艺术年鉴,1913年6月由莱比锡库尔特·沃尔夫出版社出版。卡夫卡为该书写了短篇小说《判决》。
② 卡夫卡的处女作《观察》,由莱比锡恩斯特·罗沃尔特出版社出版。参见库尔特·沃尔夫的《一位出版商1911—1963年书信往来》,伯恩哈特·蔡勒和埃伦·奥藤1966年在美茵河畔法兰克福发行,第25页(以下简称《沃尔夫书信往来》)。
③ 卡夫卡指的是他9月28日写的长达四页(33.3×20.7厘米)的信。

性，就是您生病了。但我对此不相信，您一定是健康快乐的。——那么，我的理智也失去作用了，我写这封信是为了履行针对我自己的义务，而不是期望您的回信。

要是我是伊玛努埃教堂大街的邮差就好了，那我就会把这封信送到您的住宅里，对感到诧异的您家里其他人的阻挠不予理睬，径直穿过所有的房间，直到您的面前，把信交到您的手里；或者我站在您家的门口，没完没了地按门铃，并感到这是一种享受，一种能够消除所有紧张的享受，那就更好了！

弗兰茨·卡　上<br>〔19〕12.10.13 于布拉格

# 致索菲·弗理德曼夫人的信①

慈爱的夫人：

今天晚上我偶然地而且没有经过主人的许可——您千万不要因此而生我的气——看了给您父母大人的信，信中提到说，我和鲍威尔小姐来往书信活跃。虽然这并不完全正确，但倒也十分符合我的本意。所以，尊敬的夫人，请您对上述说法做出一些解释。我想，这对您来说是轻而易举的事，因为您肯定与鲍威尔小姐有着书信联系。

您称之为"活跃"的书信实际上是这样的：那天晚上，我在您双亲大人那里第一次也是最后一次看到那位小姐，大约两个月之后，我给小姐写了一封信，这封信的内容在这里不值一提。之后，小姐写了一封很友好的回信。这封信没有回绝的意思，从它的口气和内容看，完全可以认为是希望以后保持友好书信往来的表示。当然，我的去信和她的回信之间差不多相隔了十天，现在看来，我当时应该马上意识到这封回信与其说是对我的答复，倒不如说是对我的忠告。出于不同的，同样不足挂

---

① 马克斯·勃罗德的胞妹。

齿的缘故——我好像已经向您，尊敬的夫人，提到了够多的好像不值一提的东西——我没有这样做，而是从一些方面看来没有认真理会那封信的内容，就挥笔复函，而在许多人看来，这封信显然是一时的冲动和愚蠢的表现。无论如何，在承认对我那封信的所有指责都是有道理的同时，我可以发誓说，指责我不诚实是不公正的，这对那些对相互关系不持偏见的人们来说是关键所在。今天距这封信已过去十六天了，我并没有得到回音，而我真的不晓得，现在还有什么因素会促成事后的回信呢，特别是我的那封信是一系列书信中的一封，这些信之所以发出去了，仅仅是为了创造机会，以期不久得到回信。我一点儿都不想对您隐瞒，在这十六天中，我还有两封给小姐的信①一直没有发出。诙谐地说，唯独这两封信才可以称之为"活跃来往的书信"。最初我应该能够相信，可能是偶然的情况阻碍了小姐回信或使她没有能够回信。但是我经过方方面面的考虑后不再相信有什么偶然情况了。尊敬的夫人，如果不是您信中的那些评论深深刺激了我，如果不是除此之外我还知道，所写内容不是为了让别人知道的这封信落到了心地友善和善于应付的人的手中的话，我肯定没有勇气对您做我这个小小的忏悔。

向您和您的亲爱的先生致以衷心的问候。

弗兰茨·卡夫卡　敬上
〔19〕12.10.14 于布拉格

## 致索菲·弗理德曼夫人的信

慈爱的夫人：

正如我期待的那样，您16日的来信亲切、完美而明了，尽管信中引用的话我读了十遍仍然迷惑不解。但给您回信，重要之至，我甚至把

---

① 卡夫卡后来把第一封信附在了他1912年12月20日夜间写的信上，第二封附在他1913年5月18日写的信上。

公务都撂在了一旁。您在信中评论说"来往书信活跃",这真的是轻率和毫无根据的。我是这样看的,并为此感到耻辱。当然,上封信中没有承认这一点,因为如果那样的话,那封信就是多余的了。

那么,这种活跃的书信来往应该在10月3日或最早在2日就确实存在了,也就是在我那封未得到答复的倒霉的第二封信肯定已经到了柏林的时候。会不会真的写了回信,因为引用信中的话表明知道那封信?是的,那些信是否压根儿就丢失了,否则处于心神不定的等待中的人怎么找不到别的解释呢?尊敬的夫人,您应该承认,我给您写信是对的,而且这是一件非常需要善神相助的事情。

向您和您尊敬的先生致以衷心的问候。

弗兰茨·卡 顿首<br>〔19〕12.10.18<br>〔工人事故保险公司信笺〕

尊贵的小姐:

即使我手下所有的三个经理都围站在我办公桌的周围,注视我写字,我也必须立即给您回信,因为您的信对于白白仰天企盼了三个星期之久的我来说犹如从天而降(有关我直接上司的愿望刚好得以实现)。如果我对您就您这期间生活的描述做出同样的答复的话,那么我的生活至少有一半时间是在期待您的回信,当然我把最近三个星期里给您写的三封短信也算在内了(天哪,恰好在这时有人向我询问关于刑事犯的保险问题),出于无奈,其中两封信现在可以寄出去了,而第三封,实际上是最先写的却不可能寄出。据说您的信是寄丢了(不得不向您做出解释的是,有关卡塔琳娜贝格官员约瑟夫·瓦格纳的事我一无所知),我当时提出的问题将得不到答复,但信的丢失我是没有任何责任的。

我现在心神不定,不能控制自己,我的心情总是处于不停地抱怨状态,尽管今天已不是昨天,但积聚的东西会在好一些的日子里倾倒出来并自我解脱。

我今天要写的不是答复您的来信，也许明天或后天要写的是对您来信的答复。我的写作方式当然不是本来就可笑的，而是和我当前的生活方式一样可笑。有关我的生活方式我什么时候可以给您描述一番。

总是有人给您送礼！这些书、糖果和鲜花都摆放在您的办公桌上，是吗？我的写字桌上却是一片凌乱，我把您的鲜花，我吻它就像吻您的手一样，很快放进我的公文包，虽然您那封无法取代的信已经丢失，但在我的公文包里已经有您的两封信了，因为我向马克斯讨来了您寄给他的信，这种做法虽然有点可笑，但并不一定可恶。

咱们之间通信第一次出现的不顺利也许正是件好事，我现在知道，尽管信件丢失，我仍然可以给您去信。不过不能再丢信了。再见，请您想着那一小段日记。

弗兰茨·卡　上
〔19〕12.10.23
〔工人事故保险公司信笺〕

〔首页上面边缘〕

由于担心可能会丢信，我非常紧张。另外，您没有把我的地址完全写对，正确的写法是这样的：Poříč 7, r 和 c 上面都应该打上小勾，另外，为了保险起见，最好还写上工人事故保险公司。

索菲夫人的生日我明天写信时再告诉您。


尊贵的小姐：

昨天夜里可真是一个严重失眠的夜晚，在床上翻来覆去，直到最后两个小时才强迫自己勉强入睡，可做梦不像做梦，睡觉不像睡觉。刚才在门口又一头撞在卖肉摊的木架子上面，我的左眼现在还有撞在木头上的感觉①。

这些情况肯定不会使我处于较好的状态,以克服给您写信时所遇到的困难,它们昨天夜里还不断以各种形式闪过我的脑海。这些困难不是在于我无法表达我想写的东西,这些都是极其简单的东西,但它们是如此的多,无论是在时间上还是在空间上,我都无法把它们容纳。有时候,当然都是在夜间,我真想对这一切的一切我都不管了,也不写信了,情愿为了没有写出的东西而不是为了写出的东西而走向终结。

您在信中写了您看戏的事,这使我颇感兴趣:其一,您身处柏林,那里是所有戏剧大事的发源地;其二,您选择的剧院都不错(除了都市剧院,那里我去过,很乏味);其三,我对戏剧一窍不通。可是,您对戏剧的了解对我又有什么用处呢,如果我对其他一切能够想象的事情一无所知,如此前怎么样,之后又怎么样,您是穿的什么衣服,是星期几,天气如何,您是看戏之前还是之后用的晚餐,您坐在什么位置,您的情绪如何,等等。当然您不可能把一切事情都写信告诉我,所以,一切事情也都是不可能的。

3月18日才是索菲夫人的生日——作为一个纯粹的完整的通知——顺便直截了当地问一下,您的生日是哪天?

刚才办公室里的混乱使我写信时心猿意马,思路无序,所以我现在要问的完全是另外的问题:您那天晚上在布拉格讲的话我顺便都记在脑子里了,因为我相信您说的。只有一点我还不十分清楚,那就是我在读您的信时想起来的,这里还需要您加以补充。当我们从住宅里走出来和勃罗德经理先生一道走向旅馆时,说真的,我当时六神无主,心不在焉,无聊得很,但至少根据我的意识,这不是经理先生在场的缘故。相反,我对感觉自己被冷落一旁倒相对感到满意。当时还谈到您很少在夜里乘车去市中心,即使您去看戏,在回家时也是通过一种在巷子口拍巴掌的特殊方式向您母亲发出信号,然后您母亲就叫人给您开门。用这种有点古怪的方式对吗?去都市剧院时,是否也有因为散场特别晚,才自己带

---

① 参见一个月后出版的短篇小说《变形记》:"……然后又从它上面越过去,脑袋撞在一个卖肉摊的木架上……"

钥匙的例外情况呢？这些问题可笑吗？我的脸部表情是严肃的，如果您要笑，那就请您友好地笑并详细回答我的问题。

至晚到春天，马克斯编辑的①《创作年鉴》将由莱比锡罗沃尔特出版社出版，其中有我的一篇短篇小说《判决》，里面的题词将是"献给菲莉斯·鲍小姐"。您是否认为我这样做太鲁莽了，特别是这个题词写在书上已有个把月，而且书稿已经不在我手里了。写这个题词的"目的是为了使她不是总是得到别人送的礼物"，如果我强迫自己去掉这个附加语（献给菲莉斯·鲍小姐），您会谅解我吗？此外，据我看，这个小说的主要内容和您没有一点儿关系，除了书中匆匆出现的一个叫弗丽达·勃兰登菲尔德的姑娘，后来我才发现，她名字的起首字母与您的一样。这里唯一有关联的是在于，这篇小说试图从遥远的地方使之对您有价值。这也正是题词所要表达的思想②。

不让我知道您对我的上上封信是怎么答复的，使我感到心情沉重。已经过去这么多年了，我一直没有得到您的音讯。现在却以完全多余的方式还要被忘却一个月。当然，我可以向邮局询问，但要想从那里获得比您还记得的那封信的内容更多的东西，看来希望不大。您能用十句话把您所记得的内容写给我吗？

今天就写到这里，就写到这里吧。在我写上页时，就连我躲藏的这间安静的房间也已经开始出现干扰了。您会感到惊讶，我在上班时怎么会有这么多空闲时间（这是逼出来的例外情况）并且只在办公室写信。对此也有解释，但我现在没有时间给您写。

再见。请您别为每天接到挂号信签字而感到烦恼③。

弗兰茨·卡 上<br>〔19〕12.10.24<br>〔工人事故保险公司信笺〕

---

① 参见 1912 年 9 月 28 日致菲莉斯信的注释②。
② 参见 1913 年 2 月 11 至 12 日日记和卡夫卡 1913 年 6 月 2 日给菲莉斯的信。
③ 那时卡夫卡寄信多以挂号方式。

## 致索菲·弗理德曼夫人的信

慈爱的夫人：

　　非常感谢您处理此事所持的温和态度，此事现在已完全解决了。我的上一封信本来也不需要特别的答复，您没有给我回信，我并没有认为是对任何愚蠢的惩罚，因为由于紧张或其他什么缘故，我的两封信里很容易掺杂某些愚蠢。可是，您现在知道了，慈爱的夫人，由于没有收到您的回信，我是多么的痛苦，我情愿让您写信惩罚我的愚蠢，也不愿意收不到您的回信。出于这种考虑，我现在并不一定希望能得到您的回信，而是想继续得到像您最近给予我帮助的这种友好情谊。我也很希望能向您的亲爱的先生特别表示谢意，但我没这样做，一是我觉得有点不合适，二是我知道，您和您的先生和如琴瑟，形同连理，向您表达的谢意也会传达给他的。

　　顺致
最衷心的问候

弗·卡夫卡博士　上

〔19〕12.10.24

〔工人事故保险公司信笺〕

尊贵的小姐：

　　今天是星期日，终于到了晚上 8 点，我可以提笔给您写信了。今天一整天我所做的一切都是为了能尽快坐下来给您写信。您星期日都过得愉快吗？在您进行过于繁忙的工作之后，我想肯定是这样的。至少一个半月以来，星期日对我来说是奇迹，在星期一早上醒来时我就能看到它的出现。问题是还得熬过一周，星期日才能到来，而且还得坚持干完一周的工作，一般来说，到了星期五就干不下去了。一个星期的时间，一小时一小时地熬过去，即使在白天也像夜晚失眠那样心神不定，面对这无情的机械的一周时间，当您看到这样组成的绝望的时光不会倒流重现，而是似水流转，您最终为夜晚的开始松口气时，您真的会感到高兴。

我也是性情快活的人，但今天不是，今天我是在绵绵秋雨中进行我的周日散步的。我今天有半天时间是在床上这个伤感和思考效果最佳的地方度过的，这与信头的话似乎有些矛盾；土耳其人输了，这会使我作为一个冒牌预言家不仅主张军队，而且主张所有的一切都撤退（这对我们的殖民地也是一个沉重的打击），别无选择，只把自己当做聋子瞎子钻进他该做的工作中去①。

我是怎么在和您谈哪！亲爱的小姐，要我站起来，不再写下去了吗？也许您会洞察一切，看到我毕竟很幸福，那我就留下继续写信。

您在信中提到，在布拉格那天晚上，您感觉不快，但您不愿意说，从这封信中可以看出，您可能是因为我才产生不快的，因为此前马克斯几乎没有谈及根本没有使他感到忧虑和产生想法的那出轻歌剧，我还没有用我的那可笑的书信打破社交的同一性。此外，那时正好是我经常十分开心的时候，我常到奥托·布罗特家做客，布罗特习惯准时上床睡觉，每次我去时就把表往前拨，可以有更多的时间寻开心，布罗特也无法按时睡觉，直到他们全家一道，当然是友好地把我赶出他们家。所以，我出现得很晚，往往都在9点以后，这意味着某种威胁。家里人头脑中呈现出两个来访者：一个是您，他们总是希望向您表达尽可能的友好和礼貌，另一个就是我这个职业所决定的睡觉扰乱者。譬如，主人总是给您弹钢琴，而对我呢，比如奥托总是用手敲着壁炉的护热板，以示睡觉的时间到了，这对我来说已是司空见惯的事了，对于不了解情况的人来说，这看上去简直就是愚蠢和无聊。在那里会遇到客人，我没有丝毫的准备，那天只是和马克斯约好，8点钟去（和往常一样，我晚到一个小时）与他一块依序讨论稿子的事，尽管稿子第二天就要寄出，可在这之前，我

---

① 在1912—1913年的巴尔干战争中，保加利亚、塞尔维亚、希腊和门的内哥罗等国结成的联盟战胜了土耳其。强大了的塞尔维亚使奥匈帝国，尤其是1908年占领的波黑巴尔干地区，深感受到威胁。

一直没有过问过稿子的事①。这时又有客人来，我真感到有些不快。与此相反的是，我对这次做客并不感到意外②。在我被介绍之前，我就隔着大桌子向您伸出手，但您几乎没有起身，好像也没有兴趣把您的手伸给我。我只是扫了您一眼，又坐了下来，好像什么事都没有发生一样，我几乎没有因为您而产生一丝的兴奋，原本在熟悉的社交圈里出现新人总会令我产生兴奋感。虽然我无法再和马克斯继续讨论稿子，但给您传递塔利亚之行照片倒是非常令人愉快的消遣（为了这个非常精彩地描述了我当时印象的词汇，在远离您的今天，我真想打我自己）。您非常认真地看着照片，只有当奥托发表言论或我又递过去一张照片时，您才抬一下头。在介绍照片时，我们当中的一个人，我记不得是谁了，发生了滑稽的误解。为了观看照片，您连饭都没吃，当马克斯就饭菜发表高论时，您却说，您最憎恨的就是那些吃个没完没了的人。这时，电话铃响了（已经过了好一会儿，现在是晚上 11 点钟，一般我在这个时候开始工作，但我今天不能不继续写这封信）。对了，刚才写到电话铃响了，您正在讲述您在王宫剧院看的轻歌剧《汽车女郎》序幕的情节（有个王宫剧院吗？那是出轻歌剧吗③？）：有十五个人站在舞台上，从一间传出电话铃声的前厅里走出一个人，向那十五个人走去，以同样的方式挨个请他们出去接电话。我还记得这个方式，我当时不仅很清楚地听到了它，而且也从他们的口形变化中看出来了，打那以后，它多次从我的脑海里闪过，并一直在追求它的正确的构成。尽管如此，但我仍不好意思把它写出来，因为我不能正确地把它念出来，更甭说正确地写下来了。我不知道，后来（不是先前，因为我仍然坐在门旁，就在您的斜对面）谈话的题目怎么转到了打架斗殴和兄弟姐妹上面。还提到了我从未听说过的几个家庭成员的名字，还有个叫费利的（也许是您的兄弟？）④，

---

① 《观察》手稿，参阅卡夫卡 1912 年 8 月 14 日给马克斯·勃罗德的信："在这位小姐的影响下，我昨晚站着整理小东西，由此很可能会发生一件愚蠢的事情，一件只能在暗地里笑的事情。"并参阅同一天给恩斯特·罗沃尔特的信。
② 参见日记 1912 年 8 月 20 日："她是谁，我一点儿也不好奇，并且很快就容忍她了。"
③ 简·吉尔伯特的轻歌剧《汽车小情人》，柏林王宫剧团演出。
④ 菲莉斯的弟弟费迪南特，昵称"费瑞"。

您谈到,您小时候常常遭到兄弟和堂兄弟的打骂(弗理德曼先生也打您吗?),而您却没有自卫能力。您用手抚摩着当时被打得青一块紫一块的左臂。但您看上去并不伤感,当然我无法做出准确的解释,但我不能理解,即您当时还是一个小姑娘,怎么会有人敢动手打您。——后来,您一边看着什么,一边读(您当时很少抬起头来看,当然那天晚上本来就是很短暂),还顺便提到,您学过希伯来文。一方面我对此感到十分诧异,另一方面我(这些都是当时的想法,并经过长时间的深思熟虑)觉得您不应该只是这样附带地一提。当您后来翻译不出特拉维夫这个词时,我心中暗自高兴。——同时我还发现您是一位犹太复国主义者,我觉得这很好。——还是在这间房间里,我们谈到您的职业,勃罗德夫人说起在您的旅馆房间里看到一件漂亮的麻纱连衣裙,可能您是要去参加一个婚礼——我更多的是猜测而不是记忆——一个在布达佩斯举行的婚礼①。当您站立起来的时候,我发现您穿着勃罗德夫人的拖鞋,因为您的靴子需要晾干。那天白天的天气很糟糕。您穿着这双拖鞋走起路来好像摇摇晃晃的,穿过黑暗的中厅后您对我说,您习惯穿带后跟的拖鞋。带后跟的拖鞋,这对我来说倒是一件新鲜事。——在琴房里,您坐在我的对面,我开始谈论我的稿子。当时有人向我提出了关于邮寄稿件的滑稽的建议,我现在搞不清楚哪个建议是您提出的。我现在倒回忆起在另外一个房间发生的事情,为这事我当时惊讶得直拍桌子。您说,誊写稿件对您来说是件轻松愉快的事,您在柏林就曾帮助一位先生(没有姓名,没有解释,光是"先生"这个词真难听!)誊写稿子,您还请马克斯把稿子寄给您。——那天晚上我干得最漂亮的一件事就是我恰好带着一期《巴勒斯坦》杂志②,为了它,其他所有的事我都无所谓。后来,我们谈到去巴勒斯坦旅行,您把手递给了我或者说我凭借一种灵感把您的手引诱过来了。——在弹钢琴时,我坐在您的后侧面,我看到您把一条腿搭在另一条腿上,并好几次揪自己的头发。从正面看,我无法想象您的

---

① 菲莉斯的妹妹埃莉丝在布达佩斯完婚。
② 介绍巴勒斯坦的月刊,维也纳阿道夫·博姆出版社出版。

发型是什么样子的,在听琴时,我只看到您边上的头发微微翘起。——后来,大家四散开来,各行其是。勃罗德夫人靠在沙发上打盹儿,勃罗德先生在折腾书箱,奥托在摆弄壁炉护热板。接着,大家又聊起马科森的著作,您谈到阿尔诺特·贝尔①,提及《东方与西方》中的一篇评论②。最后,您一边翻着一本哥德编辑的艺术杂志合订本,一边说,您也开始阅读《诺内匹格城堡的故事》③,但没能读完。在您说这话时,我确实为我,为您,为大家感到惊讶了。这难道不是毫无作用、不言而喻的侮辱吗?当我们大家都把眼光投向您那仍在看书的脸庞时,您却像一位英雄似的做完了这件似乎是无可挽救的事。后来才知道,这不是侮辱,甚至连一种看法都不是,而只是连您自己都感到惊讶的事实,因此,您想有机会重新拿起这本书。这是使误会烟消云散的最好办法,我想,我们大家在您面前多少会感到羞愧的。——为了换换口味,经理先生拿出那本大型画册,并宣称,他将向您展示身着内裤的歌德。您引用别人的话说:"即使他身着内裤也是国王。"④ 引用这句话是我那天晚上唯一对您反感的地方。这种反感使我感觉好像喉咙里有什么东西堵着,本来倒是应该自问,是什么驱使我参与此事。但我茫无所知。——最后,您快步走出房间,穿上靴子后又返了回来,动作之快,我简直无法理解。勃罗德夫人两次把您比喻成羚羊,这个我并不喜欢。——我还相当仔细地观察您是如何戴上帽子、别上胸针的。您的帽子很大,下边部分是白色的。——走到巷子里时,我立即陷入了我经常发生的迷离恍惚状态,此时此刻,我十分明白自己在这种状态下的无用。到了佩尔巷,可能是为了使我从无言的尴尬处境中得以解脱,您问我住在什么地方,并想知道我回家是否与您回旅馆同路,可是我这个笨蛋却反问您是否想知道我的住址,显然我以为您一到达柏林,就会用火一般的热情给我写信谈去巴勒斯坦旅行的事,所以要避免由于没有我的地址而陷入失望的窘境。

---

① 马克斯·勃罗德的小说《阿诺尔特·贝尔——一个犹太人的命运》,柏林〔1912年〕。
② 马蒂亚斯·阿赫的评论,发表在《东方与西方》XII,第8期(1912年8月),775—776栏。
③ 马克斯·勃罗德的小说《诺内匹格城堡的故事》,一个冷漠者的小说,柏林,1908年。
④ 路德维希·富尔达的童话剧《塔利斯曼》中的引语。

当然，在后来的路上，我所做的蠢事还一直使我不知如何是好，这也是当时让我不知所措的一件事。——在楼上第一个房间里和后来在巷子里都谈到您在布拉格分公司的一位先生，就是那天下午在荷拉查尼堡上和您一起坐在车里的那位。这位先生做得太过分了，那天他很早就拿着鲜花来到车站，而这正是我一段时间以来一直想做却未做的事。您很早启程并很快就得到了花束，倒使我轻松地放弃了原来的想法。——在奥布斯特巷和墓地旁主要是勃罗德经理先生在高谈阔论，您只是在叙述您母亲如何在听到您拍手后让人开门的故事，顺便提一下，对这个故事您还没向我做出解释呢。除此之外，时间就在比较布拉格和柏林的交通状况中被消磨掉了。如果我没有弄错的话，还谈到你们下午在旅馆对面咖啡馆吃点心①。最后，勃罗德先生还为您的旅行提出了一些建议，向您推荐了几个途中可以进餐的地方。但您有意在餐车里用早餐。我还听说，您把雨伞忘在火车上了，这点小事（对我来说是一件小事）更丰富了我对您的印象。——您还没有整理箱子并且还要躺在床上看书，使我深感不安。在此之前，您看书一直看到凌晨4点。您带的路上看的书有：比昂松的《飘扬在海港和城市上空的旗帜》、安德森的《没有画的画册》。我的印象里，我是猜到了这些书，这还是我一生中没有做到过的事情。步入旅馆时，由于拘谨，我居然挤进了您已经在里面的一扇转门里，差一点儿踩到您的脚。——之后，我们三人来到电梯旁，您马上就要消失在里面了，这时，电梯门开了，您仍在与后面站着的服务员聊天，显得很自豪。您当时说话的声调至今在我耳边萦绕。您不大相信去附近的火车站不用乘车。当然，您想您是从弗兰茨·约瑟夫车站乘车。——然后，我们作最后的告别，这时，我很可能是以笨拙的方式再次提及去巴勒斯坦旅行的事，就在那一瞬间，我觉得那天整个晚上我都太多地提到去巴勒斯坦旅行的事，除我之外，恐怕再没有人如此认真对待这事了。

这些都是那天晚上发生的事情，顺便想到的，也省略了不少但是一

---

① 位于布拉格哥拉本大街东北端的"市政大厅"，里面有饭店、咖啡厅、舞厅和礼堂。

些微不足道的细枝末节,是我这期间在勃罗德家度过的三十多个夜晚后的今天还能回忆起来的事情,可惜有些事恐怕已经记不清了。我把它们写下来,是为了回答您认为那天晚上您很少受人注意的看法,另外也是因为我好久都不愿意把尚在记忆中的那天晚上的事写下来。不过,当您吃惊地看着眼前堆着这么多涂写了的信纸时,首先会懊悔促使写成这些东西的那个看法,然后抱怨自己还得读这些东西,也许是出于一点点好奇心,最终还是把它们读完了。这时,您的茶已经完全凉了,您的心情也变得很不好,以至您宁肯发誓,绝不用您的记忆去补充我的回忆,但是,由于气恼,您没有想到,加以补充并不像初次写下时那样费气力,我最初收集有关您的材料时感到很高兴,而您的补充将会给我带来更大的愉快。——但现在您一定不愿意我再继续打扰您了,只是再表示最衷心的问候。

弗兰茨·卡 上
〔19〕12.10.27

还没有完,甚至还有一个很难回答的问题:巧克力能保存多长时间而不坏?又及。

尊贵的小姐:

虽然时间很紧,但今天有点非常重要的事情要谈(已经不在办公室写信了,因为办公室的工作反对我给您写信,它们对我根本就不了解,对我所需要的一无所知)。您不要以为,我又会用像前天那封冗长的信——为这封信我已经对自己进行了足够的指责——除了来占用您读信的时间还要占用您歇息的时间,并要求您详细地及时回信,要是我在您紧张工作之余还给您带去烦恼,我会感到羞耻。这就是说,我的信并不想这样,肯定不想这样,虽然最终还是这样的结果,但您不要往别的方面理解。只是请您——这是很重要的,这是很重要的(如此重要,以至匆忙之中成了喋喋不休的套话了)——不要在晚上长时间地写信,即使是您不是为了给我回信的缘故而是自己有兴致写信的话。我想,要是能在您的办公室该多好啊——您是一个人在办公室吗?——我不想在那里耽搁您一直到很晚。五行字,是的,您晚上不管在什么地方,可以给我写上五行字的信。尽管有反对意见,我还是不能压制不成熟的看法,即长信不行,总可以经常写写五行字的信吧。每当看到您的信到了的时候——现在邮件都是将近中午时送到——都使我忘却对您所有的顾惜,但是看到信的日期或是预感到我可能又骗走了您一次散步的时间,又使我无法忍受。如果我对您的头痛症也有责任的话,我是否有权劝您不要再服用匹拉米酮了?您到底打算什么时候去散步?一周两次体操,三次看教授——您提到他的那封信肯定丢了——哪还有什么空余时间了?星期天还要做手工活,为什么要做这个?如果您母亲知道您把休息时间用来干这些,她会高兴吗?特别是从您的信中看出,您母亲好像是您最要好和最快活的朋友。——假如您用五行字的信告诉我这一切,并使我感到心安的话,我们就不必再为此写信和思考了,就可以问心无愧、平心静气地互相观看,互相倾听,您用您的善意和明智,我做我该做的。

弗兰茨·卡 上

〔19〕12.10.29


尊贵的小姐:

您看,在我们之间的书信往来中竟然有这么多想象不到的事。我能够揭开一个请求,即像我要您写五行字信的请求那令人作呕和虚伪的慷慨假象吗?这是不可能的。难道我的这个请求不是诚心诚意的吗?我认为它确实是诚心诚意的。我是否也可能认为它不是诚心诚意的呢?当然我认为它不是诚心诚意的,我认为它是那么的不诚心诚意!当我终于收到一封信时,那是在我的房门无数次被打开,但进来的不是拿着信的仆人,而是无数带着使我感到痛苦的面部表情平静的人,他们觉得应该来到这里，而这里只有拿着信的仆人，而不是其他什么人都有权进来——后来当这封信到了时，过了好一阵我才相信，现在我可以平静下来了，我将从信中得到满足，这一天将会顺利地度过。但读完信后，我觉得信中内容比我能够要求获悉的要多，为了写这封信，您用了整整一个晚上的时间，可能没有时间再去莱比锡大街散步了，我读完一遍信，把它放到一边，然后再拿起来读，我拿出一份文件，可是眼睛看的仍然是您的信，我站在应该口述的打字机旁，但手又慢慢去摸您的信，我还把信拿出来，同事就向我问事，我完全明白，此时此地我不应该想您的信，但这又恰恰是我唯一想的一件事——当这一切过去之后，我又和以前一样饥饿，和以前一样不安，房门又嘲笑般地开始活动了，好像又有仆人拿着信进来了。用您的话说，这就是您的信给我带来的"小小的愉快"。这也回答了您的问题，即我每天去办公室收到您的信是否会感到不快。当然，把收到您的信与办公室的工作任意联系起来，的确是不可想象的事，但同样不可想象的是，一边工作一边徒劳地等待来信或一边工作一边想着，也许信会寄到家里。总之，方方面面都会有不可想象的事情！然而，事情也没那么严重，因为最近我就通过办公室的工作办成了其他不可想象的事，人要是能被小的不可想象的事情吓倒，那就不会看到大的不可想象的事情。

另外，今天我十分满意，因为您最近的两封信先后在两个小时内到了我的手上。我当然要咒骂邮局昨天的混乱，但也要夸奖邮局的今天。

但我根本不回答，也基本上不提问，这一切只是因为，我没有马上意识到给您写信带来的快乐，正是由于这种快乐把所有给您写的信都计划得很长远很长远，既然这样，当然在信的首页上就谈了些无关紧要的东西。不过，您别急，我希望明天有足够的时间（我自己这样希望），一口气回答所有的问题并且提出很多很多的问题，至少眼下使我的心情可以轻松些。

我今天还想说的是，我上次在写到关于您的帽子时，我咬了一下舌头。对了，您帽子的下部是黑色的？我的眼睛长哪儿去了？我观察得不仔细。那么，帽子的上部完全是白色的，我也许搞错了，因为由于我的个子，我是从上往下看的。当您戴帽子时，您还略微低着头。简而言之，和往常一样，表示歉意，但凡是我不完全清楚的事，本是不该写的。

顺致最亲切的问候，如果允许的话，吻您的手。

弗兰茨·卡 上
〔19〕12.10.31
〔工人事故保险公司信笺〕

亲爱的菲莉斯小姐：

至少这一次您不要由于我这样称呼您而生气，因为如果我——您曾几次要求我——要写关于自己的生活方式的话，那么，我可能得谈谈对我来说尴尬的事，而面对一位"尊贵的小姐"，我又难于启齿。再说，这个新的称呼并不是什么可怕的东西，否则我就不会挖空心思地想出来并感到十分的心满意足了。

从根本上说，我过去和现在的生活历来就是试图写作，但多数都是不成功的。但是，如果我不写作，那么，我就会倒在地上并被扫地出门。我的力量一直是弱小得可怜，即使我没有公开承认，自然而然地我会尽可能地积蓄力量，处处留意减少消耗，为了我追求的主要目标而保存必要的足够的力量。但是，凡是我自己没有做到的地方（我的上帝！就是在这个假日值班的时候，在办公室也不得安宁，来访者一个接着一个，就像敞开大门的小地狱），或是在想超脱一下自我的地方，我都会自我压制，自我伤害，自我羞辱，并且永远地被削弱了。但正是这目前使我感到不幸的东西，随着时间的推移给了我信心，我开始相信，有那么一个地方，即使很难找到，肯定有一颗吉祥之星，在它下面可以继续生活。我详细地列过一个清单，记录我为写作所做出的牺牲和为了写作而失去的东西，或者确切地说，只有用这种办法才能承受这些损失<sup>①</sup>。

---

① 比较卡夫卡的小说《美国》、《失踪者》一书中的《西方旅馆》一章的倒数第一段。

确实，我这么消瘦，是我所认识的人中最瘦的了（我曾去过不少疗养院就能说明这一点），同样，我也不具有人们对写作方面称之为多余的和积极意义上的多余的东西。假使存在一种想利用或正在利用我的不可抗拒的力量，那么我就是它手中起码是明显经受过锻炼的工具。如果不是这样，那么我也就什么都不是，突然剩下的是可怕的空洞。

对您的情思扩大了我的生活空间，当我清醒的时候，几乎无时无刻不在思念您，有许多时候，我除此之外别的事什么都不干。就连这个也与我的写作有关，只是写作的此起彼伏决定着我，的确，当我乏力写作时，我从未曾有过勇气向您请教。这是真的，就像从那天晚上开始我有一种感觉那样真实，这种感觉使我仿佛觉得我的胸部打开了一个口，通过这个口在有力地并且是随心所欲地吸入、呼出，直至一天晚上我躺在床上通过回忆《圣经》中的一个故事来同时证实那种感觉的必要性和《圣经》故事的真实性。尽管我一直以为，我在写作时一点儿都不想您，但最后我还是吃惊地发现，您与我的写作密切相关，如同手足。我写过一篇短文，其中谈到与您和您的信的关系：有人送给某人一板巧克力。还谈到某人在工作时休息了一会儿。接着有人打来电话。最后某人逼迫另外一个人去睡觉并威胁说，如果他不服从的话，就一直把他带到他的房间。这些只是对您母亲因为您工作时间过长而生气的回忆。——这几处是我最喜欢的，我把您保留在其中，使您既感觉不到，又不会反抗。即使您什么时候读到这类文章，您肯定会忽略这些鸡毛蒜皮的小事。您可以相信，您可能不是在世界其他什么地方，而是在这里轻率地被捕捉。

我的生活方式完完全全是为了写作，如果它有什么改变的话，那也可能仅仅是为了更好地适应写作，因为时光是短暂的，力量是有限的，工作是可怕的，住房很吵闹，如果生活的道路不是美好和笔直的话，那就只有试着依靠技巧迂回前进。一个人的满足可以通过时间安排这种技巧来获得的，而写作成品比本来想写的更能体现辛劳，面对这种永恒的痛苦，那种满足是微不足道的。除了最近几天因为无法忍受的虚弱而造成的干扰外，我一个半月以来的时间是这样安排：8点到2点或2点20分在办公室，3点或3点半吃午饭，然后上床睡觉（多数情况下是想试着入睡,整整一周的时间,我在这样的睡眠中只看到蒙特内格人,他们那清晰可见的复杂服饰的细节使我感到非常厌烦和头痛)到7点半,之后做十分钟的体操,赤身裸体,窗户开着,接着散步一个小时,或自己一人,或和马克斯或者其他一位朋友,回来后和家人一道共进晚餐(我有三个妹妹,一个已经出嫁,一个已经订婚,单身的那个,在不影响爱别人的情况下,是我最喜欢的)[1],10点半(经常甚至是11点半)坐下来写作,视劲头、兴趣和运气的不同,写到1点、2点或3点,有一次写到凌晨6点。然后又是和此前一样做操,当然是尽量避免疲劳,漱洗,上床睡觉时经常感到有些心痛和腹肌抽搐地疼。现在是想方设法入睡,也就是说去做不可能做到的事,因为睡不着(主甚至要求无梦觉)而同时还在思考着工作上的事,此外还想一定要解决肯定不能解决的问题,明天是否会有您的信,信什么时候能来。就这样,夜晚一般是由头脑清醒和无法入睡两部分组成的,我想给您详细地写这方面的情况,如果您愿意听的话,我将永远不会写完。因此,当我早上在办公室使出我最后一点气力开始工作时,也就不足为怪了。不久前,在去打字员那里所经过的走廊上放着一副担架,是用来运送卷宗和文件的,每当我从它旁边经过时,总觉得它对我特别适用而且在等待着我。准确地说,我不能忘记我是一个公务员,同时还是一个工厂主。因为我的妹夫[2]拥有一所石棉工厂,我是股东(当然是我父亲的投资)并已注册登记。这个工厂给我带来了很多的痛苦和担忧,但我现在不想讲这些,至少较长时间以来,我尽可能地忘却这个工厂(就是说,我不再进行我那无用的合作)。

今天我又只讲述了这么一点儿内容,根本还没来得及提问题就不得不收笔。但是,回信不能再丢了,毫无疑问,更不能再丢去信了。虽然现在有了一种妙法,用它,两个人既不用会面,也不用交谈,就可以了解对方的至少大部分的历史,简直是一下子,不必再互相写信,不管怎

---

[1] 卡夫卡的妹妹埃莉(伽布利勒),瓦莉(瓦勒丽)和奥特拉(奥蒂丽)。埃莉生于1889年9月22日,与卡尔·赫尔曼结婚;瓦莉生于1890年9月25日,1913年1月嫁给约瑟夫·波拉克;卡夫卡最心爱的妹妹奥特拉生于1892年10月29日,直到1920年才结婚。
[2] 指卡尔·赫尔曼,卡夫卡的妹妹埃莉的丈夫。

么说，这几乎已经是一种高级魔术（看上去不是这样），人们并不是从来不索取报酬，更肯定地说不是从来不受惩罚地接近它。所以，我在这里也不把它讲出来，您得把它猜出来。就像所有的咒语一样，它特别特别地简短。

再见，请让我以长时间吻您的手来证实这个愿望吧。

弗兰茨·卡　上<br>〔19〕12.11.1

　　怎么，您也会疲倦？当我知道您晚上疲倦而又孤独地待在办公室时，我有一种几乎是恐惧的感觉。您在办公室穿着什么样的衣服？您主要的工作是什么？您是自己书写还是口述？您不得不和那么多的人谈话，想必您的职位很高，因为低级职员都是默默坐在办公桌旁的①。您的办公室附近有一个工厂，这我已经猜到了，但那里是生产什么的呢？只有口述录音机吗？有人买这东西吗？我很幸运（如果在例外的情况下我自己不需要打字的话），可以口述，让一个活人去打字（这是我的主要工作）。有时我一时想不出话来时，这个人可以偶尔打个盹，伸个懒腰，或者抽支烟并让我得空不慌不忙地向窗外眺望？或者像今天我骂他打字打得太慢时，他为了平息我的怒气便提醒我曾收到一封信。有没有胜任此事的口述录音机？我想起，不久前曾有人向我们展示过一种口述录音机（那时我还没有现在对你们竞争对手的偏见），但这东西非常无聊，也不实用。对做生意我不能设身处地的去想，我只是希望，就像我想象的那样，做生意在实际上也是不那么认真和严谨的，这样，您做生意时也可以无忧无虑，轻轻松松。另外，根据您讲的，你们布拉格的分公司在奥伯斯特巷或是费尔迪南特大街，但我没能找到。我找了好多次，按理说，从公司的名牌上总可以看出一点关于您的迹象。

---

① 菲莉斯·鲍威尔自1909年8月在柏林卡尔·林特施特罗姆公司任速记员。1912年后在该公司口述录音机推销部当负责人。

我并不太乐意谈我办公室的工作。工作本身并不值得您去了解，也不值得我写信告诉您，因为它从来没有给过我时间和安宁，好给您写信，反而使我变得现在这样烦躁和扫兴。

再见！明天很可能是一个宁静的星期天，到时我会给您写许多。您工作的不要太劳累了！不要使我悲伤！——在您收到我那封苦恼的信的那天我再给您写这些内容。我们是多么软弱的人啊！

弗兰茨·卡 上

〔19〕12.10.2
〔1912年11月2日〕
〔工人事故保险公司信笺〕

亲爱的菲莉斯小姐：

我的小外甥①（妹妹埃莉的儿子）现正在我身旁哭呢，我母亲总是用捷克语称他是"乖孩子"，后来称他"小伙子"。我抬头看了一下表，发现已经是晚上6点了，不，已是6点半了，今天下午我在马克斯那里待的时间太久了，他给我朗诵了新作《走出裁缝学校》②里的两个章节，故事情节非常美，充满少女般的情感，尽管如此，由于我要写这封信，有些段落我完全没有听进去，如果我细细算起来，从昨天夜里2点开始，也就是我停止写别的东西时，就打算要写这封信了。可现在已经这么晚了，根据我强制性的时间安排，我得睡上一个小时，再说现在是我真正夜间休息之前房间里唯一比较安静的时候，还有，桌上的校对稿③已经搁了好几天了，我还没看呢，明天就必须送走了，看来，这需要占去我夜间的好几个小时；由于所有这些大部分是愚蠢的原因，这封信将不是

---

① 费利克斯，妹妹埃莉（赫尔曼）之子。
② 小说《走出缝纫学校》刊登在马克斯·勃罗德的《妇人经济》，《三篇短篇小说》，柏林1913年出版。
③ 卡夫卡的《观察》。

我所希望的和星期天应该写得有条理的信。所有这些，包括最后这一条原因，使我很不满意，而且很悲伤，我听到厨房里那只娇小可爱的小猫发出的哭泣声，就像是我心中的哀鸣。对了，正如我预料的，我今天没有收到您的信，因为您的信一般都是每天第二趟邮差送来，而星期天只送一次信，最好的情况也是在熬过漫长的夜晚后第二天一早才能收到您的信——在这种情况下，为了得到一个小小的补偿，有人能够阻止我像上面那样称呼您吗？难道这种称呼在个别情况下或总体上是如此的不协调，以至别人一旦用了，就无法改掉吗？

亲爱的菲莉斯小姐，今天这个美好却十分短暂的星期天您是如何度过的？如果一个人在想另一个人，就会打扰他的话，那您在半夜三更一定会被惊醒，您早上在床上看书时一定是心神不定，吃早饭时一定是几次都没有找到可可和面包，甚至没有看到妈妈，您要带到新住宅的兰花肯定在半路上就枯萎了，也许直到此时此刻，当您在浏览《席林之逃亡》①时，您才感到心安神泰，因为这时我没有在想您，而是在您的身旁。可实际上我并不在您的身边，我刚才听到，刚刚回到家的父亲在隔壁房间里讲到生意上的极坏的消息，我就过去和父母亲伤心而又心不在焉地站了一会儿。

最近几天里，对于我们共同度过的那个晚上，我又想到要补充两点，一点是我偶然在您的信中找到的，另外一点是我自己想起来的。您那次确确实实谈到，住旅馆让人有种不舒服的感觉。我不明白我当时怎么忘记了这事。相反，当时我好像还说，我觉得住旅馆特别惬意。现在我觉得对我来说确实是这样，特别是去年深冬时，我不得不去波希米亚北部的城市作较长时间的旅行时更是感觉如此②。我下榻的旅馆房间四面墙壁一目了然，房间可以锁上自成一体，衣柜、桌台和挂衣架等有数的家具摆放得井然有序，至少给我一丝崭新的、从未使用过的、注定会变得

---

① 格哈特·豪普特曼的剧本《噶布利尔·席林之逃亡》。
② 有关卡夫卡的法学论文及其从事职业的情况请参见克劳斯·瓦根巴赫的《弗兰茨·卡夫卡，1883—1912其青年时期传记》，1958年伯尔尼出版，第141页，以下简称瓦根巴赫的《传记》。

更好、尽力而为的生存感,但这也许不外乎是一种超越自己的绝望,它在一家旅馆房间的冰冷坟墓里寻觅到了合适的归宿。不管怎么说,我在那里一直感觉良好,我住过的每个房间都给我留下了极佳的印象。总的来说,咱们两人可能都较少涉足外面的世界。您那种夜间连楼梯都不敢单独上的感觉怎么样了?您应该尽量住在低层,否则怎么能够听到您站在街上拍巴掌的声音呢(我完全不明白,关着窗户怎么听得到拍巴掌的声音)。您自己不愿意一个人走这矮楼梯?您,看上去如此镇定和自信的您?不,您写的关于如何打开房门的情景对我来说都是不够的。

那天晚上还曾谈到通俗剧。您虽然曾看过几次这类演出,但记不清剧名了。我知道,现在正好有一个这种剧团在柏林演出,剧团中有我一个好友,他的名字叫伊·略维①,还有就是在我收到您的第一封信后和第二封信前的这段漫长时间里,是他给我带来了一条关于您的小消息,尽管他是无意识的,但我却很感激他。他经常给我写信,给我寄图片、广告招贴画和剪报等等。有一次,他给我寄来一张他们剧团在莱比锡巡回演出的海报。我几乎没有正眼看它一下,就把它扔在写字台上了。但和以往写字台上的情况一样,压在最下面的东西有一天到了最上面。有一次,这份海报(而不是别的什么)就摆在了最上面,而且完全打开着。无独有偶,我还比较认真地看了起来,因为上面有些十分有趣的东西(有一位女演员,年纪稍大,已婚,被称为"主角",我对她还很欣赏,略维称自己是"剧中人"),但令人惊异的是,海报下面的角上有柏林伊玛努埃教堂大街,这海报是在这条街上印刷的。在我有幸不再以这类关于您的消息而满足的今天,出于感恩报德的心情想到,您是否愿意看看这些我可以没完没了地讲述的演员。我现在不能完全肯定,这个剧团是否还在柏林演出,但根据略维给我的一张票,不知道放在桌子的什么地方了,我可以这样认为,略维这个人至少会给您带来片刻的快乐。如果您愿意的话,您还可以在演出前或之后叫他找您一下,您一提到我,您

---

① 从1911年到1912年冬天开始,卡夫卡和来自俄罗斯的通俗剧演员伊茨查克·略维结为朋友。以后卡夫卡一直饶有兴趣地关注这个剧团巡回演出的情况。参见瓦根巴赫的《传记》第179页。

就会认识他并听他侃一会儿。这个剧团很不错,去年他们演出我看了不下二十场,而德国剧一场都没看过——不过,我写的这一切决不是为了请您去看这个剧团的演出,不,真的不是。您在柏林有许多更好的剧院,而这个剧团演出的剧院很可能是破烂不堪,使得您不可能进去看这个剧团演出。我甚至真想把我刚才写的这些通通撕掉并请您相信,我真的没有劝说您去看这个剧团演出的意思。

就这样来结束星期天我给您写信的这部分时间?时间越来越晚了,如果我在我的夜间工作开始之前还想睡一会儿的话,我得赶紧了。但毫无疑问的是,在还没有写完这封远不能令人满意的信之前,我是不可能入睡的。

就此搁笔吧!拖拉的邮局,您的信或许已经在布拉格放了一天了,就是不给我!再见!

弗兰茨·卡 上
〔19〕12.11.3

现在已过午夜时分,真的,我只把校对搞完了,没有睡觉,也没有为我自己写东西。现在再开始写是太晚了,何况我还没有合过眼。这样,我只好怀着压抑不安的心情上床,争取入睡。您一定早已进入梦乡,我不应该还用简短的讲话影响您睡眠。不过,我又开始琢磨您的上一封信了,我想,您是否应该放弃在教授那里的工作。虽然我不知道这是一份什么样的工作,但既然他天天晚上还要给您作重要口述,表明工作并不使您感到疲倦。现在我还要向您道一声晚安并心平气和地想念您。

弗兰茨·卡 上

现在是星期一上午10点半。从上个星期六上午10点半开始我就在等待一封信,可又是一无所获。我每天写信(这完全不是指责,因为这使我感到愉快），我真的不应该得到任何的回音吗？没有一个字？哪怕回信上只有"我不想理睬你"一句话，那也是好的。我相信，您今天的这封信中包含着一个小小的决定，这封信到现在还没有到也说明是一个决定。假使信来了，我就会立即回信，一开始就诉说等待的这两天是如何的漫长。好了，现在您就让我绝望地坐在我绝望的写字台前吧！

〔19〕12.11.4

亲爱的菲莉斯小姐：

如果您愿意我像实际上那样不断给您写信，那您对宽恕我昨天写的那封糟糕而又多余的吓人的信就不会感到为难了，因为正如信上写的，逐字逐句都是确确实实的。当然，今天您的两封信都来了，一封是清晨到的，另一封是上午10点半来的。我不但没有任何理由抱怨，而且还得到了每天收到您一封信的许诺（我的心哪，听着，每天一封信！），如果您谅解我的话，我会感到很高兴的。我只想恳求您，如果您写好一封给我的信，就不要让我遭受您手头没有邮票的折磨，即使是没有贴邮票的信您也要大胆而有力地投进邮筒。

令人遗憾的是，只要不是星期天，我几乎只能在我一天中脑子最迟钝的时候，就是清晨3、4点钟时给您写信。在办公室写信的时候很少——当我读完您的信后又怎么能克制自己给您写信呢？——假如我不是现在给您写信，在未得到满足之前我根本无法入睡，而且第二天您就收不到这封信了，再说晚上我的时间安排是非常紧张的。

您在信中说，我在节假日也写作，这是不明智的。比较起来，我的心脏是很健康的，但正是一个人的心绪是很难经受得住糟糕作品带来的沮丧和精彩作品带来的喜悦。我以前住疗养院只是因为胃病和一般的身体虚弱，还有自作多情的忧郁症。关于这一切，我还记得详细给您写过。不，我不相信什么名医，我只相信那些说自己什么都不知道的医生。此外，我还恨他们（但愿您也不喜欢他们）。当然，我很愿意听从医嘱，把柏林作为我享受自由和宁静生活的地方,但上哪儿去找这样能干的医生呢?对于疲惫不堪的人来说,伊玛努埃教堂大街是最合适的地方了,我可以给您描述一下这条大街。您听着:"从亚历山大广场开始延伸着一条很长但并不繁华的大街,它是普伦茨吕尔大街,也叫普伦茨吕尔林荫大道。这条街有许多横向小街道,其中一条叫伊玛努埃教堂街。它幽静、偏僻,远离熙熙攘攘的市中心。街口是一个教堂,对面的37号房又细又高,这条街很狭窄。每当我去时,那里总是那样的寂静,我禁不住地问,这还是柏林吗?"这就是我昨天收到的略维来信中对你们那条街的描述。我认为,整段的描写都是写实,而最后提出的问题很有诗意。我是不久前在没有说明理由的情况下向他提出这个请求的,他在信中描写了这条街,也没有问为什么。不过,我本来是想听听30号房子的情况的(如果我没有弄错,您现在住在29号了),我不知道为什么他却谈到37号房子。对了,我想起来了,那张海报的印刷厂可能是在37号。从最后一封信看,这个剧团在柏林的最后一场演出已经在星期天结束了,不过从信中可以判断出,剧团下周可能还有演出。写这些只是为了更正上封信中所说的,完全没有劝告您去看剧团演出的意思。

这个有魔力的字眼(指"劝告")碰巧在您最近的一封信中已经出现过了,但我没有在意。由于其他许多事情,这个词被淹没了,我担心,这个词在我们的信中将永远上升不到它应有的位置上,因为我决不会首先讲出这个词,即便您猜出来了,您当然也不会首先说出它。也许这样最好,因为如果这个词的作用出现了,那一定是您在我身上发现了您不愿容忍的事情,那我该怎么办呢?

对于我的写作和我与写作的关系,您一定会有不同的看法,不会再劝我要注意"适度"吧。"适度"已经给人造成了足够的弱点。难道我在我这唯一拥有的一小块土地上还不能使出我全身的力量吗?如果我连这点都做不到,那我就是一个无可救药的傻瓜!我的写作可能一事无成,那么我也肯定毫无疑问的什么都不是。如果在这一点上我爱惜自己,那么我——正确地说——根本就不爱惜自己,而是摧残自己。对了,您以为我多大了?或许咱们初次见面的那天晚上就谈到了这个问题了,我不知道,也许您没有注意到这个问题。

再见,请您继续保持对我的良好印象。请您把您已经开始的给索菲夫人的信搁在一边吧。我很喜欢弗(弗理德曼)夫人,但还不到愿意让您给她写信的程度。不,我和她没有书信往来。我只给她写过三封信:第一封是由于您的抱怨;第二封是因为您的不安;第三封是为了您的谢忱。再见!

弗兰茨·卡 上<br>〔19〕12.11.5

亲爱的菲莉斯小姐:

人们当着我的面在撕碎着您呢!您不要和太多的人交往,这也没必要,好吗?如果您只是为此花费了一些时间,倒也无可指责。您不要干这么多的工作,进行这么多的拜访,不要去参加那些毫无益处、只能是令人不安的娱乐活动,好吗?我有点说教,尽管我对事情了解不多,懂得也很少,但是您最近的一封信流露出那么紧张的情绪,我真想把您的手紧紧抓住片刻不放。我的意思并不是反对一些具体的事,不是反对教授的善意引诱,如果我也被"水和气"惊讶得目瞪口呆的话。我也不反对基金会的庆祝活动,在这些场合经常要拍集体照,照片可以很容易四处散发,却不能明显表现自己。如果人们愿意,可以以此给外人带去很大的快乐。

对通俗剧团,我肯定没有讲过冷嘲热讽的话,即使嘲笑过,但也是出于对这个剧团的热爱。我现在想起来了,我还曾在许多人面前作过简短的开场白,而后略维还进行了表演、演唱和朗诵[①]。但是,从这么多的人中赚的钱却并不多。关于柏林的演出,我所知道的就是我昨天写的

---

[①] 卡夫卡这里提到的依地语报告晚会是于1912年2月18日在布拉格犹太人的市政厅礼堂举行的。卡夫卡开场白的全文见《乡村婚事》一书,第421—426页,亦可参见1912年2月13和25日日记。

那些。此外，略维在最近的这封信中流露的都是怨言和苦衷，还谈到在柏林除周末外很难挣到钱。在您这位柏林人面前，我不应该隐瞒这种指责。还有，如果让略维随心所欲的话，他就是一个激动不已的人，就像东部人说的，一个"满腔热血的犹太人"。不过由于各种各样的原因，谈起这些原因虽说不无聊却也没完没了，略维现在非常不幸，糟糕的是，我不知道如何帮助他。

我星期天期待着您的来信，这很容易解释，我去了办公室，看了看，不过当时我还没有感到失望，我没有满怀期望，而是随便地翻着堆在那里的邮件。我住在尼克拉斯大街36号。您的住址呢？我在您的信封后面看到三种不同的地址，那么是29号了？接收挂号信您不觉得是一件麻烦的事吗？我寄挂号信不仅仅是由于紧张，尽管多少有那么一点这方面的原因，但是，我的感觉是，这样的信可以更直接地到您的手中，不会像可怜的转来转去的平信那样由于疏忽大意而没个着落，我经常看到柏林身材魁梧的邮差伸着手，必要时即使你拒绝，他也会把信强迫塞给你。如果你是依赖别人的话，再多的帮手也嫌不够。——再见！我感到很自豪，这封信里没有抱怨，虽说对您抱怨也是件很美好的事。

弗兰茨·卡上<br>
〔19〕12.10.6<br>
〔1912年11月6日〕<br>
〔工人事故保险公司信笺〕

最亲爱的菲莉斯小姐：

昨天我声称为您感到担忧并竭力想说服您。但我自己到底在干些什么呢？我不是在折磨您吗？虽说不是有意的，因为不可能是有意的，如果说是有意的话，那必定是因为您的上封信使我失去了知觉，如同魔鬼遇到了善人，但由于我的存在，由于我的存在，我在折磨着您。从根本上说，我没有变化，仍然在我的圈子里打转转。与我其他没有得到满足的东西相比，我只得到一个崭新的未能满足的愿望和一种崭新的人道的安全感，可能是我最强烈的，作为礼物得到的，是对我失去的其他东西的补偿。可您感到不安和反感，在梦中哭泣，这比睡不着，眼睛瞪着天花板还要气人，您现在和那天晚上判若两人，那时您的眼光十分平静地从一个人投向另外一个人，掠过所有的东西，有时您在信中提到二十个人，有时又一个都没有，简言之，盈利在我们之间的分配不合理，十分不合理（真见鬼，在这个当然是属于您的寂静的房间里，是什么东西把您置于我的对面！）。

我再说一遍，不是我对此负有责任——我到底算什么呢？——但是，如果我的思想不想失去您的话，它一开始就针对的东西以及它瞄准的方向现在也是唯一的并不得不把您推向这个方向。人们指责我给您带来的是一种令人悲伤的暴力行为！

长时间的中断后（要是我有时间就好了！要是我有时间就好了！那我就能得到安宁，就能对所有的事情有一个正确的了解。我知道，给您写信要谨慎一些。我永远不想伤害您，就像我现在正在做的，尽管我想避免发生更难堪的事。我如果得到安宁，就会像刚才那样在楼上我的办公室里思念您，而不是看着公文发抖和呆坐在这个静得出奇的房间里并透过下垂的窗帘缝隙向窗外眺望。即使我们每天相互写信，也会遇到与今天不同的日子，也会经历另一种命运，而不是做办不到的事，是使出浑身解数分道扬镳，还是竭尽全力同舟共济？）。我只是能够指出中断，而不是别的什么。现在已是下午了，已是傍晚时分了。现在我再读您的信，发现对您昔日的生活不甚了解，只能从常春藤中分辨出您的面孔，您那时还是一个小姑娘，正透过常春藤望着田野。除了通过飞鸿之外，几乎没有别的办法能够帮助我更多地了解您。您别信这个！假如我自己来了，会让您受不了的。我就是像上次和您一起去旅馆路上的那个样子。我的生活方式——以此我治愈了我的胃病——您一定会觉得滑稽可笑和无法忍受。数月之前，在我用夜宵时，我的父亲由于不习惯只得用报纸挡住自己的脸①。多年来，我一直不讲究穿着。不管是去上班，还是上街或是坐在家里的写字台前，我都穿着同一套制服，甚至严冬酷暑都是这样。我的御寒能力几乎比木头还强，但即使是这样，也没有理由像我这样四处奔波，譬如像眼下已是11月的天气，我连一件大衣都没有，不管是薄的还是厚的，在大街上裹得严严实实的行人中，我简直像个身着夏装头顶凉帽的小丑，而且我原则上不穿马甲的（我是穿制服不穿马甲的发明人），且不谈我内衣方面不能细致描述的稀奇古怪的地方。假如您在您住的那条街的路口教堂附近遇见这么样的一个人，您不知会被吓成什么样子！关于我的生活方式（且不管自从我采取了这种方式以来我身体比以前健康多了）需要做一些解释，不过这些对您都不合适，因为我由此获得的健康（当然我烟酒不沾，也不喝咖啡和茶，一般情况下——我以此打破了一个欺骗性的沉默——也不吃巧克力）由于睡眠不足而被破坏得荡然无存。最亲爱的菲莉斯小姐，请您不要因此摈弃我，也不要试图改变我，请您在我们彼此相互遥远的地方友善地容忍我。您看，像昨天晚上，我穿着往常的衣服，冒着严寒回到家，坐下来吃几乎天天都一样的晚餐，一边听我妹夫（不久就要成为我妹夫了）调侃，当他去前厅与其他人告别时，我独自一人（我现在吃晚饭的时间在9点半到10点之间）留在房间里，产生一股对您的情思，真恨不得把脸靠在桌子上，以得到一点依托。

您觉得我比我实际上要年轻，我几乎差一点就隐瞒了自己的年龄，因为这么大的年纪会使我本来就让您不满意的所有的方面更为严重。我比马克斯几乎大一岁，到7月3日就满三十岁了。不过我看上去还是个小伙子，根据不知情人的判断，我的年龄在十八至二十五岁之间。

昨天我好像谈到了那位教授的事，这可能会被误解为傲慢，不，这只不过是嫉妒而已。直到今天，至少是在我的意识中，我才对他有些反感，因为他向您推荐宾丁的著作，我虽然不太了解此人，但他的著作都

---

① 卡夫卡的父亲出身屠夫的家庭，对于他儿子仅食素的生活方式一直不理解。参见马克斯·勃罗德关于卡夫卡1912年11月22日给菲莉斯·鲍威尔的信中谈到的素食主义的注解。

是虚伪和过分的赞颂辞藻。他却在您的睡梦中带去这些颂词！——而且现在还很快。您为什么从电车上跳下来？如果您下次还这么干，我就会大吃一惊地出现在您的面前！还有眼科大夫？头痛？如果您下一封信不回答这些问题，我就不看信。

弗兰茨·卡 上
〔19〕12.11.7
〔工人事故保险公司信笺〕

亲爱的菲莉斯小姐：

您的上上封信（不是您信中说的最近几封信）把我搞糊涂了，这是肯定的，但我没想到事情会像您在最近一封信中说的那么严重。我真的这么没把握？隐藏在我身上的不耐烦和不可救药的不满意居然在看得见的字里行间发抖？我的看法难道还要由我的信告诉我吗？您看我的事是多么令人悲伤，我要使尽全身的力量把您也拉扯进来。

我不知道您是否能够正确想象我的生活并理解我的敏感，我的敏感是神经质的，并且无时无刻地存在，什么时候诱发了，剩下的我就犹如一块石头。我把您的信大约看了二十来遍，刚收到时看了几遍，坐在打字机旁又看了几遍，有个投保人坐在我的桌子旁时我也在读您的信，好像是刚刚收到似的；我在街上时就看了信，现在我是在家里看。但我不知道我该怎么办，而且感到无能为力。假使我们在一起的话,我会沉默的，可我们现在相隔遥远，我只有写信，否则我就会悲伤死了。谁知道我是否比您更需要那只手的压力，不是那只安抚的手，而是那只给予力量的手。由于疲劳，我昨天非常难受，难受得要死，昨天夜里，尽管我多次下决心，最终还是没有写成信。我昨天晚上在街上走了两个小时，直到揣在口袋里的两手都快冻僵了才回来。后来我几乎连续睡了六个小时，只恍惚记得做了个梦，是关于您的梦，反正梦到的是件什么不幸运的事。我梦见了您并能记起这个梦，这不是第一次。我现在想起来了，就是这个梦在那天夜里唯一一次唤醒了我（哪怕是短暂的）。此外，清晨时，我比往常更早地被叫醒了，我们的小姐①闯进房间，大喊大叫，半睡半醒的我觉得好像是母亲的叫喊声，她告诉我说，我妹妹午夜后不久生了一个女孩②。我还是在床上躺了一会儿———一般来说，即使发生紧急情况，家人也不故意叫醒我，更多的是由于门外的嘈杂声——我无法理解我们的小姐为什么对我妹妹生孩子那么的高兴，可是我，作为哥哥和舅舅，没有一点儿喜悦的心情，有的只是愤怒的嫉妒，对我妹妹或更多的是对我的妹夫。因为比较肯定的是，我将永远不会有自己的孩子（我不想毫无用处地谈论更大的不幸）。

由于昨天夜里充足的睡眠和经历了一个由于愚蠢的谨慎而错过的晚上，今天我感到十分高兴。最最亲爱的小姐！

弗兰茨·卡 上<br>〔19〕12.11.8

亲爱的菲莉斯小姐：

现在是深夜1点半，我没法去拿信纸，信纸放在我隔壁的房间里，那是我妹妹的卧室，现在家里有些混乱，因为我父母的孙子，也就是我的外甥由于他妹妹的降生住到我们这里来了。所以信就写在这张吸墨纸上，同时也给您寄去了我这本小书的清样。

现在您听着，最亲爱的小姐，对我来说，我的话好像在宁静的夜里更加清晰。咱们还是把今天下午我那封信忘掉，不要把它当作一封信，而当作一个警告记住。当然要首先征得您同意。今天下午写完信之后的

---

① 玛丽·韦尔娜小姐，起初作为家庭教师来到卡夫卡家，后来就留了下来。参见瓦根巴赫《传记》第26页。
② 盖绨，卡夫卡妹妹埃莉（赫尔曼）的女儿。她在1947年8月27日给马克斯·勃罗德的一封信中对卡夫卡作了回忆。参见马克斯·勃罗德的《布拉格社交圈》，1966年斯图加特出版，第116页。

时间将成为我难以忘怀的可怕时光,在写信的时候我就已经很难受了。我就是这样,如果我不能给自己写点什么的话(当然即使这不是单独完成的话)。如果我活着只是为了自己,为了冷漠或习惯和存在的东西,并让它们用它们的冷漠和活生生的现实力量来替代我的缺陷,那样的话,生命对我来说就会悄然而去。但当我接近别人并全身投入时,苦恼将是不言而喻的。那时我就什么也不是,那我还能干什么呢。我甚至认为,上午收到您的来信对我来说是合适的(下午就是另外一回事了),我需要的正是这些话。但是我还是没有休息过来,我发现,我写得不够清楚,您今天的指责即使针对这封信也是对的。我们还是让睡眠和上帝去决定吧。

您觉得清样的字体如何(到时候当然用另外不同的纸)?它显然是有点过分的漂亮,它更适合于摩西的十戒,而不是我的小小的托词①。但现在就这样付印了。

再见!我对友情的需要比我应该得到的更多。

弗兰茨·卡 上
〔19〕12.11.8
〔在《马路上的孩子们》清样的背面②〕

最亲爱的小姐:

您不能再给我写信了,我也将不能再给您写信了。我的信可能给您带来不幸,我是无可救药了。为了认识到这一点,我本来是无需昨天夜里默数钟声、彻夜不眠的,我在写第一封信之前就知道了。可我还是眷恋着您,我是该遭受诅咒的,假如我还没有被诅咒的话——如果您要您

---

① 印《观察》一书用的字体格外的大,这是卡夫卡强调要这样的。参阅 1912 年 9 月 7 日和 10 月 18 日致出版社的信,参见沃尔夫的《书信集》,第 25 页和 27 页。
② 《马路上的孩子们》是 1912 年 12 月由恩斯特·罗沃尔特(莱比锡)出版社出版的《观察》中的一篇小故事。参见卡夫卡接到清样后给出版社的信(1912 年 10 月 18 日)。

的信的话，我自然可以给您寄回去，尽管我非常愿意保留它们。如果您真的一定要，您就给我寄一张空白明信片，我就会明白。然而，我却恳求您保留我的信件——您尽快地忘记我这个幽灵吧，愿您生活的像以前那样快活和宁静[①]。

〔1912年11月9日致菲莉斯·鲍威尔的信稿〕

最亲爱的小姐：

上帝保佑！我也这么说。您要知道我通常星期五、星期六是如何度过的，特别是这个星期五到星期六的夜里。那真是没有一刻钟的钟声我不是在数着，下午，我在极度的自我责备下写了上上封信，然后溜达了一会儿，躺下时已经很晚了。也许——我已经记不清了——我是由于极度的悲伤睡着了。晚上我为自己写了三四页的东西已经相当不错了，我曾徒劳地问我自己，当我的心境与平静无缘时，居然在我身上还存在能够写出这样东西的平静的角落。后来我觉得我是一个完整的人并在吸墨纸上写了那封信，那封信在我的手下又变成了一封恶意的信，我盯着它，好像我不是写信者，而是收信人。然后我躺了下来，显然是很快地就入睡了，尽管睡得一点儿也不深。但一刻钟之后，我又醒了，半睡半醒的我仿佛听到有人敲门

〔信在此中断〕

（现在我要办一件紧急的、可恶的、搁置已久的、一周以来一直威胁着我的事，而不允许我自己想一下您，在这件事上您必须支持我，也许之后作为奖励我会得到空闲和安静来写这封信，这封信对我来说犹如心脏跳动一样重要，我满脑子想的都是信，好像我并不是坐在一家公司

---

[①] 这封没有寄出去的信是在卡夫卡的遗著中找到的，并且已由马克斯·勃罗德发表。参见《弗兰茨·卡夫卡传》扩大第三版，1954年美因河畔法兰克福出版，第171页，下面引用简称"勃罗德著《传记》"。

里,我已经把半天或更多些的时间卖给了这家公司,他似乎也有权力不断地向我提出要求,所幸运的是,尽管我还没有完全睡醒,但并没有把重要的工作搞错,不过现在不再写信和工作了。)

没人表扬我,我的工作却没完没了地追着我,而脑子里想的仍是您,只是朝另外一个方向想。您最近的三封信我几乎是今天一下子收到的。您的善意是无穷无尽的。眼下我先寄去这封信,今天我可能还要写几封信。我将向您详细解释为什么我昨天没有写信。这封信我就这样把它投进邮筒里了,因为没有一封我的信在往您那儿去,这使我感到很痛苦。

几个小时后再见。

弗兰茨·卡夫卡 上

〔19〕12.11.11

最亲爱的小姐:

这么说我并没有失去您。对这一点我一直确信不疑。您声称我的一封信是陌生的,那封信使我感到吃惊。从中我看到了无意的、然而更加肯定证实的灾情,至少在最近我自以为躲过了这场灾情的大部分,但现在又遇到了并一下子被它吞没了。我不能克制自己,我不知道给您写什么,星期六写的两封信人为地从一个终结走向另一个终结,我确确实实认为,一切都完了——这是否也意味着什么:正在我写这个字的时候,我母亲哭泣着,哭得像个泪人似的(即使这样,她还得去店里,她每天都在店里,三十个春秋,天天如此)来到我的房间,她抚摸着我,问我有什么不舒服的,问我为什么在饭桌旁不说话(长时间以来我一直是这样,因为我必须顶住),并还想知道更多的事情。可怜的母亲!不过我还是非常理智地安慰她,吻她,最后还是使她露出了微笑,甚至在泪水未干时对我下午不吃点心(我已经多年来不习惯吃了)进行了狠狠的斥责。我也知道(她不知道我知道,或者说她不知道我是后来知道的),她为什么对我特别担忧。不过这些事情下次再跟您说。

现在又是这个问题,即我有好多话要想跟您说,却不知从何开始。尽管如此,我把最近三天看作是不幸和继续等待的预兆,并且在工作日的不安中将不会给您写一封较长的信。您必须同意而且不要生气或指责我,因为您知道,不管您愿意否,我是如此地拜倒在您的脚下。我把我整个身心都交给了您,却不给其他任何人留下半点的痕迹和丝毫的思念,不过我不想再看到像那封信中的指责,不管是有过还是无辜的。我不仅是因此从现在开始只给您写短信(当然星期日我还是会兴奋地给您写特别长的信),而且也是因为我要竭尽全力写我的小说,这部小说也属于您,或者说是我对您表达的情意,这种方式可能比最长生命的最长书信中的仅仅是文字的表达要清楚。我正在写的,当然还不知道什么时候能写完的故事叫——为了使您暂时有个概念——《失踪者》,是讲美国的事①。眼下已经完成五章,第六章也差不多了。各章的题目如下:第一章:司炉;第二章:舅舅;第三章:纽约近郊乡村别墅;第四章:通往拉美西斯之路;第五章:西方饭店;第六章:鲁宾孙事件。——我点出这些标题,好像人们借此可以想象出点什么,这当然是不行的,但我要把这些题目保留在您这里,直到这成为可能。这是第一件较大量的工作,一个半月以来,在我经历了十五年的、有些时候感到绝望的痛苦之后,我在这项工作中有一种安全感。这项工作必须完成,您可能也这样认为,托您的福,我要把这不多的、本来可以用来给您写那些不详尽的、不完整的、不小心的和重要的信的时间用在那项至少已经稳定下来并找到正确途径的工作上。您同意吗?尽管这一切,您不会让我陷入可怕孤独的处境中吧?最亲爱的小姐,现在让我好好看着您的眼睛。

星期天我将以尽可能的明智态度来回答所有的问题,也包括我昨天为什么没有给您写信的问题,这可是一个很长的故事。

---

① 这部小说1927年由马克斯·勃罗德以《美国》为题发表。在卡夫卡与菲莉斯的所有书信中,凡卡夫卡谈到长篇小说时,就是指的这部作品。

如果不是因为眼睛痛去看眼科大夫,那就必须详细说说这件事!

三天来,我失去了从电车上跳下去的快乐,这是因为担心您在任何一次转达想法的过程中没有足够认真地对待我的警告。现在我终于得到了您的坚定许诺,所以我又可以从电车上往下跳了。这里我回想起星期六发生的一件事。我和马克斯一起外出,称我自己不是一个十分幸福的人。路上,由于我不小心,一辆车擦着我身边驶过,我脑子仍在思考着,同时用脚跺着地,嘴里喊着模糊不清的话。那一刻,我真的恼火了,怎么车子没有从我身上压过去,马车夫当然是误解了并不无道理地漫骂了起来。

不,我不会完全离家去过隐居生活。附上的这篇描写我们家住房声响情况的文章就能证明这一点。这篇文章对我们家进行了有些令人心痛的公开指责,它刚刚发表在布拉格一家小杂志上①——除此之外,我最小的妹妹(也已经二十多岁了)是我在布拉格最好的女朋友,另外两个妹妹对我也很好并很关心我。只是父亲和我,我们之间的积怨甚深。

要是您用"你"称呼我一次,听起来会是什么感觉呢?哪怕是一句引用语!

快点,在我搁笔之前,您是否能告诉我一种办法,使我在办公室读您的信时不至于像个小丑激动得浑身发抖,以便使我能继续在那里工作而不至于被开除。我能够心平气和地看信,不是吗?然后把它忘掉几个小时。这还是能做到的。

弗兰茨 上<br>〔19〕12.11.11

菲莉斯小姐:

现在我要向您提出一个请求,乍一听起来,这个请求的确是荒唐的,

---

① 《喧闹》这篇作品发表在布拉格的《海尔德学刊》第一期(1912年10月),第44页。该作写于1911年11月,初稿参见1911年11月5日或6日日记。

如果我看到这封信，也会有同感。但这已经是对一个心慈好善的人能够进行的最严峻的考验了。我想请求您，每周只给我写一封信就行了，并让我每次都是在星期天收到您的信。因为我受不了每天都收到您的信，我无力承受它们。比如我每次给您写回信后就躺在床上，表面上很平静，但实际上心怦怦直跳，就像怀里揣着一只兔子，满脑子想的都是您。我是属于你的，真的再没有别的方式可以表达这一点了，别的方式都显得软弱无力。但正因为如此，我不想知道，你穿着什么样的衣服，我不会生活，这使我很苦恼，所以，我不想知道你对我的好意，否则我为什么还傻待在办公室或家里，而不是闭上眼睛，一头钻进火车，等到了你身边，再敞开我的心扉。是的，我为什么没有这样做，这里有一个可怕的原因，很简单：对我自己来说，我的身体还算健康，但不能结婚，更不能当父亲。但是，当我看到你的信时，我似乎还能够看到比无法忽视的东西更多的东西。

要是我已经得到你的回信那该多好啊！是我在折磨你，强迫你在你安静的房间里写这封信，这是多么的可憎，你桌子上再没有比这更可憎的信了！有时候，我真的感觉我好像是一个鬼怪，正在吞噬你那吉祥如意的名字！星期六写的信里我向你发誓，请你不要再给我写信了，也为我向你做出同样的许诺，要是我把这封信寄出去了就好了[①]，我的上帝啊，是什么阻止了我把这封信投出去呢？这也好。现在还有没有可以和平解决的办法呢？要是我们每周只通一次信是不是会有帮助？不，要是用这种方式可以解决问题的话，那这就只是微不足道的痛苦了。我预感到，星期日的信我也承受不了了。信写到这里结尾时，我已感到浑身有气无力，为了弥补星期六错过的东西，我请求你：让我们算了吧，如果我们还热爱自己的生命的话[②]。

---

[①] 参见1912年11月9日给菲莉斯·鲍威尔的信。
[②] 可能这封信促使菲莉斯给马克斯·勃罗德写信，请他解释卡夫卡的行为。参见勃罗德1912年11月15日的回信。就在几天前，为了在菲莉斯和卡夫卡之间进行调和，勃罗德在柏林逗留时曾打电话给菲莉斯。卡夫卡在1912年11月13日给勃罗德的信中说："你在那里为善意、理智和担心说出了的最极端的话，但如果那里不是你，而是一个天使在打电话，也比不上我那封充满恶意的信。"

我想用"你的"来署名吗？那就大错特错了。不，我的和永远与我连在一起的，这就是我，并且我只能试图满足于此。

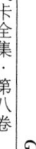

弗兰茨

〔19〕12.11.11

〔11月17日，星期日，和一束玫瑰由邮差一并送上〕

〔1912年11月13日〕

可怜的企图：寄去罪恶的话语后还要送上清白无辜的玫瑰！然而，正是这样：对于在一个人心中占据位置的东西来说，外界的确是太窄小，太清晰，太真实了。——好，但这个人至少在面对他以为要依赖的人时应该保持理智——那就是说，正是在根本完全不可能的地方？

最亲爱的，最亲爱的，假如这个世界上有那样的心慈好善的话，人们就不用担惊受怕，不用心绪不宁。收到来信时——我正在上司那里谈采石矿井的保险问题——我又用往日颤抖的手抓住你的信，眼睛盯着像是一个幽灵的上司。当我刚把信读了两三遍后，正像我长久以来所希望的并在三天前夜里祈祷过的那样，我心里十分平静。你的信封——这么说不对，应该说这个信封，但"你"和"你的"都要突出——上面写着安慰话语的信封不会起这个作用，因为我是后来才看到它的，而信中所写的只能使我摇头，因为越往下看就越使人在这个旋转的地球上感到恐惧——而紧紧抱着我的只能是你，为了这个你，我跪在地上感谢你，是围绕着你发生的混乱迫使我这样做的，现在你又把它还给了我。你，最亲爱的！现在我可以对你放心了吗？像穿着冰鞋在滑行的"您"可能在两封信之间的缝隙中消失得无影无踪，不得不在清晨、中午和晚上带着信和想法去追赶它，而"你"却站着不动，像你的信一样一动不动，任凭我吻了又吻。这是一个什么样的词啊！再没有什么东西像它那样把两个人天衣无缝地联结在一起了，尤其是如果他们两人和我们两人一样，有的只是话语。

今天我是办公室里最平静的人，平静的就像最严厉的人在一周时间之后对他自己所能要求的那样，我还会给你讲它的事。是的，我只是在想，我看上去还蛮不错，我办公室里总有那么几个人，把每天对我品头论足当成一件正经事。这是他们自己说的。我没有急于给你回信（再说今天也根本不可能），但我丝毫没有不给你回信和不向你表示谢意的意思。

最亲爱的，最亲爱的！要不是我担心会有人闯入你的房间，发现你正在看信，看到你正在研究长达数页的单调的内容，我真想把这个词一连串写上几页。昨天的信我只写了几行字，这封信你星期天会收到。如果现在要取回这封信，会花费我很大气力，但也没必要这么做。提到这事，目的是不要你感到吃惊——不使你感到吃惊，但迄今为止我总是这么干的——这几行字的信没有日期、标题和署名，想通过这些企图在可怜的疑惑不定中重新获得占领的地位。请怀着善意看信！

不过请告诉我，你是从哪里知道我最近给你写信所表达的是痛苦，而不是胡说八道。但看上去却很像后者，我要是处在你的位置，我会竭尽全力扔掉这封信。比如最后一封信，它不是写出来的——请谅解这种表达方法——而是呕吐出来的。我躺在床上，想写的内容不是顺序排列的句子，而是唯一的处于极度紧张之中的、如果我不把它写下来会置我于死地的一句话。当我真的写下来时，内容就不那么贫乏了，我已经可以找到更多的词汇，跟随着记忆，信中有些地方还穿插着一点令人慰藉的假话。但是，我太轻率地把它们送上了路，又过于急躁地把它们抛了进去，如同我虽然作为一个不幸的人回到了家，但最终我还是一个活生生的人，直到入睡前可怕的两小时又使我产生另外的想法。

不谈这些了。我还会得到你的信的，你什么时候写都可以，或更好一点，什么时候能写就什么时候写，可不要为了我在办公室一直待得太晚，如果收不到信，我会受不了的，如果再来一封信，它会在我的手中变得栩栩如生，我感觉还从未有过一封信是这样的，它对我的眼睛和嘴唇来说等于代替所有没有写的信。你会有更多的时间，如果你不是急着去排练的话，可以在这美好的晚上出去散散步（昨天晚上我和我的小妹从 10 点散步到 11 点半,我们晚上 10 点出发了,11 点半才回来。你可能还不能想象我妹妹是一个什么样的人,她二十岁,长得又高又大,但十分天真幼稚)。祝你扮演"幽默者"成功[①]!我是在折磨马克斯,为了你,我处处给他找麻烦,而这个笨蛋对打电话的事几乎一无所知,就知道评论你的笑声。在打电话之前,你那么开心地笑,说明你非常懂得打电话。而我呢,只要我一想到打电话,就笑不出来了。还有什么能阻拦我去邮局向你祝晚安?但邮局那里乱糟糟的,站在柜台旁要等一个小时,终于轮到我了,跑到电话机旁,浑身开始哆嗦,然后低声细气地问你在不在,终于听到了你的声音,但又没有力量回答,谢天谢地,三分钟过去了,现在急不可待地要回家,真的和你谈谈——不,还是算了吧。此外,可能性总是美好的希望,你的电话号码是多少,我担心,马克斯把它给忘了。

好,现在我要好好地睡觉了。最亲爱的,我最亲爱的,我完全没有音乐感,但音乐与此无关!

你的 弗兰茨

〔19〕12.11.14

最亲爱的:

请保持镇静,我只是想向你祝晚安,因此,信写了一半就搁笔了。我担心,我过不了多久就不能再给你写信了,因为要给某人(我不得不点出所有的人名,所以就称为"某人")写信,就必须想象眼前有一张可以注视的面孔。我可以很好地想象你的脸庞,这是完全可以办得到的。但是,更强烈的想象开始越来越经常地阻止我把我的脸放在你的肩膀上,我冲着你的肩膀,你的衣服,冲着我自己在说,但说话不清,难以理解,所以你也无法知道在说什么。

---

① 菲莉斯在其公司庆祝会上表演的一个角色。

你现在睡了吗？或者你还在看我会谴责的东西？或者你还在排练，我可不希望是这样的。根据我的总是在走、从未偷懒的表看，现在差七分钟1点。记住，你需要比别人更多的睡眠，我是睡的少，但比常人睡觉少不了多少。我认为，我要把我通常睡眠时没有使用的部分作为最好的东西保留起来，那就莫过于你那双可爱的眼睛。

不要做凌乱的梦幻！我的思想围着你的床转了一圈，又下令止步。我把这里进行整理后，可能还把一个醉汉赶出了伊马努埃基尔希大街，然后我也带着一切就绪的心情回家继续写信，或者也可能就上床睡觉了。

最亲爱的，你在接到我的信时都在做些什么事情，请每次写信时都告诉我。我将据此控制我的想象。你要尽可能使事实接近我的想象，经过多次的尝试，事实与想象终于汇合了并成为唯一伟大的现实，对这一现实人们完全可以放心——现在钟楼正好敲响了布拉格1点钟。

再见，菲莉斯，再见！你的名字是怎么起的？它不愿离我而去！又闯入我心扉，可能是通过拥有飞翔能力的"再见"这个词。我想，如果飞向天空可以摆脱身上的负重，就像我是你的负重一样，那一定是非常怡然自得。你不要被向你招手的轻松愉快所引诱。保持"你需要我"的错觉。考虑的再深刻些。这对你不会有任何损害，你想抛弃我，你会拥有足够的力量做到这一点。这期间你送给我一件礼物，一件我这辈子做梦都寻觅不到的礼物。就是这样，尽管你做梦也会摇头。

弗兰茨

〔19〕12.11.14

和我之前想的一样，你，这个"你"确实没有什么用处。今天，也就是第二天，这一点并没有得到证实。我应该可以做到心平气和，今天没有来信，没有什么比这更说明问题的了。我可怎么办呢？我坐立不安，在楼道里转来转去，眼睛盯着每一个侍者的手，吩咐他们去做并不是非做不可的事情，目的是为了使人专门到楼下去取邮件（因为我在四层楼，而信箱在楼下,邮差送信又没准儿,此外,我们要选举董事会了,而准备工作十分费劲,还在从邮件中找出我的信之前,我在楼上已经不耐烦了),我最终忍耐不住了,谁都不相信了,自己跑下楼,当然是一无所获。我吩咐过三个人要首先把你的信给我拿上来。由于三个人担负这个任务,我应该介绍一下他们:第一个是侍者梅格尔,谦虚恭顺,乐于助人,但我特别反感他,因为我注意过,每当我的希望寄托在他的身上时,就极少收到你的信。每当这时,一见到他那无意中表露出来的残酷无情的外表,我就感到毛骨悚然。今天又是这样,我真想至少把他那双空手抽打一顿。但他看上去还有同情心,因为有几次没信时我问过他,是否明天可能会来信,他总是毕恭毕敬地点头称是。但我不愿意承认他有同情心,我为此感到羞耻。我现在想起来了,有一次我断定会收到你的信,那可能是在最糟糕的第一个月,这个侍者在楼道里告诉我说,东西来了,在我桌子上。当时我三步并作两步地跑到办公桌旁,看到的却是马克斯从威尼斯寄来的一张名片和一张贝利尼的照片,上面写着:"爱情,地球的统治者"。但是,对我面临的绝无仅有的、自我折磨的状况,这种空泛的辞藻又有什么用呢!——第二个是发送部经理沃塔瓦,一个个子矮小的老光棍,脸上布满皱纹,点点色斑,满腮短髭,湿乎乎的嘴唇上总是吧嗒吧嗒地叼着一根弗吉尼亚雪茄,但他也有时像下凡天女一般,那就是当他站在门口,从怀里掏出你的信递给我的时候,因为——可以理解——这并非他的本职工作。他肯定是察觉到什么了,因为他只要有空,总是想法赶在另外两人前面,不顾爬四层楼。当然,有时本来可以在这儿或那儿早些把信给我,但他为了能把信亲自交给我,在侍者面前就不把信拿出来,这使我哭笑不得。当然,没有点乱也不行。——第三个希望是伯姆小姐。她把递信看作是一件很荣幸的事。她来时光彩照人,把信递给我时,流露出一种表情,好像这虽然是一封别人的信,但实际上只是关系到我们两人,她和我。如果另外两个人中的一个拿到信给我,我告诉她,她几乎要哭出来,决心第二天要多加注意。但公司很大,有二百五十多名员工,很容易有别人抢在她之前拿到信。

今天这三个人都无信可取。我真想知道,这种情况我还要遭遇多少遍，今天不可能有信。也只有在今天，在这个过渡的日子里，我坐立不安。如果你在明天的信之后不再写信了，我就再也不管了。我以前对自己说过"她不写信了"，这太可怕了。现在我要说"最亲爱的，你去散步了"。对此我只能感到高兴。你本来是几点钟收到我的信的？

你的 弗兰茨<br>〔19〕12.11.15<br>〔工人事故保险公司信笺〕

  最亲爱的，今天我先给你写信，然后再写公文，好使我不要有让你等待的感觉，使你不是在我的对面，而是和我在一边，使我能够平静地为我写信，因为——可别告诉别人——最近几天我在写作方面收获甚少，是的，几乎是毫无所获，我和你的联系太多了，想你想得太多了。

  那可能根本不会及时寄到的两本书，一本是为你的眼睛，另一本是为你的心。第一本真的或多或少是随便和偶然找出来的，这也好①。有好多书应该先寄你，而不是这本书，但这也表明，我们之间也可以发生随便的事情了，因为它已经变成必要的了。《情感教育》一书多年来如同仅有的几个朋友陪伴着我，无论什么时候，无论在什么地方，翻开这本书，都会使我激动不已，完全被吸引住了，我一直感觉自己是此书作者的精神之子，尽管是一个可怜的愚笨的②。马上写信告诉我，你是否懂法文。如果懂，我再给你寄去最新的法文版。告诉我，你懂法文，即使这可能不是真的，因为法文版的语言非常华丽。

  对你的生日（它正好和你母亲的生日同一天，你的生命就这样直接地延续她的生命？）我不能有任何表示，因为即使是有很急切的祝愿，那它们也同时是针对我的——但我不能说出来，如果我有能讲出来的，

---

① 无法了解指的是哪本书。
② 关于卡夫卡崇拜福楼拜，参见马克斯·勃罗德《卡夫卡的信仰和信条》（《卡夫卡和托尔斯泰》），1948年温特胡出版，第20页，和瓦根巴赫的《卡夫卡传》，第159页。

那就是自私自利。为了使我完全有把握保持沉默和不表达愿望,请允许我,然而只是在想象中,而且仅此一次,吻你可爱的嘴。

弗兰茨

〔19〕12.11.15 晚 11 时 30 分

## 马克斯·勃罗德致菲莉斯·鲍威尔的信

亲爱的小姐:

多谢亲切友好的来信。我今天下午和弗兰茨谈,当然不提你的信,然后立即给您回信,如果情况不是像我希望的那样,问题已经在此期间得到解释,从而使这次谈话成为多余的话——我只是请求您,在一些事情上宽恕弗兰茨和他常常是病态的过分敏感。他完全被眼下的气氛所左右。他也是一个人,想得到非得到不可的东西,万物之中的极限。他从不甘心妥协。比如:如果他感觉不能全神贯注地写作,他就可以一连数月只字不写,而是满足于只写了一半,倒也还不错的作品。正如对文学一样,他在这方面也是全身投入。由此常常产生一种假象,好像他喜怒无常,神经过敏,如此等等。我十分了解他的性格,实际上他从来没有这样过,而在选择实用物品时,他甚至很聪明,很灵活。只是在理想的东西方面,他很严肃认真,这方面他十分严格,首先是对他自己,由此而造成他虚弱的身体,由于他外部的生活环境(办公室!)不是最有利的,面对这些冲突,人们应该通过理解和友善帮助他加以摆脱并认识到,对待像他这样的具有鲜明特色的奇特人物,应该不同于对待成千上万的平庸之辈。我相信,您不会错误理解我的意思。我请求您,再遇到今天这种情况就来找我——弗兰茨每天在办公室要待到 2 点,这使他很痛苦。下午他休息,只有晚上才精神饱满。这真是件苦恼的事!此时,他在写一本小说,据我所知,这本小说将使所有文学作品相形见绌的。要是他是自由的并受到好心对待,他会创造多少东西啊!

再最诚挚地请求您,不要告诉任何人说我在柏林。我没有找过任何人，只同您谈过。——祝您一切安好，万事如意。

最衷心的问候！

马克斯·勃罗德　上<br>1912 年 11 月 15 日

最亲爱的，不要这样折磨我！不要这样折磨我！今天是周六，但你也不给我来信，正是在今天，我想，就像夜晚之后是白昼一样，肯定会有信。但是，谁要求得到信，只有两行字，一句问候的话，一个信封，一张名片，寄去的四封信，这是第五封，我还没有收到你一封回信。不是吗，这不好。我应该如何度过这漫长的日子，工作，讲话，和要求我做的其他事情。也可能根本就没写，因为你没有时间，排练演出或者开会占用了你的时间，不过告诉我，是谁占用了你的时间，使你不能到旁边一个桌子，用铅笔在一小块纸上写上"菲莉斯"并给我寄来。对我来说这已是很多了！这是你生命的信息，是对眷恋一个活人的勇气的安抚。明天或许，是的，肯定会来信，否则我将不知所措；那样一切同样会好的，我就不再用经常给我写信的请求来折磨你了，但如果明天早上有信，那就不用星期一一大早就在办公室用这种抱怨来欢迎你了。但我必须这样做，因为如果你不回信，我会有一种理智也无法克服的感觉，你不理睬我了，你和他人调侃，却把我忘记了。难道我会默默地容忍这一切吗？我这可是头一次等你的信（尽管我总是说服自己，这不是你的过错），所附以前的信可作证。

你的

〔19〕12.11.15〔1912 年 11 月 16 日〕

〔附信〕

尊贵的小姐：

刚才我去了地方政府，慢去慢回，这段路还挺远，要过默岛河到对岸。今天不会再有你的信了，我认了，因为我一直在想，如果早上没有，就不会再来了。由于各种各样的缘故，最近两天我感到有些悲伤和健忘，在回来的路上，我在贝尔维德勒大街停住——大街一边是住宅楼，另一边是瓦尔德施塔因伯爵花园①异乎寻常高的墙，没有经过很多的思考，就从包里拿出你的信，把我当时没想看的而在最上面的给马克斯·勃罗德的信放到后面，看了你信的几行字。可以肯定，当时大部分是睡觉的动作，因为我睡觉很少，但并不感到疲倦。后来我回到了办公室，发现出乎意外的信，你那漂亮的信笺及其令人激动的分量。

我现在写的还不是回信，让我们把问题和答复随便合在一起吧，超出您的来信的所有美妙之处的最美妙的事是允许我想什么时候就什么时候给您写信，因为我还是在考虑，是否应该停止每天重复的写作了，我认为您在这方面不是这样，可能您会觉得每天收到信是尴尬的，但由于我干什么都不守时，我对于给您，就是无忧无虑地给您写信情有独钟。现在我得到了许可，可以做我想做的事，同样，即便没有回信，我也可以写信并希望，假使我失去写信的能力，我仍然可以由于怜悯而得到信，因为我太需要它了。

今天只答复一点。扔掉匹拉米酮和所有这类的东西！好好找找头痛的原因，而不是去药房！令人遗憾的是，我不能够较长时间观察您的生活，以便了解头痛的根源所在。您不觉得这些还十分有效的人造之物比起受到自然打击的头痛来更无法忍受吗。此外，正如只有人才能把痛苦传给别人一样，只有通过人才能治愈人的疾病，就像您的头痛与我这种情况一样。

---

① 位于在布拉格克莱因赛特的当时地方政府附近带有围墙花园的瓦尔德施塔因宫殿。于1623—1630年为皇室男爵阿尔布莱希特·封·瓦冷施塔因所建。

再见,请保持友好。

卡夫卡　上

〔没有注明日期〕〔工人事故保险公司信笺〕

# 弗兰茨·卡夫卡的母亲给菲莉斯·鲍威尔的第一封信

尊敬的小姐:

一次偶然的机会,我看到了一封寄给我儿子的信,上面注明的日期是11月12日并有您那女性特有的署名。我非常喜欢您写信的风格,以致我一直把信读完,而没有考虑到我不应该这样做。

我向您保证,只是为了我儿子幸福的动机促使我这样做的,我可以肯定,您会谅解我的。

我虽然没能认识您,但我仍然很信任您,愿意向您,亲爱的小姐,吐露一个做母亲的担忧。

您信中的这句话起了很大的作用,您说,他应该与肯定爱他的母亲倾心吐胆。亲爱的小姐,您说出了我的心里话,这也是不言而喻的,因为一般来说,每个做母亲的都爱自己的孩子,但是,我是怎么样爱自己的儿子的,我无法向您做出描述,我情愿付出我生命的几年时间,如果这样可以换取他的幸福的话。

要是另外一个人处在他的位置,那个人将是凡人之中最幸福的,因为他父母满足了他的每一个愿望。上大学时,他对什么有兴趣,就学什么,由于他不愿意当律师,而选择了公职人员的道路,这对他来说倒也完全合适,他上班到下午两三点①,下午其余的时间可以自己支配。他从事坐办公室的工作,这个多年来我就知道。但我认为这只是消磨时光。如果他像同龄青年人那样睡觉和吃饭,这是不会损害他的身体健康的。但他睡眠不足,吃饭很少,健康状况越来越差,我担心,只有当上帝向他

---

① 通常的工作时间(中午不休息),2点或2点半下班。

招手时，他才会意识到这一点，但到那时为时已晚了①。鉴于上述情况，我请求您，适当地让他注意这个问题，问问他，是怎么生活的，吃什么，一天吃几顿，总之，就是他每天是怎么度过的。但是，不能让他知道，我给您写信了，更不能让他知道，我已得知他和您有通信来往。如果您能够使他的生活方式发生转变，我将不胜感激之至，将是最幸福的人。

钦佩您的

尤丽亚·卡夫卡

1912年11月16日于布拉格

如您有意给我写信，请将信寄到以下地址：布拉格老城环路金斯基宫16号，私宅。

最亲爱的，最最亲爱的，我这个完全该死的家伙有幸把你健康的身体搞病了。你听着，爱惜你自己，爱惜你自己吧，我所欠下的，变成了对你的爱！因为你不给我写信，我敢对你进行指责，我陷入极度的不安之中并要求自己，不要感觉你是病了，而是应该可笑地猜测你是在排练或者娱乐。真的，即使我们各处地球两端，你在亚细亚的什么地方，我们也不会是远隔千山万水。对于我来说，你的每一封信都是无穷无尽的，尽管它是这么的简短（天哪，我满脑子都在想什么乱七八糟指责你的话，你今天的信就不短，它比我应该得到的要长上万倍），我一直把信看到最后的署名，然后又开始从头看，就这样循环往复，妙不可言。但最终我还是得看到，信是有句号的，看到你站了起来，离开了写信的桌子，为了我消失在黑暗中。这时，人们会大吃一惊的。

但今天无论如何是应该有信了。我还没有像你那样下定决心，我不

---

① 在与卡夫卡母亲的一次谈话的记载中也可以看到她对卡夫卡的这种看法，参见1911年12月19日日记。

想去柏林，我只是下决心，信来之前不起床，下这样的决心不需要特别的气力，我是悲伤得起不来床。我觉得，昨天夜里写的小说愈来愈差，我的灵感已经到了最低点，但对收到那封挂号信时的幸福心情仍记忆犹新，当我抬头向上看时，我看到了的确是可怜的我真的还在空中享福呢。前天夜里我做梦第二次梦到你。邮差交给我两封你的挂号信，而且是一只手拿着一封递给我的，其手臂的动作非常的准确，就像汽轮机里的曲轴转动一样。天哪，这是充满魅力的信。我从信封里抽出许多写了字的信纸，但信封总是不空。我站在楼梯上，不得不把读过的信，请不要生我的气，扔到楼梯上面，好继续从信封里面拿信。整个楼梯上上下下堆了厚厚一层读过的信纸。松散堆落在一起的有弹性的信纸簌簌作响。这真是一场美梦。

但是今天我不得不对邮差另眼看待了。我们的邮差总是不准时。12点15分信才来，在这之前我从床上不下十次地派不同的人到楼梯上，似乎这就可以把信引诱过来，而我自己不能起床，12点15分时，信真的到了，立刻拆信，一口气读完。你生病使我感到十分不幸，但是——此时此刻暴露了我的天性——要是你身体健康时不给我写信的话，我会感到更加不幸。但现在我们又重新互相占有，在友好握手之后，我们要一个一个地恢复健康，然后健康地继续生活下去——我的信又什么都没回答，但回答是口头上的事，写信并不能使人聪明，顶多会得到一种幸福的感觉。另外，尽管今天我还得东跑西颠，而且还有一部在床上苦恼时想到的并使我内心感到压抑的简短故事要写，但今天我可能仍然还会再给你写信[①]。

你的 弗兰茨<br/>〔19〕12.11.17

---

[①] 第一次提到正在创作的《变形记》。在一直到1912年12月6日的信里，卡夫卡所指的"故事"就是《变形记》。

〔在空白处〕

不要慌张,我绝不会打电话的,不会这样做的,我不会骗人这样做。

我最亲爱的,现在是夜里1点半,上次提到的故事还远远没有完成,今天没有时间写小说,上床时我的情绪十分低落。要是夜里有空,不间断地一直给你写信到明天早上,那该多好!那将是一个美好的夜晚。但我不得不上床睡觉,因为我昨天夜里没睡好,今天白天几乎没有睡,在充满苦恼的状态下,我不能去上班。明天,你的信,最亲爱的,最亲爱的!当我半睡半醒的时候,它们会给我力量,但当我昏睡时,我宁肯躺在沙发上,坐在它们上面,谁来打扰,我就把谁的牙齿敲掉。不,说到工作,我一点儿都不激动,我已经历了五年的办公室生涯,在一家私人保险公司,每天从早上8点干到晚上7点,8点,甚至8点半,在头一年里肯定是非常可怕的,见鬼去吧①!在通向我办公室的小过道有一块地方,我每天早上经过过道时,都感到极不耐烦,足以导致像我这样具有比较坚强、执著性格的人寻求极乐自杀。现在当然好多了,人们甚至主动对我表示和蔼可亲,包括我的顶头上司②。最近有那么一次,在他秘书房间里有许多工作人员、办公室主任和投保人焦急地等待着召见,也可能有什么十分紧急事务要请示,而在他办公室里,我和他正在头靠头地欣赏一部《海涅诗集》。但是,尽管如此,还是够令人烦恼的,也没有劲去忍受这种烦恼。

我现在想到,你不会在最后对使用这种信纸而生气吧?我妹妹的信纸几天前我就用完了,而我自己几乎不曾有过信纸。就这样,我从今年旅行日记本上一张一张撕下纸来用,并毫不羞耻地寄给你。为了试图再

---

① 卡夫卡1907年10月至1908年7月工作的联合保险总公司。参见瓦根巴赫的《传记》第141页。

② 罗伯特·马施纳博士,工人事故保险公司的一位经理。参见勃罗德1910年在《书信集》中的注解5,瓦根巴赫《传记》第148页和《乡村婚事》一书中第426—428页和454—455页。

次进行平衡，我把正好从本子里掉出来的一张纸一块寄给你，上面有今年在疗养院疗养时早上经常合唱时唱的一首歌，我非常喜欢这支歌，就把它抄了下来①。这是很有名的一首歌，你肯定也知道，只是没太注意。请你无论如何再把这首歌给我寄回来，我不能没有它。虽然十分激动人心，歌词写得还是很有规律，每一段都有一个口号，然后是点头。我可以发誓，歌词表达的悲伤是真实的。要是我哪怕是光把曲子记住了也好，但是我没有音乐细胞，我的小提琴老师出于对我的失望，在上音乐课时宁愿让我跳过他举着的棍子，音乐方面的进步表现在他举的棍子一节课比一节课高。所以，我认为这首歌的曲子很单调，实际上只是唉叹之声。最亲爱的！

弗兰茨<br>〔19〕12.11.18〔11月17日至18日夜〕

　　亲爱的，这封电报我受之无愧！你星期六肯定有事，无法动笔，因而我根本没指望今天收到信。这毫无快乐可言的星期日已成为我们通信的障碍，长时间的等待使我有些神魂颠倒。昨天收到的信并不令我满足，特别是因为信中提到了你痛苦的处境。你曾以肯定的口气答应我以后每星期一让我收到你一至两封信，结果一封没来。我在办公室里发疯似的转着圈子，上百次地把本该看的材料扔在一边（都是行政法院的判决，这是你知道的），又上百次地捡起来，但却一个字也看不进去。一位正在和我谈判展览一事的工程师一定把我当傻瓜，因为我站在那里想的是邮差该第二次来送信了，甚至担心送信时间已经过去。在神志恍惚中，我一直紧盯着工程师小小的、有点残废的手指，这多么不礼貌啊！亲爱的。我不想叙述了，越说下去越糟，令人无法卒读。即使打电报也不如

---

① 1912年7月卡夫卡在一家自然疗法疗养院，即坐落在哈尔茨地区雍伯的鲁道夫·约斯茨疗养院度过三个星期。这首歌是阿尔勃特·格拉夫·封·施利彭巴赫的《再见，小路》。卡夫卡在1912年7月22日给马克斯·勃罗德的信中已经提到过这首歌。

想象的容易。我两点半发出加急电报,一直到夜里11点1刻才收到回电,也就是说花了九个小时。坐车去趟柏林也不要这么长时间,而且肯定能到。而等回电却越等越绝望。终于听见门铃声,邮差来了!他表情友好、高兴,电报里不会有什么糟糕的消息。当然不会,里面有的只是爱情和好消息。这封电报现在打开着放在我面前。亲爱的,人去哪里汲取力量,如何保持清醒头脑,如果人从逼人发疯的痛苦一下子达到幸福的境界?

我刚才正想坐下来写我昨天的经历,当时受绝望的刺激很想把自己写进小说。这么多事困扰着我:你杳无音讯;完全没有能力应付办公室的事情;面对着这篇一天来没有动笔的小说有了一个大胆的想法:继续写新的、启发人的故事,几天几夜几乎完全失眠,脑子里想着一些不太重要、但却令人心烦意乱的事。总之,当我今晚出去做仅为半小时的散步时(当然一直张望着看邮差是否来送报,并且在离住处较远的地方碰到了一个邮差),我决定给一个人写信作为我唯一的解脱。我和这个人今夏结识并成为好朋友。当时,他用好几个下午想说服我皈依耶稣。现在我收到了你的电报,给那个朋友的信也就不着急发。你这个妖精!现在我不知道是继续写小说呢还是去睡觉。我也不知道如何请求原谅,让你原谅我的电报给你带去的忧虑和不安。

弗兰茨

〔电报,发出时间和地点:1912年11月18日2点30分,布拉格〕

亲爱的,这不是指责,而是请求解释。我会很伤心的,因为我不了解情况。我们不再写那么多信,这是对的。我昨天就此动笔写信,准备明天发出。但改变通信的约定时间只能经过协商一致,必须事先商量和通知对方,否则会让人等得发疯。我该怎么解释,你自己说星期五上午收到我上封挂号信或至少知道有这封信,但为什么等到星期六才回信?你在星期六的回信中写道,你星期六还要再写一封,但为什么没有写,以致我星期一没收到你允诺的第二封信?你为什么星期日没写信,哪怕是片言只语，而等到半夜才写了一封令我欣喜若狂的信？如果我不发电报，你星期一就根本不打算给我写信，因为你的加急信是我星期一唯一收到的一封信。但最奇怪和最令人害怕的是：你病了一天半，但仍坚持一个星期的排练；星期六晚上仍去跳舞，直到第二天早上7点半回家，而夜里1点仍毫无睡意；星期一晚上又去参加家庭舞会。我的天哪，这是怎样的生活啊！请解释一下，亲爱的！让鲜花和书本一边去吧！剩下的只有我的麻木！

弗兰茨<br/>〔19〕12.11.19

〔在一附页上〕

我现在读到，你在星期日的信中肯定地答应我星期一能收到一封信。

亲爱的，我怎么得罪你了，这样折磨我？今天又没见信，第一次邮差来没有，第二次又没有。你让我多痛苦！你只要写一个字就会让我快乐起来！你对我厌倦了，除此没有其他解释。这也并不奇怪。不可理解的是你不给我写信。如果我想活下去，就不能像这几天徒劳地等待你的音讯。我已不再奢望能得到你的消息。我不得不重复你默默向我告别的情景。我想把脸放在这封信上，以便它无法发走，但它必须发走。我已不再等信了。

弗兰茨<br/>〔19〕12.11.20

亲爱的，我最亲爱的，已是夜里1点半了。我上午的信伤害你了吗？我怎么知道你与亲戚和熟人有应酬！你折磨我，我又用指责来报复你。

亲爱的,请你宽恕!送我一枝玫瑰表示你已宽恕我。我并不疲劳,但迟钝和沉重,我找不到合适的字眼。我只能说,待在我身边,别离开我。如果我的任何一个敌人用我的名义给你写这样的信,就像今天上午那封,那不要相信它,而是通过它看我的心。生活是多么困难和艰苦。怎么能仅用由文字组成的信来留住一个人呢?要留人需要用手抓。我手里抓着你的手,我生活中需要你的手。你的手我仅三次有幸握住,一次是我进房间的时候,第二次是你向我保证去巴勒斯坦旅行,第三次是我这个傻瓜送你上电梯。

我可以吻你吗?在这粗糙的信笺上?我也可以打开窗去吻夜晚的空气。

亲爱的,不要生我的气!我对你没有任何其他要求。

弗兰茨

〔可能写于 1912 年 11 月 20 日至 21 日夜〕

〔工人事故保险公司信笺〕

亲爱的,可怜的孩子!你有一个可怜的和特别令人不愉快的情人。他只要两天收不到你的信,就会不假思索地用文字来发泄一气,而且不明白这样做会伤害你。当然事后他很后悔。你不必担心,他给你带来的任何不安都会受到报应的。亲爱的,读了你的两封信,看来你还想宽容我一段时间。我请你看了我昨天的信也不要改变你的主意。另外,我今天可能仍要打电报请你宽恕。请理解我对你的担忧,我的令人可怕的烦躁,我无法同时想和干两件毫不相干的事情。请理解办公室的生活,眼睛一直盯着门口;躺在床上闭着眼睛想入非非;梦游和在巷子里麻木地跌跌撞撞;心脏已不再跳动只不过是一块搐动的肌肉;已经毁了一半的书信。请理解这一切,不要生气。现在我知道你为什么不写信,但听着:星期一我未曾收到一封信。你认为应该星期一到的信肯定是星期六晚上投寄。看来这封信肯定丢失了。我只在星期日收到了你星期六上午的信。那封星期六晚上发出的信是什么内容？如果你还记得就写信告诉我，这样我至少可以用回忆使这个令人沮丧的星期一变得美好。这样，我星期一没有信，星期二只有你星期日发出的信和迫使你写的加急信，星期三又没有信了。这对我来说太少了。我昨天写了一封信，就是为了发泄一小部分快让我爆炸的感情。你想，对我来说没有其他解释，要不就是你诅咒我，打算与我一刀两断；要不你母亲不允许你写信。我还清楚地记得，你母亲在你最初的信中显得多么和善，她站在阳台向你挥手告别；抱怨你早餐吃得太少；打电话催你回家，因为你在办公室里工作时间太长。但对她来说慢慢地变得黯淡无光了，她要求生日时送她手工艺品；不能正确评价你的办公室工作；她强迫你去做你看来多余的串门；她会在你晚上躺在床上写东西的时候，走进你的房间把你吓个半死，等等。我坚持认为只有这两种解释，所以写了那封信。现在我知道，只要看一下日历就明白，是忏悔节使我直到今天，也就是星期四才收到你星期二的信。这又是我的责任，又是你的好心才得以弥补。我可以用吻你来忘记这些悲伤的日子吗？

我几乎觉得不知哪封信肯定已经丢失。根据我不完全统计，从星期五（11月8日）以来我肯定写了十四或十五封信。听说你星期二只收到一封信？为了便于抽查，写信告诉我是否收到我附有东西的信，因为我只对这些信有印象。其中一封信附了一封很早写的、但没有发出的信，用了"尊敬的小姐"这样一个比较滑稽和老派的称谓。第二封信附有一张纸条，描写了我的住房如何嘈杂。

《斯特林德贝格言论集》我已阅读，但一点也不理解，所以不该和你谈这些。书里都是些可怕的真理。值得欣赏的是不拘泥于形式。但有时候人们担心感受到内心更为可怕的真理。关于相爱的人用完全不同的方式保护自己的真理很伟大，人们会避开很多想法，不想听很多话，有些话在轻松的时候可以接受，现在则被认为是追根刨底。食物已经很清淡了，葡萄酒已被水果汁代替，而且已很少喝了。

我每天吃三顿，其间什么也不吃。早餐是水果、饼干和牛奶；中午饭2点半，和其他一样完全是从小养成的习惯。总的看吃得比别人少，尤其是肉,但蔬菜吃得比别人多。晚饭9点半,主要吃酸奶、面包、黄油、各种栗子、枣子、无花果、葡萄、杏仁、葡萄干、香蕉、苹果、梨和橘子。当然是有选择地吃,不是混在一起,像从牛角里一下子倒进肚子里那样。没有比这个更能引起我胃口的东西了。

不要为你的信担心。尽管我的书桌乱成一团,但你的信是唯一整理得最整齐和锁起来的东西。我经常把信拿出来读,读后总是整整齐齐地放回原处。天哪,我还有那么多事要说和回答,但又不得不放下笔,因为现在已是下午3点了,那就明天再写一封吧。好,如果你星期六上午投信,我星期日就能收到,这一天将比其他日子要美。

弗兰茨

〔19〕12.11.21

〔在抬头上首补充几句〕

我最好还是不拍电报,否则又让你无谓地吓一跳。你今天收到的四封信好坏持平抵消。你是不是举止幽默?能否描述一下?明天我描述一下我自己的形象。

亲爱的,我收到你的电报,看到了我造成的伤害。当我离开办公室时,就给你发了一封很厚的加急信,但在不经意中忘了挂号。你的电报让我害怕这封加急信你收不到,因为邮局在迫害我们,那个女邮差受理我信时态度很随便和大意。如果真是这样,那就太不幸了。所以我急忙又发了这封挂号信,因为我不能再打电报了。但愿你能两封信都收到并友善地收下。真可怕,我们通信将在困难中继续下去。两人相距遥远已经够痛苦了,为什么还有这种打击,你拍电报说星期一也给我写了一封信,你肯定指的是另一封,而不是那封我已确认收到的信。如果真是这样,那么,不仅你星期六写的第二封信,而且星期一写的第一封信都已丢失。这实在是太可怕了。可以让人查找这些信的下落。第一封信丢失的时候就可以这么做，但为了不给你添麻烦，就没去查找。这次也算了。在邮局官员询问情况的时候，你又可以写信简单地问候一下。再怎么问，丢了还是丢了。

但问题严重的是，不仅我被这一切弄得六神无主，直到今天读了你的来信才慢慢地开始振作起来，而且我也粗心地把你拉入痛苦之中。

你会再给我写信的，是不是？

弗兰茨

〔19〕12.11.21

亲爱的，上帝保佑，两小时前我没有动手给你写信。否则我会写关于我母亲的事，你读了以后一定会恨我的。现在我已静下心来，可以充满信心地给你写信。我内心并不好受，但会好起来。虽然不会自动好起来，但出于我对你的爱，一切会好起来的。我让母亲看了你其中的一封信！这个过失无法原谅，活该挨揍。我曾写信提到过，我有个习惯随身带着你的信，它能给我力量，能使我变得更出色、更能干。当然我现在不是把全部信带在身边，而是把最新的一封或两封。结果造成过失。我在家穿另一件衣服，把出门穿的衣服挂在我房间的衣钩板上。我的房间是一个过道，或者说是连结父母起居和卧室的必经之路。当我母亲穿过我房间的时候，我正好不在。她看到信从我衣服前胸口袋里露了出来。出于母亲对孩子的爱，她把信抽了出来，读信后给你写了信。她对我的爱和她的不理智一样强烈，这种不理智和爱引起的无所顾忌可能更厉害，对我来说有时完全无法理解。

我把你今天的几封信当作一个整体，你关于饮食和睡眠的建议并不特别让我吃惊，因为我已写信告诉过你，我很高兴找到了目前的生活方式，它是我身处矛盾唯一的、尚令人满意的解决办法。当今天马克斯轻轻地提到信件的保存以及他的东西瞒不过父母时，就想起你在今天的信中所提的这方面内容，因为你的信一直很形象，就像与我说话人的面部表情。我虽然不知道全部情况，但足够逼迫马克斯说出全部情况。

我不能请求你原谅，因为你那么善良，怎么能原谅这一切呢。这是我的过错，由我自己承担。一切曾是那么美好。我很高兴能静静地享受你给我带来的幸福。我在你关于圣诞节假期的言语中读到一种无限的希望，这种希望是我在尘土飞扬的办公室里写今天早上的信时不敢有的。我母亲又来干扰我了。我一直把父母当跟踪者。直到一年前，我对他们就像对整个世界无所谓，就像任何一件没有生命的东西。但我现在看来，这不过是一种被压抑的恐惧、担忧和悲伤。父母只希望把一个人拉回过去，让人喘不过气。当然他们这样做是出于爱，但这正是最可怕的。我搁笔了。最后写一句忠告：一切都太杂乱无章了。

你的，你的，你的
〔19〕12.11.21

〔在附页上〕

随信寄上一张我的照片，当时我可能五岁，这张生气的脸曾带来乐趣，现在我认为这是隐藏心中的严肃。你得把照片寄还给我，它属于我父母。他们总想占有一切、干预一切（今天我不得不写写我母亲！），等你寄回后，我再给你寄另一张，照得不好，但是现在照的。如果你想要可以留下来。这张照片上的我可能还不到五岁，或许才两岁，不过你比我更有判断力。你喜欢孩子，而我看见孩子宁肯闭上眼睛。

弗兰茨
〔19〕12.11.21

请你给我或借我一张你的照片，现在时机不是最好。我只是说说而已。

亲爱的，我没有时间请求你原谅我星期四给你带来的痛苦。从你今天的信来看，即使一个失去理智的笨蛋也会同情你的痛苦。而我没有予以同情，而是继续犯错，我做的一切都变成了对你的敌视。而另一方面我愿意为你赴汤蹈火，同甘苦，共命运。我把信放在衣服口袋让我母亲看见并给你写信，这是我的过错。但我没有就此吸取教训，而是一错再错。昨天在马克斯面前发生的事情虽然糟糕，但还能忍受。我向他保证，如果我没发过誓，就什么也不告诉我母亲。但即使我没发誓，为了你，这样做也是理所应当的。我如何保持镇静来照顾我最亲爱的呢！但我离开马克斯去散步时，我内心开始沸腾，满脑子怒气。当我回家时，我确信，如果我不说出自己意见，就再也无法对母亲说一句话了。家里有客人，是妹夫和他的一个朋友。我径直回到我的房间，因为我预见自己忍受不了他们。我吃惊房子没有四分五裂，我对一切都好奇。在前厅，母亲开始拖着鞋踢踢跶跶地来回走，好像有什么预感。我们刚才在一起，这是不可避免的。我告诉她我的想法，情绪很激动，几乎没有控制。我确信这对两个人，母亲和我，都有好处。我记不得以前是否那么友好地和母亲交谈过。我从没有在亲戚家里或熟人家里看见那么多的冷漠或虚假的友好。但由于我的和她的过错，我一直用冷漠和虚假的友好对待我的父母。我看出母亲尽管仍有些忧虑，但对在昨晚辗转反侧之后建立的关系感到满意。你肯定是一个好天使，对我来说无处不在。但问题不在这儿，因为我本不该告诉母亲，但还是告诉了。亲爱的，你能原谅我这一点吗？我在你面前将承担许多责任，仁慈的法官将为此把我视为你的奴隶，实际上我早就是了。

  我是否还有权力接受你在信末给我的吻呢？因为这吻不允许我和你搁笔。

弗兰茨<br>〔19〕12.11.22

## 马克斯·勃罗德致菲莉斯·鲍威尔的信

尊贵的小姐：

弗兰茨收到您的信后看来已有所准备，因为我刚向他暗示，他很快就猜到了。我不能再否认，他的母亲读了您的信。除此，事情的结果还算不错，他从此将更加小心。

关于信的事，我不必多说了：弗兰茨的母亲很爱他，但她一点也不了解她儿子和他的需要。文学是"浪费时间"！我的天！好像文学要吃了我们。但我们很愿意牺牲自己。我和卡夫卡夫人经常意见相左。没有理解，爱再多也没用。这信再一次说明这一点。弗兰茨经过多年的尝试，终于找到了适合于自己的食物——素食。多年来，他一直犯胃病。现在他前所未有地健康和精神饱满。当然，他父母用空洞的爱来逼他吃肉，让他旧病复发，还让他把睡眠时间分开。他终于找到适合自己的睡觉方式，可以睡觉，在无聊的办公室工作和搞文艺创作。但他父母……我不得不生气。谢天谢地！弗兰茨很倔强，坚持对他有利的东西。他父母不愿意看到，对像弗兰茨这样**不同寻常的人**需要创造**不同寻常的条件**，不使他的智慧枯竭。最近我不得不就此给卡夫卡夫人写了长达八页的信。他父母要弗兰茨每天下午去商店。为此，弗兰茨**决心自杀**并已给我写了告别信。在这关键时刻，我通过全面干预成功地从"爱子心切"的父母手中救出了弗兰茨。

父母既然这样爱他，为什么不给他三万盾，就像给女儿的嫁妆一样，好让他辞职，去河边任何一个小地方写书，写上帝让他写的书？弗兰茨只要一天达不到这一点，就一天感觉不到完美的幸福。因为他的整个身体要求过一个祥和的、醉心于文学和无忧无虑的生活。在今天的条件下，他的生活在一定程度上较为艰难，但带有幸福的闪光点。这样，您也能更好地理解他的烦躁不安。

目前正在出版卡夫卡的一本出色的书。也许他从此吉星高照，可以开始他的文学创造生活。他也在写一部大部头小说，已写到第七章，我希望他取得成功。

关于《诺内匹格城堡的故事》一书我不愿意谈了，这是唯一的一本使我自己感到陌生的书。感谢您的兴趣。

谨致衷心的问候!

马克斯·勃罗德　敬上

〔邮政总局 1912.11.22—布拉格〕

亲爱的,我的上帝,我是多么爱你啊!现在是夜深人静。我放下了我的小故事,我已为此花了两个晚上,但一字未写。这小故事开始悄悄地生长成一个长篇故事了。给你阅读,这如何使得?即使写完了也不行,写得字迹潦草,看不清。即使你习惯我潦草字迹,没有任何障碍,我也不想寄给你看,我想给你念。这太好了,一边念,一边不得不拉着你的手,因为故事情节有些可怕。故事叫《变形记》,可能让你吓一跳,可能你会感谢这故事,因为我每天的信都让你吓一跳。亲爱的,我们用这一较好的信笺开始一个更美好的生活。我发现我在写上一句抬头望了一下天,好像你在天上一般。但你实际上并不在天上,而是在我心灵深处。的确是在心灵深处,不要自欺欺人。从现在起,我们越是心平气和地通信,你越会清晰地看到这一点。如果你看到这一点并仍留在我身边就好了!也许平静和力量决定要待在不平静和虚弱的地方。

现在我太忧郁,也许不该给你写信。我小故事中的主人公今天日子也不太好过,已写到他不幸的最后一段。我怎么能特别地高兴起来呢!如果我的信为你做了个榜样,使你不再把给我写的小纸条撕掉,那么这就是一封好的、重要的信。你不要相信我一直那么伤心。我可不是那样的人。除了一点之外,我没有什么可抱怨的,除了那个黑点,我可以高兴起来,为你的好心而兴高采烈。星期日,只要有时间、有精力,就要向你倾诉,你可以袖手旁观这一赐予,亲爱的,现在该上床了。愿你过一个美好的星期日,愿能得到你的一些看法。

弗兰茨

〔19〕12.11.23

亲爱的,这是一个多么恶心的故事。我现在再一次放下它来,以便再在对你的思念中振作起来。这个故事已写一半了。总的来说,我对它不是不满意,但它太恶心了。你看,这两种想法共存一颗心。你不必太伤心,因为谁知道,我写的越多,越解放自己,可能对你就越纯洁,越高尚。当然,我内心里肯定还有许多东西要说,几个夜晚都不算长。

在我现在去睡觉前(已是夜里3点了,一般我只工作到1点。你看来误解我在上封信中提到的时间,那是下午3点。我是在办公室给你写的信),根据你的要求,我想简单地对你说我爱你。菲莉斯,我爱你。只有你和我好,我想永远活着。当然不能忘记,要作为一个健康和与你一样的人活着。就这样,你知道就行了。这几乎已超过了接吻,我现在只能抚摸你的手了。所以我宁肯称你为菲莉斯,而不是亲爱的,宁肯称你,而不是可爱的。但因为我想把一切都和你联系起来,所以也喜欢称你为亲爱的,并且很高兴能称呼你。

12.11.24

〔1912年11月23日夜至24日动笔〕

两封信!两封信!哪个星期能让我收到两封信!亲爱的,你不仅宽恕了我,而且有了认识。菲莉斯,不管发生什么事,我们要保持镇静,不受干扰地相爱。我很想用信让你振作和快乐起来。但遗憾的是,我的信只能让你疲倦和伤心地哭。我几乎已经相信这一点。如果我现在能让你振作和快乐起来,那是因为我意识到你是我的女朋友,你是我可以信赖的人。

不过请你,亲爱的,不要再在夜里写信。我读着你用睡眠换来的信,心里充满幸福和悲哀。不要再这样了,好好睡觉,这是你应该的。如果我知道你彻夜不眠就是为了给我写信,我就无法静下心来工作。知道你入睡了,我工作起来就大胆了,因为我觉得你在甜甜的睡梦中,好像无忧无虑、不知所措和需要帮助,好像我的工作是为了你和你的幸福。有了这种想法，工作怎么会停下来呢！快睡吧，白天你干的活要比我多。明天无论如何得睡觉，不要再在床上给我写信，今天就不要写。这样的话你就可以在睡觉前把阿司匹林扔出窗外。总之，晚上不要再写信了，让我夜里写信，让我保持能"开夜车"这一小小的自豪。这是我在你面前唯一的自豪。要不我也太低三下四，你肯定也不会满意。请等会儿，为了证明"开夜车"在世界、包括在中国属于男人的专利，我去隔壁房间书箱里取本书，给你抄一首中国小诗。噢，找到了（我父亲和侄子在干什么，怎么发生那么大响声！）：这是诗人 Jan—Tsen—Tsai[①]（1716—1797）的诗。我找到了关于他的注释："禀赋好，少年老成，官运亨通，多才多艺。"为了让你更好地理解诗，有必要说明一下富裕的中国人就寝前都用香料熏房子。另外，这首诗可能不太适合，但用美代替了繁文缛节。下面就是这首诗：

寒　夜

寒夜读书忘却眠，锦衾香烬炉无烟。

美人含怒夺灯去，问郎知是几更天？

怎么样？这首诗必须细细品味。读它的时候，我想起三件事，当然我不想深究两者之间的关系。

首先，我很高兴你是一个理智的素食者。真正的素食者我并不喜欢，因为我自己几乎也是个素食者，觉得没有什么可效法的，而是很自然的东西。我喜欢那些理智的素食者，他们吃肉或带肉的菜肴，或出于健康原因，或觉得无所谓，或根本不把吃饭当一回事。太遗憾了，我对你的爱情发展如此神速，以致我不可能再表示，我爱你，就是爱你的饮食习惯。你是否也有开窗睡觉的坏习惯？全年睡觉开窗？冬天也开吗？而且窗户大开？这样的话，你就有过之而无不及，因为冬天我开一条缝儿。当然我的窗冲着一个空旷的工地，工地后面流着摩尔岛河。在河对面是

---

[①] 即袁子才，名袁枚，我国清代著名诗人，著有《随园诗话》等。——编者

一片高地，有几个公共花园。这里空气新鲜，风大，而且比较冷。你现在在伊玛努埃——教堂大街住，夜里把窗户完全打开。但如果你住在像我的房间里，就不一定这样做了。我还胜你一筹的是我房间里没有暖气，但仍坚持写作。现在我发现（我就靠窗而坐），内窗完全敞开，外窗虚掩着；窗外桥的栏杆已有露水。所以，你就不要和我较劲了。

你的女同事写的诗很美。我当然寄还给你，我已抄了下来。为了惩罚那个叫布吕尔的小姐在你和那个姓名带"冯"的男士之间乱点鸳鸯谱，在她生日之际，我希望从今天起一年内每天晚上下班后有两个心急火燎的商务代理站在她左右两侧，不断和同时向她口授信件，直至深夜。只不过是因为她写的诗句很美，我想根据你的请求把对她的处罚缩短为半年。由于你喜欢她，她也善于找乐，我将从克拉兹奥（位于赖兴贝格后面，山上。明天我得去一趟）发一张明信片。我让别人写，也不署名。上面仅写：衷心祝福！但这祝愿者是谁呢？

我早就想问你了，但一再错过机会。你在第二封信中提到每天收到不少报刊，你怎么会订阅那么多种类的杂志？你已在那封信中罗列了不少，后面还有若干。如果这是真的，就是说，如果我理解对的话，我们之间可以进一步加强联系。你手里有的东西，我拿到手里根本不过瘾，也不能把与我有关的东西都寄给你。我早就有计划，但仅因为疏忽不得不一再停止实施。我剪下和收集了不同报道，或因为什么原因很令人吃惊，或使我悲伤，或对我个人未来重要。大多数东西初看都是鸡毛蒜皮的小事，比如《为二十二名信仰基督的乌干达青年行宣福礼》（我找到了这篇报道并随信寄给你），几乎每两天就可以在报上找到类似的、对我个人来说有用的报道，但我没有耐心去收集。我很愿意为你这么做。如果你喜欢的话，可以为我收集。每个人都能找到不是面向全体读者，而是专门提供给特定读者的报道。你特别感兴趣的短篇报道对我来说比我收集的更有价值。我可以毫不遗憾把我的东西寄给你看。别误解我！我指的是日报上的小文章，都是一些关于真实事情的报道。而杂志上很少有类似的文章。你可不能认为我想把你的小册子撕碎。另外，我自己只读《布拉格日报》而且很快地浏览一遍。我看的杂志是《新周报》和《巴勒斯坦》。但后一份已不再给邮寄，虽然我一直订阅着。我随信寄上一篇关于一件可怕案子的报道，作为对收集作出的贡献。因为我曾提到去克拉兹奥，所以这一令人生气的想法始终在我脑子里萦绕。我的小故事本来明天肯定写完，但现在明晚6点必须上路，10点左右到达赖兴贝格，第二天早上7点去克拉兹奥上法庭。我已决定在这件比较复杂和冒风险的案子中让自己丢丑，这样别人就再也不会让你接这种案子。我也希望星期二下午4点就回到布拉格，然后立刻跑去办公室，不露声色地看一看是否有你的信，然后拿着你的信回家，有一封就够了。回家后躺在床上读你的信。如果这个计划可行，我必须至少在三个小时内结束我在克拉兹奥法院的事情。我在想，如果三个小时快过去，事情还没完，我就装晕过去，然后让别人尽快把我抬上火车。在法庭记录上，在我的签名处将写着："工人事故保险公司代表失去知觉，必须抬走。"而我坐上火车是多么地活蹦乱跳，随着列车向布拉格奔驰。

我还有许多事要说，许多事要问。但现在已经太晚了，我不能再写下去了。今天上午，我像往常星期日一样去看鲍姆（你认识奥斯卡·鲍姆吗？），向他（马克斯和他的未婚妻也在场）朗读了我的小故事的第一部分。后来又来了一位小姐，她的举止不知什么地方让我想起了你（让我想起你，是很容易的）。我如痴如醉地看着她，看够了她与你的相像之处后，很想靠近窗户往外看，谁也不见，就想和你单独在一起。

我和母亲相处得很好。这一良好关系和我们血缘有关。她看来很爱你。她也给你写了封信，但我没让发。这封信太谦恭，就像我在心情糟糕的晚上所写的，不够好。我想，她不久将给你写一封平静和友好的信。

你不给我寄张照片？没有把你的心境用照片固定下来？你们一伙人怎么会错过这样的机会？没有你们办公室的集体照片？没有办公室附近的风景明信片？没有工厂的说明书？没有布拉格办事处的地址？你到底干什么工作？你办公室里的每个细节都让我感兴趣。你们那儿有什么好的谚语？你在档案室，那是什么地方？你如何同时向两个女孩子口授信件？只要你从办公室给我随便寄点好看的东西，我就寄给你我公司的年度报告，其中有我写的有趣的文章。

最后拥抱你与你告别。

弗兰茨<br/>星期日〔1912年11月24日〕午后

出于特殊的精明,同时也为了在恋人前表现自己的聪明,我把星期日的信每页放一个信封寄出,共五个信封。这样做是为了防止迫害我们的邮局再把星期日无法挂号的信弄丢了。当然用这个方法,丢一页两页的危险性要大了。但我只能尽我所能,不想说太多的担心,把危害给招来。

亲爱的,星期三你可能收不到信,而是一张明信片。这明信片最好送你房间,以免引起那位小夫人的注意。

请来信详细地告诉我你身体如何!头痛!哭和焦虑不安!我多次要你好好睡觉,散步。如果你读着我的信就生气,那么就毫无顾忌地撕了它,但要安静,安静!因为我原本是要帮助你消气的。撕了没关系,你撕十页,我可以写一百页作为备用。

你的 弗兰茨<br/>〔19〕12.11.24

你不想夏天的时候去疗养院。我将向你描述那里有趣的生活。

你注意了没有,是否有犹太人在柏林演戏?我想肯定有。至今我仍未给略维回信。我曾在给你的第一封信中写道,我是一个不守时的写信人,这一点至今没有任何改变。

年鉴(《阿卡迪亚》)最早2月份出版,我的书(《观察》)下个月或1月份出。一出版,你当然会得到它们。在福楼拜(《情感教育》)

的书里，我有意识什么也不写进去。因为这是一本书，不应该有别人的笔迹。此外，我不知道是否还能给你写些像样的东西。

你的

最亲爱的，我今天不得不把我的小故事放下来，因为要去克拉兹奥，停写一两天。我昨天和今天都没怎么动笔。虽然这对故事不会有什么严重后果，但我觉得很遗憾。我还需要三四个晚上才能完成故事。我说不会有什么严重后果，是因为这个故事由于我的写作方式已受到足够损害。这样的故事最迟必须在两个十小时之内写成。这样，故事才自然流畅，跌宕起伏。上个星期日我就有这样的灵感，但我没有两个十小时的时间，所以只能尽力而为，因为最好的灵感已经过去。我不能给你念一下，太遗憾了。下午不行，我没有时间，我得给你写信。今天我写到晚上6点45分，然后躺到床上。尽管我原本应先寄信，但我担心上床太晚入睡不了。因为一旦隔壁人手凑齐，就开始大声地打牌（打牌是唯一让我提不起精神的东西。即使父亲逼我，也不行），这样我就没有安静可言。今天就不必有什么担心，因为我父母和小妹妹晚上去看我已结婚的妹妹，二妹和未婚夫去农村看未来的公公婆婆。但我原先不知道他们不在家。但我仍睡不好，显然是惩罚我没有在临睡前把信发出去。除了安静不出声的十七岁小保姆，没有人吵我。我处于半睡半醒状态。由于房间里很冷，我连伸手抓钟的力气都没有。当我抓住钟时，吓了一跳，已经是9点半了。现在投信晚了，完全是上帝的旨意。很快做了两分钟的体操，我已经解释过，是开着窗户做。然后穿衣服，赶火车。我们住的地方比较偏，9点左右就锁大门了。我在门前急速拐弯，成功地避免了被正回家的家人看见，然后飞快奔向列车。我穿着新靴子，狠命地踩在空无一人的小巷路上。但愿信至少准时到达。我快步回来后，总是晚餐的时间。我妹妹坐在一边压碎核桃，她吃的比给我的要多。我们的交谈大多数情况都很愉快。这就是晚餐。

但也有的时候,我们互相不满意。

弗兰茨

〔19〕12.11.25,星期日夜

亲爱的,一个人如果心里有事,总是坐立不安。曾有那么几天,我静静地等着你的信,静静地拿起你的信,读一遍,放好,然后再读一遍,再放下,一切都静静的。但也有日子,比如今天,我在无可忍受的期待中颤抖;你的信一到,我就一把抓住不肯放手,好像抓住的是活生生的你。

亲爱的,你没有注意到我们的信有感应吗?一个想要什么,另一个就会在第二天早上通过信送来。比如你上次要求听我说我爱你,我不得不在信中补上我的回答。而这个回答早就写在我第一封信里第一行,或写在我们相遇那个晚上我盯着你看的目光里。这种感应已有很多,以致我无法一一列举。但最好的例子是今天发生的。

我昨天已写信告诉你,我今晚上路,一个人深更半夜进山。但你却在不知情的情况下给我寄了一个可爱的小照片。多么可爱的小姑娘啊,削尖的肩膀!她很孱弱,既谦虚又文静。那时她还从来没有折磨过人,让人流过泪,心静如水。你知道吗,如果多看她一会,人很快就会流泪。是不是该把她送回去?好,可以。但这小姑娘暂时必须在我的上衣口袋里作一趟小小的、不太舒适的火车旅行。她说害怕一个人待在饭店里,但没有说明原因。是的,她带的表带依稀可见,胸饰也很漂亮,头发是卷的,发型几乎有点太严肃。尽管如此,还是能从她身上看出你的影子。你当时以和她差不多的表情坐在桌旁,这一情景至今历历在目。你当时手里拿着一张塔利亚照片,先看了看我,因为我正在说什么愚蠢的话,然后眼光绕着桌子转了一圈,停在奥托·希罗德·哈尔特身上,他才对这张照片作了正确的解释。我难忘你慢慢转头的姿势和你不同的脸部表情。现在有了这张照片,上面的小姑娘对我很陌生,但她证实了我甜蜜的回忆。

我又想起一件有感应的事。昨天我写信请求你给我搞些关于林特施特罗姆公司的介绍材料,你今天来信就答应了我。我们互相感应到对方的心跳,亲爱的!这怎么可能呢!如果你的心在跳,我怎么能保持平静呢?

你的弗兰茨

〔19〕12.11.24 临行前

〔1912 年 11 月 25 日子〕

衷心祝愿!可怕的旅行,但有一个好旅伴。

弗·卡夫卡

〔明信片邮戳:1912 年 11 月 26 日—克拉兹奥〕

亲爱的,对方律师正在斤斤计较最高出价(如果你不懂什么叫最高出价,没有关系),而我满意地坐在桌旁,给你写上我衷心的祝愿。

弗兰茨

12.11.26

克拉兹奥,区法院

小小旅行欢快地继续进行。致以最好的祝愿。

弗·卡夫卡

〔明信片邮戳:1912 年 11 月 26 日—克拉兹奥〕

菲莉斯，我向你宣告：你将收到一封我过去写的信，你可能刚看两三句就会把它撕了。菲莉斯，现在是撕的时候了，也是我不该写这封信的时候。但我已经写了并已寄出，你读到这封已是不可避免了。

我刚出差回来，当然先去办公室，收到你星期日夜里写的信。我在门房里就读了起来，看门的矮小女人抬头看着我。你的信写得很可爱，很好，也很真实（仅猜错了照片上我的年龄，当时我才一岁。这我也刚知道）。你想让我分享你的生活。天哪，我很想分享你每时每刻的生活。尽管如此，你还是尽力而为。仅仅因为你的善良我就不得不爱你，更何况你有很可贵的本质。为什么我收到一封信还不满足，还在门房桌上找第二封信？虽然你告诉我星期一再给我写信，但这封星期一写的信没有来。你不是已经几次向我保证对我守信用，而我自己也写信保证，在办公室收不到信也要保持镇静。现在我收到了你星期日的信。你是不是星期一晚上排演，所以你的信投寄晚了一些？当然，星期一的信没到并不是我激动的原因。为什么我吃惊地跑回家并相信在家能找到你星期一写的信，同时又为收不到的信而感到绝望？为什么这样，亲爱的，你知道吗？这看起来难道不像是我爱你的天使吗？如果不是对你健康担忧增加我不安的话，对你爱的担忧要大得多。我会一再重复几句可怜的词句，如：你应该再忍受我一小会儿；我应该知道你的一些想法，等等。如果有一回信没来，那么打电报对我来说也太慢。上次我被吓了一跳，以致你觉得我写信都变了调，但仅有一次。但其他小小的提示也让我吓得够呛。我害怕读到你母亲想让你不失望；害怕读到我几个星期来一直克制自己不问的布雷斯劳熟人；害怕听到你爱我，但如果听不到，我想去死，你已经写过类似的感受。我当时不能理解你怎么会得出这么一个结论。你的感觉很好，我一点也不奇怪，因为你的感觉不会错，这点我知道的。

这一切矛盾的东西都有一个简单明了的原因，我重复一遍，因为我也很容易忘记，这就是我的健康状况，而不是其他原因。我不能再多写了，但这就是为什么我在你面前没有安全感，为什么我情绪波动很大，为什么让你也遭罪的原因。所以，我不顾一切，甚至不顾对你的爱，要求你写信，然后恨不得把信吃下去；所以我不太相信你的好言好语；所以我才用可怜的请求在你面前搪塞。即使性格坚强也无济于事。我将永远不能缺少你。这在别人身上，我认为是一件高尚的事情，但却是我的最大罪孽。

这是一次糟糕的旅行。我错过了昨晚的机会，使我感到很沮丧。一路上，我始终郁郁寡欢。虽然夜里下雪了，但山上也太湿了。我房间里暖气没法关掉，整夜敞开着窗，雪从外面飘到了我的脸上。火车刚启动时，我前面坐着一位令人讨厌的妇人，每当她张嘴打哈欠时，我总是烦躁不安，强忍着往她嘴里打一拳的欲望。你的照片在旅途中不时地被拿出来看看，聊以自慰。晚上睡觉时它就放在我床边的沙发椅子上，陪伴我入睡。如果家里有事，而且这事很耗费精力，真不该出门，最好在办公室里拒绝这种差事。我始终担心我的公差会影响我小故事的质量，也许我根本写不下去了，等等。除了担心，我还不得不面对这恶劣的天气，在泥浆中奔波，必须5点起床！为了报复克拉兹奥，我在书店里买了克拉兹奥目前仅有的一本好书，这是巴尔扎克的中篇小说。在前言中写道，巴尔扎克多年来一直按照一种特殊的时间安排来生活，我觉得很合理。他每晚6点上床，半夜12点起床，然后工作十八小时。他做得不对的仅是咖啡喝得太多，毁了他的心脏。在这样的旅途中没有什么有趣的地点。巴尔扎克的中篇小说我不喜欢。在火车报纸上我读到据说是歌德的一句名言，实际上是胡说八道：布拉格是世界屋脊上一颗最璀璨的宝石。一路上最有意思的就是在布拉格下车，使我对布拉格的印象有所改变。当我下车时，一个小孩拉了一下我的衣领，我转过身看见我后面有一个手里抱着小孩的年轻妇女。她又让我想起你，至少看第一眼的时候。这不是能指出来的是脸像或任何哪个地方像，而是总体上像，因此也就更不可抗拒。也许你的影子一直在我眼前浮现。我极其小心地扶着这位少妇下了车，这种小心翼翼这位少妇可能从未体验过。她也的确需要帮助，因为她抱着孩子，无法看见阶梯。

当然想听你的旅行经验，最好尽可能详细！那时候我就觉得很奇怪，你休假旅行，既不在乡村停留，也不游览有趣的或令人陌生的城市。如果亲戚想有人去他们那儿做客，他们先去雷维拉邀请客人。那次旅行路上,我有点跟踪你,当然并没有纠缠不休。我在布莱斯劳有一个很好的熟人(不是我上次写信提到的。我现在说的人是在农村,测量专家,他的地址一定在他送给我留作纪念的《圣经》里),一般我比较懒得动笔,所以我们的良好关系在互不通音讯中继续存在。那时我猜你在布莱斯劳,所以在几个月不通信的情况下突然给他去了一封信,这样我至少和你所在的城市有点关系。当时,我没有这么明确地对自己说,但也没有其他理由非写这封信不可。

你记日记吗?或者说,你曾记过日记吗?与此有关的问题是:你为什么在信中从不提你的女友,而你曾称她是你的好女友。

再见,亲爱的!在第一页上提到的危险,我们最好不要动它,直到我们真的说上第一句话,而不仅仅是写信的时候。难道你不也是这样认为吗?

我求你不要把今天的信当作倒退。这是新开端,只不过受我的信干扰变得暗淡一些。

吻你的手,菲莉斯!

弗兰茨

〔19〕12.11.26

是不是我们双方母亲同时开始关心我们俩啦?你母亲对我的印象是好还是一般?为什么一提到布莱斯劳的熟人,她就想起我来呢?请回答我这一切问题!

〔在一附页上〕

我不能忘记我这次出差使命是如何完成的,因为这也说明了这次出差的敌对性质。我取得的成功比我公司想象的要大。原来我想最多不过拿回五百克朗,结果我带回来四千五百克朗,比原来多四千克朗。在回来的路上,我看见乌鸦在白雪皑皑的田野,不禁感慨地说:"要想失败,你必须拒成功于千里之外。"

现已夜深，我突然自己安慰自己，你星期一的信也许已经到了，但被忘了送给门房。这样的话，我明早就能收到，到10点也许又有一封！办公室和你的信相比越来越丑陋了，但因为你的信的到来，又变得漂亮了。

〔19〕12.11.26

亲爱的，现已上午11点45分。我刚从工作中解脱出来，又像过去很激动，开始给你写信。刚写第一行就放下了，因为你带照片的明信片到了（你星期一的信我也是今天才收到的）。亲爱的，这太好了，正是我要的。一直像保证的那样至少互通信息，但照片，虽然很小，也是必需的。我不想让你夜里给我写信，这一点我不会让步的。我想，我昨天写了一封中等长短的信，是因为你昨晚也给我写了一封。现在，你夜里写信，那么我也要写一封。你在明信片中写道，你星期一夜里给我写了一封。现在，你看，这封信我没收到。我怎么办？我是多么需要你的一句一行啊！收到明信片后，我可能明天能收到两封信。我肯定能收到一封或一封也没有。在绝望中，在对你的期望中，我的双手也不听使唤，从桌上掉了下来。

我的那些信肯定也都遗失了：发自克拉兹奥和赖兴贝格的信，今天早上写的信，平信，挂号信，加急信都丢了。你说，你星期日夜里给我写了几行，但实际上至少八页，充满了无穷的叹息。亲爱的，如果信函不能让我们心心相印的话，那么我们永远不会走到一起了。

有了你的新照片，我日子好过多了。我感到照片上的姑娘就在我身边，我可以向她述说一切并非常尊重她；我想，如果她是菲莉斯，那么她已是个大小姐。她欢乐，从不忧伤，但非常严肃；她看来两腮丰满（这可能是晚上灯火产生的效果），但有些苍白。如果让我在小姑娘和长大后的小姐之间选择，我绝不会不假思索地向小姑娘跑去。我会很慢地走向小姑娘，同时四处寻找大小姐，盯着她不放。最好的方法是让小姑娘把我带到大小姐面前并把我介绍给她。

你给我寄的照片是剪下来的？为什么我不能得到完整的照片？是照片照得不好吗？你真的不相信我在拍得不好的照片上看到的仍是一个完美的你吗？根据照片上一块白色褶边，也可能是从女式衬衣上掉下来，我怀疑你在这张照片上的形象是个男丑角；如果真是这样，那你太不客气，不把这张完整照片给我看。另外，剪照片简直是一种罪孽，尤其收到这张照片的人是多么渴望看见你完整的形象。

我顺便想象了一下你们的生意，你们每天生产一千五百台留声机，造成多大的噪音啊！我一点也没想到。你想过没有，亲爱的，这么多噪音，这么多人因此神经衰弱，你也有一份责任。有段时间，我老在想，如果我们住房附近出现一台留声机，那必是我的末日。但至今平安无事。你们布拉格分厂（厂的地址我不知道，但厂长曾和你去过 Hmshin，这我不会忘记）看来工作不够卖力。你应该对他们好好地进行一天、一星期或一辈子的审查。不管如何，每天一千五百台留声机！这东西出厂前肯定听试过。可怜的菲莉斯！有没有隔音墙让你听不到一千五百台留声机同时试唱，所以你吃阿司匹林。我不必听留声机。它刚出世，我就觉得它是一种危险。只有在巴黎我还喜欢它。在那里，Pathé 公司在一条路边建了一个沙龙，设有投币留声机，有很多曲目供挑选。如果柏林没有，你们应该在那儿也搞一个。你们也卖唱片吗？我订购一千张录有你的嗓音的唱片。你不必说什么，只要给我很多很多的吻，让我忘却一切悲伤。

你的弗兰茨　上

〔附开头数行，捷克文的工人事故保险公司信笺〕

亲爱的，我请求你尽可能接受这样的习惯：如果你没有时间详细写，就在明信片上用三句话告诉我你是否一切都好。

亲爱的，为什么只在信尾吻我？信本身不重要。在你面前，纸和笔一钱不值，它们本身就一钱不值。真的，菲莉斯，现在我一个人夜里坐着，两天已没有写点像样的东西了，心里有点忧郁和冷漠，只有那么一会儿才感到有些清醒。如果我在这不是最好的状态下想象我们重逢的场面，我有时担心无法承受你的出现，不管是在小巷里，办公室里，还是在你的住处；无法承受别人或你注视我。只有在我精神不集中和被浓雾包围时，不配站在你面前，我才能承受你的出现。幸运的是你不是座像，而是有生气地生活着。也许，只要你把手伸过来，一切就会好的，我的脸也许很快就恢复了原样。

　　你问我我怎么过圣诞节。可惜我手头没有日历。我只有两天节日假。但我今年还有三天休假（这是宝贝。几个月来，每当想到休假，就精神振奋），如果再加上星期日，那么我圣诞休假时间就不短了。我曾决心把这假期用在我的小说上，也许能写完小说。到今天为止，小说已一个多星期没动了。新的故事虽然已结束，但最近两天我一直觉得自己太固执，我是否有必要坚持我原来的决定呢？圣诞假期有一天要花在我妹妹的婚礼上，这是12月22日。另外，我想不起来是否曾在圣诞节出去旅行过。随便去那儿，过一天再返回，这种毫无意义的旅行一直令我窒息。亲爱的，你怎么过圣诞节？不去休养而是待在柏林？你想上山，去哪儿？去你能去的地方？我曾决心在完成小说前不见任何人，但我问自己，当然仅是今天晚上，如果我完成了小说，难道我在你面前就显得更高大或不太坏了？与其在今后六个日日夜夜挥笔疾书，还不如让我可怜的双眼充满你的身影？你回答，我自己说个大写的"是"。

弗兰茨

〔19〕12.11.27

　　亲爱的菲莉斯，邮局在捉弄我们。昨天我收到你星期二的信时还抱怨你星期一夜里的信丢失了，但今天星期四早上又收到了。在这一井井有条的邮电系统内，好像有一个恶魔般的官员坐在那里，玩弄我们的信件,并根据他的情绪决定是否发信。另外,星期二夜里写的信是邮差夜里送来的,这简直是在善意地嘲讽我曾请求你不要熬夜写信。不要再熬夜了,菲莉斯,这才让我高兴。至少在你神经衰弱症痊愈之前,不要熬夜了。你还哭吗?你怎么啦?没有任何理由?你坐在桌子边上,突然控制不住地哭了起来?噢,亲爱的,这时候你应该上床,而不是去排练。哭泣尤其让我害怕,我不会哭。别人哭对我来说像是一个不可理解的、陌生的自然现象。多年来,我只在两三个月前哭过一次。我坐在靠背沙发椅子里颤抖,紧接着两次,我担心自己无法控制抽泣声会把隔壁的父母吵醒。这是在夜里,原因是我写小说写到了伤心之处。但你的哭让人感到疑虑,亲爱的。你一直很容易哭吗?什么时候开始的?是不是我的过错?我肯定有过错。告诉我,有没有一个对你感激不尽的人像我这样让你备受折磨?你不必回答。我知道这不是故意的,你也清楚,菲莉斯,或你也感觉到了。但这哭声追着我不放。它不是因为一般的内心不安,你也不是很娇气。这一定有特殊的、明确的原因。告诉我,求你了。你也许根本不清楚,你的一句话会对我产生多么大的作用。你应该充分利用这一作用,如果你的不安和哭泣和我有关,你在回这封信的时候,必须说清楚。也许原因真是我们通信太频繁。我随附一封我打电报那个星期日开头,但因为两次送信时间过去也没有收到你的信而不敢写完的信。你把它作为过时的资料读一遍,我想说的和里面的内容并不一致,但你的哭声让我想起了这封未完成的信。

  我写得很快,还有很多事要说。但别人有事找我,今天下午,或也许今后几天时间,我可以吻一下你漂亮、晶莹的眼睛吗?

弗兰茨
〔19〕12.11.28

〔附:1912年11月18日,一封未写完的信〕

  亲爱的,我今天到办公室干的第一件事就是写这封信。对我们俩来说，现在没有比下面的事更重要了。请快回答我，但愿你能理解我的意思。如果你不理解，可惜我抵制不了你的意见。但无论如何考虑一下，你能忍受的，我不一定能忍受；如果我不能忍受，就会用我弱点的不可抗拒的力量把你拉入我的圈子。这你上星期已经看到。总之，听着，只是害怕和担心才使我作了这样的准备。几天前开始每天写两封信这是一个甜蜜的疯狂，没有任何其他意思（现在第一次送信时间到了，没有你的信。我的天，你还在生病吗？）。不应该这样下去了。我们用这些频繁的信鞭打我们自己。这样带来的不是面对面，而是面对面和遥远的混合体，令人无法忍受。亲爱的，我们不能听任自己陷入这样的境地，无论如何不能再允许发生这种情况，为了你更是不行。如果今后这样通信的话，我会在你未来的信中又会读到对我的信提出微弱的、温柔的指责，这将会使我担忧和绝望。我们的关系将不会像前一阵那么坏，但也一直够不好的了。我们互相爱护，等待上帝赐给我们美好的时光。但我至今仍无法看到希望。让我们用爱情，而不是绝望把我们联系起来。所以，我请求你，让我们不要再如此频繁地写信，因为这样做只会产生让人头皮发麻的虚假。虽然你的信对我来说必不可少，但我还是这样请求你。如果你同意，我将慢慢习惯少写信；如果不同意，当然不会少写。因为这是留在心窝里的毒汁。你提个建议，该如何遵守。我听你的，而不听我的。记着，如果想写的话，不在于写不写。这不是好的解决方法，只不过又一次鞭打，因为想写信，想读你的信，是我每时每刻的渴望。我想，暂时的限制（未完）〔下面的内容写在同一张纸上〕

〔下面的补充在同一页上〕

我多大，我一点也不知道。那时我还完全属于我自己，我也觉得很满意。我是老大，所以照了不少像，有不少变化。从现在开始，每张照片都比上一张要丑，你自己会看到。下一张照片里我像我父母的猴子。

我面前已为你准备了马克斯的《情感的顶峰》[①]，很漂亮，用绿色的、

---

[①] 马克斯·勃罗德的这本书出版于1912年，莱比锡。

尽管不太纯的皮革装订。我可以寄给你了（这是刚出版的，是马克斯最新的书），但我想先去马克斯那儿，让他写几句友好的话，然后你很快就会收到。

你还没有读过鲍姆的书吧？那我得立即给你寄些去。他七岁后就失明了，他的年龄也就像我这么大，已婚，有一个很棒的男孩。不久前，鲍姆刚在柏林举办了一次讲座，对此，柏林报纸对他作了许多报道。

〔19〕12.11.28

很累，亲爱的，像个劈柴工，但我还想写几句，因为我欲罢不能。下午完全泡在办公室。我没睡觉，所以现在也写不多。但写信的欲望以它惯有的狡黠占了上风。去它的！美好的时光是否将要来临？菲莉斯，睁开你的眼睛，让我看着它，如果我存在于你眼睛之中，那为什么在里面看不见我的未来呢？

我今天和不同的人进行交谈，特别是和一位柏林的画家①。我发现自己整天埋头于自己的小天地，可能不知不觉地成为一个无声无闻的人（是我无声无闻，不是你，最亲爱的），很可能变成一个令人讨厌的人。如果一个人和别人打交道，第一个好的作用就是失去相当一部分的责任感；而这种责任感在与自己交流中则是每个人必须具备的。这样，他就开始希望一个人承受的负担也许私下里是大家共同拥有，必须由大家来承担。多么错误但又美妙的想法！到处遇到的是关心和同情，大家从四面八方跑来帮助一个人，即使勉勉强强的人或犹豫不决的人也在周围热烈的、特有的气氛感染下感到幸福。如果别人让我感到高兴，我会高兴得没有止境，激动得没个够。尽管看来不太礼貌，但我喜欢干涉这样的

---

① 即以后的信里还经常提到的画家和版画家弗里德利希·菲格尔（1884—1966），中学里和卡夫卡同学过一年。

人，摆弄这样的人。我始终想让他们说话，不是想听他们想说的，而是我想听的。比如这个画家（信里附有他的自画像）很想详细讲述那些内在真实、外在却暗淡无光、像蜡烛光一吹就灭的艺术理论。但我只想听，他已经结婚一年了，生活幸福，每天上班，住在维尔默斯村带花园的房子里，有两间房间等等这样让人羡慕和催人奋发的东西。

晚安

弗兰茨

〔19〕12.11.28

亲爱的，我今天仅收到你星期三夜里写的信，只了解你星期四投寄这封信的情况。自此又已过了很长时间。但我一定不烦躁，因为这是你要求的。我的镇静能保持多长时间，取决于你的镇静能保持多久。你现在排练，一定生活在一片混乱之中。我为你高兴，直至一切成为过去。你是否登台演出？扮演什么角色？你简直把我弃置不管，亲爱的，如果我有机会演一回幽默大师，我早就把这个角色送给你了。如果我能从你那儿得到一个角色，我会克服记忆力差的毛病，把台词背出来（因为除了记忆力还有许多力量会帮助我），夜里在我房间里大声朗诵。但这些都是我给你带来的黑色的、不幸的梦想，它们让我思考。是不是我折磨你的决心让你白天黑夜都不得安宁？

你给我的第一张照片，我太喜欢了，因为照片的小姑娘已不复存在，但照片永存。另一张照片仅展示了一个可爱的模样，渴望的目光早已越过了这张令人不安的照片。"天才"就像梦中说出的一个字，没有意义，但涵义是对的。我一点也不吃惊在第二页找到梦中的故事。为什么第一张照片充满了小洞？

现在我得停笔了，亲爱的，并寄出这写了一半的信，因为我不知道今天夜里之前是否还有时间写信。

又一次不谋而合，你在上封信提醒我别忘了我的照片。在我收到这封信的同时，你可能也收到我昨天的信，里面有我的照片。当然也有一些没有兑现的事。我们在两封信中都打算见面，但没有实现。

布吕尔小姐昨天写的小诗又写得不错，比那位先生写得要美得多。她干了什么事，非得臭骂她一通？请顺便看一眼小姑娘（我估计她在你的房间里），默默地代我问候她。你进入 Fa 公司就开始生产口述记录机，并一开始就在生产该设备的部门工作，这是不是巧合？我问你的问题不算太多吧，还有成山成堆的问题要问你。你不必急于回答。我永远不会停止问问题。再见。今天的字体很漂亮，是吗？

你的 弗兰茨
〔19〕12.11.29
〔捷克文的工人事故保险公司信笺〕

你收到这封信的时候，肯定很疲倦吧，我的菲莉斯。所以我必须努力把字写清楚，这样，你睡得睁不开的眼睛就不用太费力了。你不想把信先放在一边，躺下，再睡几个小时，来解除这一星期的劳累？信不会长翅膀飞走，而是静静地在床单上等你睡醒。

我无法准确地说写信的时间，因为表放在离我几步远的沙发椅子里。我也不敢去取和去看，肯定已经快天亮了。我是午夜之后才坐到写字桌前的。春天和夏天里，人们将不能像其他季节那样不受干扰地度过不眠之夜（我还没有什么亲身感受，因为我夜里失眠只是近来的事），因为黎明的到来将驱使人赶紧上床休息。但在现在这样漫长不变的夜晚里，世界忘记了人们，虽然人们不会忘记世界。

我现在写作这样不顺利，根本没有资格睡觉，而是注定在往窗户外东张西望之中度过长夜。亲爱的，你理解吗？写不好东西，但又必须写，否则我真要彻底绝望了。这就是你为好作品而高兴的代价！感觉到不幸，还不是真正的不幸；真正的不幸是在活页纸上书写让自己恨的、令他人恶心或至少感到冷漠的东西，目的仅是为了生存。呸，魔鬼！难道我不能销毁我最近四天写的东西，就像它们从来没有过一样吗？

这是早上问好吗？难道在一个美好的星期日这样接待睡醒的情人？该怎么接待就怎么接待，你肯定也没有什么其他打算。如果我的抱怨没有完全破坏你的睡眠，你也又能入睡，我就满足了。告别前我还要告诉你，一切肯定会好起来的，你不必担心。别人无法让我完全停止写信，因为我多次想起自己已感受到写信的温暖。

现在不再写一个字了，只给你吻，很多很多，原因有上千条，因为今天是星期天，因为节日已经过去，因为今天天气好，或因为也许天气不好，因为我写作不顺利，因为我希望写得更好，因为我对你了解得太少，而仅仅通过接吻才体验到一些严肃的东西，或因为你睡得睡眼惺忪，你根本无法抵抗。晚安，祝你过个好星期日！

你的 弗兰茨<br>12.11.30

1912年11月29日至30日夜

〔捷克语的工人事故保险公司信笺〕

亲爱的，应该到处都想念你，所以我在上司的桌子上给你写信。他不在，我替他代班。今天收到你一封长信和两张明信片，太让我高兴了！两张明信片又比晚发的星期五夜里写的信晚到，真是岂有此理！我（经理刚好来电话，让我吓一跳。他没有办成事），我刚才在烟纸店买邮票，只要邮局帮忙，你可以星期天收到（亲爱的，有信在邮寄途中遗失，或这是我得了被追踪妄想症）。邮差现在就在我旁边，第一封就是你的来信，我一把抓了过来，整捆信差点儿掉在地上。

你们的准备工作做得很出色！纪念文章我不久将会收到。为什么讨论俄国芭蕾？会在艺术节上讨论吗？不要为我担心，我暂时还可以，至少我不哭了，不再倒在沙发榻上。我只担心你有什么事。你啊，世界上有那么多漂亮的疗养院。关于这个问题，我以后再写。给我一个解释，为什么你的演戏伙伴同情你，原谅你的神经质？你倒不是一直很紧张，但大家在节日准备工作中都很紧张，紧张是不认什么同情的。不要紧张，你建议我们为了照顾对方要保持平静，这是一个好主意。我无意识地这样做，已经有很长时间了，但很少成功。从你的不安中，我发觉自己很少成功。我完全信任你，不要误解我。我怎么能爱一个人，但又不相信这个人呢？但我这边是恶魔横行，不断扩散，令我害怕。有时候我想，如果我们俩一起反抗，这恶魔就抵挡不住。这时我又自以为是。

现在我真的必须停下来了，当经理的不允许给情人写信。我们部门共有七十名职员。如果大家学经理写情书，那就太糟了。

那位矮小的布吕尔小姐在干什么？我的明信片是不是很让她头痛？或者根据我的老观点最可能发生的，就是她根本没收到？

随信寄上朗诵会邀请信①，我将朗诵你的小故事（《判决》）。你即使待在柏林，你也将去那里，相信我。带着你的故事，一定程度上和你一起出席朗诵会，将给我带来一种特殊的感觉。这故事情节悲伤、令人揪心，听众不会理解我朗诵时为什么眉飞色舞。

弗兰茨<br>〔19〕12.11.30

〔在一张附页上〕

亲爱的，我着魔了！夜里稀里糊涂地把本该寄到你住处的信写上了你办公室的地址。寄给你住处的信，我不敢写上"快递"。这封信不太可能星期日到了。这样邮局至少有机会来表现一下自己。请原谅！

弗兰茨

亲爱的菲莉斯，在结束与我小故事的斗争后——第三部分，也肯定

---

① 指布拉格赫尔得联合会的邀请函。

是最后部分已开始动笔——我无论如何要向你说声晚安,虽然我明晚才投寄这封信。亲爱的,我很吃惊自己是多么依恋你。这是我的罪过,我一再对自己说——但愿你永远不这么说——但又摆脱不了。如果我在你身边,恐怕会永不让你孤独——但我又会要求一个人待着——我们俩将会很痛苦,但这是幸福,是用痛苦也买不回来的幸福。

我对你房间知道得太少,亲爱的。如果我在想象中随你走进去,我不知东西,空手无援。如果我回忆你的信,你仅提到过一张可爱的写字桌,你经常用床代替它;还有一次提到暴雨之夜中的百叶窗;装信的盒子一定也在这里,还有书籍,你曾在书中翻到那张可爱的照片(谁知道那儿是否还有其他照片。你小时候肯定照过多次相片,十二岁后肯定还照过。几个姑娘在一起,会有集体照的,这是不可避免的)。

好了,不再写了。今天我把表装在袋里了,现已是2点45分(我又是12点后才坐到写字桌旁的),今天必须比你早点睡。就像看见你在交谈,我看见你和代理人萨罗蒙在跳舞,然后又和那位做诗的先生,然后又和六位昨天围着你桌子看你写信的先生。尽管不太可能,但两位哥本哈根的代理人也来参加公司庆典并跳了舞。看着你们跳舞,我非常头晕。大家无疑跳得都比我好。如果你看见我跳舞,那简直糟透了!你可能会祈求上帝不要让我跳了!你们跳吧,我可去睡觉了。不管怎么样,我将在睡梦中——如果上帝行行好的话——把你从嘈杂的舞场中拉到我的身边。

菲莉斯,这里和办公室都没有信(我想我们都有些心不在焉)。星期五正是没完没了的排练,我被迫放弃你的信,所以你们的成功也有我的功劳。你不要把精力全部耗在排练上,那样到节日你不是太疲劳了吗?

今天下午的时间整个儿被剥夺了,亲戚拜访,听奥伦贝格的讲座(你了解他吗?)和来回走路。什么结果都没有,我心不在焉。隔壁房间的叫喊声(正在排列出席婚礼人的名单,每个名字都是一声喊叫)让我感到筋疲力尽。

你怎么过星期天的呢?这星期天一开始不错,尽管我自己吓了自己。

我必须把信作为快邮寄出,我不得不这样做。如果这很愚蠢,那就原谅我;如果做对了,也不是我的功劳。真不知道该怎么才好。最后我问自己该选择什么,是你的信和因此带来的担心和不愉快,还是不要你的信图个清静?结果仍是跑邮局。另外,我们至少两清了:你现在收到了一封让你吃惊的信,我一封也没收到。我认为,我们应该超越遗失或正在途中的信件,对我们的爱情始终不渝。这是我内心的命令,你愿意吗?再见,亲爱的,你得调养一下,不必考虑工作、家庭和我。你尽情地伸开四肢躺在沙发榻上,这种家具就是让你休息的,而不是趴在上面哭的。

弗兰茨 上

1912年12月1日

亲爱的,就几句话。已经很晚了,明天有很多工作要做。我才开始为我的小故事投入战斗。我的心想让我进一步卷入这个故事,但我必须试图把我尽量放在故事外面,这是一个艰苦的工作,要过几个小时才会有睡意,因此我必须抓紧上床休息。

亲爱的,几乎整个星期日我都在想念你,想开心的事,也想不开心的事。奥尔伦贝格的讲座很快就对我无所谓了,而你则又充满了我的脑海!我马上要出去散步,走到火车站就可以投寄信了。亲爱的,我还拥有你,还很幸福,但这能延续多久呢?我这样说,丝毫没有对你有任何的不信任,亲爱的。但我挡了你的道,妨碍了你。我应该往边上靠一靠,什么时候这样做,将由我的自私自利的程度而定。我觉得,我不可能用一句开诚布公的、大丈夫的话来做到这一点,我始终考虑的是自己。我永远无法隐瞒这样的事实:如果我失去你,我也就无可救药了。亲爱的,我的快乐看来就在面前,离我只有八个小时的火车距离,但又可望而不可即。

亲爱的,不要害怕这些永远的同样抱怨又卷土重来,不会像过去那样再给你去信。我必须无论如何见你一次,尽可能长时间地和你在一起。

夏天行吗？或者春天就行？有时候晚上，我得对着自己叹息，因为这比沉默地受苦要强些。

亲爱的，我很想说些快乐的事情，但一时想不起什么自然的事情。在我故事的最后一页，四个主人公都哭了，或者至少很悲伤。10点肯定来一封快乐的信，为此，我应该得到一个吻。带着这个吻，我上床睡觉。

〔19〕12.11.1〔12月1日〕

〔在另一纸上，可能是附在1912年12月1日写的几封信中的一封〕

亲爱的，麻烦你看一下广告柱，犹太人在哪儿演戏，尤其在哪儿可以写信找到我的略维。他又给我写信抱怨自己，也抱怨我，因为我不给他写信。遗憾的是，我把他的信封丢了，所以不知他的地址。

亲爱的，我们双方的心不在焉和邮局马虎终成事实。我在办公室刚收到原本星期日就该收到的信。这是一封星期五夜里写的，很长时间了，但愿一切都好。你圣诞节留在柏林？走亲访友，唱歌跳舞，四处奔走，你打算就这样休息？你太需要休息了，陌生来客发现你气色不好。另外，星期六照相了，我马上可以看见你气色是多么的不好。

我圣诞节旅行更成问题了，因为我妹妹的婚礼推迟到25日，有可能影响我先前的圣诞节旅行。婚礼虽在家庭范围内进行，但场面也很大。你也有客人，使我来不了柏林，我应该去哪儿呢？当然现在还有时间，所以还有希望。

如果能收到你身体状况的好消息就好了！那个晚上，你看上去精神焕发，红润的脸颊，压不垮的身体。那时我不是一下子就喜欢上你了吗？不是已经写信告诉过你了吗？我第一眼看去，你就特别显眼，不可思议地自在，因此不觉得陌生。我当时觉得一切都很理所当然。当我们起身离开餐厅的桌子时，我吃惊地发觉时间过得很快，令人悲伤，人们必须抓紧时间。但我不知道用什么方法，为了什么目的。在钢琴房里，你正去取鞋，我最终对大家说了一句不太聪明的话："您（当时称你为"您"）

很让我喜欢。"当时我紧紧抓住桌子。

从那天晚上一直到你的客人问你不幸的恋爱之间,是多么漫长的时间啊!脸红意味着同意,即使你不知道这一点,但在这种情况下,脸红意味着:"是的,他爱我,但这对我是一个很大的不幸。因为他认为,他爱我,所以就可以折磨我。他很自负地充分利用这个权利,几乎每天来一封信折磨我。然后再来第二封想把第一封忘得一干二净,但又怎么能忘记呢?他说话一直神秘兮兮,听不到他说一句开诚布公的话。也许他说的根本写不下来,那他应该看在上帝的份上不要再说了,而是像一个有理智的人一样写下来。他肯定不想折磨我,因为他爱我,这我感觉到胜过一切。但他不应该这么折磨,应该阻止他的爱让我感到不快乐。"亲爱的女演说家!我可以把生命交给你,但我不能停止折磨。

你的 弗兰茨

〔19〕12.12.2

〔捷克语的工人事故保险公司信笺〕

这是一封多么绝妙、多么厚实的信啊!亲爱的,你太让我高兴啦!还有里面的照片,初看很陌生,因为你的姿势和环境,我都不太熟悉。但越看越清楚,在写字桌台灯光以及当时的阳光照射下,照片上看到的是一张可爱的脸庞,很生动,以致看的人想去吻那只放在船沿上的手并且也这样做了。那时,你的气色比今天好多了,也许出于高兴,你脸上做出一副闷闷不乐的样子。你手里拿着什么?一个特殊的小口袋?谁把叶子插到你的腰带上?你多么小心和怀疑地看着我,你好像看见一个纠缠不休的人四年后又来纠缠你。你出门穿戴得很严肃,你哥哥也同样。有人已经告诉我了,说你哥长得很英俊。我站在他旁边肯定显得特别年轻,但也许我比他年龄大。照片上的他刚二十五岁,你很为他自豪吧!

你还允诺寄其他照片,亲爱的,你必须说话算数。从信封上看不出有没有照片,打开信封,好像只有信(有些信收到的时候信封正敞开,这是信封设计有问题），但里面有照片，照片上的你滑溜了出来，就像你从火车车厢里下来一样。这些照片也属于我的了，亲爱的，不管是暂时还是永远。为了解除你的顾虑（不是为了给你带来顾虑），我寄给你一张我的照片。照片很恶心，不是专门为你准备的，而是为公司接受监督委托时用的，已用了两三年了。我实际上没有一张迷糊的脸，只有在闪光灯前才会有先知般的眼神，我早就不穿带高领子的衣服了。相反，西装就是那多次提起过的唯一的一套（唯一一套当然有些夸张，但不是离奇的夸张），我和当时一样今天仍喜欢穿它。我穿着它曾在柏林剧院的前排座位上引起注意，一连几夜坐在火车车厢里的凳子上过夜或打盹。它和我一起衰老，它已不像照片上那么漂亮。西服上的领带很漂亮，是我去巴黎时带回来，不是我第二次去，而是第一次去的时候，具体哪一年我已无法记清。巧的是，我现在写信的时候正戴着这领带。它也变老了。总之，我只请求你在照片前不要吃惊。我只有一张好的照片，是最近拍的（所谓好照片，就是照片上的人应该至少是本人愿意看到的），但这张照片和其他全家照放在一个镜框里了，拿不出来。如果行的话，我让别人再洗一张。我很想变成照片留在你手里，留在你真正的手心里，因为我早已在你那张无形的手里了。

这是傍晚写的，现已是深夜。亲爱的，虽然昨天没有信，但我的行为难道不是很完美吗？我相信你，感激你，好像你就在我身边，只是没有说话。你绝不会有这样悲伤的日子，因为你尽管会哭——这是你唯一的缺点，也是引诱立刻把你抱在怀里的可怕手段——但你的自制力肯定比我好得多。你好好地考虑一下，你能否忍受一个有几天和经常陷入沉思而不能自拔的人。这样的日子，尤其在一个星期前经常出现，我不知道你是否从我的信中看出。告诉我，你没有注意到，我患了妄想症。从你的嘴里，我希望听到一切关于我的决定，这样我才会安下心来。

你们的节目太精彩了！我不知为什么，尽管有许多理智的理由，尽管你可以作为无懈可击的证人，尽管我所掌握的细节，整个工厂让我觉得不太现实。原因也许在于，我用愿望和希望把你团团包围，而这些东西和现实的企业格格不入，只适用于非现实的企业。所以我很想听你介绍你的办公室。如果我确信办公室整天围着你，让你干活，那就让我感到厌恶。我能得到关于你办公地点的明信片吗？如果你给我寄，我会给你寄一份我公司的年度报告，其中有我的一篇关于圆的安全刨刀轴的文章，带有图片；或者关于车间保险的文章；或者关于安全铣刀头。亲爱的，还有许多让你高兴的事在等你呢！

我现在得上床了。最近，我睡眠太少，散步太少，什么也不读，但有时候感觉并不是太差。我正在想圣诞节旅行的事，想很长的假期，想今后的岁月。如果前景暗淡，我就闭上眼睛。别忘了，我现在一般一天只写一次，下午时间都属于别人。但别人给我吻，所以还能忍受一切。

弗兰茨
〔19〕12.12.3
〔1912年12月3日至4日凌晨〕

亲爱的，就两句话。可能写信告诉过你的董事会选举已经结束，我可以自由支配的办公时间已经成为历史。我只能在匆忙之中问候你了。另外，我现在总犯困，一切都像笼罩在浓雾中。亲爱的，你今天给我送来精美的礼物，你上午的信就像你的手把我吸引到你身旁。

夜里再见。很难改变每天写两封信的习惯。告诉我一个办法。让我用吻来请求和感谢你的办法。

你的　弗兰茨
〔19〕12.12.3

年度报告已寄出。你熟悉以后，将得到其他的。

亲爱的，我本该今天通宵写书的。这是我的义务，因为我正在写我的小故事的结尾,而集中时间,一气呵成,从创作的统一性和激情来看,对结尾是有很大好处。而且天知道明天我听完我现在就在诅咒的讲座后能否继续写作。尽管如此,我还是停笔,不敢再写下去了。虽然我这样系统地写作时间并不长,但我正从一个虽称不上模范却还有一定能力的官员(我目前的头衔是策划)成为我上司的累赘。我办公室里的写字桌从来没整齐过,现在堆满各种纸张和公文。我只大约知道堆在上面的是什么,下面的,我只知道是否有疑难案子。有时候我觉得自己快被写作和办公室工作折腾死了。但也有时候,我巧妙地把两者摆平,尤其是在我回家写作不顺利的时候,但这种能力(不是蹩脚的写作能力),我担心自己将逐步失去。我有时候在办公室里四处张望,那眼神在办公室里过去是看不到的。我的打字员是唯一一个能在这种时候能温柔地把我唤醒的人。此外,就是你的信,自从我们开始平静地相爱以来,你的信已成为我生活中不可缺少的支柱。有人,不仅是有人,而且是最亲爱的人关心我,使我从你的信中汲取力量,以更好的精神状态去投入我的工作。但尽管如此,尽管如此——

今天我写得这么少,但有很多事情要对你说。你站在样品厅里多神气!但很想看看你的办公室。不,你今天给我寄的东西,我要问你好几个月,耐心的菲莉斯,才能问明白。首先给我简单解释一下两处涉及你的地方。一处是关于你的犹太复国主义,另一处是关于文学和冻肉?我的上帝,这些人,从所罗门到罗森鲍姆,都认识你,他们天天能见到你,和你一起坐车,他们只要在经理室一按电钮,你就跑着过来。亲爱的,亲爱的,哪儿有大钟能把你呼唤到我身边?我要用吻来袭击你。好了,搁笔了。我的故事使我彻底难眠,但你给我带来充满美梦的睡眠。昨天,我和你在草地上商谈一起去农村度假的计划。

你的 弗兰茨
〔19〕12.12.3

感谢上帝,亲爱的,你写到信尾的时候又平静了下来。我不知道在自责中该怎么办,所以我向你保证尽一切努力。我很想象布吕尔小姐那样在你身边,在你写信的时候吻你,再一次明确告诉你,我永远不再在信中折磨你,而是把一切都保存起来,等我们重逢的时候再进行弥补。

你自己说,我不想折磨你。你虽然是我自己的自我,我也不时地折磨自我,这对自我有好处,但你是我内心最深处的、最温柔的自我,我要尽全力保护,使它处于绝对的宁静之中。尽管愿望是好的,但我手中的笔不一定听话。

亲爱的,请原谅,从现在起写信要心平气和,因为给恋人写信是为了安抚而不是鞭笞。

昨晚的信也有些过失,我想起来了。好像讲的是我办公室,我坐在那里喋喋不休地抱怨。我收到和阅读了你的信后,我像一个巨人一样站了起来,像一个忙碌的官员走到打字机旁,就好像你把我引到那里,并允诺给我一个吻以奖赏我出色的工作。不要悲伤,亲爱的!你已成功地让我高兴起来。再见,亲爱的,难道我今天无法告别吗?现在就去找打字机!这已是今天最后一封,也就是第二封信,现在一直只来一封。马上会有解释的。我今天离不开你,亲爱的。如果我傻里傻气的话,你就抽回你的手。

弗兰茨

〔19〕12.12.4

啊,我最亲爱的,正像我担心的那样,对我的小故事来说,真的已经太晚了,到明天晚上才能写完。但现在正是我给你写信的时间。我把你的电报当作一个吻,味道好极了,令人快乐、自豪和高兴。任何一个晚上都比今晚重要,但今晚能给我带来快乐,而其他晚上是用来解脱我自己的。亲爱的,我很喜欢朗诵,往有准备、认真听的听众耳朵里吼叫,这对治疗心情郁悒很有效。我冲着听众大声朗诵,盖过了隔壁房间传来的、快要让我无法继续朗诵的音乐声。你知道吗，指挥别人或至少相信自己的指挥力量，这是人的最大满足。小时候，几年前还是这样，我梦想在座无虚席的大厅里——当然要比今天有更多的激情、更洪亮的嗓音和更深邃的智慧——几天几夜、不间断地用法语朗诵整部《情感教育》（哦，你，我心爱的发音！），并聆听四周墙壁发出的回声。我不知什么时候说过，演讲比朗诵还要好（很少满足过）。我感觉到两者之间谁高谁低，至今也不后悔。这是我三个月来唯一公开的爱好。这期间，我几乎没有与任何陌生人交谈过，只和施多斯尔一个人。你的施密茨，本来约好十四天前见面，但我睡过时间；仅仅因为他与你的关系才使我对他有点兴趣。你认识施多斯尔吗？这是一个了不起的人！他面色红润，长着一个鹰钩鼻子，很像一个犹太籍屠夫，但他的脸流露出的是人类的智慧（等一等，我在目录册中有他的一张照片，随信寄上）。我说得有点啰唆，如果我不能在你面前，亲爱的，那么在谁面前呢？这个习惯肯定来自朗诵，一时很难改掉。为了在身边保留一点你的东西，但又不那么惹人注意，我把你的照片带着，准备在朗诵的时候把手放在上面，用这种小魔法来接受你的指挥。但我对故事倒背如流以后，开始拿着你的照片玩，然后不假思索地又挤又折。亏得我折的地方不是你那只可爱的手，否则你明天无法给我写信，这一晚上的代价就太昂贵了！你对你的小故事（《判决》）一无所知。这小故事有点混乱，没有内容。如果它没有内在的事实（这绝不可能泛泛地肯定下来，而必须一再由读者和听众重新确认或否认），它就什么也不是。而且这故事尽管篇幅不长（十七页打印机纸），但错误很多，难以想象。我不知怎么会把这么一个不成熟的故事发表了呢。但每个人都愿意展示自己的东西，我展示那个小故事，你展示你的爱。亲爱的，有了你，我是多么幸福。在读完你的小故事后流下的眼泪中也有这一幸福的眼泪。

告诉我，我该怎么做才能配收到你今天的信，尤其是信的第二页。这里面充满了我给你带来的痛苦。当第三页写到你对那次旅行的回忆时，你恢复了一些平静，我才松了一口气。你看，别人是怎么捉弄我们这些人的。你抱怨，当你离开布拉格时，没有人来火车站送你。我，至少今天回头想想，很想站在车厢的踏板上随你同行（这太危险了。我完全可以慢悠悠地上车，但在这样的深夜，为了恋人，再难的事也变得不那么难了）。我想起来，你在上一封信中曾把"我"写成"你"。如果这书写错误能变成事实就好了（安静，安静！我已经闭嘴不说了）！关于分公司的事，我终于抓住你了，不要否认，不要否认！你们在布拉格并没有自己的分公司。我早就发现 FaAdler 公司了，每次我经过该公司的时候，我都蔑视地吐一口唾沫，因为我认为这是你们的一个竞争对手。我蔑视它就像我蔑视任何一家留声机公司的商店一样。顺便问一下，遵照我的建议去办了吗？在弗里德里希大街开了留声机沙龙了吗？如果划算的话，可以在西城区什么地方开一个。在巴黎那家留声机沙龙里，一个女人坐在中间一个高出来的座位上，负责把客人的钱换成筹码。如果在柏林建一个沙龙，你作为这件事的倡议者可以担任卖筹码的角色，怎么样？我这样建议，是因为你一边卖筹码，一边可以给我写信。亲爱的，对你的渴望让我产生了多么愚蠢的念头。亲爱的，我将对我自己感到悲伤。假如我有时间给你写信，如果我有时间去柏林，我早就在你身旁，看着你的眼睛。但现在，我只能用愚蠢的想法填满我的信，好像生活一成不变，一点不会变短似的。

不，我现在不再写了，失去了全部兴趣。我上床了，默默地念诵着你的名字，菲莉斯！菲莉斯！这名字无所不能，既让我激动，也让我心平如镜。晚安，做个好梦，我们这里习惯这么说。还有一个问题。你在床上怎么写信？墨水瓶放哪儿？纸放在你膝盖上？我做不到，我坐在写字桌旁写的字还不如你这样写的字更稳健。床单上没有留下墨汁的痕迹？那可怜的背！那眼睛也必须被毁坏。与中国相反，这里是男人想夺走女友的灯。所以，这个男人不会比中国的学究更理智（在中国文学中，对学究的嘲讽和尊敬共存），因为他虽不想让女友在夜里写信，但夜信到的时候，他却迫不及待从邮差手里夺过来。

好，再见，亲爱的，最后一个吻。我还要签上我的名。

弗兰茨

〔1912年12月4日至5日夜〕

我一个人，但并不觉孤独，因为我签名后仍可以吻你。亲爱的，如果我们真的重逢后仍像现在这样依依不舍，你就会认识到，我的信给你带来的痛苦和真正与我相处所带来烦恼相比，简直是算不了什么。再见，亲爱的。写完这一段，我要求你再吻我，并将它刻骨铭心。

〔在边沿上写着〕
今天不会有信了。

亲爱的，向你问好并感谢向我描绘了你的房间。但缺少后墙，那儿应该还有一扇门。你有许多书吗？

我没有写信告诉你选举的事吗？不，不。可能是在几封遗失的信中写的。现在我还记得当时向你抱怨，你的信先得从一大堆选举邮件中挑出来，要花很长时间。这是我们公司董事会选举，由于在我们这里投保的企业家（近二十万）和全部工人（近三百万）都参加选举，所以工作量很大。今天我旷工，我桌上堆积的工作已经很多，不时有人在抱怨。

亲爱的，不要否认，照片的我对你显得很陌生。你不打算承认，但你的信已说明了一切。只要用怀疑的目光来读你的信，就像我这次这样，就能感觉到你的想法。我该怎么办？我的模样就是这样。照片拍得不好，但很像我。我实际的模样比照片上还差。这是两年前的照片，但我年轻的外表几乎没有什么变化。当然，自从我经常熬夜以来已经有了一些讨厌的皱纹。亲爱的，你能习惯这张照片吗？照片上的人还能吻你吗？或他写信结尾时不能吻你？你想，这照片最终还能忍受，如果他真的在你面前出现，你吓得非跑不可。你想，你亲眼只看见他过一次，而且是在煤气灯下，当时也没怎么特别注意他。他白天几乎不出门，那张脸终日不见阳光。我很理解你。也许你能习惯他，亲爱的，因为我，一个受你友好相待的写信者，也不得不习惯他。

在上面，我写得有点夸张。你的信和往常一样可爱。但我内心的情绪波动忽上忽下,今天正是最坏的时候。请原谅我们两个人,一个写信者和一个照片上的人,让我们也从接吻中受益。亲爱的,再见。我很平静,希望你也是这样并继续爱我。

你的 弗兰茨
〔19〕12.12.5

这是今天第二封,也就是最后一封信。我的上帝,我又得去出差了。

哭吧,亲爱的,哭吧,现在是哭的时候!我的小故事中的主人公不久前刚死去。如果你需要安慰,那告诉你,他是在平静之中,在与众人和解之后死去的。故事本身并没有完全结束,但我现在对故事已没有兴趣,所以把结尾放到明天再写。现在也已很晚了,我还有许多事情要做,来克服昨天的干扰。很遗憾,故事中的某些情节明显地反映了我的疲劳状态、其他干扰和不必要的忧虑;它们原本是可以清除掉的。正是从甜蜜的章节可以看出这些。这正是那种永远钻心的感觉。我作为一个感觉到自己有创造力的人,暂且不论这一创造力的强度和耐久力,在生活条件更好的情况下,创作的作品可能比面前的作品要更纯洁、更有感染力、更有条理。这种感觉不会被任何理智所消除,尽管如此,理智还是最高明,它说,人不应该指望现实以外的生存环境,因为不现实的生存环境并不存在。不管怎么样,我希望明天结束这个故事,后天就重新着手写小说。

我最亲爱的,你想知道你的信什么时候到我这儿,以便有所准备?现在邮局送信时间无法估计,就是奥地利邮局工作起来也没有计划。你第一封加急信是星期一11点送到我住处的,第二封是9、10点之间送到办公室的。你的电报是下午4点半送到住处的(如果电报晚来一会儿就好了,这样正好唤醒我,我也不会睡过了)。你想让我星期三下午收到的信星期四上午才送到住处。当我3点拿到这封信时,我觉得我们是多么亲密无间啊！你给我发电报，就是想让我带着电报去听讲座。我也几乎真的把它放进袋里，但又考虑了一下，因为我带着电报绝不是就想放在衣袋里，而是要想放在讲台上，这样做太显眼，所以我宁肯随身带明信片。

因为你误解了，所以我必须非常清楚地介绍我的办公室。我们没有七十个部门，而是在我工作的部门里有七十个职员。每个部门领导是一正三副，我就是三副之一，不幸的是负责最吃力不讨好的事情。就是这样。为了帮助你更好地理解，照片上显得陌生、但内心最忠心于你的人给你一个长长的吻。

你的　弗兰茨

〔19〕12.12.6 至 7 日夜

〔约为 12 月 5 日至 6 日夜〕

亲爱的，当我为自己的照片犯愁的时候，我又成了一个大傻瓜了。你沿着环城铁路散步时，肯定对我的照片已习以为常，否则不会想起我。只是你的头痛也许是吓一跳的后遗症，或是你给我写长信的结果。记住，我最多只配经常收到你的信；而长信，我觉得自己不配收到，我没法改变自己。为了能心安理得地收到你的长信，比如那封游记式的长信，我在这世界上寻找我能做的事，但徒劳无益。我别无他法，只能颤抖着、一遍又一遍地读着信。

我曾在信里为自己的外表表示遗憾，至今我还在为那封信害怕。天知道你会怎样嘲笑我呢！我每时每刻都在担心收到你的电报，上面写到："弗兰茨，你很英俊。"这样，我会羞得趴到桌子底下。

你看，快乐的小姑娘，你在随信寄上的剪报中可以看到有人在一个私人聚会上公开和夸张地赞扬你。写这篇文章的不是一般的人，而是作家、评论家保尔·维格勒。你认识他吗？他写几本很好的书，很优美地翻译了一些法语书。令人妒忌的是，他 2 月份就来柏林，而我呢？当然他来柏林是来《柏林晨报》新任戏剧评论员的，这也不太令人羡慕。每个人都有自己的难处。

唉，亲爱的，是结束和吻你的时候了。否则我的上司就要干预了，这必须防止。亲爱的，亲爱的！让我再叫你两声。

你的 弗兰茨

1912年12月6日

昨天是倒数第二封，今天是最后一封。

我刚写完一封信，收信人就是你那位旅行伴侣的丈夫。他妻子曾称你是小天使。

关于那张对我来说很重要和具有教育意义的照片，我夜里给你写信。

星期一，我得去莱特默利兹。那个小个儿布吕尔对我的明信片又说了些什么？你收到我的两张明信片了吗？

现在我想起来了，你的信是4号的，它怎么会星期三……真笨，我搞错了日期。我想起来了，你那时还没有收到我的照片。


亲爱的，听着，我的小故事已经完成，但今天的结尾一点也不让我高兴，可以写得更好一点，这是毫无疑问的。第二个想法当然总是这样的：我有你，亲爱的，这是生活的第二个理由。但从恋人的存在中寻找生活下去的理由，这依然是耻辱。现在我及时地回想起，这应该是星期日的信，最好还是把抱怨放到星期一。亲爱的，我不知为什么，但你沿城市铁路的散步让我万分感动。如果人们也许同时把你孤独的散步和我的相比较，把目光从一个人身上移到另一个人身上，那么在高处会响起什么样的嘲笑声呢？

亲爱的，这张照片又让我向你靠近了一大步。我认为这是一张较老的照片（你没有写下片言只语来说明这张照片，也许想把我引入陷阱；但幸福和感激让我大胆，我一点不怕）。从灯光、组合和上面人的情绪来看，这张照片显得很神秘。那把神秘的钥匙就在前面的桌上，放在装钥匙的盒子旁边，这并没有说明什么问题。你笑得很忧郁或者是我没有根据地强加给你的。我不能正眼看你，否则目光会死死地盯着你。你穿着一件装饰很特别的衬衣，在左下臂上，你戴着绦带或者手镯。除了我个人不太重要的看法外，别人也会认为你处于照片的中心，不仅是因为你站的位置，而且是因为你母亲在你胳膊下拉了一把，或因为是看上去这样，这使你显得有些特别。另外，你目光和全家人看的方向相反。靠我最近的是你母亲（即使有可能你母亲根本就不在照片上），由于变化多端的灯光大多集中到她脸上，所以对她的判断有点不太肯定。她是不是长得高大、有点瘦？在我父亲的家族中有些女人长得稍微有点像她。她看上去很明事理，我又几乎回到我最初对她的看法，我有胆量和她谈谈。你父亲看上去很威严，站在他面前，我会变得局促不安。他做什么生意？你弟弟，我已在寄自宾茨的照片上认识，他身上看不出有什么新变化。边上站着你的姐妹（由于你弟弟尚未结婚，所以很容易猜准），你的姐姐，我称之为布达佩斯大姐，称站在旁边的那个有趣的男人为你的布达佩斯姐夫。唯有他们俩在笑，所以他们属于一家人。站在另一头的姑娘，根据她怡然自得的、有点疲倦的微笑，可能是你冷漠的妹妹（一个二十岁的姑娘坚决不阅读任何东西，我认为没有什么不好；一知半解地阅读更可怕）。你们都在哪间房间？是你们现在的起居室吗？这张桌子是你在信中曾提到的，你父亲和你弟弟玩六十六点牌的那张桌子吗？谁给拍的照？是过什么节日拍的？父亲和弟弟看来穿着深色服装，戴着白色领带，但姐夫系着一条彩色的领带。亲爱的，人面对照片是多么强大有力，但在实际生活中又多么软弱无力！我很容易想象，全家人都已走开，唯独你自己留下来，我隔着大桌子朝你那里凑过去，想找你的目光。我找到了，幸福得要死。亲爱的，照片是很美好的东西，不可缺少，但它也是一种折磨。

我怀着一种不祥的预感去看时间，已经 3 点 45 分，太可怕了。我 12 点过后才开始写信的。晚安，亲爱的。继续爱我！你下星期将收到我的一本小册子，我能因此得到几个吻？这是梦中最美的事情。亲爱的，这是第一句话,亲爱的!

你的 弗兰茨

〔19〕12.12.6—7

为了便于监督邮件的运行情况,我提一下,今天,我收到装有照片的加急信。

亲爱的,出于种种原因,我今天什么也没写。白天,为办公室写了几封信,一份申请书,为讨厌的莱特默利兹之行做了一些必要的准备工作。另外,我晚上7点后才睡觉,11点才睡醒。尽管准备工作做得很快,但莱特默利兹之行还是让我失去了一个工作之夜,尚未动笔的小说也不得不再次放下。总之,有几个原因让我今天没法接着写小说。其中一个比较重要的原因,就是我内心充满了对你的渴望,让我烦躁不安。你好吗?你是否觉得我一无是处?你是否今天也很想我?亲爱的,我今天在整个睡梦中都梦见你,但只记得其中的两个梦。我一醒就尽力忘记它们,因为梦中出现的可怕事实令人讨厌,清晰明了,在平淡的日常生活中是永远不可能出现的。尽管这些梦错综复杂,充满了我心里现在还记得的细节,但我还是想简单地讲述一下。第一个梦起源于你的一句话,你说,你们可以直接从办公室打电报。我从我房间也可以直接打电报,机器就在我床边,就像你习惯把桌子拉到床边一样。这是一台特别粗糙的机器,就像我害怕打电话一样,我也怕打电报。但我必须给你打电报,因为我十分担忧你,希望听到你的消息,这一渴望让我发疯。使我无法入睡。幸运的是,我最小的妹妹来了,开始为我发电报。我对你的担忧使我富有创造力,可惜这只是在梦中。机器设计得很简单,只需按一下按钮即可,来自柏林的回答马上就会出现在纸带上。我想起,当时因为紧张,呆呆地看着空转的纸带。这很正常,因为只要别人没把你叫到机器旁,就不会有答复。当第一行字出现在纸带上时,那是多么令人兴奋,我差点从床上掉下来,对此我记忆犹新。这是一封完整的信,我可以一清二楚地阅读。如果我有兴趣的话,我也许可以回忆起信的大部分内容。我只想说,信中痛骂我烦躁不安,但骂得令人舒服,令人高兴。信中称我是"贪得无厌",列举了我最近收到或将要收到的信和明信片。

你在第二个梦中是个瞎子。柏林盲人学院组织集体郊游,去的村庄正是我与母亲避暑的地方。我们住的是一座木头房子,窗子仍记得一清二楚。这房子处在位于山坡上的庄园的中央,房子左边是个玻璃走廊,大多数盲人姑娘就安置在那里。我知道你就在她们中间,但不知道该怎么才能见到你,和你说话。我一再离开我们住的房子,跨过门前铺在泥泞地上的厚木板,没看到你后,又一步一回头地往回跑。我母亲也毫无目标地四处溜达,身上穿着一件很单调的衣服,一种叫修女服的服装,把手放在胸前,但没有交错。她要求盲人姑娘提供各种服务,这方面特别喜欢一位身着黑色衣服、圆脸蛋的姑娘。这姑娘的脸颊有一边留下很深的疤痕,好像曾经破过相。母亲在我面前也夸这姑娘聪明和勤快,我也特意注视她了一眼,点头表示同意,但脑子里只想着她是你的同事,应该知道你在哪里。突然,四周的寂静结束了,也许已吹号要出发了。不管如何,学院应该继续前进了。我也作出决定,跑下了山坡,穿过了一扇打通墙壁的小门,因为我觉得自己看见队伍是朝这个方向走的。在下面,我遇到一些失明少年,排着队,由老师领着。我跟着他们,沿着高高低低的山路走着,因为我想,整个学院的队伍现在将要到来,我将能轻而易举地找到你,和你打招呼。我在这里逗留的时间肯定有点太长,也错过机会询问队伍是怎么出发的,我一边看着一个失明婴儿——学院里有各个年龄层次的孩子——在石头底座上被从襁褓中打开,然后又捆绑好,一边打发时间。我终于觉得四周的宁静有些可疑,便向老师询问,学院其他人为什么还没来?我这才吃惊地了解到,只有这些小男孩才从这里出发,其他人现在正从山上另一个出口离开。他还宽慰我说——他冲着我的背影喊道,因为我已疯也似的跑了——我还能及时赶到,因为失明姑娘们排队当然要花很长时间。我顺着一堵光秃的墙,沿着无比陡峭的、充满阳光的小路往山上爬。我手里突然拿着一本厚厚的奥地利法典,很难拿,但可能对找到你并和你交谈有帮助。路上,我想起你已失明,所有我的外表和举止不可能影响你对我的印象。经过这番考虑,我真想把法典这个不必要的累赘扔掉。我终于到达山顶,时间的确绰绰有余,最先的一对尚未离开进口处。我作好准备,好像看见你在姑娘们中走来,眼睑低垂,表情僵硬而又平静。

这时,我醒了过来,浑身燥热,对你如此远离而感到绝望。

〔19〕12.12.6—7 夜

〔可能是1912年7月至8日夜〕

唉,亲爱的,虽然我的虔诚已不知流落到什么地方,但为你今天的信,我要下跪来感谢上帝。我怎么又为你感到烦躁不安!我感到待在没有你的房间里是多么无聊!我太需要你了!明天要出门,所以必须好好地作些准备,这次出门的唯一好处,就是坐几小时火车后离你近一点。另外,如果一切顺利,我明天下午就回到布拉格,从火车站到我们的门房,我会一阵狂奔。为了信,你的信!

今天,我计划了一个很特殊的时间表。现在是下午3点。今天夜里,我是4点上床的,一直睡到11点半。这又是你信的过错,否则我必须躺在床上等信。今天来的信是快递邮件(有了这么一次,我几乎想说,以后星期天的信必须作为快递邮件寄发),我很快就收到了,还没有到起床时间。我一边回味着信,一边高兴地舒展四肢,又躺了几个小时。

这几天以来,我没有作过真正的散步,所以我现在先散步,然后6点钟躺下就寝,如果可能的话,睡到夜里1点或2点。也许我又要接着写小说,舒舒服服地写到早上5点,时间不能太长,因为我的火车是早上5点45分的。

亲爱的,请爱护自己。又是3点才睡。把你搞得筋疲力尽,这不可能是圣庙落成典礼的本来意思。你发表演说啦?你看一看吧!我难道没有说过?开场白是不是提到了"鲁特"?"鲁特"是我上次疗养期间在疗养院住的空中楼阁，门上写着"鲁特"。在楼阁里住了三个星期，对这个名字产生了感情，我很想听你公开提到并称赞这个名字。——还有一点，我不去求婚；如果我这样做了，我就不必妒忌画家（画家在自画像上看上去像个犯罪的猴子），而是让全世界妒忌我。

弗兰茨

〔19〕12.12.7，星期日

〔1912年12月8日，星期日〕

亲爱的，当你在我星期天收到的信中劝告我不要把你应在星期天收到的信作为快递邮件发出时，你对我们思想一致已确信无疑了（事实上完全是这样）。但这只不过是甜蜜的睡意，所以对远方的人来说，这是你生活热情的十分明显的标志。

亲爱的，就想吻你并请求你允许我靠在你胸前哭诉一番。由于发生了一些不幸的巧合，我7点半才到家。睡觉或者至少入睡已不可能了，因为隔壁邻居马上就要热闹起来，我也得为法庭审判研究资料，还得写那份长长的申请书。总之，今夜的时间再次拱手让给这个强盗般的世界，只有你，亲爱的，才是我最大的安慰。我累了，四肢无力，脑袋嗡嗡作响，所以请你——这非常高傲无礼，我知道——请你吻我，就在我结束这封伤感的信的时候，亲爱的！亲爱的！一天就这样过去了，明天会发生什么，不值得一谈。

弗兰茨

〔19〕12.12.7

〔1912年12月8日〕

您①知道〔奥古斯特·斯特林堡的〕中篇小说《孤独》吗？它以前曾让我陶醉。除此以外，我还看过《哥特式房间》的节选，我很喜欢，尽管或许出于什么特殊理由。

顺致问候！

弗·卡夫卡

〔广告明信片邮戳：莱特默利兹，1912年12月9日〕

写于返回之行前，感谢上帝。最重要的信件原封未动地等着我。致以衷心问候。

弗·卡

〔明信片邮戳：莱特默利兹，1912年12月9日〕

我最亲爱的，这些倒霉的干扰对我的写作造成多么大的损失，太令人沮丧了。我昨天还尽力克制自己的创作欲望，然后就上路出差，而今天写的东西非常一般，所幸的是写得不多。不，不再提它了！

唯一使我顺从地上路出差的原因，是这次出差对保险公司也毫无意义；当然这在另一方面又伤害了我。这次出差倒是给我提供了访问亲朋好友的机会——我在莱特默利兹有亲戚——因为我要代表公司参加的法庭审理已于三天前就被无限期地推迟了，而法院办公室由于出了差错没有通知我们的公司。从这一点看，这次出差是有特殊意义的，我匆匆忙忙，几乎在半夜离家出发，在寒冷中穿过大街小巷，走过亮着灯、但仍拉着窗帘的"蓝星饭店"早餐厅，虽然有人从外面渴望地往里看，但没有人从里面往街上看；然后我坐上了夜车，周围的乘客都在睡觉，虽然仍有知觉，但已麻痹，从睡梦惊起，把我调到"冷"的暖气又转回"热"，

---

① 这张明信片寄到菲莉斯的办公室，故用"您"称呼。

反复多次，使已经很热的空间变得热不可耐，最后我又坐了半个小时的马车，穿过雾蒙蒙的林荫大道和白雪皑皑的田野或草地。我心里变得越来越不能平静，也许仅仅是因为我注视的目光变得冷漠、毫无表情。上午8点，我终于来到我亲戚在莱特默利兹朗根街开的一家商店前。站在孩提时代就熟悉的我叔叔的账房里（他是我的继叔叔），感到自己的朝气和优势，而我叔叔刚从被窝里爬起来，穿着毡拖鞋，在几乎密封的、冰冷的店堂里想使自己暖和起来，但无济于事。这时，婶婶来了（确切地说，这是我四年前去世的亲叔叔的妻子。亲叔叔死后，她嫁给了商店经理，也就是我现在的叔叔），她现在一脸病态，但始终非常活跃，身材矮小丰满，嗓门大，喜形于色，我一直很喜欢她。

  我现在必须让她一个人在这里大声说话，因为，隔壁房间的钟已是凌晨3点，孩子必须上床睡觉了。亲爱的，我对你今天的信有很多话要说！请你不要把我看成一个奇迹，为了我们的爱情，请不要这样！否则就像你要摆脱我似的。关于我，只要你不在我身边，我其实是一个可怜的、不幸的人；我身上的特殊东西大部分是不好的、可悲的。就像你在信里开始提到，但没有想下去那样，我的主要弱点就是宁愿去莱特默利兹徒劳地走一趟，也不能明确地去一趟柏林。亲爱的，抱紧我吧，如果我这可悲的外部习性还允许我这样请求的话。不要再提我内心里有什么过人之处了，或许你认为，我这两天因出差不能写作，一直担心自己不能再写作，就是我的过人之处吗？另外，从今晚看来，这一担心不是完全没有益处。我们在一起的夜晚，摆弄纸板跟那种卖弄风骚、谨小慎微、社会绝望和舒心惬意并不是一回事。你一定当时就认识到了，虽然可能是下意识的。今天，你的记忆已变得模糊，这不应该。我几乎想说，这一切都是这张愚蠢的照片引起的。我犹豫很长时间，才寄出这张照片，它一方面给我造成损害，另一方面也没有给我带来什么好处，因为我还没有收到你最新的照片，尽管它可能早就拍好了。亲爱的，你应该抱紧我，抱紧，就像我一直渴望的那样，在整个路途上，在火车上，马车上，在亲戚那里，在法庭上，在大街小巷里和在田野上。我在想象中把火车车厢里的邻座推开，让你坐在他的位子上，然后各坐一角，静静地注视着对方。

你气色不好怎么回事,菲莉斯?你母亲要求你干什么啦(你必须立即详细地回信告诉我!)?她认为气色不好的原因是什么?她想作什么改变?你认为什么是理由?你和母亲已和好了吗?我觉得你在今天的信中烦躁不安,尽管如此,我还是那么迟钝,在上面几页作了一些无用的说教。现在我把自己也说得烦躁起来。亲爱的,你感觉没有特别不舒服吧?请你非常详细地回答这些问题。上面几页的东西无关紧要,你权当它们已经划掉,你只要回答问题!如果你真的病了,我该怎么办?亲爱的,我必须知道一切,这是我最重要的事情。再说一遍:我还没有烦躁不安,但我会的,如果你回信说得不清楚。你可是我最亲爱的人啊。

弗兰茨
〔19〕12.12.9—10

我下班后那么晚了给你写信,不是为了让你到10点还收到我的信,因为,如果我没有时间,你也不想让我写信。我写信是为了我自己,为了让我明天10点获得一种感觉,好像有一瞬间来到你身边,令人快乐和幸福。亲爱的,让我最吃惊的不是我们在梦中的盲目,而是你在星期天似乎感受到的真正痛苦。当时,我特别为你担心,尽管这担心并没有在你星期天写的信中得到证实。

你们那儿星期天发生了什么事?你星期天晚上写的信充满了谜。你在以前的信中说过,你不想对我保有什么秘密,但现在有了,有关你的痛苦,我觉得自己有特殊权利知道。给我写信吧,亲爱的,几行字就行。你从我星期天的信中看到,尽管不知道你在受苦,但我和你一样在受苦;而不知道受苦的原因,却和别人一起受苦,这是苦中加苦。我今天10点以来就平静下来了,因为你星期一写的信充满了爱意、善意和清新气息,使我又恢复了正常(我刚看了几封信,来了一个木匠,请求我给他在企业上保险,我匆匆地同意了他一切要求,将在别人,尤其在上帝面前无法交差)。但关于星期天的事,我还得搞清楚。你一整天为什么不去散步?你为什么星期天晚上还那么疲劳,并希望星期一工作日给你带来饱满的精神?我已从星期天上午的信中看出来,事情有点不对头。但这是什么呢?什么呢?这就像一个盲人,他面前发生的事情与他关系最大,但他只听见杂乱的声音,他却看不见,别人也不给他解释。你今天的第二封已让我彻底安下心来,但我很想知道,你未来可能面临什么样的折磨和痛苦。

一个长长的吻吻在照片上的姑娘悲伤的嘴唇上,噘起嘴来准备吻未来的黑人姑娘。

弗兰茨

〔19〕12.12.10

终于看到这个可爱的姑娘!一点也不像黑人,而是和想象中的一样;一点也不悲伤或气色不好,而是比大家都快乐。可惜她被两边的人紧紧抓住,必须有巨大的力量,才能把她从他们那里夺走。可惜她站得太靠近一位先生,如果想吻她,就必然要把这位叫罗森鲍姆的捎上(看来已经是换了一位了)。

另外有一点很特别,在这张夜里用自然光拍的照片上,大家看上去都像是一夜没睡,衣帽不整;而在我台灯光线的照射下,整张照片又让人肃然起敬,这在社会中简直不能想象。我已很长时间没有穿燕尾服了!最后一次穿是大约两年前参加我妹妹的婚礼。这件很老派的燕尾服是我得博士学位时做的,已有六年历史,胸围还不算太紧。你旁边的先生燕尾服穿得多么得体,他的西装背心裁剪得是多么大胆!

你戴的奖章和戒指是什么样的(你关于黑人面孔的说法让我想起还存在着第二张照片,是不是这样,不细心的亲爱的?)?你旁边的夫人肯定是一个经理夫人,你们中间的那只手应该属于她的吧?那你的第二只手在哪儿呢?为什么左右两边那儿挤靠着你?你裙子上面镶有花边,是不是?

关于照片,你可以尽可能多地作些解释。这些人中的哪些人和你一个办公室?我想我能认出布吕尔小姐,就是那位穿着奇特的、也许很美的黑色衣服,胸前带有引人注目的镶边的女士。唯一真正面带愁容的人站在你后面一侧靠在柱子上,他带着黑色领带,一副杞人忧天的表情。施特劳斯经理站在哪里?代理人沙罗蒙站在哪里?你曾和她跳过舞的那个姑娘是谁?格罗斯曼女士站在哪儿?写这首诗的先生是哪位?

昨夜,我在信中索要照片,今天就得到了。亲爱的,我们不能以此满足,我们必须把一切安排妥当,当一方向另一方索取什么东西的时候,邮差应该立即赶到,不管是白天,还是晚上。邮局也正想和我们重归于好,今天邮差送来了我出版的小册子(《观察》)的第一本样本(我明天寄给你)。为了表示我们是一个整体,我把带有你照片的卷纸插入了书的封面。但这样,我的愿望仍得不到满足。

弗兰茨

〔19〕12.12.10—11日


你想,我今天又没有写作,因为我下午只睡了一小会儿,头的左上方嗡嗡作响,警告我不要再写了。星期六、星期天只字未写;星期一写得很少,而且一般;星期二又只字未写。多么美妙的周末!多么美妙的周始!

你啊,对我可怜的书客气一些吧!这就是你看见我在我们一起的晚上整理的那本书。当时,认为你不配看这本书,你这傻里傻气、报复心很重的情人。今天,这本书就属于你一个人,除非我出于妒忌把它从你手上夺回来,这样,你就占有我一个人,我也不必和这本又旧又小的书瓜分在你心中占有的位置。你是否已经发现各个段落在写作时间上有先有后。比如有一部分是八至十年前写的。整本书尽可能少给别人看，不要让他们败坏你对我的兴趣。

晚安，亲爱的，晚安！

〔19〕12.12.11

〔附《观察》一书〕

亲爱的，我觉得很特别，我必须忍受。今天我休息得很好，从半夜1点到早上睡得很好，下午也能睡得着。我现在坐下来写作，写得不多，不好也不坏。尽管我觉得自己状态不错，但还是停下了笔，整整一个小时，一动不动地靠在靠背沙发上坐着，穿着睡衣，就像我现在坐在冰冷的房间里一样，用一条毯子裹住了双腿。为什么？你问，我也在问。如果你同意的话，我们俩就这样手挽手地站着，如果对你合适的话，你站在我面前，注视着我，而不必理解我。我今天由于长时间地不能写作，内心非常焦躁，下午既是因为没有时间给你写信，又是因为你10点就能收到我的书，而且每天通一次信对我们来说是最佳的选择。但主要原因是我无法写作后产生了一种常有的厌恶感和沉重的疲劳感，因为我对自己说，没有必要把我每时每刻的不幸劈头盖脸倾倒在你这个受尽折磨的姑娘身上。到傍晚时分，我才有机会写作。这机会是我的本性在内心绝望毫无阻拦地不断扩大的时候所要求的。我写得不多，刚好够我挨过明天，然后懒散地靠在椅子上，悠然自得，好像快要流血而死似的。亲爱的，如果我没有你，没有你倾听我虚弱的心声，没有你增强我的勇气，我将会以多么昏暗的心情上床睡觉啊！不管如何，我现在每个晚上都不会离开工作，明天就开始埋头写作。

亲爱的，你每次来信，请告诉你在哪里，你的服饰，你写信的环境如何。你的电报使你我靠得更近了，你是怎么发的？电报纸放在膝盖上，你写的时候是不是把腰弯得很低？电报在柏林走得很慢，是不是？要排队，一封接着一封？你过去是步行上班？你把信扔进哪个信箱？

你在这封信中把星期天描写成一个安静的日子，这怎么能与过去的说法协调起来？丰盛的宴席！11月份的芦笋！你不去散步，而是捆书，这什么意思？捆书？为什么？噢，亲爱的，我难道想用这些问题来抓住你？除此还有什么办法呢！（因为纸上已没处可写，所以在角落上写道）在角落上吻你！

弗兰茨

〔19〕12.12.11—12日

亲爱的，你不应该这样！允诺我有第二封信，但又没有守信。我知道你没有时间，我也不要求你写第二封信。但如果你明确允诺，就像在今天收到的、星期一写的信里那样，结果又没有来信，我肯定会担心的。不担心可能吗？当我担心你晕头转向的时候，我也一样，并比平时更失去价值。今天没有那么糟糕。你中午的信很可爱，让人放心。如果你读《曙光》这本书，那么你至少在这页上免遭攻击。但如果你允诺的信不来，这一切对我来说是完全不够的。

谢谢赫尔措格的文章。我已读过他的一些东西，他的笔调很弱，很沉闷，他一直试图（在每个句子中）消除单调乏味，增加文章的生气，但屡屡失败。我太累了，已无法明确表达意思。他的基本思想很值得赞赏，是符合事实的。他一直注意克服的写作不稳定性和思维的不连贯性以及他无法深入写作的性格，使他的文章比一些杰出作家的作品更富有特色。如果他想推荐好书，那么他推荐这篇文章就很好。如果他想给"现代派"下定义，他并不是没有道理，因为他对这样的结论，除了陈词滥调以外，没有作任何准备。令人印象深刻的是韦尔弗在文章前所作的详细评判。你知道吗，菲莉斯，韦尔弗真是一个奇迹般人物；当我第一次读他的《世界之友》一书时（我以前就听他朗诵过诗），我想，对他的崇拜将使我发疯。人是能作出惊天动地的事的。他已有一份工资，在莱比锡过着天堂般的生活，担任罗沃尔特出版社的审稿人（我的小册子《观察》也由该出版社出版），二十四岁就有生活和写作的充分自由。他会创作出什么样的作品来啊！我不知道该怎么结束此信，因为这个陌生的年轻人已挤到我们中间来了。

弗兰茨<br>〔19〕12.12.12

亲爱的，我最终还算不错，在迫不得已中删去了小说中一段比较陌生的文字后（小说老是想摆脱我的思路，我牢牢把握住它，但它暗中反抗，我不得不大段大段地任其驰骋），又可以给你写信了。你对我的态度要比我的小说好得多。

只要你不老是这样折磨自己，只要你不是这么晚上床，那就好了。否则，我和一个精疲力竭的情人还能干些什么呢？你就以我为榜样，亲爱的，我每天晚上都在家。虽然过去我也是（特别是在我为一家私人保险公司工作的那一年）一个就像你所说的游荡者，但我绝不是一个狂热的游荡者，而是一个悲伤的游荡者，想用昏昏欲睡和明确的忏悔来减少第二天肯定无疑的不幸。这一切已过去很长时间了。你前天晚上肯定是累了，当时你问我还想知道什么，以便对你过去有一个全面的认识。可是，亲爱的，我是一无所知。你太低估了我想了解你一切的好奇心！当你的信对我来说仅是一种安慰，就像一个人抚摩另一个人的额头，当我意识到你生活的日日夜夜已与我没有直接关系，我很遗憾对你的过去，对没有收到你信的日日夜夜缺乏了解。比如：对于你的假期，我只粗略地知道两个，一个是布拉格之行，一个是宾茨之行。假期是一年中最重要的时间，人们可以过一小段丰富多彩的生活。我记得，你曾写信说你在柏林度过了三个假期，那其他假期是在哪儿过的？如果我可以和你一起作夏日之行的话——今夜，我由于昏昏沉沉和迟钝，根本不敢想这件事——我就必须知道，过去的旅行是怎么样的，你是否很娇气，我是否合适做你的旅伴。

晚安，亲爱的，祝你生活安宁！

你的 弗兰茨

〔19〕12.12.12—13

亲爱的，几天来，你的男孩又感到疲倦和不高兴，以至别人无法和他交往。他也许现在比任何时间都需要有一个可爱的、办事果断和活跃的人在他身边；也许有这样一个人也不能用他来做伴，他最好一个人坐在那里打盹儿。我的小说进展虽慢，但不断在前进，只不过小说和我的脸一样疲惫不堪、愁容满面。我认识你以前，我也有反复无常的时候。那时候，我觉得整个世界已经消失，我的生命已经中断，身体在上下沉浮。现在我拥有了你，亲爱的，觉得自己受到很好的照顾；即使我倒下了，我也知道这是暂时的，我相信至少知道这点，并能安慰你我以后的日子会好起来的。亲爱的，不要因为这星期天早上问候而对我生气！

我解释你的照片并不出色，我把你的舞伴（根据你们相册的照片）当作了布吕尔小姐。我记得，我在信中很偶然地提到了电报中的姑娘，或者打算提起她，这就是你的小伙伴！我马上就很喜欢她，她鼻子形状在照片上很有法国味，她的目光充满快乐，布吕尔小姐在她面前就显得相貌平平。但她们俩与你的关系都不错，我因而对她们也没什么可挑剔的，除非她们整天地占有你的时间，而我却没有一天时间。

那天晚上，除了你的舞蹈还上演了什么节目？你没有在另外哪个节目参与演出？这个年轻人已经当上了经理？那个年长一些的只是代理人？由于我把经理的年龄估计太高了，所以必须把你在信中介绍的那个晚上的情况，在记忆中再过一遍，以便在一些重要的地方纠正这位先生的年龄和外貌。

尽管我的《观察》一书还有很多不妥之处（只有篇幅短是无可指责的），但我很高兴知道我的书已到了你的手中。布吕尔小姐说得对，姓名缩写最好解释了。事实上，也许你能回忆起来，我是当着你的面，在你的目光下写下了这个姓名缩写。我完全能写姓名全称马克斯·勃罗德，因为他的姓名，他和我的友谊和善意不是什么秘密；同样也是事实的是，B是鲍威尔的第一个字母。我在不高兴地喋喋不休，现在急迫需要用吻来把我的嘴堵上。

你的　弗兰茨<br>〔19〕12.12.13—14 夜

亲爱的，我今天太累了，对我的写作也太不满意了（如果我有足够的力气按自己内心的想法行事，我会把已完成的小说部分揉成一团，扔出窗外），不想多写了；但我还得给你写信，这样的话，我临睡前写的最后一个字是写给你的，不管是醒着还是躺下，一切在最后的一刻才获得真正的意义；而这个真正的意义从我写作当中是得不到的。晚安，可怜的亲爱的。我的信上都带有咒语，即使最可爱的手也无法把它驱除。虽然我的信给你带来的折磨已经过去，但它们会再次振作起来，用新的、卑鄙的手段折磨你。可怜的、可爱的和永远疲惫不堪的孩子！用开玩笑似的回答来答复你开玩笑似的问题，我简直无法忍受你这个可爱的姑娘。外面刮着狂风！我慢悠悠地坐在这里写信，无法相信你将把这封信拿在手里，我们之间的遥远距离，压得我喘不过气来。不要哭，亲爱的！我那天晚上看见的文静姑娘为什么哭了？我怎么能让她哭，而又不在她身旁！但亲爱的，你没有理由哭！等着，我明天肯定会有绝妙的、最能宽慰人的、最聪明的主意，来解决你母亲可能看了我们信的麻烦。如果我充满爱意和魔法、指向柏林的手能产生什么作用的话，就请你至少在星期天保持镇静！我达到什么效果了吗？我是不是最后，不管是对小说还是对你，一事无成地上床睡觉啦？如果是这样的话，就让我见鬼去吧，就借着外面大风的力量。不，也许你今天又跳舞了，继续劳你的筋骨。我不指责你，亲爱的，我太想帮助你了，但不知道该出什么主意。当然，真正的出主意者看上去不会像我这样。晚安！我发现，我疲劳的时候写的东西都是车轱辘话，只是图自己痛快，不考虑你那双疲倦的、哭肿的、被吻红的眼睛也要读它们。

〔19〕12.12.14—15

亲爱的，没有片刻的时间和安宁给我和你。我有多少话要对你说，对你昨天和今天的四封信（你想，你11日从城市火车站发出的信昨天才到，比你12日给我介绍照片的信还要晚到一天）。我有很多问题要回答。正是现在，我是多么需要你的信，因为我是那样的麻木和无聊。当今天早上有人给我送来了你的快信，我醒来的时候，我觉得整个晚上都在等待这一唤醒。拿着你的照片，躺在床上，这是多么惬意的享受啊！一切忧愁被挡在一边，必须等在床前；只要待在床上，我就免除了一切忧愁。

这是我从你那里得到的一张最生动的照片。这个一岁的自愿者应该得到祝福！一手放在臀部，一手放在太阳穴上，这就是生活。由于这也是我的生活，所以看几眼是耗不尽的。这是你的房间吗？这不是你的？两者都有可能。这张小桌子放的地方正是你的桌子放的地方，然后对面是床。但这挂着很多东西的墙又使我感到糊涂，你在描述你房间时也没有提到它。你为什么把啤酒杯挂在那么高的墙上呢？为什么前面放着一把可以看到手把的男人手杖？也许这是你们客人的书房。你的姿势太妙了，我叫你的名字，你没有冲我转过身来，尽管我期望你这样做。在墙上的照片中（除了那张男人跳芭蕾的照片），我在找你的影子，暂时在三张照片上找到了你。如果我找对了，请确认一下，如果我看错了，就让我将错就错吧。你是多么柔顺地站在那里！难道我看见你跳舞啦！你很早就开始练体操啦？

你今天的快信写得平心静气，我可以相信这一点吗？我某种程度上从各个角度读它，看一看是否信中有什么可疑的地方。但一个人在痛苦和疲惫之后，怎么突然变得精神饱满和跃跃欲试呢？难道仅仅是为了我，为了不让我担心？不，亲爱的，你的处境还没有那么坏，以至于你想向我隐蔽什么。我的作用就是倾听一切。人们一般只需在父母面前掩饰自己。如果我的作用不是倾听你的烦恼，那我就不配与你在一起。

亲爱的，关于信的事，开始的时候很糟糕，不可救药，让人觉得快喘不过气来了；我这里也是这样，尽管这一切对我没有什么直接的作用。也许有些母亲不拆孩子的信，虽然她们很容易拿到孩子们的信。但我想，你我双方的母亲不属于这一类母亲。为了简短地描述我们的思维和担忧，我们说，母亲看了信，也许不仅她一个人，而且妹妹也看了，至少从你的描述来看，我觉得她们在电话里的询问出奇地简短和肯定。所以我认为，由于你母亲很少去你房间，是妹妹先发现了信，然后把你母亲叫去了。当她们读你信的时候，你打的电话干扰了她们。谁先接电话的？一般谁接？全部信都被发现，还是一部分，哪些呢？我目前（根据我的精神状态，我无论如何该上床睡觉了。除了你，我是不敢再给别人写信了。我的一切状态，最好和最坏的，都属于你，不是吗？）不能想象这些字迹难辨的信会对你母亲和妹妹留下什么影响，尤其是她们的确会相信，而且可能在信中也得到证实，我们一生中真正在一起的时间没有超过一小时。她们如何把这些事实和信的内容联系起来，至少按通行的办法联系起来，这是我在不了解情况的条件下无法猜测的。最明显的、最简单的，因而不完全可信的猜测是，她们把我看成一个快发疯的人，你因受传染，所以需要加倍的保护，你必须——这也许是我的信的不坏的成果——得到细心对待，当然，这在一个家庭内可能包括最粗暴的伤害。无论如何，我们必须等待。我们之间的平衡也不完善，因为我尚未收到你母亲一封信。可怜的亲爱的，你被挤在中间，一边是一个纠缠不休的人，一边是看护很严的家庭。如果你母亲打算说明白一些，那么递交我星期天写的信就是下一个最好的机会。明天，我就可以听到有关情况了。

我现在搁笔了，不是为了睡觉，因为已经过了时间，今晚我什么也不干。我只想去车站寄信。然后我必须无论如何去趟勃罗德家，这非常必要。索菲〔·弗理德曼〕夫人突然很早就来了（晚上是马克斯的订婚典礼），我已和她说几句话。但这一切只不过是准备工作。我担心，以我目前的状态,我什么事也办不成。当我听到她到来的时候,我真的感到你到来的气息,心中充满了期望。这一切将肯定会一成不变。

弗兰茨

星期日〔1912 年 12 月 15 日〕

亲爱的,门已关上,一片寂静,我又回到你的身边。什么叫"回到你身边"呢?我一天没有睡觉,整个下午和傍晚,我都耷拉着脑袋,迷迷糊糊地四周游荡。现在正是夜深人静,我反而兴奋异常,感到心中有很强烈的写作欲望。但这写作欲望来得不是时候。不管它,我去睡觉了。但如果我能在写作和睡觉交替之中度过圣诞节,亲爱的,那就太幸福了!

今天下午,我一直不断地跟着你跑,可以说毫无用处。也许并不是完全无用,因为我一直尽量地靠近弗理德曼女士,而她不是很长时间一直和你在一起,你们互相关系密切,她还为你保存信件,我真嫉妒她。但她为什么只字不提你,而我一直瞪眼看着她的嘴,希望马上就能抓住她吐出的第一个字。你们互相不通信了吗?她不知道你的最新情况?这怎么可能呢!如果她不知道最新情况,为什么不说说过去的事情?如果她不想说你的情况,为什么连你的名字也不提呢?她过去总是有机会提到你的。不,她没这样做,而是让我呆呆地等着。我们谈的东西很无聊,比如:布雷斯劳市、咳嗽、音乐、围巾、胸针、发型、意大利之行、乘雪橇滑雪、珍珠手袋、配燕尾服的衬衣、袖口扣子、赫尔伯特·绍特兰德、法语、室内游泳馆、淋浴、女厨师、生意兴隆、夜间旅行、皇家饭店、布雷斯劳大学、亲戚。总之,我们谈了一切可以谈的事情,唯一和你有关系的,是提到了匹拉米酮(一种去痛退烧药)和阿司匹林。别人不理解我为什么抓住这个话题不放,并喜欢说这个词。当然,我对这样度过一个下午是不满足的,因为我脑子里一直在呼唤着菲莉斯。我最后强制地把话题转到柏林至布雷斯劳之间的铁路线,并咄咄逼人地看着她——没有用。

此外，我因为马克斯的订婚典礼也有些心神不定，他一订婚，等于是离开我，投入了别人的怀抱。我认识他的未婚妻已多年，一直很喜欢她，有时候特别喜欢，她有许多优点（如果要一一列举，这张纸肯定不够写，尤其我写一些套话的话），她的性格总体上是温柔、体贴、谨慎、对丈夫绝对忠诚，等等。再见，亲爱的，我希望这世界只有我们俩。

弗兰茨
〔19〕12.12.15—16 夜

  亲爱的，没有信，8 点没有，10 点没有。你跳舞跳累了，下午又参加社交活动，连一张明信片也没给我寄。当然，我没有理由抱怨，昨天和前天已各收到两封信。人们在两件好事之间很难作出选择，谁会说，我宁肯每天收到恋人一封信，而不是一下子收到两封，然后就一封也没有了。正是定期性才使我心里感到畅快。每天在固定的时间里收到信，这使我感受到安宁、忠诚、井井有条和远离恶性事件。亲爱的，我不相信你遇到了什么糟糕事情——因为这样的话，你会更急迫地给我写信——但我一个人坐在写字桌边，面对我的打字员，面对自顾不　的当事人，面对着比我高出一头的官员，怎么能确信你在柏林过着平静和比较满意的日子？也许母亲昨天折磨你了，也许你头痛或牙痛？也许你过度疲劳？这一切我都不清楚，只是在脑子里转来转去。

  再见，亲爱的，从现在起，我每天只写一封信，至少要等到我的写作有所进展。因为，只要写作没有进展，我的信也会显得很灰暗。虽然你自己否认，但你对每天一封信也已经厌烦了。

  再见，亲爱的。说这句话的时候，阳光突然照到了我的信纸上，你过得不会不好，我也心平如镜。

你的　弗兰茨
〔19〕12.12.16

亲爱的,已是夜里3点半,我花在写小说上的时间太长,也可能太短了。我几乎有点犹豫,是否现在回到给你写信的思路上来,因为我刚用心地用极其自然的笔法写了一段难写的情节,手指已被笔墨完全弄脏了。亲爱的,今天没有你的音讯,我觉得我们之间的距离由八小时火车增加到十六小时。难道在递交我星期天写的信时发生了什么难堪的事?我明天就会知晓一切的。如果我没有这个安慰,我宁肯在房间里踱步到明天,也不会上床睡觉的。好,晚安,我可爱的姑娘,请对我保持忠诚,只要这对你不会造成什么过大的损害。你知道,我和你房间里任何一样东西都是属于你的。

你的 弗兰茨<br>〔19〕12.12.16—17

我可爱的姑娘,我今天写小说,完全是因为我压制了给你写信的欲望。现在我两边受罚,我写的东西太差劲了(我不想不断地抱怨,昨夜就过得很好,我原本能够和应该延长这美好之夜的),为此,我也很生气,觉得对不起你。

我还能在你漂亮的办公室里再待一会儿吗?我觉得那里的一切都是那么亲切!我能替代那些姑娘中的任何一个一天吗?这些姑娘一直很随便,只要她们愿意,就可以跑到你那儿,吻你,拥抱你(当书到的时候,她们当时为什么吻你,为什么特别激动地吻你?这只能是一种潜意识的、深深的同情,同情她们的大女友有一个像我这样的人做情人——不说下去,我在伤害你,也伤害了我)。但我多么需要你的亲近,亲爱的。我可以待在你的办公室里吧!每当我站在忧伤的办公室写字桌前——它比你那张大好几倍;它必须这么大,否则装不下那么多乱七八糟的东西——想到我们在一个办公室工作也不是不可能,就很想掀翻桌子,打碎柜子的玻璃,大骂上司。由于我终究缺少把这种短暂的决心付诸实际的力量,所以仅是骂骂而已,和过去一样静静地站在那里,手里抓着任何一份可能已经看过的公文,而实际上懒洋洋地抬头往门看去,等送你信的人推门而入。请你在你办公室里往四周看一看(你还没有给我描述过你办公室情况),在角落里有没有我坐的地方,详细告诉我那个位置,我要天天坐在那个位置,虽然实际上做不到,但我的态度是坚决的,如果你愿意的话,我也可以在我办公室里给你安排个位子(我认为没有比紧靠我的位子更合适的了)。这样,我们虽然不在一个办公室工作,但在两个办公室都有座位。这对你有很大的好处:如果你一人留在办公室里给我写信,我会让围着你桌子转的老鼠不要碰你并把它们赶走;相反,对我只有坏处:我可能在这样的晚上再也不能安静地考虑,是否让你写完给我的信。我会走到你面前,抓着你想写信的双手不放。

你那儿的小姑娘干得不错,很令人感动,而又不令我吃惊,因为这一切正合我意。关于你的办公室,我永远听不够在姑娘多的办公室里,气氛与坐满男人的办公室完全不一样。比如说,我的打字员绝不会拿着玫瑰在裁缝那里等我(你不可能觉得这个想法很滑稽,你必须先亲眼看见这位我很喜欢的先生)。但他会做出另外的举动,比如他在可信赖的证人面前先后吃下了七十六只小面包,另一次吃了二十五个鸡蛋。只要有吃的东西,他每天都会兴致勃勃地表演这手绝话。令他特别赞不绝口的是,吃完二十五个鸡蛋后会产生一种舒适的温暖感觉。

我的上帝,我该怎么度过我和你在信中相会的时光!我在昨天的信中委屈了你,你这个可爱、善良的姑娘(除了让你受委屈,我还能干什么呢?)!你星期天疲劳了(没有做饭,没有履行你上星期对母亲许下的诺言),就像我在自己脑子里感觉到的,你至少星期一还头痛(是不是也嗓子痛?惭愧!惭愧!一个自然疗法专家的情人居然嗓子痛!),尽管如此,你星期天还是给我写了信,只不过信和明信片和另外一个暂时情况不明的邮件可能星期一才送到我办公室。总之,我星期二在下面门房收到了信和明信片。我的上帝!我是跳着舞走上楼梯的!

你在信中没提一件重要的事情,亲爱的!我没读到一个字提到你母亲,也没找到一个字提到我星期天提出的关于书信往来的理论。这是一个好的,还是坏的兆头?节日的贺卡不在我手头,我把它忘在工作服里了,上面没有签托尼·鲍威尔的名字,并在名字旁边附上了问候?这是你妹妹吗?其他人是谁?我很愿意相信,你的舞伴当中没有人比得上我。我不会跳舞有很多不同的原因;也许我该更多地独自练习,每次和姑娘跳舞,我总是要不太拘谨,要不就太心不在焉。我想起,我们上跳舞班的时候,有一个年青的、很有朝气的男士,当大家成双成对翩翩起舞的时候,他总是一个人在角落里练习舞步。他是否用这种方式学会了跳舞,我不得而知,但我只知道自己经常往他那边看,羡慕他的决心和自在。

索菲·弗(弗理德曼)又走了,她们过完了假期,我想,回赛默林去了。你已很长时间未给她写信,这使我打心眼里高兴,另外,为了这份我已向你描述过的喜悦,她拼命地进行了报复。搁笔不写了,我又回到独自一人的天地。

弗兰茨

〔19〕12.12.17—18夜

亲爱的,已是深夜2点半,下午和马克斯去看家具,晚上是家庭一起度过的,上半夜匆匆忙忙工作,现在是在给你写信,可爱的小姑娘,我真正的一天开始得比较晚。

这应该就是那个愁容满面、身材矮小、来自白湖的打字员吗?但她快乐、精神饱满,弯曲着右膝盖,几乎使整排僵硬站立着、看上去像是基督教徒的姑娘抬腿出发了。你在她们当中有女朋友?告诉我,我会很快就喜欢上她们的,即使那些又高又大、让人害怕、穿着黑色衣服的,我也会喜欢,成为知己。你从照片上用审视的目光看着我们。你右边的女士紧紧地搂住你的腰,好像她知道得很清楚,她搂住的是谁。你手里拿着一本书,什么书?在白湖,你过得是真正的乡间生活,照片背景的灌木丛、篱笆和玻璃门看上去不像是办公室。我很想听你介绍那段时间的情况,当时你为办公室受累还感到很高兴。你那时的女上司怎么样?如果她生气,你不会拿着玫瑰跟着她去裁缝那儿吧?你和原来坐在你位子上的女秘书的斗争情况如何？是什么决定了这场斗争的结局？

亲爱的，我暂时不给你寄照片了。下一张应该是我已写信告诉过你的那张好照片，我还没有去冲，因为去照相馆比较繁琐，但过几天我要去的。我没有最新的照片，集体照至少不在我手里，而且我生活的集体没有给我带来多大的快乐（姑娘生活在一起比男人生活在一起要好、要温暖）。其他照片我暂时不想寄了，因为我担心自己在照片上显得有点儿怪。我当然还有很多事情必须对你说，让我们在星期天的那些习惯时间再聊吧。

亲爱的，我还是只管写下去，你是不是病啦？你在席林逃跑后写的信中曾说有可能是流感。我的天，亲爱的，我的生命属于你，请你保重！我承认，每当想起你生病了，首先想起的不是你在受苦，而是我可能听不到你的音讯，在绝望的驱使下，我会对四周的东西拳打脚踢，直至自己受伤。星期二，喉咙痛已变为流涕，这是这种我非常陌生感冒好转的迹象。但头痛还是抓住你不放？我看见，你写完上封信后如何拿出阿司匹林吞服的，我不寒而栗。

我今天去了勃罗德家。我原来就要去，但收到你第二封星期一写的信后，我有特殊理由赶去了，因为我——这无疑很愚蠢——想赶上看你写给索菲·弗理德曼的明信片，我永远看不够你写的东西。我感到欣喜万分，能拿着你写给别人的明信片，哪怕就一会儿，慢慢阅读，然后自言自语地说："这出自可爱姑娘之手。"一切进展顺利，我把问题编排得不那么咄咄逼人，小心翼翼地迫使大家作出决定性的回答，最后听说勃罗德经理把索菲的信件，其中包括你的明信片，已在半小时前转寄给在维也纳的索菲，我不得不克制自己不拍桌子。

由于外面刮大风——片刻前，不太好关的起居室门在大风的震动下自己打开了——我没有听见外面的钟报时，我根本不知道是哪个钟，我只在夜里听到钟报时。现在已是 3 点半，好，再见，亲爱的！不，我说的和你一人在想、和你认为的不一样。如果我想要什么不可能的东西，我就要百分之一百的。亲爱的，我想百分之一百地单独和你在一起，在这个世界上，在这个苍穹下，不受干扰地、聚精会神地在你心中度过我这属于你的生命。

弗兰茨

〔19〕12.12.18—19

我可爱的姑娘，又到了晚上了。下午一直没睡（一下午不能入睡比彻夜不眠还要糟糕），小说一字未写，只给你这个姑娘写信。真想不断给你写信，不断收到你的信；真想一直和你耳鬓厮磨，融为一体。

我求你，亲爱的，快直截了当地回答我，怎么回事？你曾写信告诉我，你从未生过病（我根本没问你，因为别人从你的脸颊和眼睛看出你是否健康）。你现在却在医生之间来回奔波，你几个星期来每天都在受苦，别人对你开玩笑，但一半又是当真地说，你看上去脸色苍白得像个死人（这个说法，如果不是用在你身上，我是很喜欢的）；你前不久头痛、喉咙痛、四肢无力，周而复始，一刻不停。亲爱的，我们不能这样束手待毙，是不是？我们必须努力建立秩序，是不是？那么你将怎样开始保重自己呢？你必须立即详细地写信告诉我，因为你的病痛就是我的病痛。这并不是说你头痛我也头痛，而是当我听说或预感到或担心你有病痛，我为此受的折磨绝不会比你少；如果你疲乏和头痛，我比你还难受。当你服阿司匹林的时候，我身体里也感到难受。今天整个夜晚，从3点半到7点半，还有早上的时候，我感到内心有一种异常的压力，这是我活了三十年从来没有发现的；它不是来自胃部，也不是心脏和肺部，但也许和它们都有关；天一亮，这种压力就消失了。如果你昨天服了阿司匹林，这肯定是服药后的症状；如果昨天没服，那就是前天服药后的症状；如果这也不是，那也许是我自己写作不顺的结果；如果最后这也不是，那也许我是一个傻瓜，经常在想象中把手放在你的太阳穴位置，希望我的吻产生一种力量，把你过去和未来的头痛病一扫而光。请回答，亲爱的，你将采取什么措施，不能这样下去了。你必须有充足的睡眠和散步时间，尽情享受。你必须下班后立即离开办公室，你必须去散步，不是独自一人沿着城市铁路散步，而是与合适你的朋友结伴而行（你不去进行折磨人的训练啦？我很长时间没听说体操的情况了）。如果中止在教授那儿的工作，这肯定也不错；你可以晚上给我写信，白天肯定没有时间。我没有一点勇气强迫自己接受不能每天听到你的音讯的事实。但我想咬紧牙关，每天能收到一张明信片也就满足了，直到你完全、彻底、持续、令你母亲信服地恢复你过去的精神和健康。我希望我的建议能得到响应（我还准备了其他意见），你也可以用其他同等价值的建议补充我的建议。

等你康复后，我当然想多多地了解你的童年，你上封信已使我对此产生很大兴趣。做弟弟妹妹当然有坏处，但在哥哥姐姐面前的优势也是很明显的，我就是一个做哥哥的消极例子。这些弟弟妹妹一出生，周围就充满了丰富多彩的事情，有些已经体尝过，有些有待经历。他们姐妹的认识、经验，发现和恋爱，这样一种密切的亲戚关系所带来的好处、教训和鼓励是巨大的。对他们来说，家庭比过去得到更细心的培育，父母已尽可能从错误中吸取教训（当然错误使他们更固执）。这些弟弟妹妹一开始就生活在温暖的环境之中，对他们的关心要少些，这时好处和坏处发生了变化，但坏处永远不会超过好处。他们根本不需要什么关心，因为一切都在无意识地、因而特别强有力地、无副作用地关心他们。我有五个弟弟妹妹，排行老大。两个比我小一些的弟弟很小的时候因医疗事故而死亡。有一阵，家里很安静，我是唯一的孩子，直到四五年后，我三个妹妹出世，互相间隔一两年。因此，我很长时间独自一人，与奶妈、年老的保姆、尖刻的女厨师、忧郁的家庭教师打交道，因为我父母整天泡在生意之中。这方面有很多东西要讲，但不能在今夜，钟已经敲了12点，让我吓了一跳。再见，亲爱的，尽管有可能要吵醒你，但还是吻你。

弗兰茨

〔19〕12.12.19—20

亲爱的，你这种急躁不安从哪儿来的？我们在绝望之中只能和平共处，不是吗？你感觉怎么样？你既使我平静又使我激动，如果你处于我的位置，你就能想象我心跳得多么快。我经常涨红着脸读你的信，希望和平、快乐出现。这肯定是变化无常的不幸之夜，连我一快寄上的、从办公室拿来的碎片也成为过去，因为我知道，明天又会收到我坚强姑娘的一封充满信心的信，它仅为了午夜一小时而被疲倦和可怕的折磨所击倒。

我怀着好意，每天不再写第二封信了，因为我想，我们会因此而获得更多的安宁和信任。每天两次开始和结束与你的对话，对我来说太折磨人了，不断驱使我度过了上午和下午，惶惶不可终日。对不可能的事，比如希望你在身边，作徒劳的努力，不仅使你，而且也使我一再感到吃惊。但也许你说得对，我必须每天给你写一封信，否则的话，我宁肯什么也不干，也不知道该干什么。但这样也不能使你到来。如果能给你带来一丝安宁，我又要开始每天写两封信。我是否有心思给你写第二封信，原因不在这里，而在于我写第二封信时对周围人的要求还有没有心思。因为我内心的与你息息相关的感觉，通过每天写两封信，变成一阵春风吹拂着我的面孔。这也许是一个勇敢的举动，因为我不得不身处遥远的地方，徒然悲伤。

现在我又能跑了，因为我必须去马克斯处，帮助他处理公证事务。你今天在法庭前已发誓，又碰到了麻烦事。让我吻你，亲爱的、苍白的、受尽折磨的孩子！落款的人不像你房间里的东西属于你，但只要你愿意，就永远属于你。

你的 弗兰茨

〔19〕12.12.20

亲爱的，仅仅为了能减轻一下我对你的担心，我就随手抓了一张纸，给你写几句。请你不要这样烦躁，这不会有什么好结果的。我能让你坐在我旁边的椅子上，抱着你，注视着你吗？这像是在疯人院，我被关进这个城市，而不是疯人院隔离病房，是无辜的，当然也可能自己有责任。我给可爱的姑娘打电话，想让她清静和幸福，但实际上我只与墙和纸通了话，而我可怜的姑娘却在受苦。

弗兰茨

〔附在一个工人事故保险公司的表格上〕

亲爱的，已是第三个晚上了，我仍只字未写。圣诞节前没有开好头，圣诞节假期本身又成问题。我妹妹的婚礼——我想，我还没有写信告诉你——虽然出于对战争的恐惧而被推迟了，但不能肯定是否能休我所期望的两天假期。我不断地有很多事情要做，事情越多，我的兴趣也就越小，或者说，我的反感情绪越强烈。只要我自己也在办公室里，我还能竭尽我个人的影响，保护我的堆满积压公文的办公桌；如果我待在家里，我的办公桌对大家开放，一天之内将不断发生积压公文倒塌的情况，等我回办公室可能已是乱作一团。但尽管如此，我觉得浪费两天时间不能忍受，因为这两天里除了守护我的办公桌，什么也干不了。但我还是想试一试。

你工作怎么样？我的小姑娘（我今天觉得，你现在比过去平静和满意了，从你那双可爱的眼睛里又流出了那种友好、迷人的目光。这一目光使我今生今世永远难忘）？你总是能完成任务吗？有没有信件掉到桌底下而遗失了？有没有秘密抽屉，里面放着旧的、未经处理的公文，就像令人恶心的动物挤在一起？你记忆力好吗？我没有好记忆力，而我的值得钦佩的上司有广博的记忆力。如果他真的忘记了我需要的东西，我就开始用不清楚的、泛泛的表述来引起他的回忆，他不用花很长时间就能想起。有些人只要看见一张助人为乐的脸，即使这是一张昏迷人的脸，就会回忆起一切事情。我不能像你那样独立地工作，我像一条蛇一样逃避责任。我有很多公文要签字，但能逃避一次就是胜利。我只用我名字的简写FK签字（尽管这是不允许的），好像这能解除我的责任，所以我倾向于用打字机打一切公文,因为由打字员打出的公文千篇一律,不分你我。但这种值得称道的谨慎还是被补充和抵消,因为最主要的公文我也不通读一遍,就签上名字缩写。由于我健忘,公文一旦离开我的办公桌,就忘得一干二净。我曾谋求在你办公室里的一个位子,我这样的话是否还值得推荐呢?

你今天的信是否提到了日记本?它还存在吗?今天还记日记吗?你十五岁就写下这样一句话:"我爱他,永远不会再爱其他路遇的人……"亲爱的,我那时认识你就好了!我想,我们相距并不遥远。我们可能坐在一张桌边,一起从窗户往外看大街小巷。我们不会为对方担心,没有发生不成体统的事。然后我又对自己说,这也表明了事情的客观性,十年前,就是两年前,或者一年前,我在很多方面要比今天好得多,但在性格上更不稳定、更不开心,现在也许该出现那个将成为我恋人的人了。

今天,我在家里的写字桌上找东西(这张写字桌也无法整理;只有一个抽屉整整齐齐,上着锁,里面摆着你的来信),找到了一封旧信,这封信写于那个近一个月的等候时期,写给你的,所以,尽管信已经破旧,但还是寄给你。当我读这封未署日期的信时,我从那些空洞的希望中看到,一切都已好转;别人也相信,指引我们前进的星星在我们头上不会熄灭。孩子,你今天的信写得太棒了!我可能当逃兵吗?逃谁的兵?最多逃避我自己的生活原则,这肯定不会发生。尽管怨声载道,但我觉得正在战斗,绝不会允许这种事发生。

好,再见,姑娘,姑娘!我祝你过一个美好的星期天,陪伴友善的父母,吃精美的佳肴,做长距离的散步,放松神经。明天我又要开始写作了,我要全力以赴。我觉得,如果不写作,我就会被残酷无情的手从生活中排挤出去。我明天收到的信也许要比今天的信开朗一些,但要一样的真实,因为照顾比事实更能刺伤我。

弗兰茨

〔19〕12.12.20—21

〔附写于"一个月的等待时期"的那封信〕

尊贵的小姐!虽然您对是否回复我上封信仍疑惑不定,但请您让我给您写信;不写信使我头痛,使您和我都晕头转向。我内心已形成习惯,必须给您写信,我怎么能因为您不回信就摆脱这一不可克制的义务呢?有一天夜里,我在半睡半醒中不断地给您写信,这是一种不停的、轻轻的感情跳动。

弗兰茨·卡

〔1912.9.28—10.23〕

新的补充:请你从星期天起无论如何把信寄到我的住处,下星期五以后再寄到办公室。我该把信给你寄到哪里呢?

〔19〕12.12.21

先祝你早上好。我刚才准备好去做一次长距离散步;我记不清这几个星期是否去作过这样的散步。也许散步要持续一小时。我也要尽力在炼丹术士胡同走一走。这里有这胡同的照片。

弗·卡

〔明信片〕〔19〕12.12.21

〔右上角,在贴邮票的地方〕

唉,亲爱的,没办法,我不能把空着那么多地方的明信片寄给你。如果我在傍晚不随信寄上我的吻,又不能接到你的吻,那这个夜是多么令人难熬啊!

弗兰茨

上午

你知道吗，亲爱的，假如内勃勒先生的事是你最近几天垂头丧气的唯一原因的话，那么它却让我欣喜若狂。就这些吗？可能是很糟糕。你能继续获胜，我也能预计到；我很羡慕海纳曼经理演的出色角色，我想我能演得更好。我也会说："请您把门关上，鲍威尔小姐！"事情发生后，你也应该给我说说，结果你对我就像对你经理一样保持沉默；我问自己，为什么不能在事情发生的当天就了解内勃勒先生这件事呢？如果我是你经理的话，你应该如何向我叙述呢？经过黑夜，别人早上又去上班，开始新的工作；你面对我连珠炮似的问题，不得不作出不断的问答。只有一点我可能不如你的经理：只要你一哭，我可能必然要跟着流泪；尽管我平时不流眼泪。这不太符合经理的身份。为了保持尊严，我不得不把我的脸靠在你的脸上，这样，眼泪就流在一起，分不清你的和我的。亲爱的，亲爱的菲莉斯！你还将忍受多大的痛苦啊！

你很容易发火吗？我不会。一旦我发火，就觉得真的离上帝很近了。当鲜血一下子从上到下沸腾起来，拳头在衣袋里抽搐，情绪失去自控，而这种缺乏自控力从另一面，也就是真正的一面看意味着力量，人们才知道，火气只有在开始的时候才能避免。就在昨晚，我差点扇了一个人的耳光，不是用一只手，而是用两只；不是打一下，而是连续抽打。最后，我说几句就算了，但很冲人。我脾气这样坏，是不是想起了内勃勒，这不是不可能的。

下午

我亲爱的菲莉斯，我又回到你身边了。昨夜，我原想独自散步一大圈。当我散步回来走在通向火车站的路上时，我遇到了一大帮亲戚，他们正从我已结婚的妹妹那儿来，我的最小妹妹和一个堂妹不管我怎么求饶也不让步，非让我带上她们。当我散步后回家，突然想起一个问题，这个问题很长时间萦绕在我的脑子里：你是不是为我星期六写的、充满急躁情绪的信对我生气呢？或者并不生气（因为我没有写什么不对的东西），而是感到失望，觉得我不是一个合适的人选，不能在我面前毫无顾忌地——这是最痛快的、最解气的抱怨——抱怨自己和环境？我昨晚的担心不是完全没有道理，我相信从你的快信中可以看出这点。那封信上写道："当你的信今天10点送来的时候，我比先前更悲伤，更感到压抑。"我这个情人太不称职了，给恋人写这样的信，增加了恋人的痛苦。不，听着，亲爱的，你不离开我，这是你经常对我说的，我很想紧紧地靠在你身旁。你无论如何不要离开我，即使你对我有很多抱怨，也不要离开我。留在我身边，亲爱的，留在我身边。我不想折断你头上一根头发。如果你不保持原样，我不会感到高兴。要高兴，光有决心不行，此外还需要愉快的人际关系。如果你长相再好些，我不会更喜欢你，我只会像现在一样喜欢你。我觉得自己与你的距离是那么相近，你情绪和长相的任何变化都不会影响我与你的关系。当你不快乐的时候，我也会不高兴；你的爱，也出于自身利益，我会试图去扫除那不快乐，除此，不快乐不会产生任何影响。但这不包括白天匆忙写就的信，这里面尽是一些一时的、毫无意义的冲动。这又是告诫我们不要每天写两封信。

难道我就不抱怨了吗？几乎是哭诉！比如昨天，我在办公室里昏倒了。我昏昏欲睡，头重脚轻（我已经好几个夜里没写作了，除了给你写信），我在那儿一靠就动不了了。我害怕坐到我的靠背椅子上，怕一坐下去就站不起来了。我只抓住自来水笔的下端，这样看文件时还能用笔挤压自己的太阳穴，使自己保持清醒。下午，我睡了一会儿，但到晚上仍不见好，所以我去散步，但后来睡得仍很浅，就像在值班。如果我们不能用手臂，那么，亲爱的，我们就用抱怨来拥抱我们自己吧。

弗兰茨<br>〔19〕12.12.22

亲爱的，我有点迷惘，不要怪我写得不清楚。我写信给你，因为我心中只有你，我无论如何必须把这点告诉外界。星期天，我心情不好，到处游荡，大多数时间和别人在一起，毫无睡意，不打招呼就去拜访熟人,然后又不辞而别。这种情况已好几个月没有出现了。我已经太长时间没有写作了,觉得自己有点儿从写作当中解脱了出来,就是觉得自己内心很空虚。另外,盼望已久的圣诞节假期现在就在眼前,我准备放荡地度过假期。尽管如此,有一个想法不时地闪现,我本来是可以去柏林的,去你那儿,得到最好的保护。但我没有去,而是待在布拉格,好像我害怕失去最后的安全感,似乎我就在布拉格。

亲爱的,当我昨晚高高兴兴地回家,看见你的电报放在桌上,你这个可爱、富有同情心的宝贝,我一点也不吃惊,知道信里写的尽是安慰的话。打开一看,果然不出我的所料,我闭着眼睛,长时间地吻着那陌生的信纸,但这还不过 ,我把脸也紧紧地贴在纸上。

亲爱的,你可能猜不到,上面那些是什么时候写的。可能是4点。在电报的作用下,我很早就躺下睡觉了,9点以前(我对自己有点任性);2点就醒了,虽然睁着双眼,但仍睡眼惺忪,在连续不断的、魔术般的想象中想着你和可能的柏林之行。在想象中,我们之间的联系很容易建立起来,没有任何干扰,汽车像情人一样在飞,电话一接就通,就像我们手拉手一样。我一点不愿意再想下去了——我越清醒,就越不安。将近4点,我就起床,做操,洗漱,然后写了两页信,在烦躁之前放下了笔,然后又写了前面两页,又放下笔,最后带着嗡嗡作响的脑袋回到床上,一直死睡到上午9点。你也在我睡梦中出现了,你去一个朋友家作一短暂的谈话。这种特殊的生活方式有其原因,主要在于:一是我很长时间没有写作了;二是我很空闲,一点没有思想准备。

亲爱的菲莉斯!你的 弗兰茨<br>1912年12月22日至23日

〔由于没有空地方,两个姓名靠得比较近,所以卡夫卡在纸的边沿上写道〕

这样,我们至少可以相拥在一起了。

〔附页〕

刚才收到你星期六的信,我下午就回信,否则你不能在9点准时收到信。从这封信看,现在一切真的要好转啦?但愿有上帝保佑!此外,你在信中透露的坚定性和喜悦令我吃惊。我也会高兴起来的。如果琳德纳小姐知道像我这样写得这么少是多么困难,那就好了!

上次你提到一个要爆炸的炸弹,母亲进来打断了你写信。那个炸弹怎么样啦?让我用吻,而不是语言告诉你,我是多么爱你。

弗兰茨

〔1912年12月23日〕

最亲爱的菲莉斯,这珍贵的两天我是这样分配的,我用上午的一点儿时间步行去办公室,看看有没有你的信,其余时间自由自在,无所事事。除了晚上写的那封短笺外,星期六和星期日整整两天都被我浪费掉了,不过这还不算十分恶劣,最亲爱的,说说看,这还不十分恶劣。

另外,我渐渐开始沉溺于舒适的生活,昨天白天和夜晚的迷惘已渐渐消失。不知你对于我将你昨日的电报镶入镜框、悬置于书桌上方的突发奇想作何评价?回顾你星期六晚上的信后发现,其实你在星期六就有了给我发电报的念头,尽管如此,不过——很想知道你发电报时的想法,因为你根本不能猜到你的电报对我的意义,而且我记忆中你上午收到的信是比较平和的。此外,你原打算上午给我发电报的。若我上午收到电报,它对我来说仅仅(仅仅!仅仅!)是你的爱情和善意的象征,但是晚上(你好像是4点钟发的报),它却令我重新振作。电报之快捷比之信件所要经历的漫长旅程完全不一样。虽然现在我尚未收到你星期日的信,但我知道,直至下午4时,你,或者说我们俩过得很好。你的信可能稍晚才到办公室,早些时候还没来,但无论如何我要再去看一遍,也有可能你把地址写错了。今天的夜信已寄往你住处。你的决心好极了,最亲爱的,如你严格遵循,我将拥有一个模范爱人。但你恐怕也必须这样，因为你有一个堕落的爱人。如果你没有红润的面颊，我应怎样使你变得苍白，因为这正是我的职业。如果你不是精力充沛，我应怎样使你变得疲倦；如果你不快乐，我应怎样使你悲伤。最亲爱的，我最亲爱的，出于爱，只是出于爱，我要与你共舞，因为我觉得跳舞、拥抱和旋转与爱紧密相连，是爱真实的、疯狂的表现形式。哦，上帝！我写了这么多，我的脑海里全是对你的爱，就如同我要告诉你的一样多。

你的 弗兰茨
〔19〕12.12.23

最亲爱的，如果我不能再写作，那该怎么办？这个时刻好像已经到来。一个多星期以来我什么都干完，过去的十个夜晚（当然工作总是被打断），只有一天我专心写作了，只有一天。我总是感觉疲劳，总想睡觉，脑袋上部左、右两边总觉很紧张。昨天我动手写一个构思了很久的小故事，文思如泉涌，可今天却怎么也写不下去了①。如果我问那将怎么样，我想到的不是自己，反正我已经经历过较坎坷的年代，现在只是继续苟且生存下去而已。如果我不能为自己写作，我将有更多的时间写信给你，享受臆想的、刻画出的、全心奋争得来的与你的接近。可是你，你将不再爱我，并非因为我不能为自己写作，而是不再写作我将更加松垮不安，成为你不喜欢的人。最亲爱的，如果你能使大街上可怜的孩子们开心，就请你也这样对我，我一点儿也不比他们强。你根本不知道，我其实与傍晚带着卖剩货物回家的老头没有两样。所以请你像对其他所有人那样对我，即使你的母亲无论由于别人或我本人而生气（每个人都必须承担自己的痛苦，父母亲同样总是为子女无恶意的天性行为烦恼）。这长长的请求只有一个含义，我只要你告诉我，你将继续爱我，无论我变成什么样，你将始终爱我。没有我不能接受的有失身份的做法——但

---

① 参见12月25—26日的信第一段。显然，这篇未完成的故事没有保存下来。

是我究竟该怎么办?

这就是我在假期里之所想,没有想这些该多好!在这种情况下难道我没有理由像风一样冲破一切阻力地、规规矩矩地守在办公室,做一个本分、细心、一心投入工作的官员?你可能认为是假期的头两天使我迷惘,使我在匆忙中不知所措,但去我确实不记得有哪个圣诞节过得比这次好(明天我将为你翻查一下旧日记本),但这个异议不难接受。"或者……或者"的公式在此也适用,或者我能或者我不能,这次是我不能。但如果在"你爱我吗,菲莉斯?"这个问句后紧跟的是一连串直至永恒的大大的"是"字,那么一切都将迎刃而解。

弗兰茨
〔1912年12月〕23—24

昨天,星期一,我只收到你星期六的信,今天,星期二,什么都没有。这怎能让我甘心,即使是最小的卡片问候我也很高兴呀!最亲爱的,我没有指责你的意思,只想表达我的爱及由爱而产生的不安,它们充满了我所写的一切(昨天傍晚在办公室我没有找到你的只字片语)。

弗兰茨
〔19〕12.12.24

因为我的写作终于又有了点进展,所以我有勇气握住你的双臂(我还从未像在这即将开始的审问中轻柔地握住你一样握住其他东西),盯着你充溢了爱的双眼问你:"菲莉斯,在过去的三个月中,可有一天你没有得到我的消息?想想,有这样一天吗?可是今天,星期二,我却没有你的任何消息。自星期日下午4时至今早邮局送信已不下六十六个小时,这期间我对你一无所知,对我来说这段时间充满了各种好的和坏的可能性。"最亲爱的,请不要为我的这番废话生气,可六十六个小时确实是漫长的,我甚至想到了你可能遇到的所有耽搁理由:正在过圣诞节,你们有客人来访,邮局出了问题(也许我的信未准时到达),但毕竟是六十六个小时啊!尽管如此——睡觉之前有一点我还得说明——相比而言,在休息的日子里我较能忍受收不到信的痛苦,因为我虽没有你的消息,但我是自由的,没有东西能阻止我不断地想你,思念就像一根单行线,几乎一直延伸进你的闺房,构成它的力量是强大的,迫切的,专制的。最亲爱的,如果你哪天不能给我写信,就请放在星期日或节假日。因此,今天我能接受未收到信的事实,事情并不如你看了此信开头后可能想象的那么严重。得不到期待中的消息的滋味只有在工作日才最令人难以忍受,因为那时我无法想你,烦人的各种要求包围着我,而你的信和明信片却能给我安全感,我无需想你,只需将手插入口袋,摸一摸你书写的纸片,就知道你在想我,你为了我的幸福活着。如果口袋是空的,我就会始终想着你,想着办公室的工作,最亲爱的,请相信我,结果形成强烈的对立,难以突破。以前有一次我没收到信,当时我写到,我将不再等待来信,一切都该结束了。可今天我要说:我们固然应停止书信往来,但我们必须相距很近,以至于不仅不必写信,而且由于距离过近连说话的可能性都没有。突然想起今天是圣诞夜,可除了这个告别的吻,圣诞夜对我来说并不神圣。

弗兰茨
〔19〕12.12.24

〔在边上〕

星期五起我又要去上班。

最亲爱的,我现在给你写信,并非因为应该给你写,反正这几句话将和后一封较详尽的信同时到达你手中,我之所以写是为了重新体验与你的联系,并为此种联系做一些实实在在的事。今天,当我暴怒地向邮递员索要我的信件时,我把他所有的圣诞邮件狠狠抖摇一番;我已经站在了台阶上并准备离开，放弃了一切希望，当时是中午 12 时 15 分。终于，终于在圣诞节的头一天收到了你美妙的邮件：两封信，一张明信片，一张照片，还有鲜花。最亲爱的，我要狠狠地吻你，最亲爱的，为什么我只能用我无力的手向你表示感谢呢？

现在我要和一个朋友去散步，可能我从〔未〕向你提起过他，他叫韦尔奇①。我必须走了，刚才来了一帮叽叽喳喳的亲友，房屋都颤动了，我轻悄悄地、不被任何人发现地穿过了前厅。如果是与你去散步该多好啊！我将为你放慢从楼梯上跑下来的速度②。我习惯于用让上楼的人害怕的速度跑下楼梯；这是我唯一自己发明且从事的体育运动。外面的天气非常好，最亲爱的，你要好好休息。一想到你能得到休息和恢复，我就感到圣诞节的每一时刻给我的快乐都是双倍的。不要写信，如有可能就打电话吧！你母亲整晚熄灯的做法正合我意，她若知道此事，也许会让灯一直亮着，不过那恰好又合我意。

弗兰茨
〔19〕12.12.25，星期三，下午 3 时

〔又及〕寄往你住处的两封信想必已收到了吧！我觉得，这些信对别人来说一定没什么可读性。

---

长篇小说又有了些许进展，当那个故事继续不下去的时候，我坚持写小说。刚开始写那个故事的时候，我对自己提出了过高的要求，开头就让四个人物发言并充分参与一切。可这么多人，只有他们随跌宕起伏

---

① 费利克斯·韦尔奇，1884 年生于布拉格，1964 年逝世于以色列，哲学家，时事评论家，大学图书馆馆员，著有《宠爱与自由》、《中间道路之冒险》和《观点与概念》（与马克斯·勃罗德合著）。
② 比较《判决》："在楼梯上，他像越过一个斜面似地跨过一级级台阶，向正准备上楼的女仆冲去……'上帝啊！'她叫出了声，用围裙蒙住了脸，可他已离开了。"

的故事情节出现和发展时，我才能全面、彻底地加以认识。在故事开头我遗憾地只把握住了两个人物，由于我只顾得上两个，因而当四个人竞相登场时就出现了可悲的、生硬的社交窘境。有两个人始终不愿露面，但由于我的眼光四处游移，也可能会抓住他们的影子，另两位则由于暂时受冷落而不安，最终乱成一团糟。真可惜。

现在我疲倦之至，白天各种各样的杂事搅得我一会儿都没睡，工作日我反倒睡得多些。我有很多话要对你说，可疲劳阻碍着我。假如我能不写小说而给你写信，那该多好！我要在准备写信之时吻遍那信纸，以此为写信的开端，因为它终将到达你手中。现在我累了，脑袋昏沉沉的，除了吻我更需要你炯炯有神的目光，正如今天收到的照片上的那样。令我不满的是，这张照片上你的目光总不愿与我的相遇，总是越过我去。我将照片转向各个角度，可你总是不看我，平静地、好像经过深思熟虑后故意决定望着别处。不过我总算可以将你的脸贴近我，让我吻你，我这样做了，在我入睡之前我还要这样做，醒来的时候我依然要做一遍。我要告诉你，我的嘴唇完全属于你，我不会吻其他任何人，包括我的父母和妹妹在内，阿姨们即便非吻不可，我也只让她们在我躲闪的脸颊上吻一下。

弗兰茨

〔19〕12.12.25—26

终于我有了你的照片，就像看见了你本人一样，照片中的你不像我初次见你时那般随意（没穿夹克，没戴帽子），而与那次咱俩在旅馆门廊走失时一样，和我们并肩跨过沟渠时一样，当时我感觉不到与你的联系，渴盼你我间最紧密的联系。突然想起你似乎有把头发从额头上捋去的习惯，特别是当你一手拿照片想低头看的时候。我的记忆可有错？因为我有时看到你这样做。对，就是这顶帽子，当时我像突然患了色盲似的认为它的里子是白色的。衬衫好像是另外一件，在布拉格你穿的是件白色的衬衫。现在让我吻吻你,你的微笑似乎比原来更多了一丝善意。最亲爱的,最亲爱的孩子,你如何解释你的照片的姿态?至少在今后的几天,我将不把荷包和照片放在口袋里,而是作为支柱、保护神和强壮剂拿在手里。这样一张照片的主人如果还不能承受一切的话,人们一定会感到奇怪。你呢,最亲爱的,是否有所恢复?亲戚们是否总追着你不放?如果我去了柏林,你可能根本就没有时间陪我。瞧我在说些什么呢?我想以此结束自责吗?但,我没去柏林难道做得不对吗?可是我究竟什么时候能见你一面?夏天吗?如果我不能在圣诞节见你,为什么恰恰要在夏天呢?今天上午阳光明媚,我睡足了觉,但我此时比深夜更觉不安。关于你的母亲我有很多话要对你说,留着下一封信再写。奇怪的是,我竟能很愉快地接受你信中涉及的有关你母亲对我的评价。这喜悦一部分是由于被别人充满敌意地攻击(尽管是出于最好的意愿)后受到了你全力、好意的维护。不过,这还不能完全解释我的喜悦之情。我很愿意在你家中被不断提起。多么荒谬的要求!

已近中午。起来,起来!再见,菲莉斯!将照片放进荷包里!信装进信封,赶去火车站寄信!

弗兰茨<br>〔19〕12.12.26,星期四晨

〔又及〕附上我上次住的疗养院[①]寄来的圣诞贺卡,它与你的照片同时到达。看,我竟然想让一个陌生的信念用魔鬼般的诡计来治疗自己,然并未奏效。

〔附条〕

突然想起一件不容再拖的事:最亲爱的,你是否最终将你在布拉格穿的那件衬衫送给了你的妹妹?

---

① 容波恩(在哈尔茨)的尤斯特疗养院。

你寄给我的小荷包简直是一个魔包,它使我变成另外一个更安分、更美好的人。无论在什么地方我都可以欣赏你的照片或至少将小荷包拿出来看看(将它们始终拿在手中的办法行不通),我要感谢你赐予我的新的幸福。每次看你的照片——我将其立在我面前——看着看着就会想,到底是什么力量把咱俩联系到一起。在你可爱的面容、安静的双眸、淡淡的微笑和瘦弱的令人急于拥抱的双肩后面蕴藏着对我来说如此熟悉、如此不可缺少的力量,所有这一切都是那些微不足道的人看不见的秘密,面对秘密他们只能空手而归。

哦,我简直不能继续写信了,我看照片入了迷,最亲爱的,你在送我照片时一定没想到这一点。我想,这张照片将在各方面都对我有所帮助,明天我将在可怕的办公室举止更得当,尽管我只能用指尖从文件柜里翻出一些陈旧不堪的东西。另外,我已经下定决心,只要有可能就决不在晚上10点以后才开始写作,并坚决在深夜两点之前就寝(除非第二天休息),最后(所有一切都是为了能配得上你的礼物),我特别后悔写了那封你于圣诞节第二天收到的信,你尽管在我明天将收到的信里责备我吧,一个毫无缘由指责其恋人,还用愚不可及的废话搅扰其恋人节假日上午的美梦的人,除了受责备,还该(只是为了举一些严重的、令人难以忍受的例子)被罚两天得不到回信。不要感到不安,最亲爱的,我不会再如此没有信心,请原谅我,我对你恶言相加只是出于我对你的爱。也许有时我在自己不知道的情况下伤害了你,请你一定从我的爱中找到理由,通过任何一条复杂的途径都一定能找到它。唉,这一次我又是什么都没写,有关我每天的生活我仍然什么都没写,不过,你的照片知道一切。如你路过摄影师处,请告诉他,他的作品中从没有哪张像这张一样被吻了这么多次。

弗兰茨

〔19〕12.12.26—27

我最亲爱的,谢谢你送给我的小荷包,如它能长时间经受住我频繁使用考验的话,它就是一个优质的小荷包。有时我对你的渴望都涌到了嗓子眼,我就打开荷包,照片中友善、美好的你立即呈现在我不知足的目光前。在街灯下,在灯火通明的橱窗旁,在办公室的书桌前,在走廊上突然停住时,在打瞌睡的打字员旁,在起居室的窗前而身后的朋友和亲友挤满房间时,最亲爱的,最亲爱的,当我想你的时候,即便这么短的词我也不能常说出来,因为我经常只能咬紧牙关思念你。这张小照片魅力如此无穷,它给我的痛苦与欢乐等量。它不会消失,不会如真人一样远去,它永远存留在那里,是我永久的安慰,它不会融进我心里,但也不会抛弃我。

当然,我马上告诉自己(出于自私自利!出于狡猾!出于果断!),鉴于照片的如此魔力,我也一定要让你身边有我的照片。我立刻跑到摄影师那里,要他给我拍一张同样尺寸的照片,但我们这里的快照比你们的慢,一星期以后才能拿到。另外,你的突发奇想勾起了我的贪欲,最亲爱的,我建议咱们每月交换此类照片。因你总在变,季节更替,你的衣着也不断变化——不,最亲爱的,我要求得太多,我错了,我应很满足拥有这张照片,在每一封信里我都要为此向你表示感谢。

你星期四那封只写了五个字便中断的信乍看上去很吓人,就像有只邪恶有力的手抓住了你的手,甚至更恶劣地冒犯了你。不过我对自己说,你还是写了信封,将剪报装进去,也许还寄出了信,一定不会有更糟糕的事发生,我又可以期待明天的信了。

你的母亲在这事上对你如此专制我认为没有道理,但在别的方面我很理解她。你是否由于自食其力在家里的地位较你妹妹特殊?据我所知,你妹只操持家务。难道你的这种特殊地位不受别人尊重?看来你母亲在低估你的工作这一点上犯了大错,但在其他方面她还是正确的。在泳池边她不离你左右,她做对了(那个年轻人究竟要干什么?离开他!),当她由于我的来信生气时(有可能这封信也不例外,尽管我在信里为她辩护),她做对了,现在我顶多只能在梦里让她相信此信的必要性;她认为男人和女人之间除了婚姻其他任何生活方式都无意义,这一点上她又对了，何其正确！我不是经常声明自己的存在无意义吗？

你默默地将《柏林日报》的民意调查装进了信封。这态度确实是最好的。问题提得多愚蠢！报纸通过此种方式让人觉得很有人情味，然也很荒谬。所有没体现问题愚蠢性的回答都不好，因为它们根本不切题。而且那些问题很易于回答，我可以立即说出两个答案："他"一定要英俊。"她"则恰恰相反，是什么样就是什么样，多一分或少一分都不可以①。

她就是那样，人们在深夜还不能与她分离，抱着不可能实现的希望不断地给她写信，希望通过写信能使她完全地、活生生地呈现在自己面前。马克斯·勃罗德的《情感的顶峰》一书你已经有了吧，其献词里之所以有两段文章，只是因为这本书是印有马克斯亲笔签名的二十本精装书之一。但这看上去有些冷漠，因此我让他根据事实对此书进行增补。

今天我收到一封略维的来信，随信附上，让你看看他的文笔怎样。我没有告诉你，我已在早些时候找到了他的地址，此间我已收到他的数封来信。这些信都是一个模式的、满篇诉苦之词，这个可怜的人是无药可救了，他现在总是徒劳地往返于莱比锡和柏林之间。以前他的信完全是另一个样子，比现在的活泼多了，充满了希望，他可能真的要完蛋了。你曾认为他是捷克人，不，他是俄罗斯人。

再见，最亲爱的，无论发生什么事，我们都彼此深爱，不是吗？你的唇在哪里？

弗兰茨

〔19〕12.12.27—28 凌晨

最亲爱的孩子，我在小说里正写一些有教育意义的东西。你见过美国某些城市在举行地方法官选举前一天晚上发生的游行示威吗？你肯定

---

① 民意测验的题目是："他必须英俊吗？她必须聪慧吗？"其中弗兰茨·布莱、弗兰茨·韦尔弗、马克斯·道滕迪、雨果·萨鲁斯和鲁道夫·赫尔措格的回答均被刊登出来（《柏林日报》，1912 年 12 月 25 日增刊第四版）。

和我一样知之甚少，不过我的小说目前正进展到此处①。

暂时插几句话，我最亲爱的。现在已近凌晨两点，一星期以来，只要我迟于两点睡觉，脑袋就常常嗡嗡作响，难道我不能习惯于熬夜也越来越不能忍受它了吗？在办公室我打哈欠真是丢尽了脸，我冲着几个理事、主任和同事们，简而言之——我冲着遇见的每一个人打哈欠。我希望每晚两点按时睡觉能对我有所帮助。

最亲爱的，我是否应该告诉你我是怎样一个可怜的人呢？难道我不该就此缄默，以免损伤你心目中我的形象吗？但我们彼此相系得这般紧密，我不应该说吗？难道非得等到人们将时空对立之时吗？我一定得说。

你今天的第二封信令我嫉妒心起。你感到诧异，以为看错了是不是？没错，是嫉妒。所有像今天这样提到许多别人的名字的信都无法使我不嫉妒。我想起来了，曾经有那么一封信使我嫉妒得渐渐发狂，并写了一封恶心的回信，那封信令我一直感到有愧于你。是的，我嫉妒你信中涉及的所有人，提名的和未提名的，男人和姑娘，商人和作家（当然特别是作家）。我嫉妒那个华沙代表（也许说："嫉妒"并不合适，我可能只是"羡慕"他），我嫉妒那些给你提供更好职位的人，我嫉妒林德纳小姐（布吕尔和格罗斯曼是小女孩，我还不说她们好话），我嫉妒韦尔弗、索福克勒斯、里卡达·胡赫、拉格雷夫和雅各布森。我的嫉妒心理可笑地得以满足，是因为你把赫尔伯特叫成奥伊伦贝格·赫尔曼，而弗兰茨这个名字则毫无疑问深深地印在了你的心里（你喜欢《影之图》？你认为它简洁明了？），我只知道其中的一篇《莫扎特》，奥伊伦贝格（不，他不是布拉格人而是莱茵人）曾在此朗诵它，但我几乎不能忍受这篇作品，一篇令人窒息、不清不爽的散文。他的戏剧应该不错，但我没读过。对了，现在我想起来了，在《包罗万象》里我曾读过一篇他较

---

① 参见《美国》（即《失踪者》——编者）第278页和此后几页以及《日记》第279页。1912年6月1日卡夫卡出席捷克政治家索库布题为《美国及其官员队伍》并附图片讲解的报告会。从中卡夫卡了解了一些此类游行示威的过程。促使卡夫卡写这本小说的其他一些缘由也源于索库布的各种资料。这些资料同年出版并配有众多插图，名为：František Soukup, Amerika, Řada Obrazu Amerického Zivota, 布拉格，1912。

好的作品,好像叫做《一位父亲写给儿子的信》①。当然,以我现在的心绪,我毫无疑问要大肆诋毁他。**但你不要看《影之图》**。现在我甚至能感到,你已为他倾倒(你们都听着,菲莉斯已为他倾倒,完完全全倾倒,在这午夜时分,我对他极为恼怒)。但你的信里还出现很多别的人,我要和所有这些人打架。我并不想伤害他们,只想把他们从你身边拉开,让你摆脱他们;只想读到你的信,仅仅涉及你,你的家庭,那两个小孩,当然还谈到我的信!当然!但最亲爱的,我没疯,我愿聆听一切,对你无尽的爱使我太了解你,以致我事实上根本不会因你的行为产生嫉妒(我相信,如你读《影之图》,我们最终将分享源于我的厌恶和源于你的欢欣,这就是说,你手里拿的书也将鼓舞我,不会有其他结果),但我只是想让你全面地了解我,才写信告诉你,你的来信在今天下午,也就是在我情绪最低落的时候给我的感觉。

我得到这封信恰是在我从办公室回来之时,它竟是随着 11 点的那批邮件到达的,这看上去像是奥地利邮政的一项功绩。但再想想,咱们的邮局也太情绪化了,信没有送到我住处,而搁在距住所一公里左右我父母的商店里。就其本身来说,这并没有什么,因为我的邮件不会受到指责,而你的信也马上被送到家中,但这向你表明,我有时毫无顾忌的、让你心急的不安是这情绪化的投递引起的。

今天下午的消沉也与此有关,我对自己说:今天收到两封信,真好;但谁知道明天——星期天,我是否还能收到信?菲莉斯似乎本想让这封信星期天到达,可它现在已经来了,也许明天我将呆坐在那里,什么消息也得不到,或者,我还是蜷缩在床上的好。但愿别这样!

你信中道:"在写长信方面我现在已经超过了你很多。"这句话简直让我无法忍受。重申一遍:我没有发疯,最笨的人也知道,这些话无足轻重,是我信手写来的。但请相信我,菲莉斯(我念信的时候正处于梦游状态),当时我想这就意味着说再见;因为我写得不够多,所以结

---

① 赫尔伯特·奥伊伦贝格,《一位父亲写给儿子的信》发表在杂志《包罗万象》I、II 期上(1911 年 4 月 1 日),第 358 页。《影之图——给德国文化需求者的启蒙读本》,柏林,1910 年。

束了。最亲爱的,我要紧紧地拥抱你,胜过以往任何时候,在经历了时常折磨我的病态敏感之后,我要确信又完全拥有了你。

我这喜怒无常的脾气一定是源于你我间的距离,也可能是我某处内部结构出了问题,所以它们并未就此结束,而是一起出现在我下午做的梦中,这个梦我明天再告诉你(尽管明天有很多会被遗忘)。现在祝你晚安,最亲爱的,还有一个长长的、静静的、满怀信心的吻。

弗兰茨<br>〔19〕12.12.28—29

我最亲爱的好心人,终于又收到一封你的来信,这样一封信比其他所有的信都更美好。11点半钟的时候,门铃响了,这个时候除了邮递员不会有别人,但我还是站在房间的玻璃门后,试着预先安慰自己。"不会有信来,"我对自己说,"今天怎么还会有信呢?菲莉斯不可能写这么多呀!你一定得耐心地等到明天。"在焦躁不安中我真的全身颤抖。

最亲爱的,又是一封信,一封让人欣喜得脸发热的信。信里面不再提起那些熟人和作家,那里——

我的信被打断了,当时还是下午,现在已经这么晚了,我都不敢向外看。我将悄悄溜出已上锁的大门,赶往火车站寄这张纸片(哈,要是被我的父亲和亲友们知道就惨了,从上午起我就一直没见到他们)。为了让自己心安,我不能让你在星期一得不到我星期天的消息。我很好,只是不知不觉被别人占去很多时间;只要你爱我,我怎么会不好呢?现在我要跑去火车站了!

弗兰茨<br>〔1912年12月29日〕

最亲爱的,这真是一个糟糕的星期天。好像知道这天不会安静似的,我清晨一直躺在床上不起来，尽管我通过那个给我造成烦恼和悔恨的工厂（别人看不到）本该使自己飞黄腾达。由于一直无谓地躺在床上（你的信 11 点才到），其他所有事都被推迟了，我两点半钟才吃饭，之后开始给你写信。那正是惯常的午睡时间，屋子里静悄悄，我很高兴能和你在一起待一会儿，可那位韦尔奇博士却打来电话，他不仅仅与我有点头之交，而且是我真正的朋友。还有，他名叫费利克斯，我很高兴已与这个名字有了长期的友谊；当然，目前这个名字最后几个字母已略有变化，且含义令人难以置信。就是这个费利克斯在我给菲莉斯写信时打来电话，提醒我与他、他妹妹和一个女孩（当然是她妹妹的朋友）已约好一起去散步，上周四我们同样去散步了。尽管我并不喜欢上周四的散步（我有时且大多数情况下害怕女孩子），尽管那封牵挂重重的信刚开头；尽管我与马克斯也有一个约会；尽管我有理由担心散步后至睡觉前我不再有足够的时间干自己的事，我仍立即以极大的热情答应了他，因为我面对电话，即便是家庭电话，也总是不知所措，另外我也不愿让姑娘们等候。但是，当我顾虑重重走下楼来，站在人前而非可怕的电话机前，看见那三位及此外另一位姑娘和一位青年时，我立刻决定，陪他们走到桥那儿就告别，分手时我扰乱了收过桥税的小房子前的秩序，还踩了后面一位女士的脚①。解脱之后我去了马克斯那儿。但我不再继续说这个星期天的事了，否则将出现我今天什么也写不成的悲哀结局，因为现在 11 点早过了，且我又开始头疼，一星期以来情况一直这样。不写了，内心却充满欲望，写下去的强烈欲望。

另外，我现在更清楚，为什么你昨天的信让我如此嫉妒：你不喜欢我的书（《观察》），正如你那时不喜欢我的照片一样。这并没有什么，因为那上面的东西绝大多数都很陈旧，但它们毕竟是我生命中的一段，对你来说比较陌生的一段。不过这没什么，因为抛开那些，我感觉到你在我近旁，这种感觉如此强烈，以至于如果你紧靠我身边，我愿先

---

① 1918 年前，过布拉格各座桥（卡尔桥除外）都须纳税。参见瓦根巴赫的《传记》第 67 页；理查德·卡茨的《布拉格的桥税》，刊登在 1921 年 1 月 5 日《弗丝日报》第二、三版。

用**我**的脚踢开那本小小的书。假如你喜欢现在的我,我的过去将随意停留在何处;如果非得给它选一个驻足之处,那么它将停留在与对未来的恐惧一样遥远的地方。可是你没有告诉我,你对我只字未提,你不喜欢那本书——当然,你不必说不喜欢它(这也可能不是事实),它只是不太合你的口味。那里确实是一片无可救药的混乱或者更甚:无尽迷惘之中投下几束希望之光,人们必须走得很近,才能看见一些。如果你觉得对此书无从下手,那是非常可以理解的;只有当你经历一个多小时软弱无助后仍能被此书吸引,那么才有希望存在。我现在和原先都很清楚,没有人会知道如何读这本书。这是那个大手大脚的出版商给我带来的精力和财力的牺牲品,而这本书的彻底失败令我痛心疾首。出版这本书纯属偶然,有机会我会告诉你,我可不愿意专门去说它。我说这一切是想让你知道,无论你对此书作何无把握的评价在我看来都很自然。但你什么都没说,有一次曾表示想作些评论,却仍然没说。这就像雾,长久以来我一无所知的雾。最亲爱的,你看,我愿你了解我的一切,任何东西,哪怕它极其微小,也不放过,因为我想,我们是紧密相连的。也许你喜欢的衬衫就其本身而言我并不喜欢,但由于你穿着它,我对它便有了好感;我的书本身你不喜欢,但因为是我的作品,所以你一定喜欢——现在都说出来了,而且双方因素都在内。

最亲爱的,你一定不会因我的长篇大论生气,因为你毕竟清楚咱俩,而且在我看来,我所了解的一切都在8月那个傍晚得于你的眼中。我没有学到太多,这你可以从我昨天做的梦中发现。

不,我不描述我的梦了,因为我突然想起,最亲爱的,你生病了,最起码星期五晚上生病了。难道这就是你在家中烦恼的原因吗?对此我至今一无所知,不过这可能是因为我理解有问题。如你被卷进烦恼,最亲爱的,可怜的孩子,那就糟了。我家不是这样的,我母亲是父亲钟爱的女奴,而我父亲是我母亲钟爱的暴君,这归根到底是家庭和谐统一的缘由。我们在过去几年里经历的不幸全都源于我父亲的病体,他患有动脉钙化症,但这不幸却由于我们的和谐不能侵袭家庭的内部深层。

正巧身边的父亲在他的床上重重地翻了个身。他长得又高大又壮实,幸运的是近来他感觉好多了，但病痛仍然是个威胁。这个家庭的和谐其实总是被我破坏，且随着我年龄的增长程度不断加深，我知道自己无药可救，我对父母亲和所有人怀有深深的负罪感。我最亲爱的远方的姑娘，我在这个家庭里也同样痛苦，原因也在于这个家，只不过我的收获比你多。小时候，我不只一次在夜晚站在窗前，玩弄窗把手，我觉得打开窗子把自己扔出去是件很了不起的事。这些事情都过去很久了，如今，我确信了你对我的爱，前所未有地成了一个稳妥的人。

晚安，最亲爱的！即便悲伤的吻也是好的，由于悲伤，我的唇愿一直停在你的上面，永不分开。

弗兰茨

1912 年 12 月 29—30 日

〔又及〕最亲爱的，我再告诉你一遍，每天我只正正规规写一次信，那些我白天仓促而就的信件令我很不愉快，想到你十点钟徒劳地等信，我就十分焦躁不安。请不要等信，最亲爱的，不要在意布吕尔夫人悲伤的目光。另外，我很想向她表示谢意，却不知选择哪种方式。

新年你在办公室吗？请把信写到我家里，我也将把信写到你家里。

〔在边上〕《柏林日报》的笑话是什么意思？你想告诉我什么？我要详细的回答。

最亲爱的，我真高兴，终于听到你出去散步的消息了。这难道不是数月来你在户外度过的第一个钟头吗？在这让人精神高度紧张的生活中，你真的感觉很好吗？现在我出奇地平静，仿佛从未感到过疲劳。但今天清早，在你的信尚未到达之前，我简直就像处在一个漩涡里。自然毫无缘由。情况总是这样的：写信时感到彼此在一起，相互支撑，然而这一切却虚幻缥缈，因而有时定会失望之至。但是，最亲爱的，我们不会抛弃对方，不是吗？如果一方跌倒，另一方一定会扶起他。从你的信中看出，林德纳小姐仿佛是审判我的法庭，尽管她并未给我写信，可我能感到她强烈的谴责。最亲爱的，你已经通过那一封封长长的信表达了对我的爱，现在就请你用短信来表达你的感情吧！如果电灯关了，请不要就着烛光写信，否则这想法会让我极为担心。你在经济界工作，你和父母不和，你为生活在布达佩斯的妹妹哭泣——唉，如果我能随时在你身边，每时每刻与你分担这些烦恼，我该多么幸福。可现在我独自坐在这里（手表在外套口袋里滴滴答答，声音仍旧很大，我把它放在那里就是因为它太响了）绞尽脑汁地想找出帮助你我摆脱烦恼的办法。

你妹妹的一封信怎么会令你潸然泪下？她出了什么事？想家了吗？只是想家？可她还有丈夫和孩子呀！布达佩斯有十万人说德语，且她在这两年里也该学会一些匈牙利语了呀。她的丈夫不在她身边吗？他经常外出吗？究竟什么使她悲伤，令你同情？另外，我突然想起，她在布达佩斯不止两年了，难道还没有习惯吗？更何况她有孩子，哪里有心思悲伤呢？

你把那些都告诉了打字室里古怪的夫人们。而我很清楚地可以给自己下判断，且那些话都在嘴边，已被我重复了很多遍，因此我很愿说好。正巧星期天下午马克斯在类似的情况下对我说："你说话就像姑娘一样。"不过，这并不完全正确。一段时间以来我一有空就钻研那部精彩的拿破仑名言录[①]其中有一条是："无子而终是很可怕的"，可拿破仑自己却一点也不悲哀；再比如朋友对他来说可有可无，无论是他自觉自愿还是出于无奈，有一次他说："我除了达鲁外没有朋友，达鲁冷酷无情，对我来说正合适。"还有一句话可让我们看出这个人的深谋远虑："开始便知去向的人行而不远。"人们可能相信他惧怕无子，可若把这加之于我，我却必须使自己做好准备，因为除却其他一切，我任何时候也不想冒险做父亲。

我不知道，为什么这些天总是写着写着信就伤感起来。这种时刻时

---

① 《拿破仑著名格言语录，从科西嘉到圣海伦娜》，罗伯特·雷伦收集出版，莱比锡，1906年。

来时去,我要跪在地上请求你不要为此生我的气。我突然想起,这封信将在新年第一天送到你手里,并将领我们进入完全属于我们自己的新的一年,可是太晚了。将功补过,我今天找到一个你我之间新的联结物。我将买一本日历,每一页都带有美丽的图案,我要将信件到达日的那张放进信封里,让它总是在清晨摆在你的书桌上。这样,我的时间总是提前一些,你每天照日历度过的日子我其实已过完,但尽管如此,我们都一次次面对过相同的日历,我会更喜爱这样的生活。

除夕你将在哪里?去跳舞?喝香槟(下午你在古雷森林喝了葡萄酒,对不对?)?我本想坐在书桌前继续我的小说(小说今天还停留在昨天中断的地方),但别人邀请我去那个韦尔奇博士的叔叔家,我挺喜欢那家人,因此我很犹豫,到底做什么好。我相信,最终我将留在家里,尽管自从我得到了你的小荷包之后,它使我有能力出席那样的社交场合(手插在兜里,握住小荷包),但缺席是很不好的,我会于心不安。现在,头部绞痛在警告我不要睡得太晚。

好吧,最亲爱的,再见!愿我最心爱的姑娘新年愉快;新的一年应是不同往常的一年,如果过去的一年让咱们天各一方,也许新的一年会尽一切力量,奇迹般地把咱们聚在一起。来吧,来吧,新的一年!

弗兰茨

〔19〕12.12.30—31夜


我今天晚上8点还躺在床上,不累也不精神,只是起不来,四周正开始庆祝一年一度的除夕,我却闷闷不乐,像一只被遗弃的狗悲伤地躺在那里,那两个与要好的朋友共度今宵的可能性只使我更加绝望和消沉(正好放午夜礼炮,街上、桥上人声鼎沸,而我却看不见一个人,打钟了,表也敲响了),我的目光只在天花板上来回游移,此时此刻我想,我本该多么开心,可我不在你身边又是多么不幸。被你凝望的幸福,与你第一次交谈的幸福,将我的脸埋在你怀里的幸福——我将须为此付出昂贵的代价，我付出的代价将是，你从我身边跑开，肯定是哭着跑开，因为你善意地认为眼泪可以帮助我。我可以追你吗？恰恰是比任何人都忠实于你的我可以这样做吗（那些人竟在这远离主干道地区的大街上叫嚷，吼声震天！）？不过，这一切我不须自己回答，请你回答，最亲爱的，就你自己，在你不留犹疑的深思熟虑之后。我从微不足道的小问题开始问起，随着时间的推移，难度将逐步升级。

我们来做个假设，一个特殊的机遇让我们可以在一个城市共度几天，可能是法兰克福吧。我们约好第二天晚上一起去看戏，之前我会去展览馆接你。你为了能准时下班，就尽最大努力匆匆完成了重要的工作，等候我的到来。可你白等一场，我没来，不可能是偶然的迟到，这个友善的人允诺的时间早过去了很久。没有一个可以让你释然的消息到来，此间你可能早已彻底处理完工作上的事情，从容地穿好衣服，反正去剧院已晚了。你根本不能设想这纯粹出于我的失约，也许你会担心，可能我出了什么事，你立即决定——我听见你吩咐马车夫——乘车来到我住的旅馆，让人引你到我的房间。在那里你发现了什么？我（此处抄录本信第一页）8点钟还躺在床上，不累也不精神，声称无法离开床铺，又怨天尤人，并让人觉得心中未散的怨气更烈。我试图通过抚摩你的手，通过寻找你在昏暗的房间里游移不定的目光来弥补我犯下的严重错误，但所有的举动又预示着我已准备好，无所顾虑地在那一刻不大不小重犯上述错误，当时我甚至没有特别多的话要说。至此我已完全清楚咱们之间的对立，若我是站在床前的你，我会出于愤怒和绝望毫不犹豫地举起伞，使劲打在我身上。

最亲爱的，请不要忘记，我以上描述的事在现实中绝无可能出现。在法兰克福（打个比方），如果不许我一直待在展厅，我也将整天蹲在门口，我们一起去看戏我也会做出类似举动，但只会更殷勤而不是懈怠。但我要让我的提问有个特别明晰的回答，一个不依赖于任何方面，也不依赖于现实的回答，因此我也如此明了地提出问题。回答我，最亲爱的女学生，回答你那出于无尽的爱和不幸时变得完全荒唐的老师。

你的上封信中有一句话你已经写过一遍，我可能也写过："我们无论如何都是一个整体。"最亲爱的,这千真万确,举个例子说明,在这新年伊始的几个钟头,我没有更大更愚蠢的愿望,只想把你的左手腕和我的右手腕牢牢地拴在一起。我也不知道为什么会有这个念头,也许是因为我面前正巧有一本有关法国大革命及其时人报道的书,而且一对恋人就是这样被绑着送上绞架的,我从未在哪儿读到或听到过这故事,但那极有可能。我脑子里都是些五花八门的东西,今天它却对我可怜的小说无动于衷。它把十三放进了新的年份里。但这最美丽的十三不会阻碍我把你,我最亲爱的,拉向我,越来越近,越来越近,越来越近。你现在在哪里?从哪个欢乐的人群中我可以把你找出?

弗兰茨

〔19〕12.12.31—1913.1.1

最亲爱的,这个元旦下午只几句话。你知道什么是我目前最大的担忧吗?你原以为我昨天(星期二)会收到的那封长长的、美妙的信,我直到今天(星期三)才收到,而且它是随着第二班邮件来的。你还写道:"你在星期日早晨一定还会收到一封信。"你的那个"星期日"显然是指今天,元旦。很好,可是第二封信我没收到,办公室也没有。很可能明天早晨会被送到住所,可那时我在办公室。我将委托别人把信立即送到办公室,但别人会不会忘记此事呢?他会将信及时送到吗?还会有另一封你的信送到办公室吗?最亲爱的,这就是我的烦恼。可恶的邮局!可恶的距离!

你在今天的来信里对我真是太好了!你竟原谅了我,理解了我的忧虑!你等着瞧吧,为此我还要在今天晚上竭力感谢你。最亲爱的,再见,今天下午我的脑袋昏沉发胀,左眼有点跳,笨到了极点,因此我要和大家在一起。为什么不呢?对他们来说我气色总好,因为一旦我处于我自认为的最佳状态,我就不属于他们了。

战胜了奥伊伦贝格,我欣喜若狂,他本人对此一无所知,只管沉醉于他的席勒奖①和每年从罗沃夫特出版社领取的一万二千马克（韦尔弗说的）。我恭喜他取得成就，因为我把你——菲莉斯，拉到了我身边。就请留在这里吧！

弗兰茨

12.12.1〔1913年1月1日〕

最亲爱的，我都糊涂了，刚才我都要去睡了，却收到你的电报。柏林的邮局在搞什么鬼？元旦那天你在住所收到一封信，对不对？还有，除夕我给你写了一封长长的信并在元旦的上午寄出，那封信你应在今天，2号的9点收到。另外，元旦下午收到信后，我特别高兴便又写了一封信给你，并立即投进邮筒，你应在今天10点收到。最后，今天凌晨我写了一封，你将在明天，3号9点收到。最亲爱的，你看，我一点都没错。我们这里的邮局也够荒唐，我今天（2号）才收到你30号和31号写的信，不过你的除夕贺卡倒是准时送到了办公室。为什么人们这样迫害咱们？难道咱们除此极其幸福吗？现在我跑去邮局以快件发出此信。

弗兰茨

〔19〕13.1.2

时间太晚了，我的可怜的、受折磨的、最亲爱的人，做完并不太坏却历时很短的工作之后，我又靠在椅背上坐了很久，现在天已经很晚了。

我不知道，为什么我竟这般不在乎我的信未寄到你手中，即便你的电报就放在我面前，而我恨不得迈开最大的步伐跑到柏林，立即亲口向你做解释。可是这些信无论如何应该在下午寄到呀！两封信的收信人地址绝对正确，并附有寄信人地址，且在同一天发出，即便是装在不同的

---

① 赫尔伯特·奥伊伦贝格于1912年因其剧作《贝林德》获人民席勒奖。

邮袋里又怎么可能丢呢？这简直让我难以想象。若真是这样的话，就再无安全可言了，那么所有信都将丢失，这封也不例外，只有电报还能行得通。还有唯一的一条出路，即我们都扔掉笔，走到一起来。

最亲爱的，无论如何我举双手请求你不要嫉妒我的小说。如小说中的人物觉察到你的嫉妒，就会离我而去，我则只不过捏着他们的衣角而已。你想，如他们从我身边跑开，我必须在后面追，如果他们一直跑到阴间老家怎么办？小说就是我，所有的故事就是我，你哪里有一丝一毫嫉妒的余地呢？我求你了！如果其他一切都不出差错的话，所有我笔下的人物都将为了最终能为你服务而手挽手奔向你。即使有你在，我也不会和小说分手，如果我能和它分手就糟了，因为写作让我得以生存，让我跟上有你——菲莉斯身影的小船① 悲哀的是我没能跃上小船。不过，最亲爱的菲莉斯，你要知道，一旦我失去写作，我就将失去你和一切。

请不要为我的书（《观察》）烦恼，我上次的荒唐之言只是一个忧伤夜晚② 忧伤情绪的体现。当时我以为，让你喜欢我的书的最佳办法就是愚蠢地指责你。你只需在有时间的时候安静地读它，你怎么会觉得它依然陌生？

如果它是我称职的使者，即使你克制自己不再读它，它也一定会牢牢地吸引住你。

弗兰茨

1913.1.2—3

〔又及，写在每页的边上〕我一点都不知道，到底是哪封信丢了，是提到拿破仑及孩子们的还是提到法兰克福的？

哎呀，最亲爱的，如果你为了写信而在深夜起来，你可受罪了，真的受罪啊！

---

① 船图显然是指卡夫卡在1912年12月3日的信中描述的菲莉斯的照片。
② 参见卡夫卡1912年12月29—30日的信。

30日你和哪位女同事一起走回家的？一个出于嫉妒的问题：你父亲如何评价〔勃罗德的〕《阿诺尔德·贝尔》？

最亲爱的，当然我不应该现在就结束写作，这显然为时过早，现在1点钟刚过，即便兴致很高，即便偏爱更多于反感，但似乎我的反感比兴致更多一些，因此我放下了笔。最亲爱的，念到这里，请你冲我点点头，以证明我做对了，请快点，那么我真的做对了。

我觉得，咱们好像在交换彼此的不安。今天我便是那不安的一方。我很想知道，你到底有没有收到我的信。今天有好几次，我觉得如果不能立刻将你带到我身边来，自己将无法忍受。昨天晚上，在我写完前一封信并封上口之后，我躺在床上突然想到，我的信没有到达只可能有一种解释，即办公室的某个年轻姑娘出于好奇和想看笑话将信藏了起来，直到晚上才交给你。很想知道我猜得对不对。

你和人赌一瓶香槟酒，这令我吃惊不已。因为我想起很多年前同一个很好的朋友打的一个类似的涉及我婚姻的赌，差不多有十年了吧。我甚至给他写了个书面保证，至今他仍然保留着。要不是恰巧前几天这个熟人偶然记起了这件很多年没提的事，我还真想不到呢。那也是赌香槟酒，如果我没记错的话，我们赌的是十瓶上好的香槟。当时我可能想在十年后筹备一个美妙的单身汉晚会，并以为这些年里能学会喝香槟酒，谁知这一切至今都未实现。你肯定能猜出来，这个赌是源于那些逝去的所谓闲逛年月，那时有很多夜晚我都是坐在小酒店消磨掉的，不过我不喝酒。从名字上看，那都是些绝好的地方：特罗卡德罗、埃尔多拉多等诸如此类。如今呢？如今我于夜晚站在美国一个城市的街道上，像灌水桶似的，灌自己各种各样的饮料①。

我还需讲述以前那个梦吗？我几乎每个晚上都梦见你，干嘛还要说旧梦呢？想想看，今天晚上我梦见咱们庆祝订婚了。那看上去极不可能，

---

① 指小说《美国》（即《失踪者》）中的一段描写。

我也不记得多少了。我只记得半明半暗的房间里，人们都围坐在一张长木桌边，黑色的桌面上没铺桌布。我坐在桌子末端一群陌生人中间，你远远靠前，笔直站着，与我遥相斜对。我出于对你渴望将头靠在桌上向你那边窥望。你把眼睛转向我，它们很黑，但每只眼眸中间都有一点闪闪发光，如火似金。以后这个梦就乱了，我发现那个站在客人身后、听候吩咐的女仆偷吃了一口一个棕色盆子里将要端上来的稀糊的菜，然后又将勺子插回菜里。对此我勃然大怒，我将那个姑娘——我想起来了，所有一切发生在一家饭店里，那个姑娘是饭店的雇员——领到楼下，穿过一间间宽敞无比的饭店营业厅，向权威人士投诉那个姑娘的行为，然而没起什么作用。后来，这个梦消失在无休止的跋涉和匆忙中。你觉得这个梦怎么样？其实我脑海里那个旧梦比这个更清晰，但今天我不再讲述它了。

冒着毁掉你这个星期日的危险，我给你寄去我的近照，而且三张一样，因为我觉得多寄几张会使照片不那么可怕。我知道自己无药可救，闪光灯总使我看上去不正常，脸歪、眼斜且呆滞。不要怕，最亲爱的，我实际长相并非如此，这张照片不算，你别把它带在身边，我将很快给你寄一张更好的。事实上，我比这张照片至少漂亮一倍。你若不满足，最亲爱的，那就太糟了。我该怎么办呢？你另外还有一张与我的实际完全相符的照片；我真正的长相正如小说《观察》中的那样，至少最近我是那样的。无论你要不要，我都属于你。

弗兰茨

〔19〕13.1.3—4

工作又糟糕透了，最亲爱的！为什么它自己不继续下去，而像活物一样被人指挥得团团转！

你看，连快件也不能让人相信了。你的快信昨天傍晚才送到办公室，而我今天早上才拿到。这封信怎样使一个人加快了上楼的速度呀！又怎样促使他将上半身紧贴在窗户上读信(已8点45分,但天仍然很暗)呀!此举引得人们争相观望,疑问重重,读信人原来的忧虑早已烟消云散,向他们点头释疑。

紧接着第二封信到了,我们相会在法兰克福,相互拥抱,而不像现在只有空荡的房间。但你居然巧妙地令我的问题不那么锋芒毕露,最亲爱的。如果我们与她一起游戏,那么就要游戏到底,你必须看到我好坏两面。这样我会生活得更轻松些,因为你永远是我亲爱的可人儿!

我要对你说实话,此前我情绪恶劣极了,唯一正常之处就是生自己的气。我的写作不如意,其结果是我陷入麻木状态。我不觉疲惫,不觉困倦,不觉悲哀,亦无兴致,我没有力量依我的愿望将你请来,尽管恰巧我的右侧有一张空沙发像早已准备好似的放在那里,但我身陷包围,挣脱不开。

咱们在法兰克福的故事亦同样如此。正如你设想的一样,我什么事都没有,一点事都没有,只想静静地躺在床上,此间,床边沙发椅上方的钟告诉我约会的时间近了,到了,又过了。我没有道歉,什么都没说,只知道自己错了。这种情况下我给你的印象与我一些信给你的相似,而你在回这些信时,开头会说:"弗兰茨,让我拿你怎么办呢?"或诸如此类的问句。

我在用固执折磨你吗?可是除了固执还有什么能让一个固执的人相信他拥有让人难以置信、自天而降、产生于一个8月傍晚的幸福呢?

弗兰茨

〔19〕13.1.5—6

〔可能是1月4至5日夜〕

〔又及〕你不清楚你三王来朝节那天是否去上班,所以我将这封信寄到你的住处,明天我再寄一封到办公室。

只有几句话,我的可怜的最亲爱的人!已经非常晚了,所以我必须迅速动作,否则就不能给你星期日的问候了。对我来说,最重要的是不仅让我拥抱你,而且还要让你感受到我的拥抱。但我突然想起,也许我们不能碰面,因为我有种强烈愿望,在拥抱之后立即吻你,因此过一会儿我要向主宰一切的上帝解释,若能允许我首先抚摸你的手,我将心满意足,我的可怜的最亲爱的人。

弗兰茨<br>〔19〕13.1.5

可怜的,可怜的最亲爱的人,你以后千万不要勉强读这本粗劣的小说,它是我麻木状态下的作品。更可怕的是如何才能改变它的面目;货物都在(我是以怎样的激情写这本书的呀!墨水用得飞快!)车厢顶上,我舒舒服服地坐在那里,沉浸于啪啪的马鞭声中,感觉自己是个万能的主人;可货物突然从顶上坠落下来(这情况我不能预见,不能阻止,也不能就此罢休),昨天和今天都如此,它们对于我瘦弱的双肩显得那样沉重,我想,我最好什么都不干,而应立即给自己挖个墓。归根结底,没有什么比一个人的小说更美丽,更与他彻底绝望相称的地方能埋葬他。两个自昨天起就非常疲乏的人于深夜3点钟站在九层相邻的阳台上聊天[①],你猜怎么着,当我在街上冲他们喊了声"再见",然后连头也不回离他们而去时,他们竟然晕倒在各自的阳台上,苍白如死人的脸隔着栏杆相互对望。但我只是想这么做而已,最亲爱的,我并没有这么做。假如——没有假如,我又糊涂了。

今天下午我确实试着让自己睡觉,但没怎么睡着。隔壁屋里——这我事先未想到——我未来的妹夫正指挥大家做六七百张请柬,下个星期天我妹妹结婚,我的这个妹夫呀,他其他特点都很可爱,就是嗓门太大,隔壁屋里想要睡觉的我一听见这声音就觉得有人把锯子放在我脖子上。这种情况下,我当然睡不好;我总是被惊醒,然后接着睡。为了睡觉,

---

① 这是长篇小说《美国》(即《失踪者》)中的一个场面。

我放弃了悠闲的散步。但我也确实睡了个够,因此不能将我工作低效归咎于此。

最亲爱的,你父母是如何评价我的?我要知道每一个字和每一个表情。快点,长久以来你总是向我隐瞒这些。若我知道这些评语,我会觉得你在我身边,无论这种感觉令人欣喜还是忧伤,它都如此强烈,如此令我神往,因为身体接近完全不可能。这感觉对我是一种享受,我沉浸其中,长久时时注视着信,不去读它,不去思考,唯一的感觉是你的存在。我完全站在你那边,与你一起同你的父母攀谈,我融进了曾孕育了你的血液里。也许根本没有什么比这方式更亲近,再亲近一些的也许是彼此渗透。

那个"长得挺和善"的儿科医生的话题咱们还没有结束,菲莉斯。我仍然坚持认为他和法兰克福的故事稍稍对立,并且从根本上来说,无论你有意或无意,它都是你给我提的一个问题。这问题我必须回答。最亲爱的,假如我只是嫉妒,除却嫉妒还是嫉妒,那么我在看了你的叙述后便妒心愈烈。因为这个儿科医生是个如此重要的人物,以至于你为了保护自己不得不对他说假话,那么——但,最亲爱的,这只是一个嫉妒者的思维,而非我的,尽管我也非常理解这种思维。我的思路是:你和这位医生聊得十分投机,又与他一起度过了一个愉快的夜晚,他试图为自己建立这种联系,至少能在下午一起聊聊天,这看起来对你和你母亲都没有什么不好。如果拒绝建立这种联系便意味着拒绝了今后进一步接触或至少不太可能再有联系,而按你的叙述,我将单独承担这责任,菲莉斯,这些责任完全是我应该承担的。我怎样担负这责任呢?是自豪还是满意?抑或引诱别人继续增加我的责任?不,我只想抱怨,只想悲叹,我愿意这个儿科医生拜访你们,一直像在除夕之夜一样那么可爱,我希望他幽默风趣,能被你们愉快地接受。我是什么?怎么敢妨碍他?我只是一个永远爱你的影子,是见不得光的。我真无聊!——自然现在又是让漩涡反转的时候了。若我在远方得知我在前页所述的迫切希望,这儿科医生全部成功地实现了,我将被嫉妒吞噬。如果你的谎言不是纯粹发自肺腑,而是因我之故,我差不多会认为,你那一刻的声音是个小小的不和谐音——这个观点和前一个衔接得怎样？（我的回答又给你提了个问题。）只是作为漩涡，我可以从这个漩涡抽身出来吗？我根本不这样认为。

另外，我已从亲身经历过的自然疗法中得知，一切危险皆来自医药，无论这涉及眼科医生还是牙科医生，儿科医生也不例外。这支笨笔！总不知羞耻地写出如此愚蠢的东西，从不会写些理智的话，它应该写"最亲爱的你"，重复一遍"最亲爱的你"，然后又是"最亲爱的你"，除此之外什么也不写。

我对你的思念比我写给你的信更理智。昨天晚上我很长时间不能也不想入睡，躺了两个钟头，像是睡觉，其实醒着，我一直在与你进行最亲密的交谈。没有具体内容，这只是一种亲密交谈的形式，只是相互接近和倾心的感觉。

弗兰茨

〔19〕13.1.5—6

不要笑，最亲爱的，不要笑，眼下我这个愿望是非常认真的，你若在这里就好了！我经常计算，在最便利的情况下，我最快需多少钟头能到达你身边，你需多少时间来到我身旁。所需的时间太长了，太长了，长得令人绝望，即使没有别的阻力，一想到需要这么长时间我就下不了决心去尝试。今天傍晚，我从家一直走到费尔迪南大街上你们的代表做生意的房子前。看上去挺像我要和你在那里约会。但我独自围着房子走，又独自离开。在公司的黑板上我没有找到一处有关林特施特罗姆公司的事项。这个男人只称自己为一个留声机公司的总代表。为什么？我经常抱怨在布拉格只有这么少的几个地方与你有联系，至少我只知道这几个：勃罗德的住所，沙伦大街，科伦广场，佩尔大街，水果大街和那道渠。还有议会大厦里的咖啡厅，蓝星酒馆的早餐屋及饭店前厅。太少了，最亲爱的，但就这几个地方对我来说，它们在城市图上是那样的醒目！

有关你今天的两封信我有太多的话要对你说，以至你的母亲可能会看厌这封信，那时她一定会作出如下感叹：一个人如果有这么多话要说，而且又知道，要说的那些话只能使笔画出一道没有把握的、纯属偶然的线条而已，那他怎么可以只写信？

你把我的照片装入了你的心形饰盒里（不是心形饰盒，比这更讲究！），装入了你的项链挂坠里，给你的小侄女安排了个并不十分讨人喜欢的邻居，我没看错吗？你要日日夜夜戴着它？你难道没想过要扔掉这张丑陋的照片？难道照片上的我不是那么面目狰狞地看着你吗？它配得到你给它的荣誉吗？值得想一想的是，我的照片嵌在你的项坠里，而我却独坐在冰冷的房间里（看来这两天我在屋里有些着凉，真让我惭愧）。等一下，你这张难看的照片，我要亲手将你从项坠中取出，这一刻定会受到赞美。我不会只是因为菲莉斯可能会浪费在你身上的眼光而将你扔掉。

就此搁笔，已经很晚了，我的信永没有写完的时候。如果造就双手只是为了抓住你而非他物，那么写信对于手来说是怎样一项工作呀！

弗兰茨

〔19〕13.1.6—7

我最亲爱的菲莉斯，今天我在下午给你写信，因为我不知道，晚上我是否能起得了床。也许最好的选择是我一觉睡到第二天。很显然我感冒了，而且很严重；我简直不能相信，然而确实如此。即使我不感冒，也好不到哪儿去。我要喝热柠檬片，要在额头上敷热毛巾，要退出尘世，要梦到菲莉斯。要让热气驱走我的伤风和房间里的魔鬼，让我能专心致志地想你，最亲爱的。

针对邮局我不该再发怨辞吗？听着，你星期天晚上写的信我星期一上午就收到了，而你星期天上午的信我却在今天，星期二上午才收到（寄往办公室的信比较准时，我家太偏僻了）。只能是由于你的这些照片，它们不愿让我通过邮局得到。最亲爱的,你的这张照片美极了!也许不在于细节,但在于你的眼神、微笑和姿势。一些无用的东西钻进了我的脑袋,但当我看你照片的时候它们停了一会儿。我看着你,几乎如那时我第一次看你一样。我早已忘记了这个手势,但现在,我感到它又重现在我的记忆中。你友善的目光对全世界万物都合适(正如我呆滞的眼睛也适于世界万物),但我只把它给自己,并感到很幸福。

请你,最亲爱的,请不要为我的感冒伤一丝脑筋,我提到它,只是因为我愿意告诉你每一件小事,当两人面庞如此接近之时,它是怎样产生的,在现实中它应是怎样的,在梦里它常常又是怎样。一个很快就会过去的小病对我来说简直就是我自童年时代起可望而不可即的乐事。它中断无情的时间进程,帮助这个"耗尽心血的"、"完全被磨钝的"人,这个人就是我,获得一个小小的新生,这正是我目前真正渴盼的。所以我感冒了,最亲爱的,你将得到一个更可爱的写信者,他终会认识到你是如此可贵,因而不能总让你牵肠挂肚。

弗兰茨

〔19〕13.1.7

〔又及〕现在是早上 7 点 45 分。治疗已结束,我前往办公室。

出于多种原因我今天没有写信,而是与那个韦尔奇博士散步去了。在那之前,我与他的家人在一起坐了一个半钟头,他的父亲,一个对诸事都感兴趣的、聪明的小布商,给我讲述了很多早年发生在布拉格犹太城和他祖父——曾是一个大布商——时代的古老而美丽的故事。我不得不和陌生人在一起,可面对陌生人我又觉得很不舒服。这种矛盾时常在我身上出现,比如别人正向我讲述什么,而我却不能一直注视着他,假如我听其自然,我的目光就会从陌生的脸上移开;假如我强迫自己看他,则我的目光不再是自然的注视,而显得呆板。难道我要描写整晚的情形吗?不,然而由于思维的迟钝,那些专制的、次要的东西总是首先从一大堆待说的话中钻出来。此外,我觉得自己近来很少对你说什么事,即使是一些最紧要的事情,也很少回答你的提问,以至于有时我感到自己正渐渐失去你这个听众。不能这样,菲莉斯。我没有回答个别问题,这并不说明有什么不好,有什么对我不利的地方,载着我的波浪是深暗浑浊沉重的,我慢慢向前,有时也停滞不动,但之后它又继续把我推向前,一切都很顺利。这些你一定在我们相识的前三个月就发现了。

我也会笑,菲莉斯,别不相信,我甚至以爱笑大大出名,但正因为如此,以前我显得比现在更傻气。甚至发生过这样一件事,那是在一次与我们董事长的隆重会谈上——事情已过去两年,但相信将会被作为逸闻在我们公司永远流传下去——我突然笑了起来,一发不可收拾!向你描述这个男人的重要性实在太麻烦了,但相信我,他非常重要,以至于一般的职员都认为他不是生活在地球上,而是高居云端。由于我们平时没有机会与皇帝交谈,因此,普通职员都把与董事长交谈当作与皇帝交谈一样。所有大企业里都是这样。当然这个男人与每一个处于众目睽睽之下的、地位与其功绩不完全相称的人一样,身上总有那么多无法摆脱的可笑之处,但如此不假思索地、如此自然地、甚至当着这个大人物的面让自己放声大笑定是绝无仅有。当时我们——两个同事和我——由于刚被提升了一级,正穿着正式的黑礼服向董事长致谢,同时我还不能忘记,自己有义务在一开始就向董事长致以出于特殊理由的特殊的谢意①。我们三人中最有威望的那位——我是最年轻的——致了简短、得当又中肯的感谢词,一如他的作风。董事长也仔细听,一边摆出他惯有的、专在正式场合作出的姿势,那有点让人想到皇帝召见,事实上(假如人们愿这么想,除此之外又别无选择)滑稽之极。他的腿微微交叉着,左手握成拳放在桌子的外边角上,脑袋低垂,以致他花白的络腮胡子弯翘在胸口,不很大却仍稍前凸的肚子微微摇晃着。我当时的情绪一定极难控

---

① 当时工人事故保险公司的董事长为奥托·普利勃朗博士。这位董事长的儿子艾瓦特·普利勃朗是卡夫卡中学末期和大学时代的朋友。参见卡夫卡写于1913年3月10日至11日的信。

制，因为我很熟悉他这个姿势，也根本无须时时低声笑起来，虽然这可以很容易地解释为想咳嗽，特别是在董事长根本不抬头的情况下。同事清晰的声音也牢牢控制着我，他目光前视，虽然他可能已注意到我的情形，却丝毫不受影响。董事长在我的那位同事发言结束后抬起了脸，有那么一刻，一种恐惧攫住了我，吓得我笑不出来，因为董事长现在也能看见我的表情并很容易断定，那令我心中不安的、从嘴里发出的声音是笑声，而根本不是咳嗽。接着他开始发言，又如往常一样老调重弹，我们对此早已深谙熟知，他的发言胸音浓重，毫无意义，无所根据，我的同事试图用他的余光警告我，我也恰好正试图控制自己，他的警告适得其反地令我想起先前畅快的笑，在这一切发生的同时，我再也控制不住自己了，所有我可以克制自己的希望都烟消云散。开始我只笑董事长那时不时穿插进来的精致的小笑话；按理对于这类笑话人们只是抽动一下脸部肌肉以示尊重，我却笑出声来，我看到我的同事们由于怕被此举传染而惊慌失措，相对于己，我更同情他们，但我无法克制自己，我没有试着转移目光或抬手掩饰，而是无助地紧盯着董事长的脸，无法转过脸去，也许感觉告诉我，一切都不会好转而只能更坏，所以还是避免一切变化为好。当然后来我又笑了，因为我已经笑出声一次，我不仅仅笑当时的那些笑话，还笑以前的和将来的，笑所有的笑话，谁也不知道我到底笑什么；大家都开始觉得很尴尬，只有董事长还比较平静，作为一个大人物，他对世界上很多事情习以为常，另外，下属对他的不敬也根本不会对他有何伤害。若我们在这一时刻溜了出来，也许董事长会缩短一些他的发言，若一切都较顺利，我的行为虽然毫无疑问不太礼貌，但也不会被挑明，事情将像那些表面不可能却又经常发生的事情一样，通过我们与此事有关四人间达成的默契得以解决。不幸的是，至此尚未提及的那位同事（一个约四十岁、长着圆圆的、幼稚却布满胡须的脸的男人，他还是一个坚定的啤酒消费者）开始了一个简短的、完全出乎大家意料的发言。那一时刻，我完全不能理解，他已被我的笑弄得六神无主，站在那里，为了屏住笑两腮都鼓胀起来，现在居然又开始一番严肃的发言。不过，这在他来说是可以理解的。他平素爱激动，却徒有激情，最能积极附和别人早已承认的观点，如果没有他性格中可笑又可怜的成分，他那无聊的演说简直无法让人忍受。董事长这时又无关痛痒地说了些什么，让这位同事不太舒服，而且也许受我不停地笑的影响，他有点儿忘记自己说到哪儿去了，他马上觉得，这刚好是一个推出自己与众不同观点、说服董事长（推翻别人说的一切，自然即便死亡也在所不惜）的有利时机。当他手舞足蹈地讲些愚不可及的话（平时这话就让人难以忍受，现在就更不适宜）时，一切在我都成了多余的，到此时此刻一直呈现在我眼前的世界完完全全消逝了，耳边只剩下我响亮的、毫无顾忌的笑声，也许只有坐在长条凳上的公立小学小学生才会有那种肺腑之声。周围一切都沉寂下来，大笑的我最终成为焦点。我笑的同时两膝也因我内心恐惧颤个不停，为此，同事们也不由自主地笑起来。但我酝酿已久的笑中埋藏的恐怖他们却领会不到，也没有引起注意。我用右手拍着胸口，此举一部分是表示我意识到了自己的罪过（想起悔过日），一部分是为把抑郁胸中的笑全部抒发出来，就这样，我为自己的笑向大家多次致歉，也许每次都显得分外真诚，但其间我又屡屡笑起来，令人费解。自然连董事长也糊涂，与生俱来的感觉使他认为该竭尽全力恢复一切，他随便说了一句，为我的号叫作了个合乎人情的解释，现在我想起，那和他很久之前闹的笑话有关。胜利了，我第一个大笑着却又倍感不幸地踉踉跄跄跑出房间——这事是通过我后来立即写给董事长的一封信，通过跟我很熟的董事长的公子转达我的歉意，而最终大部分则是随着时间流逝才宣告平息的，自然我没有也永远不会获得彻底谅解。可是没关系，也许我当时那样做只是为了以后可向你证明我会笑。

　　现在——对董事长犯下的老罪过又遭新报应了——我写了许多却言之无物。睡觉之前再最后匆匆回答你的问题：勃罗德的《感情之巅》自然属于你，完全属于你。献辞《作为朋友》是为你而作，你不接受吗（我当然还有一份献辞）？如果这献辞还可能有其他小小的含义（实际没有，但现在我赋予它），也就是说，马克斯也是我的朋友，因此这份献辞让我有了靠近你的可能（我要充分利用想象中的靠近你的可能了），这样的话，你会不高兴吗？

不，已经太晚了，不能再写了。附上一枚今晚散步时拾到的赫勒。当时我正为某些事抱怨连天（没有我不能抱怨的事），怨气之中，我比平时更使劲地踢着什么，用脚尖把这枚赫勒从石板上踢了起来。这样的赫勒带来好运，可我不需要，而你也没有，所以我把它送给你。现在是我发现了这枚赫勒，如果是你发现的，你不是也会寄给我的吗？

弗兰茨

〔19〕12.1.8—9

〔1913年1月8日—9日〕

我最亲爱的人，今天只写几句话，很晚了，而且我很累，下午没能好好休息，也许今后几天都是这样。这将一个星期，或许更长一点时间不能写作，因为我要丝毫不受干扰地写作（目前它过多地受到了来自内心的干扰），长时间的睡眠将是唯一的补偿，但这对我来说还不够。不过我今天写的都不算数，因为我现在绝对应该去睡觉，但毫无疑问我又是属于你的，于是我徘徊在你们两者中间。

我可怜的、最亲爱的人居然写报价信！尽管我不是买主且惧怕口授记录机，却也得到了一封。在我看来，一架机器以其无声然而严肃的要求给劳动者造成的压力比人更强大、更残酷。一个活生生的打字员是那么微不足道，那么易于控制、打发、震慑和责骂，那么轻易就可以向他打听事情，让他赞叹不已，发出命令的人就是主人，然而在口授记录机面前，他失去了尊严，成了一个必须用头脑操作嗡嗡作响机器的工厂工人。怎样才能迫使那些可怜的、天生缓慢运转的头脑接受这一连串思想呀！高兴起来吧，最亲爱的，因为你无须在报价信里回答这个不容反驳的异议；至于机器的运转易于调整，且若人们没有兴趣口述命令，可把它弃之一边等等理由都不能反驳这个异议，因为提出异议的人有一个特点，即任何东西都不能让他改变已见。我注意到你的介绍材料上措词不卑不亢，没有乞求的意味，而奥地利工厂的广告，至少是此类广告却不然，另外，你的广告里也没有言过其实的地方。不是说笑，你的广告让我想起了斯特林堡，当然不是因为广告的措词，也不是因为它的产品和风格。我几乎不认识施特林特贝格，但对他我一直情有独钟；更加奇怪的是，正因为我在最初的几封信里提到了死人舞蹈和哥特式房间给我的印象，我才赢得了你的心。

你等着，下次我一定告诉你有关《回忆斯特林堡》的情况，这篇文章后来发表在《新周报》上[①]，那个星期天的上午我完全被震撼了，我发疯似的在屋里跑来跑去。

明天或后天你将收到日历和福楼拜。日历我现在才收到，可惜与我的想象差距甚远。我曾打算每天撕下一张，叠起来并给你寄去，看来这不太合适。但现在日历有了，且由于我不愿将计划中给你的东西给别人或让别人看，我还是把它寄给你。请把它挂在角落里！它的难看使福楼拜相对美丽，我曾非常想（无须申明！）亲手将其放入你手中。

好吧，现在我要跌跌撞撞去睡觉了，这个词是有意说给你听的，把你的思绪牵向我这边我就心满意足了。

你是否因为给我写信而特别辛苦，最亲爱的？其实你只写一行字我已非常高兴，以至于五行字可令我忘乎所以。

弗兰茨

〔19〕13.1.10—11

〔可能是1913年1月9至10日〕

最亲爱的，首先请你不要因为信写得太少而自责。其实就你仅有的那点时间来说，你写得太多了，太多了。

只要你一如既往坚持每天写信，那么在写信这方面我便别无他求了，

---

[①] 奥拉·汉森的《回忆斯特林堡》刊登在《新周报》上，1912年第11期第1536页和第12期第1724页。

因为其他愿望目前或者说永远都不可能得以满足,这样就可以了,尽管不是最佳状态。

和亲友们说完话我就坐在桌前给你写信,这让我很不安,因为以前我总是先写作,而当我提笔给你写信时,无论幸与不幸,我都已处在更高一级状态中。不能再这样下去了。我想,星期一我该重新开始写作了。我有很多故事要写,最亲爱的,它们都呼之欲出呢!

但有时我以由各种原因引起的悲伤为借口,其中经历了两次订婚——马克斯和我妹妹的——就是一个不小的原因。今天我躺在床上向你发表了一个长长的、抱怨这两个订婚的演讲,你一定会觉得我的演讲有道理,但我现在回忆不起下午说的一切,还是算了的好。你不知道,我躺在床上要对你发表什么样的讲话呀!我仰面朝天,脚抵床杆,为了我最亲爱的听众,我是怎样轻声地劝自己呀!我们的天赋如此迥异,我是躺在床上的大演说家,而你是坐在床上的写信专家。你到底是怎么做的?你从未向我描述过你如何在床上写信。

这两个订婚没一个让我满意,但我却为马克斯的订婚出了不少主意,也许有一些还被采纳,我妹妹的订婚至少我也从未劝她放弃。另外,我是一个糟糕的预言家,且很不会看人,这通过艾莉——我已婚的妹妹——的婚姻得以证实。她订婚时我同样觉得前景暗淡,因为我的妹妹以前是那么笨,从不能令人满意,总是闷闷不乐、急急忙忙地做一切事情,而现在,她的婚姻很幸福,她的存在已在形式上扩展到两个孩子身上[①]。尽管如此,我不能怀疑自己鉴别人的能力,因为它不觉与事实相悖,反而还非常有道理,虽然也许我以此赋予了这所谓的鉴别人的能力一个暗藏愚蠢的假象。为什么我不能忍受这些订婚的方式这样特别,好像我马上就要遭受不幸似的,其实每个预料都只与未来有关,而主要的参与者们自己都出乎意料地高兴(难道是这个"出乎意料"刺痛了我?),更何况我压根就不参加此类订婚和结婚活动(昨天晚上我未来的妹夫毫无恶意的、并未影射我不参加他们的订婚仪式的无礼行为,只是无意间开

---

① 参见《致父亲的信》

玩笑似的对我说:"晚上好,弗兰茨!身体好吗?在家里都写了些什么呀?"唉,只要人们存心,那么说话的方式也是意味深长的)。

其实我参加了,我感到两个陌生的家庭向我涌来,我妹夫的家庭甚至闯入了我自己的家中——

不,今天我不再写这些了,眼下它并不十分让人信服,也许你能猜到我大体的想法,但具体的——这才是最重要的,远方的你可惜就不能理会了。

你读这信的时候,也许我正身穿旧燕尾服,足蹬开了缝的漆皮靴,头顶过小的圆筒帽,带着一张异常惨白的脸(因为现在我需要很长时间方能入睡),作为男傧相和一位怡人、美丽、高雅、特别温柔体贴又十分谦虚的表妹一起乘车去那将要举行一个隆重婚礼的教堂。这种婚礼总令我不安,因为按照犹太习俗,至少在我们这里宗教仪式只限于举行婚礼和葬礼,由此这两件事变得如此靠近,人们简直可以看见一个正渐渐消逝的信仰的惩罚目光。

晚安,我最亲爱的人。我真是太高兴了,因为至少有一次你的星期天毫无疑问过得比我的宁静。你的母亲把这封信交给你的时候又说了些什么?

弗兰茨

〔19〕13.1.10—11

〔又及〕我又看了一遍你的信,其中有些引起我的好奇心,所以我提出下列问题:

一、"我还未取下项链上的装饰盒"是什么意思?

二、你曾在哪个朋友家?天知道这是哪一家,姓名可以使我明白一切。

三、在私家游泳池玩得怎样?这里有一句话我不能说(是关于我在游泳池的形象的,有关我的瘦弱)。

〔"异常苍白"在下面几行中被划去。〕这就是卖弄风情,我和平常完全一样，和8月份那时一样。

在泳池，我看上去像个孤儿。曾经有一次，那是很久以前的事了，我们在易北河畔的一个避暑胜地，那真是一个炎热的夏天，河边浴场是绝好的去处。但浴场很小，男人、女人都混在一起，我现在根本记不起，那里是否被分为两片。所有在那儿避暑的人都非常风趣，尽情欢愉。我却不行，有时我也鼓足勇气到女人们中去，可这种时候非常少。当然我总想下浴场，而且这种愿望膨胀得毫无限度，但大多数时候我像一只迷途的狗徘徊在河边山丘的羊肠小路上，一连几个小时盯着那小小的浴场，看它是否终于空了些并愿接纳我。我诅咒那些晚来的人，他们又把可能已松快的浴场填了个满；而当异乎寻常的炎热之后下了一阵暴雨，从而夺走我全部的游泳希望时，我悲叹不已，所有人都已享受了游泳的乐趣。我一般在傍晚时分才能游泳，但那时空气已凉爽，乐趣也不大了。有时我也会因灼热的阳光不顾一切地跳进人满为患的浴场。当然，我可以随意游水，和别人一起嬉戏，没有人会注意这个小男孩，但我不愿相信这些。

四、若有机会，我想多听一些有关你父亲的事。

你看，现在又是很晚了。但婚宴上的娱乐活动我还一点都没准备，最可恶的是，我想不出什么，也不愿想。

弗兰茨

新婚快乐！
新婚快乐！
仅有的问候。

弗·卡

〔明信片邮戳：1913年1月1日，布拉格〕

〔写在边上〕这儿还有一句话：你醒来时，没有吓得浑身是汗吗？

最亲爱的，刚才我绞尽脑汁仅仅为了想出三句至少可以欢迎参加婚礼的客人的话。终于我想好了三句话，三句话都不关痛痒。是的，如果允许我对客人们发表一番演讲，我根本不需要准备，演讲一定会脱口而出且条理清楚，我敢通过诉说我真实且可怕的感觉将大多数客人赶出大厅，而不是通过咒骂。这样，我也注定要将自己赶出去，那个坐在桌边，站起来，说三句学生用语和举杯的不是我，这一切将由我可悲的躯壳来完成。

其实我根本不想给你写这些，我给你写信原本是由于害怕。听着！我昨天的信里是否写了些会令你不安、伤害了你或甚至委屈了你的言词？这个念头吓得我透不过气来。我不能确定我是否写了，因为我现在没有写作，所以好像手掌握不了这类东西的分寸。也许我的话里没有恶意，但我写时毕竟情绪很糟，现在看来那是又粗鲁、又冷酷、又肆无忌惮、又无耻。最亲爱的，请为了让我安心无论如何将信寄还与我；不，请不要寄回来。嗨，我简直不知道自己要干什么；我陷入了怎样的境地呀！我将必须爬很长时间才能重新走出来。要是我能得到你对我上一封信，也就是你星期天收到的那封信的回信该多好啊！信里其中一段也许令你生我的气而从床上跳起来。最亲爱的，如果你生我的气，就请原谅我——就我目前的境地而言，乞求同情不是什么丢脸的事，我的处境早已很不光彩；你若已经原谅了我，就请视此信为迟到的道歉；若你根本未觉得我的信有错，就取笑我吧，还有什么比这更令我开心呢！

弗兰茨

〔19〕13.1.11—12

〔又及〕我最小的妹妹的美丽评语：正如你所知，她非常爱我，不假思索地认为一切我所说、所做或我的意见都是正确的，但她又有那么一点点诙谐的智慧，使她能同时取笑一下我，当然还有她自己（因为她总站在我这边）。毫无疑问，这个婚礼显然令我很悲伤，尽管我的妹妹不言而喻只能体会到极少的一点点，但从她对我的态度来看，她一定会觉得我的悲伤有道理。今天晚上，我们的女管家在为瓦莉（结婚的那个）收拾东西时哭了起来，引得瓦莉也哭了；她带着哭肿的眼睛跑进起居室，奥特拉（就是那个最小的妹妹）几乎还没看见瓦莉哭肿的眼睛就叫了起来："她是聪明的，她也哭了！"这话说得半认真半玩笑，意思是哭得很是时候，因为这与我的情绪相符，而瓦莉之所以聪明，是因为她凭着自己的感觉做了些符合我心情的事。

现在我去睡觉，我不愿明天也睡过头。

第一眼看见那个从开罗来的男人时我吓了一跳。他肯定是十足的德国人，但我把他看成阿拉伯人，在空荡荡的办公室，他穿着舞动的袍子在后面追我。你的写字桌旁有我的座位对我有什么好处？我这样一位远方的情人更愿做你们工厂的守夜人。


我最亲爱的孩子，婚礼已结束，前景将更加美好，一种相对而言的满足感油然而生。有时候我觉得自己摆脱了陌生的人群，若真能这样，那么怎样的牺牲都不能算大，即便是为我妹妹牺牲自己。当然你不能这样想，你也不会想到确有与这种感觉相符的事实存在，但这种感觉是赶不走的。

收到你的信、明信片和照片时，我正站在参加婚礼的人群中，当时我们正准备出发，我觉得像是你在握我的手。

最亲爱的人啊，你的照片使我获得了怎样朝思暮想的快乐呀！每张照片都展现我最亲爱的人，每张又都不一样，所有的照片都紧紧地扣住我的心弦。这些照片中的你很像你寄给我的第一张照片中的那个小姑娘。你静静地坐在那里，左手完全闲着，却又让人握不住，你显出若有所思的样子。那仿佛是人们为了亲吻你的嘴唇而精选出来的照片。你是在办公室拍的照片吗？不同的相机接口有什么不同？这张照片是否要用作广告？或者用作明信片？难道不是吗？

最亲爱的，若你今天看见我在婚礼上的情形，你会对我说些什么？和我想的一样，一切都平平淡淡，唯一令我惊喜的是婚礼真的结束了。但我没料到自己重又陷入了令人绝望的垂头丧气的境地，在那里，我远远不及所有客人中最微不足道的那位，对此，我始料未及。我曾想，此类境地已永远属于传说时代而与我无关。但现在它们再次出现，清新如一长串永无止境的日子中的第一天。只有后来当我独自在咖啡厅待了一会儿并看了道米尔的四张照片（屠夫、音乐会、评论家、收藏家）后，我才总算勉强重新回过神来。

弗兰茨

〔19〕13.1.12—13

　　你没有因我星期天的信而生气，我最亲爱的菲莉斯，而且，居然你十分疲倦且特别需要午睡，你还是为我牺牲了一部分午睡时间。至少你睡得很熟、很好吧？不过你根本没溜冰？没散步？当然你也没时间看书。在你认识我这个以你的书信为生、靠你的书信而活的人之前，你一定把时间分配得更好。告诉我，最亲爱的，以前你是如何分配时间的，要说实话！有关你在写了第一封信后就一直收到很多杂志，你还没告诉我是怎么回事。

　　有关婚礼我宁愿什么都不写，若一定要我描写那些新的亲戚和他们的朋友们，那将会把我送回我已摆脱的时日里去。我的堂妹叫玛尔塔，她具有一些好的品质，其中之一是简朴，但只有我一人注意到。我的父母（我不能抵制诱惑，在这里我要说"我可怜的父母"）居然很心疼地花了那么多钱，但还是为婚礼的隆重倍感欣喜。每顿饭后我父亲都要坐在摇椅里睡一会儿，之后他总是去商店（心脏病不允许他在饭后躺下来）。今天他又坐在摇椅里，我以为他已经睡着了（我刚吃了午饭），半梦半醒之间他忽然说："有人告诉我，昨天瓦莉穿着婚纱时看上去像一位侯爵夫人。"他是用捷克语说这话的，所有的怜爱、赞叹和温柔都凝聚在 kněžna 一词中，而"侯爵夫人"一词丝毫体现不出，因为这个词是专为形容华贵和排场而设置的。

　　最亲爱的，你有点误会我妹夫的话了。如果存在一丝评论你的来信的可能，那么不可否认他的话含有某种恶意。但现在恰恰是他对你的信一无所知，因此可以排除这种关联。大家可以对我妹夫的潜台词① 作出的唯一但尚不存在的解释是：他想说我很少顾家，仿佛我与陌生人生活在一起，而与家庭只有书信往来。他连我真正的故乡在哪里都不知道。

弗兰茨

〔19〕13.1.13—14

最亲爱的，写着写着就又很晚了，我总是在深夜 2 点钟左右想起那位中国学者②。可惜，可惜唤醒我的不是女友，而是信，是我要写给她的信。有一次你写道，当我写作的时候，你愿坐在我身边；你只要想想就会知道，那种情况下我不能写作（即便不是那样，我也写不了太多），但那样我根本无法写作。写作就是敞开心扉直至超越极限，外在的坦诚与献身使人们以为在人与人的交往中失去了自己，而且只要他还拥有理智，那么面对坦诚与献身他一定会望而却步——因为一个人只要活着，他就要生活——因此，这种坦诚与献身对写作来说远远不够。从这个表面现象里被吸收到写作中的——若没有别的情况发生且深泉干涸——是虚无的东西，它将在真实感情震撼其上层土地的那一瞬间崩溃。因此当一个人写作的时候，无论怎么让他一个人独处他也不会满意，当一个人写作的时候，他的四周无论怎么安静他也觉得不够，夜晚还嫌不晚。因此，他的时间总是不够，因为路是那样长，而且很容易迷路，有时他甚至会害怕，并在没有强制力和诱惑的情况下有了往回跑的欲望（一个以后不断遭重罚的欲望），就像从前当一个人意外地得到了他最亲爱的人的吻似的。我经常想，对我来说，最好的生活方式即带着我的书写工具和台灯住在一个大大的、被隔离的地窖的最里间。有人给我送饭，饭只需放

---

① 这里指约瑟夫·波拉克说的"晚上好，弗兰茨！过得好吗？在家写些什么？"参见卡夫卡写于 1913 年 1 月 10 日—11 日的信。
② 参见卡夫卡写于 1912 年 11 月 24 日的信。

在距我房间很远的地窖最外层的门边。我身着睡衣,穿过一道道地窖拱顶去取饭的过程就是我唯一的散步。然后,我回到桌边,慢慢地边想边吃,之后又立即开始写作。那时我将会写出些什么来!我会从怎样的深处将它们挖掘出来,毫不费劲!因为表面的精力集中并不等于使劲。只是,也许我不能长期这样干,我将在遇到第一个在这种状态下也许不可避免的挫折时精神发生错乱。你觉得呢,最亲爱的?请不要不理睬我这个地窖居民!

弗兰茨

〔19〕13.1.14—15

今天比较早,但我也很快就要睡觉,因为昨天写得较顺利,我为此付出的代价是一天的头痛(这头痛是近两个月的产物,不是 1913 年才开始的)和被梦魇搅毁的睡眠。我已经很久没能接连两个晚上好好工作了。这是怎样一部在毫无规律的工作时间里写下的小说!这是怎样一项艰难的、也许完不成的工作呀,也许写完第一部分之后不可能再留有后半生时间来写完死亡的章节。小说里肯定有许多不实之处,因为没有人可以给予这方面的帮助。

尽管昨天我一直想着,但还是忘了问,你星期天晚上的信中写道,你的背疼了一天,你感觉不很舒服,这是什么意思?难道在你本可以休息的星期天你也感觉不舒服吗?这还是我那健康的姑娘吗?这还是我那理智的姑娘吗?为什么整个星期天(从信中看来是如此)在家里与阿姨一起度过,而没去户外呼吸冬天洁净的空气?告诉我是怎么回事,最亲爱的,告诉我真实情况!我仿佛总是听见你母亲的责骂声:"这把你毁了!"但她若仅仅考虑到写信的因素——联系起来想想,她可能就是指写信——那么这一次她就不对了。对我来说,只要我最亲爱的人给我写五行字我就很满足——请在你母亲午睡的时候把我的话告诉她,让她安心——五行字虽说是很高的要求,却不致搞垮一个人的健康。可是,若那最亲爱的人总是写长长的信,那肯定是这样。可这不是我的错,妈妈,我打心眼里也要为此责备她。也许你的母亲不是指写信的事——那么我自然不知该如何回答。

你曾答应告诉我,为什么你不放弃或至少不能缩减在教授处的工作。你到底怎么到教授那儿去的?

我还要给你写有关我妹夫的事,还有马克斯和略维的事。其实我根本无所谓写谁,真正意义在于我每写一个字都觉得触摸到你,最亲爱的。这里并没有演"秘密爱情",但我们那只新来的金丝雀却在这夜晚(尽管雀笼被布蒙着)开始了一曲悲歌。

弗兰茨

〔19〕13.1.15—16

我现在就给你写信,因为不知道今晚我什么时候才会回来,且有多么疲倦。你只要想一想,我今天晚上——一个月以来,我眼睁睁地看着这个时刻一步步临近——不在家。我现在就已后悔,若今晚有一刻钟的时间不令我后悔,我就满足了。布贝尔要作一个有关犹太神话的报告①;仅是布贝尔肯定不会让我离开我的房间,我早已听过他的报告,他给我的印象是这个人相当乏味,他所说的一切都欠缺什么(当然,他也懂很多东西,他懂中国故事)。

(正巧我手边没有吸墨水纸,我一边等纸干,一边看放在旁边的《教育》中的《感情篇》,第600页至第602页。天哪!你看,最亲爱的,你看这句子:"她承认,她希望在大街上能依偎在他怀中。"这是什么句子呀!这是什么形象呀!被撕去的那一页并不意味着无力的黑夜,最亲爱的。他恰巧完全投入到那几页中并脱离了人们的视线。在第三个记

---

① 在"巴尔·考赫巴"协会的庆祝晚会上作的《犹太人神话》。其中一部分刊登在《谈犹太教选集》中,这部书由布拉格犹太大学生的"巴尔·考赫巴"协会出版,莱比锡1913年,第21页。

录里，他经历了无尽的幸福，正如你在书的附录里读到的一样。）

〔接着第一段括弧的内容〕（他，布贝尔，出版了《中国鬼怪和爱情故事》一书，据我所知，这些故事精彩绝伦①。）布贝尔之后有艾索德的朗诵，我是因为她才去。你听过她的朗诵吗？我看过她演的奥菲莉娅和《每个人》②中的信徒。她的气质和声音吸引了我③。很可能我在布贝尔作完报告后才入场。

最亲爱的，我又想起了星期天信中的那句话，虽然无益，但我必须重提旧话，那句话很令人反感，不是吗？不，不会只你一人这样看。告诉我，一个人怎么会做出这种事来。最亲爱的，我再次请求你原谅我，把一切都说出来，不要把任何对我的不满埋藏在心里，请再次明确地告诉我，你原谅了我，用墨水把那句话抹掉，写信告诉我，你已经原谅我了。我将松一口气。我当时撞见什么鬼了，写下这种话！

想想看，菲莉斯，3点已过。我看到很多，听到一些，但没有什么值得我放弃香甜的睡眠。晚安，我最亲爱的。当你静静入睡的时候，那个属于你的人还在远方游荡。你喜欢此类照片吗？随信附上的照片中那个站在角落里没穿衣服的就是奥特拉。

弗兰茨

〔19〕13.1.16，星期四下午

〔又及，写在边上〕这张照片我还要收回，它是我从奥特拉处偷来的。

最亲爱的，我又一次度过了一小时愉快的阅读时光，已经很久没体

---

① 《中国鬼怪和爱情故事》，马丁·布贝尔出版并作序，法兰克福，1911年。
② 胡果·封·霍夫曼斯塔尔的《每个人》于1912年5月12日在布拉格的新德意志剧院（柏林德意志剧院的巡回演出）上演。
③ 柏林莱因哈特剧团的女演员盖尔特鲁德·艾索德。

会过这种心情了。你一辈子也猜不到我看的是什么书,是什么让我如此高兴。那是一本 1863 年的《园亭》杂志合订本。我没有细细地看,只是慢慢将二百页厚的书浏览了一遍,看其中的照片(当时由于翻印照片很贵,杂志上照片很少),有时也看一些特别有趣的文章。这本书总是把我带回旧日时光,那真是一种享受,它让我从拗口的、但仍能使人完全理解的措词(我的天呀,1863 年,已经过去了五十年)中了解当时的人际关系和人们的思维方式,遗憾的是我不能细细体会这一切,所以我觉得有必要随心所欲地剖析它们,——对我来说,这种充满矛盾的享受难以用文字形容。我总喜欢读旧报纸和杂志,特别是上世纪中期出版保存下来的、深入人心的《德国》杂志!它与读者紧密相连,就在读者的身边,人人之间都心有灵犀,出版者和订阅者,作家和读者,读者和时代的伟大诗人都心心相印(乌兰德、让·保尔、索伊默、吕克特、《德国行吟诗人和印度教祭司》)。

今天我一点也没写,一旦我把书放到一边,因未写作而产生的不安就像恶神一样准时侵袭我。只有一个善神可以驱逐这个恶神,前者必须紧靠我身边,用有分量的话向我保证,一个晚上只字未写——即便是不好的也没有——并非不可弥补(确实如此,但这些话必须出自那张在星期日上午讥笑这几行字且让我完全信任的嘴巴)。另外,我的写作能力尽管值得怀疑,但不会如我一人在桌边(在有暖气的起居屋室,这个家庭主妇!)异常担心的那样,因浪费一个夜晚而丧失。我太累了,不能写作(其实并非很累,但我担心会太累,现在已经 1 点了),昨天我 3 点才回到家,那种时候居然还很久才入睡,后来我那异常警觉的耳朵又听见了 5 点时的敲钟声,这绝对不是钟的错。明天又有一个新的、但早已安排好的干扰,明天晚上我要去剧院——是的,这是真的。娱乐活动一个接着一个,但在这之后将停止很长时间。我差不多已一年没去剧院,以后我还会有一年之久不去,但明天是俄罗斯芭蕾舞团的演出。两年前我曾看过一次,近几个月我一直盼望这场演出,特别想看看那个任性的舞蹈演员爱德华多娃①。这次她没来，可能她只是次要角色，那个大舞蹈家卡萨维娜也没来，她病了，令我很失望，但还有很多别的东西可看。你曾在信里提及俄罗斯芭蕾舞团，说在办公室人们曾就此进行过辩论。当时是怎么回事？你跳的探戈怎么样？是叫这名字吗？是一种墨西哥舞蹈吗？怎么没有有关这种舞蹈的画片？比俄罗斯人的舞蹈和个别舞蹈演员的个别动作更美的舞蹈我只在达克罗兹②见过。你观看过他的学校在柏林的演出吗？我想，他们经常在那儿跳舞。

可我怎么会不去睡觉而谈论这些舞蹈演员呢？临睡之前，菲莉斯，我要让你的头靠在我的胸口，它比你想象的更需要你。我还有很多话要对你说，许多问题要回答你，但要说的话比咱们之间的距离还要多，还要难，两者看来都是不可克服的。

我突然想起一件事，如果你的母亲在给你此信的时候意外地说了些友好的话，那么事情将会怎样？不过，也许这是不可能的，这封信不应得到友善，可能它不会带给你任何好处，尽管在这世界上它别无他求，只要能到你的手中，它就心满意足了。

弗兰茨<br>〔19〕13.1.17—18

〔又及〕刚才我写收信人地址的时候错将你的门牌号码写成了我的，我周围的七张空沙发都亲眼目睹此事。

这是什么意思？你的母亲晚上待在起居室，而你的父亲却在卧房看书？你母亲一人在起居室做什么？

还有一件事。你夏天和冬天的工作时间是否不同，因为你写到，夏天你总是星期五下午去教堂（近几年来我只去过两次教堂——都是因为

---

① 1910 年初，俄罗斯芭蕾舞团曾被特邀在布拉格新德意志剧院演出。关于舞蹈演员爱德华多娃参见 1910 年卡夫卡日记。
② 艾米尔·雅克-达克罗兹（1865—1950 年），音乐家，一种教育改革性韵律操的创始人，著名的海勒劳尔学院院长。1914 年，卡夫卡参观了达克兹学校。参见卡夫卡 1914 年 6 月 30 日日记。

我的妹妹们结婚）。我猜想，你因为怕老鼠闹了笑话。真有老鼠吗？可怜的孩子！

3点半回到了家。早上好，祝你也祝我！

弗·卡

〔明信片邮戳：13.1.19日，布拉格〕

最亲爱的，不，你的上上封信不应该那样写。虽然你在今天的信中说要涂去那些话，但它们毕竟存在过，且我二十四小时以来一直想着那些话。难道你不知道，我是怀着怎样的心情读那些话的吗？难道你不知道我有多软弱，多可怜，在那一刻我是多么茫然。即便是今天，已是第四天我只字未写，我也没有如此痛苦。你一定知道的，最亲爱的，否则我不会感到你我如此接近，但我还是要特意写下来：当我看完你昨天的来信时对自己说："那些话不是菲莉斯的意思，她一定比其他人更认为你好，你真诚、自信，你以此满足吧。若你不能令她满意，那么你还能令谁满意呢？而且你当时所写和现在菲莉斯的答复，其实都是你的肺腑之言。你需要一个地窖，即使今天在你看来它永不会给你带来益处[①]。菲莉斯没有看出这个必要性吗？难道她看不出来？难道她不知道你不善和太多的人及物打交道？难道她不知道，即使你住在地窖，那个地窖也毫无条件地属于她（在此必须承认，再没有什么比只占有一个地窖更令人悲伤的事了）？最亲爱的，我最亲爱的人，难道这一切你都不知道？但最亲爱的，如果事实如此，我将给你带来多大的痛苦，即使一切如梦中所想一样顺利。越是一切顺利，痛苦就越大。我允许自己这样做吗？即使我的自卫意识命令我，我可以这样做吗？有时不可能性会像波浪一

---

① 参见卡夫卡写于1913年1月14日至15日的信。

样压过可能性。

最亲爱的,不要低估那位中国妇女①的坚强!直到凌晨——我不知道书中是否注明了钟点——她一直醒着躺在床上,灯光令她难以入睡,但她一声不吭躺着,也许试图用目光把学者从书本中拉出来,然而这个可怜的,那么忠实于她的男人没有觉察到这一切。天知道出于什么原因他没有察觉,他根本没有任何理由,以更高一层意义来说,所有理由都听命于她,只听命于她一人。终于她忍受不住,把灯从他身边拿开,其实这样做完全正确,有助于他的健康,但愿无损于他的研究工作,加深他们的爱情;这样,一首美丽的诗歌就应运而生了,但归根结底,不过是那个妇人自欺欺人而已。

最亲爱的,让我靠近你的身旁,留住我,不要迷惑,岁月把我抛来抛去,你要知道,从我这里你永远得不到纯粹的快乐,恰恰相反,纯粹的痛苦倒是要多少有多少,但尽管如此——请不要让我走。联系你我的不仅仅是爱情,只有爱情还太少,爱情萌发,来了,走了,又来了,但我必须完完全全融入你的内心,这种必要性始终存在。请你也留下来,最亲爱的,留下来!不要再像你上上封信那样写了。

从星期四晚上至今的这几天我只字未写我的小说,今天也不可能了。下午我必须和马克斯在一起,还有韦尔弗,他明天又要去莱比锡。我一天比一天更喜欢这个年轻人。昨天我也和布贝尔交谈了,从他个人来说,他生气勃勃、简朴且优秀,看起来和他写的那些温吞吞的东西不相干。昨天晚上俄罗斯人的演出棒极了。尼金斯基和奇雅斯特简直是两个完人,我指的是他们艺术的内涵,和所有这类人一样,他们精通自己的艺术。

然而不管怎样,从明天晚上起我又将会很长时间留在家里,不再出去。也许恰恰是因为我东游西荡给你——我最亲爱的人带来了不安。我写那封信的时候,正是布贝尔和艾索德的报告晚会后大家聚会的时候,我正在享受难得出一趟家门的乐趣,我把这误认为是乐趣,因而举止特

---

① 参见卡夫卡写于 1912 年 11 月 24 日的信。

别夸张，特别引人注目。要是我再次坐到桌边写我的小说①多好啊！要是我最亲爱的人已恢复平静并决定再次接受我带给她的、令她一度呆立的不幸多好啊！

弗兰茨

〔19〕13.1.19，星期日下午，痛苦的时刻

〔又及〕你母亲在给你此信时说了些什么？你父亲在写什么？你们什么时候搬家？你关于《观察》的提问我下次再回答。不是有两天我写作顺利，只有一天。整个星期只有一天！就这样你还阻止我去地窖！

我可怜的最亲爱的人（每当我状态不佳时，我总是说"可怜的最亲爱的人"，并且最希望能让自己满怀不幸投入你的怀抱中，你真正是我可怜的最亲爱的人，你呀），现在我疲惫如一只小鸡回到了家，头脑中除了睡意一无所有。隔壁房中又有客人，我没有躺下睡觉，如果那样，我便可以在午夜的静谧中起床、吃饭，然后给你写信，写一句美好的、请求原谅（我有什么事要请你原谅吗？最亲爱的？对此我从来都不知道，但总是觉得有），前后连贯一致的话，而是夹着这份嘈杂吃晚饭，我只能这样做，然后如有可能，我将很快在10点以前上床睡觉。

现在我又求救于你，起床给你写信。隔壁屋里妹妹和一个堂姐在说她们的孩子，母亲和奥特拉也不时插话，父亲、妹夫和堂姐夫在玩纸牌，哄堂大笑声、嘲笑声、叫喊声和扔纸牌声交错更迭，只有我父亲模仿他的外孙时这些声音才得以中断；而那只金丝雀的歌唱声压住了所有的声

---

① 这里可能是重提以前信中所说的"长篇小说"《失踪者》。

音,这只雏雀是瓦莉的,暂时寄养在我们这里,还分不清白天和黑夜。

星期日过得糟透了,我很不满意,隔壁屋里的噪音正是一个合适的结束曲。明天又要去上班,上周六我在那儿经历了一些特别不愉快的事情,另外还有那些永无止境的日常琐事,只要明天一踏进办公室,它们还将继续下去。离明天晚上还有那么长时间!最亲爱的,我特别想知道你在办公室工作的情形(为什么我收不到你的报价信?这些信的结果如何?)。那个把你接去厂房的师傅有什么事情?人们为什么给你打电话?克莱因家的人问你什么?你有哪些销售渠道?哈尔斯泰因先生是什么人?弗里德里希大街的公共留声机沙龙已经成立了吗?如果还没有,你准备什么时候办这事?除此之外,我还想给你的生意出个主意。饭店应为客人们准备一台口授记录机,这和电话机一样必要,你不觉得吗?试一试这条路子!如果获得成功,我会多么自豪。那样,我还会突然想出一千个别的主意。既然我可以坐在你的办公室里,难道我不应该这样做吗?如果我白天将脑袋靠在你的肩上,晚上想起一个小小的、可能很好笑或早已付诸实践的主意,这又有什么奇怪呢?

弗兰茨

〔19〕13.1.19

最亲爱的,白天布拉格与柏林的距离与实际相符,可是大约晚上9点开始,这一距离就延伸开去,延伸得令人难以想象。不过,我却在晚上更容易判断你在做什么。你吃饭,喝茶,与母亲聊天,然后上床,摆出殉道者的姿势给我写信,最后安然入睡(但愿是这样)。茶对你身体有益吗?它不使你兴奋吗?你居然每天晚上喝这种让人兴奋的饮料!我从不想吃喝那些饭菜饮料,迫不得已时也只好为之,我和它们之间的关系不同于人们所想。我宁愿吃这些东西。若我和十位熟人围坐在桌边,所有人都喝黑咖啡,看到这一切我便有一种莫名的快感。放在一旁的肉热气腾腾,一杯杯啤酒会被我大口喝干,多汁的犹太香肠(至少在布拉格这种香肠很普遍,圆圆的像水老鼠)可以让在座的亲友们分而食之(香肠皮很紧,切的时候吱吱作响,这种声音我自打小时候就听惯了)——所有这些,还有很多更恼火的事情都不会引起我的反感,正相反,它们让我觉得很舒服。这绝对不是幸灾乐祸(我甚至不相信有害食物的绝对有害,假如一个人受了香肠味的诱惑却不听其自然,那他简直是个傻瓜),更多的是平静,不掺丝毫嫉妒地平静地欣赏别人的好兴致,同时惊叹于离我最近的亲友和熟人竟拥有令我难以置信的口味。不过,这一切与我的担心没有根本联系,特别是当你由于开票员生病白天工作很繁重时,菜可能会伤害你的身体,至少它令你不能安安稳稳睡觉,而你又是那么需要睡眠。通常我也爱喝茶,我正沉浸在你所描述的你妹妹晚餐的氛围之中。你能不能以牛奶代替茶?就像你那时许诺父母的那样,若我没记错的话。正如你自己承认的那样,办公室的饭菜也不好。你难道上午和下午什么都不吃?

真奇怪,你居然买了布贝尔的书①,你定期买书还是根据心情好坏买书?你竟买了一本这么贵的书?我对这本书的了解只限于读过一篇详尽的评论,那里引用了很多原文。至于它不知为什么让人想起卡萨洛娃,我简直无法想象。你还写道"他的"方式,难道是译文吗?抑或是恰如其分的分工?这让我难以接受他的传奇作品②。

是的,一个月来韦尔弗一直在这里。他确实是一个好懒汉,他从莱比锡来到布拉格已有一月。他在这里公开作过报告。那是在婚礼的前一天晚上,当时我宁愿让别人把我埋葬也没兴致走出家门。

很高兴你喜欢奥特拉。你说得很对,她确实很高大,这来自我父亲方面的遗传,那个家族的人都很高大强壮。另一个没穿衣服的是瓦莉,你可能没认出来。

---

① 显然这里指的是《中国鬼怪和爱情故事》。
② 到那时为止,布贝尔出版的书还有:《拉比·那哈曼的传奇故事》,1906年美茵河畔法兰克福;和《巴尔什姆的传奇》,1908年,美茵河畔法兰克福。

晚安，最亲爱的。很晚了，金丝雀在我背后不停地唱着悲伤的歌。

弗兰茨

〔19〕13.1.20—21

　　最亲爱的，我要一再感谢你的来信。在此之前，我莫名地感到如此悲伤。在我认识的所有人中，我最反复无常。我不仅仅永远爱你，我的爱比永远还永远，因为你不害怕我的反复无常。你的阿姨克拉拉的例子对今天来说正合适，我也是那样或者类似。唯一不同的是，我不是那个姨妈，姨妈的行为人们可以忍受。今天早上起床之前，我因为没有睡安稳很悲伤，以至出于悲伤我不是想把自己扔出窗外（这对于我的悲伤来说显得太快乐了），而是倒出窗外。

　　现在我收到了你的信，最亲爱的，我赶紧给你提一个建议，即我们以后不要再为什么事情生气，因为我们两个是无辜的。彼此相距这么遥远，永远去克服这段距离是折磨人的，有时候我们会松懈，一时不能控制自己。另外还有我虚弱的体质，它只知道三种情况：拼命写作、消瘦和久病不起。这三种可能的交替组合构成了我的一生。可怜的、最亲爱的人，你敢于闯入这样的生活真是值得钦佩。纵观我三十年来的生活我可以说，我完完全全属于你。

弗兰茨

〔19〕13.1.21 下午 2 点半

〔工人事故保险公司信笺〕

我可怜的最亲爱的人,如果说这首中国诗①对咱俩的意义很重大,那么我倒有一件事要问你。你是否注意到,这首诗是说学者的女友而不是他妻子,尽管这位学者肯定上了年纪,博学和年纪这两样看来与和女朋友相处这一事实相矛盾。但诗人却义无反顾追求最后的结局,忽视了不可信的一面。难道因为他宁愿要不可信性而不要不可能性吗?他可能害怕如果不这样写,那么学者与其妻类似的对立会剥夺诗歌的明快,而留给读者的只是对诗中妻子悲叹的同情。诗中的女友很顺利,这次灯真的熄了,没有什么大的痛苦,她心中充满乐趣。如果这是学者的妻子,且那个夜晚不是某个偶然的夜晚,而是代表所有夜晚,这样当然也就不仅仅是所有夜晚,而是代表整个共同的生活,是围绕灯而斗争的生活,那么情形又会怎样呢?哪位读者还笑得出?诗中的女友因此显得无理,因为这次她胜利了,而且除了这一次胜利她什么都不要;但也因为她的美丽,她只要求一次胜利,且一个学者从不会一次就被征服,因此即便是最严厉的读者也原谅她。相反,一个妻子总是有道理的,她要求的不是胜利,而是她的存在,这是她的丈夫因读书所不能给她的,即便也许他只是假装在看书,而白天、黑夜除了他胜过一切、却以他与生俱来的无能爱着的妻子外什么都不想。在此,女友的目光一定比妻子的更为敏锐,她没有完全陷入其中,而是头脑清醒。妻子呢,她本身是可怜的、不幸的生物,她盲目地斗争着;她看不见眼前的一切,冥冥中觉得有一堵墙,那里拴着一根绳,人们可以从绳子下爬过去。至少我父母的婚姻中是这样,尽管这个中的原因与中国诗中的完全不一样。

并非我的诗集中每首中国诗都像这首似的对学者持善意态度,只是在情况类似的诗中他被称为"学者",别的时候他叫做"书呆子",与"无畏的旅行者"——一个战胜了危险山民的战争英雄——形成对比。等待英雄的是他的妻子,尽管她不安,但一看见他就特别高兴,他们相互凝望,像互相爱恋且可以互相爱恋的忠诚的人一样,那里没有女友出于好意和内心强迫而注视学者的尴尬目光,等候着的还有孩子们,他们围着

---

① 参见卡夫卡写于 1912 年 11 月 24 日的信。

归来的父亲欢呼雀跃,而"书呆子"的屋子空空荡荡,那里没有孩子。

最亲爱的,我从未想到这是一首那么可怕的诗!它向读者敞开大门,也许人们可以随意践踏它、忽略它,人类生活有很多楼层,而眼睛只能看见一个可能,但心里聚集了所有可能性。你认为呢,最亲爱的?

弗兰茨

〔19〕13.1.21—22

又是两封信,最亲爱的,你不害怕吗?难道你不知道,若我们总是每天写两封信,那么过一段时间我们的身体可能会就此垮掉,前提当然是我们恰恰现在还没有令人难以相信地垮掉,且很高兴没有人看着我们,因为那样我们会觉得害羞!再说,你昨天的午饭在哪里呢?我徒劳地在字里行间寻找它。你一定没有吃,这真是太糟糕了!寄给我新的查询单!当然,我要参与你做的一切事情。那个内伯勒不满意这个单子?你听着,我们必须狠揍他一顿。等着,今天晚上(现在已经太晚了)我要给你出一个新的主意,它将重振①你的生意。好好的,最亲爱的,我跑着去吃午饭,也同样要求你。

弗兰茨

〔19〕13.1.22

很晚了,最亲爱的,我将一无所成地去睡觉。其实我也不是睡觉,只是做梦。就拿昨天来说,在梦中我跑向一座桥或者一个码头,捡起碰巧放在栏杆上的两个电话听筒,把它们放在耳边并不断要求收听"庞图斯"的新闻,但电话机里除了一首悲伤、强劲、无言的曲子和海涛声外

---

① 奥地利语这个字的惯用法为"使活跃"、"使行动"。

什么也听不到。我明白了,人的声音不可能穿透这些声音,但我没有放弃,没有离开。

三天来我的小说进展缓慢,我以有限的能力写了这么点东西,也许我的能力只足以去伐木,根本连伐木都不成,最多只能玩玩纸牌。近来(这不是自责,只是自我安慰)我完全脱离了写作,现在我又必须重新钻进去。

最亲爱的,你哭了吗?你知道这意味着什么吗?这意味着你对我绝望了。你真的对我绝望吗?不,最亲爱的,请不要这样。我的生活是周期性的,对此你不乏经验。我总是在一个固定的、反复出现的地方绊倒并喊叫。不要跳过来(你能看清我的书写吗?一个迟到的问题),不要让自己迷惘,我已经又站直了,我总是这样。不要哭,最亲爱的!即使你什么都没写我也应该知道的,你哭过了。我就像一个印第安人对待他的敌人那样折磨你,也许昨天的那封信也有责任。饶恕我,最亲爱的,饶恕我!最亲爱的,私下里你也许认为,与你相比情绪变化无常的我,出于对你的爱,应该能够控制自己。是的,但最亲爱的,你可想到也许我已经这样做过了吗?而且竭尽我毫无疑问很可笑的全部力量?

现在我是该去睡觉还是在此之前给你的生意出主意呢?不,我还是要写,因为不能实施这些想法的每一天都是可惜的。看看,我进步有多快。不久前我建议你办一个音乐沙龙,事实证明,多年来柏林一直有两个音乐沙龙(若每一个较大的城市都有一个音乐沙龙就没什么意思了)。然后我给你出了个有关饭店的主意,后来发现,首先那主意不好,其次已过时。不管怎样,人们在半年前才尝试过此法;也许我今天的建议人们在三个月前才实行,如此,我渐渐接近了现实。

顺便提一句,有关饭店的希望不应就此放弃,作为一个勤勉的商人应在半年之后的今天重新尝试一次。没有几个饭店买口授记录机吗?也许为个别饭店无偿提供口授记录机并以此迫使别的饭店购买不失为一个好主意。饭店间的竞争通常非常激烈。

我的新主意是:

一、建立一个打字机办公室,在那里将林特施特罗姆生产的口授记录机里的记录以成本价格，或为打开销路初期以低于成本的价格转换为打字文件。如果你们为此与一个生产打字机的工厂建立起联系，也许这一切会更便宜，工厂出于广告和竞争目的一定会提供优惠条件。

二、发明一种投币后才记录的口授记录机（给工厂师傅下命令，最亲爱的！），这种口授记录机将像现今的自动售货机、小电影机[①]等等诸如此类的东西一样随处可见。每台机器上像邮筒似的标明钟点，告诉人们记录何时转换为打字文件，何时交付邮局。我仿佛已经看见林特施特罗姆股份公司的小汽车在回收口授记录机用过的滚筒并带来新的。

三、与帝国邮政局建立联系，在所有较大的邮局安装这种口授记录机。

四、另外，这种机器还应安装在所有人们虽有时间且需要写东西，却没有必需的安静和舒适环境的地方，例如在火车车厢里，在轮船上，在齐佩林飞船上，在电车里（如果是去教授那里）。在你的饭店民意调查里你有没有特别想到那些避暑旅馆？在那里，因惦记着生意而坐立不安的商人们可能会包围口授记录机。

五、要在电话与口授记录机之间发明一种连接物，这应不是很困难。相信后天你就会告诉我成功了。这毫无疑问对编辑部、通讯办公室等有巨大意义。更难一些，但也许能做到的是建立留声机与电话的联系。之所以更难是因为人们根本听不懂留声机，而口授记录机不要求清晰的发音。建立留声机与电话的联系的意义不如前者重大及普遍，只有对我这种畏惧电话的人来说是一种解脱。但我们这种人也同样害怕留声机，根本无药可救。另外有一个非常美好的设想，即在柏林有一个口授记录机连在电话上，在布拉格是一个留声机，两者进行一个小小的对话。最亲爱的，无论如何一定要发明口授记录机与电话的连接物。

唉，现在已经很晚了！我为你的生意牺牲了夜晚。详详细细答复我，但不要一次说完，否则我会被一个个主意淹没。不要每天写两封信，最

---

[①] 西洋镜似的机器，里面图像通过一个转运装置连续快速放映，这样人们会以为图像中的物体在运动。

亲爱的！要按时吃午饭！平静些！不要哭！不要绝望！把我当作一个傻瓜，他的傻气在窘况中还看不出！现在郑重说声"晚安"，吻你，因为爱情我无药可救。

弗兰茨

〔19〕13.1.22—23

没有，没有，一整天什么都没有。11点之前，我每隔一刻钟就在走廊奔跑一圈，查看每个人的手，什么也没有。我想，可能寄到家里了，回到家，还是没有。而且这恰恰发生在我们的小船有一丝摇晃的时候，当然是我的过错，你是彻底被折磨的、最可爱的姑娘，就是你。

你没有写信意味着什么？发生了一些很糟糕的事情？你呀，我的贴心人现在竟专横到在柏林生活了一天而不让我知道些许情况。上封信是星期几？星期二中午你最后一次给我写信。晚上你不能写，好；星期三白天你不能写，好；然后你写了，求你，你写了（我以过去时请求你），星期三晚上你写了，明天清早随着第一批邮件我将收到你的信并读到，你不愿离开我，即使你不把我看作人，而当成一个（我的某些信可让人有这种感觉）生病的、变得野蛮的猴子。

有时我会想起你周围的人——克莱因一家，林德纳小姐，你母亲和你妹妹——对咱们书信往来的错误想象。他们一定想象布拉格有那么一位可爱又忠诚的青年，他每天都给菲莉斯写信，只写令人感到亲切和美好的事情，这是菲莉斯应该得到的，没有人会为此感到惊奇。如果他们中有人把窗子打开一点点并在菲莉斯到来之前将信从窗口扔出去，他一定不知道，他经常帮菲莉斯的大忙。

这就是咱们之间的区别，菲莉斯。若我境况不佳（我几乎为自己近来一直这样感到高兴，这是我应得的），那是我的过错；受打击的是我，打击人的又是我，你有一丝一毫的错吗，菲莉斯？

今天我什么都没写，到马克斯家去了，他写信请我去，还当面指责我，说我们之间生疏了，不言而喻是由于我的过失，由于我的生活方式，我一周最多只去他那儿一次，且每次我看上去都像刚从沉睡中被吵醒似的。我该怎么办？我拼命抓牢时间，可时间还是被夺走。星期六我又得去马克斯那儿。他有一种不为情绪所控、即使内心痛苦不安表面也依然快乐的丈夫气质——最亲爱的，但愿明天你出现在可怕的办公室。

弗兰茨

〔19〕13.1.23—24

    我从未见你像这次生这个克拉拉姨妈的气那样愤怒。太棒了！我太爱你了！显然这个克拉拉阿姨是个怪女人，既然她的这种思路已经定型，她一定不会让自己的女儿去省剧院。我不认识你表妹，那次索菲的婚礼我没参加，不是因为我没时间（那时我只在别人要求我做事时才没空，这之外我不知道该怎样摆脱不幸，打发过剩的时间），而是由于一个简单的原因：我害怕陌生人。当时我站在教堂入口处，后来才知道那个和奥托·勃罗德走在一起的姑娘是个演员，我只记得她当时戴了一顶引人注目但并不漂亮、顶部插满白花的帽子，且姿态傲慢。真可惜我没有参加婚礼！否则也许我会与你的兄弟交谈，且在这本身并不重要的谈话中一定会说到一些能让我今天回忆起来的事情，这会被看作你——素不相识的姐姐——对我之重视的预言。总有预兆出现，所有事物都充满了预兆，但我们只有在亲身经历时才能发现。

    你为你的饮食作了很好的辩护（当我清早第一遍读你的信时竟想咬一口你夹好的面包，和你争着吃，有可能的话再喝一杯淡淡的柠檬茶，以前我很喜欢喝这种酸酸的茶），但你却不能说服我，最亲爱的。如果说我出于对你极大的爱愿意你吃香肠、肉片和类似食品，因为在我看来那种改革既不美、不好也无益，我却不喜欢你喝这么多茶，特别是有规律地喝茶。但你像所有对毒药习以为常的人一样为此辩护：你说，茶根本不浓，很容易忍受，你母亲交给你此信并称咱们的通信毁了你时，你可能也这样回答她。你没有低估茶的效力?(有关通信我就不说了,因为这即使是毒药,我也会喂你吃,在此我对自己无能为力)也许可以少喝一些。我仿佛已听见你母亲在问:"又有什么新鲜事呀?"我不敢再猜下去。星期天愉快!休息一下!

弗兰茨

〔19〕13.1.24—25

〔又及〕我已结束了此信,时间也已很晚,但还有一些话我必须说:

首先是对你的责备,你没有把为你妹定购的事交给我。我非常自豪地开始读信里相关的地方,越往下读,自豪感越少,直到我从下封信中得知我根本没有希望做此事了,已经让别人做了。你怎能如此让我感到羞愧。你难道不知道,能为你做事的想法正好可使我变得机敏,而且我会迅速无误地将货物寄出吗?为你效劳的喜悦将胜过所有的辛劳千百倍。

我当然很想看那个小家伙的照片,我总得知道我是与谁共同居住在你的项链饰盒里,且是怎样一个小人儿如此有权要求你的吻。邮局又和我开了一个大玩笑。你星期三在牙医处写的信,星期四下午才到办公室,我星期五早上才得到它,我咒骂邮局,同时沉浸在幸福之中。

告别之前再写一点:你写日记吗?这问题多余,你现在没有时间写日记。但你写过吗?有多长时间?有一次你叙述十五岁时的那次伟大恋爱时曾提及一个记录,后来就再没说过此事。现在真的说晚安了。书信往来真是太美了,结束一封信时没必要像结束一个会谈那样郑重其事地注视对方。想想,我马上还要给一个熟人写信。我将草草而就,相信只要是人的眼睛就一定认不出字来。再次下定决心:我不再继续这封信了,我去睡觉。

弗兰茨

〔再及〕你寄给我的剪报那么少,而我又给你寄了一个这么好的。难道最终你没有丢掉那关于为二十二个乌干达黑人少年行宣福礼的剪报①?

星期六 1 点钟回到家。

你知道吗,最亲爱的,我总是怀着这样的爱和忧虑想起你,仿佛上帝已用最明确的话将你托付与我。

弗兰茨<br>〔19〕13.1.26

是什么,最亲爱的?是什么驱使你穿过大街小巷?难道你真是今天照片上的姑娘,那个笑意不深不浅、恰如其分、令每个身处困境想获得安宁的人都愿意端详的姑娘?你哭了,是吗?你声称我被你打扰,其实暴露出来的只是我的无能,这你早已在我身上体验过,我怕以后还有足够的机会让你体验它,可怜的人。不过请你坦率告诉我,自从你认识我之后,你的生活发生了哪些变化,请你就在下封信里详细告诉我,在我的信迫使你落泪之前你最近一次哭泣是在什么时候,当然除去个别情况下你生那个愚蠢的姨妈和该打的旅行者的气等等。星期五怎么了,出了什么事?难道我的信中隐含了一些折磨人的东西,而我却不知道?难道以前的一封信里可恶的内容现在才发作?也许根本不是我的原因?那是什么呢?工作太累了?你不是那种没有特定的、一时有影响的原因就迷惑的姑娘。最亲爱的,告诉我!想想看,你是在对自己说!

我的小说呀!前天晚上我宣布自己完全被它战胜。它从我身边逃开,

---

① 参见卡夫卡写于 1912 年 11 月 24 日的信中附的剪报《为二十二名信仰基督的乌干达青年行宣福礼》。

四分五裂，我不再能把握它。我最好还是不写那些与我不再相关的事情。近来太放松了，以致错误环生，不愿消失。我继续工作的危险比暂时放置工作的危险大。另外，这一周来我睡觉就像在站岗，时时刻刻都受到惊吓。头痛已成规律，轻轻的、时常出现的神经质不停地给我压力，简而言之，我已完全停止工作，并暂定一星期时间除了休息什么也不干，实际上也许会长得多。昨天晚上我没再写作，就已睡得很好，哪天也没有过。假若我知道你也在休息，那么休息对我来说将更美好。

照片中你穿的衣服美极且做工简洁，下面是什么样的？你是怎样站着或坐着？你的右胳膊没照进去。那个闪闪发光的东西是项链饰盒吗？——照片是怎么照的，你看上去神采奕奕，圆圆的脸颊，清澈的双眸，这正是你母亲和我愿意看到的，然而事实上你却在深夜还醒着，在床上哭泣。

有关《拿破仑周围的女人们》一书我已经听说过①。这种类型的书我从不愿相信，即便我有兴趣且有时间去读它。里面那些事实的查证必须靠夸大其辞。拿破仑和女人们肯定不像一个观察家认为自己看见的那样有那么多事，观察家只长期观察拿破仑，他慢慢地但肯定从所有普通的人情世故角度出发拔高自己。我曾读过一篇有关拿破仑尸体的解剖报告，其中只粗略提及拿破仑对与他关系密切的女人们的态度之克制，这是众所周知的事实。除了表面的对立，他写给约瑟芬那些出于爱而感伤的信的风格及他有关性生活的言语之粗鲁也说明了这些。

为什么你认为我和马克斯关系不好？我们自相识以来从未红过脸，这算来已有十年了。当然这种关系也经历波动，就像所有人与人的关系一样，特别是其中有我的时候。所以这些年来和他相比我总是指责自己，相反，他也许什么错也没有。以后我还要详细和你谈这事，今天不行，我不能确切表述它。

现在正好是下午4点，我收到了你的快信。最亲爱的，最亲爱的，

---

① 盖尔特鲁德·克尔西艾森：《拿破仑身边的女人们》，慕尼黑，1912年。

不要徒劳无益地烦恼！我的情形比我所写的要好十倍，我的笔总是不听使唤，这就是原因。我又写了些什么可怕的内容呀！从中你可以看出，我是怎样一位伟大的作家，我要安慰我最亲爱的姑娘，但我却使她激动。这是我的不幸，我甚至得不到吻。

弗兰茨

〔19〕13.1.26，星期日

我坐在那里看了很久赫贝尔书信集①。现在时间已经很晚。他是一个懂得忍受痛苦并说真话的人，因为他觉得自己在内心最深处是有分寸的。他性格中没有哪条模糊不清，他从不发抖，自三十岁起他一直生活在两个女人中间，有两个家，在有些地方觉得自己是行尸走肉。有关他所作所为的报告他总是这样开场："如果良心的安宁可以检验行为……"我与这种人相距太远了！若我也尝试一次良心的检验，我必将留意良心的波动来度过一生。那我宁可走开，对于检验我什么都不想知道，除非我对背地里的事情预感太强，它才会对我有一点损害。

正因为如此，我不言而喻在任何事情上都是有过失的，在我与马克斯的关系上也不例外。出于爱、软弱、胆怯和其他很多（其中一些是不知道的）原因我对于他并不总是心怀真诚，在小事上我对他并非处处以诚相待，即便在大事上也不总是——但我不愿意继续写下去，我写不下去，最亲爱的，今天不能，不要因此生气，请你理解这一切。

你无须为我和他的关系忧虑，你真该看看昨天晚上我和他坐在咖啡屋里是怎么开怀大笑，他对我的友谊不会改变，同样，我对他的友谊也不会变。只是我与他友谊的重心只落在我这方面，因此，当我们的友谊波动时，只有我一人知道，并痛苦地补偿过失（痛苦是我独自从中体验到的，过失也同样只属于我一人）。我告诉你并让你焦虑的马克斯的话只是他

---

① 《赫贝尔书信集》由库尔特·库西勒编选并作传记性注释，耶拿，1908。

随便说的，他就是这习惯，很多根本与他无关的话他都不加思考、不负责任地说出来。你了解他还不够多，对我夸张的、难以驾驭的写作手法也认识不足，所以受惊了。嗨，这正是我用吻解除给你造成的惊吓之时。

弗兰茨

〔19〕13.1.26—27

最亲爱的，现在你应该在这里（一个奇怪的邀请，午夜早已过去），我们要度过一个美好、宁静的夜晚，那么寂静，以至你最终甚至会感到害怕。可怜的最亲爱的人，请告诉我，这样被爱恋感觉如何？我不要别的，只想握住你的手，感到你在我身边。愿望不大，是吗？可它却不能冲破黑夜和远方。

非常感谢你寄来的查询单。那个内伯勒对它不满意？难道没有人好好踢他一脚？这本书我还没看完，你们未来的顾客肯定没患疑心病，它却令我害怕这小小的压力，我曾整天为这个连接口授记录机和电话机的主意感到骄傲，不过我已看出，这主意来得太晚。难道连接两者之物早已存在但没有在最大范围内得到推广利用？银行、通讯社等重要的、须准确记录的会谈一定少不了口授记录机，因为那取决于最详尽的记录或有证人到场。一个话筒可让职员拿在手中，另一个可以和口授记录机连在一起，这就赢得了含有说话人自己声音的不容辩驳的证据。——查询单一目了然且可给人留下深刻印象，也许再加一张按企业类别排列的客户名单会更有说服力，同时简要介绍一下口授记录机，可根据客人指示为他们做些什么——总体说来，那个单子做得很好，它就应该是那个样子。我骄傲得简直不能克制自己要热烈地吻你，以致事实上做这个单子会让你们感到遗憾。但这是不可预见的，特别是领导预见不了。

昨天我就想告诉你，你给索菲写信我有多高兴。我请求她讲你的事，没完没了地纠缠她，当然方法温柔且巧妙，这对于我的灵活和说话技巧来说并不意外。且如果不是这样，我喜欢你也不是坏事，对不对？不要问得这么直接!

弗兰茨

〔19〕13.1.27—28

最亲爱的,我又是看了赫贝尔的信集后给你写信。我不知道,那些被市民阶层的职业和烦恼围绕的人怎么看这些信,这些信中,一个人从他被诗歌创作振奋、永远(即使是失去知觉时)奔流不息的内心世界中站了起来,充满激情地表述自己——我真的感觉他(尽管我用平静的眼睛测量,我和他相距仍像最小的月亮和太阳那样遥远)就在我身边,在我颈旁悲叹,直接用他的手指触碰我的缺点,有时候,很少,他拉我和他一起走,就好像我们是朋友。

我不能详细描述他的影响,从第一点推论出第二点我不行,在这样稀薄的空气里,生活对我来说很难,为了冷静旁观安定自己,我逃离现实战争。我思维能力的局限令人难以置信。我能在结局中体会发展,却不善从发展上推到结局或从结局一步步往下想。正好像我掉到了事情上面,但只在坠落的迷惘中瞥见了它们。

赫贝尔的思维很精确,没有任何推诿可让人试图借他的绝望来解救自己。他不仅靠一种从小就拥有的力量(他受教育很偶然,可怜地组合在一起)来思考问题,而且还靠一种也是从小就有、显得幼稚的方法。若我仔细试想这一切,他的信给我满具人情味的印象就立即中断,他干脆来践踏我。

最亲爱的,特别感谢你今天的信。天知道你在如何疲乏的情况下写的信,但你写了,当我走出办公室的时候,我的兜里有一张你昨天书写过的纸,我可以握着它,抚摩它,爱它。你想,我甚至吃了巧克力,当然是慢慢地、小心翼翼地细细咂摸,但那种尽可能参与你的生存和兴致的引诱太强烈。它也没给我造成损害,因为所有源于你的东西(在此你与我不同）都可爱、美好且无害。

弗兰茨

〔19〕13.1.28—29

我终于和别人一样经常患感冒了，这大概也属于去年夏天以来的所有新生事物之列。我感冒了，不知什么原因，尽管我的皮肤经过千锤百炼。难道最终是因为我没喝热茶，那种我认为（现在由于感冒，我的意见不再有分量了）我最亲爱的人喝了易兴奋的饮料？你知道吗，曾有一段时间我以为从不会感冒的事实中看到了自己越来越快毁灭的一个重要的标志；我总是坚信不疑，自己在越来越快地毁灭。我告诉自己（不能感冒当然只是众多标志中的一个）如此这般，我渐渐脱离了人类共同体；我注意所有可以找到这方面证据的地方，在每件小事上，我都失败；并非所有恐惧都得到验证，但每个希望都成泡影；若我与某人说一件最无关紧要的事，而他稍稍瞥向别处，我就觉得自己遭到摈斥，且没有办法让他的脸转向我并定睛不动。有一次我成功了，我让马克斯——对于这种情况他一般都视而情况越来越严重，即使有人仍喜欢我，坐近我身边，望着我的眼睛来鼓励我，甚至拥抱我（这更多是出于绝望而非爱），他用任何方式也解救不了我。我必须放任自己，我也最乐于如此，另外，我将在力所能及的范围内长时间地忍受下去。那时候，我们两个曾单独去多布里乔维奇郊游，那是布拉格附近一个美丽的地方，我们在那里过夜。有一个下午因下大雨完全荒废了，我躺在马克斯屋里的长沙发上（我们有两间房，因为我必须单独睡在一间屋里，最终你甚至会把这看作勇气，其实这只是胆怯，它源于：正如一个人若躺在地上就倒不下一样，一个人若单独待着就不会发生什么事），完全麻木，却睡不着，也不想睁开眼打扰马克斯，他正在桌边开始他的小说《捷克女》（可能你后来在柏林日报上读过这篇小说）并要完成它，于是我闭着眼睛躺在那里，听着雨声，十分无聊，雨点落在木质房顶和平台上形成一种特殊的噪音，我焦急地盼望马克斯最终完成他的故事（顺便提一句，他写得很快，笔尖仅在纸上划过），然后我可以起来，稍微舒展一下筋骨，我没有其他目的，只希望能又有兴趣重新躺到长沙发上去，继续呆呆地躺在那里。我就是这样度过很多年，若我仔细回顾一下，那是无止境的很多天。把你的手给我，最亲爱的，这样美好的日子会无止境地到来！我简直不敢握你美丽、可爱的手。

弗兰茨

〔19〕13.1.29—30

最亲爱的，不要勉强自己再给我写这么详尽的信，你的时间不宽裕，不允许你这样做，我愿意做你的好人，而不是惹你讨厌的人。只要一声问候并保证你是我的——这种情况下我就相当满意了。现在除了开票员和格罗斯曼小姐已是第三个姑娘病了，她的工作由你承担，难道你在办公室的工作负担不过于繁重吗？领导毕竟应该知道你的工作太多了。

我的境况比你好多了或者说还可以更好！若你像我一样有这么多自由时间，你会过一种美好有益的生活，你和所有人都会从中获得乐趣，实际上现在你的生活差不多是这样，尽管你直到晚上7点45分还被拴在办公室里且没有午休，这真是太可怕了。我其实什么都不做，没有哪个办公室应该忍受满腹情绪的人，况且他的情绪影响工作，你若看见我今天在办公室的所作所为你定会摇头。我桌上摊开各式各样陈旧的什物——虽不如前一段时间多，因为这期间有一周工作较好——但今天我首先应该完成交给部里的一份昨天才起头的无关紧要的报告。但不行，我什么都想不起来，另外，今天办公室进行大整理，我不得不把打字员也贡献出去，我自己却坐在机器旁，觉得自己除了会将手抱在怀里外什么都不会做。在这种时刻，连打字机也丧失了它写字的能力，若人们就这么看着它，它就像一个古老、早已过时的发明，只是一堆废铁。我差不多写了八页，明天极有可能把它们当作废纸一堆，然后重新开始这份预计二十页长的报告。像荷马史诗中英雄演讲那样滔滔不绝口授的时候极少,因此就存在危险,连少有的口述有一天也会永远停止。但是,我还活着,血液循环尽管很困难,但仍在进行。你想,除了办公室的工作我几乎什么都不干,由于我不关心工厂,我几乎不敢看我的父亲,更别说和他交谈了。最亲爱的,现在请你就我美好的生活方式表扬我一下吧!

弗兰茨

〔19〕13.1.30—31

什么消息也没有,我最亲爱的,我在办公室说,如果下午有信来,请给我送来,但什么都没有。昨天收到两封信,要是分摊一下就好了!但我未觉不安;若你还像前些天那样辛苦,你可安心漏过一天,我会在心里紧紧抓住你,而且我了解你。

我还有点感冒,或者根本就没感冒,只是我整个背部觉得特别冷,就好像一直有一个灌满了凉水的喷射器对着我,无论我走到哪里或站在哪里,它都能找到我,这也许大部分是由于心中多疑。即便现在,我在温暖的屋子里写信,仍觉得阴森森的。

若人们处于这种状态下,那么没有什么比收到一封满篇都是这种令人讨厌的事的信更让人开心了,正如我今天收到的施托索[①]的信。他也写到我的《观察》,但他完全理解错了,以至于我有一刻曾认为我的书确实很好,因为它能令施托索这样明智、文字造诣颇深的人产生这种误解,这种对书的误解人们认为不该也不可能产生,这种误解只可能对生气勃勃因而不容易看透的人产生。唯一的解释是:他粗略地或部分地(因此他每种观点不可能给人留下忠于原文的印象)或根本没看这本书。在此,我抄录相关地方给你看,他的书写根本没法认,即使你费了好大劲认为可以看懂他的字了,你也一定会搞错很多意思。他写道:"我一

---

① 奥托·施托索(1875—1936),奥地利小说家和评论家。

口气读完了您的书，您的书内容和形式安排得同样恰到好处，您书中特有的飘忽不定却掌握分寸的方法，为大大小小事件塑造的标志之轻快、其内涵之明朗，让我如沐春风，心旷神怡。书中具有妥帖适度、可谓内涵深刻的幽默，就像人们美美地一夜睡醒之后，为了提精神沐浴一番，换上舒适的衣服，满怀热切的期待和莫名的力量，开始了一个晴空万里的假日。这是敝人根据自己理解作的幽默比喻。对于一个作者来说，没有什么比他创作中明朗的文风更好的东西用来成就一位作者，并为他担保。"对这一评价我还有一个解释，我刚才忘记了：他不喜欢这本书，只要想想他的性格，这轻易便可想到。另外，这封信和今天发表的一篇褒扬过分的评论刚好相配合，评论认为这本书满含悲伤[1]。

今晚索菲（弗理德曼）来过，如果不是满背的寒气和那"根据自己理解作的幽默"，我很愿意到车站去接她。我没有你的消息时，特别愿意看到曾经和你对视过几星期的眼睛，也愿意提到你的名字，即使这一切只发生在电车短短的行程中也是好的。但下星期若我得不到你在布莱斯洛停留期间消息的话，尽管你曾答应告诉我，我便要围攻她，让她给我谈谈你。最亲爱的，她是你多好的替身呀！那样我便要拥抱所有关于你的谣言、谈话、回想和任何一件哪怕只提到过你的事，就这样。

为了不让你在法院一事中孤独无助，下星期一我将再去法院。真是麻烦！但这次没有故事来搅扰我。我更想绕道柏林去温暖的南方，马克斯和妻子星期日下午便启程去那里。该怎么办呢？

妈妈，今天请说句好话[2]！

弗兰茨

〔19〕13.1.31—2.1

---

[1] 奥托·皮克于1913年1月30日发表于《波西米亚》报上关于《观察》的书评。
[2] 此处指菲莉斯的母亲，她也在悄悄地读卡夫卡的信。参见卡夫卡写于1912年12月14—15日的信中有关言论。

下午写信①之后我才第一次坐到书桌旁。现在是几点（我把答案写在下一页，就像为了让人大吃一惊的分期小说那样）？整个下午我和韦尔弗、晚上和马克斯一起度过，现在脑子已被今天达到极限的劳累和紧张搅得够呛，8点钟才睡觉。那时隔壁和往常一样，谈笑声很大，每每我才睡沉一些，那声音便又把我拽出睡梦，使我比睡前还清醒。不过我毕竟在各种睡眠方式中，像迷盹、做梦以及完全清醒状态一直在床上待到现在，刚刚起来，给你，最亲爱的，写信，并且为我的小说把才在床上突然产生的想法记下来，尽管我对未来发生事件的顿悟害怕大于希望。我破例在桌子上发现了一顿精美的晚餐（很复杂，一定很难做），却没吃便撤走了。和我整个人一样，我的胃几天来不舒服，我想试着用饿的法子治治。比如今天我只吃了中饭。我提这些是想让你知道我期望获得成功的每件小事。

韦尔弗给我朗诵了新诗，毫无疑问，那些诗又出自于惊人的禀赋。这样一首开始便暗含了结局的诗是怎样以奔涌不断的情潮写出的啊——人们又怎样蜷坐在沙发上惊讶得目瞪口呆！这个小伙子已长得十分英俊，总是带着野性来朗诵（我却不赞成野性的单调）！他可以背诵自己写的所有东西，朗诵时要把自己撕裂一般，这时火焰包围了他那沉重的躯体、宽阔的胸膛、圆圆的脸颊（2月份他将在柏林朗诵，到时你一定要去）。自然我们也谈到你（虽没提你的名字），没有你下午对我来说是怎样难熬啊，他在《世界之友》②的（一个陌生人）之前为我加了一小段赠辞，为此林德纳小姐有些愠怒。我将把这本书寄给你，首先包装和邮寄的方式不让我担心。所以〔情感的顶峰〕〔勃罗德〕也放在我这许久了，当然这本书也属于你；我早答应过的。还有那本准备给你的法国福楼拜几星期来让我在桌子上摆来摆去，我总想找到理想的包装和邮寄方式。

星期天寄去的略维的信可否一读？他星期天在柏林演出，至少我认为可以从信中读出来，所以我施了一小计，把有关之处画出来。后来我

---

① 未保存。
② 弗兰茨·韦尔弗的诗集，柏林，〔1911年〕。

因此自责，现在很高兴你没注意到那些记号或由于别的原因没去看戏。我已让你把你的短短的自由时间为我花费得够多了，多得过头了！和略维一道来的韦尔弗讲，《柏林日报》驻莱比锡记者，一个叫宾图斯博士[①]的，我也认识他（是个很迟钝的人，对他期望不可太高），很喜欢此剧团，准备在《柏林日报》的某个专栏里写写[②]。假如你看到的话，请寄给我，我总是很关心演员的。

你的几条建议，最亲爱的，建议重新分配时间，我不敢遵从。事情原本怎样就怎样。我不能接受的话，就不高兴，但我会接受的。一到两小时用来写作是不够的（除非你没将给你写信的时间安排进去），十小时正好，既然达不到理想的时间，至少得尽可能接近而不应想自我宽恕。而最近几天我却把写作时间利用得糟糕之极，这种情况必须改变，它在葬送我，今天我又什么也没写，晚上躺在床上，对自己的疲惫和短暂的时间感到万分绝望，半梦半醒中我祈祷，让我掌握世界的存在吧，不要让我为它困扰。啊，上帝！啊，最亲爱的！

弗兰茨<br/>〔19〕13.2.1—2

最亲爱的，你可知道，你的饱经锻炼、不会感冒、铁打一般的傻瓜此刻在哪儿给你写信吗？不在空寂的冬夜，而是（不好意思）在温暖的厨房。只有起居室才有暖气，我们这么高的楼层大风天是不可能给其他房间供暖的，我房间就不曾有暖气，因为下午我想去莱特默里茨（不过也许明天去），起居室里家里人一个个都睡了，厨房里没有其他人，很安静，如果不是冰冷的瓷砖、响亮的钟声的话，这便是一间完美的书房。

---

[①] 库尔特·宾图斯，生于1886年，出版家，批评家，当时库尔特·沃尔夫出版社编辑，编辑了1919年初版的存在主义诗歌集《人类的黎明》。
[②] 这篇文章是《犹太戏剧》，早在1913年1月17日的《莱比锡日报》发表。

马克斯的婚礼举行过了,明天他就去南方,婚庆却没有特别之处,可能你也会猜到,只不过在饭店里举行个结婚仪式,其他没什么,没闹房,没婚宴,我怕人多的心情也没有经受考验。不过我经历了特殊的婚庆之喜,原因是我和索菲讲了几句话,她说要给我讲些事情,我又可以听到些什么,真不错。今明两天我不能去勃罗德那儿,但星期二我走着去。其实我不想听特别的事情,只想在索菲身旁,因为你肯和她在一起。

最亲爱的,没办法,我得搁笔了,尽管好像人硬把我从你身边拉走。星期二你会接到我的明信片。最亲爱的,不要被噩梦惊吓,一切保重。

弗兰茨

〔19〕13.2.2

衷心问候。差不多已准备好出发。我妹妹同行,在亲手签名向您问候。

弗·卡
奥特拉·卡夫卡

〔明信片邮戳:莱特默里茨,1913年2月13日〕

火车里很暗,没法写字,我也累了,周围的一切都沉睡了,妹妹在走道上正向窗边观望,现在转身望着我。雨很大。很高兴我正在返途中,之后可以给你写信,睡觉,可以写作了。

生活愉快,最亲爱的,生活愉快。

弗兰茨

〔莱特默里茨回布拉格途中,1913年2月3日〕

我到家了,最亲爱的,你拥有我了。旅行使我筋疲力尽,我则把自己搞得更疲劳,晚上还到过勃罗德家。我讲了些什么呢?自己的事讲得很多。在索菲身边我坐了两小时,就在8月份曾经坐过的位子上,你在索菲身边也曾经坐过的。我们两次提到你的名字,而我对此贡献甚微,很可能还起过负作用。你的名字首先是在另一场谈话中突然提起的。索菲说,你问候所有的人,"从勃罗德夫人开始直到卡夫卡博士"。我觉得问候的顺序正合我意,因为所有的人接受问候之后,便只剩我一个人,我可以留住你,不必让你到其他人那里去。而且使我感到温馨的是,在一群提到你的陌生人中间,我觉得自己与你更亲近,我比他们优越,我对此感到很满足。每次提到你的名字也是一件糟糕的事情,如果忍受不了,那我非得失态不可,一定会因为你和所有人都有关系感到难过。所以我试图忘记你,在大家不再谈论你之时,你的身影才又在我脑海里清晰起来。最亲爱的,你一定累了吧!我想,柏林的生活不会有所不同,大家都是这样生活的,而你又是怎样在睡眠不足的状态下承受办公室里工作的呀?不用说,不加倍努力,不损害健康,那是不可能的。亲爱的,这是远在千里之遥的我的担心。你不要以为,我认清了这一切的必然性。我知道,柏林一切都比这里更热闹、有趣(而我们这里的热闹气氛、趣味对我来说无法体味)。这种情况下,像马克斯那样的以此方式在我影响下在熟人圈子里举行一个柏林式婚礼恐怕不可能(在不修边幅、无拘无束方面我是行家)。星期一你曾处于什么样的环境中啊!我该怎样评价这一切,我根本不会给人家消遣,哪怕顺带一下也不会。我不能与人长谈。一个熟悉面孔随意一瞥也会很快使我心慌意乱。

弗兰茨

〔19〕13.2.3—4

你赢得这么多东西,幸运的心上人,自然很好,我也很高兴,但是给我写信不必用自来水笔,像以前那些信我也同样喜欢。可是人们怎样抛给你绳索把你拖来拖去!我未曾躲在角落里,想牵住你,不把你给别人。

有你母亲签名的明信片今天下午我收到了。母亲叫什么名字?安娜?你知道吗?明信片看起来很严肃,什么都有,像"问候"和"夫人",但这是给我的一份很特别的礼物——布鲁恩夫人为何如此做作?那是个什么节日?大家都坐在大桌子旁边么?你和母亲坐在哪里?

今天有个叫奥托·皮克①的人(你听说过这个名字吗?他编辑了一本名为《友好经历》的优秀诗集。也许你通过韦尔弗在《时代精神》里读过他的一篇文章),他这样写道:"我这儿有个对口授记录机有兴趣的主顾,所以我想请您再给我些材料(可能的话,告诉我价格)。"因我刚好在收到你的参考资料单那天碰到他,就马上抓住他(因为我认为他很会做生意,而且和编辑部及银行都有来往,这样,我想即使单子上没有列出编辑部或银行,也一定容易把口授记录机卖给这两种地方),晚上给他单子,派他处理这些事。现在他向我汇报。可怎么将机器送过去呢?谁知道,也许我可以找到个代理。给我点时间。现在布拉格谁有口授记录机?略维和温特贝格无疑是大公司,据我所知它在波门木材业排名第三;生意上我和它有所往来。把口授记录机给他们,最亲爱的女老板。对口授记录机我没有可推荐的,但如果就证明人的重要性,也就是说证明你是最好、最可爱的姑娘,而且你将一台不实用的机器卖掉,这机器也便因此拥有了价值——那么他们该来问问我。

弗兰茨

〔19〕13.2.4—5日

最亲爱的,在家里见到你的来信简直是件不可思议的快事。但愿这快乐不因我的某些想法带上一丝痛苦,我想如果你把散步时间也用来给我写信,如果可能写两封,没有任何理由,那该多好啊。为什么我们不经常写信,彼此靠近,直到我们紧紧地靠在一起,挽着对方的胳膊。可

---

① 奥托·皮克(1887—1940年),布拉格记者,抒情诗人和文学家,捷克语翻译家。

事实不是这样,我们被分开。最终只留下明天不会有信、至少不会马上来信的恐惧。而这封信早上就放在桌子上,没让人等得心焦,可真是一大安慰。

你星期一写信给我时,我已不在火车上,而在勃罗德家,也许还正提到你的名字,我正默念着你。

旅行还可以。开始我很反感,又得和前不久一样4点半起床,接着在湿冷的空气中心灰意冷地乘火车,换汽车,然后去亲戚家,然后去法庭,然后又一声不响地乘火车回家——结果我最后决定,傍晚启程,在莱特默里茨过夜,这样我可以顾及刚刚好转的感冒,之后在饭店里睡一觉,到星期日傍晚人头攒动的异地餐厅里坐一会儿——这使我觉得挺惬意,在那儿我愿意沉默不语。可那天晚上韦尔奇一家①却突然拉我去看戏,非去不可,我们的一个熟人第一次上台,在《尤赛特小姐——我的妻子》中扮演个角色,自然是配角,只是在第一场她突然大笑起来,做出自我陶醉的样子,胳膊弯起来,姿势有些夸张,大多数情况下她背朝观众,紧靠着房间墙壁布景,尽管如此那布景仍勾画出一个尖刻、骄傲又聪慧的女主人刻意布置过的房间,对此我总有种畏惧感。第一次上台就让她演这样的角色,有些欠考虑。

自然这出不怎么样的戏里也有几处颇具人情味,挺吸引人,也许有一天我会耐着性子把它从头到尾看完,那天第二幕之后,尽管他们一再挽留,我却没有告别就回家了,舍弃了尤赛特的一两幕和一出滑稽戏《在公民中》,取而代之的是我早早退场,回家睡觉。在家里我发泄一通对妹妹同行的不满,既然她极有兴趣同行(不仅仅以此向我证明这趟旅行不可怕),我很愿意答应带上她,虽然这一决定在10点半才作出,父亲却出人意料没发表任何反对意见,这就是说,我们在莱特默里茨有亲戚,而保持亲情在父亲来说是件大事,实现这一目的妹妹似乎比我更合适。第二天一早我们就出发了,当时天不错,可途中雨水便浇在脸上,雨下个不停。2点之前我一直在法院(没有任何决断,事情又得拖下去,

---

① 指卡夫卡朋友费利克斯·韦尔奇一家。

可我宁可挨打而不愿走出来），妹妹则一直在亲戚家。她不擅长写作（根本上来讲和我没有什么不同），因此她只写自己名字。可她不像你想的那样，她不懒；懒姑娘是另外两个妹妹，准确说是大妹。你总能在距离最近的沙发上找到她。奥特拉在我们店里干活，早上7点15分开门时她就在那儿（我父亲8点半才去），守到中午，有人给她送饭去，直到下午四五点她才回家。赶上旺季，她便守到关店门。

但是工作毕竟不累，归根到底我认识的女孩子没有一个像你那样操心劳神，也没有一个我愿像为你那样替她分忧解难。可我怎样才能做到呢？吻你，是的，从千里之外吻你！请告诉我，最亲爱的，就在下封信告诉我你怎样回答林德纳小姐，如果她不问一般性问题，而偏偏问："这人前三个月来到柏林没有？没有？为什么？他星期六中午离开布拉格，如果不成就在晚上，到柏林过星期天，晚上再回布拉格。虽然有些紧张，可也算不了什么。他干嘛不这么做呢？"可怜的你，最亲爱的，你怎么回答呢？

弗兰茨<br/>〔19〕13.2.5—6

最亲爱的，天色已晚，我累了。下午待在办公室没睡觉，做些傻乎乎的事，事故统计（你知道了我做的工作，每件我做的小事里都溢进你的气息，这样我便才有了兴致），之后的时间过得也不好（你知道吗？因为劳累我的双颊都热了）。于是我兴致百倍地走出办公室散步，路过韦尔奇的住所，看到里面亮着灯，也就是说他正在工作，我想，这倒不失为一个打扰他的好机会，因为我已很久没和他交谈了（对了，你还不知道他的职业。他是法学博士、哲学博士、大学图书馆的公务员，那儿他没什么事可做，便和马克斯一起编一本名为《观点与概念》[①]的哲学

---

① 此书为费利克斯·韦尔奇和马克斯·勃罗德所著，1913年在莱比锡出版。

著作,这本书也许本月出版)。于是我上楼,和往常一样又在空气污浊而热烘烘的房间里见到他,因为他总怀疑自己一叶肺里和喉头有病而不开窗,我发现他正兴致勃勃地读一本极难的孔恩著作——纯粹认识的逻辑,如果我没记错的话,我很高兴打断了他,却没能把他拉出令人窒息的空气去散步。假如我们只一般聊聊,也许一会儿我就能达到目的,而他总有一种令我无法理解的满足感,只要一有机会,就给我朗读新新旧旧的私人信件。而今天偏偏机会来了,所以他拉开保密抽屉,那里面所有东西都整整齐齐地 放在一起。这些全都是个人最为秘密事情的书面保存记录,信件,有别人写给他的,也有他寄出之前速记下来的大致内容,以及所有事情进展的准确情况,还有谈话速记,很久以前的思考速记。除了马克斯和我一定不会有人知道这些,你可不要认为韦尔奇爱讲话,事实正相反。但今天他要讲,他由此而生的满足和惬意越不能使我理解,我却越能忍耐他的朗读。当他为了挽留我,勉强为我打开冰冷隔壁房间的门时,我完全无法拒绝,又穿着大衣躺在沙发上,静静地听他讲下去。我爱他,但不在这种时刻——不写了!一个疲惫的、不止于困倦的吻。

弗兰茨

〔19〕13.2.6—7

我有些迷茫地坐下来写信,胡乱读了些东西,互相混杂在一起,假使有人希望用这种读法给自己找条出路那就错了。人们站在一堵墙边,无法前行。你的生活则完全是另一番样子,最亲爱的。不考虑与旁人关系时,你可曾有过不安的心情,你可曾看到各种机会只为你敞开而不光顾他人,而由此也便不能光顾到你。你可曾在丝毫未念及旁人的情况下感到自己绝望?绝望到你欲超越于所有世界法庭之上,躺倒下来,再不起身?你是否十分虔诚?你经常去神殿,但最近你一定没去过。你信奉什么思想,犹太教还是上帝?主要的是,你是否体会到自己与一个令人心平气静、距离遥远、很可能永无尽头的巅峰或深谷之间的关系？总能体会到这一点的人一定不会像一条迷途狗一样到处乱窜，凄苦难言地四面张望，一定不会自愿进入坟墓，仿佛坟墓是一只温暖的睡袋，而生活像冰冷的冬夜，也不会在通往办公室的楼梯上，觉得看到自己从楼梯间烦躁地摇着头急闪着翻跌下来。

有时候，最亲爱的，我真的认为，自己在与人交往上十分迷惘。我喜欢妹妹，现在我也为邀请她同去莱特默里茨感到高兴，通过旅行使她愉快，我觉得是件乐事，可以好好照顾她，因为能照顾别人是我心中秘密、也许不为周围人所知、所相信、永远的心愿——然而在莱特默里茨三四个小时的一同旅行、乘车、共进早餐之后，我向她告别去法院，那时我很高兴。我大口大口地呼吸空气，独处让我十分舒畅，妹妹则从不喜欢独处。为什么，最亲爱的，为什么？你可有过与你所爱的人一点相似的感受？我们没发生异常情况，因为我们友好地告别，六小时后又友好地会面。这可不只一次，明天、后天都有事情，同样的情况又要重复。最亲爱的，静静伏卧你的脚下是最好的。

弗兰茨

〔19〕13.2.9—10

〔可能写于1913年2月7日至8日深夜〕


昨晚我为什么不写信！现在在熙攘的车厢里什么也做不成。一整天我烦躁不安、不满，好像自己打断了与你的联系，这种联系恰恰是我生活需要的。为什么我听任别人拉我去散步，我原本就知道自己是陪客。然而天气这么好，我的心情又那般灰冷，就对自己说，和他们去吧，也许你的心情会好些。有个人带着自来水笔（我正用来写信），当时我想，到时候会有机会静下来给你写信。可错了，我错了。只有一会儿我扯了扯柏林，又谈了谈口授记录机便没话了。我是这么需要和你在一起，和你联系，这些却让自己给搅了。为此我真想当着四个姑娘的面打自己一顿。但等一等（这个"等"说给你听），晚上我们又可以写信，又可以心结一体。至少我已得知我属于你，在城里，在铁路和公路上，在陌生的祖父母身旁，在森林，在所有我去过的地方——最后一站。星期天的信就写到这儿。我回到人群中，但仍悄悄地握住你的手。

弗兰茨

星期日下午6时于车厢内

〔19〕13.2.9

最亲爱的，又这么晚了，责任实在在我（说一句，这段漫长时间之后我又靠近菲莉斯了，我的菲莉斯），可我没其他办法。散步后我沮丧地回家，无精打采，好像非得有个人使我振作不可，或者我干脆让自己毫无感觉。晚上我给妹妹朗读心情舒畅时写的作品①（父母今天去科林亲戚家，晚上才回来，迎接他们耽搁了我一会儿），那也许是我作品中最好的，她还不知道，我想，那是在我等你第二封信时写的。朗读使我激情荡漾，如果下午没在公路上漫无目的地游荡多好啊，也许坐下来可以写些正经东西，把自己从明显的消沉情绪中擎入高峰，而这样我便不会写东西，由自己去睡觉，很长一段时间什么也不写，对我，对你和这个世界都是一种痛苦。

昨晚我没给你写信，因为读《米歇尔·科尔哈斯》读到很晚（你知道他吗？如果不知道，就不要读他的作品。我以后给你读），那本书除一小部分前天读过之外，其余是在火车上读的。这也许已是第十遍了②。那是一部历史，我真的是怀着敬畏心情读它，它妙笔环生牢牢吸引着我，如果不是略显单薄、某些部分大跌大落的结尾的话，那便是部完美的作

---

① 可能是《司炉》，小说《美国》（即《失踪者》）第一章。
② 1913年12月中旬卡夫卡在布拉格托因贝宫当场朗读克莱斯特的《米歇尔·科尔哈斯》。见1913年12月11日日记。

品,是我想说从未有过的完美事物(因为我想,即使经典之作也有某些因人性弱点而产生的遗漏,像条小尾巴似的,如果人们愿意瞥它一眼,它便开始轻轻摇动,从而损害整部作品的特色和完美)。

最亲爱的,告诉我为什么你偏偏爱一个不幸而且注定永远不幸的青年? 今天郊游时我和一个很有头脑的姑娘一起走,她很乖巧,是我一向可以忍受的。她向我报怨她的处境(每三个月我见她一次),让我很反感。然后我们坐在桌边,一个很活泼的男孩开始拿她打趣,她则机敏地反唇击败他,就像人们受嘲弄时希望的一样。我必须划定一个我不幸的影响范围。但不要怕,最亲爱的,待在我身旁! 紧紧地靠着我!

弗兰茨

〔19〕13.11.9—10

今晚我又在勃罗德那儿,没回家作正经事或让随便什么正经事迷惑一下,而是在那儿待了很久,即使错了,我也感到舒畅,我这个在众人中鲜有舒适感的人下不了决心从沙发上站起身,马上告辞。另外威尔茨也在,我们笑得很开心;现在,即那以后两小时后,我一点儿不明白当时怎么笑得出,我搜肠刮肚,也找不出一丝笑的理由。在那儿有什么使我如此快乐呢?

索菲一向对我很友善,且有个习惯,谈话时她抚摩我,用两手抓住我,无恶意地使我尴尬。今晚她只字未提你,而总谈她丈夫,谈电报、快信和长途电话。"菲莉斯呢?"我用目光问,可她没懂我意思。只有一次提到你,却没人注意。所以另一场谈话中我对索菲说:"我想问你什么来着?"我又重复了几遍,看起来有些蠢,但我似乎真的想不起。可我又该怎么办呢? 我不能突然大叫:"到此为止吧! 现在我只想听菲莉斯的事,其他什么也不想听。"我就是这样想的,相信我。今天收到你的长信(读信时我的心自然因幸福和舒畅怦怦直跳,同时我看到星期天你窗前的好天气,你在房间里伏身写信),由此我成了显赫的主人,可显赫的主人越发贪得无厌。

最亲爱的,你回避了重要问题。我愿无意中再次感受与你共度时光的幸福。假如一切都自然而然出自我情绪最佳时对你的感情,那我们将并肩身处的柏林便不在柏林,而在云彩中。可林德纳小姐不该问这个,她只该问,为什么总给你像雪片般写信的我,不自己做呢?你该透露给她答案一部分,对另一部分缄口不语。很可能她会问的。那时你会只说、只想"我不知道"吗?

我按照片和耳闻想象的你妹妹托尼与你描述的完全不同。我曾想她们懒洋洋、沉闷且忧伤,现在她则正相反。而且她机敏,有个性,我很惊讶,同时在她面前我躲避这一点。对你妹妹艾尔娜我还知之甚少,只知道那些美丽的儿童故事。——最亲爱的,你愿把你的书目借我一天吗?我现在熟悉了你的房间,也要钻一钻你的书柜。

弗兰茨

〔19〕13.2.10—11

〔又及,写在边上〕今天收到信上的地址未写清楚,我的恐惧感难消。

最亲爱的,天又晚了;我从老习惯中清醒过来,却没有完整地做什么事,好像在等迟迟未下的雨。

对我们的柏林相会你几乎未作描述,我却盼望它已久。我有各种各样的梦想,却不知该如何说清楚,只有对梦想混合着感伤和幸福的普通感情。我们也曾在小巷里散步,那一带和布拉格老街区出奇地相似,那是晚上6点以后(很可能是梦想中确切的时间),我们虽未挽臂,可靠得那么近,就像挽着臂一般。天啊,将我想象中不挽臂、不明显地和你紧紧走在一起的景象描述在纸上是多么难啊;走过深沟时,我本可以给你演示一下,只是我们没想到。你急急忙忙径直走进饭店,我则在两步开外沿人行道边沿磕磕绊绊前行。我该怎样描述梦想中的同行呢?通常的挽臂是两人的胳膊接触于两点,我们的肩膀和胳膊则完全靠拢在一起。等一下,我把它画出来。挽臂是这样:但我们走起来是这样:你喜欢我的画吗?你也许不知道,我过去画得非常好,只是后来跟一个拙劣的画家开始按部就班地学画,埋没了我的才能。你想想看!但是我下次给你寄几张过去的画作,你便有笑料了。当时作这些画时,那是多年以前,没有比它们更让我心满意足的东西了。

最亲爱的,你一点儿不相信我的生意才干吗?在口授记录机一事上你难道不期望可以获益于我吗?我对这件事给你的问题你还未作答。你不知道你这样使我难堪吗?好像你还未请我坐就又要将我赶出你的办公室。皮克今天又给我写信来。我附上他的信,你可以看到他催我有多紧,而你对我不理不睬。即使上面所言尽是玩笑(写在纸上看起来的确很严肃),我也得给皮克一个答复。也许他希望多挣钱,他真的很卖力,最后作成几桩买卖。好吧,到此为止,最亲爱的!去工作吧!不管什么力量促使你为我费心,我都受益,因为我拥抱着你。

弗兰茨

〔19〕13.2.11—12

〔附信〕

## 奥托·皮克致弗兰茨·卡夫卡的信

亲爱的博士先生:

对您的《观察》一书商榷文章第一句改好后我就送去发表。随信附上的《佩斯晚报》像您看到的一样,裂了个口子①,请您不要生气!

口授记录机一事进展如何?请您留心一下可否再搞些介绍材料。波米亚——基希②对此很有兴趣。银行的人很想在谈判开始前看看口授记录机实物操作。

---

① 奥托·皮克对《观察》的书评,发表在1913年2月9日布达佩斯的《佩斯晚报》上。
② 埃贡·艾尔文·基希(1885—1948),捷克杰出的报告文学奠基人。——编者

21日我将朗读 L·舒勒的东西，但达尔曼不来。她那天没空。希望您一定来，此前也欢迎您。

衷心问候您的　奥托·皮克
〔19〕13.2.10 于布拉格

如果你的信像今天一样一早就到，那是最好不过的，其后一整天从晨起开始便属于你。你的信晚到一点或者回家才见你的信，则半天不知到底属于谁，恍惚不定，搞得我头痛。不过头痛一定还有其他原因，因为这现在几乎是家常便饭。我很少散步，很少睡觉，这可怜的一点儿睡眠质量不高，时间短，这种情况下我只要写出好作品就能生活，假如写得出好作品，便有了治疗全部痛苦的良药，便是幸福。可我什么也没写，像一匹困在马厩里的老马。

你看，晚上我们都在互相答复对方或者料知对方的问题。星期五晚上，我没有意识到那是星期五，却问自己，你是怎样作祈祷的，星期五你定要去神殿。昨天我问，何时我能拿到介绍材料，今天我就得到了不令人满意的答案（假如皮克一定要做生意，他该怎么做呢？他是否该和阿德勒联系？怎么联系？）。昨天的信我最终谈到拉斯克·舒勒，今天你就问起她。她的诗我无法忍受，那些诗卖弄辞藻，除了空洞、令人反感之外就只有无聊，再无他物可言。她的散文同样让我厌烦，文章里活动的是一个精神过于紧张的大城市女人未经筛选、毫无条理的思想。可也许我完全错了，有许多人都喜欢她，比如韦尔弗谈起她来神采飞扬。是的，她生活得不顺利，据我所知，她第二个丈夫离开了她，也有人在我们这里交流她的种种传闻；我不得不花五克朗，却毫不同情她。我不知根本的原因在哪里，但我总认为她贪食，每晚她都穿梭于各咖啡店之间。从皮克的信里你可以得知他要作个关于舒勒的报告，那也是为她而作。

你知道吗，最亲爱的，我得提防那些不了解我、尤其是我不喜欢的人在给你的信里说三道四。为了报复我给他们的评价，他们默不做声任人将他们评论个够，当别人无力抵抗他们时，他们忽然蜂拥群起，想以他们丑陋又平庸的言行向你诋毁我。去吧，你这个拉斯克·舒勒！来吧，最亲爱的！没人横亘在我们中间，没人围住我们。你说的对，一个做姐姐的不能完全属于另一个人，别人对她来说可能都是多余的。可假如一个人缺乏赢得他人的力量，他该怎么办呢？

弗兰茨<br>〔19〕13.2.12—13

〔附言〕

你为你妹妹艾尔娜的事而向教授建议的时候，他说什么？

我在阳台门旁站了许久，在外界寻找问题的答案，我该去德累斯顿吗？我根本不知道你在德累斯顿做什么，我是否和你一起去，你有特别的事情吗（我的意思是说你为什么突然出门，你是否要在德累斯顿过夜）？假如我在饭店门口等你，找个可以看到你吃中饭的座位，是否会妨碍你。可事实上所有的顾虑都不会阻止我去德累斯顿。在家里我的精神状态让我偏爱漆黑的房间而不是明亮的起居室，这状态使此次旅行成为一大壮举，同时也是危险的举动，因为，你，最亲爱的，是此次旅行的目的，你的妹妹第一次见到我会说什么，你会说什么？不，不。我就待在我现在这地方，只是比以往低沉、不安，因为你离我更近，却让我见不到。老人们，我们的母亲们也许会一言不发决定旅行，我下不了决心。

生活愉快，最亲爱的，度过一段平静的时光。原谅我，你在德累斯顿我还拿信追踪着搅扰你。柏林有封星期天写给你的信，没新鲜事，只是上星期中一些没完没了的乏味的琐事。

弗兰茨<br>〔19〕13.2.13

今天第二批邮件才接到你的信。这是不是说上午你的眼睛仍在发炎，你没去上班？可你在一段短小附言中告诉我就好了。真的是因为一粒尘埃或短发钻进眼睛吗？虽然这会使眼睛不舒服，却不会发炎。难道你们那里没人知道把眼皮翻开可以清洁眼睛吗？我会清洁眼睛，但血淋淋的大手术总让我难以忍受，而我偏偏从未自己动手治疗身体小疾，也几乎未观察过别人操作，因为那使我想起手术，将它清晰地显现在我脑海，让我相信，人体构成的确残忍原始，在机体里储存有那么多机理。你难道一点儿不害怕翻眼皮吗？一想到别人得给你小施手术，我就不寒而栗，自然他们完全出于好意。

最亲爱的，今天是让你作出下列承诺的好机会：你有责任履行下面的义务，而且还要作出令人信服的保证：你要把每一丝不适都清楚、如实写信告诉我，千万不要给真实描述以说明解释，我想在远方为你清除痛苦，哪怕一点儿也好。你看，我不要求你夸大其辞，夸张不要让人识破，但我时常这样做，很大程度上出于天性，并非不考虑你。

昨天我收到关于你的小说改稿（《判决》）。我们的名字排写在一起多好啊！你会在读小说时后悔同意了其中提到你的名字（自然只写为 Felice B.）吗？因为不论你给谁看，谁都不会喜欢这部小说。你的慰藉及其方式在于我不管你的阻拦都加上了你的名字，虽然献辞微不足道且尚存疑点，却标志着我对你毋庸置疑的爱，它的存在不依赖于应允，而是强迫。另外，书的修改还需些时间，此书编辑已耽搁了，出版恐怕还需等几个月。

最亲爱的！看，时间似乎在我面前无限延长，不写作的时光将我抛来掷去。整个晚上我盼望给你写信。现在我在写，累了，或者好像写累了，眼睛无神，打着哈欠，就此搁笔。

弗兰茨

〔19〕13.2.13—14

即使几天前我未打算今天去看《希德拉》①（魏德金德和他妻子自然登台表演），今天收到你第二封信后我无论如何也得去。你看，虽然我们相隔遥远，很少有人注意或愿意相信，上帝不愿借链条将我们缠绕在一起，我们却通过坚固的绳索相互联系。最亲爱的，你如现在去看《贝尔哈迪教授》，那这条不容怀疑的绳索也会一起牵着我，我们两人都有坠入这出拙劣剧作的危险，施尼茨勒大部分作品给我这种印象。为了自我保护，我有责任不随绳索而动，而去看《希德拉》，稍稍让你少受《教授》之影响，保护你，给你因《贝尔哈迪教授》激烈跳动的心带去魏德金德台词的精彩片段，让我心灵免遭伤害，忍受施尼茨勒的影响，它今晚向我飘来，而我贪婪地接受，只因为它来自于你，最亲爱的。我根本不喜欢施尼茨勒，几乎不敬慕他；他一定小有才华，但他的伟大剧作和伟大小说对我来说只不过是一堆平淡无味的文字。人们无法深读。我看过他的几部剧作（《插曲》，《人生的名誉》，《梅达图斯》）如过眼云烟，我一边仔细听，却一边忘。只在看到某些场景，看到虚幻梦境，看到连我手指尖也不想轻触的柔情蜜意时，我才明白，他怎会从开始写一部部优秀作品（《阿那托》，《轮舞》，《古斯特少尉》）发展至此。这封信里我根本没谈魏德金德。

够了，够了，我怎么又说开施尼茨勒了，就像上次那个拉斯克·舒勒，他定要横插在我们中间。最亲爱的，你是一人看戏吗？为什么这般突然？你的眼睛好了吗？痊愈了吗？现在，也就是晚饭之后，我在晚报上见到你们那里未婚王子夫妇的照片。两人正在卡尔斯鲁厄一所公园里散步，挽着胳膊，却还不满足，又将手指勾起来。我足足盯着那紧勾的手指有五分钟，否则就是十分钟。

中午真想找个洞钻进去，原因是读到马克斯在新一期《三月》上给我的书作的书评。我早知道，那会发表，却不知内容。已有几篇关于我的书评发表，自然都出自熟人之手，他们的过誉、注释毫无用处，只能解释为误入歧途的友情，高估我的书，误解公众与文学的关系。这些文

---

① 弗兰克·魏德金德的话剧《希德拉或存在与拥有》1913 年 2 月 12 日在新德意志剧院举行首演。

章最终归入文学批评之大流,但愿它们不是可悲的、为虚荣心所日渐磨损的尖刺,人们是会听任虚荣心发展的。马克斯的书评简直登峰造极。他对我的友谊最具人情味,其根基还远远未达到文学水平,即使如此,这友谊也强大无比。他盛赞有加,其方式令我羞愧难当,又纵容我的虚荣和骄傲,而他却理所当然地将根据自己艺术积累和能力作出的真实评判,将这纯粹的评判掩藏起来。尽管如此他还那样写。如果我自己写文章,处于写作的长河并随波漂流,我一定不理睬书评的好坏,我会在思想上吻他、感谢他的厚爱,书评本身则与我无关!但可怕的是,我得对自己说,我对马克斯文章的评价与他对我的评价并无两样,只是我有时意识到这一点,而他不。

最亲爱的,最亲爱的,我这星期天愚蠢的脑袋里真的没有好主意可以给你!我无意中传达给你的坏想法在最具美好本质的你面前都定会变成好事,假使我不知道这个,我便不会将这些东西原原本本地写给你。

随信附上我住马德里的舅舅(阿尔弗雷德·略维)(他六十岁,铁路督导员)的信,随你怎么想他。最亲爱的,你不愿让我有机会读读你亲戚的信吗?比如你住布达佩斯或德累斯顿妹妹们的信。这样我可以了解包括我在内的你的生活圈。我还没有你的书目。一个人可以向他爱的人要求很多吗?最亲爱的,如果我要求太多,你就告诉我。我知道许多你的情况,而你心中对此却感勉强,这种交换可不好。

弗兰茨

〔19〕13.2.14—15

最亲爱的,只匆匆写几句,这封信才赶得上你的第一批邮件。请你忘掉昨天那封讨厌的信吧。假如昨天时间不晚,我还有力气再另写一封,我不会将那封信寄走。但我们定期写信,我顾不得其他。也许当时我也反感——巧妙道歉——就如同你星期天收到信的感觉。像往常一样,我今晚就那封信和其他可能引你反感的邮件向你谢罪,最后右肩疼痛难忍,我不得不祈祷,那些信一大部分都是我在疼痛引起的昏沉倦怠中熬夜写出的。现在好了,我愿以忍受疼痛来赎罪。于是又说些胡话,为下次赎罪作准备。我是个真正的不幸者,你,最亲爱的,一定被卷入到平衡不幸的进程中来了。

弗兰茨<br/>〔19〕13.2.16

最最亲爱的,再给你匆匆写上几句。我睡了一小会儿,又醒着躺了许久,天色便晚了。但愿你度过一个比我愉快的星期天。我面前有一张马克斯和艾尔莎(勃罗德)从里维艾拉或者最好说是蓝色海岸边的圣拉斐尔寄来的明信片,因为我请求他们帮我寻一个秋天还依旧炎热的去处,在那儿可以吃素食,可以永远健康,可以不觉得孤独,即使孑然一身,无人交谈(当然不一定非得孑然一身),那里连白痴也通晓意大利文,简言之,一个妙不可言的去处①。现在马克斯讲,圣拉斐尔便是这样一个地方。你说呢,最最亲爱的?

现在我向你跑近些,当然只能到火车站。

弗兰茨<br/>〔19〕13.2.16

最亲爱的,今晚我独自一人冒着严寒(难道我又感冒了?我的脊梁或真或幻地感到了寒冷)散步,走了很远的路,我穿越整个城市,穿过赫拉德欣,绕过大教堂并横穿贝尔维德拉,我在脑海中给你写去无数封信,纵使这种笔耕无法使你得知细节,你也想必已再次心领神会——若

---

① 参见卡夫卡 1913 年 2 月 4 日写给艾尔莎和马克斯·勃罗德的明信片。

非如此，我会茫然不知所措的，你会知道我在贯穿我生命的那些喜怒无常和虚弱无力的状态下写给你的一切中可能很容易显示出一种令人厌恶的、做作的、肤浅的、卖弄的、虚假的、恶意的、不连贯的外表，抑或根本不仅仅是看似如此，而是的确如此，然而，然而，在内心深处，在有时连自己都难以进入的内心深处，我能意识到并正确地评价我所做所写的一切坏的东西，我无助地哭泣。菲莉斯，你爱我，这是我的幸运，但我对此没有把握，因为你可能弄错了，或许我在信中卖弄了一些迷惑你的本领，你几乎没有看到过我，没有听到过我讲话，没有被我的沉默所折磨，并对我在你身边可能会给你带来的偶然和必然的种种丑陋一无所知。不如说我敢肯定的是**我**爱你，我在那个短暂的晚上认出了你，我被你所感动，我不比这种爱情更软弱，相反我经受住了这一考验，此爱同我与生俱来，就仿佛它随我一同来到了这个世界上而我只是现在才意识到这一点罢了。

　　最最亲爱的，切莫低估了当你听说你母亲偷读我的信时我所受到的惊吓（你父亲可真是一个奇怪的人！他看起来粗壮又严肃，喜欢轻松的生活，读小说时会哭泣，当你在这一看似不光彩的事情上受到你母亲责备时他又替你说话！）。这实际上并非是对母亲的恐惧。我觉得不是的，你好好想想。你在家中已足够独立，你母亲也曾读过我给你的信，据我所知这并未造成特别的后果。不如说那个消息的真正后果是，你亲那道陌生而冷漠的目光穿进了你，最最亲爱的，向我奔来的（正如你刚才在梦中带着梦幻般的惬意越过栏杆跳向那行将沉落之物一样）那个小小的（上帝，实际上无比巨大的）空间，这目光让你不寒而栗，令你沉思，因为它让你得以从远处看看你迄今为止只从最近处看到过的东西。我们要又能单独相处并不受干扰该多好！

弗兰茨

〔19〕13.2.16—17夜

最最亲爱的,想象一下我的不幸,我的愤怒,我的不安,我的忧虑和我的爱情。晚上我去了勃罗德家的新居(索菲早已不在,马克斯星期四回来)。然后我静静地去散步,顷刻便很高兴可以静下心来给你写信,接着便睡觉,睡上一大觉以驱走我的疲劳和感冒。正想着便遇到了皮克,他拉着我,拉着我(由于我根本不与人接触,除非是作为机构的代表,我便想我大概得向所有人屈服),于是我便跟他去了。我们在一间空荡无人、没有生火的咖啡屋里坐了一整夜,倒也不是太无聊。现在已是凌晨3点半,我坐在屋内,尽管屋子很暖,却感到有股冷气穿过脊梁,我说不清这冷气来自何处。最最亲爱的,我还得对你说,你只是粗粗地读了我星期天的那封信①,否则这是不可能的,那封信中有太多令人讨厌的东西(这个有机会我还将对你解释),所以我很高兴你只是粗略地读了此信并请求你不要最后又去把它再读一遍——但是信中不可能也不应该有片言只语讲到了我们之间存在的、可能正在断裂的纽带。最最亲爱的,我还不至于疯狂到对自己加以宣判或诅咒那个比你胸前我的相片更多地属于你的我的地步。你怎么可能在我的信中读出此类意思,你又是用怎样的眼光读到这一切的呵?

而你又是用怎样的手,在怎样的梦中写下我完全获得了你的句子?最最亲爱的,你可以在某一瞬间,在远方相信这一点。但在近处的、长久的获得则需要不同于驱使我的笔不断写下去的肌肉游戏的力量。你好好考虑一下,自己不也相信这一点么?有时候我觉得,我几乎总是超越其上渴望现实的这一信中交往是唯一符合我的不幸的交往(当然我并不是总觉得我这种不幸是不幸),觉得逾越这一为我划定的界限会导致我们共同的不幸。最最亲爱的,我有足够的想象力对自己说,如果我替自己考虑,就得留在你的身边,依偎着不放开你,相反,我如果替你考虑(我们如何融为一体,而我脑海中又是一片模糊,这正是其糟糕之所在),我就该竭尽全力远离你。上帝啊,这会是怎样的结局!可是现在你看,我最亲爱的菲莉斯,我本该寄出这封可怕的信,但3点钟已过,我不能

---

① 指卡夫卡2月14日至15日夜里写的信,菲莉斯应在星期天收到此信。

再写另外的信了。我只想说，上封信中所有你不喜欢的地方都不是真实的，也不是那样的意思；尽管这是完全真实的，也是那样的意思，但我是如此地爱你，以至我也会说假话——甚至——相信这些假话，如果你的目光说你愿意。菲莉斯，有时候我觉得你完全控制了我，请把我变成一个胜任不言而喻之事的人。

弗兰茨
〔19〕13.2.17—18 夜
〔工人事故保险公司信笺〕

最最亲爱的，我昨天的信刺痛了你。开信箱前我就想把它收回，但告诉我，如果那样一个时刻像昨天那样在深夜向我突然袭来，我该怎么办？难道我不该把它写出来，或者该把它留给我自己？过去几天我的确有些不对劲，我本不想写的一些来自外界的但其根源想必是在隐秘的心底深处的句子总是挤进我的信里。最最亲爱的，请不要理会它们，平静地容忍它们或者责备我吧，我只求你留在我身边，不要悲伤，不要哭泣，让我留在你身边。

弗兰茨
〔19〕13.2.18

请帮助我，最最亲爱的，我请求你补救我在过去几天里惹下的麻烦。或许根本没有发生任何实质性的事情，而如果不是我大惊小怪，你也不会注意到什么。但是这闯入我麻木不仁的心灵的焦虑却困扰着我，于是我便写下不负责任的话，或者说我担心自己随时都可能这么做。这些错误的句子窥视着我的笔，盘绕在我的笔端，如此便一同写进了那些信中。我认为一个人绝不会没有能力去完全地表达他想说或想写的东西。

有关语言欠缺性的说明及文字局限性和感情无限性之间的比较是完全错误的。无限的情感体现在文字上一如在内心深处一样无限。内心清晰的东西反映在文字上也必然是清晰的。因此我们永远不必替语言担心，但在看到文字的时候则常替自己担心①。有谁能自己知道自身情况如何呢？这汹涌的、辗转的或者泥泞的内心便是我们自己，但在文字从我们心中涌出的那条悄然形成的道路上，我们的自我认识便显现出来，纵使这一认识依然是隐蔽的，但它毕竟呈现在了我们面前，看上去或令人愉快，或令人恐惧。最最亲爱的，请为我辩护，原谅我在前一段时间自己写下的那些令人厌恶的话。告诉我你洞察一切，但依然爱我。前不久我写下了针对拉斯克·舒勒和施尼茨勒的污辱性文字。我那时是何等正确！但他们两人还以天使的身份飞越了我在这个地球上所处的高度。还有马克斯的赞扬！他称赞的实际上并不是我的书，这本书已经出版了，这一评价尚有待验证，如果有谁对此感兴趣的话。但他赞扬的首先是我，而这正是最可笑之处。我在哪儿？谁又能够对我进行验证？我多么希望自己有一只有力的手，只为能认真地进入自己那不相连贯的思想中去。而我之所言甚至不完全是我的意见，甚至不完全是我当时的意见。当我窥视自己内心深处时，我看到那么多模糊的东西在乱窜，我甚至无法确切地解释和完全地接受我对自己的反感。

　　最最亲爱的，如果你面临这种迷惘会说什么。这对于旁观者而言，难道不比对当事者更悲惨和更令人厌恶么？当然是悲惨和令人厌恶得多。我能够想象得出需要多少勇气才不至于仓皇而逃。正如我承认的那样，我平静地写下了所有这一切。

弗兰茨

〔19〕13.2.18—19夜

---

① 参见卡夫卡1913年3月17—18日信中对这一信任的合理性的怀疑。

我是如此习惯于沉醉想象之中,以至在现实生活中也改不掉这一习惯,纵使我的心跳在提醒我这一次是现实——最最亲爱的,你对我南方之行所持的态度让我伤心。我并非像你似乎觉得的那样把计划告诉你只是为了听听你有何评价(因为就我本人而言,去哪儿都是无所谓的,除了某些意外的时刻,在哪儿我都不会感觉舒服)。如果早知道最终得到的也仅仅是你的评价——我愿将其作为对我此次旅行的祝福并接受它——那么在第一次评价和第二次评价之间便缺少一个中间环节,没有这一环节我的想象便无法平静下来,因为它们本想带你一同去,带着坚执而绝望的请求。

糟糕的一天过去了么?你是否已不再受折磨?你是如何富有同情心,而同情心又使你如何感动!在完全相同甚至更糟糕的情况下,我肯定只会漠然而坐,自然也不会像你所做的那样——我心中感觉得到,尽管你缄默不语——让那姑娘的痛楚得到这样的宣泄并由于我在她身边而有所抚慰。最最亲爱的,你具有何等的力量!你本人也对这力量感到不知所措,这只能证明它是何等巨大。我无法同任何人交谈,因为我找不到适当的话语,而话语并不是以情绪的变化为转移的,它们不因情绪的变化而匮乏。以前我对自己所知甚少并且认为,一刻也不能忽视这个世界,因为我天真地以为那恰是危险之所在,而我自己将毫不费力、毫不迟疑地去适应我自己所做的观察。那时候,不,实际上那时候也不是,更确切地说,那时候和现在我总是幻灭。只是现在有时候(这取代了那时那些错误的看法)我觉得,或许我也能够在山脚下,在山野的冥冥中写下此类话语,可以登上那山,向山顶飞翔。

一段时间以来我不再回答任何问题,不再写任何真实的东西,因为正是这不真实试图掩盖最美丽的真实而我便不得不力图通过写作消除它。最最亲爱的,请耐心些(刚才我听到已经快两点了,炮声不断,我不知道自己为什么颤抖,我的面颊冰凉,仿佛那炮击中了我们,击中了你和我)。现在静下来了。最最亲爱的,耐心些。我不该奢求太多,但这已足够了。

弗兰茨

〔19〕13.2.19—20夜

夜深了，夜深了。又同许多人度过了一个不必要的晚上。我没有写信，而你远在柏林，没有了依靠，我便任人将我拖向人们想去的地方。一位年轻的妇人在讲她那任性的幼子，这已经是最不错的了，而我却连这也不能完全忍受，我漠然地注视着她——尽管我挺喜欢她——我那呆板的眼部运动许是令她大惑不解，我紧咬嘴唇，为的是使自己能集中注意力，但却徒劳无益，依旧心不在焉，也不在别的什么地方；莫非我那两个小时不存在了么？想必是这样的，否则我会在沙发上睡着的，而我当时在场也便会更令人信服了。

不过我倒是度过了一个美好的上午。我一早往办公室走的时候，还觉得一切都那么可憎和无聊，以至于尽管根本不晚我却在去往办公室的路上突然开始跑起来，而我之所以这样做仅仅是为了把这世界的可憎稍微带一些到运动中去并借此使之令人可以忍受一些。但当我接到你的信，读到昨天夜里我希望读到的东西，说你想跟我一起去拉斐尔或者至少在考虑此事，的确还存在此种可能性的世界在我眼中就变得美好起来，已经数星期没有这样了。这么说你将同我一起去，我们一起待在那里，相偎伫立在海边，拥坐在棕榈树下的长凳上，将发生的一切都是"相依偎"。我一直渴望抛弃一切永远相属的这颗心将在我身边跳动。我的脸在战栗，想到绝可能之事时想必就是这样的，你也只是把这写成了童话："我为你寻一个美丽的地方，尔后便将你一人留下。"听我说，最最亲爱的，此事的绝无可能正同这种语调相吻合，因为即使那些作为共同旅行的前提的奇迹——实现，即使我们已站在即将开往热那亚的火车面前，我也不得不留下来，那将是我理所当然的义务。我永远不可以在我目前的处境下，或者在预计到这样一种处境的一直存在着的可能性的情况下，贸然想做你的旅伴。我理应独坐车厢一隅；我应该待在那里。我绝不可以因为充当这样的旅伴而影响到我竭尽全力想维系住的与你的联系。

弗兰茨

〔19〕13.2.20—21夜

今天我在想，如果我处在你的位置上，除了我们真正在一起的、对你来说短暂的那一个小时外没有任何其他东西，只有前几个星期的信，我会如何看待自己。这些看法或许足以驳倒并使人忘记以前信中所写的一切有生命力的东西，虽然我在写下这些东西的时候无力地渴望它们在这个意义上的影响更加深刻，实际上我只是满怀反感地粗略地阅读了每一封信，主要是由于我觉得它没能足够深和足够经常地刺痛我，且不说所有别的更易理解的原因。这些信现在想必已消除了你对我的所有想象，对么？如果你面前没有这证明，你能够凭你通常的经验想象出我这样一个无用的、但又的确是在**活着**的人么？他活着无所作为，只是围着一个大洞在跑，在守这个大洞。最最亲爱的，你一定以为给你写信的不是人，而是一个伪装的幽灵吧？

但给你写信的千真万确是个人，最最亲爱的（他在斗胆得出这一结论后却几乎不知道该如何表述做人的后果，这些后果远远超出了他的能力）。他向你靠近，使出了他可怜的那点儿力量，他觉得到柏林的距离远不如将他与你隔开的高度那样遥远。虽然他怀着良好的愿望，但却只能"一次次地总是令你失望"，正如你今天在信中说的那样（当然是在别的方面，但是这些评论同我的联系是自己形成的，完全不是你的本意）。他只能如此，因为我们只具有与生俱来的力量，即使事关我们的生死，我们也无法从神秘的储备中获取新的力量。

你说在办公室和有轨电车上都无法给我写信。要我告诉你怎么办么，最最亲爱的？你不知道该给谁写信。信不是写给我的。如果我将，如果我能够畅言我的悲惨处境，静静地向你走去，你会感到害怕的。纵使看不见你，我也会像发疯的松鼠一样在笼子里转着圈儿四处乱窜，只为能在我的笼子前面抓紧你，只为知道你就在我的面前。什么时候你能够明白这一点，而当你明白了以后，又会停留多久？

弗兰茨

〔19〕13.2.21—22夜

〔以下可能是附加的〕

当我躺在床上不能入睡时,便产生这样的想象或愿望:

我是一块被女厨子顶在其腹部的粗木,她双手持刀从硬木的边上(大约是我的臀部)使劲地切下生火用的木屑。

最最亲爱的,就写几句话,已经不早了,去马克斯那儿以前我还想稍微呼吸一点儿新鲜空气。白天大部分时间我是在床上度过的,理应如此(因为我要么睡觉,要么便去德累斯顿)。我唯一的两次(自然是可怕的经历)是被父亲用他逗一个大侄子玩儿时的喧嚣、单调、持续和一再精神抖擞地重新开始的喊叫、歌唱及拍手慢慢地推向这个令人绝望的世界,尽管我百般不情愿。下午逗孙子玩时他又是老一套。最最亲爱的,忍受这样的行为而不对其大发成年人的诅咒是要有美德的,如果这种行为虽然是可以理解的(它是父亲唯一的快乐),但你内心深处却完全不能理解。如此对人大声喧哗!特别是下午,每一声喊叫都仿佛往我眼上猛击一拳。再想想许多年前他们也曾用同样的方式逗我开心。不过那时没人躺在隔壁房间受此折磨。如此折磨我的或许根本不是这叫喊声,受得了家中有孩子根本就是需要勇气的。我受不了,我无法忘却自己,我不愿别人身上流着我的血,它是那么固执,而血的热望便表现为对孩子的爱。我在考虑是不是该在别处找一间自己的房子从家里搬出去,因为目前我侄儿侄女住在家里,他们正在成长期,一天比一天吵人。数年前,当然是出于别的原因,我差点儿就搬出去了,但最后还是克制住了自己。

你今天在哪儿,最最亲爱的?你从我眼中消失了。你要待在德累斯顿,还是晚上就回来?我今天过得很愉快,半睡半醒中我常漫步在德累斯顿。可是醒后我却历数了我目前或真实或虚幻的痛苦(如有足够的想象力,其效果自然毫无区别),我数到了六。如果没有还能忍受所有这些苦难的你,最最亲爱的,这便足以令人愠怒,使人垂头丧气,为了感谢你，同时也为了惩罚你，我只能送你无限的吻。

弗兰茨

〔19〕13.2.23

最最亲爱的，首先把你小侄女的相片寄还给你，以免一再拖延（你大概担心了吧）。是的，这孩子的确招人爱。那恐惧的目光就仿佛她在摄影室里看到了地球上所有的恐怖！她像个成熟的妇人那样把手放在坐椅的靠背上和臀部。我要说我喜欢小维尔玛坐在椅子上的那副样子，尽管这同我下午那封信中所写的相矛盾（可谁能说这不是仅仅因为你的缘故？）。你装饰盒里还有别的相片么？可不可以也让我看看？

读了你妹妹的信我很高兴，我几乎想说，那封信深深地感动了我，请不要误会。倒不是因为她将孩子完全置于自己之上，她这么做的方式也没有什么特别的，而是因为在这由琐屑的、一致的、特别是极其协调的细节组成的无际的波澜中真实地显现出一种坦率。对兄弟姐妹的看法，历数各种礼品和各种海关费用。最最亲爱的，请不要误会，我这些看法同我对你妹妹应有的尊重和敬意毫不相干。恰恰那些按常理似乎没有任何可以享受之物的地方总能打动我。我正在想，前天晚上我深深地陷入了痛苦之中，就在这时，我看到前面有一个熟人走出了房门，他是一家犹太人书店的店主，更确切地说是那店主的儿子。他大概年已四十，数年前曾同一个高大丰满的姑娘订了婚，后来由于没得到足够的钱又取消了。再后来，这也是很多年以前的事了，他娶了一个娇小玲珑的女人。我还记得他们到我们以前的家中做客，那女人说起话来异乎寻常地不连贯。现在我几乎觉得她大白天也穿着拖地长裙，她总是用脚把长裙的后襟往边上踢。那女人几星期后便发了疯，听说主要是那男人或者更确切地说是那男人的父母造成的，她进了疯人院，两人离了婚，那男人虽是百般不愿意，也不得不退回大部分彩礼（这使我父亲得到了满足，他一直关切又不无幸灾乐祸地注视着这个家里发生的事情）。那男人重又自由了,却没有再婚,或许他父母不再要求他这么做了,而他对父母是绝对顺从的。他从来没有自立过,自打离开学校,小半生就待在那家小书店里,店里没什么活儿,他便在佣人的帮助下把换下的祈祷用的面纱上的灰尘弄干净。天气暖和的时候他便站在敞开的店门里(以前他和他父母轮流站在那儿,现在他父母常常是疾病缠身),天冷了他便站在挂满书籍的门后,透过大多不严肃的书籍间的空隙朝胡同外边看。他觉得自己是德国人,是本地德国俱乐部的成员。那虽是一家极普通的俱乐部,但本地的德国人却觉得它是最好的一家,他现在大概每晚都到"德意志之家"去。他前天晚上又去了,我碰巧瞥见他离开家。他朝我走过来的样子正是我记忆中一如往昔的那个年轻人。他的后背极其宽阔,走起路来也特别笔直,以至无从得知他是走路笔直还是长得畸形。总之,他是个瘦骨嶙峋、下颌骨极大的人。最最亲爱的,现在你明白么,你能明白么(**告诉我**),为什么我简直是贪婪地跟踪这个男人穿过了蔡尔特纳尔南同,在他身后拐进了路旁的明沟,并津津有味地看着他消失在"德意志之家"的大门里?时候不早了,有句习惯语你是用不着的,把它给我,让我说:"爱我!"

弗兰茨

〔19〕13.2.23—24 夜

你妹妹?总是执拗地为我自己的不幸而辗转的我对此一无所知,在我给你寄到德累斯顿的信中我祝愿你度过"平静的时光",我可怜的心。如果我在今天这样的正常状态下对你德累斯顿之行的目的有所了解,我会不顾疾病缠身同你一道去德累斯顿的,因为我虽愚钝,也无法忍受你一个人孤苦凄凉地待在那里。前一段时间我就有点觉得你姐姐突然放弃了德累斯顿那个很好的位置,而你则在柏林帮她谋一份在教授等处工作的极特殊的差事,但我就那么看过去了。如果要你告诉我会让你为难,那我便根本不想知道这究竟是怎么一回事儿。想必是还存在着最渺茫的可能性，或许我能出出主意或帮帮忙（这是为了你，而这又给我力量和敏捷）。最最亲爱的，你必须马上——我是说马上！——告诉我你现在怎么样。今年秋冬我真的刚好积聚了足够的力量来抓住你，但迄今你此次德累斯顿之行的收获及归程情况依旧一无所知，我无论如何也不能认为这是一个好的征兆。我本该同你一起去德累斯顿的，说不定什么地方你用得着我，而看到你受苦会使我有能力去做许多事情。

我几乎不敢再往下写了，因为我不知道你在做什么。星期六和星期日那段时间你全部心思都在此次旅行上面，那时我正坐在马克斯的新家里，实际上我并不比以往更不幸。你仿佛是在另一个星球上，仿佛并不是我脚底下的那块土地同那块显然你正极度不安地在其上来回徘徊的土地连结在一起——天知道你现在怎样了，而我则在冷漠地一句句地写着。最最亲爱的，生活是痛苦的，只有懂得挥鞭长驱直入的人才真正把握生活。我不想劝你不要陷入这种惊恐之中，即使这些惊恐是毫无意义的——我怎么可能要求你不跟从心灵的呼唤呢？因为我自己除了同样行事外，不知道其他更好的良策。但眼下你在柏林，你就放纵些，要好自珍重。不妨暂且容忍你母亲的那些会议，你姐姐的跳舞晚会，那些手工活，还有你的姨妈，你只管睡觉，睡觉！只有在睡梦中我们才属于善神，太多的失眠会摧垮你。

弗兰茨

〔19〕13.2.24—25 夜

最最亲爱的，现在我真是一筹莫展了。我看到你陷入不幸，却不知发生了什么；你又哭了，我却无言相劝；你说你需要人帮忙，我却不能给你出任何主意。现在连你也被牵扯进我不清楚的不幸之中，这千真万确是缠绕着我的不幸在过去一段时间所取得的进步的一种了。最最亲爱的，我真的想同你一道远走高飞。我们为什么要容忍被人从天上抛到这个黑暗的、折磨人的地球上来呢？在我还是孩子的时候，我总是满怀钦佩地站在一家图片商店橱窗里的一幅印得不好的彩色图片前，图片上描绘的是一对情侣自杀的情景。那是一个冬夜，只在这最后的时刻可以从巨大的云朵间看到月亮。他们站在一个小小的木制登陆跳板的尽头，正迈出决定性的一步。那姑娘和那男人的脚同时向深处迈去，可以屏气感觉到他们已被重力吸住了。我只记得那姑娘赤裸的头上戴着一面薄薄的浅绿色的面纱，那面纱在轻轻地随风飘舞，而那男人的深色大衣则被风吹得紧紧地贴在身上。他们相拥着，说不清是她在拉他，还是他在推她，他们那么协调而又匆匆地向前走着。尽管后来才认识到，但那时大概就已经模糊地感觉到除了图片上所描绘的，爱情别无其他出路。可那时我还是个孩子，更喜欢的自然是通常挂在上面那幅图片旁边的一张图片，上面描绘的是一只野猪猛然从森林深处跳出来，由此搅了森林深处猎人的早餐，猎人们躲到了树后面，盘子食品满天乱飞。

最最亲爱的，除了静等你重新镇定下来，我别无选择。你父亲又外出了么？我觉得你本可以同他讲讲所有意外事件的；他或许不像你母亲对此那么关心，但正因如此你便更容易得到他的指点，纵使得不到指点，也能得到安慰。但他想必是在家的，因为你在信上说，你必须哄骗你父母。或许有必要再去一次德累斯顿？我会像你一样安排好并愉快地去做这次旅行的，因为我想你第二次离家出远门要比第一次难吧？可是与其说我这些问题减轻了你的痛苦，倒不如说它们更加剧了你的痛苦，可我只能如此；所有人都渐渐地从我眼前消失了，我只看见你，而你却是如此不幸。

弗兰茨

〔19〕13.2.25—26 夜

你真的已不再烦恼了么？从早晨的信上看似乎是的。但你不会只是在我面前克制着自己吧？收到电报后我并没有马上打开，而是在手里揉了一会儿。上面会写些什么呢？我很清楚你是那么善良，而我又那么竭力利用你的善良（我现在全部的生命已没有别的意义，只是在消磨时光）——你给我发电报是想驱除我所有可能的担心，这一点我想是毋庸置疑的。有那么一刹那，我想电报上也许写着："快去火车站，我一刻钟后即到。"我承认这样一封电报会吓坏我的。我甚至只会感到恐惧（有一瞬间我真感到了），仿佛被人从漫长的夜晚突然惊醒一般。这许是我的低烧所致，这把整幢房子乃至整个城市变成一张床的恼人的低烧。但电报中并没有这样的内容，我的孤独一如从前，只是有时候我的脸从我正写信的信纸上呆板地望着我，以至于我真想扔掉那支笔，这样便不必总依恋着你，征服正直的人，便可以沉醉于我的思绪之中，我感觉得到这思绪在我下面慢慢地辗转反侧。

我对电报内容的第二个想法则完全相反。"这么说明天我可能收不到信了"，我到现在还没有完全摆脱这一担心。最最亲爱的，你是不是有点误解了我说你妹妹的意思？我甚至觉得她很有个性，只是她对孩子的爱略显单调，让人觉得她教育不好孩子。另外我不明白，为什么信中没有提到那个男人，就是你妹夫，那封信同上封信之间隔了好长时间呢。

最最亲爱的，今天这是第二封没写完的信了，别忘了写完！第一封写到你上三年级时发生了一件显然很意外的事情，在很大程度上影响了你的绘画课，这一封写到西里西亚，你正帮你妹妹做作业。

最最亲爱的，我也很想知道你如何评价和解释前不久那个书商的儿子带给我的满足。你对这个问题的任何回答都会让我感到进入了你心灵的更深处，重新允许我活在你心中，使我暂时抛却虚假的生活，置身于火热的现实中。

弗兰茨<br>〔19〕13.2.26—27 夜

今天晚上我被人羞辱了。我同韦尔奇一起散步（他那本书〔《观点与概念》〕已经出版了。你感兴趣么？我想不会的，这书太富哲理了，连我都得强迫自己读懂它;如果那儿没有可搁手的东西,我便极易走神)。我同韦尔奇一起去散步,不知不觉地他便开始说起并批评起我的忧郁来——这也没多长时间,或许只是一时心血来潮。令我感到羞愧的并不是他试图提醒我。我愿意听人提醒,一片空白的脑海中想想这些事是很舒服的,况且韦尔奇今天讲话又极睿智。令我感到羞愧是他认为这一提醒是必要的,尽管实际上我以不被人察觉的方式直截了当地要求他这样做,尽管他眼下自顾不暇。但最令我羞愧的是他一直试图不让我察觉到他在提醒我——他是有意还是无意都已不重要,我是在讲我的羞愧;他泛泛地讲着,我感到他思路变化很快,议论很简短,这是他极喜欢且认为极自然的。

羞愧又于事何补!那晚有雾,他是怕雾的,把他送回家后,我想到咖啡馆去(在那儿本可以碰到韦尔弗和其他人),却又有些害怕,几经反复之后我想回家去。就在这时我碰到了一个熟人,是个支持犹太复国主义的大学生,他理智、勤奋、活跃、亲切,却又沉静得令我不解。他停下来同我说话,邀请我去参加一个重要的集会(他已在我身上浪费掉了多少诸如此类的邀请呵!),我当时对他这个人和各种形式的犹太复国主义都丝毫不感兴趣,但你得相信我,最最亲爱的,我找不到社交上可行的借口同他告别,虽说默默地握握手也便足矣。出于这个原因我说可以陪陪他,并且真的陪他走到了我先前想去的那家咖啡馆门口。但我没有进屋,而是出乎意料地潇洒自如地同他握了握手,然后便溜之大吉。

时候不早了,而今晚的事却几乎什么也没讲给你听,虽说孤独的我有那么多话要对你说。

弗兰茨

〔19〕13.2.27—28 夜

夜深了,最最亲爱的,夜深了。我给办公室起草了一个文件,夜已深了。我觉得冷,莫非我又感冒了?这真讨厌,我的左半身总是冷痛。

你怎么能说我如果哪次收不到你的信就会为此生你的气呢？我要你理解并记住，你给我的一切让我对你满怀感激，你写给我的每一句亲昵的话对我而言同在上帝面前一样都比我所有的信的总和更珍贵。现在你时间很紧，就不要挤时间写信给我了，如果写信会占用哪怕只是一丁点儿对你来说必不可少的睡眠时间，一天不写信也不要紧的。我要你知道，不管中间可能空过多少封信，我都会一如既往地等着你的下一封来信。不管身边的一切如何改变，我对此的态度都不会改变。今天晚上，白天也是，我较以往平静和镇定一些，现在一切又都过去了。此外，我还想看看那个能够不伤害自己且能忍受我生活方式的人，尤其是我每晚都要独自一人散步。在家里我几乎不跟任何人讲话；同我妹妹主要是写作上的联系现在也很松懈了。你我目前过着截然不同的生活，你身边总有人在，而我身边却几乎没有任何人。办公室的同事令人难以捉摸，特别是眼下，一段时间以来我觉睡得多了，工作也不感觉太吃力了。这份工作同我一样无足轻重，我们挺相配。过几天我甚至要做副干事了，对我完全合适①。

前不久我走过艾森胡同时，听到旁边有人说："卡尔怎样了？"我转过身来，看到一个男人自言自语着走远了，根本没有理会我，那问题也是他自言自语地提出来的。可是我那部不成功的小说的主人公就叫卡尔，那个毫无恶意地从我身边走过的男人不自觉地完成了嘲笑我的使命，因为我无法认为他是想哄我开心。

关于我伯父的那封信，前不久你问我有些什么计划和希望。这问题是我始料不及的，现在听到那个素不相识的男人提出的问题我又想起了你这个问题。我当然没有任何计划和希望，我不会走进未来，我倒是能够冲进未来，滚进未来，能够跟跄地走进未来，而我最拿手的是可以驻足不前。但我的确没有任何计划和希望。如果过得不错，我就会完全沉

---

① 卡夫卡于1913年3月1日被任命为工人事故保险公司的副干事。亚洛米尔·卢奇尔在8月的»Sbornik Narodniho Musea v Praze«杂志第2期第65页（1963年）上发表了卡夫卡1912年12月11日要求加薪升职的申请书全文。

醉于现在，如果过得不好，我就会诅咒现在，哪里顾得上未来！

弗兰茨<br/>〔1913年2月〕28—3.1夜

最最亲爱的，就写几句。晚上在马克斯那儿过得很愉快。我快速朗读着我自己的著作①。后来我们便惬意地不停地笑着。如果我们把通向这个世界的门窗关上，便会看到一种美好的生活现实的虚幻影像，甚至其开端。昨天我开始写一篇短小的作品②，刚刚开始，连标题还没有，没什么可讲的。今天打算得虽好，我却并没有去写它，而是去了马克斯那儿，便更觉是种罪过了。不过要真是值得写的东西，或许也能够等到明天吧。

弗兰茨<br/>星期六〔1913年3月1日〕，〔凌晨〕2点

现在是星期天下午，我心不在焉。鲍姆因有关出版的事儿去柏林待了几日刚回来，我在他那儿听他们七嘴八舌杂乱无章地说了好些个新鲜事，但我还是粗鲁地喝住了我挺喜欢的鲍姆夫人并把她从屋里赶了出去，她沉浸在柏林之行的成功之中，总是打断奥斯卡的话。我头痛欲裂地上了楼，现在坐在那儿，头依旧很痛。对了，奥斯卡4月1日在科林特沃特礼堂讲课，我是否该同他一道去柏林？

头痛是夜里引起的。昨天晚上我无法控制自己的激动，总是走神，辗转反侧，不能入眠。人的理智告诉我，应该起床，趁夜深人静之际写

---

① 可能是指《变形记》的结尾部分。
② 指未完成的《里曼的故事》。参阅1913年2月28日日记。

点东西，但我做不到。

　　最最亲爱的，你说的那封信没有到。最最亲爱的，得不到的东西，事先不要告诉我，不要告诉我。我对一切都很知足，你发自内心的一句话也会使我满足的，但不要告诉我得不到的东西，最最亲爱的。我还没有收到你妹妹的地址①，是时候了。如果包裹到最后不能及时寄到，你会说这是我的过错，并不再信任我，而我是多么乐于接受这样的任务呵！我为此感到骄傲。请马上寄给我一张小纸条儿，我好把它塞到包裹里，否则我不知道该如何让你妹妹明白东西是你寄给她的。要么你直接跟她说。我在冰冷的房间里给你写信，所以信写得快而潦草。再见，最最亲爱的，我要你属于我。

弗兰茨<br>〔19〕13.3.2

　　我妹妹、妹夫们都走了，已经10点半了，但父亲又坐下来，硬让母亲打牌。我因为最近有些着凉，他们便让我去了客厅，我便听着打牌的声音给你写信。母亲坐在我对面，我右面是坐在桌子一端的父亲。刚才父亲把一个水瓶搬到阳台门儿前边的时候，我边继续写信边对她耳语道："去睡吧。"她大概也是想去睡觉的，但这太难了。

　　"两圈儿加磅。"父亲说，这就是说至少还要再玩两圈儿，有时候得打好长时间。我刚才又同我妹妹一道散步去了，我们在说别的事情，那时我感到一种恰恰是在与人交往时常有的孤独感（别人想必也常有同感）。我在想，你是不是还能像从前那样受得了我，最最亲爱的（我总称你为最最亲爱的，因为除了你，我再没有别人，将来也不会有的）。从你的信中我没太看出来你对我的态度有什么变化，更确切地说，我根本没有看出任何变化。

---

① 指菲莉斯嫁到布达佩斯的妹妹艾尔娜。

（最最亲爱的，已经1点了，这期间我几乎完全被从我的故事中〔未完成的《里曼的故事》〕抛出来——决定是我今天作出的，结果我却写不下去了——如果你要我，我会小心翼翼地再回来接着给你写信的。）我之所以得出结论说你的看法有了变化，主要是由于我前一段时间的表现，我对自己说我已不可能再像以前一样待在你身边。前一段时间我所经历的其实并不是什么特殊状态，我处在这种状态中已有十五年了，我借助写作得以较长时间地摆脱这种状态，并在没有认识到这种"摆脱"是何其短暂的情况下鼓起勇气找到你，在对自己虚幻的新生的信念中，相信比任何人都应对此负责，于是我试图争取得到我一生中找到的最亲爱的人，那就是你。可过去几个星期我在你面前又是怎么表现的？如果你还理智，又如何受得了待在我身边？我毫不怀疑你通常是有勇气讲出自己的真实看法的，哪怕改变只是初露端倪。可是最最亲爱的，你的善良远胜于你的直率。因此我担心的是，即使我令你反感——你毕竟是个姑娘，你想要的是一个男人，而并非这世界上的一个可怜虫——即使我令你反感，你的善良依旧会一如既往。你知道我整个身心都属于你，即使对自己的理智的怜惜在命令着我们，又有谁会无所顾忌地扔掉一件如此完全属于自己的东西呢？尤其是你，你会这样做吗？你能战胜自己的恻隐之心么？总是被身边每一个人的不幸所深深打动的你会这样么？我则不然，我不否认可以靠别人的同情生活，但我却绝对无法容忍去享用会毁掉你的同情的果实。最最亲爱的，好好想想，好好想想！相对而言，其他一切都比这容易忍受，一句无论带有何种感情色彩的话都比那种同情更易忍受。本是为了我好的这种同情到头来会害了我。你离我好远，我看不见你，可是如果你在忍受着同情的煎熬，我还是会知道的。所以，最最亲爱的，为了让我放下心来，我请你不要回避，请你今天就回答下面的问题：如果有朝一日你至少是毫无疑虑地、清楚地、纵使是可能有些依恋地发现你可以没有我，如果你认为我妨碍了你对生活的安排（为何我对此一无所知？），如果你觉得善良、勤奋、活泼与自信的你同迷惘或者更确切地说是糊涂的我不可能有什么共同之处或者只能是有损于你的共同之处的话，那么你是否会，最最亲爱的（不要轻率地回答我,你要明白你得对你的回答负责!),那么你是否会坦率地告诉我而不理会你的同情心?再说一遍:这里说的不是对真理的热爱,而是善良!如果你的回答只是否认我的问题的前提的可能性,那这一回答是无法令我满意的,它也无法消除我对你的担心。更确切地说这已经是令人满意的回答了,因为我们承认对同情心无能为力。可我为什么要问这些,为什么要折磨你呢!我是知道答案的。

晚安,最最亲爱的。就写到这儿吧,我该去睡了,实际上倒不是因为累,而是因为心不在焉和绝望。

弗兰茨

〔9〕13.3.2—3 夜

最最亲爱的,今天没有你的信。理由很简单,昨天你妹妹在柏林,所以你没有时间写信。可我还是没有布达佩斯的地址,如果明天还收不到的话,生日可能就赶不上了。

我有很多话想对你倾诉,如果可能,我只想把我整个的生命托付给你,而现在我却握着举起的笔,静坐良久。昨天的信说到底是一个问题,我在等着你对此的回答。由于今天没有你的信,我便荒谬地觉得昨天的信你还没有回,其实我那封信你明天才能收得到。我感到自己仿佛站在一扇紧闭的门前,门后便住着你,可那门却永不会开启。唯有通过敲门才能够沟通,但这样一来门后也静了下来。不过有一件事却是我可以做到(我怎么如此紧张!墨水瓶里的墨水不多,所以瓶子便靠在了一个火柴盒上,我突然把笔浸入墨水瓶,它便从火柴盒上滑了下去,我全身上下一阵战栗,两只手伸向空中,仿佛要请求什么人的宽恕)——有一件事却是我可以做到的,那便是等待,虽然重重攫住我的紧张似乎与此相矛盾。对我而言,失去耐心只是等待时的一种消遣,但等待的力量是不会因此受到损害的,即使这实际上并不是什么力量,而只是软弱和根据最微不足道的命令对使用过的极少的力量进行的恢复。最最亲爱的,我这种性格会将你置于极大的危险之中，我对你说这个是对昨天信的补充，因为我永远也不会离开你，最最亲爱的，即使我命中注定——对我来说这并不是最悲惨的事情——内心深处同你有一种与其外部过程相符合的关系，即使我只能永远站在你家侧门前等待着你，而你则从正门进进出出。不要因此而动摇了你对我的评价，即使我俯身对你行吻手礼，我也请你说出你真实的看法而不必理会我！太容易做出估计了，你绝不会说出任何令我吃惊的话来。我已不再是我们通信头两个月时的那个我，这并不是什么新的变化，而是重新变回，也可能是持续的。如果那时你感到被那个人吸引住了，那你想必会厌恶现在的这个人。如果你隐瞒这一点，那是出于同情和受到欺骗的回忆。如果你能明白，那么现在已变得面目全非的这个人不改初衷并理所当然地比以往更深地迷恋着你的事实，在你看来只能觉得他更令人厌恶。

弗兰茨
〔19〕13.3.4—5 夜

最最亲爱的，过去一段时间你得承受许多，你承受这一切的方式我一方面难以理解，另一方面却盲目地认为你必会如此。无论你在信中抱怨、疲惫甚或哭泣，我透过你的那些信看到的你却是那么坚强，那么生气勃勃，以至于我因为惭愧和对这种对比———边是你，一边是我——的伤心恨不得躲起来。因为我并非存于自我中，我并不总是"存在"的，如果什么时候我"存在"了，我为此付出的代价便是数月的"不存在"。如果我不能及时清醒过来，深受其害的便是我对人的评价及我对整个世界的评价；这个世界之所以令我绝望在很大程度上是因为这一歪曲评价，虽说这种评价经过深思熟虑之后可以自行得以纠正，但也只是徒劳的一瞬间。我随便给你举个例子：今天晚上我同马克斯、他的夫人以及韦尔奇一起去了影剧院（这提醒我马上就到 2 点了），影剧院的前厅挂着许多电影《另一个人》①的剧照，你想必读过此书，巴塞尔曼参加了该片的演出，下周这里将上演这部片子。有一幅宣传画画的是巴塞尔曼一个人坐在靠椅上，那幅画使我又激动起来，就像当初在柏林时那样②。不管是马克斯、他夫人或者是韦尔奇，我逮着谁，便把谁拉到这幅画前，弄得人家都很烦。这些电影剧照令我大为不快，完全可以看得出他参加拍摄的是部苦戏，拍摄的都是些年代已久的虚设场景，不管怎么说，一匹奔腾的马的瞬间照片几乎总是漂亮的，而罪恶的人的鬼脸的瞬间照片却很容易是毫无意义。所以我对自己说，巴塞尔曼至少是在这部剧中扮演了同他身份不相符的角色。但是他用心感受着剧情，他的内心自始至终经历了剧情的起伏，而这样一个人所感受到的无疑是值得人喜欢的。我对此尚能作出正确的评价，虽说这实际上已有点超出了我的范围。等着开大门的时候，我在下面站了一会儿，长夜里我环顾四周，又想起那些电影剧照，开始同情起那个巴塞尔曼来了，觉得他是最可怜的人。我想象着表演时的自我满足已经过去了，**电影拍完了，巴本人不再对片子有任何影响**，他甚于不必弄清楚自己被人利用了，但在看电影的时候他会意识到他为此耗费的巨大的精力是毫无意义的——我并没有夸大我的同情心——他会变老，体力也会衰弱，会坐在靠椅上靠边站并终有一日会在时间的长河中埋没。这是何其错误！这正是我判断错误的原因。片子拍完后回家的也还是巴塞尔曼，而不是别人。如果他要起身，便会完全站起来，不再留在那里，不会像我那样试图把这说成别人的过错，不会像我那样围着自己飞来飞去，像一只被咒语咒得无法靠近自己巢穴的鸟儿一样不停地绕着早已空空如也的巢穴飞来飞去，紧盯着它的巢。晚安，最最亲爱的。我可以吻你么？可以拥抱你的身体么？

弗兰茨

〔19〕13.3.4—5 夜

---

① 指根据保罗·林道同名话剧改编的电影，阿尔伯特·巴塞尔曼第一次以电影演员的身份在其中扮演主角。1913 年 1 月 30 日的《布拉格日报》刊登了巴塞尔曼的"电影演员和舞台艺术家"一文，此文同奥托·皮克所写的对卡夫卡《观察》一书的第一篇评论发表在同一版。

② 1910 年 12 月，卡夫卡在柏林观看了阿尔伯特·巴塞尔曼担任主角的话剧《哈姆雷特》。参见 1910 年 12 月 9 日写给马克斯·勃罗德的明信片。

最最亲爱的,已经10点多了,我像你前天一样疲惫不堪。我回到了自己这间冰冷的屋子(嘘,现在我听见父亲正在隔壁屋里讲有关工厂的事情),我在隔壁已待累了。你要知道从今天起我会在一段时间里改变自己的生活方式;如果说它到目前为止是令人难以忍受的,那么或许现在会不同了;如果朝左躺着睡不着,人就会翻过身来(但经常又会后悔,所以便没完没了地翻来覆去)朝右躺着,我的生活便如同是在床上睡觉(隔壁还在说着有关工厂的事情,我真听够了,看来我走得还真是时候)。生活方式的改变在于:我——

信写到此中断了,隔壁房间没人了,我跟父母道了"晚安",父亲正站在长沙发上给挂钟上弦。我于是便去了客厅,却下不定决心继续写信,便取来马克斯和费利克斯的书(《观点与概念》),把引论部分又重新读了一遍,有些地方堪称大家手笔,仿佛出自素不相识但很有名望的第三者之手。信被我搁在一边,因为我突然觉得我总是翻来覆去地写我自己,甚至总是不停地在重复着老一套,觉得我总是在你面前吹嘘自己却又不知道你心里是否厌恶、不耐烦或无聊地发抖,这真令人作呕。最最亲爱的,我说这些时并不因此而对你有丝毫的怀疑,相爱的人还是可以这样说话的,你今天赠送给我的序诗中也是这么说的,我很喜欢这首诗,尽管它不够完整,有些地方也略显太粗浅。还有,最最亲爱的,我责怪自己完全是因为那些信的缘故,请你理解我,不要生我的气。如果我们能在一起,你就坐在旁边那张沙发上(我正用左手把它拉近一些),那我根本就不会去想这些可能性,即使我要对你讲的关于我自己的事情比我信中写的还要糟糕得多,这是极有可能的。(这是对日后相聚的一个小小的诱惑,对么,菲莉斯?)是的,或许我明天会收到你给我的一封糟糕的信,但你还是应该坐在这张沙发上,桌子也得挪开,我们的手握在一起。只顾遐想,都忘了往布达佩斯寄包裹的事情,包裹当然已经寄走了。

弗兰茨

〔19〕13.3.5—6夜

不，这不能让我满意。我的问题是你尤其是对我的感情是否是一种怜悯，而且我也对这个问题做了说明。你却只是说：不是。给你写第一封信时的我是另外一个人，几天前我草草整理写字台时（我总是草草整理写字台的）发现了复写的那封信（那是我仅有的一封复写的信）。你将无法否认那时的我和现在不一样，虽然间或有些颓丧，我还是稍微找回了一点儿自我。莫非是我把你引入了这伤心的阶段？只有两种可能性：要么你仅仅是同情我，那我为何要渴望你的爱情，堵住你所有的退路，强迫你天天给我写信，逼你思念我，用一个软弱无能者的软弱无力的爱去折磨你，而不是宁愿去寻找一种可能性，以便能小心翼翼地让你从我的爱中得以解脱，独自一人静静地享受被你同情的感觉并以这种方式使自己至少值得你同情。或者你不仅仅只是同情我，而是在这半年的时间里被迷惑住了，对我悲观的性格缺乏正确的认识，避而不读我对此所作的坦白，下意识地使自己无法相信我这些坦白，虽然另一方面你的天性迫使你相信这些。为什么我不鼓起自己尚有的全部勇气把情况向你说明，为什么我不选择那些不会被忽略、误解和遗忘的最简短、最清楚的话呢？是否我还有希望或者我幻想着能让你留在我的身边？如果是这样——有时候看来也似乎如此——那我就有义务从自我中走出来无所顾忌地保护你免受我的伤害。

但的确还是存在着第三种可能性的：或许你不仅仅只是同情我，你也正确认识到了我目前的处境，但你依然认为总有一天我会成为一个有用的人，以为可以同我进行和谐、平静和富有生气的交往。如果你这么认为，可就大错特错了。我已经告诉过你我目前所处的状态（相比较而言，今天已经很不错了）不是什么特殊的。菲莉斯，不要被这些假相迷惑住！若同我一起生活，用不了两天你就会受不了的。今天我收到一个十八岁的高中生的来信，我在鲍姆家见到过他二三次。他在信的结尾处称自己是我"极忠实的追随者"。我一想到这个就不舒服。这是何等错误的看法！我如何才能将我的心全部撕开，让人看清一切，把他们都吓回去。不过我得说，即使我是个英雄，我也想把那个高中生吓回去，因为我不喜欢他（或许是因为他太年轻了），但极其脆弱的我却想得到你，最最亲爱的,还是你,最最亲爱的。

弗兰茨<br>〔19〕13.3.6—7 夜

最最亲爱的,我疲惫地去了小歌舞剧院,现在是休息时间,我坐在这儿给你写信。音乐让我心烦,烟雾扑面而来,一个舞女(天哪,我太理解这舞蹈了!)刚跳过水手舞(那摆动,跺脚,身体的舒展以及重新开始时微垂的头),她站在剧场走廊,希望引起人们的注意。尽管如此,我还是很高兴能专注于这一纸属于你的信笺,在这种地方写信看起来实在奇怪,但正因如此——这谁也不知道——我才得以成为人中之人。

我 1 号是否去柏林自然是个诙谐的谜,虽然说得不是特别诙谐。但广告博览会的票没什么问题吧?

最最亲爱的,今天这样的信只能放松我让你了解我并说服你相信同我不可能有正常的人与人之间的交往的努力,为此浪费掉的每一天都是对我的责备,虽然我今天受了你那封信的影响——临出门前我又在家里把它迅速读了一遍,现在它装在我的上衣内袋里——锣声响了!天黑下来了。

已经这么晚了。我早早便离开了剧场,倒不仅仅是因为总觉得疲惫——今天一整天我都在盼望着把眼睛闭上——也是因为在全面散场之前从拥挤的人群中逃脱总让我感到舒服。你明白么?

现在请带上我,最最亲爱的,但不要忘了,不要忘了在适当的时候推开我!

弗兰茨<br>〔19〕13.3.7—8 夜

亲爱的菲莉斯，为什么你的信让我变得软弱并使我无法再提起那支总是不断地写着真实的我、不断令人悲哀地揭露着我的笔？

开始的时候我不是现在这个样子，这一点你也承认，这也没什么不好。只是从那到这，我经历的并非笔直的发展过程，而是被完全抛回到我过去的生活道路上，这中间既没有直接的也没间接的联系，有的只是伤心的空中和幽灵之路（以上是饭前写的，现在吃过饭了，保姆刚刚抱着小费利克斯穿过我的房间到卧室去了，父亲跟在保姆身后，父亲身后是我妹夫，我妹妹紧随其后。他们把费利克斯抱到他母亲床上。父亲在我屋里，贴着卧室的门在听费利克斯是否还会再喊他，因为他最喜欢的就是他。费利克斯还真的又喊外公了，父亲高兴得直发抖，又好几次很快把头探进卧室里去，逗得那孩子又喊了他好几声"外公"。菲莉斯，你的变化只是一些无关紧要的细节，过去几个月展现在我面前的你的内心依然圣洁无瑕。

关于我那些诉苦，你在信中说我不信，你自己也不信。你这种看法恰是不幸之所在，对此我是有责任的。我不否认（可惜我有最充分的理由）自己在练习诉苦，以至于我像街上的乞丐一样总在诉着苦，即使并不完全是发自内心的。但我意识到自己每时每刻都有义务说服你，因此便不自由自主地抱怨着，虽然脑子里什么也没想，而结果自然是适得其反。你在信上说"你不信"，结果我真的抱怨时，你也不相信了。

不说这个了！至少在结束这封信前不说这个了！昨晚由于各种原因我感到格外孤独，其实这是最美妙的事情，因为这样便没有人能够打搅我了（虽然我正跟许多亲戚一起散步）。我身边空荡荡的，一切都是为你的到来精心准备的。你真的来了，离我很近，尽管我看似那么孤独，甚至几乎是莫名其妙地孤独。

弗兰茨

〔19〕13.3.9，星期日，饭前

不，我过的是一种多么不理智、多么松懈的生活！我根本就不想说这些。今天这个星期天我是怎么过的——垂头丧气却并非不幸，闲坐着但并不十分无聊，先跟马克斯、继而又独自一人（几乎如释重负般）散步——却总觉得有压力。

"我感到可能会失去你"，我又怎么可能不失去你呢，最最亲爱的！因为我自己剥夺了留住你的权利（但用"权利"这个字太轻了，"剥夺"也太轻了！），因为我自己剥夺了留住你的权利。最最亲爱的，不要以为万恶之源是我们相距遥远，正相反，恰恰是因为有了这一距离，我才拥有对你的权利，至少是这种权利的假相，我紧紧抓住这一假相，只要还可以用无把握的手去抓无把握的东西。

还有，昨天晚上我有个发现，这发现本是可怕的，但它却几乎使我如释重负。我从鲍姆那儿回到家时已经很晚了，我不想再写信给你了，尽管对于我反复无常的情绪而言，只为稍稍变变花样而偶尔不及时给你写信太不值得了。如此说来，我本可以好好写封信给你的，也可以享受这一善行，但我还是没有写，也不想去睡觉，因为刚才稍微散了会儿步，我到现在还觉得很不舒服。我早早就同马克斯夫妇和费利克斯道了别，然后到咖啡厅去接我亲戚，接着便和他们一起散了会儿步。我面前正好放着我一部小说的底稿（这些稿子已好久没用了，一个偶然的机会又找了出来），我便拿起稿子读起来。刚开始时带着一种漫不经心的信任，仿佛我还清楚地记得其中善—半善不恶—恶的次序，可越读越惊讶，到最后便坚信整部小说只有第一部分是发自内心的真实感受，其他部分除了或长或短的几个段落外，都是在对一种强烈而恍惚的情感的追忆中写下的，所以尽可扔掉，也就是说，四百页底稿将只剩下五十六页（我认为）。除了这三百五十页稿子，去冬今春我还写了大约二百页完全不能采用的底稿，这样算来，这故事有五百五十页纸是白写了。现在晚安，我可怜的最最亲爱的，愿你梦到比你的弗兰茨好的东西。

弗兰茨

〔19〕13.3.9—10

我如何配得上这盒可爱的花儿①？我不知道自己有何功劳，我想我更配得到一只里面装着魔鬼的盒子，他牵着我的鼻子不肯放开我，我不得不一直背着他。知道吗，我以前对花儿实际上一窍不通，即使现在我也只是喜欢你送给我的花儿，为了你对花儿的爱。打小时候起我就总是为了自己对花儿一窍不通而苦恼，这同我对音乐的一窍不通有某些相同之处，至少我常常感到它们之间是有这种联系的。我看不出花儿美在哪儿，在我看来，一朵玫瑰太冷漠，两朵玫瑰太单调，而一束一束的花儿则过于随意和无益。正像人无能时常常要做的那样，我也常常努力给人造成一种我很喜欢花儿的假相，我真的蒙骗住了一些人，这些人对花儿有一种呆板的、绝非与生俱来的偏爱。比如我母亲就觉得我是个喜欢花儿的人，因为我总爱送人花儿，看到被铁丝网围住的花儿便几乎要不寒而栗。但实际上我并非因为花儿的缘故讨厌那些铁丝网，我想的只是我自己，也正是这个原因我讨厌缠绕在生气勃勃的花儿上的铁丝网。要不是高中快毕业及大学时代的那个朋友（他叫埃瓦尔德，"普里布拉姆"是他的姓，几乎是一个花儿的名字，对么？），我或许还没有特别注意到自己对花儿一窍不通。他给人的印象并不是特别温柔，甚至毫无乐感，却极爱花儿，当他赏花、剪花（他有个很漂亮的花园）、浇水、把花儿插到花瓶里，在手上拿着或者送给我时（我常常问自己该怎么处理这些花，又不想说得那么明白，但一般来说我总是坦率地说出自己的想法，这方面我骗不了他），他对花儿的这种喜爱便使他变成另一个人，以至于他说话的声音也变了，我甚至要说变得悦耳了，虽说他发音上有些小缺陷。我们常常站在花圃前，他望着那些花，我却无聊地视而不见。如果他现在看到我那么小心翼翼地把花儿从盒子里拿出来，把它贴在脸上，而且久久地注视着，不知道他会作何感想。我该怎么感谢你给我的爱和善良，菲莉斯？

弗兰茨

〔19〕13.3.10—11

---

① 〔插入〕（括弧中答案：因为今天没消息。）

这真叫人伤心，菲莉斯，你在诉苦，而我却只能像一个又瞎又聋、四肢不能动弹，只还能听得见的人一样听着。最糟糕的是我在错怪着你，至少是曾经错怪过你，因为由于你在信中不再提这件事情，是的，你对此避而不谈，所以我就想经过你和你妹妹的这次旅行，要么一切又恢复了正常，要么至少也不会再有什么恶化和新的混乱。写前几封信时我就是这么想的，还并无恶意地要求对我的事情感兴趣，你却在受着长久以来的痛苦的折磨，当然你对此只字不提。最最亲爱的，我不想知道这些，因为这不是你的秘密，而是你妹妹的。但如果你说"你已精疲力竭"，我却是要知道的，为的是不再因为对你的处境一无所知而加剧对你的残忍，我对你已经带着一种与生俱来的残忍了。你能不能把你姐姐的相片借我看两天，也好让我知道你在为谁担心？你是唯一一个知道这一不幸的人么？托尼什么也不知道吗？

这多叫人伤心！而我又是那么一筹莫展！最好是到柏林去，把你拥入怀中，将你抱回来。可是，如果我能够，我早就这样做了。一段时间以来我在想，是否可以叫你"菲"？以前你有时候也是这样署名的，这也让人想到"仙女"，还有美丽的中国，这毕竟是适合耳语的一个字。那就叫你菲了？要是你喜欢，就同意吧，不管你叫什么，我都爱你。

今天你在信中做了异乎寻常的自我表白！照此说来你是一个平平静静时都不知道自己该如何的软弱的人。听我说，你不会是想把自己伪装起来让我自己吓唬自己吧？我想知道你为什么这样认为，为什么过了星期六晚上又烟消云散了。你不应如此，至少是在你觉得自己"无所适从"时，相信我，我在这方面还是有经验的，你看起来不像这种人，你的目光也和他们不一样。造成你目前这种精神状态的原因只能是，你承担他人痛苦时比承担自己的痛苦还沉重，因此是外因使你陷入一种内因不可能使你陷入的迷惘。

弗兰茨
〔1913〕.3.11—12

最最亲爱的,就几句话,这样挺好。已经很晚了。我去马克斯那儿了,后来又去了咖啡厅,独自一人读了所有能读的东西。或许我该早些回家,进咖啡厅的时候我还在犹豫,但我还是进去了,回家吃晚饭已经来不及了,加上我又那么渴望看看杂志。往长沙发上坐下去的时候,我还在想该不该再待会儿。现在已经很晚了,我只能用指尖抚摩你。晚安,晚安!

弗兰茨<br/>〔19〕13.3.12—13

心儿平静点儿了么?是否已不再痛苦?从你今天的信来看好像是这样,我希望如此,但我没有把握。你无法看书?这并不奇怪,你什么时候有时间看书了?不过菲莉斯,最最亲爱的,你怎么想起要看《乌里尔·阿科斯塔》这本书①的?我也没读过这本书,我想我也不会去读它的,虽然你说的有关你脑子的玩笑话是我的真实情况。但或许得把这样的脑子晒干弄硬,以便有朝一日可以用它打出火来。我正要这么写,就听到看完电影回家的妹妹按门铃,当时就我一个人在客厅里,我便给她开门去。这样一来思路给打断了,我便放下手头正写的信。妹妹给我讲起电影,更确切地说,是我在问她,因为我虽然很少去影剧院,但大部分情况下我对每周的节目却十分熟悉。我的消遣只是看看那些电影海报,通常我是带着内心的反感,带着这种永恒的临时的感觉在海报前休息。每当我避暑完毕——结果总是不能令人满意——回到城里,我便迫不及待地想去看那些海报,坐电车回家时,我便不连贯地、吃力地看着从我们身边快速掠过的那些海报。有时候,不知道为什么,我感到有千言万语要迫不及待地向你诉说,就像一大群人同时想通过一道极窄的门进去似的。而我却什么也没对你说,压根儿什么也没有说,因为我前一段时间写的都是错的,当然不是完全错的,因为从根本上一切都是正确的,可有谁

---

① 卡尔·古茨科夫的一部悲剧。

能够透过这表面的混乱和错误看到里面去呢?你能够么,最最亲爱的?不,你当然不能。不说了,已经很晚了。我妹妹耽误了我一些时间,她看的是《浪荡女》。有本科学书我已读了好长时间。最最亲爱的,以后我不给你寄信,改为日记如何?现在不写日记了[①],我觉得有点儿遗憾,虽说也没事儿,或只是些微不足道的事儿,而我把一切也看得都无所谓。但你读不到的日记也不会是我的日记,写给你的日记中自然有些改动和省略,这些只是为了启发和教育我,你同意吗?日记有别于信函之处在于,日记的内容可能比信要丰富一些,但同样也会比信无聊和粗糙一些。但你不必太害怕,日记中不会少了我对你的爱的。你问我该读些什么书?我不清楚你都有些什么书,跟你要了好几次书名索引,但到现在也还没收着。那就随便说吧:读读《维特的烦恼》!奇怪的是,前一段时间我真的经常想起你父亲,也一直想问问他(施特塞尔)的那本《曙光》他是否已经看完了。你看,菲莉斯,很多事儿你想不到我,昨天我听说前不久《柏林日报》上登了一篇关于施特塞尔的《情感的顶峰》的评论,你却没有寄给我。我寄给你两份剪报,是今天刚刚发表的,我手头刚好有。虽说那小说不能代表奥斯卡(鲍姆)的风格,那文章也不能代表费利克斯(韦尔奇)的风格,他们两人都能写出比这好得多的作品,奥斯卡的更精彩之作会令你惊讶,而费利克斯的更精彩之作你却看不到(我也一样)[②]。

星期天你那样却还是做了饭,而且烧得如此美味。很遗憾今天上午我按自己的原则不能吃任何东西,听你将那美味佳肴一一道来,使我兴致大增。当然这只是理论上的兴致,我根本就是喜欢看别人吃饭。

再见,菲莉斯,特别感谢你今天这封长信。

弗兰茨

〔19〕13.3.13—14

---

① 在卡夫卡的日记中,1913年2月28日至5月2日这段时间没有写任何东西。
② 奥斯卡·鲍姆的中篇小说《陌生女人》发表在1913年3月13日的《波希米亚报》上,同日,费利克斯·韦尔奇写的一篇关于亨利·柏格森的文章也发表在《布拉格日报》上。

刚开始写便把墨水洒在信纸上了，我没有换纸，或许这可以使我越来越不真实的（你难道看不出来么，最最亲爱的？）杜撰出来的信有点儿真实感。就写几句话，又不早了。我跟费利克斯一起去看了电影《另一个人》，然后又去散步。所以我不想写太长，免得明天上午又跟今天上午一样。知道么，最最亲爱的，我们办公室的头儿是个极坚强的人，这赋予我力量，我比不上他，但我可以在某种程度上自觉地模仿他，在更高的程度上不自觉地模仿他，在再高的程度上，至少也可以看着他，以他为榜样。如果他没在办公室，早晨和上午我便分发他办公桌上的普通信件。现在我像被溶解了一般坐在靠椅上，我看不见也听不到进来的人，我呆呆地盯着那些无关紧要的信件，心里在想是不是回家睡觉去，可你想想看，就连睡觉和安静地躺一会儿我也指望不上。这在某种程度上就比较容易解释了，我睡觉少了，规律了，但睡得不好，也不那么闲逛了，我从一开始就对自己一点儿也不满意，于是我又一筹莫展地坐下来。我不明白今天为什么没有你的信，我太虚弱了，既生不起气来也无力不安（我再说一遍，如果你没有时间写信，最最亲爱的，我丝毫没有责怪你的意思），我只是有些不明白，也没有多想，想必正因如此才无聊地良久地坐在那儿，而且整个上午也没有好转的迹象。我像个生病的人一样往家走去，脑海中总在想着还要走多远。但我没有生病，实际上根本看不出我生病了，只在鼻子上有道皱纹，再就是白发越来越多，已经很明显了。

稍微睡了一会儿，巴塞尔曼的片子也使我略有改变，今天晚上有时候甚至感到挺舒服的，我们，我是说我和费利克斯，今天谈得很投机。我可以给你讲许多有关巴塞尔曼的事情，尽管这部片子拍得一塌糊涂，尽管他在片中被人糟践，并在其中自己糟践自己。晚安，最最亲爱的，祝你星期天过得愉快。问候你父亲。

弗兰茨

〔1913〕12.3.14—15

今天星期天，没有你任何消息，这真叫我伤心。我最亲爱的，或许你只想或只能隔一天写一封信，那样也好，我一直觉得一切都比现在这个样子要好，那我们就这么说定了，我还是每天都给你写信。

最最亲爱的，我最最亲爱的菲莉斯！昨晚我是那么认真地对你发誓！我是那么有理由得到你（你无法对此作出评价），我又是多么需要你（这一点想必你有时也能感觉得到）！但功劳和必然性却有如梦幻和清醒，它们之间的联系是扭曲的。

我又觉得"菲"不如"菲莉斯"好听，这个字太短了，吐字时间不够长。菲莉斯，如果我能够有一次（因为一次便意味着永远）靠你很近很近，以至于说话与聆听都融为一体，融入寂静中，那该有多好！他们在厨房里为一根被偷吃的香肠争吵起来，真让我心烦。不只是他们让我心烦，在我心中也涌动着令我心烦的力量。

但是，最最亲爱的，为什么你要如此受我影响，说什么你觉得一场车祸是摆脱烦恼的最好的解决办法。该遭车祸的不是你，最最亲爱的！实际上坐在这车里，坐在你身旁的是我。如果真有这个危险，你该活下来，我会与自己的影子纠缠，如果我不是个影子，那倒是令人难以理解。我不知道除了用我的身躯止住那辆你在其中会遇到危险的汽车外还有什么比这更好的办法，而看到你在信上这么说，那渴望便愈加强烈了。这将是外形上的联系，我是配得上它的，但愿我也有这个能力。

你姐姐（艾尔娜）只知道她同你长得很像，但如果她长得不像你，并且我只知道她是你姐姐，我也会爱她的。她的眼神及眼睛同鼻子的搭配是令我伤心的典型的犹太姑娘的长相。她的嘴部极其温柔，但总的说，她看起来是坚强的，不容易被不幸压倒。她现在有个女友，她照顾她，还要为了她的缘故去柏林是么？她的发型有点太大了，不过这张照片可能是流行烫发的时候拍的。

最最亲爱的，复活节你打算做什么？你待在柏林么？如果你留在柏林，会不会有许多事要做？你父亲这次怎么在柏林待这么长时间？你姐姐复活节想必也要回家吧？布达佩斯那边还没有回信么？会不会是那个美食商人把包裹给弄丢了？现在定下来了，鲍姆4月14日讲？不过那时你大概已经不在柏林了①。可惜,太可惜了!

弗兰茨

〔19〕13.3.16

  菲莉斯,坦率地问你一句:复活节,也就是星期天或星期一,你有没有一小时的时间陪我?如果你有空,希不希望我来?我再说一遍,随便什么时候都行,只一小时,我在柏林什么也不做,就等着这一个小时的到来(我在柏林熟人不多,就是这不多的熟人我也不想见,因为他们总让我去跟各种各样的文人见面,而我却有那么多烦恼,我根本受不了这个),即使你没有一个小时整的时间,四个一刻钟也可以,我不会错过的,我会一直守着电话机的。那么主要的问题就在于你觉得这么做好不好;你要明白来看你的是个什么样的人。最最亲爱的,我不想见你的亲戚,现在见他们还不太合适,在柏林就更不合适了。再说我前些年几乎连一件可以穿着去见你,就连能穿着去见你的西装也没留下。但这真的是次要的,可为了避开你将能看到和听到的主要的事情,我便不由得拿些次要的事情来做遮挡了。好好考虑一下这件事,菲莉斯!或许你没有时间,那就用不着考虑了,反正复活节时他们都在家,父亲,哥哥,还有在德累斯顿的姐姐。马上要迁居了,你会很忙的,还得为法兰克福之行做准备等等。总而言之,如果没有时间,我会理解的,我这么说不仅仅是因为我自己这边还定不下来,如果你愿意,我更会争取4月份去一趟法兰克福,请尽快给我个答复。

弗兰茨

〔19〕13.3.16—17

---

① 卡夫卡的朋友在克林特沃-沙文卡礼堂朗读自己的诗作。参见 Th.T.1913年4月15日发表在《柏林日报》晚间版上的评论。

最最亲爱的,就说几句。首先得好好谢谢你的信,是今天到的,到的正是时候,它使一个整个心思都远在柏林的人又稍微回到现在的位置上来。其次要说点令人不快的事,这倒很适合我。我不知道是否能去得成,今天还定不下来,但明天就可以定下来了,做出决定之前我不想告诉你原因,星期三上午10点你就能得到确切消息了。这本身并不是什么坏事,你会知道的。爱我,虽说我总是这么翻来覆去的。

弗兰茨

〔19〕13.3.17

你说得对,菲莉斯,前一段时间我确实经常强迫自己给你写信,但给你写信已和我的生活密不可分,我也在强迫自己去生活我不该么?

几乎没有一个字是我刨根究源写出来的,而是偶然地极费力地在半路上紧紧抓住的。在我完全沉浸在给你写信和生活中时,我曾在一封信中这样写道,每一种真实的情感都不必去寻找可以表达这种情感的话语,感情是和话语相碰撞的,或者根本就是被话语所驱动着的。或许这并不完全对①。

虽然我的手还能紧紧握住笔,但我又怎么可能通过给你写信达到我想达到的一切呢——我想说服你相信我的两个请求都是认真的,那就是"爱我"和"恨我"!

我说你想我想得不够多,却是当真的。因为如果你很想念我,便会寄给我一缕白发。而我不仅鬓角发白,整个头顶也白了,想到你可能仅仅因为一个人是秃顶便不能忍受他,我的头顶便更白了。

你布达佩斯的妹妹相片上看起来有点儿疲倦和伤心,你说呢?她那时就结婚了么?她不太像你,似乎更像你在德累斯顿的妹妹。

菲莉斯,我还是没有足够的勇气给你写日记(我又不想称你为"菲"

---

① 参见卡夫卡1913年2月18至19日的信。

了,这么称呼女同学倒挺不错,或者不熟的人;菲莉斯的内涵则更多,已经是正式的拥抱了,我现在在写信,依靠的是话语,这也是我的天性,我不能错过这些机会)。最后我还是会在日记中写一些让人无法忍受的,根本无法忍受的东西,那么,最最亲爱的,到时候你能把它们只当作日记而不是当作信去读么?你事先就得向我保证。

我今天下午的信让人觉得此次柏林之行只是取决于我,那是由于我写得太仓促,此次旅行当然主要取决于你的态度。

再见,最最亲爱的,明天白天我再写信告诉你关于此次旅行的障碍的有关情况。

弗兰茨<br>〔19〕13.3.17—18

弗利克斯和奥斯卡写的东西你读过了么[①]?《蒙特卡罗》这本书我没读过,马克斯不想给我看,因为编辑做了很大改动。复活节那一期会刊登有评论马克斯《奥地利家族》一书的文章[②]。

我此次旅行的障碍本身依然存在,恐怕还将继续存在下去,但它已经失去了障碍的意义,如是可能的话,我可以去柏林,我只想赶紧告诉最最亲爱的。没有你的信(为避免到头来你把这理解为是我请求你别再写信了,我要告诉你这只是我的叹息)!

弗兰茨<br>〔19〕13.3.18

---

① 指1913年3月13至14日信中所附的奥斯卡·鲍姆的中篇小说《陌生女人》和弗利克斯·韦尔奇写的一篇关于亨利·贝格尔森的文章。
② 马克斯·勃罗德《论奥地利家族的特性》一文,载于1913年3月23日《柏林日报》副刊第4页。

最最亲爱的,不知道为什么我无法做任何事情,虽然有那么多要干的活儿,我前面的办公桌堆满了东西。好吧,是我没有早些决定去柏林。读你的信时,我止住了呼吸,读完好一会儿也还如此。那当然是我的一个弱点,我总是利用每一个机会大谈特谈我自己,但这一机会也确实太有利了。以后这几天我该怎么度过!昨天晚上——那时我还没有收到你的回信——我就不知道该写些什么,我也不知道该说些什么,只有有关复活节的事情我才能认真去听。

但还是有一个办法可以压抑住所有的喜悦和期待的,我只需弄明白此行的目的就可以了。我想,关于此行的目的,我对你对自己都没有任何隐瞒,只是尽管我很清楚这一点,我还是无法把它全部想象出来。这一无能实际上却是我的运气,我去柏林别无他意,只为告诉你,让你看看我到底是怎样的一个人,你被我的信蒙蔽了。我亲自去是否会比写信要清楚些?通过写信我并没有做到这一点,因为我总是有意无意地阻拦着自己;但如果我真的站在你面前,纵使我竭力想隐瞒,也隐瞒不了多少。当面看到的是无法否认的。

那么,星期天上午咱们在哪儿见面呢?如果还是无法成行,我最晚在星期六拍电报给你。星期六你一天都在办公室吧?

开始写信时我是那么兴奋,但必要的第二段却拦住了我,让我清醒过来。

弗兰茨

〔19〕13.3.19

〔又及〕你知道伊丽莎白·巴雷特和罗伯特·勃朗宁之间的书信往来么?

没有你的信,而我却是如此渴望你。除了原来的障碍外,现在这次小小的旅行又面临新出现的可能的障碍。现在过复活节时——我没有想到这一点——各机构团体通常要开各种各样的会,这些有关事故保险的事情,机构的代表讲讲话,或者至少要参加讨论,今天还真的收到两份这样的邀请。捷克碾磨业合作社联合会星期一在布拉格开会,苏台德地区的捷克建筑工程师星期二在布吕恩开会。所幸都是捷克人开会，而我的捷克语实在有限，但他们向我提出了很严肃的要求，其实根据公司内部的工作分配这完全是我的事儿；放假期间也没多少人可被派去参加这种会议。但是我必须，我必须看到你，为你也为我（即使为你和为我的原因不同）。昨晚我是多么需要你！每层台阶都那么吃力，因为攀登这些台阶和此次柏林之行毫不相干。

弗兰茨<br>〔19〕13.3.20<br>〔工人事故保险公司信笺〕

你不给我写信了么？办公室里没有你的信（我们这儿的办公室从来不放假，所以我把信寄到你办公室了），但家里也没你的信。菲莉斯！我还根本不能肯定能否成行，要到明天上午才能定下来，磨坊主那个会可能还是要去的。要是明天还没有你的信，我都不知道在哪儿和你见面。如果去柏林，我很可能住在科尼希格莱策大街的阿斯卡尼亚饭店。我昨天得知皮克那天也要去柏林，这对我此行的目的没有丝毫影响。跟他一起坐车倒是很不错，但到了柏林我希望他别再打搅我，尽管也正因为他认识半个柏林文学圈，而且要去拜会那些人。但我什么时候，在哪儿能见到你，你，菲莉斯？星期天上午有可能么？见你以前，我得把觉睡足了，这星期我觉又睡得很少，我的神经衰弱和白发在很大程度上是睡眠不足造成的。但愿见到你时我已睡足了！希望那时我的双腿不要发抖！要是现在这个样子去见你，我一定会发抖的。我可真是太蠢了，竟然拿这些自言自语吓跑我或许还会保持的那点儿镇定。菲莉斯，就让写信人暂时说声再见，半年前见过面的那两个人即将重逢。别再像忍受那个写信人一样忍受这个真实的人了（劝你的是一个极爱你的人）！

弗兰茨<br>〔19〕13.3.21

不管我在不在柏林,星期天你当然都会收到我的信的,更确切地说,是你母亲收到这封信。写完这些以后,我觉得这像是丑陋的欺骗,但你马上就要看到真人了。

还是定不下来。

弗兰茨

〔信封邮戳：13.3.22,布拉格〕

菲莉斯,这是怎么回事儿?你星期五就该收到我那封快信了,我在信中告诉你我星期六夜里到,总不至于偏偏是这封信走丢了吧。现在我到了柏林,下午四五点就得回去,时间在一小时一小时地流逝着,我却没有你任何消息。请让邮差捎个信给我①。为了不引起别人注意,保险起见你也可以打电话给我,我在阿斯卡尼亚饭店等你。

弗兰茨

〔1913 年 3 月 23 日于柏林〕

〔柏林阿斯卡尼亚饭店信笺〕

写于莱比锡发车前。致以衷心的祝愿。

弗兰茨

〔明信片邮戳：13.3.25,莱比锡〕

〔附有弗兰茨·韦尔弗、伊兹查克·略维、

奥托·皮克和弗兰提赛克·柯尔〕

---

① 此信系通过邮差投递。

写于德累斯顿火车总站,致以衷心的问候。难道我曾忘记过?

〔明信片邮戳:13.3.25,德累斯顿〕

亲爱的,非常非常感谢,我确确实实需要安慰,需要这种发自你可爱的、极其善良的心底的安慰。我今天就写这几句。由于困倦、疲乏和烦躁,我几乎失去知觉;但为了明天在奥西格的谈判,我还得处理一大堆公文。至于睡觉,我无论如何必须睡觉,明天一早我又得4点半起床。如果明天我还无法开始忏悔,因为我忏悔需要勇气,也就是安静,那我一定后天开始。

你知道吗,我回来之后,你现在对我来说已成为一个比过去更不可理解的奇迹?

弗兰茨

〔19〕13.3.26

为了使在奥西格的日子有一个好的开端并为我的工作寻求保护,我祝你早上好,致以衷心的问候和感谢。千言万语归于一句话,就是感谢。

弗兰茨

〔明信片邮戳:奥西格,13.3.27〕

一切都很顺利,只是有点累,头部神经抽搐。我刚才读到几句话,是歌德在去世那天10点左右(他去世时间是1832年3月22日上午11点半)在高烧中说的,令我无法忘怀,他是这样说的:"你们看那优美的女人头,鬈曲的头发,鲜艳的色彩。"

〔在有画面一面的上部〕

由于困倦,同样也是因为考虑太多,我拿着这张明信片看了很长时间,现在才寄往柏林。去柏林只有六个小时路程,而不是原来的八个小时。

弗兰茨
〔19〕13.3.27
〔明信片〕

亲爱的菲莉斯:

不要因为我信写得少就生我的气。这不意味着我很少有时间给你写信。自从我离开柏林以来,很少有时间不是完完全全地属于你一个人的。我昨天还在奥西格,很晚才到家,我真的精疲力竭,像一个木偶一样坐在桌边。我经历了很可怕的疲劳状态,觉得自己身体顶着的脑袋已不是人的脑袋。在星期三至星期四的夜里,也就是去奥西格的头天晚上,因为必须研究公文,我11点半才上床。尽管已经很累,但仍无法入睡,还听见钟敲了1点,而我4点半就该起床了。窗开着,我的思绪断断续续,有十五分钟时间里不断地跳出窗外,接着又来了火车,一列接着一列,碾过了我躺在铁轨上的身躯,不断加深和扩大颈部和腿部的两处伤口。我为什么写这些呢?就是想用同情把你再次拉到我身边,并再次享受这一幸福,因为我的如实忏悔将会破坏一切。

柏林之行使我与你靠得更近了!我只和你同呼吸共命运。你对我了解还不够,亲爱的,尽管我也不理解你怎么能对身边发生的事视而不见。仅仅出于善良?如果这是可能的话,那其他不就都可能的吗?关于这一切,我还要详细阐述。

弗兰茨
〔19〕13.3.28
〔工人事故保险公司信笺〕

今天没有信，也许它在家里。我急不可待地想知道，这也是我停下来的一个理由。

菲莉斯，你能否写信告诉我，我的信和我本人给你的印象是否相符？

我不想再抱怨，这七个星期——或许只有六星期，我手头没有日历——太短和太长，太短，无法把一切说清楚，也无法完全相信你对我的态度没有发生变化（你并不想回答我准备承认的东西）；但又太长，以致无法充分享用。我到处都在寻觅你的身影，小巷里不同人的细微举动，不管像还是不像，都让我想起你，但我无法把我内心的想法说出来，因为想法太多了，以致我没有力气把它们表达出来。

我太长时间看到的是一个真实的你（我至少充分地利用了时间），所以你的照片现在对我已没有用处。我不想看它们，照片上的你很呆板、一般。但我看见你那张真实的、具有人情味的、带来必要缺点的面孔，我就陶醉了。我已无法自拔，无法习惯那些呆板的照片！

只有当听不到你的音讯，我才保持固有的那种敏感。我缺乏信任感，只有在写作的快乐时刻我才有，否则整个世界都和我过不去。我总是考虑你不来信的种种可能性，考虑个上百遍，就像找东西的人会在绝望之中在同一个地方找上一百遍。你是不是可能遇到了什么严重的问题啦？难道我在这里四处游荡会真的碰到什么可怕的事情？这些想法整天慢慢地但又不停地在我脑子里转悠。亲爱的，如果从明天起，我把日记式的记录寄给你，请不要把它视为是一出喜剧。里面的东西，我真的无法用其他方式表达，只能对自己自言自语。你即使在你我身边默不做声也是一样。我如果给你写信，当然不会忘记你，因为我也无法忘记你。但我不想用呼唤你的姓名把自己从昏昏沉沉中唤醒，因为只有我还能在昏沉中写信。请你，菲莉斯，请宽容你将听到的一切。我现在还不能写，我将不得不全部说出来。你前几天说你承担一切责任，这远远超过了耐心地倾听这一切。我将试着把一切都写下来，除了那些我自己羞于写下来的东西。好，再见，亲爱的，上帝保佑你！我对柏林了解得很少，写信告诉我你去过的街道和地方的名字。

你的

〔19〕13.3.28

我始终没有开始,我太不平静了,我太爱你了。我对你是不可缺少的,这是你说的?上帝在哪里?从我内心发出这么一声吼叫,我真该用手把这声吼叫扼杀。

我在今天整个睡眠中,总是在想为什么今天没有收到信。信本来就没来,我还没听懂保姆说话,就早感到嗓子口里快要蹦出这句话了。我该免除你写信之劳吗?亲爱的,这没什么。但把你从我这里解放出去,这可是一个了不起的事。但我就是不能放弃你的来信,我充满了想得到你消息的欲望。只有你的信,才能使我有能力表现我哪怕是细小的生命力。为了能正确地活动小拇指,我需要你的信。

我怎么能仅仅放弃你的消息,因为我听说你身体不好,一直咳嗽,觉得身体状况很坏。如果这一切发生在我感到很放松、能全力以赴写作的时候就好了!那么,我在写信的时候就会觉得比平时靠你更近。为了不失去与你在一起的每分每秒,如果可能的话,我今天根本就不想离开写字桌。有时候在绝望之中,没有其他办法,只能用这些没有根据的希望来聊以自慰。当我比如在办公室里到了第二次分信时间仍未收到信,一点也不知道该怎么办:无法集中精力,哪怕是口述;整个事故保险公司,尽管它暂时留在我脑海里,但已完全从我身躯里退出;每个小小的见习官员都比我了解情况和称职。这时候我有时对自己说:"不要伤心,你下午给她写信要因此写得更长,你要更加感谢她。一切都取决于你自己。"但现在这一切都是非常错误的。当我不给你写信的时候,我觉得离你很近;当我上街,到处有东西不时地让我想起你;当我独自或面对众人把你的信贴在我脸上,吸入你信上留下的你颈子上香气的时候,这时候我比任何时候更紧紧地把你抓在心上。我的上帝啊,事情还要糟糕,我那不幸之手不断摸向深处:在阿斯卡尼亚饭店打电话时,我就离你很近，比过去在绿色森林的树枝上更能感受到心连心的幸福。

亲爱的！亲爱的！与此相比，一切都黯然失色，包括我的

名字　弗兰茨

〔19〕13.3.30

〔在下面边上〕不是胡同，而是大街。

天色已晚，我去睡觉了，但我仍想问候你并给你写上几句，亲爱的，令人无法理解的情人。我发觉自己多年来睡眠太少，这不断撕裂般的头痛只能用睡觉来驱除，或许也不起任何作用。我独自一人，揣着你昨天的信，做了一次长长的散步。我本来是能和两类人同行散步的，但我想一个人清静一下。过去，我是出于卖情弄俏，出于无聊，出于懒惰才想一个人独处，像一个稚嫩、健康的少年一样，百无聊赖地四处闲逛。今天，我独处是出于一种必需，很大程度上是出于对你的思念。我散步出城，走得很远，在一个山坡上，沐浴着温暖的阳光，昏昏欲睡；两次渡过了摩达维亚河，多次阅读你的信；从高处往下扔石头；远眺前方，一片春天的景象；打扰了情人们嬉闹（他躺在草丛里，恋人们则在他面前忽上忽下）。这一切都是那么的无聊，我身上唯一有生气的东西就是放在我口袋里的你的信。

只要你健康，亲爱的，我有这样的担心。你请求我免除你写信让我怀疑你已不去办公室上班。这是真的吗？亲爱的，为了我，请你保持健康。如果你保持健康，我再也不想抱怨了。不要那么晚睡觉。你曾光彩照人，面如桃花，富有朝气；但也可以看出来你睡眠太少。亲爱的，让我们互相保证，在圣灵降临节以前每天晚上9点就寝。现在虽已9点半，但还不是太晚，写信又让我振作了起来。好吧，晚安，亲爱的，我们以后每晚9点都祝对方晚安。

弗兰茨

〔19〕13.3.31

我原来的担心——不可能听说比这更为可怕的事了——就是我将永远无法占有你，最好也只能像一只盲目忠诚的狗，吻一下你漫不经心伸过来的手，这不是爱情的表示，而只是天生注定保持沉默和保持距离的牲畜表示的绝望。我担心，我将坐在你旁边，就像经历过的那样，感受到你的呼吸和生命，但实际上离你比我现在房间里还要远。我担心永远无法控制你的眼神，一旦你往窗外看或者把手捂着脸，我将真正地失去它。我担心我们手拉手走过整个世界，看上去已经是密不可分，但实际上全是虚幻。总之，我担心被你永远排除在外。你是否也会这样深深地弯下腰，使你陷入险境呢？

如果这是真的话，菲莉斯，——我觉得已完全毫无疑问了——那么我完全有理由在半年前就果断地与你告别，完全有理由担心与你保持任何表面的关系，因为这种关系的后果只有一个，就是我对你的思念已摆脱一切虚弱的力量，而正是这些力量至今使我这个生活在世界上的窝囊废留在这个人世上。

我不写下去了，菲莉斯，我今天已写得够多了。

弗兰茨
〔19〕13.4.1

我正想脱衣服，母亲因为一个小事进来了，走的时候，吻了我一下并说晚安。已经好多年没有这样了。"这太好了，"我说。"我一直不敢这样做。"母亲说，"我原想，你不会喜欢。如果你喜欢的话，我也很喜欢这样。"

亲爱的，难道我该疏远你？我，一个坐在写字桌旁，因为思念你而要死要活的人？我今天在外面过道上洗手，不知怎么地涌起对你的强烈思念之情。我不得不走近窗户，想至少在灰色的天空中寻找安慰。我就是这样地生活着。

弗兰茨

〔19〕13.4.2

〔工人事故保险公司信笺〕

菲莉斯,有可能是巧合,今天没收到你的信,因为你昨天搬家,可能没有片刻空闲时间。但另一方面,今天看上去也不是什么巧合,而可能意味着任何时候都是一种必然(你星期四收到我的信后,必然不会写信,我还有什么可企盼的呢?)。但我总可以任由性子给你写信,因为想给你写信的欲望是我生存的根本。我将不断地写,直至我的信原封不动地退回。你看一下给你写信的人,他的头发已被搅得凌乱不堪!

弗兰茨

13.4.4

〔可能是1913年4月3日至4日夜〕

我们隔壁住着一位刚搬来一个月或两个月的捷克作家。他是教师,写色情小说,至少他上本书的副标题是这样写的。封面上印有一个女人在玩弄几颗滚烫的心。我记得这本书就叫《滚烫的心》。我原本不知道自己为什么把与我不相干的人想象成一个卑微的、黑色的伪善者。最近,我听一位捷克作家针对我的邻居说了一句话,这句话至少没有反驳我的观点。他说,如果一名教师没有周游世界的阅历,用肤浅的手法,从他狭小的生活环境出发写小说,他的作品自然只可能是一些可笑的色情小说。我现在第一次在电梯里碰到他,他是一个光彩照人、令人羡慕的人!你知道,捷克人特好学法国人的举止,尽管这种模仿一般总是落后于时尚,接受的总是心爱国家过时的东西,因为只有那些臭遍大街的东西才会传到国外，——所以这对法国的模仿者来说不是什么丢人的事，因为法国充满传统，一切进步都在那里逐步地流入不排斥任何东西的河流，然后继续前进。因此，模仿者几乎总能跟上步伐，而不显得心急火燎，或者至少始终保持一种可爱。那里就有一个人，留着颇有生气的法国山羊胡子，戴着一顶从蒙特马德买来的宽边软呢帽，手上搭着一件随风飘动的外套，举止优美得体，眼睛炯炯有神——看他简直是一种享受！

我现在就站在这里，回到了你的身边，菲莉斯，亲爱的菲莉斯。我站在这里，匆匆忙忙地讲述着这些小故事。亲爱的，我已收到你的电报，初看一遍，我觉得好像是用暗语写的。你星期四收到了我的信，就给我发了电报。你太好了，我不得不强制地克制自己，让自己不要相信那些话，让自己平静下来。特别是今天晚上，马克斯也试图从另一个、但很相近的方面安慰我，并使我目前几乎平静下来。亲爱的，你星期四收到的信是完完全全当真的。我现在太草率了，自己也可能对这封信产生怀疑，觉得它不太认真，很值得怀疑。噢，不，亲爱的，这信是当真写的，里面没有画面，只有事实。事情就是这样，完完全全是这样。

弗兰茨<br/>〔19〕13.4.4

〔在下面的信纸边缘上〕
  我忘了祝贺你乔迁之喜。


前天或大前天夜里，我不断梦见牙齿。这些牙齿不像人的牙齿排列有序，而像孩子们玩的耐心游戏一样，组成一堆，在我的颌骨的操纵下移动。我使出全力，想表述最想说的话。牙齿的移动，牙齿间的缝隙，牙齿摩擦的咯咯声响，以及我操纵牙齿的感觉———切都和一种思想、一种决定、一种希望、一种可能性有那么一种固定的关系。我想用不断咬牙来抓住、保持和实现这种思想、决定和希望。我尽力而为,有时候看来行了;有时候我想,我已取得成功。当我清晨终于醒来的时候,我半睁着眼,觉得一切已经成功,整夜的工作没有白费。牙齿的排列最终没有变动,这无疑意味着幸福即将来临。我无法理解自己为什么在夜里没有早点认识到这一点,而是感到没希望,认为清晰的梦影响睡眠质量。以后我就完全醒了(这时,我们的小姐总是用怨天怨地的语调叫问几点了),一事无成,这不幸的上班时间又开始了,你,亲爱的,我当时并不知道,你是在牙痛中度过了漫漫长夜。

你知道吗,亲爱的,这幸福和不幸的混合物构成了我与你的关系(幸福——因为你还没有离开我和如果你离开我,只要对我好过就行。不幸——我没有很好地经受你表示的对我的考验),同时也使我忙得团团转,好像我是这世界上多余的人似的。一切至今阻碍我的障碍(每个人都要经常经受考验,我经受的考验很少,从来没有这个考验那样艰巨和关键),看来已经烟消云散。我怀着一种虚无的绝望和怒气,四处漂泊,也许不是针对我的环境,我的命运,和处于芸芸众生之上的上帝,而仅是针对自己而已。我心境最坏的时候也许是在办公室,这种恶魔般的办公室工作让我心力交瘁,我一事无成。有时候我真想跪倒在上司的脚下,请求他从人道主义角度出发不要解雇我。当然无人对这一切有丝毫察觉。也许一切从后天起都会好转。我下午去园林劳动!有关情况下次再写。

弗兰茨

〔19〕13.4.4

〔可能是4月4日至5日夜〕

菲莉斯,昨天我出乎意料地收到了你的来信。晚上7点,当我回家的时候,楼下的女管理员递给了我这封信。邮差偷懒,没有自己上四层楼。你写得太平静和怡人啦!好像在作出这一最后步骤之前保护天使在伴我左右。当我决心说出大部分情况的时候，我使用了矫揉造作的、不明了的语言，并认为它们还是可以理解的。现在我已没有退路。如果这最后一步是当真的话，并且不管是过去还是现在都是必要的话，我是不能把它视为儿戏的。我在你昨天收到的信里和你可能今天收到的信里说了已经够多的啦。我今天没有收到你的信，可能就是这个的缘故。不，你的加急信已经到了。我害怕你不理解和无法理解那封信，你可能觉得我很愚蠢。但这是一种很有理由的害怕。

不，菲莉斯，我的长相不是我最坏的缺点。"快圣灵降临节啦！"这个愿望现在（现在！）从我内心突然迸发。愚蠢之极，此刻，对我来说没有比这更无聊的愿望了。前天，我走过国家火车站的接待厅，我既没想坏的，也没想好的，也没有注意那里站着几个工作人员，都已身为人父，身着简陋，像从事这一职业的人一样，揉着眼睛，打着哈欠，四处吐痰。我稀里糊涂地开始妒忌他们（这本身也没有什么特别的地方，因为我羡慕每个人，很愿意为每个人设身处地地想一想）。过了很长时间，我才想起，这羡慕当中也包含着对你的思念。当你第一次把脚踩到站台的时候，这些工作人员就站在那地方，看着你租车，支付搬运工报酬，然后上车走了。在什么地方冲过拥挤的车辆，跟着你的车奔跑，紧追不舍，毫不气馁，这也许是我能胜任的工作？不是的话，那又是什么呢？什么呢？

弗兰茨<br>〔19〕13.4.5

你可以从附上的信中看到我有一个多么可敬的出版商。他英俊，大约二十五岁，上帝已赐给他一个漂亮的妻子，几百万马克，对出版业的兴趣和很少的出版商气息。

〔附录〕

## 库尔特·沃尔夫致弗兰茨·卡夫卡的信

弗兰茨·卡夫卡博士先生
布拉格
尼古拉大街 36 号

尊敬的卡夫卡博士先生!

  我非常诚心和非常急迫地请求您最好马上寄来您小说的第一章让我一读。就像您以及勃罗德博士先生为的那样,第一章可以单独出版。请您最好同时把臭虫故事的复影件或原迹一并寄来。我星期日出国几个星期,很想在这之前能拜读两部作品。
  如果您能满足我的愿望,那就太劳驾您啦!
  但愿我们不久相见,比上次在莱比锡还开心。

库尔特·沃尔夫　敬上
1913 年 4 月 2 日

〔库尔特·沃尔夫出版社信笺〕

  菲莉斯,亲爱的,终于又能写信了,隔壁也没有什么贵客。一个半小时前,我就跑回我的屋子,好像你在里面似的。你从我的笔迹上是否已经看出我今天已干过重活了,羽毛笔对我来说已经太轻了?是的,我今天第一次在努斯勒,一个郊区,帮助园艺工干活了,在凉凉的雨中,只穿着衬衣和裤子。这对我身体有好处。能找到一个地方不是很容易。那里周围虽有许多蔬菜园,但都散落在房子之间,没有栅栏。晚上下班后,当我想劳动的时候,周围很吵闹,有美国跷跷板、转马、音乐。不管这里怎么好,但我不喜欢这里的劳动环境,尤其这些蔬菜园都很小,属于贫困阶层,种植的品种单一,所以学不了很多东西。我原本并不想学什么,我的主要目的是把自己从自我折磨中解脱出来几个小时,和阴森可怕的办公室工作形成对照。这办公室工作看得见摸不着——**办公室是真正的魔窟,其他的我就不再害怕了**。这一说法也不是因为我完全不认为我一直搞的自我折磨是多余的,而是认为很有必要;在与你的关系中,这种折磨应该为了你的幸福而把我穿透。但我想在两个小时内摆脱折磨,在宁静和幸福之中思念你,最后也许整夜不能入睡。但我的这些表白也许让人吃惊,没人能接受我。所以我说,我在不久的将来将拥有自己的花园,因此想学一点园艺。

但已太晚了,菲莉斯,明天我再继续叙说,由于要远行,你今天会睡不安稳,可怜的人儿,一切都会好的。这里有一个人满脑子只装有对你的良好祝愿。

弗兰茨

〔19〕13.4.7

你拔了一颗牙,又感到疼痛了吧。你怎么一直那么倒霉,老是疲惫不堪的样子。你真该好好休息一下,你会成为最精神饱满的人。很显然,我总是把你遭受的痛苦与我联系起来,并因此怪罪自己,尽管这样做和你牙疼时一样没有任何作用。你现在法兰克福找到清静了吗?布鲁恩夫妇也同去了吗?布吕尔小姐呢?这下你可以好好休息了?不要像在布拉格那样长时间地在床上阅读!最好只念一些诗,不要那些让你无法入睡的小说。我明天给你寄韦尔费的诗选,以此奖励韦尔费,他当之无愧。我今天收到他的一张明信片。尽管他不拘小节和懒惰有名的,但他一收到我的信就回了这张明信片。在明信片中,他和另外两个也给我写信的人自告奋勇地表示,愿意为略维尽力。略维这次身体状况很糟,躺在医院里,那撕心裂肺的头痛是鼻子做手术引起的后遗症,每三个月就要发作一次。他已离开了原来的剧团,又不顾我的劝阻,带着最美好的愿望组成一个新的剧团。新剧团本该比老的好,比老的上演更好的剧本,但却比老的还差劲,因为剧团的人都是偶然和仓促凑起来;而且由于略维幼稚的经营方式,剧团收入大大减少,因为他与剧团不断地在莱比锡和柏林之间奔波,几乎不休息睡眠。现在剧团快接近破产,与原来那个比较好的剧团的竞争也损害了新剧团的生存,使新剧团看不到任何希望。略维以个人名义为剧团承担的债务极高(这些债权人是怎么的!)——现在略维又病倒了(他写信给我说:"上帝是伟大的,如果他施舍的话,谁都有份。"),剧团当然早就散伙了,只有他留下了,一副病骨,身无分文,债台高筑,看不到任何希望,经历一场彻彻底底的失败。这已经不是新鲜事啦,我不知道为什么没有写信告诉过你。我收到他很多信,也许他现在上路找我,去了巴勒斯坦。

亲爱的,我该收尾了,但我还没有痛痛快快地与你说完呢!我今天上午在想象陪了你一程。没关系,我下午第二次坐车去了法兰克福。

弗兰茨<br>〔19〕13.4.8

现在在法兰克福啦!亲爱的,你太乖了,在一大堆工作中还是给我写信。假如我用吻手的方式表示我的谢意,我的嘴唇恐怕就离不开你的手啦。我觉得,随着你乘坐的列车启动,我整个灵魂也逐渐离开柏林,向法兰克福走去。只要你在柏林,我就特别关心奥斯卡的柏林之行;尽管我知道,他下次去,你可能已不在柏林了。不管怎样,你还在柏林,所以很愿意谈柏林。当我昨天拜访奥斯卡时——他正在朗诵一些作品,试试在柏林会产生什么效果——我承认这些作品部分是很出色的,但我对在冷漠的柏林搞朗诵会并不感兴趣,所以感到很疲倦!亲爱的。我下封信给你说说我的母亲。我现在得快点写。当然,我已给她讲了一点柏林的情况(你会惊讶我讲得很少),只不过那个在绿色森林让我闭嘴的障碍,在布拉格也让我保持沉默。

再见,亲爱的,祝你办展览会顺利,住饭店有胆量。

弗兰茨

〔19〕13.4.8

〔信封邮戳:13.4.10〕

正要去睡觉。天已不早,感到疲劳,脑子里又是乱糟糟的。亲爱的,你今天不想听我说些什么啦?你在法兰克福过得还开心吧?我的上帝,我让你这样孤单单地周游世界。

弗兰茨

〔信封邮戳:13.4.10〕

我终于知道你在哪儿了,菲莉斯。虽然我就一天没有收到信,但我还是敢用"终于"两字。哎,何苦再把一切重复一遍。你没有见怪我对你迫不得已施加的压力,因为你一定至少预料到,我想和你保持尽可能连续的通信联系,原因不在于我对你的爱,而在于我不畅快的心情;如果是因为我爱你,早应该想办法让你休息,从前一阵的疲劳之中恢复过来。

菲莉斯,我不要你回我的信,我想听听你说话,就听你一个人,我想看见你悠闲自得,就像没有我这个人一样,或就像我是另外一个人一样。想到我可能会收到回信,我情不自禁地会颤抖起来。菲莉斯,请就告诉我这一点,以便我能清楚地看到,决定最终必须从哪里来。告诉我,你是否从你上星期四收到,我又多次提到的那封颠三倒四、矫揉造作、糊涂愚蠢的信中看出是怎么回事了吗?我本不该说其他什么事,休息一下,看着你,忘记自己,这不是很好吗?但这不负责任。

你现在汉诺威,我没有想到。我原以为你从法兰克福坐车去那里。

如果我没搞错的话，你曾在信中也这样写过。你的妹妹在汉诺威？突然去的？一切不幸是不是都已过去？你曾说在五至六个星期内作出决定，现在时间快要过去。你在汉诺威住在你妹妹那儿？不是住饭店？

关于我参加园林劳动，你不必指望它会给我带来什么好结果。今天我已经是第四天劳动了，肌肉当然已有些紧张，整个身体重了，也直了，自信心也有所提高。一个人如果没有天生好的身体素质，坐在写字桌旁和长沙发上工作，很容易受到病痛的袭击；如果他拿起铲劳动，这对他身体就不会不产生一点作用。但这种作用的有限性是明显的。有关情况我还会给你写信，今天天色已晚。傍晚我在马克斯那里，和两个知足常乐者待得时间太长。对这桩婚姻，我起先判断不对，原因我心里太明白了。

弗兰茨

〔19〕13.4.10

菲莉斯，我们现在相距这样遥远。看来你星期三晚上寄出的明信片，我今天，也就是星期五才收到。我感觉到这样的距离（不是现在，因为我读了弗里德里希·胡贺在《新江报》上刊登的糟糕故事后，已完全发呆了。但也有例外，比如看见你来的明信片放在桌上）。不，我不马上走。你看到了吧，有时候我总是那么倒霉。我原来只想叙述一下自己怎么会偶然有这样一个想法：我可能住在维也纳，这样可怕的空间距离使你我天各一方；相比较而言，在布拉格的距离还能忍受。维也纳，这个处于南边的小地方，虽然半年前，它离布拉格比柏林还要近。

明信片是4点写的，你坐在餐车里，我看的是如此的仔细，以至我可以告诉你坐的位子：根据列车的行驶方向，我认为你坐在很后面的位置，最后或倒数第二排的一张桌子的右边，而且靠窗、目光逆着行车方向。我原可以画下来，但必须空出你的沙发椅子，所以不想画了。如果你说坐在其他地方，我不会相信的。此外，我现在发现，我肯定搞错了，因为在我的想象里，餐车里除了你没有他人。我得把给你送明信片的服务员想象出来。

不久前,我活灵活现又一团糟地梦见你、马克斯和他夫人。梦见我们在柏林,找到了所有的绿色森林湖,全在市区内,一个接着一个。这实际上是不可能的。也许是我一个人发现的,也许真想去找你,几乎是故意走迷路的,看见一个奇特的、灰黑色的、不明不白的码头轮廓,问一个行人才知道这就是绿色森林湖。我虽然就在市区,但离你很遥远。以后,我们去了万湖,你不喜欢(这句话在梦中一直在我耳边回响)。走过一扇铁门,就像走进了公园或墓地;看到很多东西。时间太晚了,没法再叙述下去。我也得刨根问底才能回忆起来。晚安,多做好梦。

弗兰茨

〔19〕13.4.11

菲莉斯,你星期三下午就到了法兰克福,这是我今天星期天上午收到你的明信片后才知道的。菲莉斯,你一定明白,这不是对你的指责,在我与你的关系中没有指责栖身的地方,但愿你也明白另外的关系。有时我想,你去了法兰克福,离开了你第一次收到我的信时的环境,有可能更好地考虑我这个人并在法兰克福收到我的信,这一切都可能使你对我有更正确的了解;如果真的是这样,那么你完全有理由进行这次法兰克福之行。我现在的感觉很不好,为了维持生命和继续思考,我所耗费的精力足以修造一座金字塔。

弗兰茨

〔19〕13.4.13

五天了,菲莉斯,我对你的情况一无所知,不知道该给你写些什么?那么就让我向你致以问候并在不愿流露的想象中用我的手把你那可爱的手握一会儿。星期天的大部分时间我都是躺在床上度过的，几乎没有睡觉。也许是一个十七岁的年轻人对世界不满所能表现出来的最极度和最异乎寻常的做法。在这种平躺的状态中，好像每个毛细孔都充满了脑浆，真令人作呕！

弗兰茨

〔19〕13.4.14

〔可能是 1913 年 4 月 13 日至 14 日夜里〕

菲莉斯·鲍威尔，美因河畔法兰克福，大都会独家饭店
又没有你的消息，请，请告诉我一句诚心的话。

〔电报。1913 年 4 月 14 日发自布拉格〕

我不得不在正玩牌的父母亲那里写信。我对平常的和非同寻常的事情都有些不耐烦了，不过，菲莉斯，——非常幸福。因为"一切照旧"听起来优美动听，这声音远远胜过"请不要瞎操心"那句生硬的话！我感到疲惫不堪，最近以来我总是有这种感觉，现在我几乎要瘫了。我不得不对自己发问——但为什么笔的墨水要溢出，真的一切照旧吗，菲莉斯，真的是一切，真的是照旧吗？

你一定会感到惊讶，我在信里总是担心你会离开我，但如果我的担忧真的应验的话，我反而会感觉好极了。我不明白，为什么在法兰克福整整一个星期，我只收到了一张明信片，不明白你怎么只有那么少的时间，尤其是当我想起你以前在信中提到过我们有可能在法兰克福约会，谈到在那里时间宽裕，还可以乘车去陶努斯山游览等等。尽管如此，对你不来信，我也就忍了，就这样结束这一切吧，就像我走向终结那样，昨天我去了马克斯家里，在准备离开的时候，有人匆匆说起了什么，并

还和其他人说的什么事混淆在一起,这不由得使我产生了一个想法,你可能在法兰克福,正在这个你拍发电报的大厅里,你和一个老相识或新朋友相遇,这个人在纠缠你。是的,出入那里的肯定是各家公司的代表们,他们都是有名望的人,西装革履,身强体壮,还有愉快诙谐的年轻人,在这些人面前,如果要把我和他们相比较,我简直会感到无地自容。我扪心自问,假如你对他们当中的某个人产生好感,那是很自然的,这样你也就满足了我信中无数次提到的要求,一切也就迎刃而解了,我去我该去的和好像要去的地方,就是说,被从你的周围抛弃了。这是我罪有应得,因为我没有像对恋人那样拉住你的双手,而是拽着你的双脚,使你无法行走。那我为什么还不满意的呢,为什么由于失眠,脑袋昏昏沉沉的,还要硬撑着起床,直到发出电报后才松了一口气呢?

弗兰茨

〔19〕13.4.14 日晚 9 点 1 刻


昨天晚上我无法给你写信,你的信我是今天早上在办公室收到的,你的明信片现在家里。我感觉浑身无力,像是着凉感冒了,嗓子发哑,觉得很累。假使有那么一天,我们之间要了结了,我该怎么办呢!一个女裁缝的出现,使我的小外甥感到十分可怕,号啕大哭,到现在已经足足哭了一刻钟了。这几天以来,我也觉得好像要哭,尽管我自己远远没有像我那健壮的外甥哭得那么有劲。——我通过信所没得到的,通过语言也不会得到,真可怕。——那么,每天寄一张明信片?可怜的菲莉斯!旅馆的哪个窗户是你的房间?当我看你的信时(读到最后时,我总要喘几口气,才能又开始从头看),我相信,对于我和所有的一切来说,只有你才是救世主。

弗兰茨

〔19〕13.4.17

我给你去信是不是打搅了你，菲莉斯？我不得不打扰你，没有别的办法。你必须完全投入做生意，展览会对于你今后一年的生意来说可能是至关重要的，——那我就不要以与此无关的事情和主要是我的烦恼来打扰你了。但是我看到，现在展览会可能已经结束了，我想它是20日结束。现在这种想法铺天盖地向我涌来，我本应更好地进行抵御，但我屈服了。譬如现在，我心情平静极了，但这当然也并不一定是好事。写作，菲莉斯！要是我能一心写作就好了！你应该同我分享欢乐！但我不敢晚上11点才上床睡觉，最晚10点钟我就得睡觉，这样才能让紧张的神经顺便、仅仅是顺便松弛一下。我还能再写作吗？

我又用与你无关的事情来打扰你的生意了。我得搁笔了。

弗兰茨

〔19〕13.4.18

你怎么返回柏林？22日星期二可惜我又要去奥斯西了。我们能不能在什么地方握握手或者至少能够互相离得近一些？那将会使我欣喜万分。

长时间地躺在床上，满脑子都是伤脑筋的事，星期二在奥斯西的谈判每次都要进行不可缺少的准备，真让我心烦意乱。我不知道，我最近谈到奥斯西的一封信你是否收到了。就是说，我们星期二是无法见面了，不过这没关系，菲莉斯，只要你已经离开那可怕的法兰克福就好了。它使我不能与你接近，我觉得好像你对你自己保护得不够，同时我又觉得，你又对自己保护得过于严密。现在你可能已经在去柏林的路上了，现在是6点半。你知道，发电报的确是件轻而易举的事，但这总是而且毫不例外地只是一个美好的想法。躺在床上伸出手拿电报来看，一股不可抗拒的力量使我片刻摆脱了头脑中令人恶心的东西。我要是能够写作就好了，菲莉斯！对此的渴求使我心力交瘁。要是我首先在这方面有足够的自由和精力，那该多好。我想，你没有完全理解，写作是我唯一精神生存的可能。不足为奇的是，我总是表达错误，只是在精神形象中我才是清醒的，对此以及对于我的行为举止，我也不能令人信服地进行描写和叙述。假如我完全只是另外样子的话，这也就没必要了。现在离圣灵降临节还有三个星期，谁会高兴呢？你说过，一切都会好起来的。现在我要当心，不要失去什么。

弗兰茨<br>〔19〕13.4.20

现在是星期天晚上该睡觉的时候了，而对奥斯西的谈判还真的没有作任何准备，明天几乎也没有时间进行准备，而为准备这场复杂的谈判，我的脑子里要装进上千项内容，以使谈判有一点成功的希望，或至少有几分把握不至于出丑。但我无法做到，我无法做到。是的，需要做的只是研究文件，但为了强调我的反感，我感觉我与这项工作之间像是隔着一座山，我必须首先移山。但我做不到。菲莉斯，你有没有注意到，我在我的信里原本不是向你表达爱情，否则我应该只是想着你并只是写你。我的本意是请求你，期望在最荒唐的事情上得到你的帮助和祝福。否则会有什么理由使我信中提及奥斯西之行。

我今天下午写的信在你收到时将是一封被撕破的信，这是在去火车站的路上，我把它撕破了，因为我气恼之极，我不能真实、明确地给你写信，不能真实、明确地写信，就像我虽努力，仍不能通过写信留住你，和以某种方式向你表达我真实的心情并告诉你我除写作之外不允许有别的期望。譬如，在下午的信中我写道，我只有在精神形象之中或类似的情况下才是清醒的。这当然是错误和夸张的，但的确是真实的和唯一真实的。但这样我永远不会使你明白，反而使我反感。然而，我不能扔掉手中的笔，尽管这是最好的办法，我要不断地努力，但又不断地失败，然后又返回到自己这里。就因为这，我把信撕破了，我应该把它完全撕了，对每封信都应该这样，因为即使你收到的都是我的信的纸片，结果都是一样或者会更好些。

现在你可能已经到了柏林了，它使我感到充实，在我想象中又占据了半年以来已经占有的那种值得尊敬和几乎是崇高的地位。

弗兰茨

〔19〕13.4.20

〔首页左边空白处〕

听说星期三的柏林日报刊登了一篇关于《观察》一书的很不错的评论，我没有看到，是今天才听说的①。

我们公司的一位工程师在今天谈判时是证人，而我将成为原告一类的人，他坐在我对面，还有很多要说的，但我说，我首先要（他正在向我读材料）写一张明信片，否则肯定不会有好结果。

衷心问候！

弗兰茨

〔明信片邮戳：奥斯西，13.4.22〕

结果确实很糟糕，尽管谈判还没有完全结束。那怎么办，又不是我的责任，不要因此而生气！我反正不很介意，因为在布拉格有信，那才是正事呢。

弗·卡

〔明信片邮戳：奥斯西，13.4.22〕

---

① 阿尔贝特·艾恩施塔因发表在1913年4月16日《柏林日报》副刊第4页上关于卡夫卡的《观察》一书的评论。后收入《卡夫卡研讨论文集》第135页。

我没有时间给你写信吗，菲莉斯？不，不是这样，我的身体也不比往常差。我肯定不是故意使你感到不安，故意不给你写信，更不是有意不愿得到你的回信。但——请好好听我说——我愿意给你时间，使你搞清楚你与我的关系，因为根据我复活节后得到的关于你的消息（可能不算头两封信），我不得不相信（菲莉斯，请眼下站在我的一边，像我这样看待这一切吧），我只有通过人为的方式才能把你留在我的身边，即一封接一封地给你写信，使你无暇思考，迫使你在急迫之中使用旧的话语，但赋予新的内涵。我现在不想说什么最终的话，尽管我怀有最坚定的信念，但每次收到你的信，都使我感到迷惘和彷徨，如果是这样的话，那么确实这是唯一使我感到失望和能够使我感到失望的一次，因为即使在最糟糕的时候，我也一直在期待从你那里得到一片诚意。你会与我分手，我对此并不感到诧异，因为你没有能够马上认识我，甚至也不可能，我完全是从侧面接近你的，过了一阵后，我们才把脸转过来，面对面地看着。现在我不了解你最后是怎么决定的，而只是从你最后的信中猜测出你的决定，我只是不理解，菲莉斯，你自己都不知道你自己是怎么回事。你不应该相信，我所说的一切只是为了想指出，你的信简短而稀少，你以前有时也给我写过简短的信，那些信却使我感到幸福和满足。但最近的一些信却不一样了。我的事对你来说不再那么重要了，更令人生气的是：你不再关心给我写信谈关于你的情况了。我可怎么办呢？我无法就你最后的那些信回信了，星期四那天我在想，你上午在办公室确定没有我的来信后是如何松了一口气。

弗兰茨

〔19〕13.4.26

〔工人事故保险公司信笺〕

等着写信，那是不可能的，面对着一堆书籍和稿纸，我正在准备有关《预防工伤事故的组织工作》的报告，但脑子里空空的，尽管如此，我还是要先给你写回信。菲莉斯，难道是我想伤你的心吗？伤你的心？

但我的任务只是尽我力量所及减轻所有不是由于我的责任但由我给你造成的烦恼。而现在你的这封信是这么的疲倦和伤感。你现在怎么样？你有什么不舒服吗，你这个可怜的？难道我是一个如此极端的傻瓜吗？你以为，我在第一次预感到恐惧时马上就会给你这样写信吗？我相信拥有许多证据，我现在不想一一说出它们。现在也不是时候，当我看完你的信后，我有一种被动的感觉，好像长时间逍遥在外后又回到了这个世界。

我已经做好了一切准备，甚至就像昨天没有收到信一样。我可以毫无羞耻地说，我以为这是你束手无策的表现，另外一种意义上的束手无策。

### 在家里

菲莉斯，告诉我，这不可怕吗？你在忍受痛苦，而我却被排除在痛苦之外。难道对于纠缠着你的痛苦我不该嫉妒吗？但最近一个时期以来，你根本就没有提到过这个痛苦。我几乎把它忘记了。你在信里只是总在说"着急"或者"又着急了"，当我看信时，这个词在刺痛着我的眼睛。

现在，没有你的来信，没有给你的回信，我就像热锅上的蚂蚁，我在忍受着。我应该还有精力。我会很好地关照自己的。勿用明言，我比以往活动更积极了，无所事事和屈服顺从都是可怕的。我想象了许多许多，但我根本不愿说出来。我所能谈及的只有一点，就是我下决心，如果收不到信，我就给你写信，告诉你人与人之间的交往有着各种各样的可能性和你（当然是最好的情况下）对我漠不关心的态度并不是完全离开我的理由。我想向你建议，我们之间可以再以"您"相称，我想把你的信退还给你，但条件是，你得保留我的信——但你不用因此而离开我。尽管如此，你应该允许我在圣灵降临节时去柏林看你，因为这次旅行完全是有用意的安排，改变它会打乱我的一生。你在最近给我的信中好像说，我们之所以不能见面，是因为你要在那天接待你未来的弟妹，但如果有真心的话，你还是可以有半个小时时间的。此外，你说要接待几天，我感到难以理解。

当然，我以往的决定不是绝对不变的。比如我昨天想无论如何要给你打电话,虽然不知道为了什么,但我又觉得,如果你连回信都不愿意写,肯定更不愿意接电话了。但我还是要打,随便在一个偶然的下午听听你的声音!但是,尽管我相信我能够记得住,我还是找不到你告诉我电话号码的那封信。也可能只是记在一个信封上了。但公函上面的电话号码我不敢打,因为可能会正好挂到你的经理那里去了。

这样,我又做出另外的决定,我放弃了打电话。我想晚上去马克斯那里,请他给你写封信。我要给他看你最近的三封信并告诉他我给你写了些什么,讲述我就你的行为所想出来的一套很笨拙的理论并请他问问你。我想,你对他一定会说实情的,在他的面前你不会有什么障碍。我要让他马上就写,然后当天晚上我就把信投到邮车上。我是9点半到的马克斯家,但家中没人,我在下面转了三刻钟;但马克斯家仍然没有人回来,即使他们现在回来了,再让他写信也太晚了。我又回到了家里,尽管昨天晚上事情没成使我感到十分伤心,但我现在对于你今天上午没有收到本应收到的马克斯的信感到很高兴。

最亲爱的,你会再次接受我吗?第多少多少次?我仍然不得不承认,即使我手里拿着你今天的来信,可以重蹈这个月的时光,但其结果都是一样的。尽管如此,我知道,在顺利的交往中,这种不信任是接人待物中最为糟糕的。这一点是我在几个月前知晓的,那时你在信中写了一些不信任的话,不过,只发生了那么一次,但我却收不住了。

菲莉斯!那么圣灵降临节呢?我根本不再敢吻你了,也永远不会再吻你了。我不配。

弗兰茨

〔19〕13.4.28

〔工人事故保险公司信笺〕

〔首页信头上方〕

星期四我能得到你友好的话语吗?那你就应该寄快件。那天是节日,邮差只送一次信。12点以前我都在办公室。

时辰已经晚了。我和马克斯、他的夫人和韦尔奇一块儿在看通俗剧，但为了给你写上几行字，戏还没结束我就离开了。能够这样做，那是一种什么样的感觉啊！面对这个我只有在夜里写信时才敢于感觉的可怕的世界，能够在你那里得到关怀，那是什么感觉。今天我在想，如果生活在这种双重感觉中，根本就不应该再抱怨，对于心爱的人是一番好意，除此之外，偏偏随时有可能把自己赶出这个世界。——最亲爱的，圣灵降临节时去看你，你觉得怎么样？最近，我入睡之前产生了一个美好的想法，但它只是在入睡之前是美好的，只有在白天才能实现。只有你回答了我下面的问题后我才告诉你。要我在圣灵降临节时到你家作客吗？你是怎么考虑的？

在给你制造了这些困难后，我上床了，心情相当平静，如果不是看来一直压抑着你的痛苦的话。

你的
〔19〕13.4.29—30

早上我匆忙之中（现在该我用这个词了并且不再还给你）拿错了信，现在不得不用快件寄这封信。之前还要吻你可爱的手，尽管它们昨天没有为我而动笔。

〔19〕13.4.30 下午

没有信。是我把电报看错了，尽管我把电报读了好多遍，尽管夜里它就放在我的床垫下面。最亲爱的，我给你的信中光是指责你，我是个讨厌的忘恩负义的家伙，这就是我，你不要在意。但是，你知道吗，我人在办公室，心却在信上，相信它在家里。然后我跑步回家，却什么都没有，这也就宣判了我至少还得等上一天一夜。我并不想使你烦恼，现在是夏季,你不应该写的太多,即使你有一次没写信,也不应该感到心烦意乱——好,那我们就说好,不管是你在搬家还是有展览会还是发生了什么对我来说是不幸的事,我每个星期,就在每个星期天,都收到你的一封信,这封信你什么时候有时间什么时候有兴趣就什么时候写,不过一定是在星期六早上投进邮筒。你愿意这样吗?为了使我不再等待,为了使时间不要像凝固了似的走得那么慢,因为这里的时钟只有在你的信到的时候才敲响。我的头痛现在也好多了,虽然看上去好像是我现在为了强调我的请求而故意说头痛,实际上我真的头痛。不过也许这更多的不是头痛,而是无法用语言表达的紧张。我应该写作,我最亲近的大夫对我这样说。写作,尽管我的头脑这样的没有把握,尽管我刚才有机会认识我写作的欠缺。对了,我还没有告诉你,下个月我有一部短篇拙作(它有四十七页)出版,我刚好改完第二遍。这是运气不佳的小说的首篇,它的书名叫《司炉·残篇》。它将由沃尔夫出版社发行,书名有些古怪,叫《末日审判》,是一本廉价书,只卖八十分尼。整个讲我并不很满意,就像对所有毫无意义而人为凭空制作的作品一样。但是,第一,我对沃尔夫出版社有义务,第二,我多少是受出版社的引诱才写这本书的,第三,出版社很客气地表示同意,以后在《司炉》这本书中加上你的,还有另外一个人的故事,并以大册形式出版[①]。——只要我像谈论你那样谈到其他的人,我就有一种失落感。

弗兰茨<br>〔19〕13.5.1

菲莉斯,你总是错误地看待我,即使在这种鸡毛蒜皮的小事上。如果你寄给我的信亲切和善,我怎么会生你的气呢?只是那些从法兰克福

---

① 参见库尔特·沃尔夫1913年4月16日致卡夫卡的信,沃尔夫在信中答应,把《变形记》、《司炉》和《判决》三本书合为一册出版(沃尔夫,《书信集》,第30页f)。

发来的短信，它们看上去——看上去既不是通知也不是说明，几乎没有问候，而只有仓促，只有仓促，是对烦恼感叹的开始，对轻松感叹的结束——因为你是我最亲爱的，我必须向你抱怨一切，包括抱怨你——只是这些短信使我十分气恼。

  现在看来，你为你弟弟订婚的事非常忙碌，——我根本还没向你表示祝贺呢，但你可能对你弟妹很嫉妒吧，那就没什么好祝贺的了——由于圣灵降临节两天的假非常短暂，确实使人感到伤心。我们在那两天做些什么呢？你应该明白，我已经不仅仅是在考虑这两天了，而更多的是想到之后那可怕的时光，因为那时，如果不是发生伟大的奇迹的话，我将很长时间见不到你，除非你和我一起去意大利或至少到伽尔达湖或甚至去西班牙我舅舅那里①。我请求你，菲莉斯，赶快好好考虑一下。我本来不想拜访你的父母，因为我同两个月以前一样，毫无表现和应酬的能力，本来这方面就不行，但我首先更担心的是，只有片刻时间能够同你在一起，在柏林在你的沙发上躺五个小时，但总是担心不知什么时候又来电话。你弟弟有点认识我，你那时有没有告诉他我是谁，或者你是怎么向他解释我们的约会的？此外，你现在住的不那么遥远了，一切都变得好起来②。尽管如此，请你好好考虑，好好考虑一下！我的脑子不愿意考虑了。

弗兰茨<br>〔19〕13.5.2

  当我现在坐下来给你写信时，我自言自语地说"最亲爱的"，但当时没有意识到，而是后来才察觉的。我什么时候能使你明白，你对我意味着什么！要做到这一点，在你的周围比在遥远的地方更难。

---

① 卡夫卡的舅舅阿尔夫雷德·略维在马德里。
② 与以前的住房相比，鲍威尔家的新居离卡夫卡在柏林常住的"阿斯卡尼亚"近了很多。

下午,我独自一人外出散步,双手插在裤兜里,沿着河边往上游走了很远。我当时的感觉并不惬意,我不断地对自己说,可能我总是以相同的方式越来越感觉不佳,工作时总是浮现出同样的幽灵,我的抵抗能力本来是很强的,但它变得愈来愈脆弱,不久将仅仅是形式上的抵抗,最终连它也不得不停止抵抗。的确,我一直对我脑袋的坚固感到惊讶,它好像是出于完全不理解而超凡脱俗,但这并不是不理解,而只是早已逝去的坚固。我现在已经和家人坐在一起一个小时了,为的是从孤独中找回一点自己,但我寻觅不到自己。

我散步的终点是河边一间破烂的茅草棚,这个地方我有好几年没来了。棚顶已经破烂不堪,没有什么样子支撑在那里,小园子整理得稍微好一些,土地看上去还是潮湿的。而现在在我的回忆中,它奇怪地呈现一片黑暗,它的地势较低,当我仔细看过去时,天已完全暗下来了,因为开始下雷阵雨了。这一切看上去并不令人陶醉,尽管如此,我还是计划着。房子肯定不会太贵,可以把整座房子买下来,再建一座像样的房子,把花园整理得更好些,再修建一座阶梯通向河边,那里的河面很宽,河岸那边视野开阔,河边还可以停靠一只船,总而言之,在这里可以比在城里生活得更安闲更舒服,乘电车到城里也很方便(令人担忧的只是附近的一座水泥厂经常烟雾腾腾)。在长长的散步路上,这些想法是唯一令人感到慰藉的。

弗兰茨<br />〔19〕13.5.3

为什么给你写信对我产生的作用不那么强烈,为什么不能对我有时想到你离我那么远而产生的绝望给予安抚,现在,在启程去柏林之前,这种绝望更加令人无法忍受,因为我不知道,圣灵降临节之后将会怎么样?

那么,要我去拜访你们吗?那就请及时回答我下面的问题:你家的电话号码是多少,在电话簿里查不到?需要我穿深色制服或者作为偶然的访问者穿平常的夏装就可以了?后者对我来说更方便,或者说前者对我来说简直是不可能的。要我给你母亲带花吗?带什么样的花呢?

我还要住在阿斯卡尼亚。可能我还是11点(晚上)到,但我没把握(我办公室的工作很多,这些工作别人可能轻而易举地就干完了,而我越来越感到力不从心),此外,我向你发誓,不要想着去接我。我到达时的样子肯定是一塌糊涂,不堪入目,你总不会愿意看到,我在火车站上一副六神无主、心不在焉、疲惫不堪、陷入绝望的样子,但又被爱情驱使而扑向你的怀里。千万不要想着去接我!

你在信里说,圣灵降临节的上午还要举行招待会,那么星期一也要搞①。这太可怕了。因为是星期一晚上我就得离开,我不能待得更久。

简而言之,我"美好"的想法是:如果你同意,我将向你的父亲说出一切,一是直到现在我都没能向你当面表露的一切,二是我已经跟你谈过和在信里说过的一切,但这一切你都没有予以重视。这就是我的打算。根据你对你、对你父亲和对我的了解,这是否可行?昨天费利克斯在一个什么场合告诉我说,我需要一位牧师。这个主意不错,如果不是已经太晚了的话,为了这普通而又至高无上的目的,我的确需要一位牧师。

弗兰茨<br>〔19〕13.5.4

〔第一和第四页信笺上空白地方〕

请回答所有的问题!星期五你是否收到我的两封信?对我的一个建议你没有作答。

不要像上上封信那样用嘴唇湿润复写铅笔!

---

① 举行菲莉斯弟弟费尔迪南特订婚招待会的日子。

这个菲莉斯，无缘无故地感到烦恼和震惊！你了解我对此的抱怨，我不再重复了。

那么星期天上午我见不到你了，菲莉斯？只能听你的声音？当然，这可以使我高兴一个上午，要是能使我两个或更多的上午都高兴就好了。去参加招待会，的确有点不可想象，你不觉得吗？我对那里不熟悉，即不认识主人，也不认识客人，向一对在祝贺的时候才认识的未婚夫妇恭喜订婚——尽管如此，我原则上并不反对，因为即使在平常的场合我肯定也不会应酬得更好，却只能是相反。如果从社交场合来说是可能的话，那么从我来说肯定也是可能的，因为那样我可以多看你一会儿，这些理由对我来说已经足够了。但是，如果我在那里也见不到你的话，而你很可能被许多人拉来拉去，那我情愿放弃这次见到你的机会，尤其是我不能想象，不会发生什么对你来说令人不愉快的事情。但是，你总还是提到了这次访问的可能性——但是不，你考虑得还不周全，放在你桌子上的海外来信使你六神无主。但有一次你写道，我可以陪你去海尔布恩斯（是4？）①，这是最好不过的啰，我请求这样做。

你当然可以给我挂电话，什么时候都可以，9点以前你肯定不行，9点开始我随时恭候，但如果你想早上7点钟打电话，那〔你〕必须先写信告诉我，我会在7点钟的时候在电话亭里等候，就像哨兵守卫在岗楼里一样。不管怎么说，我很希望得到你的电话号码。

当然，我想向你父亲叙述一切，那只不过是一个想法，无法实现，是一个梦。

我只是担心，可能正因为拜访了你的父母亲，我得到你的机会将更加渺茫，要是我只见你可能会好些。

弗兰茨

〔19〕13.5.7

---

① 原文如此。——译者

〔第二页信纸下边空白处〕
请把你准备星期六发给我的信寄到我的办公室，我整个上午都在那里，我肯定星期天才回家。

给你的信，菲莉斯，对我来说应该在所有可能的方面都是有益的，比如，刚才我那刮胡子用的漂亮的小镜子被打破了，而写这封信使我忘却了因此带来的气恼。

菲莉斯，我并不想惩罚你，尤其是不管我怎么发挥想象力，都无法想象我不写信会是一种惩罚，是的，我还没有给你写过许多令你感到愉快的信，即使有那么一封使你感到不快，真的也并不是惩罚。我之所以没有给你写得更多，是因为我发现，徒劳地期待你的来信是令人无法忍受的，而其中一部分原因是，如果我给你去了信，而你没有回信，似乎就出现了破裂，来到的不是信，而是回荡在空中的一个"够了、够了"的声音，同时，即使我没有写信，一切都可以保持着良好的、原本的、出色的平衡，恰恰令人伤心的是没有任何消息。因为我现在是那么敏感和女人气十足，我头脑周围的紧张气氛总是不能消失，好像容纳的范围太小了，我珍惜自己，没有写信。这是不对的，而且也没有提供多大的帮助。

为什么生意方面的事总是没完没了？难道莱比锡和法兰克福的客户对口述记录机的需求就没有够的时候？

当我今天从办公室回家时（和一个同样和蔼可亲但又性格古怪的同事一道，他刚刚披上外衣，我就抓住他的袖口跑过格拉本大街），看到一个小姑娘，她正全神贯注地和别人聊天，一张天真、可爱、活泼的面孔在微笑，与你的微笑是那么的相像，我几乎把它当作是你对我的问候。世上有如此之多相似的事物，其中有的令人心泰神安，当然也有的令人激动，因为人们在寻觅它们。

菲莉斯，看，你把我们的家庭搞混淆了！你们那里玩66，而在我们那里完全是另外的玩法。此外，只有一点点的痛苦，因为在最后一轮更多的是我的父母让着我，而不是我让他们，当然只是他们有能力更多地忍耐。

比如今天我又感觉十分痛苦；如果我搬到柏林后精神状态仍然不佳，那么——！你必须承认，我很善于使自己具有吸引力。

弗兰茨<br>〔19〕13.5.8

一个晴好的星期天早晨，菲莉斯！在布拉格和在柏林都会证实这一点。

弗兰茨<br>〔19〕13.5.10

我真的能够单独见到你吗？最好没有别人知道此事。

我刚回来，菲莉斯，现在时间已经很晚了，但我还得给你写信，我什么都不想，就是想念你，我在路途中所看到的一切都与你有关，耳闻目睹所留下的印象好坏取决于与你关系的好坏。我们还有那么多要说的，菲莉斯！我脑子里乱哄哄的。这只是通过旅行我才领悟到，如果不是身历其境是无法体会到的。你知道吗，我现在本来是信心十足的，我们还有一些要紧的事情需要仔细谈谈，不过还是在外面为好。你知道，即使附近就有一个风景优美的湖泊，但我还是常常把你带到崎岖坎坷的道路上。这一切的一切带来的只是夜晚的时光吗？当我在柏林收拾行李箱子的时候，脑子里想的是另外的话语："没有她我无法生存，和她在一起我也无法生存。"就这样，我一件又一件地往箱子里收拾东西，不知什么东西几乎要使我的胸口爆炸了。

但现在我不能再揭开这个谜了，你不相信，现在正好是1点钟。在想象中我只能找来这可爱的手。当人乘电梯上楼时,是像发誓那样伸出手指吗?

弗兰茨

〔19〕13.5.12—13

〔最后两页信纸下边空白处〕

有个请求!一个对疑惑不定无法忍受的可怜人的请求。你愿意每周多写几封信吗,如果愿意,那么就星期三写一封,星期日再写一封,好吗?

谁知道,我明天早上是否有信,而你,最亲爱的,最亲爱的菲莉斯,对我这两天在柏林对你所做的蠢事是怎么看的?你不知道,菲莉斯,你不知道,是什么束缚着我并使我成了最不幸的人,尽管我好像离你,我在地球上唯一的目标,是那么的近。啊,我的主,我真希望,你不存在这个世界上,而完全在我的心中,或者更好些,是我不存在这个世界上,而完全在你的心中,依我的感觉,咱们当中有一个是多余的,两个人的分离是令人无法忍受的。现在,菲莉斯,为什么我不马上把你拉到我的身旁,至少使你离我尽可能近些,为什么实际上非但没有这样,我反而像令你恐惧的动物一样蜷缩在森林的土地上。这不会是没有原因的,不是吗?但另一方面,我的确不是中了魔法的王子,尽管王子们习惯隐藏在这类丑陋之中,假使我只是一个中了魔法的能令人忍受的人的话,那就好了,那就太妙了。那你也许满意了吧?

但是,如果我在我这方面不得不同这些几乎无法使用人类语言翻译的东西进行斗争的话——几个星期以来我没有一丁点儿气力去做别的事情——如果我对你没有把握,如果你使我感到六神无主,那我该怎么办呢?如果你听天由命的话,那是非常容易理解的,我要是你的话,我就会去世界的另一端,但你不是我,你是做生意的,你办事积极,思维敏捷,记性极佳,我在家里看到过你(你在作解释时是如何抬起头来的!)我在布拉格看到过你和陌生人在一起,你总是富有同情心,但又十分自信——但在我面前你却是没精打采的,眼睛往别的地方瞟或盯着草地,不理睬我谈到你时的拙嘴笨舌和许多有理由的沉默,不愿认真地了解有关我的情况,你总是隐忍着,隐忍着,只知道忍受痛苦——菲莉斯,如果我与你分手,那我会怎么样呢?你以为,我和你没有感情?你以为,除了你我的生活还会有什么意义吗?

当马克斯在柏林和你通电话时①,我完全可以想象,你非常快乐和自信并且开心地在笑,此外你还说:"我不知道为什么会这样,他给我写过很多的信,但信中却没有表达什么思想,我不知道是什么事,我们没有互相靠近,也没有什么希望,眼下就是这样。"但这只是刚开始的时候,在这期间已经大步相互走近了,因为人与人之间的确存在着遥远的、明显的、人人可以理解的距离。尽管这样,你那时已经在这么想,而我当时对一下子就接近了这位孚众望的人,内心感到十分高兴。你今天还像当时说的那样那么想吗?你的眼光,你的话语,你的沉默证实了这一点,而其他的一切几乎都在反驳这一点。但前者更显而易见;我怎么才能摸到头绪呢,在听天由命的时候,我能哪怕碰一下你的手指尖吗?

你的(要是我无名无姓,消失得无影无踪,只剩下"你的"该多好)

〔19〕13.5.13

埃伯斯树林在什么地方?距离柏林远吗?当你写明信片时,你是否已经收到我的挂号信了(当然我已经都收到了,因为离开火车站后我径直到了办公室,看看有没有信,我从今天清晨5点钟离开家时迈出第一步开始,整个路程就是为了这个目的;你太好了,给我寄来两张明信片——现在我想,我们之间再不需要说什么感谢的话了)。但这些明信

---

① 参阅卡夫卡1912年11月13日致马克斯的信。

片当然并不是对那封信的答复,我还要得到答复,菲莉斯,不是吗?我求求你了。你应该看到,得到答复是十分重要的,最亲爱的,最亲爱的!否则,我关于你的想象将会破灭。好,你会答复我的,我不再谈这事了。

你家人可好?我对你家的印象已经模糊不清了,这可能是因为你家给我的印象是对我完全无可奈何的样子。我觉得我是那么的渺小,你的家人都围站在我的周围,是那么的高大,脸上带着无可奈何的表情(除了你的妹妹艾尔娜,我觉得一下子离她近了)。这一切都符合当时的境况,他们拥有你,所以他们是高大的,而我没有拥有你,所以是渺小的,但只有我是这么看,他们不这么看,他们怎么能够这么做呢,尽管那么的盛情好客,他们仍然被这种做法所左右?我肯定给他们留下了十分丑陋的印象,但我不想知道;我只想知道你妹妹艾尔娜说了些什么,哪怕是指责和恶意的话。你愿意告诉我吗?

弗兰茨<br>〔19〕12.5.15

〔下面空白处〕

正好我手头有马克斯以前的评论①,我带着一声叹息把它寄给你。请比较比较!

最亲爱的,请听我说!不要离开你曾走向我的道路!假如你非这样做不可,那么你就走回头路!告诉我,你感觉到我是如何地爱你吗,尽管现在是在柏林,而不是在遥远的地方——有什么东西把我在你面前隐匿起来,你还是感觉了这一点,是吗?我要说的话卡在喉咙里,要给你写的字被淹没了。

弗兰茨<br>〔1913年5月16日〕

---

① 估计是马克斯·勃罗德关于《观察》一书的评论。

没有收到信，可能因为是假日的缘故。

星期五晚上①。我可能把在这里与你分开度过的日子搞混淆了，它们对我来说没有任何意义。假使整个世界都闯入你的心里，那我会怎么样呢？起码要喜欢我嘛。菲莉斯，你对我的爱就是流入我心脏的血液，我没有别的血液。

你父亲何时回来？我对那封信考虑了很多，因此它会变得糟糕，同其他一切——我要通过思考达到的一切——一样糟糕，就是说是清晰和模糊的糟糕的混合。即使这样——对我来说，眼下没有更重要的了。我要这样写这封信，使你能够看到它，我先把信寄给你，请你评价。你父亲什么时候回来，什么时间最合适？

但这也会由于明天一早我在办公室收到了希望得到的信而失去其重要性。

你的　弗

我最亲爱的菲莉斯：

继续忍受不明不白的折磨，这还有什么意义（我是从我这方面讲），之所以这样，只是因为在这种折磨当中还有一点点荒唐的、第一眼看上去就开始消失的慰藉？我不要等到你父亲回来，我可能今天晚上就写信，明天一早寄给你先看，然后再寄给你的父亲，不管他是在柏林还是在其他什么地方。它将不会是一封可以取决于心境而随便给予答复的信，不管回信是在这里还是在那里写的，回信的结果可能都是出乎意料的，等待是没有意义的。

可能确实有什么意义，但我并不想知道。最亲爱的，我应该并且可以"盲目地信赖"你，这是可以肯定。不过你知道，你能够信赖你自己吗？你能否在所有你将遇到的事情中信赖自己？你起码对此没有预感。

---

① 星期四〔划掉了〕。

你不晓得，是什么使你吸引着我。你不是"一个愚笨的孩子"（在你身旁，我不会屈服于任何人，只是屈服于你），是大自然本身挽留着你。但你还要为此给我写信（**我牢记你的许诺！**）其实我能够让自己相信你在微微摇头。

对于未来幸福的一些想象有着截然不同的看法，这就是无法想象出来的可能性。正如可以以对上帝的理解去解释上帝的存在，然而也可以以理解不够而予以反驳。要是我在八年或十年前就认识你（过去既是肯定的又是失去的），我们今天会多么幸福，不用痛苦地推脱，不用感叹和绝望地沉默。但事实不是这样，我找姑娘幽会——这一切都已成为往事——并轻易地就爱上了她们，和她们寻欢作乐，然后更轻易地离开她们或心平气和地看着她们离开我（只是多数才显得数量多，因为我不称呼她们的名字，因为这一切早已成为过去）。这些情人当中使我内心动情的只有一个女人，那已是七八年前的事了①。从那时开始，在没有任何这类关系的情况下，我几乎摆脱了一切的一切，愈来愈局限于自己，我可怜的身体状况——我该怎么说呢？——走在我消失的前面或跟在后面，并使我继续往下沉，此时此刻，当我几乎绝望的时候，我遇到了你。

弗兰茨

〔19〕13.5.18

〔附信〕

今天，我找到了如下一封在幸福与不幸时期写给你的信②。你对此

---

① 指的是卡夫卡 1905 到 1906 年在楚克曼特尔与一个女人的关系。参见瓦根巴赫写的《卡夫卡传》，130f 页。卡夫卡在 1915 年 1 月 24 日的日记中这样写道："就像在楚克曼特尔和里瓦一样，和一个可爱女人有过甜蜜关系……"并在 1916 年 7 月的日记中写道："除了在楚克曼特尔，我还从未信任过一个女人。后来在里瓦还有一个瑞士女子。第一个女子，我没有经验……"参见卡夫卡 1916 年 7 月致马克斯·勃罗德的信。

② 此信系在"一个月等待时期"（1912 年 9 月 28 日到 10 月 23 日）未寄出的第二封信。在卡夫卡 1912 年 10 月 14 日致索菲·弗理德曼夫人的信中，曾提及这一时期。

有何评论?请像当时你打算回答的那样作答。

弗兰茨

〔19〕13.5.8

我的小姐,为了将您抓住片刻,我现在中断了午夜 1 点半的创作。我之所以如此,并非因为我眼下需要。相反,我现在恰恰感到很健康,否则也不会中断创作。只是我周身都在颤抖,如同电影摄影机的灯光在开初几天使幕布抖动一样,如果您还能记起来的话。我过分幸运,而一个多星期以来却又感到十分苦恼。有几个夜晚,前半夜写起来没完没了,而后半夜却诅咒不已。白天则是办公室,还有一切可能发生的事情,我这个孱弱而可怜的人儿哟。现在,我除了向极其安详的您诉说,能够感到慰藉之外,还能再向谁去诉说呢?

您的 弗兰茨·卡

〔1912 年 9 月底至 10 月初〕

因为人们这几天夜间过于迷信,对于曾经写下的东西的力量容易估计过高,认为写下的错误复制后继续有效,而我却认为,宁愿将痛苦缩小,而不是幸福,上帝保佑。可是,如果其他方式行不通,那么就保持原貌。您那遥远的目光对我具有何等神奇的力量哟!

我的菲莉斯,我最亲爱的,据说对你的一封来信,我没有立即作答。你确实相信吗?这是可能的吗?不,不可能,因为我对你的来信感到无比喜悦,会情不自禁地立即回信,倘若我的健康状况并不很糟,或者理智认为或许不复信更好,可是请想一想,你星期日晚上寄发的这封信,今天星期五才到了我的手上。邮戳表明，它曾经过维也纳。我在此地备受折磨之际，它却由于邮差的差错发往维也纳，后来又慢慢地转了回来。在这漫长的几天里，我在想：菲莉斯对于我那封原则性的信件没有作答，由于给父亲的信而不答复这一问题，星期日、星期一、星期二都不来信，她去了汉诺威，但丝毫也不告诉我此行的目的，也不通知我在汉诺威的地址，在旅行期间也不想知道我的任何消息，最后也只字不提此次旅行情况。——如此说来，我也不能写信，况且我今天刚刚收到一信。值得庆幸的是，这封信改变了最坏的处境。这段时间并非美好，我不时告诫自己，你对我虽说残忍却倒无恶意。然而，残忍而无恶意达到如此程度，则是最无望的。

然而，菲莉斯，现在这样子是不行的，一切都应改善，都必须改善。给你父亲的信仍没有结束，这就是说，已经完稿若干次，但总是不能用。此信应该非常简短明了，而要做到此点却并非易事。我并不打算利用你的父亲，你事先应该看到此信。可是，出于以下原因，这封信却必须写：目前，我遇到一些障碍。对此，你多少也有所闻，但却并没有怎么严肃对待之。即使你完全了解，也不会加以严肃对待。谁人也不会为了我而严肃对待它们，或者出于喜欢我而不加以严肃对待。这件事已经重复多次了：大约十年来，我愈来愈感到不十分健康，缺乏一种健康的舒服感，一种在各方面都听从使唤、无需时常加以注意和担忧而工作的体魄的舒服感。对于大多数人说来，这种舒服感能够不断产生出快感，尤其是落落大方。我缺乏，缺乏各种生命的表现形式。这一缺陷并非因为我曾患过什么特殊的疾病。恰恰相反，孩提时代患病后，我有些过分强调，因此才要躺在床上，其实根本无病，至少我已根本记不起自己曾患过何种疾病。然而，这一可悲的现状现在却显现了出来，并且几乎每时每刻都有表现。远处看去，它尚可容忍；与朋友临时相聚，他们并不予以理会；在家庭内部，因为对此讳莫如深而并不发作。相反，倘若最为密切地直接相处呢？这一状况妨碍我无拘无束地交谈，无拘无束地吃饭，无拘无束地睡觉，妨碍我在各种场合无拘无束。我根本不知道，自己在什么东西面前不会如此恐惧，以及其合乎经验的根源。请告诉我，难道我会眼睁睁地给我所拥有的至爱之人增添更多负担。即使对无缘之人，即使对时间和内心上有限的接触，我自己也是尽量避免那样做的，更何况这里一切却没有限制。我能否如此冒昧地请求你同意进行一次谈心？对此，我早已急不可待，然而却迟迟没有提及。我能够吗？请允许我仅仅请求你，当我看到，你发生了何种变化，当你同我在一起（这种变化与其解释为我的福分，毋宁说是我的耻辱），你这个平日里自信、思维敏捷、自豪的姑娘，如何染上了黯淡的冷漠。在这种状态下，倘若人们尚有一丝责任感，也根本不能要求或者接受对其命运作出决断，如同关于你的命运那样。在那里，在格鲁纳森林，这种冲突是如何将我压垮，此外还有你：什么都允许说，而不允许说。——从中得出的结论是：我不能承担这一责任，因为我认为它过大；而你也不能承担，因为你几乎看不到它。当然，奇迹还是有的，例如你对我好，这便是其中之一。在同你结合之后所产生的奇迹顺序中，为何不能包括我的康复呢？这一希冀并不小，如同它不能缩小责任一样。然而，就整体来看，责任则太大，并且今后也是如此。

正因为如此，我现在才想给你父亲写信。我的父母或者朋友并不能给我足够的建议。他们很少考虑你，只能提出一些显然已经足够的建议，即承担所有责任，更多的就提不出来了。他们劝我（即使我不讲，我的眼神中也表现出了自己愿意听什么），尤其是我母亲，她仅仅考虑到我，目光很短浅。她什么也不知道，即使知道，出于母亲的自豪感和母爱也不理解，因此也提不出什么建议，只有你父亲才能提出建议。为此，我的造访将十分有益，因为有利于我的最起码的偏见也不会影响他的建议。我将把现在告诉你的话再告诉他，只是更加明确。如果他不完全嫌弃我的话，将请他——听起来可能有些滑稽，也是在不得已的情况之下一种可怜的临时辅助手段——找一名他信得过的医生，为我进行检查。

弗兰茨

〔19〕13.5.23

现在来谈论马克斯的新作《妇人当家》①,为时已经晚了。过几天我将给你寄去。短篇小说《缝纫学校》也包括在其中,我只读过它的开头部分。现在,我将不再顾忌时间与失眠而继续将它读完。

最亲爱的,这是怎么搞的,如此长的时间里没有得到你的消息?你可曾知道,你来电中的"内心"这个字眼,尽管仅是客套话,而我却从中吸吮了我所希望的一切?我上封去信是否有什么伤害你了?对此,我不太相信,因为即使愚蠢,表面上矫揉造作,如此泛泛地谈论早已过去的事情,我们相互了解已经达到如此程度,你本应该知道,将大量的素材溶入一篇正常的小说,不会有什么话会伤害于你。

难道是此次旅行安排不当?但我也没有收到一张小明信片,星期五你也应该回家了,他们也不可能像我这样如此惦记着你,你肯定已经写过信了。

我的菲莉斯,不要再责备了,决不要生我的气,或许这是起因,但绝不是罪过。如果你愿意的话,我会变成一个什么样的人,你根本不会相信,倘若我的手真的握着你的手,那么我的内心将会感受到你的指引。

弗兰茨
〔19〕13.5.13—24

允许我问候你的母亲和姐妹,请告诉你的母亲:此行有意义,有目的,却没有人来实施。

你是否收到我的快信?

〔信笺左下方边缘〕

这位"业已报到的勃小姐"妙极,请能经常从办公室里寄点东西来。

---

① 马克斯·勃罗德:《妇人当家》,三篇短篇小说,柏林,1913年。

天晓得，你为何不给我写信？已有一个星期没有来信，可怕之极。

〔1913〕.5.25

菲莉斯，这乃是结束，你以如此沉默将我打发走，毁灭了在这个世界上我可能拥有唯一幸福的希望。然而，为何如此可怕的沉默，为何没有一句坦诚的话语，为何几个星期以来如此明显而明显得可怕地折磨我？这已不是你的怜悯了，因为即使我是一个你非常陌生的人，你也应该看一看我在这种不安全的状况下受到何种痛苦，我间或会丧失思维。这并非怜悯，以沉默告终的怜悯。大自然有其运行轨迹，这是没有办法的事情，我愈是了解你，便愈是爱你；而你愈是了解我，我便更会令你难以忍受，在你束手无策之前，无法克服自己之前，你确应认识到这一点，坦率地讲出来，不要等待如此之久。关于五天旅行，你哪怕是告诉我一句话，对于我请求你作出决断的信，你哪怕只答复一行字，你应该以某种方式抚慰我因如此长的时间没有得到你的消息的不幸。昨天，当我打电话给你的时候，当然由于听到你的声音，耳边嗡嗡作响，只能听清几句话。你说：你星期日晚上给我写信，至迟今天，即星期二我就可以在家中收到来信，没有，我没有收到任何东西，你既没有在星期天写信，也没有在打电话之后的星期一写信。你无法写信，可是你却也不能明说你无法写信。现在我回想一下，昨天你所能告诉我的唯一单独的事是询问我近况如何。接下来我的理智真的紊乱起来。长此以往，我难以再生活下去。或许我不需要再要求你，但尽管如此，我特别请求你不要再给我写信，你也再听不到指责，也不再受到干扰，只有一点请你记住，不管沉默的时间有多久，应最轻微但却是真正的召唤，我便属于你，今天到永远。

弗兰茨

〔19〕13.5.27

菲莉斯，不，我并非焦躁不安，并非是这个字眼。然而你不愿意拥有我，没有比这一点更明确的了。可是倘若你真的愿意拥有我，那么这个愿意却因为不那么坚定而完全黯然失色了。整整十天时间，你完全离我而去。让我表面上握住你的手，这一点我难以忍受。对于法兰克福的沉默，我忍受了下来，但却没有得到你的解释。最近这次沉默，对我说来太过分，即使对于坚强十倍于我的人来说也是如此。即使我最终承认，自己并不理解你，但却也不想预言今后还会发生些什么事情。有一点我错怪了你了，即你星期日晚上确实写过信（今天我才收到这封信，邮差应该感到我双手在颤抖），可是此信内容却又完全补偿了我的错怪。你星期一收到的那封信中，我绝望地呼喊，你没有什么可写。星期二又没有任何消息。我有充分理由相信，你今天来电，我要感谢马克斯的一封信。现在，除了告别，别无他事，因为你在来信中行与行之间、信与信之间间隙中早已进行过告别。菲莉斯，我重申，我完全属于你，你再也没有什么像我这样迷恋了。然而，以目前和近几个星期的情况来看，我不能再属于你了。因为要维持这种状况，你在其中只能痛苦，我在其中被毫无意义地追逐，这不可能是你的真正天性，你肯定不会如此残忍。这一点，我必须跟你讲。

弗兰茨

〔19〕13.5.28

我的可怜的最亲爱的，我们怎么办？你可曾知道，倘若不是略维在这里，我不给那可怜的人组织报告会（附上由我发起，皮克撰写的提纲[①]，还要做一些此类工作)，并且出售入场券，操心找报告场址，略维那难以压抑的火焰感染着我，迫使我处于表面上的忙碌与活动之中，我真不知道这些日子如何度过。你瞧，我们属于一个整体。在我看来，这是毫

---

① 参见年表。

无疑问的。然而,我们之间存在着巨大差别,同样也是毫无疑问的。你从任何意义上讲都是健康的,因此在深层次也是安静的,而我却身染疾病,或许并非通常意义上,却是更加严重的疾病,因此表现为急躁、精力不集中、缺少兴趣。你最初的信件与几个星期的信件之间肯定有差别。这些差别或许并不像我所认为的那样重要,或许具有我所不能发现的意义。你对我的态度或许具有我没有意识到的意义,或者肯定已经具有这种意义,因为你自己也曾说过。事情就是如此,你为我而痛苦,也正如你所说,确也对我满意。我为你而痛苦,并且必须原样而没有丝毫改变地拥有你。例如,请记住你从动物园给我写的那封信。那不是一封信,而是信的幽灵。我几乎能够背诵它。"我们在动物园坐了整整一下午之后,又一起来到动物园饭店。"是的,然而为什么,为什么你必须在动物园坐着呢?你并非女奴。你可以躺在家中,清除旅途的疲劳,安安静静地给我写上五行文字。"现在,我是在桌子下面写信,附带谈论着夏季的旅行计划。"就是这几行文字,八天间歇之后,你不得不在难以想象的情势下才写出的最初的几行文字。对我说来,它们几乎意味着一种指责,即八天之后,我才终于想听到你的一点消息。可是接下来,你就将此信不贴邮票扔进邮筒,结果迟到了三天。这样,你就又可以以为三天之内用不着给我写信了。——好啦,我现在跟你说点亲切的话,在内心最深处,我对你除去爱情没有别的任何东西,然而从中产生出来的却总是痛苦,流出来的宁愿是眼泪,而却相互拥抱在一起!

弗兰茨
〔19〕13.6.1

略维坐在我身后,正在看书。不,菲莉斯,并非因为我被他缠住,才没有给你写信。还有什么东西会缠住我,让我的思绪离开你?不是,我在等你的来信。现在我多么想向你发誓,我们安安静静地、不受任何影响地相互致信,可是我对自己却没有把握。最亲爱的,可是现在请接受吧——当然不要有什么毋庸置疑——不仅是遥远的距离把我变成这个样子，而且咫尺之距也会如此，并且持续时间很长，一方面更加绝望，另一方面更加恍惚。我在考虑这件事的同时，仍在琢磨给你父亲去信。

最亲爱的菲莉斯，请你像过去一样，再给我讲讲你的情况，讲讲办公室，女朋友，家庭，散步。你不知道我的生活多么需要它们。

你发现《判决》有何意义，我是说，是否有什么直接的、相互关联的、值得追踪的意义？我认为没有，并且也不能解释。然而，它却有许多奇特之处。仅看一下其中的名字吧！创作这部作品的时候，我虽然已经与你相识，世界由于你的存在而价值增加，但尚没有通信[1]。现在你瞧，盖奥尔格（Georg）的字母与弗兰茨（Franz）一样多；"本德曼"由本德（Bende）和曼（Mann）组成，本德与卡夫卡（Kafka）的字母一样多，两个元音的位置也相同；肯定是出于怜悯，这个"Manm"（译者注：意为男人）肯定会为这个可怜的"Bende"的斗争助威。"Frieda"（译者注：弗里达）的字母也同"Felice"（菲莉斯）一样多，开头的字母也相同，"Friendte"（译者注：意为和平）与"Glück"（译者注：意为幸福）也相去不远。"Brandenfelod"（勃兰登菲尔德）由于有"feld"（译者注：意为田野）而与"Bauer"[2]就有关系，并且开头字母相同[3]。此类情况还有几处。当然，这些巧合也是我后来才发现的。此外，这篇小说是在一夜之间完成的，即晚11点至清晨6点。当我伏案创作时，我曾经历过一个极其不幸的星期日（当时我妹夫的亲戚第一次到我们家，我呆呆地围着他们转了整整一个下午），本打算写一场战争：一名年轻人透过窗户，看到一群人越过桥向他逼近，可是后来笔下的一切都开始旋转起来——还有一件重要的事情：倒数第二句的最后一个字应为"掉下去"（hinabfallen），并非"摔下来"（hinfallen）。好吧，一切又都好了吧？

弗兰茨

〔19〕13.6.2

---

① 短篇小说《判决》是他在给菲莉斯·鲍威尔写第一封信之后两天创作的，即在1912年9月23日夜。参见1912年9月23日日记。
② 德文Bauer音译鲍威尔，意译为"农民"。——译者
③ 参见1913年2月11日日记。

菲莉斯，你瞧，这有何等伤心。你星期一写信告我，从今往后又可以每天都给你写信了。我星期二收到此信，你星期三得到复信。现在已是星期五晚上，而我却连一行字也未收到。难道我不应该感到惋惜，你"并非出于同情"，而是出于其他原因才打算给我写信的，因为倘若你出于同情，那么我也早该收到你的信了。你总是开些空头支票，而你却肯定不是这样的人。

弗兰茨

〔19〕13.6〔6日和〕7

今天早上，我把信遗忘在家里了（现在，我总需要匆匆离家，因为我的父母去了法兰岑斯巴德，我早上要去店里，下午也是如此。奥特拉现在因喉咙疼痛而躺在床上。——可是，我为何要讲这些，难道也是试图以这种方式影响你吗？不，我不愿如此。特别是当我知道，这也无济于事时，更不会如此此）。当然，我也感到高兴，无需这样早就将信发出，因为今天肯定会有东西来的。可是，任何消息也没有。我写信告诉你，仿佛你不知道似的。可是，你是知道的，并且希望如此。我再也不去想，来信可能会丢失了。写了信不会丢，丢失的只是那些没有写出的信。可是，为何会发生这种事呢？为什么？你为何如此毫无意义地折磨我呢？

〔翌日，即1913年6月7日〕

现在已是深夜12点半，我刚结束郊游回家，看到了企盼已久的你的来信，或者毋庸说是不再企盼的信。你写的一封信确实丢失。由于没有收到这封信，我折磨自己达数星期之久。这期间，你那里有何幽灵出现，表面看来竟会让你开口？对此，我明天再详写。我只能感到幸运，你的嘴里竟对我还有不少好话——今天乃至永远，我只敢并且只能从远处亲吻你的唇。现在,祝你晚安。你的怀疑不至于是退缩吧?你终于说话了,我感到何等高兴哟。纵然你没有意识到,尚未说出藏在心底的真心话。可是,开头的话已经讲了,我们应该以它们引导出其他的话来。以便我们能够完全自由地做出最好的决断。现在睡觉吧。不,我仍不能睡觉,并且睡得越来越少。或许今天能睡个好觉。

弗兰茨<br>〔19〕13.6.7

那封丢失的信都写了些什么内容?请将地址写得更加认真些!
我很想向你的妹妹艾尔娜致以问候。你能告诉我她的地址吗?

你病了,并且还在带病四处奔波?你最好不要去看医生,而是待在家里好好休息。你呀,我真想去护理你。

此外,我们两人都需要安静。我们两人有着同样的需求,如果能够同去一个地方,还有什么比这更自然的呢?

至于我是否喜欢你,你无需问及。有时在我看来,仿佛一切的一切都变得空荡荡的,只有你独自坐在柏林的废墟上。

你星期五的来信当然尚未答复。我正在为复信作准备,但准备工作尚未结束。原本不是由于时间问题,而是由于虚弱和脑袋的糊涂。脑袋早就不听使唤了。

通过一个什么偶然机会,我找到了关于略维的消息,现在他就在我面前①。报告会的听众并不太踊跃,但略维总算又有些钱了,暂时可以不再帮助他。有他讲话时,我真想也让你参加旁听。他们叙述要比所有报告朗诵和歌咏更漂亮,因为他的火热感情确实能够感染别人。

《判决》无法解释,或许我会让你看一看与此有关的几处日记。尽

---

① 可能是已经提到的《布拉格日报》6月1日上所发表的消息。不管怎样,并没收到其他材料。参见年表。

管没有承认，但这个故事却是充满抽象成分。朋友几乎不是一个真实的人，他更多地像是父亲和盖奥尔格的共同性。故事或许是围绕着父与子在转，朋友这一角色的变换不定或许是父与子关系的透视中的变幻。可是，这些连我也没有什么把握。

今天我给你寄去《司炉》。请友好地接待这个小鬼，让他坐在你的身边。如同他所希望的那样，能够夸奖他几句。

明天，我期待着医生关于这一蠢事的准确报告。此外他究竟是何许人也？是你们的家庭医生吗？他姓甚名谁？

你呀，我当然不想通过这封信阻挠你来布拉格。来吧，尽管来好啦！你是如此受欢迎的人。

弗兰茨

〔19〕13.6.10

因为犹豫不决，我几乎难以动手写信。如同最近几个月来信不断发生的那样，你的来信又出现了问题。不像几个月来我请求得到你的消息一样，你仿佛完全像个陌生人，难以设身处地地为期待消息的人着想。即使责任或许不在你，但间歇却往往是你造成的。现在又是如此。你或许患病了，像你已暗示的那样？对此我也难以再正确地加以理解了，我还记得，在最初的日子里，我曾向家中发过一份电报——"您生病了吗？"结果做了一件傻事。最近为了等待电话线路打通，我花了两个小时，在这期间，在那所简陋的邮局的简陋候话室里，我想出了一封说服你母亲的信，打算迫使她告诉我关于你的近况的消息。后来，我终于听到了你那健康、响亮的声音，你却不疼不痒地问我："你好吗？"自从今天清晨，我都在想给布吕尔小姐发份电报，最后却或许不能那样做。菲莉斯，请求你，如果你安然无恙，给我写一句话来吧。当然倘若你病了——这当然是可能的，我早已不再相信自己的预感了，那么，我不知道应该怎么办，那么我只能处于恐惧和惊慌之中，因为我不知所措，我的愿望还能有什么价值吗？可是我或许还能得到你的一点消息，那就是通过你的妹妹。可是，我该找谁去诉说呢？或许你根本收不到这封信，我也只好将它束之高阁了。

弗兰茨

〔19〕13.6.13

这是为你准备的星期日专信。我无法写得再好啦。现在，我躺在床上收到了这封星期三写就，星期五傍晚投寄的快信。我几乎感到满足。对于所有坏事，我十分健忘。在我看来，关于收集材料和业余作家的故事最为突出。一方面，这故事很可怕，另一方面却奇怪地发生在一个完全陌生的民族。这都是些什么习俗哟！

亲爱的菲莉斯：

今天我难以写信，并非因为什么天色已晚，而是因为那封信明天即使能到——它真的能到吗？也是你被迫写的，是我的电报逼迫你写的。你的美好，妨碍了你写信，即使漫长的星期日也是如此，而我却违背了你的美好想象。倘若这真的是一个胜利的话，那么也是可耻的，我究竟是打算让你干什么呢？究竟是何物使我紧追你不舍呢？我为何不肯放弃，不理解一些示意呢？我这是在借口使你摆脱我，而使自己靠近你。界限或者出路何在？倘若我必须相信，你对我说来已经失去，那么一种粗暴的未来幻觉便会立即出现，一条或许在哪儿存在着的细微的、几乎看不见的、决不会遇到的出路便会梦幻般地现出其巨大而美妙的形式，我又会去追赶你，没过度便重会中止。然而，我不仅感到自己的痛苦，而且更感到我给你带来的更多的痛苦。

弗兰茨

〔19〕13.6.15

最亲爱的菲莉斯：

我刚和躺在床上的妹妹以及身边的一位小姐聊了几句。我的妹妹乖巧且善良，这位小姐也是最谦恭的人。这几句话也是我在极其愤怒的情况下讲的，因为她们喋喋不休地用提问纠缠着我，我只要求她们离开房间。愤怒的原因丝毫不在我妹妹和那位姑娘方面，发泄愤怒也没有可能性。因此，我只能坠入这种可耻的状态，并且写信给你，以求得某种洗涤。然而，对此我也没有把握，因为今天没有收到你的来信，指望不上你的一句清新的话语。我仿佛处在荒漠之上。

现在，你的父亲又来了，而信却始终没有写成。可是你最近的来信或许也是长期以来第一封信，表示愿意听一些"坦率而真诚"的东西，本身也抛弃了某种拘谨和沉默。你肯定是已了解到了我的特殊处境。别的且不说，你我之间却有位医生。他将要说的话，是令人怀疑的。对于此类决断，起决定作用的并非是什么医疗诊断。倘若如此，则不能予以接受。我说过，我本无病，现在却是真的。变换一种生活环境可能会使我康复。可是，这种另外的生活环境却不能招之即来。医生决断时（正如我现在想说的，并非一定是关于我的决断），只能取决于这位不知姓名的医生的性格。例如，我的家庭医生以其愚蠢和不负责任，不会受到丝毫障碍，恰恰相反，其他医生，比较好的医生，或许会斟酌再三。

菲莉斯，你想想看，鉴于这种捉摸不透的情况，我实在难以下笔。这听起来可能有些特别。现在要说点什么，看来为时尚早。可是，以后再说却又太迟。正如你在最近来信中所说，以后就再也没有时间去谈论这种事情了。可是，拖延下去又没有时间。至少我感觉如此。因此，我想问你，在上述可惜无可改变的前提之下，你愿意考虑做我的妻子吗？你愿意吗？

几天之前，我在此处搁笔，没有继续写下去。我很清楚，自己为何就此搁笔。因为从根本上说，我向你提出的这个问题，乃是一个十恶不赦的问题（从你今天的来信中，我又认识到了这一点）。可是，在各种力量的较量中，主张提出这一问题的一方却占了上风。

你所说的般配之类话，如果没有掩饰着其他想法的话（当然你并不感觉），那么只能是幻想而已。我什么也不是，一无所成。我难道"在各个方面"都优越于你吗？评判芸芸众生，感受他们的感受，我尚懂得一些。然而我并不认为，我所要相处的一个人，从长远来看，平均起来看，即在生活方面，在人与人的交往方面（难道还有其他事情吗？），会比我更加蹩脚。我记性甚差，记不住所学到的和所读到的，所经历过的和所听说的，记不住人和事。在我看来，自己仿佛什么也没有经历过，什么也没有学过。确实，我对多数事情的了解还不如一个小学生。我所知道的如此肤浅，以至于难以再适应第二个问题。我不能思维。在自己的思维中，总是遇到限制。在跳跃中，我还可以把握住某些东西。然而，连续思维，发展性的思维，我却完全不能。我本也不能叙述，甚至几乎不能讲话。在叙述时，我在多数情况下有一种像孩童初学走步那样的感觉，孩童初学走步并非出于自身的需要，而是因为成年且业已学会走步的家庭希望如此。菲莉斯，你天真、活泼、自信、健康。你难道不能同那样的人般配？我所唯一拥有的东西就是某种力量。在正常情况下，这种力量对文学和钻研并看不出来，但却相当集中。可是，在目前职业和身体条件之下，我却不敢将自己托付给这种力量，因为针对这种力量的所有内在劝告，至少有同样多的内在警告。倘若我将自己托付给这种力量，它会一下子将我从所有那些内在痛苦之中解救出来。对此，我确信无疑。

仅就"般配"这一问题的理论方面而言，正如所说，它实际上是不值一提的，至少不是你所说的那种意义——我还必须补充指出，对于一桩幸福婚姻来说，像你看来所要求具备的那种学历、知识、更高追求和观点的一致，我认为第一几乎不可能，第二是次要问题，第三甚至并不好，不值得追求。婚姻所要求的乃是人的协调，即所有观点更深刻的一致。这种一致并不能加以测检，而只能感受，即一种人团聚的必要性。可是，个人的自由却不会因此而受到丝毫妨碍。只有那种不必要的人的团聚才会妨碍它，而我们生活的绝大部分则是由这种不必要的人的团聚构成的。

你说，可以设想，我会难以忍受与你共同生活。在此，你几乎涉及了一点正确的东西,不过是你所讲的完全相反的一面。我确信自己业已丧失与他人交往的能力。我根本不能与别人进行连续的、活跃的交谈,但某些例外,可怕的例外时间除外。例如,自从我与马克斯相识以来,经常单独相处,有时几天,旅行时几个星期,并且几乎不间断。但我已记不清楚——如果有这种事情,我会很好地记起来的,我曾与他进行过长时间的、连贯的、突出自己本性的谈话。倘若两个人各自拥有一系列独特的、活跃的观点和经验,那么进行那种交谈本属十分自然的事情。马克斯的独白(还有许多其他人),我已经听得很多。对此,却仅仅缺少与之大声争辩、多数情况下也是沉默的对话人(最亲爱的,天色已晚,此信还没有写完。这很不好。更糟的是,它并非一气呵成,而是断断续续地写就。这并非没有时间,而是由于不安与自我折磨)。在熟悉的房间里,与二三个熟人在一起,最能令我忍受,因为我是自由的,不存在需要不断引起注意和进行合作的压力。可是如果我有兴趣,我愿意什么时候参加就可以参加共同谈话,愿意多长多短都可以,谁也不会在意我,我也不会引起任何人的不快。倘若有一个陌生人在场,且能激发我,那么更好,我甚至可以像借用外力似地完全活跃起来。可是,倘若我处在一个陌生人家,处在几个陌生人中间,或者令我感到陌生的人们中间,那整个房间对我说来如同压在胸膛上,自己一动也不能动,表面看去我这个人成了别人的负担,一切便很可怜。例如,那天下午在你们那里是如此①,前天晚上去封·魏尔契叔叔家也是如此。令人不解的是,这些人却都很喜欢我。我还清楚地记得,我在那里靠在一张桌旁,身边是房主的女儿——在布拉格,我还没有遇见一位如此让人喜欢的姑娘。在这么多好朋友的注视下,我甚至不能说出一句理智的话来。我呆呆地注视着前方,前言不搭后语地尽说些无聊的东西。即使有人将我捆在桌子上,我也不会感到更受折磨和更不自然。我还可以列举很多,但这暂且也就够了。

从此以后,人们会以为我生来就孤僻。当我独处在自己房间里,虽然会对一切表示绝望,但相对而言却也幸运,决定至少一个星期不再去见好朋友费利克斯,并非出于什么羞愧,而是由于疲惫。可是,除了创

---

① 参见卡夫卡1913年5月15日致菲莉斯的信,即他在圣灵降临节拜访柏林之后三天。

作之外，我也对自己不知所措。倘若我对待自己也像对待别人那样，我早已分崩离析。不过，我已经常濒临此境地了。

菲莉斯，现在请考虑一下，我们的婚姻会带来何种变故，每人将失去和得到些什么。我将失去多数情况下可怕的孤独，而得到我比任何人都热爱的你。可是，你却要失去几乎完全满意的迄今的生活。你将失去柏林给你带来欢乐的办公室、女友、小小的娱乐，失去与一位健壮、活泼、善良男子成婚以及生育漂亮、健康儿女的前景。倘若你仅仅思考一下的话，你是渴望这些的。取代这一根本无法估量的损失的是，你会得到一个疾病缠身、虚弱、孤独、少言寡语、伤感、僵化、几乎没有希望的男人。这个男人的唯一优点或许在于，他是爱你的，你将不是为真正的孩子做出牺牲——作为一名健康的姑娘，这本是符合你的本性的——而是为一个十分幼稚的人，不过是最糟糕意义上的幼稚，或许在最有利的情况下也是要向你咿呀学语的人。在任何一件琐事上，你都将会失去，任何一件琐事。我的收入或许并不如你高，每年刚刚四千五百八十八克朗，当然也有权力退休，但如同在公务部门服务的其他人一样，工资很少有增加的可能。从父母那里，我不指望太多。从文学创作方面，更难有什么指望。与现在相比，你的生活将更加简朴。为了我，为了上述那个人，你真的愿意和忍耐吗？

菲莉斯，你现在说话呀。请考虑一下我从一开始给你写过的所有信中所说的一切。我相信，我对自己的描述决没有多大出入。几乎没有夸大之辞，但有些事情讲得过少。关于外部的账目，你无须多言，因为它足够清楚，并且严禁说出一个"是"来。就是说，现在仅有内部的账目。你对此有何看法？你愿意详细答复我吗？或者如果你没有太多时间，也可以不必太详细，但却应明确，正如你从根本上说是清晰的，仅仅由于我才变得有点浑浊的本性那样。

弗兰茨

〔19〕13.6.（10—）16[①]

---

① 卡夫卡至迟是在6月10日开始写这封信的。参见他在1913年6月10日信中的解释："……我更多的是在准备，但还没有结束。"

亲爱的菲莉斯：

你收到我厚厚的信了吧？我曾经很不小心。晚上，我很晚才下班（我父母下个星期才回来，奥特拉早已恢复健康，饭菜还和以前的一样，对我来说还是那么无所谓）。因为我还是想把信寄走，所以我得去火车站，但是有个熟人叫住了我（他看到我手中的信，问是什么，我开玩笑说求婚书，他也是这么想的，实在说不出比这更加令人难以置信的话来）。如果还想寄出这封信，那么我就得到站台上去。但当我想从一台自动售票机里买票时，硬币却掉了出来，因为自动售票机已经空了。我正想走向另一台，这时从黑暗空荡荡的头等车候车室中走出来一个嘴上长着白胡子的老者，可能是个铁路职员，也可能不是，我几乎没有注意到他，大概再也不能认出他来。他说愿意帮助我寄信，没等我同意，在我恍惚之中拿走了信和硬币。我经常处在这种状态里。我听从他做了这一切，还在半睡眠状态中说："我可以信赖您吧？"那个男子和信都离去了。

今天，收到你的信和明信片我多么高兴啊（所有的东西寄到家里都很晚，明信片我今天中午才收到）！你觉得我不准时写信，写信不是出于自愿，是吗？不，不是这样，对你不是！或许你认为根本还有比书信更好的沟通方式，那么你对了，当然也不是绝对正确。你说我的信也变样了，这究竟是什么意思？变化在哪里？这我想知道。也许你指的是我在写作时自己变成另外一个人。

我不太理解你的假期计划。你非得8月份动身吗？我9月份才有空。为什么您想作的小旅行要花那么多钱？你旅行不能少花点钱吗？你有时要吓我一跳。比如你在布拉格曾经住那么昂贵的地方！你打算在巴勒斯坦花多大一笔钱？你不能乘坐三等车吗？我就只坐三等车！旅行是那么必要和便宜，怎能是另一种样子呢？所以我建议你去加得湖，到那儿之后，我会给你解释为什么。

弗兰茨

〔19〕13.6.17

我想要结婚,却又这么懦弱,以至于为了一张明信片上的一个小词而双膝颤抖。明天我能收到这样一封信吗?从中我能看到,你对每个细节都已深思熟虑,完全明了一切。虽然如此,仍然愿意与我结合(可怕之极!很好理解,这是不可反驳的)。你内心尽管有许多矛盾,最终你战胜了或至少出于某种想法而坚信,可以战胜它。

弗兰茨
〔19〕13.6.19

你何时收到我的信?你能帮我弄一份上星期一柏林出版的《德国晨报》吗?据说里面有关于《司炉》的报道①。


亲爱的,最亲爱的菲莉斯,不要这样,千万不要这样。你不应该陷入可能给你带来的不幸之中,而应该是,如果上帝不反对的话,去设想,去思考。如果我把自己现在的行为看做饶舌,这一点我在介绍自己时可能忘记说了,我不能不这样做。你对我说的那个词,字面上是关于我打算怎样确认我的生活,但我看不出它是不是我所要的。菲莉斯,我暂且用手堵住你的嘴不让你说,你也就权当没说。你并没有完全理解我所写的(菲莉斯,求你,求你,不要因为我如此说而认为我不好,我必须如此,我不得不如此)。我看不出你已经仔细认真地考虑过了,你只是笼统、粗略地想了想,谁知道你遗漏了什么。你尽管没有说出来,但从字里行间我感到你仍存有疑虑(因为你等了一天之后才写来明信片,两天后才回信)。我所说的有关医生的话,令你不安,这你也有误解。本来这很自然,但你却没有继续坚持说:"算了吧!"我认为,医生的决定其实并非对我的裁决,除非它对我有利,更多的我就不说了。你承认,在我的信中有丑陋的东西,因为"如果我胆小的话……"但最亲爱的,

---

① 指海因利希·埃德华·雅考普 1913 年 6 月 16 日的谈话。

最亲爱的人，我向你要求的不光是勇敢，更不愿强行给你一件只要求勇敢的任务。勇敢而缺乏思考即自我牺牲。你相信我说的一切，但只是我所说的关于自己的事太"生硬了"，所以你的整个来信都充满不信，但因为它谈的都是我的事。我该怎么做呢？要是能让你把不相信变成相信最好不过！你见过我本人，听到我的声音，不仅是你，而且你的全家也接纳了我，但是你还是不相信我。而且涉及的远不只是"柏林及其有关的事情"。你对你将会失去的只字不提，而这是十分重要的。"一个好的可亲的男人？"

在上封信中，我用其他的话形容了自己的特点，但你却根本不相信我。相信我吧，想想这一切，并告诉我，你是怎么考虑的。如果你今天，星期天，还有点时间，并且想给我写一封详细一点儿的信，那么，与一个像我所描述的人在一起过日子，你有何设想？这么做吧，菲莉斯，作为在最初的刹那间就与你定下终身的人，我请求你。

弗兰茨

〔1913年6月20日〕

最亲爱的，你无法想象，我是如何从你的信中吸饮我的生命。但是那种想法，那种非常明确地肯定答复却不在其中，也不在你的上封信中。如果它在明天的信中就好了，或者说特别应该在于我明日信的答复之中。明天的信业已基本完成。它对我来说这么重要，以至于我不想今天通过平信把它寄出，而到明天再寄挂号。菲莉斯，千万要对这封信给予一个详尽的答复！然后，这种刨根问底，这种如此重要的刨根问底，你并不想充分承认它的必要性，会暂且停止。菲莉斯，你不会相信，我从对你的折磨中获得乐趣吧！那么好，请想一想，我坚持这么做必有其必要性。你务必仔仔细细地回答我明天的信！

如果不是布吕尔小姐后来帮忙，那个手势就是一个美丽的艺术品，特别有时候预言"永不富有"可惜无可置疑，其中当然也包含着一个严重的错误。但是,我不得不承认,这一切动听极了,而不是正确极了。我想,但也极其令人兴奋。再给我写点儿这方面的事儿吧,如何?

也就是说星期二你收到了我的信。我想让你永远坐在书桌旁,不停地写信给我。

弗兰茨<br>〔19〕13.6.22

亲爱的人,虽然我们已写了很多信,但还有这一点或者说主要这一点你考虑得不够,即创作其实正是我与生俱来的好本质。如果我还有什么优点,那么这就是,倘若我没有这一点,没有把这个想要解放的世界装在心中,我绝对不敢起想要得到你的念头。你现在对我创作所说的话,不怎么实际。如果我们生活在一起你会很快看到,如果你无论自觉或不自觉地不喜欢我创作,你将失去支点,你会孤独得可怕。菲莉斯,你将发现不了我多么爱你,而我虽然当时可能特别想属于你,今天直至永远,但我将表现不出来我多么爱你。慢慢地我将被办公室与创作磨碎(现在也如此,虽然我五个月来只字未写了),如若没有办公室,那么一切自然就全然不同了。这种警告恐怕无须那么严厉,但我得尽量挺住。但你,最亲爱的菲莉斯,对这么一种婚姻生活说些什么呢?那个男人,3点、3点半从办公室回来,吃饭,躺下睡到七八点,赶快吃点什么,散一小时步,然后开始写作直至一二点钟。你能忍受这种生活吗?对于丈夫,除了知道他在他的房间里坐着创作以外一无所知?并以此方式度过秋天和冬季?春天到了的时候,在书屋门口迎接这个半死的人。春季和夏季看着他怎样试图为秋天养精蓄锐?这种生活可能吗?也许,也许可能的,但你还是必须思考,直至最后一道怀疑的阴影,但同时别忘了其他与上述有关不幸的独特之处。一个陌生人或者即使是一个朋友到我的房间里来,一直使我感到尴尬或至少不安。而你不管怎样喜欢与人相处,可能还喜欢聚会,但我却只能以极大的努力,甚至痛苦才能在我的——我斗胆用我们的这个词——住宅里接待亲戚或即使朋友。在布拉格居住，根本不见我的亲戚，对我来说最轻松，虽然他们完全是最乖的人，特别对我是最乖的人，他们大家给我做的使我受之有愧的好事比我一生能给他们做的都多。我暂时尽量在城边找一幢房子，越偏僻越好，下一个目标是为了将来用省下来的钱在郊区买一幢带花园的小洋房。但是菲莉斯，你想一想，你那时的处境其实将与你布达佩斯的姐妹相似，你那么同情她，只是你的处境因为我将更困难，而且你的姐妹所拥有的另一种安慰，你也没有。

现在你说什么呢？这方面我需要十分明确的答复。这你肯定已经看出来了，或需要非常明确的答复。

菲莉斯，我知道迅速并有利地对付这些问题的一种简单的办法，即你不相信我或至少对未来不相信或至少不完全相信。我担心，你快要这么做了。但这将是最糟糕的。那样，菲莉斯，你就对自己并因此也对我犯下了最大的罪过。那样，我们两个就都被毁灭了。你必须相信我关于自己所说的话，这是一个三十岁的人的切身经验，由于内心最深处的原因他曾几近疯狂，即到达过自己的生存极限，即对自身及其在限度内能够怎样有了全面的了解。

弗兰茨

〔19〕13.6.21〔22—23〕

这是星期六晚上写的，现在是星期天下午。我和韦尔弗及其他人有个约会，6点半我得去接我的父母。晚上我只睡了很短时间，脑袋昏昏然，我不知道是不是能够把我所想的正确地表达出来。无论如何，你考虑的时候一定要想到，处在我的位置，我在办公室根本坐不住，那里的工作，这种我生活中的可怕的障碍造成的绝望状况不断地重复，并将更加强烈。由于完成任务几乎不可能建立平衡的力量愈来愈削弱。我已经几近辞职。某些做不到的事，可能由于我无法完成，有时已很可怕，在上司密切监视下工作则更甚。但以后可怎么办呢？

但即使、只要我还工作，即在有利的、相对有利的情况下，我的妻子和我也将穷困潦倒，不得不仔细地分配这4588克朗。我们将比我的姐妹们更加贫穷，她们比较富裕（从我父母那儿，至少在他们有生之年，我将得不到什么）。我们将比马克斯和奥斯卡更差。这不会使我的妻子，并因此，仅仅因此而羞愧吗？她能够忍受得了吗？如果出现什么大的花销，因为生病或其他缘故，我们立刻就得负债。这个她也能忍受吗？

你多次提及从前在家里经历并忍受过痛苦。这是何种痛苦？也许能够从中得出对其他痛苦的承受力？

〔这几行间写着〕

如果我睡觉的时间能像思念你那样长，也许就相当不错了。

〔19〕13.6.22

星期一，没有收到来信，可惜，没有。——我刚和父亲走进隔壁的房间，小费利克斯刚刚醒来。如果我不跟去的话，那就太伤害父亲了。但父亲与娃娃玩的游戏，所有人与他玩的游戏，多么令人厌烦啊！昨天下午，大家在父母到达后聚在我们这里逗这孩子玩耍。当大家，我父亲首当其冲，简直疯了似的，毫无顾忌地深深陷入谈论性器官而不能自拔。我感到何等反感，好像我被判处在牲口圈里生活，虽然我一方面完全知道我或许过于敏感，另一方面我也意识到这整个是像在道德上十分引人注目，从远处看则很美。但那里坐的自然还有我可怜的母亲，她从未有过时间也从不知道去修饰自己。由于生了六个孩子，她的身体已发胖、变形。父亲的脸庞通红，弗兰岑斯巴德的平静生活并未减轻他的痛苦。还有我的大妹，两年以前她还是个小姑娘，但生过两个孩子以后，由于忽视和无知，而并非缺少时间，体形的确与我母亲相似，穿着奇怪的紧身衣，身体肿胀，仔细看去，连我二妹已经和大妹相差无几。最亲爱的，我是怎样投奔于你的！而你昨天却没有想我，没有回音，虽然回答是如此地不可避免。但我必须得到答复，准确的答复。正如你不想以任何方式伤害我一样，你也不应该因为我而觉得受到伤害。不只如此，你也不可以出于执拗而沉默（像你有一次因为韦尔弗的作品所说的那样），现在真的没有这么做的时间。你也绝不可因为马克斯当时在柏林告诉你的什么而受骗。你必须只听我现在写给你的，菲莉斯，你只需回答这个，但是对所有的，而不仅仅针对我所提出的问题。但我向你保证，不管在什么意义上，如果你这么做，当我面对你父母求婚时，我只写非常简短的信。这真的只是我们之间的事，但你得对它负责。

弗兰茨

〔1913〕.6.23

亲爱的菲莉斯，我今天阅读你的来信时，当然不止一遍，我觉得我们的状况如此可怕，以至于我隔着桌子要求我那滑稽又可爱的同事，请他对我以"你"相称。现在，他正陷在一个不幸并像他一样滑稽的爱情故事里，但一定会有好的结局。他诉苦不迭，我不得不安慰他，而且还得帮助他。我辗转于你的信带来的幸与不幸之中。面对他目前不知所措的窘境，虽然没有更多地信任他，或者也没想到这样（顺便说一句，他极忠诚、实在），但却向他伸出了以"你"相称之手。实在有点过分，事后我也感到很后悔。

菲莉斯，我今天状态不佳，头痛，没法好好给你写信。我有许多话要对你说，一言难尽。你没有回答所有的，没有回答所有的，但是你的答复很亲切，如此详细，尽了你目前的可能，我不能要求得更多。事情本身的一个进展是通过这些信件，对象更加明确，主要是界限更加清晰。

我有两天没给你写信，因为第一想让你安静地思考，第二我对你星期一的明信片感到伤心，既对它的内容，也对你保证晚上还要写信。虽然我从一开始就知道你不会这么做，你真的没有这么做。你已经屡屡许诺，只对某些事情做出某种许诺。

今天，我从自己的愚蠢状态中发现，我们全部幸福的到来取决我信中的一些"可能"能否实现。怎样确定呢？长期厮守就能得出结论吗？这不一定。甚至也没有较长时间在一起的可能。假期时间和地点不尽一致，柏林不是厮守的适当地点。短时间在一起，在这个意义上却没用。无论时间长短，统统无济于事。因为这里最重要的只是你那一方的想法、勇气和可靠性。想法是重要的，因为，我想，菲莉斯，你的估计是不对的。我与创作以及与人们的关系是难以改变的。此乃我的本质使然，而不是某一时间的状况。我为了创作需要超脱，不能像个"迁入者"。这将是不够的，而得像个死人一般。创作在这个意义上是深眠，即死亡。正像人们不能把死人从坟墓中拉出来一样，深夜也不能把我从写字台前拉开。这与对人的关系没有什么直接联系。我只能以这种系统的、连贯的严格方式创作。因此，也只能这样生活。但这对于你，如你所述，将是"很难的"。我一直怕见人，其实不是害怕其本身，而是担心他们侵入我虚弱的本性。即使最亲密的朋友进入我的房间，也会使我吓一跳。这不只是这种恐惧的一种象征。虽然不能摆脱于此，但完全置此于不顾，人们和父母亲在所描述的秋天和冬天到我们这儿来，他们怎能不打扰我和我的妻子呢？但这么隐居地生活，我能否习惯，你尚不知道。"我是否能够取代你所有的人，我尚不知道。"这算作答复，还是问题？

办公室吗？让我最终放弃它，这种可能完全排除。但我是否必须放弃，这种可能不能完全排除，因为我难以再继续下去。在这个意义上，我内心的惶惑和不安很可怕，这也是创作的唯一和根本理由。对你和我的忧虑是生活的一部分，所以将最终与办公室的工作相融合。但创作和办公室相互排斥，因为创作的重点在于深层次，而办公室却在生活的表面。如此起伏，人非得被它撕碎不可。

也许通过你的来信，唯一能够永远排除的是对于金钱不足的担心。如能这样，已经很不错了，但你是否认真地想过？时间就这样伴着问题逝去。我不记得写过"这很紧急",但我是这么想的。

弗兰茨
〔19〕13.6.26

〔上页左边〕

星期一的报纸?如果没有关于《司炉》的内容,我当然就不需要了。

如此众多问题,我看不到出路。我如此悲伤,如此可怜和软弱,一直躺在长沙发上,睁开还是闭上眼睛,全无知觉。我吃不下,睡不着。在办公室每天都有烦恼和指责,总是因为我的错,我们之间是这么不稳定,或者并非我们之间,但是在我们面前,当我现在从窗子望出去——事情微不足道,但还是这儿的一部分,因为我感觉到喉咙里的愤怒——我看到一个陌生的男孩把我的船儿划来划去(在过去的三个星期,我几乎每天都可以看到,因为我决定不了是否应该换上丢失了的船缆)。

特别是现在,在办公室争吵以后,虽然各方面都极友善,但由于我的过失,此事必定经常重复,一再发生。因为我毫无秩序可言,一会儿文件找不到了,当我用两只手拿着它的时候。如果对一个案件特别反感,我就不愿去办它。倘若我不得不年复一年地承受它所发出的威胁,我什么也都不能隐藏、制止或道歉,而必须自己消化,像大地对于雷雨(我再说一遍)。尤其现在,我特别要扪心自问,这么明显地无法胜任现在乃至将来的责任更大的职位,仅在这个意义上,我是否有权利,向你求婚,使你有勇气嫁给我。

你的行为给我任何一种权利了吗?但我必须从自身获得这个权利。其实必须告诉自己,我获得你——我的幸福的权利只能从对我身体和精神状况、从我的内外安全感、从我的财产状况和我的未来的评价中获得。如果自身评价否定了这个权利——它现在看来是如此,那我从哪里获得第二个权利呢?从你的勇气、你的善良当然不能,甚至不能从你的爱中,即使它并不只是你杜撰的(一个你在上封信中没有提及的可能)。这样的一个权利——它决定于权利与义务的无责任的边界,只有在你说:"虽然如此，我别无选择"我才能得到。但一切迹象表明，你不能也不可这么说。尤其当你思考过一切之后。通过书信，这更明确，但也更可怕了。

弗兰茨
〔19〕13.6.27

〔在第一页的边缘〕

谢谢寄来的报纸。它使人从头到脚发痒。星期天我大概只能用快件给你寄信了。

昨天和今天都没有信来。这次我几乎弄懂了。如同在尼古拉斯湖畔我的讲话和没有讲话一样，我的创作你也不能容忍。我也失去了一点对全局的了解。注意太阳穴的跳动和疼痛，这或许对我已是一种足够的工作。对于所有其他事情，我则无能为力。在办公室里，今天比昨天更令人恼火。

昨天下午和傍晚6时许，我目光茫然地坐在房间里的躺椅上。我的妹妹从商店下班归来。她打开门，停在那里。在过去的几天里，她对我产生了某种同情。她也知道，我几乎什么也没有吃，想知道我这回是不是吃点夜宵。但我却没有兴趣开口，只是望着她，她也注视着我，这样持续了一会儿。我脑海里想的只有，如果站在那儿的不是我的妹妹，而是我的妻子，那该怎么办，她能忍受这种场面吗？

我的母亲今天中午说："你肯定有什么心事。我不想干预你的隐私，但我希望你诸事满意。"然后又很不恰当地说："你根本不知道，父亲多么爱你。"我说，我不能比这说得更多："但我没有烦恼，只是些办公室里不愉快的琐事。"我们的生活就这么结束了。但我知道，她和我的妹妹开始一遇到机会就谈论你和我。她对于我的无奈不比我自己小很多。

今天就到此吧，我不想写更长的信，把你的星期天变得更糟，正像不可避免的那样。我想起的都是些悲伤的事。我很想用今天收不到你的信来解释。但不只是这个。菲莉斯,至少对待这张纸是亲切的(菲自行涌出了我的笔端),再抚摩它一遍吧,这么想着,我会觉得幸福一些。

弗兰茨<br>〔19〕13.6.28

一片纸也不写?你星期五和星期六收到我的信之后,你竟然只字也不给我写?今天,星期日我公事在身,现在才回到家(我家在农村)。我开门的时候,心跳个不停,仿佛我将见到的不是期望的、误以为十拿九稳的信,而是至爱的、活生生的——然而什么也没有。这肯定是有意思的,我对自己说,断定这个并不难。

弗兰茨<br>〔19〕13.6.29

我最亲爱的菲莉斯,确是这样的,我从母亲那里得到了回答。这是一篇冗长的、担心与可笑程度一样的文章。我们等会儿还会对此发笑。我知道是我母亲弄来的。就在你的上封电报抵达的那个晚上,我让母亲看了我准备给你父亲的信。她认为事不宜迟,没有问我就让人了解情况,毫无疑问要瞒着你。第二天她向我承认了,我认为这不再重要,也没有再管这件事。现在信到了,好像是一个爱上了你的人写的。其中连一个字都不真实。非常程式化,也许根本不知道事情的原委,甚至连办公室都知道的起码情况也不清楚。虽然如此,我父母还是觉得比我的话放心一千倍。——请想一想,那个写信人甚至无耻地撒谎说按他的看法是为了你好。"如果人们听说你有什么特长?"你认为如何?"听说你擅长烹调。"如此而已!当然他不知道,这在我们家根本用不上。或者至少你得完全改学其他的。我不知道,但我还是认为——我的确认为自己受到了干扰,而且我只有一小会儿时间,我坚定地认为,我们将吃素食,是吧?亲爱的厨娘,"听说她特别会做饭"。

你呀,我这么可怜,如果他们在南方那儿不再把我收拢好,我就不知所措了。我不能去魏斯特兰德。上司已去休假。即使我有假期,也几乎不能休,我得把全部假期花在上进上,也是为了你——你觉得这个顺序怎么样,我先给你父亲写信,然后我和父亲去你家或者我们根本不让我父亲参与?你有时间考虑。努力让我康复吧,但不必完全康复。

弗兰茨

〔19〕13.7.1

那么,菲莉斯,虽然如此,你还要背起这个十字架?试图干一些不可能的事?你把我误解了:我并非是说,通过写作一切会变得更加明确,但更加糟糕,我说的是创作会使一切变得更加明确和更加糟糕。我是这么想的,你却不这么认为,还是愿意和我在一起。

我的反证还没有结束,因为它绵绵没尽头。不可能不断地得到证实。

但你也不停地表现自己(当然像你这样的人,不可能像它那样连贯),我抵抗不住希望的诱惑,只能让所有反证作罢(我不能缄口不语,因为我清楚它们很可能在盲目中发生)。我想,你的来信对我的反证一点儿也没有触动。你只从感情出发,把我的巨大障碍化为"微不足道",非常"微不足道"(这是好心,但却是距离遥远的感情,从善意上理解是缺乏经验,你只相信依靠勇气来架设它们之间的桥梁)。但是,我期待着反驳吗?不。只有三种回答:"这是不可能的,因此我不想";或"这是不可能的,因此我暂时不想";或者"这是不可能的,但我还想"。我认为你的回答属于第三种(**不完全符合,使我够担心的**),并把你当作我亲爱的未婚妻。随后(它可能难以保持下来),但我有可能最后一次说,我对我们前途的担忧毫无道理,没有必要害怕由于我的性格和过失而使我们的共同生活变得不幸。它必将首先并且完全涉及你,因为我归根到底除了所有弱点之外,乃是一个冷面的、自私的、没有感情的人。弱点把它们掩盖而不是减少。

菲莉斯,现在我们首先要做什么呢?好吧,我将给你的父母写信。但我先得告诉我的父母。通知即使只有五句话,也许是我几个月来与我的母亲,几年来与我的父亲进行的最长的谈话。它会因此而获得我不喜欢的某种庄严。在我得到此信的答复以后,我再和他们谈,**因为你的话在我看来总是显得有些游移**。你的父母会对我的信作出何种反应?从照片看,我想象中的你母亲本来是另外一种样子,但这与我害怕她无关。除了冷漠,恐惧其实是我对他人的基本情感。对你全家,我也充满恐惧(可能你的妹妹艾尔娜除外)。我直言不讳并不感到羞耻,因为这既真实又可笑,认真说来,我其实几乎对自己的父母也感到害怕,对我的父亲毫无疑问。你的母亲奇特得很,穿着黑色衣裳,显得悲伤、冷漠,充满偏见、严厉、不灵活,在陌生家庭之中,和后来对我都一样。我特别害怕她,我想我永远也摆脱不了她。而另一方面,我害怕你家没有人对我满意,我做的事在他们看来无一是处。害怕我的第一封信就不符合他们的意图,害怕我作为未婚夫他们认为并不称职,害怕我对你的爱外人或亲戚永远发现不了,不是他们概念中的爱,害怕这种不满(由不满而产生愤怒、蔑视和恼火)会不断继续下去,并且可能也会传染给你,对我和对他们一样。这方面你可有勇气?

弗兰茨

〔19〕13.7.1


菲莉斯,我把目前不禁产生的想法都写信告诉了你。还不是所有的想法,但如果你注意的话,几乎可以料想到一切。尽管如此,你还敢于这样,或者你大胆得令人难以置信,或者你对统领我们的事物有所预知。你相信我,这点我不再有疑问,尽管你在今天的信中有点躲闪我(通过信,其实不能准确,如若不武断的话)。我不怀疑你对我的信任,因为否则你就不是我爱的那个人，我就会怀疑一切。不，从现在起我们就确定，正式地相互把手放在对方手中。你还记得我的长长的、骨节突出的、长着孩子和猴子一样手指的手吗？你就是把你的手放进这样一只手中。

我不是说自己是幸运的，我有太多的不安和忧虑。或许根本无法承受人类的幸福，其结果（你的电报收悉，我凝视着它，仿佛它是一张脸，唯一的我在所有人中间熟识和想念的面孔），我和你从第一个晚上起就紧密相连，完全彻底地联系在一起。对我来说真的无法估量。在这之前，我多想在你胸前合上双眼。

你馈赠与我太多。支持了我三十年之久的力量，理应得到这份礼物。但这力量的结果，这存在真的不配，你会发现的，菲莉斯，今天是伟大的生日。生活在没有失去所赢得的情况下，围绕自己的轴线转了特殊的一圈。应该如此。

今天午饭时刻，作为对我生日祝福的回答，我告诉母亲我有了未婚妻（很简短，她在家时间很短促，我回家时，她总是已经吃完了饭；父亲今天一早就下乡去了）。她没有特别吃惊，听后非常平静。她没有担心，只有一个请求，说，父亲肯定从头至尾和她一致。她请求让我允许她了解你家情况，在得到消息以前，我仍有自由按照自己的意愿行事。他们将再也不能阻挠我，但不管怎样我应当等一等再给你父母写信。我随即表示，我们其实已经订婚。母亲坚持她的要求，要给你父母写信。我不清楚到底为什么。可能因为我对父母一直怀有负疚感，所以我终于让步，把你父亲的名字写给我母亲。我觉得有点可笑。当我想到，如果你的父母也有同样的愿望，也想得到关于我们的情况，没有一个咨询机构会说出我的真相。顺便说一句，你的父亲知道《判决》这本书吗？否则，可以给他看看。

我想，你何等勇敢啊！难道我不是一个陌生人？我的信不使自己更加陌生？我的亲戚不使你感到生疏？风景明信片上的我的父母看起来是不是和所有的陌生人一样捉摸不定，也许只有我们是犹太人而陌生感会有所减少？而你（我想，我将永远摆脱不了这种惊讶）却不怕这个人。而他自己却对什么都害怕，害怕自己更加可怕。难道你一点儿都不怕？

毫无保留？这样一个奇迹，人们之间对此已无话可说，只有感谢上帝了。

弗兰茨

〔19〕13.7.3

〔卡夫卡30岁生日〕

此外，菲莉斯，我们差点躲过了首次争吵。没有人应该去的地方（事实比说的还严肃），你邀请了些什么人？但布吕尔小姐的确是个例外，可以邀请她，但她是唯一的。我喜欢她，代我抚摩她的双颊。

你呀，现在可得加紧了，如果信明天才到。现在是星期六7点1刻。

我今天没收到来信，即没有得到对我昨天去信的答复。是否你的理解与我的愿望不同？你认为我允许母亲不对？我写信告诉你不对？我之所以向母亲让步，乃是出于意识到自己的过失，像我已经说过的那样。另外，还由于对一般人，尤其与我母亲有着强烈的交流困难，特别由于虚弱。我看她很为我担心，这也是促使我这么做的一个理由，尽管远非决定性的。但当我做过以后，我得把它告诉你。这在我是理所当然的，因为没涉及我们的共同体，我们应该尽可能互相开诚布公。我们将来生活在一起将会有许多这样的机会，难道我现在会隐瞒这种小事吗？它在这个意义上是一件小事。并非我在打听你的家庭，而是你的家庭现在和将来也许与你的愿望相反，将距离我们更遥远——我如此为你担心，我已跟你说过。那么，我现在怎能从内心关心你的家庭呢？如果我们想要在一起生活，决定性的只有心灵最深处的东西。其方向和判断，需要我们各自为自己做出。我的父母，你的也一样，信赖的只是外在的东西，因为他们归根到底是局外人。他们只能从办公室略知一二。我们知道的更多，或许认为知道得更多，不管怎样我们知道的是其他的，更重要的——办公室根本不关我们的事，这是我们父母的事，为了让他们有所事事，可以任他们去，这触及不到我们，至少我这么想。但是现在我却没有得到回答。

昨天晚上我在我所梦想的我们共同生活的地方踱步。已经开始建房，但部分场地上还住着吉普赛人。我围着那儿走了许久，对一切做着鉴定。那儿将变得很美，地势相当高，离城市比较远，雨后空气特别清新，我在那儿感到很舒适，和现在完全不同，始终如此。

弗兰茨

〔19〕13.7.6

〔1913年7月5日〕


菲莉斯，你生我的气了吧？你看，我觉得自己有责任，但不是因为我做了那事，也不是因为我写信告诉你。我可以为一切事情道歉，而且也已经部分地这么做了，最好的道歉则是这失眠的大脑（我不知道怎样才能结束失眠，但如此持续的难熬状态却是应该有些原因吧），但是，菲莉斯，请你不要听任何道歉，接受这件事吧，无须道歉地原谅它，就像我无罪地懊悔。

现在，今天我没有信。昨天晚上在紧急之中，我差点去找你。我们，马克斯及其夫人和连襟，以及费利克斯和我去了，一个我妻子不应去的场所。一般地讲，我很能理解这类事情，从根本上加以相信，从一个无法忽视的原因上加以理解，用心跳去享受。但昨天，除了对待一个载歌载舞的黑人以外，我几乎完全失灵了。

书归正传。菲莉斯，请你好好想一想！我们可不能几乎还没在一起，就固执起来。

弗兰茨

〔19〕13.7.6


你看到了吗？菲莉斯，你已经在为我而受苦。业已开始，上帝知道，如何结束。我现在看得很清楚,这痛苦比至今我令你遭受的更切身、更恼火、更广泛。我是否有过错在此根本不在考虑之列,甚至几乎可以忽略其原因。无论如何,作用于你极不公平。我对此持何种态度,这意味着什么,仅仅这个就值得思考一番。

我的母亲对错与否全不重要。肯定,她的正确比你所认为的要多。除了当初你给她写的那封信以外,她对你几乎一无所知。此外,她只从我这儿听说我想结婚。其他的她一概不知,因为从我这儿是一个字也弄不出来的。我跟谁都不能说,与我父母尤其不能。我虽由他们所生,但他们的样子却仿佛引起我的恐惧。昨天在昏暗之中,我们大家,父母、妹妹们和我偶然被迫在一条肮脏的乡间小路步行了一个小时。母亲虽然费了好大劲儿,还是显得很笨拙,把靴子、肯定还有袜子和裙子都弄脏了。但她自己却想象着没有料想的那么脏。回到家后,当然是开玩笑了,让别人承认,她要我看她的靴子,说它其实根本不那么脏。请相信我,但我却根本无法朝下看,只是由于反感而或许不是对于肮脏反感。相反,昨天整个下午,我对父亲产生了些许好感,或者说对他赞赏,他能够忍受这一切,即母亲、我以及妹妹在乡下的家庭。那里的别墅杂乱无章,棉花在盘子边,床上所有东西都恶心地搅在一起。一张床上躺着二妹,因为她嗓子有点发炎。她丈夫坐在她的身边,半开玩笑半认真地称她为"我的金子"、"我的一切"。小男孩在房间中央,当别人跟他玩耍的时候,他忍不住就在地上大便,两个女仆挤过来收拾,母亲忙来忙去。面包上的鹅肝油不停地顺着手指往下滴。我在作解释,是么?我无法忍受这种场面,从事实中而不是从自身去寻找原因,于是陷入了完全错误之中。整个场面令人讨厌的程度比我在这儿和以前描写的少一千倍,但我这一切的反感却比所能描述的强烈一千倍。不是因为他们是亲戚,而只因为他们是人,使我无法与他们在同一房间中待下去,为了再次证明这一点,星期日下午我便乘车离去。值得庆幸的是,并不是非得如此不可。昨天我厌恶心理快要窒息。我几乎在黑暗中摸索到了门。直到离开房子很远,到了公路上,我才感到舒服了一些。积聚了这么多,直到今天还未能完全排除。我无法与他人在一起生活,我绝对憎恨我的所有亲属,并非他们可能是坏人,并非因为我认为他们包藏祸心(并非像你所说彻底消除"可怕的羞怯"),而单单只是为了他们是人,生活得太近。我恰恰无法容忍与人们共同生活。的确,我甚至无力把这视为不幸。在毫无相干的情况下,所有的人会令我兴奋不已。但这种快感还没有大到使我不想在一个荒原、一个森林、一个岛屿上,在身体条件具备的情况下,无法形容地更快乐地生活,而不是在这儿,在我父母的卧室和起居室之间的我的房间中生活。我肯定没有使你痛苦的意思,而事实上却这么做了。今后我将永远不会有意伤害你,并且将永远如此(咨询的事暂时已没有什么意思,母亲星期五什么也没做,因为她还想和父亲商量。星期六没有从你那儿得到回答。我意识到自己对你的过失,已告诉母亲让她等一等,因为星期日还没有来信,下午我把母亲的允诺重又收回了)。

菲莉斯,请珍重,不要轻易地认为生活平庸,如果平庸意味着单调、简单、小气。生活只不过是令我感到可怕,比其他任何人更甚,我经常怀疑——可能在内心从未中断过,自己是不是一个人。我带给你的伤害,其实不过是一个偶然的原因使我意识到这一点。我真的已无计可施。

弗兰茨

〔19〕13.6.7

〔1913年7月10日〕

菲莉斯,当我今天阅读你如此亲切的来信的时候,我感到困惑。当我追溯这善良的起源时,我的这部分依然如我昨天所写的那样,而且更加强烈。

没有人能够说,我们未经考虑就订了婚。并非可能产生欺骗的近距离发挥了作用,也并非可能产生欺骗的一瞬间,也并非可能欺骗的一个辞藻——虽然如此,我们还在一起,菲莉斯,难道你还看不出你究竟干了些什么吗(从上件事的启发看一看),你还可以收回自己的决定。这是不可能的,即使我绝望地向它伸出手,它也不属于我。这并非每时每刻迷惑我的犹豫不决,而是一种从未中止过的信念。我蔑视它,因为我爱你,虽然我爱你,但它最终不容蔑视,因为它直接来自我的本性。

几个月以来,我是否像有毒的东西一样始终缠绕着你?我是否一会儿在这儿,一会儿在那儿?我的存在还不使你感到可悲吗?你还看不出,我必须一直把自己封闭在自我当中,这样才能避免不幸,你的,你的不幸?菲莉斯,我不是一个人,我能够横下心肠折磨你,我在所有人中最倾心的人(我认为自己没有亲戚,没有朋友,不能拥有,不想拥有他们),并且冷酷地接受痛苦的道歉。如果我清楚地看透这一切,预感到得到证实和继续预感到,我还可以容忍这种状态吗?像我现在的样子,苟且生活,我向内心发火,只在信中折磨。一旦我们生活在一起,我将变成一个应为人们烧掉的危险傻瓜。我会干什么呢?我将必须干什么?倘若我什么都不做,那我才真正失去了自我。因为这将违反我的本性。谁要跟我在一起,将被碰得头破血流。菲莉斯,你不知道有的文学在某些人脑子里是什么。它像猴子在树尖上荡悠一样,而不是在地上行走。它迷失了方向,并且别无选择。应该怎么办呢?

我读到你们描写你兄弟婚礼的情况,岳父岳母何等宠爱他,何等宠爱他们的女儿,而又充满牺牲精神。你认为我能分享这种人类的感情吗?相反,当我读到你写的关于我父亲的话,仿佛你走到他那一边,以便联合起来对付我,我感到害怕。

弗兰茨<br>〔19〕13.7.9

最亲爱的菲莉斯,如果你不能够写信就不要写,但让我给你写,日复一日,你知道得很清楚,我爱你,我竭尽全力爱你,只要我活着,就想要,必须为你服务。

弗兰茨<br>〔19〕13.7.9

菲莉斯，我要是在你身边该有多好，要是我能够给你把一切讲清，是的，要是我能够将一切看清楚有多好。一切都是我的错儿。我们还从未像现在这样心心相印，来自于双方的肯定具有着极其巨大的力量。但真正支持我的，是上天的指令，是消除不了的恐惧。以前对我似乎最重要的东西，诸如我的健康，我微薄的收入，我可悲的性格，所有这些，这些也有某种道理的东西，在这种恐惧面前都消失得无影无踪，并非因为它，而是被它当做了借口。坦率地说（我对你总是如此，按照当前自我认识程度），为了最终被你看出是疯子，我甚至害怕与最亲爱的人结合，恰恰是和她的结合①。我该如何向你解释，对我来说是这么明确，以至于我不想隐瞒它，因为它使我双目眩晕！当我看了你的亲切的充满信任的来信，当然又变得糊涂了。在你的信里，一切看上去都非常正常，幸福似乎正期待着我们。

菲莉斯，你能理解吗，即使只能远远地观察？我有某种感觉，婚姻、结合、消除我的这种虚无，将导致毁灭，不是一个人，而是还有我的妻子。我愈爱她，愈快愈可怕。现在，你自己说一说，我们应该怎么办，因为我们如此密切，没有另一方的认可，以至于我们两个人谁也无法再单独行动，我这么想，请也考虑一下没说出来的！提问题吧，我注意回答一切。上帝呀，这个矛盾已到了非解决不可的时候了。我爱你，肯定还从未有一个姑娘受到如此多的折磨，如同我不得不折磨你那样。

弗兰茨<br>〔19〕13.7.10

夜晚，我们的阳台上很美。我在那里坐了一小会儿。我很疲劳。经

---

① 参见1913年7月日记："害怕结合，害怕随波逐流。我从此再也不会孤单。"（《赞同与反对结婚的所有理由》）

过一夜，我反而给弄得更累。今天早晨，当我应该起床的时候，我真的把我周围的一切都诅咒遍了，特别是我自己。如果我不能正常地睡觉，那我又怎能创作呢？如果我不能如此，一切将成为梦幻，而且是一场被识破的梦。

我的新计划当然并非最佳。最佳的计划或许应该是用什么聪明的办法弄点儿钱，和你一起去南方的小岛或者去湖滨，永远不复返。我想，在南方的一切都是可能的。到那里隐居，靠青草和水果充饥。但我无须深刻地审视自己，我甚至连南方也不想去。我只想用创作度过每一夜。即使因此而沉沦或发疯，也在所不惜。因为这是早已感受到的必然结果。

然而，我的新计划是这样的，我为咱俩找好的房子到明年5月才能搬进去。前提是我必须得到它。它在建筑合作社的一幢房子内，我是该合作社的成员。所以，菲莉斯，我现在不给你父母写信，并不浪费时间。让我们照现在这个样子维持到2月、1月或圣诞节。你将更多地了解我，我还有一些你尚不了解的可怕角落。夏天你将去旅行，通过旅行，以及通过那时我给你的书信，可以更全面地了解我。但主要的，只要健康允许，到秋天我便终于可以屈从于创作的诱惑了。那时，我也将会审视一下自己的内在潜力。我才干了这么一点儿，我什么都不是，或许秋季我也能干成点什么，我不想节制自己。那时候你将看得更加清楚，你将是与何人结合，有哪些需要顾虑的事情。到那时，我自然会像今天一样属于你。对此计划你意下如何？

弗兰茨

[19]13.7.13

在别墅的平台上①。眼前视野美丽而宽阔。房间里却不美观，我的内心也如此。陀螺在那里不停地旋转——星期二你将收到一封写有新计

---

① 卡夫卡家的别墅当时在拉德索维斯（明信片上展示的是拉德索维斯的风光和别墅），这是个位于布拉格东南的小地方。

划的信。问候你。

弗兰茨

〔明信片邮戳：13.7.14，布拉格〕

我回到家才能够写作，但是我的耐心却不允许。你不给我写信。你看不起我吗？你可不应如此。你瞧，我至爱的人，我不把她给自己，让她在自己生存中苦恼地徘徊，不去把她娶来，或者至少给自己设定了一个限期以后。最亲爱的，不要因此看不起我，我身上有足够的可鄙之处，但不是这一点。

弗兰茨

〔19〕13.7.17

星期日我没有收到你的信。发生了什么事？我不得而知。我的信肯定伤害了你，否则没有其他可能。但倘若是它伤害了你，那你则误解了它。虽然这又是难以置信的，因为你认识我整整一年，肯定知道，我绝对无意写下一个你有理由认为伤害你的字。你自己说过，我们不想怪罪对方。现在，你又想开始吗？菲莉斯，请你给我写个只言片语来，无论好坏，不要使我的不幸变得比已有的更大，沉默是可以想象出来的最严厉的惩罚。

弗兰茨

〔19〕13.7.19

又一个没有你的星期天！生活何等丑陋。可怕的是，因为你误解了我的快信,所以没能够给我回信。今天你收到的信试图将此解释清楚。然而,我们之间可以有误解存在吗?我不是你的,你不是我的吗?我在自己家里难过得要死,这难道不是真的吗?所以我能够从中跳出,就更加伟大。另外,有谁知道,倘若不在这个家庭里生活了三十年,我这个没血的人会变成什么样子?但是,总的来说并不存在严重障碍,我们属于一体,并将在一起。我们只是必须怎样告诉父亲。我们一旦结婚(一分钱也不要他的),他的财产决不会有一个硬币进入我们家。仅仅这么设想,就使我舒适不已。

当然,我还是不知道你的父母会怎么说,怎样叫他们开口。

但是现在,最亲爱的菲莉斯,尽可能每天来信,而且寄到办公室,否则我收到的时间就太长。你是知道这一点的,却还是一再给我往家里写信(一再如此,但在过去十四天中总共只有一次)。

鼓起勇气,相信我,不要误会!

弗兰茨<br/>〔19〕13.7.27

又没有来信。你怎么能够如此折磨我,菲莉斯,如此毫无意义地折磨,何处有几句能给我以慰藉的话语,减轻一点儿我的头痛,我的头痛得像被一个罩子套住。你可以就写你还没有决定,或者你不能够写,或者不想。仅仅三句话我就心满意足了,但是没有,什么也没有!

弗兰茨<br/>〔19〕13.7.28

本来我昨天、前天就该得到你的信,菲莉斯,即便没有信,昨天也该发封电报答复我昨天的信。你不应该把我置于这个状态而不理会。你知道,当我看到自己无缘无故地至少在信中被你遗弃,我将如何是好?在这整个奇妙而可怕的一年之中,我严酷地折磨你,但总是出于内心的逼迫,而从没有外部的原因,如同你从法兰克福对我那样和现在这样。这些拜访和亲戚们!我将分辨不出他们,并且担心他们都会变成我的敌人,相互敌视。倘若聚会的人们表示些许惊诧,或者你不在,只给我写了五个字,倘若他们对此有些许不快,倘若这些对你比我在这日日夜夜更为绝对,头痛和亢奋使我几乎分不清昼夜,倘若他们的表示比我更使你担心,那么我该如何看待他们呢?

在我成为你公开的未婚夫之前,菲莉斯,我能在你心中占有更多一点儿位置吗?没有人仅仅因为聚会就有权把你从给我写信中拉开,如果这封信像星期天的那么必要——同样,今天也没人有此种权利。如果他有,你则不能承认它。你没有给我写信或发电报,令我不幸之至,比你所能够想象的要严重得多。这并非怪罪,也不是误会,菲莉斯,但它却不触及我对你的爱,爱情是不可侵犯的。这只是独有的悲伤。

弗兰茨

〔19〕13.7.30

我又读了一遍那封信。我最亲爱的菲莉斯,哪怕你认为可能性微乎其微,可以怪罪这封信,那么你想一想,你根本不知道,由于没有任何消息,我——简直无法形容,在近几天,最近几天的情况又是如何。

我现在是在和何人交往!他不是大傻瓜,就是小先知。但是在这里他无权干涉!

我最亲爱的菲莉斯,你看懂我今天的信了吗?此外,你是否已经知道,你将得到的是一个白发老头儿?我是怎样在沉沦哟!伴随着这封信,心儿是如何地在跳动!

最亲爱的人,现在,你又离我更远而去,你一点儿也不伤心。相反,你的住宅叫做无忧宫。告诉你的姐妹,如果她不让你给我写信,就根本不是我的朋友。我父母逐渐习惯了新的烦恼,开始把它们归到其他烦恼之列。为什么你认为你不在的时候,我给你父亲写信会更好?其实我觉得,当我第一封不是给你的信抵达你们家时,你在场会更好。

我该和马克斯商量些什么呢?我们之间的婚事责任重大,没有人能在本来的意义上承担责任,也没法提建议。难道我应该学习马克斯的财政经济,但那就太傻了。马克斯拥有的金钱比我多些,进项也多,毫不吝啬,毫不浪费——但是,对方还是侈谈金钱和匮乏,恰恰这无休止地谈论,肯定是妻子造成的,倘若不是全部,使金钱获得了超乎寻常的意义。即使真的囊中羞涩,也可以很容易地加以避免。我还记得,当他的妻子在镜前围上尖领斗篷的时候(她穿着有点儿刺眼,不甚和谐,虽然她全无过错),我倚在镜边。我没话找话地说:"这看来多贵重啊!"她一甩手回答道:"但它跟其他东西一样便宜。"可悲之极,毫无意义,甚至带侮辱性。我无意效仿。

弗兰茨

〔19〕13.8.11

我亲爱的,亲爱的菲莉斯!今天没有信,今天很正常。但我,一旦事关你的信,我就无法区别正常与例外。我就是想得到它,必须得到它,我以此为生。

我有个想法,如果你喜欢它最好,等你的复信到来,我就可以给你父亲写信了。如果你的父母不害怕——归根到底也没有什么特别害怕的理由,因为你的父母不认识我,不得不由你推销我,然后当然——也就是说如果你父母不害怕,我们或许十四天之后就可以在我父母面前订婚。如果这不可能,这时我记起来了,你能否途经布拉格回返?不是让你失去一部分假期,并非如此,只要你返程路上在布拉格停留片刻。可能在最后一个星期日或星期六。如果是星期六,我也许可以陪你一起回柏林。这样好吗?如果我仅考虑自己,那就糟糕透了。因为你与我的亲戚们说的每句话，交换的每道眼神，都令我感到受到伤害。不仅出于嫉妒，而主要因为我已把自己与他们隔离开来，在这自我封闭之中寻求快慰。但现在因为你，作为我本身一部分的你，与他们虽未建起，却也隐约暗示着一种新的联系。菲莉斯，如果你不想使我不幸，你必须永远铭记着这一点，当你与他们或者其他人交谈的时候。在这方面，我的确很了解自己。有时候我会使自己的一切都超脱出来，并非故意，但结果却如此——尽管如此，一切终又完全收回自己心中，我很陌生，尽管我也许说出过最重要的意见。我恐怕在你那里不会有这种感觉，你对我重要之极，如果你与他们闲谈，那我就将与你一起陷入他们之中。但是，不管我多么悲伤，你还是得和我的亲戚们见上一面。那么，你能来吗？你在场的欢乐会让我可以好受一些。

弗兰茨

〔19〕13.8.2

你的丹青格小姐，这是一个什么样的姑娘？

最亲爱的菲莉斯：

在我没有得到你的消息的那天，除此不幸之外，还发生过一个很特别的不幸。从此你就可以看出，我是何等需要你的来信。避免这不幸全取决于你，今天我真的很伤心。又没有来信。老实说几个星期以来，清早不去乡下，就是为了能够尽早得到错以为十拿九稳的星期天的信。几个星期以来，我如此小心翼翼，收获的却只有悲伤。当然，今天电报已到。但或许这根本不是寄给我的。那里写着"卡夫塔"，而不是"卡夫卡"，那上面是"普利奥尔"，而不是"菲莉斯"。不管怎样，我感到非常满意。

菲莉斯，请你表现出对我的信任，向我保证你一定并丝毫不差地满足我的请求。只有你答应以后，我才告诉你这个请求。这并非是什么不可能的坏事情，所以向我保证吧，以庄严的言辞向我保证。

你为何认为这时候我父亲到柏林会对我们两人有益？你是如此说的。你是怎么想的？

我几乎每天夜里都梦见你。我要到你身边去的愿望是多么强烈。但同样强烈的却还有恐惧，而且出于各种不同的原因。我想，在我们订婚以后的时间，即使我们直到5月份才结婚，我可能没有任何机会去柏林。这会合你和其他人的意吗？你能够同意我这样做吗？

你带书没有，什么书？

弗兰茨<br>〔19〕13.8.3

最亲爱的菲莉斯：

我收回一切，收回我也许昨天说的话。不让我现在去见你，不让我希望你现在来布拉格，这担心是有理由的。但是，远远超出这个担心的巨大恐惧，却更有道理，那就是如果我们不立即相聚，我就会垮掉。因为如果我们不能立即相聚，那对你的爱，它使我心中容不下其他的想法，我对你的爱就会转向一种想象、一种思想，转向虚无缥缈、无法实现的东西，而它又决不可少，但这将足以把我从这个世界拽走。我写信的时候在发抖。所以来吧，菲莉斯，来吧，只要可能，你应途经布拉格。

与此同时，我还要告诉你一件其他的、或许最重要的真情。特别由于你长时间没有问过我，似乎已无声地容忍，这个问题从我们往来信件中才被排除。以前我老是说，自己的健康状况不允许结婚。从那以后这种状况的确没有改善。我在给你写那封具有重大意义的信以前，即约一个半月，我看过医生，我们的家庭医生。我跟他接触不太舒服，但也不比其他医生更不舒服。其实我并不相信他，但他像其他任何医生一样让我放心。在这个意义上，也可以把医生当草药来使用。当时，经过繁缛的大规模检查，我从他那里得到了对我内心感知的安慰。当天下午，我写信给你。我前一段时间心跳过速,后来心区针扎一样的疼。这如果不是全部,也部分地是由于与你分离引起的。这简直无法忍受。另外,它们也是我在过去一段时间游泳过多,走路太多太快的缘故。所有这一切又使我疲倦,从而战胜了想要去找你的要求。但这仍无济于事,我仍又心痛不止。今天我又去看了医生。他说,脏器没有问题,尽管他觉得什么地方心音不太纯净。但我想最好立即去休假(这不行),或者干点什么(这也不行),或者好好睡觉(这也不行)。我不想去南方,不想游泳(这也不行)。我愿举止平和(这愈加不行)。在我给你父亲写信之前,这一点你必须知道。

你会定期地来信,如果不是明天,那么肯定星期三会开始,我为此感到何等高兴啊!

你的 弗兰茨
〔19〕13.8.4

〔在信笺边缘〕
一封信也没有丢失吗?这是写给魏斯特兰德的第四封信吧?

第五封寄往魏斯特兰德的信。

最亲爱的菲莉斯,我昨天写道,我期待着星期三才来信,这过于夸张了。我更期待今天来信,确实如此。即使不是一封信,也应是一张有关旅行的明信片。即使不是明信片,也应是一份电报。我如此乞讨,被人看不起,但我除了期待你的来信,很少在重要事情上难以自持。此时此刻,一种预感使我心烦意乱:你不愿意给我写信,你不想着我,你爱我也许只是出于一种什么回忆。可怜的,无法控制的乞求!

顺便说一句,现在恰巧来了一份电报。我当然一下子就想到是你来的,投递的女孩得到了幸福的一瞥。其实它是来自马德里。那里的舅父(阿尔弗雷德·略维)是我最亲近的亲戚,比父母还要亲近,但这当然是在一种非常特定的意义上。前段时间，我收到过他三封信，我没有兴趣给他写信。五天以前（一封信抵达马德里需要四天，如果把这和布拉格——威斯特兰的联系相比，并不太多），有一次夜里，我给他写了一封有关《阿卡迪亚》的附信，并连同书寄给他。我在信中着实抱怨了一番，用了一个优美的过渡，同时告诉他我不久就要正式订婚（这位舅父其实应该在我父母之前得知我们订婚的消息）。过后，我想起这封信与《判决》惊人得相似。的确，在《判决》里，也有许多舅舅的情节（他是个单身汉，马德里铁路经理，除俄国以外，几乎了解整个欧洲）。现在，我在一封类似的信里，像盖奥尔格对其朋友那样，告诉他我订婚了，而且在《阿卡迪亚》的附信中。——而我的舅父肯定误解了我的信，以为我们已经公开订婚，因为我面前的这份电报这么写着："非常高兴，衷心祝贺未婚夫妇，舅父阿尔弗雷德。"如此说来，我们的事已在马德里公开，而你的父母却还蒙在鼓里，对吓人的威胁他们的女婿一无所知，或知之甚少。

弗兰茨<br>〔19〕13.8.5

我终于又看到你亲切的笔迹了。汉堡的明信片我根本没有收到。你该不是没有写清让一般人都看得懂的地址吧？比如今天的明信片上就写着尼克拉斯大街6号，像这种错误有时会给我造成极大痛苦[①]。

我们不必再谈论我父母，他们的警告已经销声匿迹了。关于写给你父亲的信，我却没有从你那里得到明确的建议，更多的是三种相互矛盾的主意。但我也不需要什么建议，一旦你回答了我的心中的故事以后，我就寄走给他的信（但信只写给你父亲，你母亲只被提及，我无法找到写给你父母的信的方式）。比如今天，我根本就没睡觉，丝毫没有，

---

① 当时卡夫卡的地址是尼克拉斯36号。

大部分钟响我都能听到,其余时间在似睡非睡地打盹。一个有关我的什么想法,我已记不清楚,像飞梭单调而飞快地在我的困顿状态穿行不止。

午夜时分,在无奈之中产生了一种疯狂的感觉,想象力像脱缰后的野马,一切都在分裂。在这极其危急的关头,一顶拿破仑元帅的黑色帽子救了我。它把我的知觉罩住,迫使它聚集在一起。同时,心怦怦地剧烈跳动。我揭掉被子,尽管窗子完全开着,夜里相当寒冷。虽然我认为这是不可能的,但奇怪的是,一大早我就去了办公室。除了心脏及其周围有点儿作痛,感觉并不特别糟糕。当我在办公室收到你的明信片和信时(星期一下午写的信,星期三早晨到达),痛又好了一大截。——我的状态完全错乱,典型症状是每天的情绪都不一样。当然是在无法改变的可怕的基本状态的基础之上。

什么,我关于你来布拉格的想法完全愚蠢?菲莉斯,这不是真的吧。你当然得由我的父母邀请。但在这种前提下,它的确是这世界上最简单的事。除此以外,关键在你。这样多好。

关于假期,我特别走运。开始我曾想旅行十四天,另外十四天在一家疗养院度过。现在看来,绝对有必要整个时间都待在疗养院。为此,我选择了一家在佩格里地区热那亚附近的疗养院(距热那亚不远)。这意味着旅行和疗养同时进行。但现在我才得知,该疗养院这一季节到10月1日才开张,而我必须9月份休假。这样,我很可能只有去里瓦的圣·哈通根的伽达湖了①。可惜!关于马克斯的经济,我还得给你写几句。否则,你也许误解我。

嘿,在海滨有那么多人照相。比如,我愿意看到你坐在海滨的阳篮里,或者在沙丘之间,我难道不能得到一张玉照吗?

弗兰茨<br/>〔19〕13.8.6

---

① 1909年9月,卡夫卡曾与马克斯和奥托·勃罗德在意大利的小城里瓦度假。

请代向丹青格小姐问好。我们虽不认识,但她生活在我所有的最亲爱的人身边,这关系还不够吗?另外,她写的字何等道劲啊!

我最亲爱的菲莉斯:

怎么了?头痛,睡眠不好,奇怪的梦幻,而上述一切都发生在你应该从许多烦恼中恢复过来的时候。其原因都在于我们的关系一直还不明朗,其余的都不是。明天,收到你的来信以后,我将给你的父亲写信。从此,我们俩都可以平静和踏实了。我们必须如此,尤其是你,因为从那以后等待你的才是巨大的窘境。和我这个不能自制的人生活在一起,你的设想有可能和他大相径庭。可怜的、最亲爱的菲莉斯,在你知道了所有这些以后,你还愿意和我在一起。为了感谢你的勇气,我恨不得整年拜倒在你的脚下。待到我们在一起的时候,我会有表达感谢的机会的。但是,菲莉斯,你愿意在一切当中都看到这种谢意吗?即使它不是恰好对你,即使它正好珍藏在我心中。简而言之,你愿意得到礼物而不失望吗?

菲莉斯,给我写一写你在魏斯特兰德生活的详细情况吧。总体上我是知道的,但是我想在细节中得到满足。有关你的堂姐妹,你从未详述过。可能你们仅仅在最初几天单独相处,因为大家在一起吃饭,所以你们至少该和退休人员相识。他们姓甚名谁?你喜欢谁,不喜欢谁?坐船旅行有没有发生过什么值得一提的事?(我现在正在阅读罗宾逊·克鲁索的一本闲书,在那儿,乘船旅行总发生意外。"此时,风雨急骤,我看到了罕见的景象:船长和其余的人全心地祷告着,他们比任何人更痛心,等待着那一时刻的降临,因为船即将沉没。")你每天具体是怎样过的?你也读点书吗?什么呢?对于不会游泳的人,游泳一点儿也不危险吗?

此外,我收回给你的承诺,为此我多次感谢过你,是有关《磨坊》一书的。我很快就把《女人系列》寄给你,你将开始每天(你是答应过的,是吧?)慢慢地、系统地、仔细地、认真地阅读《磨坊》[1],并且不断将进度告诉我,使我欢心。

〔在信笺边缘〕你的两封信已同时收到。就这样有规律地写下去,我的心情也会变得有规律起来。你不想寄给我一封你父母给你的信吗?让我看一看,他们怎样给你写信。你对于将来吃素为何沉默不语?我等待着欢呼呢。

弗兰茨

〔19〕13.8.7

我要感谢你,因为到昨天好长时间以来第一次连续两天收到你的信。今天却又没有了音讯。我要求每天一封信,这或许可以被称为专制主义。但其实不然,可能你不想我,这也许才是专制。你知道得很清楚,没有来信我何等悲伤。你知道,我目前的状况在很大程度上取决于能否按时收到你的来信。你知道,对于我说来,实在不行的话,寥寥几行字也就足矣。你知道,你曾向我保证经常介绍魏斯特兰德的情况。你知道,我期待你回答的那封信对我特别重要。你知道,如果你一封信里向我抱怨头痛、睡眠不佳,第二天却什么消息都没有,这不得不使我超乎寻常的不安。尽管如此,你还是不给我写信。难道我每天的信不使你感到紧迫,必须给我写几句话吗?但是归根到底,我也不是让你每天都给我写信。如果不可能,这我已经常告诉过你。我只要你有规律地给我写信,连这一点你也拒绝我。并且你心安理得地度过星期三,连一张小小的明信片也不给我寄。尽管你知道,每次星期五的邮班都使我颤抖。唉,你梦中

---

[1] 大约自1909年秋天起,卡夫卡经常按照丹麦体操老师J.P.米勒的体系练习,参见1910年3月10日和18日致马克斯·勃罗德的明信片和信(1919年春?)(上述信件的日期更正为"1910年春",这是可信的说法,详见库特·克罗罗甫的《关于"表现主义的十年"的布拉格,德国文学史和史前史》,载《世界之友》,布拉格,1967年,第83页,注解106),1913年出版了为妇女写作的《磨坊》系列。

念叨我，而我有证据，你整个白天却没有想念我，这于我何补。而且这并非第一次。菲莉斯，你做得欠妥，不管你由于内心还是外部原因而不能给我写信。

弗兰茨<br/>〔19〕13.8.8

今早收到了你星期三写来的两封信，又听说，其中一封本应昨天晚上就到的，于是我打算发电报请求你原谅我昨天写去的信。可是，当我读了你这两封信后，我又放弃了这种想法。这种挤出时间、强迫自己写出的信令我失望。说实话，如果我根本没收到信，反倒不会这么不快，现在的情况使我加倍地沮丧。这样的情绪你给我写明信片好了，这样能使……

在办公室就写到上面那儿，当时伤心极了，对着这些信呆坐着，就是再读上一百遍，再欺骗自己，从中也不会找出我需要的东西。如果格式上做些改动，完全可以把它们当做写给陌生人的信。不，它们不是写给陌生人的，不是因为给陌生人不会写得这样仓促和不用心，而是陌生人不会体味到它们的仓促和不用心。最亲爱的菲莉斯，我并不是缺乏理智的人，理解我的神经过敏，特别是现在，特别是在你面前，因为对我来说你是不可替代的，可是，我的确从你的信中找不到我想要的东西，而实际上它们也根本不存在。又是那种让我吃惊的感觉，我们在一起的某些时候就会体会到，这种时候你在我面前好像很疲惫，又由于内心的约束而显得难以接近。每当你离开柏林，我也会奇怪地有这种感觉。你在法兰克福时是这样，在哥廷根和汉堡时也是这样。外出旅行让你迷惑还是让你清醒了？这都是些不可否认却可以解释的事实。如果我回忆起你第一封写给我的信，并把它和最后一封作个比较，菲莉斯，那么我要说，看起来太不可思议了，第一封要比现在这封更让我高兴。当然，这也只是个别的一封，倒数第三封信中，你无数次地表明了对我的爱，比我应该得到的要多。但毕竟还有这两封，这里面谈不上应得的奖赏了。你能向我解释一下吗，从好的方面，而且不要仅指出我的自负傲慢作为理由，求求你，菲莉斯，求求你对你所写的这种信和许多没有回的信做个解释，"这种信"包括从法兰克福和动物园（在桌子下面）写来的，以及最后这封星期三晚上的，这里面空洞无物，只写了："艾尔娜整天都在骂我，她说，我不去户外，却整天待在屋里写信。"亲爱的菲莉斯，这是什么意思，你想说明什么？

看着在家里找到的这张照片，我必须承认，我对你充满了莫大的感激之情。是这个难熬的上午使我回忆过去的事，能够把上面这些绝对必要的东西写下来，否则，我的心里只会充满感激，每当我看到你的照片，就抑制不住这种感情。

你的 弗兰茨

〔19〕13.8.9

〔工人事故保险公司信笺〕

菲莉斯，你看，电报我已收到。万分感谢，并请原谅我不公正的责难，或许是我扫了你度假的兴致，也请原谅。今天我从办公室取回了你星期五写来的明信片（不知你星期四写来信没有，反正我还没有收到，也许写了住处的地址，那么就要等到明天了）。但这些其实完全无关紧要，我可并不是监督你写信的恶魔，我只是对你信的内容感到惊讶。你信中的我需要设法安抚，否则就要去折磨别人，倒真的像是个恶魔。菲莉斯，你这几天的来信中都是同样的内容，诸如上上封中："这样你就一定不会抱怨了……"上封信中："艾尔娜在骂……"今天收到的明信片："待在房中可真是罪过……"但是亲爱的菲莉斯，难道我们不是像其他人谈论金钱那样在谈论写信吗？这两者之中前者比后者更糟吗？如果你只是为了我才写信那就太可怕了。

我不敢寄出这封信，因为也许我不太具有判断能力。可无论我是不是这样，这一切仍然还是出于同一个原因，是有依据的。为什么？是将你我分隔的遥远的距离，还是你真实的、因我而间或麻木的感情？你可是个有毅力的人，又有良好的认识能力，能够控制自己。而正因如此，这些总是不断出现的间歇就显得愈发严重，愈发含义深刻。

弗兰茨<br />〔19〕13.8.10

今天收到了从卡姆普寄来的明信片。（星期四的那张难道同汉堡发出的一样也被弄丢了？）说实话，这样的明信片比上几封信更能让我感到高兴，从中你不会读出什么不好的内容，然后便可自欺欺人地往好处去想。你做了一次愉快的郊游，有人（是谁！）还认为这次郊游令人"身心怡然"，你有点想到了我。如果没有先前的事这本应令我十分心满意足的，而我现在要谈的也关系到目前，首先是你的幸福。我想说的是：如果你打算做出牺牲成为我的妻子（实际上我在许多小的方面都证明了这是一种牺牲），那么，如果你不想使我们双方遭受不幸的话，你就不可以轻率地评判你对我的感情，更不能听任他人这样做。谁也不能要求你对我的感情清清楚楚，但你必须对这感情有信心。你这几次的来信并联系你前一段类似的情况使我怀疑在你身上是否能找到这种信心。一定是什么地方隐藏着某种迷惑，否则我无法解释这一切。这种迷惑时隐时现，你起码应该有所察觉。但你却莫名其妙地没有去找出问题之所在，当然对问题也就一无所知。而这恰恰是你最应该做的。也许这问题只是一个小小的、容易克服的偏见，只是瑕疵，但这也可以成为像它现在这样妨碍我们接近的因素，今后会完全使你离开我。或者根本就没有妨碍我们什么，但又怎么解释你用这样三句话答复了我们见面的问题呢："我现在绝对没有可能去布拉格，你怎么会觉得你根本不能来柏林呢？圣诞节休假期间不行吗？"（这还不是唯一的例子）而现在才只是8月份呀。菲莉斯，我知道，也许表面上看，我现在所做的一切很可怕，这也许是我所做的最糟糕的事情,但这同时又是必须的。你不想听到你的言外之意(不要仅局限于某一件事),那么,我就大声地将它向你再重复一遍。

弗兰茨<br>〔19〕13.8.11

菲莉斯,每当我不由自主地想到,美丽的清晨,你睡眼惺忪地坐在早餐桌旁,期待着惬意的一天的到来,却日复一日地收到我如同地狱中发来的被诅咒的信,一种自我反感就会袭上心头。可我应该怎么办,菲莉斯?你的上几封信中,我感受不到你的亲近、帮助和令人信赖的果敢,我如果不能把握住它们,就不能同你父母进行任何联系,因为你,只有你自己,构成了我同他人交往的唯一的、根本的纽带,**今后也只有你才应起到这样的作用**。我还必须耐心等待你对我昨天那封信的反应。你不理解我的处境吗,菲莉斯?我所忍受的痛苦比我带给别人的痛苦要多得多,虽然这很能说明一些问题,但本身却不带有丝毫自我辩解的含义。

你的 弗兰茨<br>〔19〕13.8.12

最亲爱的菲莉斯!上封信中我才找回了原来的你。这以前你像躲在云雾后面,星期一和星期二的第一封信中还是这样(星期一的信今天才收到,可能是没有贴足邮票)。我扪心自问,是不是我太苛刻了,以至于所有这些信都满足不了我。总是提到乌尔施泰因房子的许多缺点,谁认为那里不能好好写信,谁又要求你要在那里写呢?乌尔施泰因房子的照片就总让我的眼睛发疼了。你反正总是用铅笔的,那么难道不能吃早饭的时候或在沙滩上给我写几行吗?种种迹象还使我发现,你只是漫不经心地读我的信,举个例子:我信中曾提到过马德里的舅舅,你却将他错弄到米兰去了,这件事本身当然无所谓,但你同样可以将我的某一个极重要的想法张冠李戴,这一切你又可能并没有说出来,而我则没有丝毫的察觉。

你星期二的第二封信才使我的心略放宽了些,我感到这才是我原来的菲莉斯,她终于又出现了。也许你只是累了,菲莉斯,如果不累反而奇怪了。我不想其他的可能性了,寄出此信的同时也给你父母发了封信,它们同时去向柏林。你们旅店里的那个人应该放弃笔相学的研究,我完全不是什么"态度举止坚定果断"(这点你可能已有所了解),另外,我也非"极其贪图感官享受",相反却具有了不起的、天生的压制欲望的能力,我不是好心肠,虽然节俭,却正是因为"迫不得已"又不能这样,可又与慷慨大方无缘。而你没有记住的他说的其他内容也不会好多少。就连所谓的"爱好艺术"也是不对的,这甚至是他一派胡言中最错误的判断。我不是爱好文学,我整个身心都是由文学构成的,我不是其他的什么,也不可能是其他的什么。前不久我在《魔鬼信仰的故事》中读到这样一段:"一个牧师的嗓音异常圆润甜美,所有的人都喜欢听他讲话。有一天,另一个牧师也听到了这悦耳动听的声音,于是说:这不是人的声音,是魔鬼的。当着所有被这声音迷住了的人的面,他用法术祛出了那魔鬼,被其附体的那副人的皮囊瘫倒下去,发出臭气(这还是人的躯体,只是不被灵魂支配而被魔鬼附身)。"[①] 我同文学的关系与此何其相似,只是附在我身上的文学没有那牧师的嗓音那么甜美。恐怕只有很老道的看笔相的人才能从我的笔迹中看出这一点。

说完笔相学再谈谈文学评论。《文学回声》近期发表了对《观察》[②]的讨论。这种讨论十分让人喜欢,但此外就其本身而言也没什么特别出色之处。只有一处值得注意,讨论中提到:"卡夫卡的单身汉艺术……"对此你有何见教,菲?

---

① 摘自古斯塔夫·罗斯科夫所著《魔鬼的故事》第一卷(1869年莱比锡)第326页。括号中为卡夫卡加的注释。
② 保尔·弗里德里希所著《比较与思考》,见《文学回声》15年度第22期(1913.8.15)第1547页及后页。

再简短地谈一下其他几点：我坚持磨房主；书今天发出；如果你没有兴趣就不会做得好，尽力认真准确地去做（**当然要十分小心谨慎去做**），你会因马上可以感觉到它的功效而不再没有兴致；不要为做饭的事发愁；你表姐说梦话，那就在她睡着时小心地在她脸上盖一块手巾。

弗兰茨

〔19〕13.8.14

菲莉斯，现在算是平静了。是假期又是夏季，这个时候无论是屋内屋外都不应该有躁动不安。对你父母说了些不合时宜的话，将必要与真实相统一，又要让他们读得懂可并不那么简单，但我总是能够办到，虽然不一定十全十美。不管怎样我们将不再去谈论恐惧和忧虑，残余的部分我们必须自己消化。前几封信中我的责难无疑绝大部分是不公正的，但我不打算再详谈此事。但这些责难并非只是对你来信的个别内容的批评，它来源于我内心深处的恐惧。还是不谈这个了吧！我找到了不再用这些事折磨你的办法，我将不吐不快的事写下来，但不寄出去，或许今后我们会找到一个适当的机会，安安静静地一同来读它，也许，也许一个抚慰的眼神，或相互握握手，就会使一切烟消云散，这比一封从远方用很长时间才能寄到的信能更快、更容易地解决问题。菲莉斯，前一阵我带给你的烦恼就权当你做出牺牲的第一步吧，同我的关系对你意味着牺牲。我只能这样讲。如果你父母问及我给他们的那封信，回答时将这些一并考虑进去。

别再给我写那么多信了。信多意味着有反常的事发生，和平不需要信件。不是因为我将在世人面前成为你的新郎才有了这样的变化，但这却意味着将不再有怀疑和恐惧带来的种种影响。因此没有必要再写很多信了，必要的是毫厘不差的规律性。你会惊讶地看到，成为新郎的我，虽然仍然按时来信，却写得如此之少。到那时我们的联系会越来越紧密，相形之下，信变得可笑。

> 弗兰茨
> 〔19〕13.8.15

最亲爱的菲莉斯，你不会是因我而病的吧。你感觉不太好？这是什么意思？为什么不说清楚些？难道要我自我谴责，你是因为我不断的烦扰而病的吗？没有其他的原因了？原因是什么？你还总是睡不好？我们两人中我一个人失眠难道还不够吗？你能安静休息吗？吃得好不好，合适不合适？你感觉不太好，单这一句话是什么意思？别给我写信了，只写明信片吧。但是菲莉斯，有关你感觉不好这样的消息请再附上些简短的说明，或给我小小的希望。如果你只写感觉不太好，那么我就会好几个小时对着这句话发愣，找不到答案，至少是找不到令我满意的答案。另外，不要寄给我这种图案的明信片，而要名副其实的风景明信片，由此能让我想象你是在什么地方，是如何生活的，这对我可是最最重要的。

邮局又同我们开玩笑了。你星期五的信我今天，也就是星期一才收到。福楼拜本应上周一就到你那里，看来也是今天才到。那本书可真精彩！如果你抓住它不放，它就会同你融为一体，无论你是谁。

昨天，马克斯外出归来，我去看了他，他父母也在，听到了一大新闻：据说某人——他们大约绝不会告诉我是谁的——从某地问候了布罗德夫人。当时我听而不闻，不知所云，不眠之夜把我搞得头昏脑涨，只能毫无意义地左顾右盼。虽然这只是件令人尴尬的事，但同时也说明，外人介入我的事或打算介入我的事是多么让人不快，即使我充分地顾及到他们的友好情谊，关切之心，乐于助人和善良可爱，也永远不能认可这一点。

照片！菲莉斯，照片！我等着呢！

看，我得到了多么美的一首诗，发表在这期的《三月》上[①]。记得

---

[①] 马克斯·勃罗德献给弗兰茨·卡夫卡的诗《卢加诺湖》，发表于慕尼黑的周刊《三月》号第七期（1913.8）第247页上，另见勃罗德写的《传记》第100页。

寄还给我。两年前我们曾到过那里，我忘了那个村子的名字，离卢加诺很近。多保重，快点好起来。你表姐和女友现在只应做一件事。那就是服侍、照顾你。对我有什么吩咐吗？

弗兰茨

〔19〕13.8.18

菲莉斯，你看，我指责你不太把我放在心上是多么正确。你胆敢这样做直到你面临危险，难道这是把我放在心上了吗？没有，你根本没有想到我。现在好些了吗？总还是感到心跳！不，菲莉斯，那里我不需要你对我的亲近，就让我的心脏按照我已损坏了的神经系统的意愿去跳吧，可你却要保持你心脏天生的、平稳的节奏。嗓子痛怎么会是惊吓引起的呢？这可有点没解释清楚。医生来过了吗？菲莉斯你说说看，你认识我之前不是有更强的抵抗力吗？我的责任比其他所有的感情波动都更大吗？这一年里，我对自己的折磨比给你带来的苦恼多一倍，而我恰恰不是为我而是为你今后会遭受的惊恐而愁白了头发。你曾在信中说，你对秃顶的求婚者感到害怕，那么现在，你未来的丈夫却可能是个头发花白的人。

你今天这封信让我悟到，我们至少在一点上是完全不同的。你需要口头表达，谈话使你愉快，你更愿意进行面对面的交流。而写信使你迷惑，你觉得这只是一种不完善的替代方式，多数时候甚至根本无法替代谈话。我的不少信你都没回，而对某些内容你可能很愿意当面发表看法，以你的善良和热心无疑只是因为你对写信有抵触心理罢了。

而我则恰恰相反。我十分讨厌讲话，且不管说什么都词不达意。在我看来，这种交流方式使我表达出的东西丧失了意义和重要性，而且我认为也只能是这样，因为讲话要受到无数形式上的琐事和表面上迫不得已要做的事的干扰。所以我沉默着，不仅是出于无奈，也是因为确信这一点。只有写才是适合我的方法，即使我们在一起后这一点也不会改变。

但对于天性就喜欢讲话和倾听的你来讲，我这种基本的、也是唯一的（或许只是为了你的）表达是否足够了呢？

弗兰茨

〔19〕13.8.20

亲爱的菲莉斯，我昨天回家太晚了，没法给你昨天的电报回电报。你昨天肯定也已收到我的信了。

因为以下的原因，星期天我没法给你写信：星期日我独自在小巷里徘徊，我想对于如此重要的事情，或者说，对这件与最重要的有关的事，我们怎能谈得、写得这么少呢，而且大多还只是暗示（我的手今天怎么抖得这么厉害。你看，我也能够平静地写字！）。我大步转回家，以便把一切尽可能清楚地写下来，交给你看，有什么比这更顺乎自然呢？那是夜晚，对于清楚地写东西很有利。我在睡眠时梦见什么了！我遇到了一个熟人，我们相互平静地、散乱地、毫无意义地交谈，当离开他时，我更富有人情味。想到我在整个时间里给你造成的痛苦，我暂时将最重要的置之不写。不写是罪过吗？肯定是。但我出于好意。当我从信中看到星期一你躺在床上，全然不需要烦恼，我要谢谢我的那位熟人。

你是否应该给我母亲写信？首先你父亲得先给我回信。这以后倘若情况好，那就干你喜欢干的事吧，给母亲写信或者等她回信，对此我无所谓。如你想让她先给你写，那她会的。

菲莉斯，休假以前我基本上去不了柏林了。首先，在我现在的状态，你不会对我感兴趣（我不想把以后的印象抢先说出）。其次，我们两个人都不喜欢订婚的时间（可能原因不同）。东方的婚俗也有对的地方，新郎直至结婚之时才能见到新娘，揭开面纱"这就是菲莉斯！"随后他拜倒在她脚下。她却吓得向后一跳，这个白头发的人吓得她够呛。第三，我想把假期集中一下，我几乎没剩下星期天了。这就是一般的原因，你同意吗？

〔写在信边上〕

照片！把这封信给你的妹妹！

弗兰茨

〔19〕13.8.21

菲莉斯，也许没什么难以启齿的了。别害怕，但是，你或许恰恰没有完全理解最重要的事。这并非责备，一点责备的意思都没有。你做了力所能及的事，但你所不曾拥有的，也就无法理解，没有人能。只有我内心充满忧虑与恐惧，它们像蛇一样活生生的；只有我不停地观察它们，唯有我知道它们的状况。你只通过我、通过信件才得知它们，它们带给你的恐惧的持久性、大小和无可抗拒性与真实的情形相比，甚至连我所写的与事实相差的程度都达不到，而这里已经产生了大得无法估量的误解。你昨天的信可爱又充满了自信。从中我清楚地看出，你肯定已经忘记了在柏林获得的有关我的印象。等待你的不是你在魏斯特兰德遇到的幸福人们的生活，不是手挽手愉快的谈天，而是在一个**呆头呆脑、郁郁寡欢、沉默寡言、不满意、病怏怏的人**身边，过一种修道院式的生活。这个人在你看来像个疯子，看不见的锁链把他束缚在无形的文学之中，要是有人接近他，他就大声嚷嚷人们触碰了这锁链。

你父亲迟迟没有答复，这很自然，但他提问也很犹豫，似乎证明了，他的疑虑很一般，没必要通过我的回答来消除。他恰恰没有注意我信中自我暴露的那些地方，因为这完全出乎他的经验以外。今天，一整夜我都在对自己说，不能这样并起草了一封信，以便给他讲清楚。信没有写完，我也没把它寄出，这只不过是一次感情上的决口，一点儿也没使我感到轻松。

弗兰茨

〔19〕13.8.22

最亲爱的菲莉斯！女仆把我从懵懵懂懂的状态中喊醒，把你的信递给我。它仿佛是刺眼的想法的补充，这想法在我无尽的、似睡非睡的状态中，在我头脑当中萦绕。现在我所有的夜晚都是这么度过的。不管女仆夜间几点钟把你的信拿来，总能自然而然地与我的思路相吻合。我想的全都是你和我们的未来。

可怜的最亲爱的菲莉斯！没有人让我如此伤心，我没有像折磨你这样地折磨过任何人，这两者的结合可怕又公正。我简直快要精神分裂了。我蜷缩在自己的拳头下，老想着同一件事。这难道是厄运呈现给我们的前兆吗！

最亲爱的菲莉斯，爱好写作，不，不是爱好，写作完全就是我自己。爱好可以戒掉，或被抑制。但写作就是我本身；当然我也可以被撕裂、被压抑，但你怎么办呢？你将孤孤单单，却生活在我身边。如果我按照自己不得不采取的方式生活，你将觉得孤独。倘若我不那样，你会真正的孤独。我小小的心声将被支配，被绞杀。最亲爱的人，你写道，你将习惯于我，但要承受何种、也许难以忍受的痛苦啊。你能够真正设想这样的生活吗？像以前我已经写过的那样，至少秋天和冬天，我们每天只有一个小时在一起，而且，你当了妻子后将比现在做姑娘时在你熟悉、适应的环境里，只从遥远的地方设想，更加难以忍受孤独。在修道院前，你将被笑声吓退，你愿意和一个天生有义务过修士生活的人一起过日子吗（他的其他情况都是次要的）？让我们平静一点，菲莉斯，镇静！今天我收到你父亲一封平静、经过深思的信。他的安详与我的状况相比，使我觉得自己是个不通人情的傻子。但你父亲的来信之所以平静，只因为我欺骗了他。他的信友好又坦诚，我的信掩盖了极其不幸的背后的想法，我不得不一再用它们来攻击你，我诅咒它们。你父亲当然没有决定，而有所保留地说要与你和你母亲商量。我已经蒙蔽你父亲了，菲莉斯，你对他真诚一些吧。告诉他，我是个什么人，给他看信，在他的帮助之下跳出这该死的圈子，我过去和现在都被爱情冲昏了头，是我用书信、请求和誓言把你逼进了这个圈子。

弗兰茨

〔19〕13.8.24

你问我的情况如何？我的情况是这样的。自从四天以前收到你的电报以后，我就写好了给你父亲的信，并把它放在抽屉里。

当我今天看了你的信以后，我马上去到隔壁房间——父母吃过午饭后，总在那里玩一会儿牌，我立即问："爸爸，我想结婚，你看怎么样？"这是我和父亲第一次谈起你，当然，从母亲那里，他知道了她所知道的一切。我告诉过你我敬佩我父亲了吗？他是我的敌人，我也是他的对头，这是我们的天性决定的，这你知道。但除此以外，我对他个人的崇敬或许与对他的恐惧一样大。不得已时，我可以绕过他，但超越他却不可能。像每次我们交谈一样（但这次与我们之间所有的所谓交谈一样，完全是我这方面站不住脚地评论几句，他那方面强有力地发言），这一次也以他那边慷慨陈词，我这方发觉这种激动的情绪而开始。我觉得现在没有能力、太虚弱了，无力描述这一切，并非由于受了这次谈话的影响过深，因为我知道得很清楚，我相对于父亲的无能，对他的打击比对我自己沉重得多。重要的是，他给我描述了我这样的收入结婚以后肯定会陷入贫困当中。由于无能，我无法承受或消除这种后果（他强烈地指责我，引诱他参与失败了的石棉厂，现在自己又撒手不管了）。另外的一个根据——它与我的事有什么联系，我记不清了，但当时是有关的。他半泛泛、半对母亲、半对我责难我第二个妹妹的婚姻，在金钱方面他不满意（是有道理的）。这样过了大约半个小时。最后，像大多数这种场合的结尾一样，他变得温和了，并非真正的温和，但相比之下，温和得让人对他手足无措，尤其是我，我对他本来就没有自然而然的话（但我极清楚，我与他关系最奇特的地方或许是，我不是伴随他，而是在他心中与他一道感觉、一起痛苦）。所以，他最后说（我的叙述少了过渡部分），如果我有这种想法，他愿意去柏林，去你们那儿，把他认为无可反驳的反对意见说出来，如果尽管有这些反对意见还是同意结婚，他也就没什么可说的了。

菲莉斯，现在你参与到我和父亲的谈话中了。你必须得帮我一下，让我挺住。对于你，我父亲是个陌生人。如果他去柏林，开始就这样，好吗？现在这个时间恰当吗？要不，怎样开头才好呢？在此急需如同长蛇一样明智和迅速的答复。

弗兰茨

〔19〕13.8.24

最亲爱的菲莉斯,中午我可能写得不完全正确,我很受当时的情况和他的威力的影响。正确地理解我吧!父亲说的话,就是以他的方式表示同意了。如果他能够对我的愿望表示同意,他就这样。他说起子女们的幸福,这事他很牵挂。他几乎没有真正说过谎,对于这个,他的个性过强了。但是,他所担心的,还有其他的事。在这一点上他和你的母亲有点儿相似,他预感到危机四伏。过去,当他对自己和自己的健康充满了自信的时候,尤其对待自己所着手做的和自己正在做的事,从没有这么不放心。现在他什么都担心,这恐惧至少在大事上往往得到证实。其实,这种经常性的提醒只是想说明,幸福极少,可惜事实如此。父亲一生都在艰苦劳动,从一无所有到有所成就,这种进步已经持续了很多年,自从女儿们长大就停止了,现在由于女儿们的出嫁,开始可怕地持续不断地倒退。父亲觉得,他的女婿、孩子们一直是他的拖累。我现在除外,可惜这种感觉完全有道理,而且父亲的病——动脉硬化症加剧了。他想,现在我又结婚,迄今为止,我本不在他担心范围之内的。照他估计,即使不立即,两年以后肯定也得陷入困境,无论我现在如何否认,到时候肯定会向他求救,他很发愁,却没办法。或许,即使我不求援,他还是得设法帮我一下。因此,他和他认为依赖于他的许多人将沉沦得更快。菲莉斯,他就是这么一个人。但是现在,让我长时间地,尽可能地平静地亲吻你吧,我已经很长时间不敢这么想了。

你的 弗兰茨

13.8.25〔可能是自 24 日起〕

如果能在这一关键问题上对他有所安慰就好了！我不会用钱（如果说我从父亲那里继承了斤斤计较的毛病，但挣钱的爱好却没有），对于生活的要求没有什么。倘若父亲说，我们将陷入窘境，则我就信，如果你对我说，我们不会贫穷，我更愿意相信你。不管怎样我无力与父亲争辩，这得巧舌如簧的人才行。

菲莉斯，在这难挨的日子里，经常给我写信吧。

布吕尔这个人很可怕。他有时候贪污，有时候与什么人发生暧昧关系，也许这两者之间有联系？孩子们大部分已经可以挣些钱了吧？

假如你是我的天使，我愈来愈相信，你就是。那么，我现在已经很长时间没有天使的保　了，我想，对于明天的来信，我肯定有许多话要回答。但是得让我先看一看，那信里面写了什么。

弗兰茨

菲莉斯，今天我收到你的信、明信片和你父亲的信，你收到我星期日和星期一的信了吧，从你的信中看它们已经到了，但是你却没有做答复。你恐怕已经和你父亲谈起过这个婚姻对你冒险的一面，而你父亲的信对此也只字未提。但是，他必须知道，这不光间接地，而且直接与他有关。要是我能够去柏林当面谈就好了。但我不能够，所以得写信，我把想要说的，尽量简短地、粗略地写在你父亲所附的信中了。最亲爱的菲莉斯，请你一定要把这封信交给他。非这样不可①！

弗兰茨
〔1913年8月28日〕
〔工人事故保险公司信笺〕

我的母亲吗？自从她感觉到我的忧虑，三个晚上以来，她一直在恳求。我无论如何还是想结婚，她想给你写信，她想要和我一起去柏林，还有什么她不想的！而对于什么对我重要，她一点儿也不知道。

## 弗兰茨·卡夫卡致菲莉斯的父亲卡尔·鲍威尔先生的信

尊敬的鲍威尔先生：

承蒙您给我写了第二封信，我不知道您是否有耐心并愿意再听一听下面的情况。我知道自己非把它倾诉出来不可。我必须得说出来，即使来信没有使我获得我现在对您的信任。

我第一封给您的信中写道的关于我与您女儿的关系是实情，并将继续下去。但您也许没有留意，其中缺少一点关键性的东西。也许您认为不必讨论此事，因为您觉得，研究我的性格完全是您女儿的事，并且也已经完成了。事情并非如此，我老是感到到时候了，但是事实一再表明，

---

① 参见下封信。——1913年5月16日，卡夫卡第一次提到给菲莉斯的父亲写信的打算。以前过复活节他去柏林时，可能跟她谈到过这一点。卡夫卡在5月23日至8月14日与菲莉斯的通信中，多次提到他想写这封信。这一天他写道："写给父母的信使我很为难……"8月15日致菲莉斯的信中写道："我和你父母说了不可避免的事。"8月21日他抱怨她的父亲还没有回信。直到8月24日，卡夫卡才收到卡尔·鲍威尔的回信。"今天，我收到你父亲一封平静、深思熟虑后的信……但你父亲的信之所以平静，只因为我欺骗了他……"1913年8月21日，他就已经起草了一封显然更明确的信，但却没有发。现在看来菲莉斯在卡夫卡的催促下让她父亲卡尔·鲍威尔给他写了第二封信。卡夫卡觉得从这封信可以看出，恰恰是"这场婚姻对于她冒险的一面"她没有对父亲说。所以，卡夫卡把下面的一封信附上给卡尔·鲍威尔。以后的通信表明，菲莉斯没有把此信转交她父亲，卡夫卡最后只得作罢。参见1913年9月2日卡夫卡致菲莉斯的信。

这没有发生，这没有能够发生。我的信蒙蔽了您的女儿，多数时候我不想欺骗她（有时候想骗她，因为我一直爱着她，而我又知道这多么不协调），也许正是因此蒙住了她的眼睛。我不知道。

您了解您的女儿，她是个活泼、健康、自信的姑娘，她活着，周围要有开朗、健康、活跃的人们。您只通过我的拜访了解到我（我几乎想说，这也该足够了），我也不能够重复我写给您女儿大约五百封信中都写了什么。所以，请您只考虑这最重要的一点：我把全部生命都献给文学，这个方向我认认真真地坚持到了三十岁，倘若我离开它，自己也就不存在了。我之为我或不为，原都在此。我沉默寡言，不合群，郁懑，自私，爱猜疑，并且真的有病。其实，我对这一切并不抱怨，这是至高无上的必要性在世间的反映（我真正能做的，在这里当然不存在疑问，与此无关）。我生活在自己家中，处在最好最亲切的人们中间，比陌生人还陌生。过去的几年，我和我母亲平均每天说不上二十句话，和我父亲甚至有时只相互问候一句。和我出了嫁的妹妹和妹夫们我根本不说话，并非对他们怀有什么恶意。家庭对我失去了任何共同生活的意义。

您的女儿将和这样一个人生活在一起，她是个健康的女孩，她的天性能保证婚姻生活真正幸福吗？她得忍受在一个男人身边过一种僧侣般的生活。虽然这个男人爱她，他还从未这样爱过任何一个人，但是，由于不可更改的事实，他大部分时间待在自己房间里，或者甚至一个人出去游荡。她不得不忍受与自己的父母、亲戚完全隔绝，几乎与其他人没有任何来往的日子。因为我这个人，即使对待自己最要好的朋友也宁愿把他们锁在门外。另外一副样子的婚姻生活我根本无法设想。她能够忍受这些吗？为了什么呢？就为了在她甚至在我看来都是极可疑的文学？就为了这个她得孤独地在一个陌生的城市过一种婚姻生活，而这婚姻可能更多是爱和友情，而并非真正的婚姻。

我把自己想要说的讲了最少一部分。首先，我不想对任何事情抱歉。您的女儿和我解决不了这个问题，因为我太爱她了，她太不会保护自己，可能出于同情想要干不现实的事，尽管她一再否认。现在我们是三个人了，请您评判吧！

弗·卡夫卡博士 敬上

〔19〕13.8.28

最亲爱的菲莉斯，你不了解我，你不了解我坏的一面，这坏的一面也是来源于你可以称之为文学，或不管你如何称呼的那个核心。我是个多么糟糕的作家，我在我之外多可恶，以至无法让你信服这一点（在这以前并且现在也这样，我用手按住太阳穴，没别的办法）。

不是事实阻止我，而是恐惧，一种不可战胜的恐惧，害怕得到幸福；是一种乐趣和命令，为了更高的目标而折磨自己。最亲爱的人，你不得不和我一起被碾到轮下，这命运本来只注定给我，这可太可怕了。内心的声音把我驱向黑暗，而实际上你却吸引着我，这两者不可调和，倘若我们坚持这么做，那你和我将遭到同样的打击。

最亲爱的人，我不想让你变个样儿，我爱的是你而非虚构的形象。但是随之专制又来了，仅仅由于我的存在就得对你形成专制，这矛盾让我心痛欲裂。这一点也表明了我们的不可能。

假如你在这里，假如我看到你受苦（不光如此，你在这方受苦，使我愤怒），假如我能帮你，假如我们能够毫无顾忌地马上结婚，那我愿意放弃一切，不幸就任它不幸去吧。但目前，找不到这样的出路。看看你今天可爱的、自杀性的信，我可以向你保证，一切就按你的想法吧，我不再折磨你了。但是，我保证了多少回呀！我不能为自己打保票。在你的下封信中，或许今天夜晚，这种恐惧又袭来，我无法避免它，熬不到结婚的时候了，现在每个月周而复始的，将每个星期重复出现。我将从每两封信中找到令人担忧的迹象，我心中的这个可怕陀螺又开始旋转了。这不是你的过失，菲莉斯，从来不是。这是一种广义的不可能的过错。比如说，我谈了你的上一封信。你无法想象我心中充满了多么可怕的想法。是何种考虑使得你的父母同意。这考虑与我又有什么相关，我恨这考虑。你写到，你母亲可能喜爱我，让我拿这喜爱怎么办，我这个人从不能，也不想回报或适应这种爱。甚至连和你父母进行一次详谈我都怕。甚至订婚与节日之间的联系，说出这种联系我都怕。我把一切都看得很清楚，这是精神错乱，但同时是根深蒂固的错乱，这我知道。

而这一切只不过是我整个个性的表现，它会不断地摇撼你。认识到这一点吧，菲莉斯，我匍匐在你面前，请把我踢开吧，所有其他的都是我们两个人的末日。这就是，我想，我在一月写过的话，它又冒出来了，不可抑制。如果我能在你面前崩裂，你就会自己说出来了。

弗兰茨<br>〔19〕13.8.30

菲莉斯，我平静多了。星期日我躺在森林里，头痛得很，因为疼痛把头在草丛中扭来扭去。今天已经好多了，但我的自制能力却并没有比以前增强，我对自己无能为力。在思维中，我可以把自己一分为二，可以安静而满足地站在你的身边，同时观看自己此时毫无意义的自我折磨。在思维中，我可以站在我们两人之上，面对我施加给你——这位最好姑娘的痛苦，请求给自己以特别的折磨，这我能够办到。最近，我给自己立下了以下的愿望："在经过时，脖子被人套上绞索，毫无顾忌地从底层窗口拉进，鲜血淋淋，衣衫破碎，穿过所有房间顶棚、家具、墙壁和天花板。及至房顶，绞索却空空如也。原来当绞索穿过房顶瓦片的刹那，我的最后残留物却失落了。"① 但是实际上，我什么都不能做，完全封闭在自我之中，只是从遥远的地方传来你那可爱的声音。上帝知晓，这无尽的、单调的、辗转反侧的忧虑是依靠何种源泉滋养的。我已无法对付它们。我想（你也这么想），倘若给你父亲写信，事情可能会变得平静一些。事实恰恰相反。更强的袭击无限地加大了担忧和恐惧的力度。

---

① 与日记稍有出入（1913 年 7 月 21 日或 22 日）。

在这里发挥威力作用是强迫。它统治着所有的弱者,要求作出极度的忏悔和完全彻底。为了创作,放弃人间最大幸福的乐趣,不停地切割自己所有的肌肉。我无法解脱自己。万一自己不放弃担心,一切将黯淡无光。

最亲爱的,你对我所说的,我几乎在不停地说,稍有一点离开你的行为就会灼伤我。我们两人之间发生的事情,在我心中不断重复,令我更加恼怒。在你的来信和照片面前,我甘拜下风。然而,你瞧,我感到在心理上至亲的是四人(无须通过力量和广博来把我与他们相比较):格利尔帕策、陀思妥耶夫斯基、克莱斯特和福楼拜。只有陀思妥耶夫斯基结了婚,可能只有克莱斯特,当他在内外交迫的压力之下,在万湖自杀时,才找到了正确的出路。这一切其实对我们毫无意义。每人的生活各不相同,即使我生活在投射到我们这个时代阴影的核心。但它却构成了生活和信仰的基础,上述四人的行为由此意义更大。

最亲爱的人,与我给你造成的烦恼相比,这一切都微不足道,我只是为你将来的痛苦担心。你如此可爱,一旦我拜倒在你面前,我想就再不能离开。对于我针对你上封来信所写的有关你父母的回信,你恰似一位天使(刚好你的电报来了,最亲爱的人,不要折磨自己吧!我今天中午才收到你的信。寄到这里,邮递情况不好,这你是知道的。现在已经6点半,我无法发电报了)。

我根本不要求你把那封信交给你父亲。我只是在情绪激动之余,为了万一才写的。最终的决定权既不在你父亲,也不在我,而只在于你。你父亲也许不应该决定。我被矛盾所束缚,动弹不得,从一开始就处在这矛盾之中不能自拔。

如果你不愿意,就无须将信交给你父亲。但我现在也未能给他另写一信,事实上我没时间,请转告你父亲,你对我有些事不清楚,也许有什么需要澄清,你不想让我给他写信,两者都是事实。你不可能始终明澈不误!否则你就不会让我像现在这样写下去。就如此跟他说,你看行吗?

当然,两人晤面,在德累斯顿或者柏林,这在任何意义上都是最佳方案。即使我什么也不说,仅仅站在你的面前。并非为了我好,从更高层的意义上说，像我现在这样，但这无所谓。我星期六将要外出。我向你提过国际救助和健康事业大会吗①？昨天在最后一刻，我决定还是前往。为此，我将失去几天假日，却会获得另一些好处。所以，我星期六赴维也纳，可能在那里待到下周六。然后去雷瓦疗养院，住一段时间，最后几天也许去意大利北部小游。如果雷瓦过于凉爽，我就到更南方去。

菲莉斯，利用这段时间使自己平静一些吧！等你平静之后，你会理解我的。在你安详的目光前，我像磷火一样飞过，试想一下，你在匆忙混乱之中所见，能否长期产生决定性影响。作为使你不受干扰的代价，我打算一封信也不写。在这段时间里，除非有极其特殊情况，我再给你写信。我也不给你写真正的信了。在旅途中，我将把观感一一记录下来，然后积攒起来，每周给你寄两三次。这样，我们之间就没有个人的、由于我的过失被搞糟的关系了，但也并非全无联系。

等我归来，我们再见面（在你愿意的地方），分别这么一大段时间之后，再次平静地面对面相聚。但愿你能同意。

你的 弗兰茨<br>〔19〕13.9.2

衷心地问候你。我住在马查科夫霍夫饭店。格利尔帕策曾在这儿吃过午饭。他的传记作家劳伯说："简单但好。"② 尽管如此，我明天还是要搬家了，所以地址是雷斯坦特总邮局。我失眠得厉害。

弗兰茨<br>〔明信片邮戳：13.9.7，维也纳〕

今天早晨我去了犹太复国主义者大会。摸不着头绪。我知道具体的，

---

① 与第二届世界救助事业和事故预防大会同时在维也纳召开的第十一届犹太复国主义者大会（1913年9月2日至9日），卡夫卡与会。

② 海因利希·劳伯所著《弗兰茨·格利尔帕策的生活》，斯图加特1884年，第164页。

总体的也知道,但实际并不懂。

还没有时间写日记。

弗兰茨

〔明信片邮戳:13.9.9,维也纳〕

目前无法写日记。如果我不感谢经理带我去往维也纳,而求他不要带我来就好了。失眠,失眠!第一次旅行当中遇到这么多麻烦。夜晚,冷敷着头,但无济于事,我还是辗转反侧,希望能躺到地下几层的地方去。我尽可能地拒绝与人来往,但还是和多得可怕的人在一起,在那里坐在桌边,我就是只魔鬼。

弗兰茨

〔19〕13.9.9

〔维也纳 H.麦勒德的马查科夫霍夫饭店信笺〕

我不再接着写关于维也纳的日记了。如果我想在维也纳这几天无所事事——而且彻底的,那这是最好的办法。明早8点45我去特里斯特,9点10分抵达。星期一前往威尼斯。我睡得好些了,但内心里惶恐不安。顺便提一句,现在我一人旅行,看看我对于单独行动、对外国语、对幸运的巧合的无能为力,对旅伴,哪一个更反感。电报收到了。我的地址是:威尼斯一邮局信留处;即使我也许在那里待不长,人们会给我寄过来的。

弗兰茨

〔19〕13.9.13 晚9点,维也纳

〔议会大厦信笺〕

〔1913年9月6、7和8日写在四张双面写字的记录纸页上。在第一页的上端〕

1913年9月10日

我站在议会大厦前厅的柱廊之间,等我的经理。天下着大雨。面前耸立着头戴金盔的雅典神帕藤诺斯。

9月6日出发去维也纳,与皮克愚蠢地闲聊文学,相当反感。像(皮克)那样,挂在文学之球之上,无法摆脱,因为把指甲插进去了。其他方面却是个自由人,向慈悲方向挣蹦着,观看他的工艺品。他声称我对他专制,借此来操纵我——旁观者站在角落里。圣城车站空荡荡,列车里空荡荡。远处,一个男人在查行车表(我现在正坐在一个特奥费尔·汉森神首柱的一个台阶上。弓着身子,蜷缩在大衣里,脸朝着黄色的纸版。路过一家阶梯形小饭店,一个客人举起一条胳膊。愚蠢的不稳定,最后我不得不承认它。马查科夫霍夫饭店。两个房间一条过道。请选择第一个。难挨的生意。还得和皮一起到巷内去。走得太多了,太快了。空气刮过。把遗忘的重新认出。睡不好,充满忧虑。讨厌的梦(日记的问题同时是全部的问题,包含全部的不可能)。在火车上,在与皮的谈话中,我想把一切都说出来,不可能不把一切说出来。捍卫自由和不捍卫它都不可行。过唯一可能的生活不可能,即生活在一起,每个人都是自由的,每个人都为了自己,既不形式上,也不真正结婚,只是在一起,这样跨出了男人之间的友谊的最后一步,临近为我设定的界限,脚已经抬起来了。这恰恰是无法实现的。上个星期有一天上午我想起来,我想下午写信,作为一种解脱。下午我收到格利尔帕策的一个传记①。他这么做了,正是这样(刚才有个人打量特奥费尔·汉森,我坐在那儿,像他的克里奥。但不管这生活多么无法忍受、充满罪恶、令人厌恶,而至于我或许

---

① 海因利希·劳伯的格利尔帕策的传记,卡夫卡在他1913年9月7日的明信片中引用了其中的话。

比他的痛苦还大，因为我在某些方面很弱。以后再接着谈）。晚上还见到了丽莎·威尔士①。

9月7日，讨厌皮。总的来说，他是一个不错的人。性格中永远有一点令人不舒服的地方，如果长时间观察，正因此，才形成了他完整的性格了。早晨在议会大厦。事先在大厦的咖啡厅从丽莎·威那里拿到犹太复国主义者大会的入场券。去艾伦施坦那里，在奥塔克环形街。我不知拿他的诗怎么办②（我很不平静，因此还有点不真实，因为我不单为自己而写）。与两个人一起在塔利西亚素菜馆③。和他们和丽莎·威在普拉特。同情加无聊。她去柏林，犹太复国主义办公室。抱怨她家里过于敏感，但只像条被钉住的蛇扭来扭去。她没救了。对这类女孩的同情（间接地关系到我），兴许是我最强烈的社会情感。照相、射击，"原始森林里的一天"，玩转椅（她手足无措地坐在那里。连衣裙被风吹得鼓起，做工很好，穿得却寒碜）。与她的父亲在普拉特咖啡馆。贡多拉池塘。头痛不止。威去莫娜瓦纳。在床上躺十个小时，睡了五个小时，放弃了戏票。

〔9月〕8日，犹太复国主义者大会。一个圆头、双腮结实的那种人。那个巴勒斯坦的工人代表不停地喊叫。赫尔茨勒的女儿。耶拿的前文科中学校长。笔直地站在一个台阶上，胡子乱糟糟，裙子舞动。毫无结果的德国式讲话，许多希伯来语，主要的工作在小组会上进行。丽莎·威让自己被这一切拖着走，心不在焉，绝望地往大厅里抛纸球。泰因夫人。

〔在《梦幻》之下〕（马雷克）
〔关于"接着谈"〕《梦幻》

终于到了威尼斯。不管雨下得多大，我还是得现在冲入雨中（正好把维也纳的日子从身上洗去）。尽管我的头脑由于有点晕船颤抖得厉害，

---

① 作家罗伯特·威尔士的姐妹，卡夫卡的表姐妹费利克斯·威尔士的朋友，以后成为丽莎·卡茨内尔逊。
② 抒情诗作家和小说家阿尔贝特·艾伦施坦（1886—1950）。参见古斯塔夫·雅诺施《卡夫卡谈话录》，1951年美茵茨河畔法兰克福，第51—52页。
③ 维也纳的素菜馆。

这是我在短得可怜的一小段路上（从特里斯特至威尼斯），当然是在狂风暴雨中得的。

弗兰茨

〔明信片上的邮戳：1913.9.15，威尼斯〕

菲莉斯，你的信既非对上几封信的答复，也不符合我们之间的约定。但我并非因此而责怪你，因为我的也一样。等我回来之后，我们应在某个地方见见面，这样，一个人也许可以从另一个人身上汲取力量。说起来，我们都够可怜的。菲莉斯，你难道还不知道我？在如此压抑的状态中，我怎能给你父亲写信？重重心理障碍制约着我，令我寸步难行，根本无法把内心的障碍抑制下去。现在唯一能做的，就是对此感到无比悲伤。在征得你的同意后，并且完全发自我的内心，我可以给你父亲写信。但是，稍稍接近现实，我不可避免地会失去自我控制，并在无法抗拒的压力下去寻找孤独。菲莉斯，这只会导致比我们现在更深、更深的不幸。在这里，我独自一人，除了旅馆服务员，几乎不与任何人说话。我悲伤得快承受不住了。然而，我觉得自己仍处在一种与自身相符的、由公正超凡力量给予我的、而我自身却无法超越、不得不终生承受的状态之中。并非我"不得不放弃自身的许多东西"阻碍着我。如若从狭义上看，这的确存在，我则更像一只跌倒在地的畜生，人们既不能通过谈话，也无法通过劝解来帮助我。我无法避免这两种情况，特别是后者。我仿佛被捆住手脚，无法前进。我努力前行，却更多地被拉了回去。这是眼下人们能够从我这里获得的唯一明确而坦诚的回答。清晨起床，我抬头仰望威尼斯的天空，上述想法不断浮现在我的脑际。我惭愧，难受至极。但我又能如何，菲莉斯？我们不得不分别。

弗兰茨

〔邮戳〕〔19〕13.9.16<br>〔威尼斯山特维斯饭店信笺〕

在维罗那圣阿纳斯塔西亚教堂里，我疲惫地坐在长凳上，面对着一个真人大小、愉快地背负着圣水盆的大理石雕像。通信联系完全与世隔绝。后天在里瓦才能收到你的信。在这里仿佛生活在另一个世界，一切都很可怜。

弗

〔明信片邮戳〕〔19〕13.9.20—维罗那

菲莉斯，我试图不只为你，也为自己而尽量把事情弄清楚。

当从威尼斯给你写信时，我尚无法确定，那是否就是多年来一直不间断通信的最后一封信。后来证实，那确是如此（维罗那的明信片是在无奈的心境下写的，算不上真正的明信片）。我感到自己干了长期以来最正确的事。你杳无音信，使我的决定更容易一些，心情更轻松一些，你最后的音讯是发到威尼斯的电报，其中说将有一封信，但却没有出现。你以后又往威尼斯发信，我认为这不是不可能的。也许我没有收到，因为那个意大利邮局的工作人员把我交给他写有我在里瓦地址的纸片，像废纸一样扔进了一个角落，来信再也不会重见天日。尽管如此，我还是没有再写信，不，我还是又写过一次，就在维罗纳寄出明信片之后。那时，我在德森查诺，躺在草丛中，等待着即将驶往加多纳的汽艇。当时我给你写过一信，但却没有寄出。它可能还在某个地方，我已记不起来了。信写得相当马虎、草率，其中的连词也是我临时杜撰的，实在令人生厌。在德森查诺，我确是山穷水尽。

菲莉斯，你现在收到了我从维也纳寄出的便条和从威尼斯寄出的信了吧？你不认为这样是不对的？这是唯一正确的？如果你不想把我一脚踢开，我必须将自己拽开。你不这么想？今天也没有这种想法吗？你如这种不可能联系在一起的呢？我与我家的关系十分松散，与任何人都不往来，我怎能进入一个新的家庭，而且此后又建立一个家庭呢？像我这样的人，也许只能与人一起享受，即使付出努力却也不能与人共同生活。

我不敢保证自己能持久地保持共同生活的真实性，而不真实的共同生活又让我怎好忍受？你看，我无法写日记，除了寄给你的几页纸外，我连一个字也没有写。对我来说，没有谎言和没有真诚的共同生活都是不可能的。我看到你父母的第一眼就将是欺骗。

但我考虑的不仅是这些。我非常想见到你。这想法像泪水一样积聚在我心中，却哭不出来（但不是脑袋疼痛，不是心动过速，只是一般性失眠——今天这一切重又开始了）。昨天在课堂上，我盯住一个女孩看了一个小时，因为她长得有点像你[①]。几个星期以来，我就在制订与你共度圣诞节的计划，在最后一刻我如何才能把整幸福都集聚在一起。不，现实使我清醒，我又恢复了理智。倘若你现在发问，我为何要写出这些计划，而我的真实想法恰恰相反，我恐怕只能回答："这是卑鄙无耻。在内心深处，我只想被你吸引，我这么说仍属无耻的行为。"菲莉斯，我们遭此不幸，你一点过错也没有，过错完全在我。你也许不知道，我的责任有多大。如果你想一想，你前几月的来信其实全都是惊讶。人怎么能像我这样？你无法相信，却又无法否认。若非如此，你就不会那样写：你的双亲把对你的爱转移到我身上，你就不会在最后一句话里叙述你父母亲的这种感受了。所以你只倾向于结婚，否则，你就不会将我们的订婚日期和假日联系在一起了。你必须相信，我的确就是这个样子。

弗兰茨

〔邮戳〕〔19〕13.10.29，布拉格

格蕾特·勃洛赫，1892年3月21日生于柏林，她作为以下信件的收信人在这封信中第一次出现。她在那里上了小学及中学，并毕业于贸易大学。从1908年至1915年，她在柏林、美因茨河畔

---

[①] 教室里的那个姑娘，在后来的日记中曾提过。那时，卡夫卡有时上克里蒂安·封·爱伦弗尔斯的课。他是布拉格德语大学的哲学教授。参见1913年12月14日日记。

的法兰克福和维也纳当速记员。1915年以后，先在柏林一家生产办公器械的公司任秘书，后任代理人。她有一个比她年长一岁的哥哥——汉斯·勃洛赫，在以下的信件中多次提到他。

格蕾特·勃洛赫和菲莉斯·鲍威尔可能于1913年4月相识。她们之间的友谊要比她们与卡夫卡之间的关系持续的时间长得多。1935年，格蕾特·勃洛赫在流亡途中还去看望过她的这位女友；她先流落到以色列，最后到意大利。当时，她把卡夫卡写给她的信部分转交给了菲莉斯，后者及其全家住在日内瓦。

卡夫卡第一次见到格蕾特·勃洛赫是1913年10月底。应菲莉斯的请求，格蕾特去看望卡夫卡，并为卡夫卡和菲莉斯之间的关系进行调解。此后，他们开始了历时一年的通信。凡是保存下来的信件，都刊印于后。

马克斯·勃罗德在他撰写的卡夫卡传记新增第三版中记载过格蕾特·勃洛赫1940年4月21日从佛罗伦萨写给她在以色列的朋友的信件的几个片段。当时，她在佛罗伦萨生活，信中提到，几年之前，她有一个私生子，是个男孩，"1921年，孩子在近七岁时，突然在慕尼黑夭折。"那孩子无疑是在1914年出生的。虽然其父亲的名字在这封信中没有提及，但收信人明显可以看出——这件事的唯一证人是马克斯·勃罗德，格蕾特所提孩子的父亲乃是卡夫卡。

但是，在这里刊印出来的从1913年10月29日至1914年10月15日的信件，无论从内容还是从语调都丝毫不能证明两人之间关系业已达到上述程度，于1914年或最迟1915年上半年生了一个孩子。熟悉格蕾特·勃洛赫的有关人员关于她在佛罗伦萨时期精神和心理状况的描述，让人有理由怀疑这位女证人的可信性。此外，1915年5月24日，卡夫卡、菲莉斯和格蕾特三人一起前往萨克森的小瑞士远游（出版者有一张这三人签名，署着这个日期，写给卡夫卡妹妹奥特拉的明信片）。订婚者的女朋友在这之前不久已生下一个卡夫卡的孩子，或者即将分娩，看来极为可疑。从1940年佛罗伦萨的来信和其他格蕾特与卡夫卡的通信中，都看不出他们之间有更加密切关系的迹象。在当时,即1916年中可能是菲莉斯告诉过卡夫卡,格蕾特的处境很窘迫。因为,1916年8月31日卡夫卡在致菲莉斯的一封信的边注中写道:"勃洛赫小姐怎么样?这对她意味着什么?"1916年9月1日的信中写道:"格蕾特小姐的痛苦使我深受感动,现在你一定不要离开她,以前你有时似乎令人难以置信地这么做了。如果你对她做些好事,那你也代表了我。"假设格蕾特·勃洛赫当时的痛苦是由于怀孕造成的,肯定只不过是大胆的猜测。但是与格蕾特·勃洛赫后来的陈述相比,看来只是猜测。但是,除了时间上的差异,卡夫卡作为一个快要出生孩子的可能父亲,对于其未婚母亲的状况如此无动于衷,确实令人无法想象。

据英国红十字会的消息说,希特勒占领意大利以后,格蕾特·勃洛赫和其他犹太人一起被捕,可能在被放逐中或在一座集中营里死亡。

## 致格蕾特·勃洛赫

仁慈的小姐:

我感谢您的邀请,我肯定会来,由您选定时间吧!请您在守门人那里给我留个信儿,明天我去取。

有一点我现在不得不说,当时我若与您见面,我会很高兴。但今天我得告诉自己,还从未有一次谈话帮我弄清楚过问题,而往往让我更加迷惑。您肯定已感觉到了我并不缺少迷惑。

弗·卡夫卡博士 敬上<br>〔19〕13.10.29<br>〔工人事故保险公司信笺〕

菲莉斯,我星期六来,下午3点钟,我从这里出发,星期日4点或5点就得离开柏林。我将在阿卡尼森霍夫饭店下榻。

我认为我们必须见上一面。原来我想圣诞节再去,后来你的信和你的朋友(格蕾特·勃洛赫)来了,促使我决定本星期六就去;后来你的朋友走了,你也不来信了,出现了一些小问题,这时我想把行期推迟到十四天之后的星期六(下星期六马克斯赴柏林,我想单独去)。但是,根据我这一周的经验——我如此百无聊赖——你今天的来信收到后,我遂决定这星期六就去。如果突然有事耽搁,我会发电报给你。

菲莉斯,你真的希望我们的会见能把问题弄清吗?我也认为,这绝对必要,但是会使我们弄清楚吗?哪里有我,哪里就没有清楚。你不是说过,每次会见之后,你都比以前更加六神无主了吗?你忘记了我们只有在书信中才能消除一切怀疑吗?书信中包含了我自身的较好部分。

现在让我们等着瞧,但愿上天理解我们。

弗兰茨

〔19〕13.11.6

我找到德森查诺的两张纸片了,现把它们随信寄去。你知道吗?我从去冬以来没有写过一行值得存留的文字?

〔两张附上的便条〕

德森查诺位于加德湖畔。星期日(1913年9月21日),我躺在草丛中,面前的芦苇丛荡漾起伏,我的视线远及右边的西尔莫沙嘴,左边至马纳巴湖岸,阳光灿烂,有两个工人现在近旁的草丛中歇息。

我唯一的幸运感在于,谁人也不知道我在何处。但愿自己能够知道一种可以永远延续这种感觉的可能性!这将比死亡更加公正!在自本性的所有角落,我是空虚而无意义的,即使在不幸的感觉中也是如此。现在,最好不要去疗养院①,而是去一个荒无人烟的孤岛。

然而,抱怨丝毫不能使我轻松。我全身一动不动,像一块巨石,在

---

① 次日,卡夫卡离开德森查诺,去雷瓦的哈通根大夫疗养院。

其最核心部位闪烁着一个卑微灵魂的一丁点儿亮光。今天，我梦见了你和你的父亲，我甚至还能记起许多细节。但我不愿再去想它。我只知道，我在门里就回答他："可是，或许我仅仅是病了。"

我根本不记日记，我不知道为何要记日记。我从未遇到过能够令我内心激动的事情。即使你昨天在维罗那电影院里哭泣，也是如此。对我说来，享受人与人之间的关系是有的，但却未曾经历过。我可以经常验证这一点，昨天在维罗那的人民节上，过去在威尼斯的婚旅者面前。

## 致格蕾特·勃洛赫

亲爱的小姐，昨晚我从柏林返回，在菲之前我先给您写信。这次能够成行，在很大程度上我应该感谢您。此行本是您促成的，我只有向您略述一二，来表达我的谢意。

首先，我想表白一番，当然并非因为表白能够给我带来欢乐，而是因为这封信如果没有彻底而尽可能的真诚将毫无意义。

当我收到您从奥斯西寄来的信时，我期盼着与您相会，虽然我从菲那里收到了一封意外的、令人迷惑的信。无论如何，我的第一封信并不太真实。我期待着（我只知您勤于经商，除此之外一无所知）与一位富于母性的较年长的女士相会，并且她——我也不清楚为什么——可能会又高又壮。对于这样一位女士，我想，确实可以尽可能敞开自己的心扉。单此一项来说已是一件幸事，或许还能得到好的建议（相信一个成年男子能够得到好的建议，乃是我最愚蠢的地方之一）。如果得不到建议也许能得到安慰，如果连安慰都得不到的话，那至少还能听到一些关于菲的消息。然后您就来了，一位柔弱、年轻，并且稍许奇特的姑娘。在此之前，我曾在家里花了整整两个小时，清理了一下我要叙述的主要事情。可是临到谈话，我不是什么都说不出来，就是只能说出些只言片语，您或是听不懂，或是觉得无足轻重。尽管如此，我仍然觉得自己在谈话中说得太多。这种感觉在回家的路上变得更加强烈，回到家时它已化为对自己的愤怒和绝望，我臆想，我对菲犯下了巨大错误，甚至背叛了她。

我自言自语道,您不能成为她的朋友。我只是忙于业已准备好的表白,而没有好好地对您进行观察。您怎么可能是菲的朋友呢?我在信中几乎就没有听说过您,您最后也说,您认识她不过才九个月,后来弄清楚是半年。起初,您在探讨我们不幸的原因时方向完全错误。此外,您还详细地叙述了菲的牙病(但是那天晚上,我并非关心这个,对此您也许无法知道),而牙病在我看来属于最最可恶的疾病之一。只有最亲近的人染上此病,且情势危难,我才有动于衷。您还给我讲了菲兄弟解除婚约之事,把整个家庭描写得绘声绘色。而对于这样一个家庭,我在任何情况下都感畏惧;我想最好还是把它忘记——简而言之,我是一个傻瓜,我把一切都想错了,并决定——起码这种决定与我的愚蠢还是一致的,次日晚间不再来了,以书信的形式告诉您,在信中……现在天色已晚,我今天已写不完,早上也不可能将信发出。没有回信,您肯定会生我的气。您那可爱的来信所表达的善意十分明了,只有在谈及玫瑰时有些令人费解(同情?您所指何为?此外,从某种意义上讲也非谬误,我确同情所有女孩。此乃我唯一无可争议的社会情感。这种同情从何而来,我也没弄清楚。也许因为她们都将变为妇人,一个她们必须屈服的角色。如此说来,我的这种同情——如果不是别的,不过是一种童贞式的感情而已)。

在这封信中——我继续着自己的表白,我想解释一下,我在那天晚上所说的一切均属不确。这都是由于自己的笨拙以及与之相联的不诚实。您就权当我说的全是废话,它只能使您本来正确的观点变得混乱。如果在次日晚上还重复这些(此点肯定无疑),它肯定还会继续扰乱于您。因此,第二天晚上我无论如何也不能去。

我已写下此信的标题,也许还有开篇几行文字。后来却又放弃了,又从头开始。至于我在一天一夜之间对您所犯下的丑陋的,尤其是毫无意义的错误,已有何种后果或者将有何种后果,则是很明显的。

我现在来谈谈柏林。我的决定总是非常严肃的。如果它们没有付诸实施,我会无休止地责备自己。但相反的是,我的这些决定总是实现不了。我相信，如果没有收到菲的一封信，星期六我是不会走的。这封信提醒我想起了对您的承诺。后来我则很愉快地上路了。

可是，后来却发生了经常发生的那种事情：每当我去柏林，在每次出发之前总是有意无意地忘记的那种事情。我必须事先说明，我所认识的菲其实有四副面孔，她们互不相同，但对我来说却差不多都是同样可爱的四个女孩。其一在布拉格；其二是给我写信的那个（这个女孩的性格既丰富多彩又十分和谐）；其三是在柏林和我在一起的女孩；第四个则是和一些陌生人交往的那个，这个女孩我在信中或者在其自己的讲述中听说过。第三个女孩对我并没有太多好感。没有什么事情比这更加自然了，我认为再也没有更自然的事情了。每次从柏林返回，我总吃惊地自言自语，此次总算还有感觉，这对我来说何等公平。这要归功于菲的好天使。小天使带着她，在我面前一晃，也许还不足一瞬间。

我本来还想对此多写一点，但却担心自己步入歧途。现在，我需要简要向您介绍一下究竟是怎么回事。菲星期五应收到我的去信。在信中，我通知星期六晚间11点半到达。我却没有收到回音。我担心信或许未到，想拍封电报，但最终还是希望晚上在旅馆里至少能收到几句问候的话。我难道不该指望能在火车站看见她吗？您想想，我必须在星期日 4 点半离开。即使我能待到午夜，晚间返回，再从火车站直接去办公室，也只有可怜巴巴的几个小时停留时间。然而没有人接站，旅馆里什么也没有。看来，我的去信肯定丢失无疑，糟糕透顶。尽管如此，我还是等到早上 8 点半钟。后来不能再等下去，便派遣一名信差去菲处。他 9 点返回，带来菲的一封信。菲告说她一刻钟即给我打电话。10 点钟左右她打来了电话。请您注意，如果没有发生下述事件，所有这叙述可能不值一提。我们一起去动物园散步。我先讲了自己的证据。菲必须去参加一个在 12 点举行的葬礼，我们便匆忙赶去并及时到达。最后，我从车窗玻璃后看到她走在两位知名先生中间，穿过公墓的栅栏大门，然后消失在人群之中。我现在才想起来，自己为何这样傻，没和她一起进去。我们约定，她 3 点钟给我打电话，然后到火车站来。我 4 点半钟无论如何也得离开。另外，她也不能保证晚上有空闲。她必须在 6 点去火车站，为她赴布鲁塞尔的兄弟送行（对于解除婚约之事，我一无所知）。我吃过午饭，赶回旅馆等候电话。但那时才1点，外面慢慢地、没完没了地下起雨来。我有些绝望，便去了舍内具格区的一个好朋友处[①]。因为在旅馆里实在无法忍受。2点45分我勉强告别这位朋友，因为我不想品尝错过电话的不幸滋味。3点钟准时返回，什么也没错过，还没有人来过电话。于是等待便告开始。我坐在旅馆前厅，看着外面的雨滴；然后上楼，将几件衣物塞进提包；再下楼，坐定。时间飞逝。4点过后，我必须赶赴火车站。菲现在也许会在火车站，但这只能是个奇迹，没有发生的奇迹。而可能她不能去火车站，却没有人能阻止她打电话。我就这样离开了柏林，像是完全不该去似的。当然意味也在其中了。

然而，语言正在变形，我已不能再写。您在如此不幸的时刻认识了我。如果您没有巨大的生活勇气，我则很难理解，您在以这种方式认识我之后，怎能认真忍受哪怕只有两分钟的时间。然而还不仅如此，我甚至说不清，此信是表达了一种令人作呕的还是正派的思维，虽然我自己感受并相信是前者。就此搁笔，几近午夜。

弗兰茨·卡 上<br/>〔19〕13.11.10

## 致格蕾特·勃洛赫

亲爱的小姐，我现在侵占您几个夜晚，感觉到您那超出我想象及能力的同情心。这些天来，它一直在温暖着我，但我却没有作答。我不能

---

① 恩斯特·魏斯（1884—1940），医生兼作家，生于布吕恩，后在柏林居住，1913年6月底在布拉格结识卡夫卡，同年9月在维也纳与卡再次相遇。其时，卡同阿尔具特·埃恩斯坦、费利克斯·施托辛ès以及奥托·皮克一起。魏斯1913年12月中在柏林结识菲莉斯，始终劝阻卡与菲结合（在1914年5月18日致格蕾特·勃洛赫的信中，卡称其为"菲的敌人"）。1914年7月12日，魏在"阿斯卡尼亚旅馆"参加了解除婚约仪式，接着与卡夫卡一起去波罗的海共度暑期。卡于1915年1月与菲恢复联系后，在日记中写道："魏博士劝我说，菲很可憎，而菲却劝我说魏很可憎。我相信他们二位，并且喜欢他们二位，或者努力这样做。"参见1915年1月24日的日记。

写,请别误解,这不是道歉。也许您并没有期望收到我的回信,但我却盼望着给您写信。我要径直给您回信,并且讲上很多,或者做点什么,相当于亲吻您的手,但我过去和现在却都不能这样做。倘若时机不当,我便讲不出真话。此外,自从我造访以来,就没有给菲写过信,也未收到她的任何消息。后者是否有些奇怪?

然而,我不想再继续下去。我在信中的表现如此丢脸,但在平日可决不如此。因为我感到十分疲倦,难以再写,难以保持清醒的头脑和无恙的体魄。我竟忘记了在给谁写信,如同坠入雾中。

我明天将接着写,不会重新开头,因为前两天我已扔掉了两个类似的我认为不错的信的开头。然而您必须明确对我说,对于我没有立即回信,您并不生气,您也不会因为我只讲了一些不太值得一提的琐事而生气。

睡觉之前,我还要把昨天做的梦写出来。您瞧,在晚上我起码比清醒的时候忙碌①。您听:在一条向上伸延的道路中间,主要在车行道上,从坡下往上看,从左侧开始,有一堆凝固的垃圾或黏土。由于风化的缘故,右侧逐渐变低,左侧高得像一截篱笆栅栏。我走在右边,路上几乎空荡荡的。一个骑三轮车的男人从下迎面向我驶来,又好像径直朝那堆障碍物驶去。他仿佛没长眼睛,其双眸至少像模糊的黑洞。三轮车的车架松垮,摇摇晃晃,行驶起来险象环生,但却又毫无声息,简直静得出奇。我在最后一刻抓住了他,就好像抓住这辆车的扶手,把车扭向我刚才经过的那个缺口。于是,这人便顺势倒向我。我身材高大,必须调整一下姿势才能将他接住。这时,车像脱缰的马,开始慢慢地带着我向后滑去。我们经过一个两侧有栅栏的马车,上面挤站着几个人,全都身着黑色衣服。其中一人是名开路少年,头上戴着淡灰色卷边帽子。我老远就看到了这个少年,希望他能帮我一把。但他却把脸转过去,挤进人群。后来,三轮车继续下滑。我必须弯下身子,把腿叉开。这时,马车后面

---

① 参见1913年11月17日日记。

闪出一人帮了我,可我现在却已记不起他来了。

我就是这样在夜间帮助骑三轮车的人的。

亲爱的小姐,在您的来信中主要有两个错误。当您讲到菲的牙病以及她兄弟解除婚约时,我感兴趣的模样并非佯装出来的。这些事情使我极感兴趣。我几乎都不想听别的,而您却讲得太少。我就是这样一个人,其实也并不特别奇怪。例如,牙床化脓和牙床断裂等情形,我都想仔细了解,并且就此在柏林向菲请教过。您对痛上加痛不感兴趣吗?在我看来,这往往是生性柔弱的人排除痛苦的唯一办法。正像善良的本性所相信的医术那样,人们会将伤口烧灼。当然,这并不能从根本上解决问题,但那一瞬间——恶劣而软弱的天性则没有时间操心更多——已经很有趣了。此外,其他因素可能也发挥了作用。不管怎样,我并非虚伪,相反,此时此刻我则特别诚实。

第二个错误与菲的信件有关。对此,您并非不太了解。最近半年来,在我们之间,我确实抱怨过来信不及时、不完整,并且未得到令人满意的解释,特别是不知道为什么后来的信与最初几个月的来信很不一样。恰在这种无法忍受的状况下,我觉得与您更亲近些。我肯定有许多去信,差不多都是胡言乱语。但最为糟糕的是,后来两方面的书信接踵而至。它们什么内容都没有,只是为写而写,纯属空洞和浪费时间,除了对通信的抱怨没有别的。实际上,人们并不需要写信,只需两句话。对这种写信的渴望只能是担忧和恐惧。在这方面您是正确的。然而,新的担忧和恐惧却不断产生。它们往往占据着我的全部心灵,使我忘却了旧的。即使记起来,却也想象不出。

好吧,我现在再次衷心问候你,并把此信寄出,尽管它是如此无把握和混乱。当然,您将会看到,这种无把握的心情仅出于一个原因,即我写下的每个字——并非仅仅为您而写,我都想收回,或者干脆全部抹掉。

弗·卡夫卡 上

〔1913 年 11 月 18 日〕

您写道,您在维也纳的活动非常成功。这些成就表现何在?这是否意味着您已习惯了维也纳?您住得可好?我之所以问及此事,因为我也已搬家①。我发现自己很快就适应了新居。这仅仅证明,我对旧居毫不留恋,尽管对此总是深信不疑。另外,我还有一个很好的视野。如果在您的记忆中曾经有过测量的感觉,那么或许您能够顺便想象得出。我住在四五层,透过窗户能看到带有两个塔尖的俄罗斯教堂的圆顶,在教堂圆顶与最近的银行大楼中间,可以看到远处劳伦茨山的一个三角画面,山上也有一个小小的教堂。窗子左侧,是带有尖塔的市政厅,高高耸立在云端,并且汇入一个也许从来没有人真正看到过的远景之中。

现在趁我还没有忘记,告诉您这位妹子:马克斯·勃罗德现在柏林,他很赏识您兄弟的干练②。他究竟干何种工作?他是否早上7点离家,直到晚上才回来?他的伤疤从何而来?

## 致格蕾特·勃洛赫的一封信的草稿

小姐,我迄今为止无法给您写信的主要原因,甚至在我写前几封信之前也曾遇到过,便是出于顾忌,即其一是担心无论我写什么,都总想探听菲的消息,即使只是想知道她现在在做什么;其二是我感到或许会对您不太公正,即无力压抑自己提问的欲望,从而会迫使您不得不违心地作答——这对您也许是不公正的;其三是担心给人造成假相,仿佛我写信只是为了提问。然而现在,任何顾虑都不能够再阻止我给您写信。因为我不想用"不可思议"这个词,但它确实令我苦恼之极,我一点儿关于菲的消息都没有。我实在太苦恼,因此才写这封信。您可曾知道菲的消息?也许她染病不起?但是从您上一封来信看(拆信时着实使我大

---

① 卡夫卡在奥佩尔特大楼中的住所,尼克拉斯大街拐角——阿尔特施泰特环形马路。参见《弗兰茨·卡夫卡在布拉格》画册中关于该幢大楼和对面尼克拉斯教堂的照片,由彼特·德迈茨出版,布拉格,1947年,图13(后文中仍有几处提及《卡夫卡在布拉格》)。
② 汉斯·勃洛赫博士(1891—1943),在柏林行医。早在中学时代,他便同情犹太复国运动,后来在其中发挥过重要作用。

吃一惊。此信已是三周多以前写的），您至少在11月底还收到过菲的明信片，其中并未提及生病之事。当然，即使没有暗示，我也不相信她会生病，我的不安并非由此而生。现在，在收到您的来信的前一天晚上，我又给菲写了封信，次日早晨，即11月28日寄出，而且是挂号信。两天之后我得知，马克斯夫人，即在柏林时曾与菲一起，并且当时曾邀请菲到她那儿去过圣诞节的那位，现在又去信再次发出邀请。上礼拜天，我又给菲寄去一封加急信。但这三封信却如石沉大海。这难道不是——我不愿再次说"完完全全"，但起码也是在很大程度上与她的本性相违背吗？此类事情究竟应该通过何种原因和何种思维加以解释？您或许知道，并且愿意告诉我？如果您也说不清楚，我也不愿要求您出于同情而勉强作答（像现在这样，在写此信时，无论谁看到我都不会对我寄予丝毫同情：深夜1点半钟左右，用被子裹住双脚，舒舒服服地坐在那儿，百无聊赖的寂静）。如果您有难言之隐，那么您就如实告诉我，我也不必再蒙在鼓里东奔西突了。

〔19〕13.12.15—16

菲莉斯，在过去的十天里，你四次对我许诺，说你在许诺的当天定会给我写信。一次是托魏斯博士转来的信里说的，一次通过电话，两次通过电报。据最后一封来电所说，你给我的信已经写完，而且就在发报当天，即上礼拜天肯定已经发出。然而我却连一封也没有收到。你已经四次食言[①]。

表面看来，这根本没有什么意义。但你知道，在我周围没有任何事情能比得上你许诺要写的那封信的百分之一重要。你也知道，你非但不

---

[①] 估计其中丢失了卡夫卡11月27日至29日致菲莉斯的四封信。参见卡1914年1月28日致格蕾特·勃洛赫的信："自从造访柏林之后（1913年11月8日至9日），我于11月27日首次给菲写信……却无回音……十四天之后再次写信，又无回音……我还写过两封信，发过两封电报。"

给我写信，而且还一次次那样确切地许诺，给我带来的痛苦可谓与日俱增。你知道，至少现在我是完全无辜的，而且（我在这里提及这些只是为着完整起见，其实毫无意义，甚至十分可笑），只要你稍一张口，我便会立即给你的父母写信。你甚至几乎否认你在生我的气，而且你一次又一次的许诺使我在诺言之外还看到了些许希望。我再重复一遍，表面上和第一眼看去，这可是十分不人道的呢！

从自己内心深处来说，我无论如何也不愿放弃你。可是，你应该给我一个解释。我相信你是一个绝对真诚的姑娘，这种不真诚的举动只是在你实在没有办法的情况下才可能出现。你是想要安慰我，因此才总许诺要给我写信。你也的确做过努力，但是由于内外原因实在做不到。由于你又是一个独立性很强的姑娘，很可能是出于你自身的原因，而这对我来说更加糟糕。

倘若我处在你的位置，我会如此作答。现在我恳求你，只给我来信，告诉我上述解释正确与否。你不要拍电报，而要写信给我！我要亲眼目睹你的笔迹，以便确切相信并且实实在在地把握住它。我还请求你，用快件将信寄到我的住处，以便新年早晨能够收到。请相信我，我已迫不及待。如果你除了"是"与"不是"之外还想解释些什么，那将真是大发慈悲。但是，如果解释会给你带来哪怕是一丁点儿的麻烦，或者会耽误哪怕只一小会儿发信时间，则请求你丝毫不要解释。你看，我需要的仅是一封短短的、毫不费力的、对你也完全没有约束的来信。如果你认为其中体现的不是我对你的一片情爱，那么就不要给我任何衷心的问候。只求一封短信，要求已很可怜。

我还可以向你保证，如果收到了这样一封来信，我一定会保持安静，决不会再以任何方式打扰你。只是，即使希望渺茫，却也依然在等待着你。

弗兰茨

〔19〕13.12.29 下午〔至 1914 年 1 月 2 日〕

写完附信,便上床躺了一会儿(夜里我几乎没睡,这并非责备。我睡眠通常很糟),然后到办公室里去,那里有很多事情要办。晚上打算去找魏斯博士。他现在布拉格,想同我一起到郊区剧院去看戏。剧院看来是去不成了,因为现在已经7点,我还坐在这里写信。快5点时收到你的信,我还没有入睡。要不是躺在床上,我会马上回信。现在我很高兴我没有那么做,而是在床上躺了两个钟头,思考了两个钟头。不过不是思考自己,关于自己我已想得够多的了,而是关于你。

从你的来信看出,我求你来信给你造成了莫大痛苦,尽管不像你不写信给我所带来的痛苦那么大,但也还是够大的。也许你之所以不给我写信,因为你已尝试过,但却想避免其中出现这样一段话:"婚后,我们二人很可能都不得不放弃许多东西。我们谁也不愿反复权衡,挑出较重一端,这对我们来说委实太难。"然而,你却没能写出这样一封信来。上述这段话的确很可怕,如果它真的如此斤斤计较,那么几乎令人无法忍受。但尽管如此,我仍觉得你能将它写下将会很不错,甚至对于咱俩达成一致大有裨益,尽管从这段话上并看不出如何才能达成一致,因为斤斤计较不可能取得进展。但这只是初步意见。人们甚至还是应该算计一下,你说得很有道理,也许应该如此。因为算计并非没有道理,但却没有意义,也是不可能的。这乃是我的最终观点。

如果你认为,我之所以不想与你结合,仅仅是因为从你这儿所得到的不能弥补我结束单身生活所必须放弃的,那你可就误解我了。我知道,你口头上曾这么说过,我也进行过反驳,但看来不够彻底。对我来说,问题不在于要放弃什么,婚后的我仍是现在的我,那可能正是你将要面临的坏消息——如果你愿意的话。阻止我与你结合的是一种无端的感觉,即单身一人对我来说意味着一种更高的责任感,并非一种得失或乐趣(至少不是你所认为的那样),而是义务与痛苦。我再也不相信这是一种幻想或别的什么(也许这种认识还会继续帮助我),因为仅凭一点便可以很容易地把它推翻,即没有你我将无法活下去。就是你,像你现在这个样子,即使还有来信中那段可怕的话语。我就需要你,而且不是为着给我带来安慰或乐趣,而是你作为一个独立的人在这儿伴我生活。

给你父母写信时,我尚未谈论如此之深。这一年之中所积聚起来的数不清的幻影不时出现在脑海,简直震耳欲聋。从威尼斯回来,一切便都打上了句号。我真的再也忍受不了脑海中的噪音了。

我认为,在这里应该颇为真诚地与你说些我从未告诉过任何人的事情。在疗养时,我曾爱过一个姑娘,一个孩子,大约十八岁,瑞士人,但生活在意大利的热那亚附近。她的气质对我说来十分陌生,很不成熟,却引人注目。尽管我在病中,但那段恋情却很珍贵,也很深沉①。当时,我正感到空虚无望。即使一位微不足道的姑娘也可以征服我的心。我从德森查诺发出的信你已收到,那是大约十天之前写的。那时,我和她都清楚,我们俩并不般配。在短短的十天时间里,我们必须结束这一切,甚至连一封信、一行字都没有留下。然而我们还是都感受到了对方的重要。我不得不想尽办法,以免她在分别时当着众人号啕大哭。我自己的情形也差不多。随着我的离去,一切都告结束。尽管这件事看上去很荒唐,却也使我更加看清了自己对你的感情。那个意大利女孩也知道你,而且明白我所努力追求的实际上并非别人,只是能与你结合。后来我到了布拉格,与你失去联系,并且也日益失去了勇气。然而,我还是想圣诞节或许去柏林,去把一切都解决掉。

〔19〕13.12.29 晚


菲莉斯,首先祝你新年快乐,如果你愿意的话,也祝愿我们两人。给你回信实在不像我开始所想象的那般容易。其中一段话如此刺眼,对它不予理睬几乎是不太可能的。因此,我想等有时间安静下来再回信。可昨天不成,今天其实也不成,因为我很疲倦。而且一刻钟之后费利克斯和奥斯卡将来接我。尽管如此,我还是想写几句,以便能够与你交流。

---

① 关于同这一瑞士女人在里瓦的邂逅,曾在日记(1913年10月15日、20日和22日)中提过数次,并在与马克斯·勃罗德通讯中(1913年9月28日)提过一次。卡夫卡一直以缩写 W. 或 G.W. 来称呼她。从1913年10月20日的日记看,他曾向这位瑞士女人许诺对这一邂逅保密。

因为这会令我快活,甚至感到幸福。而现在,下午4点1刻,天知道你在何处,在想什么,这与我毫不相干,也将永远无关。尽管如此,我这么晚才回信,并不感到担忧,因为你盼我的信与我盼你的信根本无法相提并论,你或许还正盼着我晚些回信呢。

这里(你知道,我其实用不着提及你曾谈到过损失,但此点必须加以强调),不仅指柏林的告别,更主要的是指与我结合可能会给你带来的损失。现在,你不仅谈到这种损失的可能性,而且认为它确定无疑。你的来信终于提到了"哪一头儿更重"的问题,根据你的想法,它很可能对你不利①。

这和一年来我一直试图说服你的一样。如果这是这种做法的成果,那我可以满足了。但不管怎样,它应该逐渐地来,不要这样突然。但也许它是在不写作时来到的,就是说还是逐渐的,只是我没有注意到这种变化。但这却与你上星期天(1913年9月9日)在柏林所说的相矛盾,这也与你至今整个想法相矛盾。你不在乎我以及与我共同生活,对于你是否意味着好事。你不愿将任何对你具有广泛深刻而又不可或缺的东西留在柏林。但也许你迄今弄错了,现在对自己的状况才认识得清楚一些了。或许我不是通过语言,而是通过我的存在使你明白了这一点。这是可能的。有时我有这种印象,柏林有你不可缺少的东西。如果仔细观察的话,你对我行为的细微之处可以证明这点。最后还有,你在柏林对马克斯夫人所说的,那里的办公室和生活对你非常重要,你的经理提醒过你,未经深思熟虑,务必不要离开柏林。这些话还一直在我耳畔萦绕。

〔19〕14.1.1

(你把这话转述给一个与你刚刚相识几个小时的陌生太太,对我来说,其实几乎与你明确赞成那位经理的话一样糟。)

此外,菲莉斯,我也得承认你是对的。冷静而全面观察,你肯定会

---

① 参见1914年2月7日致格蕾特·勃洛赫的信和1914年2月9日致菲莉斯的信。

失去许多,柏林,你的办公室给你带来的快乐,全然无忧无虑的生活,特有的独立而又适合你的愉快社交生活,你的家庭生活,等等——这只不过是我所知道的损失。为此,你将去布拉格附近的一个语言陌生的乡镇,与一名公务员过一种小气的生活。他收入低微,烦恼肯定不少,你虽然仍是独立的,但不可能不受制约。代替社交和你的家庭生活的,是一位大多数时候(至少现在)忧郁、沉默的丈夫。他整日里忙于你陌生的工作。这些事情,或许只有爱情才能战胜(我不知道自己是否有资格在此奢谈这些)。

正如所说,你的超负荷理论肯定是错误的。在我这方面从未有"损失"的问题,只有一个"障碍",这障碍不再存在了。我甚至敢这么说,我如此之爱你,即使你明确表示,你对我只不过是有点喜欢,这喜欢甚至也不能确定,即便如此,我也愿意与你结婚。如此滥用你的同情,实属可恶的骗子,但我别无选择。反之,我承认,只要从你信中可以看出,你对损失的认识和预见得多么清楚,结婚便不可能。清楚地意识到损失而再去结婚,我承认这不可取,即使你愿意我也不允许。因为在我唯一希望的婚姻中,妻子和丈夫作为人必须从根本上平等,这样才能在一个整体中独立存在。但这点做不到,仅仅因此,就不能结婚。

〔19〕14.1.1 午夜

但是菲莉斯,你的这种想法是认真的吗?你真的害怕失去什么吗?你真的如此小心翼翼地对待自己吗?不,你一定不会这么做的。说得明确些吧,这里只有两种可能:要么你不想理我,要么就是你对我的信任动摇了,只因为这个缘故才把那番考虑说了出来。前者我无法制止,没有什么可说的,那样也就一切都告完结,我将失去你,被迫要考虑自己如何才能继续生活下去,并且知道得很清楚,痛苦永远不会完全消失。对于后者,相反什么也没有失去,我们肯定会很好,因为我知道,不管我在有些时候多么软弱,但我能够从总体上赢得你的每一次信任考验。

所以,事情究竟如何发展完全取决于你。如果是前者,那我们必须分手；如果是后者，那么尽管考验我好了！我不相信还有第三种可能，即你没有怎么深思熟虑就估算损失。

但是我们达成了一致意见，不再想结婚的事，只还像以前一样相互写信。你提的建议，我同意了，因为我不知道更好的办法。现在我知道了，让我们选择较好的解决吧！结婚是唯一能维系我们之间关系的方式，我非常需要它。我也认为我们不在一个城市里生活好，但这只是因为，如果我们还是想结婚，时间又比现在晚，因为我们之间距离这么大。会有怀疑、拖延的可能出现，时间将在悲伤的心境中白白地流逝。其实，它现在就在大量地流逝。

但你也对保持书信来往不太认真。结果将如何呢？期待的熬煎和写信时的抱怨，这将是一切。这样下去一切将慢慢崩溃，最后的痛苦将更大，更不纯净。我们不会这么做，这超乎于我们的力量之外，对任何人都不会有好处。请你看看只有相互书信来往的时间已经造成了什么后果吧。从你上次给我写信还没有过去两个月，你没有意识到，在小的地方已经有几乎敌意的东西潜入到你信中。不，菲莉斯，我们不能再这么生活下去了。

我爱你，菲莉斯，以我的一切，以我人性中的长处，以一切能使自己混在活的生命中的有价值之处。如果这太少了，那我本身就很少。你是什么样我就爱你什么样，包括在我看来好的和不好的，一切的一切。可你就不是这样。你对我不满，对我有许多责难，想让我成为另外一副样子，不是现在的我。我应该"更多地生活在现实当中"，"应当从现实出发"，等等。难道你没有发觉，如果你从真实的需求出发，想要这些，那你想要的不再是我，而是从我身边擦掠而过吗？菲莉斯，为什么想改变人呢？这不合理。要么，就要人现在的样子，要么就放弃它。人是不可以改变的，至多只能干扰他们的本性。人不是由一个个零件组成的，以至于可以根据自己的需要把它们取出来，换上一些其他的。人实际上是个整体，你牵动了一头，事与愿违，另一头也动。尽管如此——

甚至连你对我多有指责,并想改变我,甚至这些我也爱,我只想让你也知道这些。

现在做决定吧,菲莉斯!你上封信还不是决定,它还包含着疑问。你对自己愈来愈清楚了,胜过我对于自己。现在在做决定上你不应次于我。

让我亲吻放下信的那只手。

弗兰茨
〔19〕14.1.2

## 致格蕾特·勃洛赫

亲爱的小姐:

你在布拉格时,我不得与你交谈,我很遗憾。我简直无法想象,怎么您给我打电话时,人们没有叫我去接。但也许根本由于线路受了干扰。不管怎样"叫不动我去接电话"的说法不对。我不仅可以被叫动,我甚至会真正跑过去接。我倒可以说,您不认为与我谈话有多么重要,这是最可理解的解释。

请您不要怪罪我写信不积极,这也并非漫不经心。尽管您的上上封信比上上上封信更友好,但我不能回信①。我对于与菲的关系过于敏感,在这封信中我品尝出一点苦涩,一些(尽管有许多不光在外表的好意)对我近乎敌意的东西。我只是觉察出,但其实并不相信。在布拉格我可能已经对您太有失公正了,不能再相信那些了。尽管如此,我写信不能不写错。我又写下这封错信,并把它装在衣兜里两天没发,当您上上封信来时,我庆幸自己没有先寄出此信。这无疑是我这方面的可恶的把戏。我其他时候也根本不这样,从不多疑,知道珍惜最微小的友情,从您那里感到的只有好处,以忘我精神贡献的好处。我与菲的无法忍受的、弄

---

① 1月26日才寄出,参见1914年1月26日日记。

不清楚的、永远活生生困扰着我的关系，使我也处理不好与您的关系。除此之外，对我的感觉别无其他的解释。如果坦率地说出什么使我没有回答您上上上封信，那是因为里面没提菲，——不仅仅因此，但这是主要的，而您在以前的信中，如果您没有菲的消息，您还是把这个告诉我的。我不想说您打算用这种沉默来惩罚或折磨我，不，我当然根本不想这么说，但它对我意味着两者。也许您也真不知道菲，也许您只想被问到——这些可能对我改变不了什么。

但今天发生了一些变化。为了万一您不知道（我估计，圣诞节您也在柏林），我可以说，因为这本不是菲的秘密：我又向她求婚了（在此我只想简单说一下，那是一个星期的辗转），没有或几乎没有得到回答[①]。从我的角度我倒可以理解菲的做法。我觉得我了解她的性格，但这沉默，这暧昧，我不懂。

现在我只想求您做一件事（并且认为您上封出乎意料的信是您会回复我的好迹象——尽管我不太值得，并且请您尽快，出于某种原因请您务必尽快回复），菲怎么样？她好吗？还是她不高兴？还是两者皆有？

卡夫卡

〔19〕14.1.23[②]

## 致格蕾特·勃洛赫

亲爱的小姐：

我突然对菲和与她有关的事失去知觉。除此以外，无法找到其他解释。这更恼人，因为我原以为对此知道得很清楚。我是怎么对待您的，老是报怨，周而复始。但我不能自拔，心中充满自己行为所能引起的一切反感，直至最极端的，我把它品尝了个遍，结果只是我在这件事上变

---

① 参见1914年1月24日日记。
② 参见1914年1月2日致菲莉斯的信。

得比其他任何时候都无与伦比的气恼，无耐地像被一只陌生的手来回拨弄得发晕。

您也知道这些，因为在信中您使我特别惊奇的是，一个指责的词都没说，甚至连对我又向菲求婚的惊讶都没有。我这么做了，因为没有其他办法，对此我没有更多的解释。

菲给您写的信是好的、真实的（我为此非常感谢您，您再把它放在我这儿一会儿，当然菲不会知道），在有关我的事实上基本正确。"粥"的确很"热"，关于"可怜的家伙"也属实。但菲从那以后再没给您写过信，很糟糕，简直令人愤慨。我和菲通信的日期，至少准确日期，我记不得了，如果它没有正巧在当时写给您的，没有发出的信中，这封信现在又恰好找不到了①。自我去过柏林以后我第一次写信给菲，奇怪的是菲在同一天晚上，11月27日写信给您。回答，我没有得到。十四天后我又写了一封信，又没有回音。后来我又干了什么，自己也记不清顺序了。我肯定又写了两封信，发了两封电报。在我在这么做了并且仍然一行字也没收到以后，我实行了下面这一有点梦幻般的，实际也在半睡眠状态中想出来的计划②（我提及此事主要为了向同时寄来《帆桨大战船》表示歉意）。

我在柏林有个好朋友，E.魏斯博士，就是《加雷勒》的作者。以前我和他只是一面之交，对他的小说根本不了解。直到我11月去柏林，我和他在一起大约待了一个小时。自那以后（在布拉格）又在圣诞节期间好长时间在一起。12月初，我就请这位魏斯博士带我的一封信去菲的办公室。信中只写了我必须得到她的和有关她的消息，所以派魏前往，以便他可以把她的消息写给我。她读这封信的时候，魏将坐在她的书桌旁，四面看看，等她把信看完，然后，他因为没有受其他的委托，也肯定得不到什么回音（为什么他该得到，因为我都从未得到），离开，写给我她样子怎样，从外表看上去她情况如何。这计划也完全这样执行了。

---

① 参见在卡夫卡遗物中找到的1913年12月15至16日给格蕾特·勃洛赫写的没有发出的信。
② 参见1913年12月14日、15日和17日日记。

魏为我得到了几行字,菲在其中向我保证当天给我写一封详细的信。这封宣布了的信没有来。我写了一封信,作为回答来了一封电报,其中告知写一封信;这封信没有来;我打了电话,又向我肯定地保证了一封信,又没有来;我发了封电报,来了封电报说给我的信已经准备发出了。尽管如此它还是没有来。我想,我又写信了。终于信来了。字很少,其中夹杂着悲伤,明显的悲伤,此外还有对整体不明朗的伤感。为此我写了一封长达四十页的信①,四个星期以来我就等待着答复,或最好不再等。人们不可能比这封信里所做的更谦卑了。但有点矛盾的是有一页,在半清醒中写的一页,但是它真的在信中,也许是它阻碍了回信。但这不可能,因为这一页与前面和后面的密切相关,使人不能只孤立地看待它,尤其是菲莉斯不应这么做。倘若她这么做了,那即使这一页不在信中,她也不能回信。

　　这几乎就是所发生过的一切。圣诞节时您在维也纳?一个人?我曾深信您会去柏林,我也曾同样地深信,我会在柏林的。我本来也想去的,但从电话交谈中我得到的唯一明确的通知是请求我不要去柏林。顺便说一句,一个在后来电报中又得到重申的请求。当我请您尽快回信时,我曾想也许星期日去柏林,一了百了地解决问题。我不会这么做,在这封信以后不会。如果我对菲过去时间的情况一无所知,我就不能去。一点什么都不知道的话,我便不能再向菲超出我上封信以外再做什么证明了,我没有强到那个程度。这样,就保持着以前的安静而非平静吧。

　　小姐,请您不要因为我愚蠢的不信任或信任而生气。我差点也想以菲的名义请求您原谅了,因为看起来真的这样,好像菲和我自从我们自己放弃了相互直接并且(由我来)不断地把艰苦施加给对方,我们就转向了您,不是为了抱怨,而是为了给您痛苦。

　　让我看看,您通过愉快地接受《加雷勒》而原谅了我,把它寄去不光为了以两人的朋友们的作品来换取菲的信,能把这本我所喜爱的书送给您,这本身就使我特别高兴。

---

① 1913 年 12 月 29 日至 1914 年 1 月 2 日的信。

还有一个请求：我想您认识艾尔娜·鲍威尔，您或许知道她办公室的地址吧？

顺致友好的问候！

卡夫卡

〔19〕14.1.28

## 致格蕾特·勃洛赫

亲爱的小姐：

按我的推算，我给您的信是星期天发出的，最迟星期二一早（星期一是节假日）您就收到了，今天已经是星期四。给您提个醒的机会我原本是一点都没有的——当然，提醒的权力就更谈不上。要是我能确切地知道出于随便什么原因您才至今没写回信，而且迟早会回信的话，我就不这么做了。然而我却没这个把握，我的境况与一切能称之为把握的东西相去甚远，因此，现在我必然考虑到不回信的两种可能性，由于您一向对我恩宠备至总是尽快回信的，这次就更容易想到了这两种可能。那就是：或者我在什么地方得罪了您，或者您没有好消息向我报告。两方面的可能性都太大了，因为我是那样的心不在焉、优柔寡断，肯定会做出些十分可笑的蠢事得罪了您，而带给我坏消息的可能也许会更大些。然而不给我写信却既非由于第一种原因，又非由于第二种。恰好相反：即使我写了可能会得罪人的话，那只不过是个外表的、因此也是容易见谅的错误；如果把我上封信再看一遍，您就会明白这一点；要是仍旧没明白，就写信告诉我，这是很容易解释清楚的。谈到不吉利的消息嘛，您应该知道，我等消息已经等了那么久，即使最坏的消息对于我都有一种美好的含义。请费心给我写封回信，好吗？

您的 弗·卡夫卡

〔19〕14.2.5

有个问题我很早就想提的：办公用品展览会是在布拉格开吗？届时您会来参加吗？

## 致格蕾特·勃洛赫

亲爱的小姐：

我一定要马上给您回信，倒不是想告诉您什么重要的事情或是对您本人有什么重要意义的事，仅仅是想给您写信而已，想为您做点随便什么，即使毫无意义、毫无用处的事情都行，我甚至觉得，我同您之间的根本谬误的关系，一部分是由于如下原因造成的：我总是超越自己（表面听起来这是说大话，内心觉得没有一个词大到够用的程度）、被一种不可逾越的障碍同时排挤着、攫持着，使我不能尝试以任何方式接近您，而且尽管我很有自知之明，仍把那种失败归咎于您了。这事的起因也只可能是由于您没有通过菲结识了我，当我在布拉格初次遇见您的时候，不由自主地同一位我完全陌生的人谈论起菲来，甚至有意识地（意图是个结果，它并不是行为的出发点）指望这位陌生人会同情我，便喋喋不休地谈论起这些事情（我的饶舌虽然只需几句话也就够了，可是出于不得已），欲罢不能了，这让我在她面前感到羞愧之极——这一切以及诸如此类的其他事情就构成了我日后不附加这些讨厌的辩解（其实我是多么愿意这样啊）就不会写信的原因。

我不相信同情能使人更舒畅些，肯定也不会使局面改善。恰恰相反，如果一个人一般地或者对于某个特定的人还能产生同情心的话，就我所知，则同情本身就是一种幸福，它就能塑造出善良的人。然而世上并没有一架天平能使两端的秤盘同时翘起。人对痛苦了解得越透彻，痛苦就越深刻，如若不是更深刻，那就更污秽。但痛苦肯定会更深刻、更有切肤之痛，因为那是用别人的眼光从其他角度来观察的。而且，如果说过去可能一直是用狭隘的眼光独自坚韧地去观察并且经受住了这一切的话，那么现在在这位鼎鼎大名的人物面前就不得不去认真的揣摩、去屈就、直至毫无保留的地步。但是如果痛苦不是更深刻，而是更污秽的话，那或许更令人憎恶，因为现在会由于反感而失去克服它的任何希望。

当时我在"黑马"① 所感受到的就是这样一种感觉，而且每当我同什么人，哪怕是我最要好的朋友进行这种谈话时，总是会产生这种感觉（比如同我母亲谈话时如果出现这种情况，那样一种反感会如此地震撼着我）。更有甚者，进行这类谈话时还会使我同时产生一种从内心散发至体表的愉悦、快感，就连我那虚荣心都不令人生厌了——然而，即使我把一切都置之脑后（尽管仍然那样地具有欺骗性），对自己说：那是别人的不是，对于我却不一定就是一个解脱。

但这还不是事情的全部内容，我是不可以总作如此这般的思考的，我永远也不会得出什么结果，只是感情上觉得这事（这封信之后可能会再来信）还有些把握。但是对于已经过去了的事情稍作解释，或许这就足够了，不必再谈论下去。

可是现在的情况就完全不同了，您对于我来说——特别是从上封信以后——已经不再陌生；那痛苦，那种与我的供述（虽然它不是完全被迫、不是片面的）交织在一起的痛苦，毕竟属于人类交往中都会遇到的痛苦；人活着，就不应该设置一条不死不活的疆界——为此，也因为许多类似的理由，在我们之间（如果您同意的话，我也希望您会同意）一切都应该是完美的，我们之间的对话也应该能够坦诚相见，因此您今后写信再提及自己的时候，就不要附加"您可能对此不感兴趣这一事实"的字样了。

我以后不会再给艾尔娜·鲍威尔写信了。我认为她确实是费里森的未婚妻；但即便她就是费里森的未婚妻，我也不会写信给她的。我怎么可以迂回地迫使菲到我身边来呢？我不得不容忍您为了我才给菲写信，而我还得为此感谢您，难道这还不够吗？只是您没必要隐瞒我给您写过信；您本来就可以有什么写什么，不只是因为对于这么做是否还有什么帮助这一点本无太大把握。反正菲对我已经失去了信任，言之有理的原

---

① 旅馆的名称。格蕾特·勃洛赫在布拉格停留期间（1913年11月初）在此下榻。

因嘛，可以有一大堆，而那封四十页的长信中我提到过的那一页恐怕不是最不重要的原因了。菲过去对我的看法也因失去信任而随之消失了。菲还能怎么样呢？不过她不给您写信，我却找不出任何理由来解释。

菲的这封信为什么很伤感？这里我抄下一句话给您："我们两人如果结婚，则不得不放弃许多东西，我们不想认真权衡怎样做会更有利，那对我们俩都太沉重了。"不过，这句话是那样可怕（即使它还有如此多真实的成分），所以绝不会是菲能感受到的。这不符合菲的本性，肯定不符合，然而无论出于什么原因，她能够写出这样的话是令人伤心的，而且使我几乎不能往任何好的方面想。再说，这不是一封不假思索而写成的信，在它之前应该（正如给您的信中所表明的）还有几封未发出的信。谈到菲和我有什么共同的未来嘛，那似乎只体现在您现在所写的这封信里面。

如果您愿意，请告诉我慕尼黑那位男士是谁？他看不见也听不见吗？他对于您或是您对于他的重要性在哪儿呢？您甚至都没写过信或直接告诉他，您明年就要到您公司设在南德的商店去就职？您信里谈起关系到"一桩婚姻的根本条件"而我又没太明白的那个职位到底意味着什么？我顺便想起一件与此无关的事情。有一次您写信说您的房间很暗，好一点儿的又租不起。怎么会这样的呢，您的工资不是还凑合吗？您瞧，我成了个多么爱写长信、多么爱问东问西的人了！就此停笔吧。顺祝平安。

您的 弗·卡夫卡

〔19〕14.2.7

那本书本来应该与我的信同时寄到的。明天我再去书店打听一下。

## 致格蕾特·勃洛赫

亲爱的小姐：

看在我们一切一切的份上道一声对不起，当然特别对不起您的，是您不得不给菲写信、甚至发了电报（每次我都该怎样感谢您呀）向她说谎。但是糟糕的当然不在于谎话的内容，而在于这件事情本身，在于人们会拿它去节外生枝。

您说得对，菲信里的那句话很不妙。表面看来虽然只是对一年来我一直在试图说服菲相信的事情产生的误解，而实际上那句话却似乎比一般的误解含意要更多。信里虽然不只说了一句话，但是这句话的分量却是最重的。最令人感到不舒服的是，一方面信中谈到的没有任何一点与我所了解的菲相符，另一方面它又没谈到任何地方能明确表现出什么根本的变化。

您说您很喜欢《加雷勒》，我真高兴。人们肯定是用脑袋顶穿了那道像樊篱一样将小说处处围绕、环环围绕起来的结构（我的确不甚明白，这一点是如何从魏的本质中得到解释的），可是后来真正看到了活生生的事物，却看得头昏目眩了。不久之后我可能还会给您寄去他写的一些东西①。

顺便问一句，您都是怎样消磨星期天的？在度过紧张的一周之后？如此紧张值得吗？长期这样您受得了吗？您不久前提到过的疾病是怎么回事？写上封信您一定是挤占了您的午休时间；这虽然令我感动，可是您真不应该这么做。再说，也不会有更多的意义了；因为现在您已经就是我全部的牵挂了，任何人都无法相比，尽管我牙痛得（是不是一切都得颠倒到可笑之极的程度？）脑袋都麻木了，但仍然十分清楚这一点。

您的 弗·卡夫卡
〔19〕14.2.8

不管那一切的一切，菲，不管那一切（这个"一切"可意味着太多的内容了）——我收到你的明信片的时候，情况和第一天一个样。在这

---

① 参见1914年12月8日和9日两天的日记。

张你当作完全无关紧要的东西塞给我的明信片里有你再次写给我的几句话,善意多于恶意,虽然有的话是含沙射影的,但总还是你写给我的话呀,总还是露面了,总还是要同我打些什么交道了,无论动机是什么——在我读信的时候,可怜那只刚要张口吃的苹果兴奋得还没等得及放回去,干脆从我手上滑掉了。可是后来,过后很久,当我要进行口授的时候,只要一开始专心进行口授,脑子里就会立即闪现出:"到底怎么回事?你为什么完全变了?"而且我立刻明白,我为什么完全变了。一切都没有发生过,你写信给我,但谁知道是什么意思。仅仅是表示你由于上几封信几乎没能写成而不得不写这张明信片的,对吗?是这样吗?不,不完全是这样,也不可能是这样。但不管是怎样的吧,菲,不要把你的手,你那尽管不很热情、毕竟伸了过来的手抽回去。把它留给我吧,就像你曾经做过的那样。

然而,我现在又想起了你最后一封信和"更有利"那几个字。在这之后我还能够作此请求、还能试图把你从一种你感到舒服,当然是比较舒服的境况中(如果说我没把你的另一种观念打消的话,却似乎终于说服了你相信这一点)拉到我身边来吗?但是现在也不是谈论这个的时间。

现在这时间我只能用来请求你,菲,不要再这样销声匿迹而使人在布拉格(对于我来说柏林确实在布拉格之上,就像天空在大地之上)这儿一点主意没有、绝望地东奔西跑,什么都看不到、听不到、一个劲儿地胡思乱想,想些什么,现在也不是谈论这个的时间。我只请求你这一点,不求你别的。坦率地告诉我,你是怎么想的。我同样会作出回答。我是怎么想的就不必告诉你了,那最好的部分你都了解。

弗兰茨

〔19〕14.2.9

## 致格蕾特·勃洛赫

亲爱的小姐：

　　收到菲的一张明信片，一张小小的总还算友好的明信片；顺便说一声，那是一种我早已停止了对它信任、对它信赖的友好，因为本来菲给我写信从来也没有不太友好过。但是对于您来说，问题根本不在这里，也不在于面对这张不得不接受的明信片我内心是怎样的感受（明信片上那几乎是显而易见的结尾语句是："我不得已才写了这张明信片"），这里更重要的只在于：明信片寄来了，而我又并非求之不得，菲又不会是出于自己的意愿写的，那我只能把这事归功于您了。您有多大力量来支配菲呀！

　　也许明天我会从您那儿得到一条消息，可能他们也已经知道了明信片的事。那么，因为我现在比以往任何时候都更应该大大地感谢您，倒使我语无伦次起来，我感到自己在您面前是那样卑微、而且不仅是卑微，这还不太糟糕，还可以自我解嘲，而是那样一种感觉，就好像由于我请求您用这种方式（我说用这种方式是什么意思？方式？根本不可能用别的什么）诱使菲给我写明信片，而使您也降低了身价似的。请您对此事什么话也不要说，我知道，这事会过去的。在这方面我的敏感只比我的忘性稍许大一点点，但是我必须说这话，要在感谢您之前、远比感谢重要的是请求您的原谅。

您的　弗·卡夫卡<br/>〔19〕14.2.9

## 致格蕾特·勃洛赫

亲爱的小姐：

　　不，我不相信，您写信给她的时候也并不相信这一点。没有您的信，菲莉斯是不会写信给我的。请您不要误会，她没有主动写信给我，我对此很满意。我希望她如此,或者说得更好更简单些,我正是希望她仍像原先那样。虽然,如果我想要诡辩的话,那我必须说(我不会说,但也不会对此沉默),她现在给我写了信,这对我反而更糟糕了,比她不写信给我更糟。因为这表明,存在一种可以克服的阻力,您能克服它,我却不能。您关于相互帮助的话,并不完全正确。假如一个人掉进水里,另一个人听到呼救把他从水中救出,这种帮助是很自然的,在好朋友中间也许不会产生一种"义务感"。而您为了帮助我,却不得不说假话,不得不做一些即使为了拯救您自己是不会去做,连我为了拯救自己也许——虽然只是也许——也不会去做的事。正因为如此,我对您就负有一种"义务",因为您必须不仅为了我,而且同时也针对自己做些事情。也许您出于好心对这些并不感到很沉重,这越发使我难以忍受。请允许我请求您(不是为了消除我的"义务感",这是不可消除的),在您下次写信给菲莉斯时对我不要有丝毫姑息,而坦率地承认,我知道您的第一封信,是我给您写的,是希望通过它,正如已经得到证实的那样,得到有关她的消息。亲爱的小姐,请写信把这些告诉她,而不要考虑菲莉斯将如何答复我,也不要考虑那些尽管早该发生但到今没有发生的事①。

通过您的上一封信我对您的生活有了一个清晰的概念。这里的天气也是阴沉沉的,但下午2点钟时,只有在像您那样阴暗的房间里才需要点灯。至于您弹钢琴和喜爱音乐,这我一点也不知道而且也不相信。您和谁一起弹钢琴,又和谁一起到山里去远足? 我很羡慕您的嗜眠症。星期天下午在那昏暗的房间内,您该怎样屈服于它的诱惑力啊! 假如我能这样就好了! 假如睡眠能以某种方式光顾我就好了! 牙疼的时候,由于它使我的头脑变得迟钝(疼痛本身已经消失,假如我早知道有甘菊茶,我早就喝了,但人们不能劝我服药),我睡得很少,这两天则几乎不能入睡。我的这种睡眠,做着浅薄的人一点也不离奇而只是不断重复白天

---

① 被(格蕾特·勃洛赫)剪开的总共十二封信中,第一封信在此处被拼合在一起。其他被剪开的地方在书中均用直线标明。

所思的梦，要比醒着更费神更劳累。在办公室时，有时我一边讲话或者一边口授反而睡得更好。而您却有这样的嗜眠症！睡觉比阅读好，只有在这样的条件下，我向您推荐一本书，虽然是一本出色的包括维也纳一切美好事物的书。您读读它吧！这就是露露蒂尔海姆伯爵夫人的《我的一生》，米勒出版社，第二卷①。您肯定可以在大学图书馆找到它。书很贵。我想大概是12马克。

即致

亲切问候！

您的　弗兰茨·卡夫卡<br>〔19〕14.2.11

## 致格蕾特·勃洛赫

亲爱的小姐：

  您已经非常疲倦，可还在工作——没有仍然工作这个意思——以至于您领取的薪金相对于您年龄来说是异乎寻常的，您毫不忌讳，把您的全部生计都转移到了维也纳，又准备着重新离开这里，到一个能够更多工作的地方去，您的身上必定蕴藏着一股您今后也能依靠的力量。您觉得精力没有减退，但您不应该这样表达，青年人也会有疲倦的，只是因为年龄的缘故而对其他所有的一切都不了解。当有人在歌剧院的顶层楼座哭泣时，它并不是精力的减退，您不再相信它。在布拉格时，正是在一些很容易列举的时刻（由于我的责任而如此容易列举）您比较欢乐（从活跃和理智意义上说您一直比我欢乐），脸上流露出纯朴健康的孩子般的表情。这种表情同您的其他天性并不完全相称，特别是不适合于您在我面前那种优越感。但它似乎又是您所特有的表情。例如，有几次在咖

---

① 参见1914年1月23日、26日和1914年2月日记。

啡馆里您谈起学校的时候，还有一次在手工艺艺术博物馆前，您跌倒在地的时候，都有过这种表情。

维也纳对此要负许多责任，尽管您现在又在赞扬它。这种自我满足并不总是最好的。去柏林我不能想象您会如此忧伤，当您去那里时确定也并非那样。而在这里，人们有时认为，快乐的人会变得忧伤，忧伤的人将更加忧伤。我不知道如何来解释这一点，其实也并不需要，因为这并不真实，它只是表明，忧伤是多么缺乏判断力。我不想再去维也纳了，5月也不去。对我来说那里太可憎了。我不想再为进入议会之路付出代价，不想再见到克恩滕纳大街，斯特劳广场，不想再去贝多劳咖啡馆或者博物馆，更不用说市府酒馆了，甚至不想在一个虽然凉爽却阳光明媚的上午独自一人去美泉宫花园中散步。这一切以及其他许多东西我都不想再次经历，它们已经永远成为过去。只有市府里的格利尔帕策室我还想看一下，过去我未能看到它，因为我很迟才知道它。您知道格利尔帕策的《可怜的军乐队员》吗？去维也纳可以遭受真正的苦难，这可以从格利尔帕策那儿得到证实。

我虽然会再要求您给菲莉斯作出解释。我之所以请求您写信给她，是因为我曾想明信片意味着好时光的开始。我不能通过我自己的和强加给您的谎言来骗取这种好转。但现在看来，明信片有着完全另外的含意。我现在把它全文抄录如下，它是用一种很差的铅笔写的，不久将难以辨认。"柏林，安哈特火车站，1914年2月8日，晚上10点30分，弗兰茨，我现在坐在候车室里，我是来接从德累斯顿来的姐姐的。让这张明信片带去我对你的亲切问候。你将会再次听到更多关于我的消息。我不能不写这张明信片，衷心问候你，菲莉斯。"看来菲莉斯星期六收到了您的信，但未能下决心写回信，星期天晚上正好她在安哈特火车站里，出于某种偶然性写了这张明信片，第二天又被迫也给您写了明信片，而通过写给我的明信片无非是想重新强调过去的沉默。因为我当即回复了一封信，本来她应该写回信，但却没有。是好是坏，恐怕一切猜测都是徒劳的。

即致

亲切问候！

您的 弗兰茨·卡夫卡
〔19〕14.2.14

## 致格蕾特·勃洛赫

亲爱的小姐：

今后将永远这样（假如您不像您原先那样准时回信给我，或者假如您不从一开始就确定，要走一周或两周之后才回信给我，而我虽然只能表示同意），同时我必须警告或至少是提醒您，因为很遗憾我就是被这样教育出来的，害怕在任何沉默的背后都有一个可能套在我脖子上的钩子。但愿不是如此，只是您的许多工作，当然这也够糟糕的，或者更好一些是蒂尔海姆的《我的一生》这本书占据了您一个又一个夜晚。

此外，自从我给您写了最近一封信以来，我遇上了一件特别的喜事，过去我对您没有少用我的痛苦打扰您，这件事当然也不应该对您隐瞒，我最后一个比较接近的尚未结婚或者说尚未订婚的朋友〔费利克斯·韦尔奇〕订婚了，他们最终会订婚，这一点我三年以来一直就知道（对于局外人来说这算不上什么伟大的洞察力），但他和她则是十四天以来的事。当然这样一来我在一定程度上失去了一位朋友，因为一个结了婚的人是不能做朋友的。人们对他说的话，他的夫人也会或明或暗地知道。在这个过渡中，或许没有一个女人不是在其脑子中把一切都扭曲的。此外，即使不是这样，人们也不能再只想到他一人，或者从内心指望得到他的安慰和帮助，甚至不能想象有这种可能性，因为不管怎么说人们现在面对的是一个共同体，我当然祝愿他一切顺利。但除此之外，这件事对我也有好的一面，至少现在是这样。虽然我们都还不算太老，他甚至比我年轻半岁，但我们之间却有着单身亲兄弟般的情谊，某些时候这种情谊就像幽灵一样，至少我的感觉是这样，现在这种情谊中止了，我自由了,每个人都可以愿意怎样就怎样,对这样一个单个的组合,没有人包括其主人在内能看到它的内部,以使自己大吃一惊,而对一个团体来说,就比较容易进入和作出判断。祝贺我吧,尽管这只是我要您回信的一种伪装的请求,您怎么看待菲莉斯的明信片?

即致

亲切问候!

弗·卡<br>〔19〕14.2.19

## 致格蕾特·勃洛赫

亲爱的小姐:

您不能从我这里拿走"羞于启齿的境地"这样难听的话,它们是属于我的,在您的信中用不着这些。在共同经历了另外一个人的处境(不是同情,在人面前它没有区别,在上帝面前才有)之后,有时我认为可以达到一个人精力的极限。您不要把一个同我关系密切的人的处境称之为"羞于启齿"。虽然人们对他有说不够的坏话,但无论是讲述还是听到这些的人,都没有什么不光彩的,在戒备方面,在这里也许有必要走得再远一点。毫无疑义我写给您的第一封信完全是因为菲莉斯的缘故,我想得到帮助,在这方面放肆得像一个不幸的孩子,因此也招致您有一次对我的柏林之行的激烈指责,但这些纯粹是通过我的信强加给您的想象,您有一次写到"十一月事件"。是什么事件?在这一年半期间,没有几乎不间断地重复,就像鼓点一样,而鼓正握在我这不幸的手中。

我曾在其中请求您帮助的那些信件都已成为过去,您做了能做的一切,出于好意甚至比能允许的更多,您把其中的一切痛苦都集中到自己身上,在布拉格时您不得不容忍我的"不"(我当时能用我的第一封短信的粗鲁激怒您,说明我身上必定还有些别的什么)。而现在您又听到了来自菲莉斯的对您来说关系更密切但也不明确的"不"字，因此，我不再请求帮助，这虽然是个很大的转变。要不是那种早已不再有根据的假相，似乎我写信给您只是为了提出请求，在以前我会更迫切地提出请求的，我甚至承认，这种假相有根据的时间比我对外承认的早得多。我不再需要帮助了，只想听到（如果您也多少愿意）您现在怎么样？如果能捎带些关于菲莉斯的消息，那肯定非常好，但即使那样，也不是最主要的，如果我们两人，菲莉斯和我可以帮助的话，那必须由我们自己来做。您的努力和这一努力的结果就表明这一点。事情不在于那些可以给予帮助的外表，而是这里那里的责任，这里虽然更多一些，多得无穷无尽，也许有一天这种自我帮助能够成功，即使我为此变得满头白发，反正头发变白的速度也是很快的。您愿意给我写这样的信吗？

〔开始写于1914年2月21日或22日，2月25日完成〕

上封信是在三四天前写的，开始时我想不停地写下去，后来不得不停止，这封信就像已开始的事情那样，在桌子上放了几天。今天我无论如何要把它写完。

您看，亲爱的小姐，这有多奇怪！菲莉斯的信和我的信大概是同一天写的，您把它们比较一下。

您把菲莉斯信里的句子抄给我，您没有做错，正相反您做得很好、很可爱、很明智。糟糕的不是您所做的，而是您目前在这件事上由于菲莉斯同样也由于我的过失所处的处境。菲莉斯的信一开始使我很痛苦，不是因为信的内容，主要是因为它偏偏这个时候寄到，假如我对这封信一无所知，对我来说显然会更加难堪。当然这已经不是什么难堪不难堪的问题了。

今天我要写完这封信，尽管我相信我有许多话要对您说，下次吧，现在是晚上7点，我仍在办公室里，我已经预计到将再工作一会儿，带上了已经开头的信，不久我将再写信给您，给您的信菲莉斯当然什么也不知道。

去一个半明半暗的房间里睡觉有什么意义？做这样的试验是没有道理的，您一直在睡觉，要灯做什么？难道灯光不妨碍您的睡眠？尤其是您用的似乎是煤气灯，还有怎样才能做到使窗户在夜里稍微敞开一点？我个人不会用这些问题来为难自己，只有按自然疗法的人才会对我这样做。

即致

亲切问候！

弗·卡

〔19〕14.2.25

## 致格蕾特·勃洛赫

最最亲切的问候。德累斯顿火车站。去了柏林。糟糕透了，现在只能说些梗概，您将收到一封详细的信。

您的 弗

〔明信片邮戳：14.3.1，德累斯顿〕

## 致格蕾特·勃洛赫

亲爱的小姐：

我刚刚给菲莉斯写了一封长信①，我不知道，我现在的状态是否适合向您报告我的旅行（您收到我的明信片了吗？），但有一点是真的，如果说我有责任向一个人报告，而且催促自己这样做，那这一个人就是

---

① 这封信未能保存下来，卡夫卡后来又两次提到。参见致格蕾特·勃洛赫的信，1914年3月3日和3月9日。

您，而且只有您，如果说这两天有什么东西使我感到愉快的话，那就是想到您，想到您有可靠和真诚。

根据您今天的明信片，看来您并没有从我的信中得知我想去柏林，我决定这样做大约有十天了，因此我曾在给您的信中说过，菲莉斯在这个时刻写信给我真不是时候，因为这会给人一种印象，我是因为这封信才去的，由此又会使菲莉斯认为，您把这封信的部分内容告诉了我。但事情并非这样，我曾谎称已经十四天没有听到您的消息了，菲莉斯完全相信这一点，特别是她也没有得到您的回答，而这又不是她星期六（我和邮差同时到达）期望得到的。菲莉斯认为"您在报复"，而我却幸灾乐祸（我没有多少机会高兴）。

我请了一天假，星期五夜里到了柏林，当时还不能肯定菲莉斯究竟是否在柏林，星期六早晨我去办公室找菲莉斯，寄给她一张明信片（一张我正好带在身边关于某个神的明信片，我想让这位姑娘一旦根据名字认出我来时，不至于目瞪口呆），然后就等着。我面前就是电话总机，但它在我需要时从未经受住考验。在那里我感到很幸福，随后菲莉斯来了（在她房内恰好有许多人），有点但并不过分吃惊，非常友好，我俩在那儿站了一会，中午时我和菲莉斯在一家甜食店度过了一个小时。离开办公室（这里我也看到了她的房间）后，我们转悠了两个小时，晚上菲莉斯去参加了一个舞会，她说，由于业务上的原因她不能不去。星期天上午我们散了三个多小时步，并到一家咖啡馆喝咖啡，下午我离开那里，菲莉斯当时曾很肯定地答应送我来，但结果没有来，今天她在一封电报中对此表示歉意，说当时无法来，因为名叫玛尔塔或类似名字的婶婶来了。

所有这一切的结果是，菲很喜欢我，但是她认为，这对一桩婚姻，对这一桩婚姻还不够。她对共同的未来有着一种无法克服的恐惧，她也许不能忍受我的脾性，她不能没有柏林，她担心会失去漂亮的衣服，坐三等车，看戏时只有比较差的座位等等（把这些都写出来，是很可笑的），另一方面，她对我虽然很友好（自然不是在谈话时，她并不答话），我们手拉着手像最幸福的情侣一样穿过大街小巷，相互用"你"称呼，即使在碰巧遇见的魏斯医生面前也是这样。正如菲莉斯拿给我看的那样，在一个圆形雕饰里，她11月作为礼物得到的，放着我的相片，她说她将不会同另外的人结婚，永远不会扔掉我的信，不会退回我的照片，也不会要回她的照片，很愿意继续给我写信，当然也会同意不再继续写信——就这样，我度过了星期六至星期天的夜晚，就这样度过了回返的旅程。

您的 弗·卡

〔19〕14.3.2

〔在第三页的边缘写着〕
寄往慕尼黑的信虽然已发出，并非没有顾虑。

## 致格蕾特·勃洛赫

亲爱的格蕾特小姐：

您有头疼病，这对于自然疗法者来说丝毫也不奇怪，但对于朋友来说却非常痛苦。在您的生活方式下，怎么能够忍受这种头疼呢？因为您工作得如此之多，几乎不出门，更谈不上做操，晚上躺在沙发上，然后又换到床上，睡在紧闭窗户的房间内，点着煤气灯，几乎每天（您有一次这样写道）都得到折磨人的消息，有一种被您的家庭抛弃的感觉，并为此感到痛苦（曾经经常去过您家的菲莉斯告诉我说，您的母亲渴望见到您，如果您在柏林得到了一个工作岗位，她会非常幸福）。如果从各方面对它进行打击，即使最好的脑袋也受不了。作为改变您的生活方式的第一步也是最柔和的一步，您能接受我的劝告，在一段时间内改吃素菜吗？我简直不能想象，您在这样一个乡寓的小地狱中，一切都看得很清楚，由此倒也没有什么危险，会被照料得特别好。也许那位"笨拙的人"饭菜做得很好？肉食在您这样过度疲倦和受尽折磨的身体内（天哪，每天到11点还在办公室）只会造成破坏，头疼就是身体对此发出的呻吟，现在我认识一家最好的素菜馆，位于胡浮堡皇宫剧院附近的奥波尔比大街，干净，待人友好，一家非常令人舒适的家庭餐馆。它离办公室甚至比离您的宿舍还近，我猜想，您每天吃完饭都是走回家的，"塔利西亚"（这家餐馆就叫这个名字）的公寓房肯定比您现在的公寓房便宜，而这对您是很重要的，因为您（我以前根本没有想到，谁还会向您要钱？）还必须寄钱给别人。您在那里肯定会吃得更好些、愉快些，也许在头几天还是这样，睡得也更好，而且是在黑暗中，醒来时更清醒，但愿不再有头疼，这些对我来说是毫无疑义的，您还是试一试吧。

（现在我的父母就坐在桌旁，我不能再这样安静地写下去了，父亲用嘴沉重地呼吸着，还读着晚报，然后像通常那样开始和母亲玩纸牌，伴随着叫喊、笑声和争吵，不要忘记还有口哨。）

寄往慕尼黑的信我立即就发出了，但我不知道我做得是否对，直到今天也不知道。我不能对此做出判断，这样我就学您的样子了。进行一次拜访总能把事情弄清楚，我徒劳无益地思考着。是在柏林吗？当时，当您星期天上午把对我和菲莉斯的最后看法写下来的时候，我们，菲莉斯和我，正在动物园内散步，菲莉斯大概正在说："请你不要再请求了，你总是想一些不可能的事情。"或者她也许这样说："就是这样，你必须相信，你不必遵守你的每一句话。"或者："我完全能够忍受你，但这还不能导致结婚，只做一半我是不会干的。"对此我回答说："另外一方也只是一半。"菲莉斯回答说："是的，但那是较大的一半。"当您写信的时候，也许菲莉斯什么也没有说，而是眼睛呆呆地看着一边，让我说出了那些不负责任的话和许诺，昨天，我在一封信中把它们又统统都收回了①。

您将会从我的德累斯顿明信片和昨天的信中发现区别，这可以通过一个很好也很坚决的决定得到解释，它使我得以在没有菲莉斯（至少没有菲莉斯作为我生活的积极内容）的情况下，只要生命允许，就一个人继续生活下去。直至从中真正发生什么，我会立即写信告诉您，但到那

---

① 系指星期天在柏林的争论，1914年3月1日，参见日记1914年3月和1914年3月17日、21日、25日和4月3日至9日致菲莉斯的信。

时还要经过一段时间。

您不能出差来这里，这很遗憾，展览真会举行吗？我为此问过菲莉斯，她根本不知道此事，只知道明年在杜塞尔多夫可能有一个展览。

一般情况下，7点钟时我在办公室已无事可做，只有当我纯粹是由于思想不集中，上午什么也未做成，或者我想象上次那样休一天假，才有所不同，如果人的签名同以前有什么不同，那么它所表达的意思同您认为的正好相反，或者最好您不要相信，而把它当作笑话，我不喜欢看到自己的签名，就不由自主地猜想我所亲近的人也一样，一个人名字所包含的东西对这个人来说是理所当然的，尽管如此：最亲切的问候！

弗兰茨·卡夫卡

〔19〕14.3.3

## 致格蕾特·勃洛赫

亲爱的格蕾特小姐：

我不知道我是否能一直写下去，人们很有可能突然来把我接走，尽管这样，我还是立刻开始写，虽然这封信里没有什么特别重要的事情，但我不能让您白白等着，我不想让您因得不到回复而表现出哪怕是最轻微的最短暂的惊讶，特别是对于我——现在我们可以说——太重要了。日期请您随便决定吧（现在我接到了电话，再过一会我就必须停止了），从现在起我们在期限内相互定期通信，而不管可能造成拖延的情绪和偶然事件，当然特别重要的消息不在定期之内。从我这方面来说，认识您我感到很幸福。我想对您来说这种交往也将不是坏事，特别是令我在您面前一直散布的令人压抑的忧伤情绪也许最终将得到克服，我在这种状态下需要多长时间才了解您啊！我去旅馆里怎么能够像一个不折不扣的干巴巴的伪君子，坐在您身旁半心半意地听您讲话啊①！

---

① 指1913年11月初在布拉格的第一次见面。

从您的信中我不能肯定,您是否收到了我探访菲莉斯后写给您的第二封信,或者只收到了第二封信,因此我也不知道您对菲莉斯已经知道了哪些,还想确切知道些什么。菲莉斯的外形经常变化,在室外时往往精神焕发,在室内有时则很疲倦,粗糙斑纹的皮肤使她显得苍老,她的牙齿的状态还很不好,很可能都补过了,从这个星期一开始,她又要经常去看牙医,镶上新的金牙,所有这一切和其他的一切我都能发现、看到和仔细地观察,它丝毫不影响我对菲莉斯的感情。

正如我上次告诉您的那样,她反对同我结婚的理由是很严肃地说出来的。甚至提到了坐火车、看戏等等这些超出事情本身却又明显针对我的事情,不,我不认为这是些肤浅的观点,我不能这样说;为什么它们就一定没有深刻的道理?我爱这整体,也爱这一贯性,在这方面有时人们会龇牙咧嘴,影响不了什么。但从这里,亲爱的格蕾特小姐,您一定了解菲莉斯了吧?

我看了一下表,是时候了,明天我再回答您的信的其余部分。

愿您生活愉快,继续作为好朋友。

**您的(您说呢?)弗兰茨·卡**

1914.3.4

这个为报答太阳而只拥有他房内冰冷的人,宁可把冰冷留给自己。

## 致格蕾特·勃洛赫

亲爱的格蕾特小姐:

这是一个好消息,但却是那么不肯定。只要还没有谈及您的旅行,当然就还是不那么肯定,而我则可以感到满足了,您来吧,来吧,只要有某种可能。但是——如果时间只能有一个下午而不能更多,请您别在像今天这样的下午来,由于夜里不舒服而头疼,我竟不知不觉直挺挺地在沙发上睡了两个小时。其样子一定很可怕,但如果真的只有一个下午,您无论如何要来,我的头疼会消失的,我将完全能够忍受。要是您不来,我才不能忍受。您肯定会来的,否则您不会通过预告对我开这样的玩笑,您不会这样做的。

当我知道您要来之后,我不再想写下去了,已经没有什么意义了。您的旅行路线是什么?只去伯门?或者真的也去布达佩斯?您旅行时会从这里或那里寄一张明信片给我吗?无论如何我有一个感觉,您的旅行(当然除了到我这儿来)有一点令人担心,因为迄今为止对于我来说您去维也纳是那样保险,随时可以联系上,而现在您将处于旅行的不确定状态。头疼病消失了吗?您对我的劝告只是感谢,而没有至少去试一试,使我很不满足。很遗憾,布拉格的素菜馆又脏又破,我根本无法邀请您到那里去。您有事要告诉我,而把它推至下次。这是不是说您将会告诉我?好吧,从星期一起我期待着您的到来。

致以

最亲切的问候!

您的 弗兰茨·卡

〔19〕14.3.6

对了,我的地址:老城环城路6号。

## 致格蕾特·勃洛赫

亲爱的格蕾特小姐:

您最终还是不来!您不该唤起我的希望,现在又让我如此失望。或者您还是会来布拉格,只是要过一些时候,先去布达佩斯?总要有人到这里来把机器修好,一切都处于可怕的混乱状态,请您相信这一点。我们将不就通信的日期作出规定,也许您是对的,但不管怎样,我要规定下面这个相反的日期:在您从维也纳启程前,在您现在这样忙乱的情况下,您不要再写信给我,但可以发一明信片,在您抵达布达佩斯后,立即就发出,现在去布达佩斯终于成了现实。

您在前一封信中有关您家庭的话,一直萦回在我的脑际。我们本来可以在星期天下午在某辆汽车里,在旷野上平心静气地把话说完的。今天在房间内,忍受着后脑剧烈的疼痛,只能说上短短的几句,我认为一般情况下,父母反对孩子总是比反过来更有道理,甚至在某种深度上,存在相互对立的假相,但事情往往不是这样,一旦通过某种生活环境使一直存在的矛盾激化,首先产生的是这方面或另一方面的傲慢。父母是彻底了解孩子的,他们并不理会这些,而孩子们同样认为他们在父母面前是有理的,自我贬低是困难的,特别是在这样一种明确限定的关系中,但这对作出判断并不是决定性的。最有决定意义的只有那些特别危急的瞬间,这时候父母——据我从熟人那里所见,我自己只是有所预感——会迈着如此正直的步伐从人们毫无根据地强加在他们身上的可憎、粗鲁和奸诈的混合体走出来,使人们觉得好像面对一个幽灵。被人们判断错误或至少长期被看错的父母比被看错的孩子要多得多。您自己一定也承认对您的父母有某种过失,因为您称自己是一个沉默寡言的女儿。沉默寡言和情绪不佳意味着回避而不愿公正待人,因为公正待人需要人们投入整个生命,它是不会嫌长的,当然我也承认人们也许有时在父母面前不能保持公正,至少我完全不可能,但是人们应该在自己最困难的时候能够感觉到爱的可能性,——您知道我附寄给您的故事〔《判决》〕吗?这是从一本年鉴〔《阿卡迪亚》〕中选出的单行本。您旅行时把它带上,也许它比海策尔更令您喜欢。

关于菲莉斯同您的关系我不能提供什么真正的情况,我对她的判断力已变得如此之差,以致对所有判断我很快又觉得是错误的,事实上我们在一起时也很少谈到您,因为——我重复一遍——在我们总共在一起度过的七个小时中,至少据我的回忆,菲莉斯说话总是半吞半吐、断断续续的。我看不出她对您很亲近,但也不疏远。我现在在写信时想起来,她的处境可能不那么自然——没有得到您的消息看来使她很不安。有一次,在魏斯医生面前(只有那一次她很活跃,对我也很亲切)她开玩笑说(我告诉她,您很喜欢《帆桨大战船》):"看来你对勃洛赫小姐很感兴趣。"对此我只能表示认可。关于菲莉斯同您的关系我真的没有什么可讲的,比关于她同我的关系还少。

您的 弗兰茨·卡

〔19〕14.3.7

## 致格蕾特·勃洛赫

亲爱的勃洛赫小姐:

我不能如此确切地了解您的状况,以便理解您谈到您工作时为什么要写"恶心得要死"这句话。正是这一工作给了您完全的自主性,以防止两个最重要的方面。

费利克斯最关切地问候您。

我的小侄儿正在这里,我让他也把问候写上,也许这样一个纯洁的人的问候和祝愿比我的震颤的脑袋更有力量。

对柏林和慕尼黑的完全的独立性这一点无论如何对您想必定是有价值的。此外,它也是很有希望的。您自己曾经说过,您想着以后去英国或者美国,在您的公文本上有一系列令人向往的分店,其中只有一个您不想去,很遗憾正是您现在所在的地方,而且各种迹象表明不仅是因为城市本身,也有老板方面的原因。在我看来,通过工作的单调(在柏林不会这样压抑)换取这一自主性、自由以及拥有这些的愉快心情并非太昂贵。在这件事上我仍然坚持上次的建议:离开维也纳,如果不能在布拉格开一个分店或至少开一个小分部,让您来领导(在我看来,不充分利用像波希米亚这样的业务地区是荒谬的),那么,比方说马上去法兰克福,是不是更好?我几乎不相信,您在维也纳能为您以后的工作学到什么,虽然或者正因为在维也纳的业务也许比在其他地方都困难。尽管如此，看来您愿意做在维也纳待较长时间的打算。顺便问一下：从您的办公桌看出来是邮政储蓄大楼还是从您老板的房间才能看到它？如果我没有记错，这幢楼是奥托瓦格纳建造的，以前曾备受称赞。就我来说完全可以想象面对这样一幢令人生厌的充满企图的大楼该是怎样地令人绝望。看来对此除了离开维也纳没有其他结局了。

对于我们应在复活节见面，我没有什么异议，尽管离那时还有四个星期时间，但如果我现在要去谈论将来，我必须非常坦率，这样也好，我不想在您面前保守暂时的秘密，但您也不应该谈论对我们友谊的担心，除了担心一切是人之常情这一点，它没有任何最微小的进一步的根据。不，亲爱的格蕾特小姐，我们不再谈论这些了。我目前的情况是这样：上星期一我给菲莉斯写了一封信——很愚蠢，但不想把它记录下来。我未来会很幸福，星期天能向您亲口讲述这一切。

您再给我两三天时间，那时反正一切都明朗了，在这方面更多不是菲莉斯，而是我本人和那个我已经写信告诉过您的决定。不管怎样，如果我复活节期间去布拉格，我们两人必须见面，或者在维也纳，或者在布拉格，或者这也许是最好的办法，在中间的某一地点，在波希米亚森林或其他什么地方。请您不要生我的气，更不要因为我没有写完上面那句话而生气，我自己也因此很伤心，因为它向我表明，为了把决定付诸实施，我自身还必须克服多少东西，好在很快就必须作出决定了。

即致

最亲切的问候！

您的　弗兰茨·卡

〔19〕14.3.9

## 致格蕾特·勃洛赫

亲爱的格蕾特小姐：

我们当初要是规定了我们通信的日期就好了。那样我就没有必要反复考虑和一直有一个邪恶的念头,总认为您因为什么事生我的气,而不给我写信,而实际上您不给我写信是因为业务上太累,或者已经动身去布达佩斯了。我在最近给您的信中连我想对您新近来信要说的最重要的话都没有说,我自己在最近一封信结尾时的失败,把我继续写信的所有兴致都破坏了,想必这一决定使您感到困惑?想必它对您仍然不如对我那么清楚,这就是虽然无法把我们同菲莉斯的关系从我们的关系中分离出去,因为它太坚实,也许是不可分解的,但它现在至少不再是最重要的部分了,如果我不同意某句话,我可以很好地对这件事保持沉默,但这不应使我们作为好朋友相互交织在一起的手有丝毫的松动。对我来说,菲莉斯的事是如此不明确,或者说得更好些,是出于我的眼睛根本看不到的某一个最后的原因,它又是如此可怕的明确,以致我引用她的每一句话对我都变得更加模糊,更加混浊,更加折磨人,但现在期望离结束的日子已经屈指可数(估计是这封信的继续)。

越过星期天去布拉格,以便晚上离开,您无论如何不要这样做,连想都不要去想,我怎么能够忍心看到您这样辛苦,何况对于您来说平时就少不了劳累。反过来也许倒有可能,因为您星期六下午3点就有空,如果您有兴趣,在复活节之前,我们可以乘车去相对的方向,星期六晚上,在中途的某一地点会合,在一起度过星期天。您愿意这样吗?我很想这样,您写信告诉我吧,然后我们可以查阅地图,找到一个美丽的地方。

即致

最亲切的问候!

您的 弗兰茨·卡

14.3.12〔估计为1914年3月11日〕

您在读蒂尔海姆伯爵夫人的书吗?

## 致格蕾特·勃洛赫

亲爱的格蕾特小姐：

只写几句话：今天我收到了菲莉斯的一封信（我羞于说出它是被什么手段逼来的，假如人们能够把我为此使用力的量集中起来，人们将能够从天上把太阳摘下）。也许这封信没有解释一切，但解释了许多，包括菲莉斯对您的态度。菲莉斯在家庭中遭受了很多不幸，她的兄弟昨天已乘船去美国，我从信中未能了解有关详细情况，我不知道，这是否是一个秘密，对您肯定不是。这一不幸可能非常严重，我却自私地因祸得福，很久以来第一次又听到菲莉斯充满人情味的声音，是大约半年来的第一次。要是我用以达到这些的手段不是这样卑劣就好了！也许我明天能得到您的消息，您不要生我的气，您不该这样，在上一封信的结尾我不是对您而是对信纸说不出话来。

此外，我今天向菲莉斯建议，我们明晚在德累斯顿见面，想必我明天早上能得到她的电报回音。

即致

最亲切的问候！

您的 弗兰茨·卡

〔19〕14.3.12

你真不幸，菲，我打扰了你。这同样也是我的不幸，能给你一个安慰，哪怕只是一个很小的安慰，那将是我的幸福，但我却不能，一方面是我同你的关系，另一方面是你的家庭中的不幸，你把它们分开，似乎是两个完全不同的事物，而第一个是次要的。如果你这样对待它，那它也就是这样，或者至少看起来是这样，因为在这方面我不想说什么很肯定的话，这是你的事，菲莉斯。我不知道已经把你的两封信读了多少遍。信中有令人高兴的，这是肯定的，但也有许多令人伤心的，而多数则是一个混合，既不令人高兴也不令人伤心，你今天的电报使这一切变得更加暗淡，或者借用你的一句话，不这样或许我无法说清楚：更加痛苦。我做得并不特别聪明，也许并不特别体贴人，请你明天到德累斯顿去，因为你现在在遭受不幸的最初几天里不能不留在你的父母身边。如果这是一个错误，那么你那电报的七个字就是重重的惩罚①。但也许这不是一个了不起的错误，而更多是无法在你的家庭不幸和我之间作出选择，就像你所做的那样。

  让我们丢开这件事，菲莉斯。但是现在该做些什么？无论如何，菲莉斯，无论如何你不能把我重新抛回无把握的状态，通过你昨天的信我至少已经从中走出了一步。你无论如何不能这样做，我是不会再走回那里去的，我宁可牺牲掉最好的东西，而带着其余的一切远走高飞。如果我们想前进，我们就必须在一起谈一下，你肯定也是这样认为的，菲莉斯，不是吗？毫无疑义，这在德累斯顿可以最好、最容易、最不受阻碍，最详细地进行。你自己最近在柏林也顺便提议过，你以前也经常提到。为此不存在严重的障碍，下个星期六你愿意这样做吗？近来你不能写信，现在它还在给你带来痛苦，我部分地看出了这一点，这为我们需要碰面又多了一条理由。请你不要，菲莉斯，再把它推迟到下个星期天之后，你设想一下，我是个外人，只在布拉格见过你一次，请求你帮一个忙，这件事对你是小事一桩，对他则必不可少。你肯定不会拒绝帮他这个忙的。都说些什么蠢话！如果你看不出有什么必要性而且知道在你看来更好的办法，请你把它说出来，我服从，只是它必须能把我们引出这种状况。一切能做到这一点，都是好的。我也可以去柏林，当然除了那里肯定没有德累斯顿好之外——只要我们之间的关系还不明朗，我就害怕去柏林，我害怕见到最先见到的郊区，害怕见到我扭转脖子看的站台，害怕火车站的入口，那里我曾看到迎面开来的汽车，我害怕一切。现在不去柏林！你来德累斯顿吧！给我这样的幸福，和你共担痛苦而不是我一

---

① 卡夫卡同一天收到了来自柏林的电报："无法来德累斯顿，菲莉斯。"参见他1914年3月13日致格蕾特·勃洛赫的信。

个人独受煎熬。

弗兰茨
〔19〕14.3.13

我忘了告诉你，我母亲对你的来信非常高兴，根本没有必要为你说什么好话，她让我最亲切地问候你，她本想立即回信给你，我请她暂时不要这样做。目前最重要的是我们，你首先使事情明朗化，对此我的母亲只会影响你，但愿她没有通过她的第一封信已经对你产生影响。

弗兰茨

## 致格蕾特·勃洛赫

亲爱的格蕾特小姐：

如果我前天收到您最近的来信，我本来可以很好地反驳它的一部分，即想在不了解我的决定的情况下反对我的意见。而今天收到菲莉斯的信和电报——"无法来德累斯顿，菲莉斯问好"之后，尽管原则上今天也可以这样做，但我至少在目前做不到。好吧，不再捉迷藏了，我将非常高兴向你讲述，听您说话，同您一起散步，能够坐在您的对面顺便说一句，我那么经常地看到您喘着粗气躺在学校勤杂工家的格纹被上！格蕾特小姐那时候还有一点不知所措，后来把它克服了，变得越来越好。尽管她不愿相信这一点。现在同菲莉斯的会面明天显然不可能了，如果同菲莉斯的会面可以安排在下一个星期天，那么，只是在这种情况下，您，格蕾特小姐，愿意把我们的会面推迟到再下个星期天吧？我已经查过火车时刻表，难道您不渴望看一下格明特吗？它恰好位于路途的中心，火车正好迎面往那儿行驶，每个人，我和您，大约在8点半抵达格明特。第二天晚上我们按同样的路线返回，只是交换一下乘坐的火车。我认为这一计划非常好，当然这样一来我只能迫使您的旅程同我的一样长，也许我们能找到一个地方既合适又离维也纳近一些。现在说说您的意见！

您认为不应该给我写信，在您的想法中可能有它的道理，但它却不是能为我争光或带来安慰的道理。听到绝望的事和经历绝望的事是两回事，这就像强迫一个人把在这种或那种情况下听到的也再经历一下一样。当然，人们也可以在一个完全绝望的时刻，把对绝望的忍受解释为一个人宝贵的优点。如果一个遭受痛苦的人对另一个我平时就有重要意义，那么他的信任就是一种优点，本身就是一种安慰。

如果我说的关于维也纳的话不对，那位同您有过那场争吵的职员不是也证实了吗？尽管您还根本没有看到维也纳的美丽，因为看来您还没有读过蒂尔海姆伯爵夫人的书，但不知怎么的似乎维也纳还是吸引住了您，您知道格利尔帕策的《可怜的军乐队员》吗？我不是已经问过您一次了吗？在您读过这本书，然后再读过他的自传，还有他从德国、法国和英国写的游记之前，就去参观市博物馆里的格利尔帕策厅，也许没有多少意义。如果您做了这些并且写信告诉我，我将会非常高兴，在您做完这些事之前，不要离开维也纳，然后就尽快。

致

最亲切的问候！

您的　弗兰茨·卡

〔19〕14.3.13

最近几天大概发生了什么特别的事情，使您如此无精打采？


## 致格蕾特·勃洛赫

亲爱的格蕾特小姐：

如果您想让最近一封信丢失了，因为信中写道：您不能给我写信，由于您太悲哀。那可能是信的这部分丢失了，但这不是最好不要发生，信件至少很少从里面丢失，就像很少在邮局丢失一样。

现在我是真正被耽误了，时间已经太晚了，因此只写一些最重要的，尽管这些也就是一个人在时间很多情况下所想到的那些事。对我的"但愿"，亲爱的格蕾特小姐，您理解错了，它是指作出一个明确决定的必要性，而不是指决定的方式。当然就是这个希望也没有能实现，一封信已经没有得到回复，第二封信明天也不会有回音，就这样一直下去，当然也不可能持续很久。现在我对此的态度自然和以前已经有些不一样，但尽管如此——不，我们现在不谈这些。我对她兄弟的印象和您所描述的有些类似。菲莉斯很爱他，曾为他感到自豪，至少我相信是这样的，您必定了解得更确切——现在必须永远以爱来追随这样一个人，这是怎样的一个不幸啊！这几天我想起一件事，在他的兄弟完全甩手不管之后，不是菲莉斯必须（或者她不认为必须）赡养她的父母或至少从根本上支持他们吗？您了解这些情况吗？她父亲已经年老，不能再工作多长时间了，也许他现在必须在这方面让儿子以某种方式承担义务——您不认为，这里面或许有着对菲莉斯的态度的（不是唯一的，远不是！）可能的解释？这很可能是一个障碍，我现在还看不出它是否能够克服，但是，如果对此继续长期保持沉默，它将变得完全不可克服。好，今天就此搁笔，已经太晚了，我还想把信投进邮筒，以不给您留下信被丢失的错误的幸灾乐祸的感觉。

致以

最亲切的问候！

您的　弗兰茨·卡

〔19〕14.3.16

不，菲莉斯，你现在不应该对我不做回答，现在比以前更不应该，又有两封信我没有收到回信，而对这两封信写回信本来是理所当然的，至少应对我们必须见面和坦率地相互交谈作出答复，至于信任，像我一直给予你的信任，你给予我太少了。你可能有种种理由不回信给我，你不会这样毫无意义的折磨我——至少你是这样写的——折磨你自己。但是没有一条理由能坚持到底，它们都是一些托词，是幽灵。你说吧，菲莉斯，让我接近这些幽灵。你在动物园里所谓你对我没有足够好感的话，可能过去和现在都是真的。但其他事情则不是真的，就像现在所表明的，你的沉默就不是真的，菲莉斯，你应该了解我是谁，了解我由于对你的爱已经变成了什么样的人。

弗兰茨<br>〔19〕14.3.17

## 致格蕾特·勃洛赫

亲爱的格蕾特小姐：

千万别报复，千万别这样！我已经在给您的办公室写信。我过去更愿意给您的住处写信，这有好多原因，其中一条是，我写到办公室的第一封信没有收到回信。由此得出结论，在办公室读信的情绪不好，实际情况肯定也正是这样。此外，我在第一封写到办公室的信中如此卖力地（当然完全是白费劲）劝您离开维也纳，事后我很害怕信碰巧被其他人拆开，被一家想咬您一口（这并非没有可能）的对方公司得到。

您证实了我关于菲莉斯的一些猜测，鼓励我去理解一些难以理解的事，当然按照您的说法，通过她兄弟的出走，如果不再有其他后果，她的家庭的处境并没有变得多坏，因为他有家时也没有能把它改善多少。至于说是旅费阻碍了菲莉斯去德累斯顿，当然对于我来说是一种过于友好的解释。不，亲爱的格蕾特小姐，对此您自己也不会真的相信。至少旅费不会阻碍菲莉斯写信告诉我她不能来，事实上已经不是一封信而是两封信，很快有三封信没有得到回信了。母亲也不是真正的障碍，菲莉斯自己曾经常谈到在德累斯顿会面的可能性。不，不，这些都不是障碍。

但现在对我来说，同菲莉斯会面关系很大，以便——我曾经写信告诉过您的菲莉斯的信给了我一个比以前好得多的辅助手段——为我获得最大程度有明确性和作出决定的自由，为此我在一小时前向她发出一份电报，询问她是否同意我星期天去柏林。通过电报仍然是最容易迫使她回答的。如果我不去柏林，您又不必去布达佩斯，那我们——不是吗？——就在格明特相聚。并不是从您的角度来看，而是从很高的角度来看，我无条件地理应得到在格明特的星期天。您只要看一下附件①，就知道人们今后想如何照料我们。

星期一的拜访是一次重要的拜访吗？它有没有使您变得愉快些？当您写信的时候，我可能正从床上起来去关上窗户，因为狂风吹得我的房间四面墙在晃动。它们没有吵醒我，因为我没有睡，但我想要安静。后来只听到很远处过道里或其他地方不知那一扇门有规律地发出一阵阵响声。

您信中不再谈到头痛，是否说明通过严格吃素它已经消失了？由此您给您的一直受头痛折磨的自然疗法朋友带来了极大的欢乐。

弗兰茨·卡<br>〔19〕14.3.18

现在是晚上9点钟。你对我今天电报的回电，如果信下午很快发出的话，在正常情况下应该收到了。我不知道你在办公室还是在家里，你认为我不值得回话。我本不想向你家里发电报，以免惊吓你的父母，但我没有别的办法。我必须到处寻找你，这是我对于自己或许甚至也是对于你的责任。你将会看到这一点。菲莉斯，要是这种认识现在就有该多好啊！我今天发了一封电报："如果你不去德累斯顿，星期六我来柏林。你同意吗？你会来车站吗？"这就是电报，我在此重复了一遍，并将以这种或那种方式不停地重复。

弗兰茨<br>〔19〕14.3.18

---

① 附件未附上。

## 尤丽亚·卡夫卡夫人致菲莉斯·鲍威尔

我确认收到了您的第一封信,将在下周给您回信。今天我只写上短短的几行字,为的是请求您立即给弗兰茨回信,因为我看到您的沉默给他带来了怎样的忧虑。我今天寄给您的信,不能让他知道。

谨致

亲切的问候!

尤丽亚·卡夫卡
〔19〕14.3.18

〔信笺上方印有赫尔曼·卡夫卡妇女时装礼品商店地址〕

## 致格蕾特·勃洛赫

亲爱的格蕾特小姐,我不是请求您这个星期六不要想见我,为此不需要请求。对您来说乘车去格明特是要做出牺牲的,这些我知道得很清楚——正相反,我请您在放弃这个星期天的同时不要放弃整个会面的想法,这次见面预先已经给我带来的欢乐比最近任何其他事情都多。我将让您看到一个体面的会在中途就已收拾得整整齐齐的人,而不是现在的我,他的开始状态(只是最初时候!)。您去布拉格访问时已经了解。我真的没有收到我电报的回电,第四封信(自星期六以来)也无回音。您在您最近一封信中似乎不完全理解,我为什么要和菲莉斯谈话。也许是因为我对菲莉斯的最近一封信说得不够清楚。这封信也许不完全但几乎像来自我们两人相好的时候的信,把我们两人之间最近发生的一切几乎全部否定了。因此它给了我如此沉重的打击,用书信和等待把我重新推回到了令人最不愉快的时候。

此外,今天我还给她的父母写了信,不管是好是坏,事情该有个结果了。

即致

最亲切的问候

您的 弗兰茨·卡
〔1914年3月19日〕

## 致菲莉斯·鲍威尔的父母

尊敬的鲍威尔先生
尊敬的夫人：

  当我现在出于无法忍受的处境请求你们给我一个消息，我当然不是指你们最近那封如此亲切友好而我以闻所未闻的借口尚未回信，现在不是谈论这些的时候，我也不知道，是否应该这样。不管怎么说，你们当时就认为我对于菲莉斯并非完全是不相配的，请允许我今天由此怀有一线希望，即你们将满足我得到有关菲莉斯状况的消息，一个非常简短的消息的请求。

  我是在星期六得到有关菲莉斯的最后一个消息的，自那以来我已经给她寄了四封信和一封电报，部分寄到办公室，部分寄到住处，所有这些都没有回音，从我们最近一次通讯看不可能存在这种沉默的丝毫理由，相反，从已经发生的事情看，回信似乎是理所当然的。因此我只能认为，而且朝思暮想，菲莉斯生病了，或者自星期六以来她遇到了什么严重的事情。

  如果这些担心是有道理的，而且你们也愿意满足我的请求，那么我衷心地请求你们发几个字的电报给我，从明天中午起我除了等待消息外，将什么事也不干，就像很久以来无法做其他事一样。

弗兰茨·卡夫卡博士 敬上
〔19〕14.3.19
布拉格，老城环城路6号

外部的偶然事件又插进来，使我们的处境毫无必要地更加混乱，我的电报在你不在办公室的下午送到，你的电报又错了地址，最后就像我现在看到的那样，我写给你父母的信又迟到了一天（星期四就已发出，这你可以从附上的单据看到）——这一切当然很糟糕，但现在完全在于我们，即使最坏的偶然事件也不能把一切变得更糟。

当我今天得到你要打电话的通知时，我无法再很从容地离开办公室，心里只急着尽量让车子走快点也怀着某种荒唐的希望想着，你想做的，就是通过电话去掉你快信中某种东西的锋芒——因此才从店里给我打电话。很糟糕，我们没有电话亭，电话在的院长办公室内，总是有很多人，恰巧站在我后面的是一位主任，一个令人厌恶的人，他开着玩笑，我恨不得踢他一脚，我因此听不太清你的话，最主要的是，有一阵我根本听不懂你说的话的意思。我只能猜想，寄给你父母的信昨天已收到，你是在给我写信之前知道的。除了我听懂很少外，我打电话时不得不思考着，你到底想干什么，为什么你要打电话给我。此外，通过听到你的声音——正因为这一点我很害怕打电话——又产生了见到你的渴望，向你讲清我的一切，把一切都弄清楚，去你那儿是最简单的办法。因此我说过，我乘车去柏林，我竭力不理会你反对的理由，不理会你回答的犹豫，不理会你违心地和完全不肯定地答应去车站接我，我完全忘记了必须回答你今天的来信——只是说，后来我跑出办公室，在雨中转悠了一会，思考着，似乎一切对我都毫无希望，我会很高兴去你那里，但对回程我却非常害怕，我不再肯定是否会去。后来我在家里找到了你父亲的电报："菲莉斯身体很好，刚收到您的信，菲莉斯对我说，昨天已写信给您。"现在我很快就下定决心不去。我看到你的父母今天才收到我的信，也知道你为什么打电话给我，知道你所说的一切，包括我没有听清的。之所以是一种责备，是因为我给你父母写了信。这使我想起那次在动物园里，当我针对你连续不断的半沉默状态说我要去找你的父亲，把一切都弄清楚，你恼怒的态度变化——就这样我没有去。我给你的办公室发了一份电报，并发电报对你的父亲表示了谢意。

我在讲下面的这一切的时候，菲莉斯，我清楚地意识到，你在家中遭到了巨大的对于我来说当然还不完全明白的不幸,我看到,它搞得你完全晕头转向,我也看到你像一个姑娘必须承受的那样不折不扣地承受着它,我很喜欢你的这一点。我在讲这一切的时候是完全意识到这些的。

在我今天读了你的快信,一遍、十遍和更多遍之后,使我觉得你似乎根本没有读过我最近写给你的信。自星期六以来的四封或五封信可能你真的没有读过,不然你怎么会没有一句答复我的话呢?你又怎么会想到责备我,因为我在没有得到你对这么多信和一封电报的答复之后,在连续不断的担心你的情况下,找到你的父母(你并没有给我你妹妹的地址)以便了解你的近况(此外,我在你上次沉默间歇期间曾写信告诉过你,我将要写信给你的父亲,而且这次沉默比已往任何一次都更没有道理,你也没有试图解释一下,我也不能理解,你为什么恰好想回答我的电报,而且最终也真的回答了,而对可以从中清楚地看出我的处境的四封或五封信却置之不理)。但我现在说的不是这些信,还有那封我从柏林返回后立即写给你的信,信中我告诉你我母亲将写信给你,你可能也没有读过。菲莉斯,你看我并没有让我的母亲写信为我去征服我的夫人(假如在我的脑海中某一个角落有着这样一种希望的预感,我对此不负责任)。我让我母亲写信,是让她直接从你那里证实一下你在动物园对我说过的话。我为什么允许母亲这样做,也许我会在这封信中告诉你。

你今天写道:"我们要一笔勾销在动物园里的谈话。"这真是太好了,我不知道还有什么比这样更好。但在另一页你又说:"你对我说过,我对你的爱对你足够了。"菲莉斯你难道没有注意到,我可能出于绝望讲出这一类的话,但永远不可能为你所最终接受。你的话实际上意味着,说得简单一点。无异于你想牺牲自己,因为你看到"我必须拥有你",我会接受这种牺牲,而且是最亲爱的人的牺牲吗?如果我这样做了,你必定会恨我,不仅如此,如果真像你信中写的那样,那你现在已经在恨我。为了能够自愿地同他在一起生活,你必定会恨那个你并不深深爱的人,这个人却通过某种手段(尽管这些手段无非是出于他对你的爱)把这种共同生活强加给你。你的上一封信很亲切,我看得出来,你还沉浸在不幸之中;你在动物园里的话,看来是在这种不幸中说的,除了你的痛苦之外,你对所说的话没有经过思考;在信中你给了我虽然不那么确定但能更加激起美好想象的希望。在这封信中有着肯定的希望,但此前又给了我当头一棒。

在你最近一封信中也可以找到两个不明之点。它们是这一几乎是不朽的希望的最后最微小的可能性。你还一直是那么不幸,一直不能进行思考,此外你也承认对此当然不需要自我承认你在动物园里没有"说出一切",如果其他的信不是这样明确的话。我本来可以坚持这两个不明之点!我多么想这样!请告诉我,菲莉斯,你为什么强迫自己,你为什么想强迫自己?自从在动物园里散步以来发生了什么变化?什么也没有,你这样说。而自从我们相好以来你自己发生了什么变化?一切都变了,这也是你说的。那么你为什么想牺牲自己,为什么?不要总问我是否想得到你!读到这些问题,真使我伤心透了。这些问题都出现在你的信中,却没有一个字,一个小字,是关于你自己的,没有一个字有关你自己期待什么。没有一个字有关结婚对你意味着什么。一切都很吻合,对你来说它是一种牺牲,关于这一点不需要再说什么了。

我当时肯定不能把我现在所写直言不讳地告诉你,而更可能拜倒在你的面前,把你永远抓住。因此,我没有去,这很好。

你问到我的计划,我不能确切地知道,你指的是什么,但我相信,我现在可以把它们坦率地告诉你。当我从里瓦返回的时候,我下定决心出于各种原因辞职,一年甚至更长时间以来我已经看出,我的职位只有在我同你结婚(自从我认识你之后,其他人都不在我考虑之列,也不会去考虑)的情况下才对我有意义,有好的意义。那样我的职位才有意思,甚至变得可爱(类似的话我也对魏斯医生说过,正如你在咖啡馆也听到的那样,他现在对此非常坚持)。如果我不同你结婚,那我的职位,不论它对于我是多么轻松(除了例外情况)都是令人厌恶的,因为我挣的钱比我需要的多,而这是毫无意义的。当然还有一些其他原因。对此我想还是不说为好。当我从柏林回来之后,我才第一次对我母亲谈了这一切。她对这一切都能较好地理解,但请求我允许她先给你写一封信,也许她所以这样理解我,是因为她不相信我所讲的关于你的话,因而对她写给你的信寄予很大的希望。现在你已经知道,我为什么让我母亲给你写信。现在怎么办,菲莉斯?我似乎已站在安哈尔特车站的月台上,你好像破例到车站来了,我似乎看到了你的脸,而要同你永远告别了——星期一我还期望得到一封快信,一个奇迹;天知道我得到的是什么。从星期二起我将不再期待什么。

弗兰茨<br>〔19〕14.3.21

## 致格蕾特·勃洛赫

亲爱的格蕾特小姐:

要是我想今天就把这封信发出的话,那我就只剩下很少几分钟了。从星期五以来,您办公室里还有一封信。星期五当天我没有写信,因为我思想太不集中。今天这一天将是决定性的。好,它已经是决定性的了。在经过一个星期毫无所得的等待之后,今天一天——我把它们算在一起——我从柏林收到了三封电报,一次电话和一封快信。中午时我几乎已经走在去火车站的路上。所有这一切的结果是今天我给菲莉斯写了一封长长的也许或者说很可能是最后一封信。菲莉斯今天来信的明确性几乎是完整无缺的。关于这些我们最好还是在下次见面时再谈吧。完全没有必要把它都写下来。您的小明信片比从柏林得到的所有东西都更使我高兴。您——现在我要说一句惊人的蠢话或者更甚:不是我说的话愚蠢,而是我把它说出来——您是最好、最可爱、最正派的姑娘。

菲莉斯也是这样的,无疑,我将永远这样认为而不会改变——这也是无疑的——永远不会。但是她在我面前不可能是另外一个样子,我们必须相互适应。也许这是同一种力量,把我紧紧地同她联系在一起,而又阻止她同我相联系。对此实在没有办法。

即致

最亲切的问候!

您的 弗兰茨·卡

〔19〕14.3.20〔估计为3月21日〕

## 致格蕾特·勃洛赫

亲爱的格蕾特小姐和春孩子:

外面环城路正在举行盛大的没完没了的葬礼。我房间的一扇窗户开着,我的妹妹和一个表妹躺在里面,我真想去扯她们两个人的裙子,但是不行,我就这样坐在这里挨冻(现在表妹甚至说:"让我们唱点什么!"她们已经唱起来了),不,我现在不能再继续写下去了。

在维也纳您会收到一封信,当然不是贺信,因为当您如此经常地有着其他伤感季节的思想时,我怎么能知道您是一个春孩子呢?但整个看来不知怎的它对您倒是很合适。

人们是怎样把您调来调去啊!一会儿到特罗保,一会儿到布达佩斯,就是从未来过布拉格。还有,您将到菲莉斯的妹妹那儿去吗?我在给您的寄到维也纳的信中曾说过,我昨天对菲莉斯的快信回了很长的很可能是最近的一封信。我这里补充一句,最后的但看来已毫无意义的限期是明天,明天,星期一,如果收不到菲莉斯的任何一封完全无法回的信(在收到最后一封信和星期六菲莉斯的电话之后),那我们两人,菲莉斯和我就都自由了。当然只有菲莉斯能立刻和完全享受其自由,我却只有在以后并且也许只能部分地享受。但如果我将不能得到,那对我将更加糟糕。

收到了这么多来信和电报?您不是有这么多朋友和熟人吗?"符合期望的方面"某些误解不是在这些问题和您之间来回传播吗?在有着这些偏见的情况下澄清它们是不可能的,它们或者能够带来愿望,或者把期望的加以消除。您也许能告诉我,比方说您的母亲在您生日时都给您写了些什么?一切都是"可爱和很好",就像您写的那样?菲莉斯没有写信给您，这也许是我的并非有意的责任，正好在星期五她收到了一封信寄给我但写错了地址无法投递而退回的电报，又重新发电报，后来又写了一封信，还有其他事要做，为他的兄弟担忧，因为还未得到他消息，"我是多么烦躁和疲倦啊"！这封信的开头是这样写的，以前的信也有类似的开头，现在是把我给予她的过多的指责从她身上收回的时候了。

现在您旅行得足够了，也许比您喜欢的更多，肯定也比您认为恰好的多。我不会再让您到格明特来。但复活节期间，如果您在维也纳而且又没有其他来访，我能再到那里去。

即致

最亲切的问候！

您的 弗兰茨·卡

〔19〕14.3.22

最亲爱的菲莉斯，在你最近的信中（我在这个词上面停留了多久啊！我把你盼望来了！）有一句话，对我来说从各方面看都比较明确，这是很久以来没有过的。这句话谈到你对同我一起生活的恐惧，你不相信，或者说你也许只是怀疑，或者你只是想听听我的意见，即你将从我这里找到你绝对需要的支柱。正是对这一点我不能作出回答。也许我目前太累（我不得不等到下午 5 点才收到你的电报，为什么？而同你的许诺相反，为你的信我不得不等待了二十四个小时，为什么？）而且在极度疲倦中又对你的来信感到过于幸福。

现在很晚了，即使最重要的今天我也不能再写了。你想得到的关于我的确切消息，最亲爱的菲莉斯，我不能给你；只有当我在动物园里跟在你后面奔跑，你总是匆匆忙忙地想走开，而我则急于拜倒在你面前，只有在这种连狗都不能忍受的屈辱时，我才能告诉你。如果你现在向我提出问题，现在我只能说：我爱你，菲莉斯，在于我精力的极限，对此你完全可以信任我。除此以外，菲莉斯，我不完全了解自己，在我身上连续不断地存在着意外和失望,我是说,这些意外和失望我将只留给自己,我将用一切力量,只把我本质中好的和最好的意外献给你,对此我可以担保,我只是不能担保能够一直做到这一点。鉴于我信中的混乱,你长时间以来从我这儿得到了这些,我又怎么能对此作出担保?我们很少在一起,这是真的,但即使我们曾多次在一起,我也会请求你(当然是为了以后无法做到)根据我写的信而不是根据直接的经验来评论我。隐藏在信中的各种可能性,同样隐藏在我的身上,既有坏的也有好的。直接的经验看不到全貌,而凡是涉及我,总是在对我不利的意义上。如果你回忆一下我写给你的许多信,你肯定会承认,我至少不会诱使你那样做。

此外我还认为,我本质中的这种不受约束性,这种可能是幸运地可能是不幸运的活动性,根本不会对你同我一起生活的未来的幸福有决定性的影响,你根本不会受到这些特性的影响,你不是不自主的,菲莉斯,你也许说得更好一点,肯定有兴趣成为不自主的,但你不会长期顺从于这一兴趣,你做不到这一点。

对你最后一个问题,我能否那样对待你,就好像什么也没有发生一样,我只能说我不能这样。但我能够而且也有必要带着曾经有过的一切对待你,并且一直坚持到它失去意义。

〔附页〕

你还必须注意到一点,菲莉斯,我和你的处境完全不一样。如果我们两人分手了,或者允许我现在说"已经分手了",你可以必须或者说无论如何将暂时继续你目前的生活。我却不能继续我的生活方式。毫无疑义我到达了一个死点。我是通过你才认识到这一点的,我将永远不忘[①]。

---

① 这一想法的反响在《诉讼》这本小说的最后一章中可以找到。这本小说——在解除婚约之后——的大部分是在这一年的下半年写成的:在去行刑的路上约瑟夫·卡再次遇到了比斯特纳小姐,或者一个至少同她相像的姑娘(在手稿中卡夫卡把她的名字缩写为F.B.)。当陪同他的刽子手允许他选择道路的方向时,他决定根据"那位走在他们前面的小姐所走的方向走,不是因为他想赶上她,也不是因为他想尽可能多看她一会,而只是因为不要忘记她向他预示的警告"。

像这样确定无疑的需要作出一个决定的标志我一生还没有过。我必须挣脱出我目前的生活,或者通过同你结婚,或者通过辞职和出外旅行。要是我星期一没有收到你的电报,也许我星期二,无论如何在星期三已经发出一封早已写好的信,他将如我希望的那样,为我在柏林找到一个小职位,一根财政上的小支柱,此外,我也会试图在某一个地方最基层的新闻业中坚持住,而不在这方面抱有野心①。我肯定会成功,对此不存在疑问。但是我不相信我能成功地把你和失去的结婚可能性(预计至少将失去好几年)遗忘掉。我必须结尾了,否则这封信今天发不出去了,而我是不能让你等信的,因为我一直没想我坐在你的桌子旁,等待着(当然是完全错误的),但我还将回答你最近一封信,**只是请立即回信给我,哪怕只有几行字。不要让我等待!**你看,菲利斯,假如你愿意同我结婚,不要忍心让你未来丈夫的心在邮局时刻和那以后很长时间内痉挛。

你说,我应该去柏林,但你也看到在我同你的父母会面之前,我们,我和你和你和我,必须先谈一谈。这是绝对必要的。这个星期天真的不能去德累斯顿?你反对的理由是对的;但我主张的理由同样也是对的,而且你自己以前曾经常甚至最近在柏林还主动建议到德累斯顿见面。那时肯定有一个合适的安排可能性曾浮现在你的面前。

再试一试,菲莉斯,不管怎样,很快给我回信。

弗兰茨<br/>〔19〕14.3.25

星期一我收到一张明信片"穆齐·布劳恩,祝你好"②。这有点不对头,你的电报晚上才收到。

---

① 参见1914年4月5日日记,1914年4月15日至17日期间致格蕾特·勃洛赫的信;估计为1916年3月致菲莉斯的信,和1917年7月27日致库尔特·沃尔夫的信。
② 在后来的信中又多次提到的穆齐或维尔玛是菲莉斯的外甥女,是她在布达佩斯结婚的埃尔泽姐姐的女儿。

## 致格蕾特·勃洛赫

亲爱的格蕾特小姐：

您能否在布达佩斯收到我的去信，甚表怀疑。您的明信片途中辗转两天有余。现在已是星期四——干脆，我径寄维也纳，以便让它在您房间的办公桌上欢迎您。期待亦属美好，房门开启，疲惫的游子蹒跚而入。

我不知穆齐的愿望是否奏效。无论如何，菲与我的事情现已有所好转。我告诉过您关于星期一的期限吗？我相信将会如此。不过时至今日，又有好长时间没有收到任何信息了。现在已是大约5点钟。我感到自己仿佛是一名刑满释放者，从正反两方面理解都如此。一份电报忽至，声言星期二将有一封来信。然而，星期二已至，信件却未到。菲将不遗余力地让我望眼欲穿。信件星期三才到，且并非坏消息，或许预示着一个崭新而良好的开端。

亲爱的格蕾特小姐，现在我却再想听到关于您的一些消息。新的一岁如何开始的？匈牙利的起步可好？您是如何应付那许多工作的？记得蒂尔海姆伯爵夫人，她亦到过布达佩斯（"布达乃是无数毫无风格和寒酸房屋的大杂烩。古堡则另当别论，它自成一体。佩斯稍许强些，不过也是一个犹太人的巢穴和商人的杂居地。街道宽阔，偶尔也能见到几幢漂亮的房子。然而，那里的牲畜比人还多。我估计，老牛和猪猡要占人口的三分之一"）。她在那里也忙碌不堪，然而总的说来并不满意。亲爱的格蕾特小姐，因为我曾在一次偶然的机会将您引见给伯爵夫人，并且迄今您们两人仍然保持着联系，所以我怀疑布达佩斯会十分讨您欢心。但愿我能立即知道您在那里的感觉。

顺致最衷心的问候！

您的 弗兰茨·卡

〔19〕14.3.26

## 致格蕾特·勃洛赫

亲爱的格蕾特小姐：

今天仅仅廖寄数语。您纵然在布达佩斯，但仍没有将我忘怀。对此，我深表谢意。我仅有片刻时间。整个下午，我陪同一位来自古老的哈尔伯施塔特的老妇游逛。现在，与那留在哈尔伯施塔特的七间房屋里期待这位老妇的巴儿狗和鹦鹉相比，我更有被遗弃之感。当然，并非被这位老妇所弃，绝对不是。

除此之外，我便没有任何新闻可言。菲那里仍然杳无音讯。

顺致最衷心的问候！

您的 弗兰茨·卡

您在布达佩斯收到过那封信吗？

〔19〕14.3.28


## 致格蕾特·勃洛赫

亲爱的格蕾特小姐：

究竟发生了何种不测？据估算，我今天本应收到您寄自维也纳的信件。或许星期日您仍在布达佩斯，或许您因劳累过度而病倒，或许您最终生我的气了？然而，即使您因为某事而生我的气，那么正确的做法应是更快地给我来信，我则可以有机会更快地向您道歉。而现在，我却丈二和尚摸不着头脑，只能胡思乱想，寝食难安。尤其是我知道，倘若您能够，定会给我来信。此种不安则更甚。

无论如何，致以最衷心的问候。

您的 弗兰茨·卡

〔19〕14.3.31

菲，难道你未能理解我的电报？我估计邮局不会错发。电文应为："我对上信难以作答。你应告我，除打算羞辱我之外，已无其他感情可言。否则，上信又能作何解释，从未言明的无端间隔又作何解释。"

（你昨天的来电，我已收悉。尽管看来像是中午发出，到达之时却奇晚。晚间8点我在房间，电报却尚未到达。后来我外出，凌晨1点半钟返回，方收到来电。）

你未看懂电报，对吧？菲，还记得我们那次最后的晤面吗？其时，我从你那里得到的羞辱，胜过他人几筹。当然，别人也不会像我当时那样，去挑起更加深刻的羞辱。羞辱并非在于你的拒绝。这是你当然的权利。羞辱在于你根本未答复我，仅有的答复又是那样云苫雾罩。你对我表现出来的仅仅是阴郁的愤懑与厌恶。这种情感如此可怕地逼真，以致我心中对于我们美好时光的回忆也受到伤害，并且令我记起了若干往事，它们极易暗示出目前你我之间的关系。你虽然少言寡语，但其中许多言辞却准确地铭刻在我的脑海里。你说过过去可能（可能！）爱过别人，却又不愿谈及他；你做事从不愿半途而废，而拒绝我们结合则已属多半决定之事（我表示疑义，这亦算半途而废，因为你曾断言，我对你并非完全陌生）；你实难容忍我的脾气；我应该最终停止执著追求不可能之事；完全可以按照我的要求中止书信往来，但你却也同意继续通信（你像我一样清楚，如果果真如此，你将难以复信于我）。如此等等，不一而足。倘若还有遗漏，那么我可以将遗漏部分从答复中舍弃。当然，即使如此答复，也足以证明我何等粗野。我有时也曾否定自己，并且扪心自问，或许我的素食主义有碍于你，或许在没有爱情的情况下你我难以成婚。对于接受公司领导职务，自己毫无愧意。

或许根本没有必要重复上述，尤其因为你当时处境特殊，而我对此却并不了解。可是你说你没有理解电报。我的首封去信（从柏林算起）业已收回自己所说过的多数过激言辞，倘若可以并且允许收回的话。我所忍受的羞辱却并未到此完结。如果说你在动物园保持缄口沉默，那么现在则在书面上也已开始。你甚至连我母亲的去信也不立即作答。然而，解释终于不期而至，你受到如此沉重的痛苦。可是，最令人难堪的日子已经过去，尽管如此，你却依然成星期保持沉默，对五封去信均不作答。难道这不算蔑视？尽管你非常清楚，我会如何痛苦，而你却对自己的沉默毫无解释。这难道不比动物园更为恶劣？有一次你曾写道："倘若你已厌倦我的爱情，那好吧。"此类言语，你甚至在动物园都未曾讲过。还有一次，你曾写道："我在柏林所说的一切都属真情。或许并非全部，但就事情本身而言却都是真的。"然而，这个"全部"我却从未听你说过。

提及上述，似乎也没有必要，菲莉斯，因为后来来过一信，似乎可以重新修好如初，即倒数第二封来信。所有一切似乎均令人满意，更加美好的时光似乎就在眼前。我幸福地复信，从未那样迫切地请求，不要让我盼望回音太久，描述我如何痛心疾首地忍耐着杳无音讯的时光，并且提出请求，如果实在来不及，让我次日得到你的只言片语也好——然而却翘首等待了四天。结果如何？结果等来了你的最后一封来信，饭后在旅馆匆忙留下的几行字迹，并没有解释为何不作答复，赴德累斯顿旅行被断然拒绝（却没有解释你过去为何数次表示愿作这样一次旅行），你妹妹式的训斥，你打算简短捷说（还要简短！还要简短！）。如此而已。倘若在四天时间里，你仅能在饭后挤出一瞬给我，并且根本不提我的去信内容，仅把这件事极不情愿并且随意地塞进你的其余生活之中，那么我还能够奢盼答复乃至更多吗？如此说来，从动物园的第一步开始，所有一切不是重又活跃起来了吗？我怎能作答？现在你该明白，我实难作答。

菲，这一解释不仅为我而作，而且也是为了你。如果你认为我作出这一解释之后应该去你那儿，我当招之即来。我可以明天，即星期六晚上11点半去你那儿，但必须下午4点半钟返回，因为如同眼下一样，星期一还有沉重而可恶的工作在等着我。如果你同意让我去，并且到车站去接站（我仅想陪你回家，你在中午12点半钟即可到家），那么请立即给我发报，以便我能在中午12点前接到电报，然后径去火车站。

弗兰茨

〔19〕14.4.3

## 致格蕾特·勃洛赫

〔此信上半部分遗缺〕

邮件肯定是从慕尼黑寄发的（他不可能去布拉格吧？）。在办公室的激动心情，着实令人莫名其妙。您在布达佩斯肯定不会干推销，这应是已派代表的任务。他们果真如此顽固刁钻？面对您付出的巨大努力，他们竟然没有（……），我也有其他的（……）而耽搁，因为我可能明天去柏林，但愿明天上午有一份电报。此外，格蕾特小姐，您对我是不公正的，至少有一点不公正，因为您把当时的期限称为"神秘莫测"。当然，我并不十分清楚自己究竟错在哪里，或许因为我提出过一个又一个的期限。如果您认为是后者，则其实并非如此——对此，我倒更容易理解些。可是您并不清楚，我写那封信预订期限（另外，此信丝毫未加考虑，完全出于必要而写就了十二页），是答复一封什么样的信件[①]。菲在那封来信的主要意思和内容为："你曾亲口说过，我对你的爱，你已经厌倦，那好吧。"如果您认为我有过错，我将感到遗憾。即使您对我多有好感，也难于平衡这种遗憾。

不，我不会忘记格明特，也不会忘记维也纳。我亦有一些事情相告，并会提出若干问题。现在，如果柏林没有一个圆满的结局，那将意味着彻底的终结。复活节期间，我打算去维也纳。或者，如果您在复活节期间能去柏林，而我可以在布拉格登上您的双座马车，您意下如何？

顺致最衷心的问候！

您的 弗兰茨·卡

您在布达佩斯收到过那封信，在维也纳收到过三封信吗（我希望更好地理解您对我的评价）？

〔1914年4月3日或4日〕

---

[①] 卡夫卡1914年3月21日致菲莉斯的信。

## 致格蕾特·勃洛赫

亲爱的格蕾特小姐：

　　在阴暗的光线下匆匆写就，菲和我昨天电话商定（我原打算今天5点半钟离开柏林，虽然我对公务精疲力竭，但办公室里却仍有许多可恶的活计急待完成），我只能等到复活节才能再去柏林。在我看来，并且据我对这一新发明的判断——虽然我几乎不知应该如何应付，上述电话协议还是相当不赖的。本周之内，菲已给我来过三四次电话。电话机在二楼，而我却在四楼。因为我往往不在办公桌旁，有时出于必要，有时则为逃避，往往待在三十位同事之一处，或者坐在两台打字机之一旁。于是电话铃响之后，人们一方面传呼，一方面还要到处找上一阵子。我便飞跑到二楼，气喘吁吁地坐到电话机旁。电话机就裸露在经理办公桌上，根本没有隔音设施，周围总有一些神态各异和多嘴多舌的窃听者：你虽然可以通过跺脚使他们安静下来，但由于忙于通话，对他们在远处窃听却毫无办法。如同往常通话那样，由于我缺乏应付自如的能力而不知所措，并且由于陷于自己的无能的思索而几乎什么也听不清楚（当面交谈也相差无几），在进行咬文嚼字的通话时，更是什么也听不懂，至少什么也说不出，并且也根本无法作出判断。大约一个星期之前，菲也给我来过一次电话。在我听来，自己的声音颤抖得厉害，以至面对全体同仁无地自容。可是菲来信却说我的声音听来"气恼得令人可怕"，原因可能在于那次通话时滑稽的经理恰在我的背后。他毫不留情地提醒我注意不要把眼睛老盯住话筒，而应该把嘴巴对着话筒（毫无疑问，他说的一点没错）。

　　只有天才晓得，我为何会对这一微不足道的痛苦而如此喋喋不休。亲爱的格蕾特小姐，我将去柏林，而您却不能，如此说来我们将再次失之交臂。没有什么事情比这更糟了。昨天我还在想（甚至在通话时还在想），您肯定会去柏林，因为您已经很长时间未探家了。难道生意方面没有这种必要？除此之外，我在绞尽脑汁地思索，您经常提到的"私人商业事务"究竟为何物。每天需要起草三封重要函件，委实太多（其中之一可是因访问没能成行而写?)。您需要解脱一下才好。到维也纳森林去兜风一次可好?

您关于我和菲所说的话,均完全正确。我连自己也不明白,在最后时刻自己为何如此放肆,尽管您与菲并无联系,却竟要求您作出某种判断。而作为我自己除不可能叙述的外表之外,本应将所有一切如实相告,但不管我有意与否,在叙述过程中肯定会有歪曲和隐瞒。当然,因为您不同意所以菲对您也一无所知。此外,就某些个别事件而言,我对您也仅仅略知一二。

顺致最衷心的问候!

您的 弗兰茨·卡

[19] 14.4.5

菲,说真心话:昨日曾徒劳而激动地等待着你的来信(菲,这是我徒劳等待多少回了?)。我下定决心,即使今天有信来也不去拆看。这封信本应星期日就到的。自然,对我说来,对我上次去信的答复是急迫的。整个星期日,我也在盼着来信。此外,复信今天来也是不可能的。为何恰在今日?我今天收到的这封信,几乎在口袋里没放片刻(我没有读懂,其内容也难以让人理解),尽管如此它仍使我感到幸运。但与你的来信相比,此信明天到、后天到,甚至根本不到也无关紧要。事情本身并不紧急。菲,我的电报并非出于恶意,可能从形式上看是如此。令人奇怪的是,在我看来,我的上封去信却十分可恶。你没有感觉到,或许事实也是如此,可是在我看来却令人生厌。在电报中,我仅表示自己不可能作答。但在去信中,我却谈及其中原因,即我感到我们之间尚存在着些许不清不白。事情确实不少,或许你会说,事情并不复杂,甚至根本就不存在什么问题。

菲,请不要自欺欺人,不要自欺欺人!你家在你最后一封来信中所起的作用,暗示了一种假相。请你不要上当!菲,你不必讲你希望或者不希望我遭受羞辱。你只需对我最近一封去信所列举的所有一切作出解释，其余问题将不言自明。而你却连这件最容易做的事情都没有做（把解释拖延至摊牌，将于事无补。你很清楚，在你的身边，我会对所有事情都表示满意，并且必须表示满意），或许你不能为之。那么，你只能将这种解释权留给我。倘若你真的想羞辱于我，那么事情还不算最糟。我之所以仅能如此认为（说正经的，真的是说正经的），因为这对我说来确是最为有利的一种情况。如果这一假设错误，你并非成心想羞辱我，那该怎么样——对此我宁愿缄口不言。

好吧，我将于复活节去你那儿，但不是星期六中午，而是星期六晚上，如果我没弄错，应是 6 点 51 分。对我说来，你当然最好无论如何去接站。但据我昨天获悉，不排除马克斯夫妇将与我同行，可能还有奥托·皮克（他们均为我的文友）。对你说来，在车站同他们相遇，可能会有些尴尬。否则，我们必须到你指定的地点晤面（尽可能早些，例如 8 点半，我将再次下榻阿斯汉旅馆）。

菲，你愿意每天收到一信吗？本来你无需提出也会如此。然而，你的请求却与我最近时常的梦境不相吻合：我寄去的信件，你根本不屑一顾，至少不予答复，而将它们一封封叠起，或者一封封丢弃。即使在我朦胧的梦幻中，你也不应该如此。

弗兰茨

〔19〕14.3.7

〔疑为 1914 年 4 月 7 日〕

## 致格蕾特·勃洛赫

亲爱的格蕾特小姐，最近好些吗？您果真打算为你我而前去参观格利尔帕策纪念馆？我将派遣您这位"可怜的军乐队员"去充当这纪念馆的向导。

倘若您染有嗜睡的毛病，这恰是健康的征兆。我并不贪睡，却也没有什么益处，因为尽管如此，每星期天12点钟之前也不会起床。部分出于懒惰，部分出于不知所措，部分在于沉湎于对过去的回忆（并非什么更美好的时光），那时我可以一直躺到12点、13点甚至更晚，或几小时几乎纹丝不动。或许，如果我出生在维也纳，也根本不会去参观格利尔帕策纪念馆。对于我的柏林之行（您肯定已收悉我昨天的去信），倘若您已最终决定不打算同行的话，那么您有何种嘱托，不管什么事情，我都将以极大的热忱和全部的智慧（虽然并非过分聪慧）去完成。例如，代去探望您的高堂、令弟或者别的什么人？转达问候或祝愿？当然不仅如此，而是任何事情，任何事情。

顺致最衷心的问候！

您的 弗兰茨·卡

您何时搬家？

〔19〕14.4.7

## 致格蕾特·勃洛赫

亲爱的格蕾特小姐：

您星期一的来信和昨天寄来的包裹，我于今天一并收悉。这一来自柏林的动议，实为一大幸事，确实如此！您无论如何也应去柏林。如果我有此种权力，那么这页信笺必定简单地重复着这样一句话："您必须去柏林！"这句话当在您的办公室回荡，并且引起隔壁房间上司们的注意。不管您在柏林曾经有过何种经历——我对此一无所知，也不管您与家庭的关系如何（现在肯定要比过去有所改善），无论如何，您由于接受了目前岗位而获得了补偿。与那座行将破落的巨大村落——维也纳相比，柏林则胜其几筹。由于人们有求于您，您在工作中的地位将明显改善。您必将理直气壮地回归故里（人们不应放弃这一难得机遇）。无论如何，您在柏林会得到一份更美好、更舒适的工作（告别眼下的上司，您只能获得遗憾之后的解脱）。您可以拥有更多的机会旅行，并且肯定会给您带来欢快。当然，倘若您打算再次离去，那么也总比您在维也纳再行联系为好。正像您离开柏林到维也纳，可物色到更好的职位一样，而从维也纳则甚难，如同您本人也承认的那样。您的维也纳上司吝啬、不通情理，曾经令您吃惊，而此类事情在柏林至少不会如此过分。或许您在那里也会获得更为丰厚的报酬。届时您自己可以提出条件。无论如何您可以同令尊在一起。倘若您必须出面帮忙的话，您可以以更简单、更有效，并且更方便——对所有人都方便的方式做这一切。请您接受这一建议吧！您无论如何都应该接受！请来信告诉，您业已接受。那么，我将打电话祝贺您，也好让那些窃听您的电话的上司们高兴高兴。

倘若您接受，您就有可能复活节去柏林。这样，一方面令尊打算阻止您的理由可以排除，另一方面，或许您也好现在就向公司提出请求。好了，您对此要比我知道得更清楚。但就接受上述建议而言，倘若您仅靠自己苦思冥想，那么任何一种稍纵即逝的感觉或许会葬送一切。而这种感觉既不能在维也纳的孤独之中持久，也难以使您长期振作起来。千万不能如此。请您接受，格蕾特小姐，请您接受。

我相信，您会对我的旅行，当然不仅仅是对我的旅行表示良好的祝愿。这一信念已深入我心，我已难以再将它分离出来而单独表示谢意。我应该感谢它的事情已经够多的了。

如您所嘱，包裹将转交给菲。如果您不能成行，我愿期待您更多的嘱托。

顺致最衷心的问候！

          您的 弗兰茨·卡
          〔19〕14.4.8

菲，现在确实有所改善。今天，我等待你的复信仅仅用了四个钟点。然而仍是四个钟点啊。每人都在寻求优势，这是完全自然的。我希望在来信中得到书面答复,而你却只愿给予口头答复,因为口头上你其实无需答复。可是,你是否认真考虑过,这果真属于你的优势吗?你应该告诉我的,当然也应该告诉你自己。你对我所保密的,也当对你自己保密——我至少希望如此。但你不必如此,为了我们两人起见,你不必如此。

请不要以为我对你要求过于苛刻。我所认为属于爱情而应该做的事情,也只会有益于你。你瞧,我们相处已经一年半。而头个月刚过,我们仿佛已经亲密无间。然而,时至今日,我们相处如此之久,经过如此之长的跋涉,相距却依然如此之遥远。菲,只要有可能,你应有不可推卸的义务去了解自己。倘若我们最终能够结合,那么我们不应将自己毁掉。否则,对我们两人说来都将是憾事。

至此,我的话与当时在动物园所说有所不同。我承认,你的妥协才使我有可能反思我们两人的事情,当然这也不可避免。但我并不承认事情已经足够明了。倘若你离我而去,我会失去再反思的任何能力。而你离去之后,却也并不存在这种危险。

你说得对,连我自己也不太清楚,你为何不愿与马克斯夫妇交往。我现在特此说明,我之所以仅作以上假设,因为我也感到尴尬。当然,危险已不复存在。我原来误以为只有马克斯会来,而今天他告诉说不来了。现在仅剩皮克。你最好在8点半左右去阿斯汉旅馆,但需准时,我请求你。

对了,勃洛赫小姐也不来了。我颇喜欢她。

弗兰茨<br>〔19〕14.4.9

## 致格蕾特·勃洛赫

亲爱的格蕾特小姐:

菲没有给您写信。倘若她没有十分充足的理由——我几乎可以直截了当地说，对于如此重要的事情，并就我对菲的了解而言，她没有写信令我不安，我现在甚至宁愿说，我颇感困惑。然而，或许明天我可以从您那儿得到只言片语，告知菲已经给您复信，我将感到欣慰。

我未能得到您的嘱托，即是说您不想通过我了解您的家中情况。迁居本身（即或是4月和复活节）并不妨碍我去造访，任何人也不妨碍我转达您的问候。当然，在未得到您的首肯之前，我或许只能谎称，我不久将见到您，但却不会在最近。

然而，倘若我认为您是对的，即我不去造访令尊，那么您也应该同意我的看法，即离开维也纳。值得庆幸的是，您似乎已经有意于此。您即使仅仅屈服于我的自私目的也成。但愿我对维也纳的憎恶，不致使您产生错觉而继续留在那里。

顺致最衷心的问候！祝乡下休息惬意！

您的 弗兰茨·卡<br>〔19〕14.4.10

## 尤丽亚·卡夫卡夫人致菲莉斯·鲍威尔

亲爱的女儿：

虽然我们业已知晓小儿此次赴柏林的目的，但你们将要订婚的喜讯[①]仍然出人意料。我们今天才获悉此事，亟愿以电报形式向你们表示祝愿。亲爱的菲莉斯，可是我只知道你的办公地点，因此你明天才能收到此电。全家皆祝你们两人幸福，此乃我们的衷心祝愿。我们感到十分高兴，不久将能拥抱你。请尽快把你的亲切来访通知我们。对于你那可爱父母的问候，我们表示最衷心的回报。我与你亲爱的父亲在精神上紧紧地拥抱你。

**你的妈妈 尤丽亚·卡夫卡**

---

① 1914年复活节（4月12日和13日），在柏林举行非正式订婚。

我们的孩子代致最衷心的问候。

〔19〕14年4月13日于布拉格

菲,我敢肯定,过去做任何事情从未有过如此决心和感觉,尽管我已做过一些善事和必不可少之事。而我们的订婚以及事后和现在,却是如此。从未有过置疑。你呢?对你说来如何?你可有同感?下次回信,请以答复这一问题为开篇。

近两天来,我甚感疲惫、精力分散、心不在焉、仓促,甚至漫不经心。对此请不要介意。这恰恰表明,我的注意力根本不在自己,而总以某种方式完全在你身上——不管你愿意与否,容忍与否,或者感觉到与否。

当然,我也不想说那些日子很美好,再也没有可能超过之。我们的首夜完全按照我的预料进行,外表如此,内心亦是如此。次日即与乃父谈话,我早已知道,并且根本没有以昨日谈话为条件。我甚至没抱希望谈话还能在平静的气氛之中继续。菲莉斯,我完全相信你,完全相信,你尽可以此为满足。而我之所以一再追问,更多地出于一种连我自己也不明白的逻辑需要,而并非出于心理上的需要。诚然,如此尖锐地发问是欠妥的。附带说明一下,在上述逻辑背后,也还有些许痛苦的因素。

(勃洛赫小姐意下如何?我刚好收到她的一份来电。电报说:"令您满意的格蕾特·勃洛赫致以最衷心的祝贺。")

然而,最恶劣、最野蛮的则是,我们从未有机会单独相处——哪怕仅在巷子里一小会儿,也从未在亲吻中从你那里得到宁静。你本应给我此种机会,但却没有。而我又太漫不经心,以致难以强求此种宁静。订婚的习俗所赋予的所有权利,对我说来却那么讨厌和无用。就目前而言,订婚不啻是完婚之前演出的一幕婚姻闹剧,以取乐他人罢了。我实在无能为力,相反只能感到莫大的悲哀。有时,我也想感谢上帝,我们现在尚未同居同一城市。然而我却又不想感谢它,因为倘若我们同居一市,那么我们肯定早已完婚，而无需去考虑什么就业庆典①。当然，无论如何，现在只希望它快点到来。你给我父母亲写信时，或许可让乃母附上几句。届时她自然会被热情邀请。你是否在办公室谈起过订婚一事，并就尽早脱离公司已同公司经理达成一致，已同医生取消合同，并已结束在杂志社的工作？但愿你能同意我的请求之一，即工作不要过量，应到户外散步、做操，随心所欲做点什么，唯独不要再承担办公室以外的事情。在你工余，我要让你为我服务，由我负责支付报酬，你愿要多少多经常都可以。我可以自己的签名担保。

弗兰茨

〔19〕14.4.14

〔在信笺旁〕
向母亲和姐妹们致以最衷心的问候。

## 致格蕾特·勃洛赫

亲爱的格蕾特小姐：

我宁愿握着您的手，而不是电报，那样更加美好。

我在柏林好坏参半，但却按照一种无疑对我说来是必要的情感而度日。一个人不能抱有奢望。我不知道世上还有何事会让人如此执著地去做。当然，我仅指自己所认为的必要，而并非菲的意思。

格蕾特小姐，今天我本不想再给你写信，因为我委实太累，在柏林几乎没有合过眼，今天到办公室唯有拼命，请不要忘记，我现在还需要工作数小时。可是，有件事我不能不尽快告诉您，即我的订婚或者婚姻，丝毫不会改变我们之间的关系，因为它至少给我带来过美好而不可或缺的机会。现在如此，将来也会如此？再重复一遍，如果不是已经说过的

---

① 1914年8月，是菲莉斯在卡尔·林特施特罗姆公司就职五周年纪念日。

话：我和菲（作为未婚夫，我所能讲的话）就我们的共同事业而言对您感激良多。但所有一切与此无关。

菲告诉我，您给她寄过一封挂号信，告知今后两三个月内将去布达佩斯。我理解得对否？您不是打算去柏林吗？这二者应作何解释？

菲4月底、5月初来此，您可否也真的来布拉格（或许处理生意上的事情）。当然，她会根据您的计划作出安排。我本想阻止菲信告您此事，因为这似乎仅是说说而已，而您前来的现实可能性却几乎并不存在。当然，我们或许可以一道去参观格明特？您可写信给菲。

顺致最衷心的问候！

您的　弗兰茨·卡
〔19〕14.4.14

## 致格蕾特·勃洛赫

亲爱的格蕾特小姐：

我十分明显而确实地想念您。今天，我去办公室的路上，在过道里首次发现一则办公展览广告（6月20日至29日），我兴奋之极。您会来此吗？停留一个星期？妙极，妙极，妙极！您打算在此之前，即5月2号、3号就动身作一次长途旅行？当然菲会作出相应安排，届时也来。我明天就给她写信。您肯定也已给她写信。您、我的愿望或许真的可以实现，我们三人届时到格明特相聚。我只是不知未婚妻同意与否。未婚者要自由得多，他们可以允许一切，而无需勉强。

在您的来信中，这是一个何等的新闻哟！您涂掉了一句话，别人已无从辨认，致使另一句嘎然而止，因为它涉及您的隐私？您瞧，我昨日的去信何其必要。您无需跟我叙说，因为这毫无意义，况且我亦不会领情。并且根本也没有理由那样做。我想知道，您生活得如何，您乘座哪班火车，您涂掉的是些什么。

从最近寄来的明信片看，您似乎又打算放弃柏林。人们无需坐在废墟面前欣赏世界。在洪德凯伦湖畔同样可以欣赏，甚至更为好些，因为它离维也纳更远。难道您不相信？我不知道"无条件投降"意味着什么。我故意未跟菲谈及此事。她仅仅总是跟我唠叨，令母如何盼望您的归去。菲还要在柏林住一段时间。直到9月份，她不愿过早结婚。从现在算来尚有将近半年时间。

我记得曾经数次讲过某种决心，它只能意会，并且可以赋予我反抗的力量。这种决心表现在，倘若我不与菲成婚，我会放弃这里的工作，或者可能的话，会不计报酬地去度长假，到柏林去（并非因为菲，而是因为柏林及其众多机遇），去当记者或别的什么。格蕾特小姐，您会对此作何评论？

《可怜的军乐队员》颇有意思，对吧？我还记得，我曾经读给我的小妹听。在此之前，我从未朗读过任何东西。我全神贯注，以防重音、间歇、音调、情感和理解产生谬误。当时，我内心确实油然生出一股超常的当然感。对于自己所读出的每个音节都感到幸福无比。此种感受难以重复，后来我也断不敢再朗读什么东西。

在废墟的草丛之中，您感到悲伤不已？在我看来，这再也自然不过了。我在乡下时也总感凄凉。适应自己周围如此广袤的田野，需要何种力量哟。而适应柏林的街道，对我说来则易如反掌。当然，您在表面上也应表现得安详自如和心平气和。顺致最衷心、最衷心的问候！

您的　弗兰茨·卡
〔19〕14.4.15

## 致格蕾特·勃洛赫

亲爱的格蕾特小姐：

这次要好得多。当然我很清楚，您会写些什么。您曾不只一次地暗示，并且不只一次地尝试欲逃离绞索。然而，它并非绞索，而仅是——现在，倘若您打算松开它，那么我会无论如何用所有牙齿咬紧不放。您甭想松开它。而信札呢？您当然可以拥有过去（但却不会拥有将来！），您为何不愿将它们留给我呢？为何还要作丝毫改动呢？人与对待他人的规则究竟又有何用？今天我仍然要说，我不愿接受陌生之人，同时也要说，对于您将同我们共度的每时每刻，我都感到幸运（当然，时至今日，这个"我们"仍与一则童话差不多）。倘若您不同意，菲将看不到这些信件。何况这根本没有必要，您是何许人，菲早已清楚，或者用不到看信也会清楚。倘若她不清楚，那么信札对她说来也无济于事。

柏林有人如此器重您，您难道不引以为豪？无论如何，对于您那非凡的工作劲头，我颇感惊奇。我本人甚为缺乏此种品德，因此也实难设想其细微之处。然而，我曾听说过，这次在柏林也如此，并且深信不疑，但即使绞尽脑汁，也难以完全同我给她写信的格蕾特小姐对上号，只能感到相差无几。

您为何非要等到8月1日才到柏林不可？为何还要缓期执行？天晓得，在柏林究竟还有谁人会对您的头颅感兴趣，除去抚摩它之外，您宜及早赶来！例如在大喜的日子，对您说来也可称作欢迎日，即圣灵降临节①。

至于信中所提鲍太太（鲍威尔），在我看来，她现在有些可怕，而我在她的眼中则更甚。我同她谈话有如对牛弹琴，而与他人，即使借助某些误解，或多或少尚可相处。我颇喜欢托尼，还有艾尔娜。可惜星期六晚间只见到艾尔娜几分钟，她星期天和星期一将去汉诺威。凡是女人的怀疑目光，我总以为是射向我的。当然，倘若我为女人，我的目光则会更加充满怀疑。即使现在在我的地位，我的目光同样充满怀疑。在女人眼里，我显得时而病态，时而无聊，更多的是愚蠢，但却极少精明。由于判断如此之混乱，相互关系不会太好，即使对于未来的姑爷也是如此。总而言之，他们在我身上没有发现多少可爱之处。我疲惫有加，漫不经心，心不在焉，有时既心不在焉又过于敏感（此乃鄙人最丑陋最通常的状态之一），有时会毫无必要地为自己的素食主义洋洋得意，仅吃

---

① 同亲朋一起举行正式订婚庆典。

蔬菜，无聊之极。为了洞穿我内心的宁静和言谈举止的必要性，或许需要一种上帝似的目光。

顺致最衷心的问候！

您的 弗兰茨·卡

〔19〕14.4.16

最亲爱的菲，我仅有十分钟时间，甚至还不足十分钟。时间如此仓促，我该怎么办，该如何下笔？首先感谢你将8月作为脱离工作的期限，该日期不应再有改动。我看来"相当可怜"，并且肯定原本如此，眼下这副模样还是近半年来奋斗的结果。照料对我无用，唯有时间才能救我。你让期限接近的每日每天都有帮助。你向我表示的任何信任和宽容，都将有用，尤其是后者。我们两人（在如此短暂的时刻作出如此刺眼的注释，着实危险得很），我们两人的外表确实截然不同，因此一方需对另一方表现出宽容，必须用几乎是上帝似的、最最高尚之人的情感目光，去看待对方的必要性、真谛与归宿。菲，正因为我拥有这种目光，所以才对我们的未来充满信心。每当你的双眸中放射出此种目光，哪怕只有极少的一缕扫视到我，我便会因为幸运而颤抖不已。

弗兰茨

请立即复信，哪怕只有几行字也好。

我能否以某种方式让布吕尔小姐高兴起来。我不忍心听见姑娘的哭泣。

〔19〕14.4.17

## 致格蕾特·勃洛赫

亲爱的格蕾特小姐：

致三位叔叔和一位阿姨的信件均已书就。现在，我有幸再给您写信。

您如此赞同我移居柏林的计划,确实妙极。我一定要去柏林,在我看来柏林处处皆好。当然,放弃目前尚有保障的工作岗位,至少现在就具有极大的冒险性。假若我尚孑然一身,大概还能挺住,或者说必须挺住。可是现在已有了菲,该如何是好?难道要我劝她放弃自己所钟爱的美好工作,而同我一道去柏林,或许还要去受罪?如您所知,我的自信心并不甚足。即使拥有过去和现在官员似的经历,仍然未有明显长进。

太迟,太迟。今天余下的唯有致以最衷心的问候。
倘若每天如此,对我说来则幸甚。

您的 弗兰茨·卡

菲尚未来信谈及您致她的信。

〔19〕14.4.17

## 致格蕾特·勃洛赫

亲爱的格蕾特小姐:

读罢您的第一封来信,我便立即意识到应该如何答复您:从根本上看,您并非像来信所述,完全明确地理解菲与您的关系。信件本身往往容易误导而作出错误的判断。句子均有重点,人们不会忽略至此。您用来概括菲对您的所谓态度的言语,我根本不想援而引之。倘若我果真如此,您肯定会生我的气。那话并非那么糟糕。像您本人一样,它也是好意。那话远不如不久前我在朦胧之中辱骂菲的下流话恶劣(菲是知道的)。然而,您应当收回那话,即使不是马上,也应该在次日。即使菲的信未到,您也应当收回。可是,我上午9点半钟提出的问题,您11点半就来信作答。当然,倘若您问及我对您与菲关系的看法,我也难以给予完全适当的答复。然而这不是决定性的,因为我也并不知道其他答案,诸多其他答案。

至于信件,您要求我在婚姻前毁掉。这仅是您暂时的意见而已。然而，我迄今尚未成婚，您今后的意见才具有决定性的意义。您还是暂时让这些信件保留在我处为好。它们曾经给我带来过何等欢乐哟。您让我再享受一下保留它们的欢乐吧。此外，请您相信，我们，即菲与我会达成很好的协议。倘若我们不能就这样一件从人情上看与我们息息相关的事情达成一致，正如您的来信所说，那么我们哪里还有颜面以同一双眼睛去阅读它们呢？

关于您勤奋工作的赞美，也应该留给我。倘若我处在您的位置，那么在准确工作之前，早已把精密仪器弄得不再那么精密了。还有颁发专利的事情，难道还需要我一一加以称道吗？当时在旅馆里，您似乎尽力给我作些解释，可是我却丝毫没有在意①。

当然，您至迟应于7月1日抵达柏林！不能有误。在生意方面，您的感觉肯定也会改善：甚至连我也能感到，柏林可以使人强壮，或者我更知道，倘若自己移居柏林，那么也将感觉到那种作用。然而对我说来，风险却很大，因为创作的能力并不掌握在自己手里。它像幽灵，来去匆匆。近一年来，我根本没写什么东西，并且知道也根本写不出。近日，根据您所颁发的专利，我也遇到一桩幸事：一篇小说②，我所创作的最长的一篇，也是唯一的一篇，一年之前完成，被《新评论》所采用，并且还提出了一些其他颇为善意的要求。倘若我今年写过什么东西，那么可能就不敢贸然去柏林了。如是，我们的行为将会十分令人绝望：菲将脱离其目前舒适的环境，而被拖入毫无保障的生活中去。您肯定也会承认此点。

顺致最衷心的问候。

您的　弗兰茨·卡

〔信笺边缘〕

---

① 1913年11月初，在布拉格初次相识。
② 估计为《变形记》，在1915年10月才刊登于《白页》月刊。

最为迫切的乃是我们的晤面问题。

〔19〕14.4.18

## 致菲莉斯的母亲——安娜·鲍威尔夫人

亲爱的母亲：

现在，我可以对那两天的回忆稍加整理，并且安静而肯定地向你、父亲和你们大家致谢。确实，在那两天里，我仿佛在不断接受馈赠。你们把菲莉斯托付给我，这是你们对我所要求的爱的最伟大之标志。对此，我将永远感激不尽。

所有其他事情则无足轻重。亲爱的母亲，你或许对我的某些方面并不满意，并且今后还会发现这样一些地方，但却无法改变。这些也是无关紧要的。我们大家都自觉不是完人，更何况在别人眼中呢。亲爱的母亲，但请你不要首先考虑这些，而应首先想到你将菲莉斯给了一个人，他爱菲莉斯不亚于你爱她（当然此乃两种不同的爱），他将凭尽全力给她带来幸福的生活。

现在，日期日趋迫近。大家都企盼着你们的到来，任何拖延将是没有道理的，并将给我带来痛苦。你们的尽快到来，对寻觅住处亦很重要。最亲爱的母亲，倘若菲莉斯在拖延，那么她那是在悄悄地催促你们哩！

向你及所有亲人致以最衷心的问候和亲吻。

你的  弗兰茨

〔19〕14.4.19

最亲爱的人，因为书信而受责怪，这是何等的快事。当然，我本应早给乃母写信，可直到今天才写。我本应星期二立即将书寄给乃父，可直到星期五才寄出。然而首先，我写信根本就不守时（致你的信件并非书信，而是乞求与怒吼），并且手懒。倘若像最近那样得不到你的信息，我的双手甚至会变麻木，连包装一本寄送乃父的书的力气都没有。

　　至于我是否意识到已经完全属于你？我无需意识到，因为一年半以来就业已知道。订婚与否对此毫无影响。这一意识无需再予强化。相反，我有时在想，菲，你尚没有完全明白，我是多么愿意并以某种特殊方式属于你。然而，请耐心等待，菲，所有一切都会明白，婚后一切都会明白，我们将成为和谐的伉俪。最亲爱的，最亲爱的菲，对此，我们早有准备！在柏林的几个星期日和在布拉格的几天，那种露水关系并不能解决所有问题，虽然从根本上说来所有问题均已解决，或许从我瞥见你的眼睛的那一时刻开始。

　　每个人的信仰各不相同。我以为你会答复我母，而自己却忘记给乃母写信。你应该写，你应该自我邀请，如何写法？你未收到我母上星期一的去信，她在信中已对你发出邀请，并且肯定非常热情。

　　我在马德里的舅舅〔阿尔弗雷德·略维〕有个朋友，他在奥地利驻马德里使馆任职。他来此地，我陪他散了一会儿步。奇怪，现已傍晚，我们走了很多路，由奥特拉和一表妹陪同，途中还遇到过其他人。经过此次不寻常的活动（近年来，我白天只身一人，间或同费利克斯，另一个费利克斯散步），现在坐下来给你写信，我发现自己丝毫无需改变思路，因为在整个散步过程中，在电车上，在公园，在湖畔，在音乐会上，在品尝黄油面包时（今天下午，我甚至还吃过一块黄油面包，真乃怪事不绝！）以及在归途，我总在思念着你，思念着你。我与你在思想上已经结为不可分解的整体，来自远方的犹太法师的任何祝福都难以与她媲美。

　　明天是星期二，我即去报馆刊登启事。经理明天结束旅行返回公司。我不希望报纸启事出现在我与他谈话之前。后天，你便可以看到报纸。当然，几乎所有有关人士其时都已知晓。你的亲友是怎么说的来着？他们都是从理发师那里听说的。除此之外，我打算今后每信结尾都写上：你应快来。菲，究竟何时，何时？

你的　弗兰茨

请即告我关于头痛之事!

〔19〕14.4.19

我的最亲爱的,直至傍晚我才归来。此前我在毫无目的地漫游,在网球场,在小巷里,在办公室(似乎那里会有你的信息),现在才见到你的来信。倘若仍得不到你的信息,我将任何事情也干不下去。我甚至无力将小小的启事送给报馆,尽管今天已同经理谈过,现可刊登启事。然而我却不能,此外《柏林日报》也不可能刊登。

我甚至已不记得自己最近在忙些什么。好在并没有什么特别要事。如同今天一样,要谈论非重要事情已经太晚。没有你的日子,是何等难熬哟!

我当然同马克斯在一起,甚至每天都在一起。但据我仔细观察,我们之间已非像过去那么亲近,虽然那种亲近维持的时间并不长(我们从未像旅行时那样亲近。稍候,我马上附上两篇关于我们旅行的小文章,其中可读性较强的一篇出自我手,另一篇味同嚼蜡,乃属两人合作①。我并不像你那样乱开空头支票,你曾许诺给我母亲写信,为你的上司和《柏林日报》作广告,取消女医生与我签订的医疗合同。我间或也开空头支票,但并非无边无沿)。由于我的缘故,我们(为安全起见再次重申:马克斯和我)之间的关系大不如从前密切。他虽然无故,但并没有觉察。例如,他将自己最新出版的一部小说《蒂休·布拉赫通往上帝之路》还题赠给我②。作品内容乃是其亲身经历,同时也是一个令人痛苦

---

① 《布列斯齐亚观飞记》,1909年9月28日刊登在《波西米亚》;与马克斯·勃罗德合著的游记《里夏德和萨姆埃尔》刊登在《赫尔德尔丛刊》,创刊头年,第三期(1912年5月),第15页起。后被收入弗兰茨·卡夫卡的《小说与散文》,柏林,1935年,第264页。
② 马克斯·勃罗德的长篇小说《蒂休·布拉赫通往上帝之路》首先在《白页》上连载(1915年1月至6月),1916年由库尔特·沃尔夫出版社出版。作品扉页题道:"献给我的朋友弗兰茨·卡夫卡。"

的自我折磨的故事。而我的过失并非本来意义上的过失，或者仅是一小部分过失。在马克斯看来，我并不单纯；而我在单纯之时，他却又错误地理解于我。近来，外部对我流传诸多喋喋不休的议论（你根本不了解此种恶习，本人也未曾沾染，因此我爱你），我变得日趋内向，日益腼腆起来。由于闲言碎语的侵袭，即便正当的趣话，我也难以挣脱内向。这也并非真正的腼腆，而是在他们身边颇感不适，难以同他们建立亲密无间的关系。因此，我总以陌生的目光对待他们（你懂吗？）。我敢断言，很少有人会像我这样默默地若即若离，但却也没有简单地迫使相互关系终结。两位舅舅来此，其一来自迈恩的特雷施，其二是一名布拉格人①，真乃怪事，只是不致使你因为开头的句子而担心，我必须就此打住。不必要的担心，请相信我，我们相互信任，对吧？为了不至使你担心，现在我把话说完——我愿意尽力去用即使令自身难堪的力量全面理解他人。我能够做到此点。当然，倘若我不写出来，那么这个"能够"对我说来几乎可以构成某种危险。因为我拥有你，所以对我也就没有危险可言。最亲爱的，对你说来也应如此。

弗兰茨

不要头痛，千万不要！
取消与女医生签订的合同！即来！
请准备嫁妆！

〔19〕14.4.20

菲，愚蠢，病态，倘若收不到你的来信或者一丁儿消息，我会无所适从，甚至也懒得将启事送往报馆。我并非像过去那样激动，我们已

---

① 卡夫卡的舅父西格弗雷德·略维，在特雷施当乡村医生（迈恩的伊格劳附近）；鲁道夫·略维在布拉格当会计。

经融为一体（如同《柏林日报》大肆渲染的那样，但我内心却轻声而更加坚定地祈祷但愿如此）。任何消息都没有倒也无妨。倘若你能够利用百忙的喘息之机真正地喘口气，而不去用来写信，却也是好事。可是尽管如此，启事我明天才能送去，星期五你就可以看到①。菲，我们之间并非没有商量。根据自我感觉，报纸与我们的事情并没有多大关系。（柏林）日报刊登的启事甚至有些荒唐。在我看来，关于招待会日期的启事似乎在说，圣灵降临节星期日那天，菲·卡将要在杂耍剧院上演一场"8"字形游戏。当然，两个名字却亲热而和谐地并排在一起，漂亮之极，并且理应如此。

时间已经甚晚。你的挂号信我9点才收到，肯定是两点过后才送到办公室的。致以最衷心的问候，感谢你的吻，但我却难以回报。倘若远距离亲吻，那么即使吻再热烈，却也会坠入黑暗和无聊，而并不能触到远方的可爱的唇。

弗兰茨

〔1914年4月21日〕

## 致格蕾特·勃洛赫

亲爱的格雷特小姐：

我并未完全明白您所描述的对人一般态度的意义何在。您说的颇为肯定，并且颇为笼统，但它既不适于一般，也不适于我，仅仅适于一种极为特殊的情况。而这种情况则始终纠缠着您那可怜而不安的脑袋，对此我却一无所知，或者知之甚少。对我说来，您所讲的根本不对。在我面前，您的态度如此准确无误，此乃您、我共同努力的结果。您仿佛并非他人，而是我自己充满独立、美好、可爱生命的天才良知。请您相信我！或许，您通常总对自己表示失望。或许，您太不考虑自己，待人过

---

① 星期五，即1914年4月24日，一则不起眼的启事在《布拉格日报》上刊出："弗兰茨·卡夫卡博士，布拉格工人事故保险公司副秘书，同柏林的菲莉斯·鲍威尔小姐订婚志喜。"参见缩印本第577页。

好，过分好强。有时让人看来确是如此。不少人肯定应该感激您。难道您也将他们划为第三者？那样，我需当心，莫要去感激您。

我最近的信件决非"要尖刻地算总账"，决非如此，而仅想紧握您的手，别无他意。您自然也是明白的。您与菲的关系不甚明朗，责任并不在您。当然，前提乃是关系确实不甚明朗，而并非仅是我愚蠢而警惕的眼睛的观察。

关于柏林一事，您是否已在塞莫林作出了决断？明确而毫不后悔？即您决定不去布达佩斯？5月2日将到布拉格？格明特似乎好得多，我尚未写信告菲。困难可能在于菲只能住几天，抵达格明特当天将不能安排参观，还要过夜，母亲只能留在布拉格，我可能又干了一件天大的蠢事，旅行只能定在星期日，而这天我父母亲恰恰全天没有任何安排。——无论如何，在格明特将会过得美好而自由。至少迄今为止还是值得考虑的。

您对那"故事"（《变幻》）还喜欢吗？我并不知您讨厌《司炉》。不管怎样，"故事"是喜欢您的，对此请勿置疑。此外，女主人公芳名格蕾特，至少第一部分可能会令您尴尬。可是后来，由于痛苦不堪，她便自暴自弃，离开需要她的人而去，开始独立生活。这不过是个陈旧的故事，一年有余，当时我并不怎么珍视格蕾特这个名字，随着故事的发展我才学会了这一点。

顺致最衷心的问候（此一形容词理应足矣，因为人们并非漫无边际地发信，形容词正确与否尚属其次，重要的是收信人不应有误）。

**您的 弗兰茨·卡**

〔19〕14.4.21

我的亲爱的菲，所有信笺都已用尽，只有你来信的这截纸片。你，我想通过订婚给你创造更多的闲暇时间，谁知却使你的工作明显增多。非常遗憾！我收过乃父的一封非常友好的来信；至于你给我父亲写的简信，我母亲感到有些担心。这都是些什么琐事哟！快来吧，我们成婚之后,此种局面定会结束。我提过的那套漂亮住房,据说2月份方能腾空,当然也还不确定。一套漂亮别致、地势便利而价钱适中的住房,优点和缺点兼而有之,已预订至5月2日晚。即你最迟须于1月1日抵达布拉格。

你认为格蕾特小姐的来访如何?

弗兰茨

〔19〕14.4.22

这是我今天开始写的第三封信,今天,你那位来自布列斯劳的相识总在不断干扰我。并非因为执拗,而是出于某种必要,我没能记住他的名字。尽管他的一帧相当大的照片挂在你的闺房,但我却连他的相貌也记不起来。相反,我却不能忘记其人。这其中有你的部分责任,因为你很少明确地谈及他,而更多的则是暗示。

今天,我未收到你只言片语,这似乎并不糟糕。更为糟糕的是,最近九个月来,我根本没有收到你安安静静地写下的哪怕一页信笺。感谢你给父母亲写信,他们二老深感足矣。我在此信中再次发觉你们的语言何等奇特。诸如"可怕、巨大、惊人、出色"之类辞藻,你们使用起来得心应手,宁愿舍弃能够正确表达意思的"很",取而代之的则是不固定的、有保留的"相当"。

菲,星期日你将收不到我的信,请不要生气。因为我不愿直接往家里寄信。过去作为家庭成员之外的陌生人,我可以写信,甚至可以开玩笑,不过那些玩笑并非出于善意。可是如今只能开开善意的玩笑,而恰恰是善意的玩笑,却令我为难。

你致我父母亲的信,尤其是你的来访日期令人感到失望。怎么?你打算5号才来?为何5号才来?你的上司业已返回。房间如何处理?我费尽周折才预订到2号的。

我今天都告诉了你一些何等沮丧的消息哟!至少让我吻你的手吧,

也好把我的脸藏起来。

弗

〔19〕14.4.24

最亲爱的菲,有两件事情你没有提及,尽管你知道,这两件事情,因为你(现在将我撇在一边!),恰恰是因为你而使我非常挂念。其一,我迄今根本没有问及,他竟是乃弟。你曾在一封来信中声称,我可以在柏林听到详细情况。然而,我任何事情也没有听到,只是看到一封信,并且从中推断(我是指从信的内容推断),关于你的事情,我重复一遍,仅仅关于你的事情,你对我隐瞒了多少。然而现在你可以继续保持沉默。

第二件乃是你那来自布列斯劳的相识。我并不害怕坦率地询问,因为如果它仍是一个在起作用的幽灵,那么它会不请自到;如果它已不再生效,那么即使我千呼万唤,它也不会再苏醒过来,请不要让我再去等待交谈,因为你过去的此类许诺也都没能兑现。坦率地说,或者坦率地告诉我,你为何难于启齿。世界上有许多事情说不清楚,或者出于自身的弱点,或者由于听者的弱点,许多事情不能说出口。正因为如此,人们更应该有义务,本来可以讲清楚的地方就应该讲清楚。那帧照片完全可以照常挂在你的闺房,然而你也应该让我在自己的卧室里心平气和一些。

弗

所谓炫耀力量,那不过是你对我有些许误解而已。此种表现本身并不奇怪,奇怪的是,你们一方面选择了一些貌似庞然大物其实无非空话(在姑娘们看来,它们似乎气喘吁吁,好像小嘴里窜出来的地老鼠),另一方面则偏好模糊而捉摸不定的字眼。这样,欲速则不达,相反却错过了正确的表述。

诸多来访肯定给你带去不少麻烦,却也乐在其中,对吧?各得其所,你接待的是客人,而我接待的却是幽灵。

我亦收到不少祝贺,当然肯定不会有你多。第一批业已拆阅,迟到者则置之一旁。倘若对他们和我们说来皆属自然之事,那么贺信也就无须一一拆阅。附寄的名片请转给你的婶娘,她声称与该男子相识。

你星期五抵此,当属确定无疑。如你打算勘查房间,那么这是最后期限。房间很漂亮,假如参观那天天气也像现在这样,你肯定会接受下来,否则可能会产生怀疑。那幢房子远离市区,非常自由,周围绿地环绕,三个房间,两个阳台,一个平台,一千二百克朗,房租昂贵,超过我们的支付能力。我如此自信,仿佛对我们的支付能力了如指掌。

你是否有兴趣抽出一天工夫去格明特?我的兴趣倒蛮大。

请把乃妹艾尔娜的地址寄我!乃母对我的去信可满意?你可收到(勃罗德的)《妇人当家》和韦尔弗的作品?

〔19〕14.4.25

〔疑为1914年4月26日〕


## 致格蕾特·勃洛赫

亲爱的小姐:

好吧,我们暂且不做定论。菲到来之后,让我们时时刻刻抱着希望恭候您。迄今为止,此种希望皆成泡影,但愿这次不致如此。关于格明特一事,菲尚未回音。她可能1号或2号来此,当然我还会写信告您确切日期。

现在,您移居柏林的决心看来已经下定。不过,促使您做出目前决定的原因不知是好是歹?我想,事关共同旅行,现在不能犹豫不决,而肯定要结伴而行。能够在火车包厢与您对面而坐,无须言语——因为我不擅长于此,然而能够坐在那里,颔首或摇头,正大光明地与您握手,自己也感到温馨。何等令人心旷神怡！祝您一路平安！

告别之时，您可能会喜欢上维也纳。请您不要忘记格利尔帕策纪念馆！此外，我并不相信，告别时的伤感，是因为人们曾经喜欢过所要告别的东西。或许，伤感的原因更多出于相反的情感。即人们感到分离过于轻率，自己也被轻易地离别。平日里所建立的外部联系，无意之间仿佛几乎变成了自己的内在联系，而现在却忽然变得如此无足轻重。人们伤感地回忆起业已证实了的浮浅联系，并且预见到将要被证实的此种联系。自由与联系，两者缺一不可。然而两者却各有其位。倘若它们的位置被颠倒，那么其中之一将会大为光火。我本人即常如此，不过这并无大碍。能够离开维也纳，您将会和我一样感到高兴。令弟所援引的注释意在何为？注释颇为特别。他们是柏林的何等怪人，竟然劝阻于您？我对您知之何其之差！我想知道的何其之多！甚至连您所接待的来访也令我好奇。

您所提建议，我很需要。不过，书面上却难以实行。您不了解住房，怎能对此提出建议？菲用我那几个克朗几乎无法度日，您怎能对其使用提出建议？当然由于平时比较注意，这不会给我带来丝毫担忧。我只是缺乏这方面的幻想。或许平日忧虑过度，便再也不能容忍更多的苦恼。此外，与过去相比，我的头疾已经明显减轻。您呢？您不久之前还在叫苦，现在可好些？您仍在食素？您现在肯定很少再读蒂尔海姆。您是否还要去特普利茨？

顺致最衷心的问候！

您的　弗兰茨·卡
〔19〕14.4.26

菲，你误解我了。关于布列斯劳的相识，你所告诉我的，我并不感兴趣。他姓甚名谁，婚姻状况如何，与我毫无干系。他本人也根本与我无关。

关于乃弟,你似乎间接地得到了令人满意的消息。为了我们大家起见,我亦感到高兴。我本期望你已能告知你抵达的准确日期。倘若你星期五不来,那么将会失去一处住房。你不在场,我不愿负责接受住房,因为它那讨你喜欢的优点,可能会平抑其不足之处,例如它距离市中心较远,你必须生活在捷克人中间,等等。切盼尽速成行。明天,我将到另外比较舒适的地区,再去物色其他住房。这样,你就可以无须花费太大气力而择其最佳者。昨天,我看过一处三间一套的住房,租金仅为七百克朗,位于市中心,直接在温策尔广场顶端的博物馆后面。不过,住上这套房子有时会做噩梦。先从楼梯说起,各种气味扑鼻;然后需要穿过黑洞洞的厨房;一堆孩子在墙角哭泣;窗子装有栅栏,闪烁着铅色与玻璃的幽光;多种害虫躲在洞穴里期待着夜幕降临。在此下榻,人们只能理解为避难。上班不在这里,犯罪也不在这里,而在其他地方。这里只可栖身,却又几乎无法居住。菲莉斯,我们不仅要看希望得到的住房,而且也应一道去了解此种所在。

弗

〔19〕14.4.29

## 致格蕾特·勃洛赫

亲爱的格蕾特小姐:

您究竟在为何人备受折磨?并且如此沉重,您令我难过,您平时不总在关心我吗?在您面前,我始终有一种感觉,即只有双重纯洁、无泪而又跳动在我们力量极限的幸福:有一个人,他忠诚于对方,自己也得到忠诚,那么他自身是忠诚的,并且完全可以加以利用,而自己又不会化为灰烬。

您的来信写得如此潦草,我并未完全看懂。倘若有人愿意在柏林接收您,那么就应该为您提供在那里安家的可能性。您的全家都在那里,这当与任何人无关。可是,如果您必须立即开始工作,尤其因为您仍在同一业务部门，那么人们本来不应如此反对您提前，即大约在圣灵降临节前一个礼拜离开维也纳。格蕾特小姐，您是在何种场合看到那封信的——而不是书就，其中宣称：你现在在何处，就应在何处——

总而言之，现在似乎可以这样说，圣灵降临节期间您将不在柏林。在车厢里，坐在我对面的将是我的父亲。他和我都将感到遗憾。糟糕！糟糕！在柏林，我只能用自己的四肢来上演一场独角戏，而没有您的帮助（菲将忙于她自己的作品）。事到如今，我必须死心。令人欣慰的是，您将终于摆脱维也纳的狭隘与无情，感觉到自己的力量，重新获得对自身的天生乐趣。或许从根本上说来，您我两人的处境并没有多大区别，对您说来仅仅更加突兀，您并不完全适应，但最终将为您所出色地突破。

圣灵降临节期间，您可能不会到柏林来了。对我说来，这一坏事或许可以变成好事，即您现在应该与菲晤面。当然，菲何时来此，我尚不得而知。原先估计星期五，现在却又有怀疑。昨天，我收到一信。她在来信中写道："这期间格蕾特给我写信，称她不能去布拉格，因为她将于6月1日离去（漂亮得可怕的柏林方言！）。可是，我将于明天再给她去信。"倘若菲不是弗的话，您应该在今天收到一信，其中也应该谈及格明特。对此，菲尚未写信给我。无论如何，一俟得知菲的准确日期，我将发报给您。然后，您就可以爽快地回电："我来也。"我便会飞快地在菲下榻的旅馆里为您预订房间。

当然，我很理解，此行也将很辛苦（星期六来，星期日返回，难道别无选择？）。除此之外，还有我所不能完全帮您释去的烦恼。因此，不言而喻，您将受到我更加周到的接待。

顺致最衷心的问候。

        您的 弗兰茨·卡

您去否特普利茨？或许柏林的公司会赴布拉格参展？

〔19〕14.4.29

## 致格蕾特·勃洛赫

亲爱的格蕾特小姐:

室内已无其他纸张,完好纸张都已用尽。不过,这正合我意,因为我不是想给您写信,而希望在这短短的几分钟时间里超越那数百公里的距离,与您亲近。

莫非我被误解?非也。尽管如此您仍然不想来此?所有反对去格明特的理由,则正是主张去布拉格。倘若鲍(威尔)夫人不能容您——我本人倒没有这种感觉,那么我们两人之间却又能增加一个新的共同点,然而却构不成影响您来访的障碍。如果您能来,我本人将会感到非常高兴,菲肯定也是如此:她已经以极其喜悦的表达方式,向我通报了您的来访。我尚不懂得如何正确表达,但有时对我说来,您的出现从形式上看也是必要的,倘若菲初登我家家门。当然,您有足够的理由加以反对:长途跋涉,与陌生人寒暄,虽然为数不多,但总归要同一些人交谈,还有其他难以逆料的琐事。我并不想强求于您,但必须强迫自己割舍您。或许菲有更好的主意,她尚未曾与我谈及格明特的事情。倘若她要去,我当然必须随行。

现在,菲的来信比较正常,虽仍觉少,但却每天都有信来,今天除外,今天尚未收到任何东西,可是昨天——就此打住,天色已晚。此外,数小时之前已经搁笔,现却收到了菲的来电。在一定程度上,她仿佛想在最后时刻抓住我那只写下抱怨之手。天已太晚。

顺致最衷心的问候!

您的 弗兰茨·卡

〔1914年4月底〕

## 致格蕾特·勃洛赫

亲爱的、亲爱的格蕾特小姐:

一对新婚燕尔夫妇处于极其荒唐的匆忙之中,四处奔波,甚至为着寻觅住所。然而,我不可能、完全不可能今天不写信问候您。您所寄来的爱与美当中,您的玉照最为可爱而美丽。我发现,我已完全忘却了您的容貌。从那一刻起,您的容貌在我的记忆里完全模糊起来,随着时间的推移逐渐合成了一个新人的面孔,而这个人对我说来如此重要,因此我认为,他的面孔如何则无关紧要。现在面对玉照,上述一切自然也就根本不复存在。倘若得到您的一张玉照,我自然高兴。既然仅有一张,我则要考虑您与那两位小姑娘究竟摆在何处为宜。并非出于什么感激,那将十分可笑,而是出于自身的冲动,我将那张斜照的丑脸也放在旁①。

今天就此打住。可以跟您讲述的事情很多,苦楚也不少,幸亏您没有在场,您没有出席。倘若您来此,此种复杂心情仍会产生。正因为如此,您未能来此,我原本相当伤心。当初实应加倍约请您才是。昨天下午,我们给您打电话,但您的办公室已经关门。

明天或后天,我再写信给您。

您的 弗兰茨·卡

〔19〕14.5.3

## 致格蕾特·勃洛赫

亲爱的格蕾特小姐:

玉照收悉,它们就在我的面前。在纪念碑前面的那张最美(您竟然如此疲倦地倚靠在邻人身上?),"孤独之路"尚有性格,其余皆仅为辅助之物,并非帮助。然而,所有照片对我说来都十分珍贵,请您相信此点。您这是在哪个漂亮公园?抑或别墅?总的说来都很有趣。这是您的女友?

---

① 估计又是那张在瓦根巴赫所摄的照片,参见《自由》第57页。

太迟,太迟。菲今天已经返回。明天我会多写一些。对于些许琐事,我并不感到不幸。过去我可曾写过此类东西?我唯一感到不幸的是没能立即向您道谢。否则,虽然成不了"最为幸福的新郎",那不可能,那不可能,最为幸福的新郎仅指那些也对自己感到幸福的人们。不,不。

明天再见!

您的 弗兰茨·卡

〔估计为1914年5月5日〕

## 致格蕾特·勃洛赫

亲爱的格蕾特小姐:

不管我以前一直是怎样的,总之,目前我涣散怠懒。每天都背着手,在公园或小巷中徘徊,然后回家,吃您的那些鲜美的水果,又出门去接着找房子。租下一套很糟的,于是担心再也摆脱不掉。总是喜欢上一次租到手的,不是试着习惯新的房子,而固执地喜欢以前的那套,结果不可避免地被扫地出门。所有人都将我从第一套、也是最漂亮的那套房子中逼了出去,我自己将门在身后关上。

摆脱新房子的努力又失败了。且不说这两套房子给人的感觉完全不同,它们本身的结构就相去甚远。我租下的这套以厨房为中心绕了个四分之三的圆形;而我想要的、并早已熟识的那套,则是宽阔敞开地朝向东面。会成功吗?我准备最后一试。您将在此信中知道结果,都迫不及待了,是吗?

亲爱的格蕾特小姐,应该再聊些什么呢?没有什么新鲜事。菲莉斯看上去挺好,噢,是的,她很开心,看来对这里感觉不错。我的家人们似乎比我更喜欢她。很显然,柏林相聚的那段时间以来,您同她的关系没有丝毫的改变。您说您观察事物很细致,可这次看来并非如此嘛,否则，您怎么会对菲的缄默感到惊讶呢？对菲的缄默不应就事论事，是其本性使然。如果我们爱她，那么无论我们喜欢或是不喜欢，都必须爱她本性的全部，而我们也准备这样去做。我不想再多谈此事，否则就扯远了，不是因您——您知道的——是因我自己我不想就此再多说什么了。

真高兴，终于摆脱了那套环着厨房的房子。不过，那套楼层极高且绝顶漂亮的房子还没到手。有很多不尽如人意之处：壁纸很糟，利息高，没有佣人住房，只有一条通向房间的走廊等等。正当我想着这一切的时候，邻居人家似有妖魔开始在另一个鬼怪架起的钢琴上卖力弹奏，空荡的房里顿时回响不绝。没有比屋中回荡的乐声更恐怖的了。于是，我又缓缓地走下那二百个台阶——也许是三百个吧。

您那里近来有什么新鲜事吗？或许我误解了您上封信的意思，还认为有什么不寻常的事发生了呢。对我头等重要的是，圣灵降临节期间或节前您是否能来柏林？这之前是不是还要去特布利茨？

钟敲9点了，想快把信送上火车，可它却内容空洞。别生我的气，我只是有点感觉像是在漩涡之中，却并不想脱身出来，在旋转中让头微微昏沉地低垂着，这感受难道不是比完全实在地站在地上更好些吗？

您的　弗兰茨·卡<br/>〔19〕14.5.7

## 致格蕾特·勃洛赫

亲爱的格蕾特小姐：

每当我看到，您为不能理解我目前的状况而不安，而这正是因您天性善良所致时，我就会感到很沉重。的确，我理所应当去做一个幸福的人，而菲则自然是这幸福中最重要的部分。有一类的不理解，比如我对某些事的不理解，会演变为厌恶，只是这不会发生在您身上。虽然我没有阐明理由，但也请您相信，如果我说："一切都会轻而易举地进入最佳状态。"那么，事实上的情况只会比我说的更加乐观。这甚至与我从经验中悟出的我的人生基本规律相符合。迄今为止，我得到了我想要得到的一切，但并非唾手即得，无一不历尽曲折，甚至往往是在回程的路上，在最后的努力甚至是最后的关头中。这成功来得不算太迟，但又几乎是太迟了，那一直是心的最后一次搏动。而且，我也从未得到我想得到东西的全部，又常常不能保留曾经拥有的一切；即使拥有了，也往往不能够把握它们。但是，我又总能得到许多，总能得到最重要的部分。这些人们自己找出的规律就其本身来说本是没什么意义的，可它却能反射出人的性格，特别是因为这规律一旦被确认，人就会受其支配。还要说的是，您将会亲眼目睹我们的悲欢离合，因为我们已经决定，在我们结婚前不短的时间里，您必须同我们在一起，而且从现在就开始。因为您现在无法享受假期，所以决定冬天放您的假。您别想逃掉。如果我得到了上封信中提到的那套房子，我们就有足够的地方，我们就去过美好的日子。为了能监督我，您要握着我的手，而为了能够思考，允许我也握您的手。

　　办公室的同事怎么能那样对您！真是厚颜无耻。今天您本应收到我的一封信的。但也好，同他们分别您不会感到难过。可也许您同您的女友们难舍难分，您是有女友的。

　　关于哈特[①]我想说两点，这是事实。第一，我不喜欢他。他早期曾写过不少好东西，我读过的这个中篇即出自这个时期。弗劳伯特的那三个中篇也译得极好，起码符合我当时的口味。但后来他做了许多有害无益的事，且至今如此，所以我不再读他的东西。第二，对我来说，您所领悟到的一切都是有价值的，因此，源于您的一切对我也就都是宝贵的。

　　家庭中的晚间时光是否也是一种特殊的陈设？我现在一心只想着相见的那个日子——圣灵降临节的星期一。

---

[①] 恩斯特·哈特（1876—1947），小说家，诗人，剧作家兼翻译家。

顺致衷心的问候

您的 弗三茨·卡
〔19〕14.5.8

另外,您读法语作品吗?格利尔帕策纪念馆呢?

〔信纸边缘〕
最好将信寄到我办公室,否则它往往要在家中的书桌上空等很长时间。

## 致格蕾特·勃洛赫

亲爱的格蕾特小姐:

有那么累吗?居然打算在那个临时住处再住三个星期,而且还睡不好觉。太照顾房东的情绪了吧,怎么不多想想您自己。我感到不安,为您不平。

感谢您去了博物馆,我本来倒也并没想要再了解些新东西(可实际上还是有所收获),我想知道的是:您到了格利尔帕策纪念馆了吗?您是否由此找到了我同那屋子之间的某种切肤的联系?而其他的感受我想就不会再有了,至少不会有很多,更何况我没有亲自前往,只是从您那里间接地了解了一些情况。您寄来的那张画上的房间是真的那间还是市政厅的那间?那的确是间漂亮的屋子,在里面住一定会很惬意,在夕阳西下时分斜在躺椅上睡去——很舒服。对了,我一直有一个无法实现的心愿:坐在一扇大窗子前的桌子边,窗外景色宽广,在太阳落下时静静地睡去,感受不到光线及景物的干扰,无声地、均匀地呼吸。这是什么样的心愿呀!我的表达太笨了!不是这样的。

读完《可怜的军乐队员》之后,您自己是否也很想看一看那屋子?他的命运真可怕。如果厄运被我们摆脱,在我们周围徘徊,那么这厄运一定像他。每一个不幸在他身上都有所体现,他是活生生的不幸的化身。下面是他日记或是信件中记录的一件事:他们的婚约早已解除,只有那些愚蠢的亲戚们还在认为,有朝一日他们还会结婚。卡特琳娜早已年过三十。有一天晚上格利尔帕策像往日一样去姐妹家串门。卡特琳娜待他很好,他就将她搂到了怀里,他这样做多半是出于同情。而其他两个姐妹大约是在屋里走来走去,他一下感到,自己的心中完全没有她,他只是在勉强自己,想在对她并不深刻的爱情中沉湎下去,但他能做到的,只是将她搂在怀中,一会儿又放开。他这样做又不仅仅是出于同情,同时也可以说是一种努力和尝试。更令人恼火的是,他清楚这一切,却还是这样去做了[①]。

我的上两封信您一定已收到了?我想知道您将在哪里度过圣灵降临节。您问:我们什么时候见面?这样看来,您来的可能性还是很大的,真是这样就太好了!

您想想,我还没有房子呢。我已经在考虑只租两室一套的,市内的房子都那么贵,而开始一段时间,F. 应住在市内。您的意见呢?

我手头有给恩斯特·魏斯的一部新小说的手稿[②],和《战舰》一样精彩,甚至有过之而无不及,您想先睹为快吗?最近您有时间吗?多半没有,最后再问一遍:您读法语作品吗?

即致

衷心的问候!

您的 弗兰茨·卡

〔19〕14.5.12

---

[①] 见格利尔帕策遗著中发现的笔记,它曾被海因利希·劳伯在他所著的传记《弗兰茨·格利尔帕策的生活》(斯图加特,1884年)第65页中引用。"中午在弗勒利希处。僵局打破了,像每次和解之后一样,我有种要求,于是拥她在怀,爱抚了一番,很久都没有这样了。但却没有什么感觉。我很想再次激起热情,但是没有用。"

[②] 《战斗》,柏林,1916年。

## 致格蕾特·勃洛赫

亲爱的格蕾特小姐：

牙痛显然表明，在维也纳这段时间您是够倒霉的，连这种事都碰上了。但也说明一旦您离开那里，一切就都会好起来的。除此之外，牙痛就只有害人的作用了。为什么您要忍受这种无谓的折磨？至于您提到的失眠和"头昏脑涨"又是怎么一回事？对此我目前可是深有体会，而且看来一时是无法摆脱了。不过那最最痛苦的牙疼我还未曾经历过，所以，当我读到您信中的有关描述时，我感到自己就像一个小学生一样束手无策。您是怎样治疗的呢？饭后要刷它们吗（很抱歉我这样同一位女士说话，但我想，由于牙痛，她已不在意形式和别人礼貌与否了）？那些可恶的牙医又是怎么说的？一旦你有一次听命于他们，就必须一直忍受到底。我相信，菲因有几乎是全副的金牙，所以不必受此痛苦。您是否也能用这种办法来解除痛苦呢？说实话，最开始时我的目光总是尽量避开菲的牙齿，那光灿灿的金色和陶瓷的黄灰色使我惊恐（在那不恰当的地方闪出的光亮真如同地狱之光），后来，只要还能忍受，我便有意地去看，为了提醒自己不要忘记，为了折磨自己，以使自己最终能够相信这一切都是真实的。在有些不理智的时候，我甚至问过菲，问她是否为此感到羞愧，也幸亏她不会如此。而现在，我则几乎认可了这一点，并不只是因为习惯成自然，从视觉上讲，还真是完全谈不上习惯呢，但我不再会希望这些金牙不复存在了——我说的并不准确——其实从前我也不曾这样想过，只是现在它们似乎挺适合我，那么精细，作为一个明了的，令人愉快的，总是被呈现的，不会被视而不见的人为的错误，它也许比从某种意义上说也是十分可怕的健康的牙齿更能使我与菲接近。我不是一个为自己新娘的牙齿辩解的新郎，只是不知道该怎么正确地表达出我想说的，此外，我还想给您打打气，如果没有其他方法的话，至少还可以采取一些极端的措施治住牙痛。不过在您到柏林之前最好还是忍耐一些。

请您原谅这封信潦草的字迹，前天不小心将右手拇指切伤，伤口很深，血流不止，竟接满了一个小罐。而后，我做了让伤口自然愈合的处理,即没涂药膏也没包扎,这样虽然愈合的速度会慢上十倍,但效果却要好一百倍,不会发炎,不会肿胀,你会欣喜地看到它慢慢地长合。

在您准备动身的这段时间,我看最好还是不要给您寄那本小说了。另外,您似乎理解错了,还只是手稿,正式出书要到今年秋天,但如果您还是想看,我当然马上寄出。圣灵降临节看来是见不到您了,不过可能会有替代的:我马德里的舅舅6月初会来我这儿,我可能会同他一道再去柏林,但只待一个星期日。如果是这样我就能见到您了,我再把魏斯博士介绍给您,好吗?

房子已经有了,三间一套,朝东(早晨有阳光),在市中心,煤气、电灯、女仆住房、浴室俱全,房租一千五百,这是优点。缺点是:在五层,没有电梯,窗外是丑陋且喧闹的小巷[①]。您肯定会了解这一切的(因为您已接受了邀请,为此请允许我吻您的手)。

即致

衷心的问候!

您的 弗兰茨·卡

〔19〕14.5.16

〔信纸边缘〕

是否已经可以给穆奇寄本儿童画册了?她有多大了?


## 致格蕾特·勃洛赫

亲爱的格蕾特小姐:

昨天我还认为马上就会过去的事,竟变得这样严重起来。您是躺在家里吗?都做了哪些治疗?治疗时一定很痛。医学只知道用疼痛治疗疼

---

① 该房屋的图片(朗格巷5号,户籍号923)见古斯塔夫·亚诺荷著《弗兰茨·卡夫卡和他的世界》(维也纳,1965年)第146页。

痛,并美其名曰"战胜了疾病"。您的信我今天才收到,昨天我们这里放假①,只送一次邮件,否则我肯定已将手稿寄给您了。明天我会将其寄出,但我怀疑牙痛时是否适合看小说。满嘴疼痛,并且要如此挨过每时每刻,真是太可怕了。您的两位女友还去您那里吗?鉴于您目前的状况,恐怕还要在那临时住处再住一段了。

我的上司要去维也纳参加一个会议,要去十四天,我想把对您的问候写在他后背上,让他穿过彼波巷和格拉斯巷来回走几趟。但现在这也许是徒劳的,因为您总是待在家里,也许那个胖女人(我拿不准这个词写得对不对,还是从您那儿学来的),会告诉您,有个男人在楼下巷子里溜达来溜达去,后背上满是对您的问候。

现在已经很晚了,想想看,很久以来,我第一次睡了整整一下午,比过去的三百个夜里睡得都好,夜里我总是睡得很糟。

关于手稿我还想多说一句,您不要把它借给别人,这不是针对您的,没有这个必要,但在魏斯博士那方面,我有义务提醒一句。

致衷心的问候,并祝一切病痛早早痊愈——比任何人都快。

您的 弗兰茨·卡<br>〔19〕14.5.17

## 致格蕾特·勃洛赫

亲爱的格蕾特小姐:

您的牙痛已经好了,这真让人高兴,那么,现在我们完全可以平静地回过头来谈论它,你也可以平静地来听了。每一个病人都会觉得健康人都是那么迟钝,而事实也的确如此,医生出于职业要求尤其是这样,您完全有理由这样认为。但尽管如此,也请您不要剥夺我谈论此事的权

---

① 圣·拿波姆克斯日,5月16日。拿波姆克斯是波希米亚人的保护神。

力。有一点我能肯定：火车上的空气是不会使健康的牙齿疼痛起来的，健康的牙齿只有在火车的空气中才会感觉良好。如果牙齿闹毛病不是由于疏于保护的话，依我的经验那就一定是因为吃肉的缘故。人们坐在桌边，一边吃一边又说又笑（我至少还能够以不苟言笑来保护自己），而这个时候，牙缝中的那些细小的肉纤维便开始腐败，其程度并不亚于夹在两块石头间的一只死老鼠的腐烂。只有肉才有很多纤维，往往要费很大力气才能把它们搞出来，而且还不能做到彻底和及时。要想完全瓦解它们必得有猛兽的牙齿，还需将它们磨尖锐，排整齐。

但最终，这一切也都无济于事。您还没去奥博策巷①吗？现在正是蔬菜上市的季节，为什么还不去？如果是有关他人的事，如格利尔帕策纪念馆，您就很友好地去做；而如果涉及您自己，您则既不友好也不去做了。

您百般努力，终于进了利希滕施泰因画廊，这使我很高兴。因为这意味着您拥有自信心，依您的性格您是应该具有这样的自信的，否则在那种情况下，您就不会采取相应的行动（我现在十分客观，并不是从我自己的角度来进行评论）。当时您对自己说：画廊关门了，这太不公平了，您，只您一个人，也应有权力参观这画廊，而您就这样争取到了这个权力。我不知道如果换了我，会不会有能力为我或为其他人说服别人放我进去，但我知道我是不会有这样好的主意的，甚少不会想得天衣无缝。所以要是我的话结果肯定比您的要糟。

今天，我已给您寄出了那本小说〔《战斗》〕，寄到那个地址去了。魏斯博士那边您不必担心，万一有什么不妥的，我也会自己先行解决的。但我没发现有什么。他是一个可亲、可信的人，在某些方面——只是在某些方面——十分理智，且高兴的时候热烈、活跃。他还是菲的故人。为了让您高兴，我毫不犹豫地撕坏了一本菲舍尔出版社的书目（有些夸张了，那张照片很容易就撕下来了），现将魏斯的照片寄给您②。他的

---

① 指维也纳的塔利西亚素菜馆。
② 《第二十七年》，S. 魏斯出版社，柏林，1913 年，第 289 页。

眼睛并非如此凝滞，戴惯了眼镜的人，一旦把眼镜摘下来，就会由于惊慌而睁大眼睛。

即致

衷心的问候！

您的 弗兰茨·卡
〔19〕14.5.18

这里的天气同样很好，遗憾的是人们并没有充分利用它。这种天气里本应躺在森林中的。但也没有谁像你一样，在宝贵的星期日下午同爱米莉姨妈躲在屋里商量房间的布置，竟如此地浪费这大好的时光。如果真的能商量出个结果，尽快完成房子的布置，使我们能早日住上房子的话，那么如此度过星期日下午的时光倒也不算可惜，但事实恰恰并非如此。

这样的天气里，我们房子的缺点更加明显了，而这房子我已租了下来。明年夏天看来必须搬走。冬季这房子可能还很不错，被关在房中，暖暖的，有充足的阳光和空气。但与其他季节就不怎么样了：窗外看不见绿色，只有一条喧闹、杂乱的小巷。房子位于巷子延伸出的一个空场旁边，总能看到对面的住户，别人也总能看见你。因此，至少应该为那两间临巷的房间准备一样家具，这家具在别处是用不上的，什么家具（此为机智问答题）？

我还会再画一些草图，上次画的仍可以参考，只是你不要让表面的形式妨碍你的思考，妨碍你完全进入其中，你只需设想你从图上的那些房间走过，倚在房前等等，你就会完全能够想象出房子的样子。要想更详细地知道，最好来布拉格一趟，亲眼看看这房子①。关于我手指的情况暂且保密②，你只能从我的笔迹中试着去了解了。但我已经可以给你

---

① 参见1914年5月16日写给格蕾特·勃洛赫的信。

② 参见注①中提到的信。

母亲回信了,我不该拖了一段。

出于信任(既是对你也是对你亲戚们的信任),提个问题:我想让奥特拉早些去柏林,也许就是这个星期日,她对我的这个想法还一无所知,其他人也还不知道。这次旅行应该能给她带来快乐,如果她星期四才动身,最迟星期一离开,而在这以后的整个六月里,从早到晚都要代父母照料生意,那么这种快乐只是微不足道的(此外,她连婚礼都无法参加了)。另外,有没有可能找一个最好是与她同龄的、不必上班的亲戚或朋友,能每天抽出几小时陪陪她,或给她提些建议,使她能够独自愉快且有意义地度过这几天。她住在旅馆,其他的事也不会带来太多麻烦,我想她有足够的独立生活的能力。对我的这个想法你应该完全独立地进行判断,看怎样做会更容易一些。如果你认为困难很多,实现不了,也许除了我在刚刚听说"不行"时会有点失望外,其他人都不会觉得有什么不妥,因为无人知道我的这个想法。无论结果如何请尽快答复。

衷心地问候!

弗兰茨<br>〔19〕14.5.19

假如你认为此事可行,必须寄快件,因为星期四这里是个节日。

〔第一页右侧信纸边缘〕
你忘记了《柏林日报》的事①。

## 致格蕾特·勃洛赫

我不需要喝缬草煮的水,格蕾特小姐,不要。自然愈合法的基本思

---

① 大概是指1914年5月9日的《柏林日报》,上面刊登了一篇霍夫曼·卡米评《司炉》的文章。

想是:"糟糕的东西就是糟糕的。"失眠虽然已经够痛苦的了,但失眠后起床时的感觉则更糟(我现在几乎天天如此),但至少目前我对此不负有责任。事情既已如此,只好默默忍受,但有意识地去喝缬草水,且喝时还可能要不停地看茶杯里还剩多少,一方面希望能马上喝光,另一方面盼望它能有些疗效,这样则太残酷了,我可不是因为身体里缺乏缬草茶而睡不好的,我失眠的原因有许许多多,但肯定不是因为这个。

  有件事前一阵我就想写信告诉您,但又忘记了。知道吗,菲在这儿的时候,我偶然间明白了我当初为什么会对您产生错觉(另外要说明的是:这可能并不是件坏事,一件对我来说如此美好的事因此而开始了)。那最主要的原因就是您的毛皮衣物。当初我并没有意识到这点,但我曾跟您提起过,根据"干练"这个词给我的感觉,我想象中的您是另外的样子,我以为会见到一位高高的、强壮的、年纪较长的女孩,但这完全错了,我的想象同现实中的您没有丝毫相似之处。现在想来,主要是您的毛皮衣物造成了这个错觉。那不是一条毛皮围巾,人们好像把这种衣物叫做披肩什么的。它不适合您,确切地说,不是我觉得它不适合您,只是我不喜欢。在旅馆大门口时,一眼看去它是那么显眼醒目,从此我对毛皮服装的这种加工方法——将毛皮铺开,缝上丝质衬里——就有种深深的反感,也许是因为它总使我联想到:游牧的猎人倒是可以穿这样的衣服,但也不会用丝绸做衬里的。它还使我联想到贫穷和不公正;为什么上层是毛皮,而下层只是丝绸,虽然我知道,它很贵重,而且上下两层都是毛皮也根本不可能,但这种毛皮的加工方法总使我感到有些厌恶,一看到它,我就感到窘迫。以前我姐妹的这些东西就曾经折磨过我,而对您本人的想象在很长一段时间都没能摆脱它的影响。在我们还没开始通信的日子里,我总看见您被裹在毛皮当中,您玩弄着它的两端,它们的摇来晃去和适应能力让我更加生气。雾大的时候,您还将它的一端挡在嘴前。现在我还记得,当我在火车站看见您穿着漂亮的旅行外套,终于没戴那毛皮披肩时,我是怎样地舒了一口气,没有它,您显得那么自由、纯净、光彩照人,但这也没能改变您给我的最初的错误印象。而现在，您尽可以裹在五百条这样的毛皮披肩中，我自信可以将您从中解脱出来。

弗兰茨·卡

〔19〕14.5.21

〔第一页下边〕

由于多种原因（以后我会告诉您是什么原因），我迫切地希望知道您读《战斗》后的印象如何。另外，您不想也给魏斯博士写几行吗？

在打算明天给你发这封信时，我想：明天你来的信中写了些什么倒无所谓，但如果我没收到信，这封信我也不发了——我只能做到这一点。

关于我妹妹的旅行计划你只字不提，平时某些时候你短暂的沉默，以及你上封信中的一些事都不是我想说这些话的原因，只是由此而引发出来了。特别是我妹妹旅行这件微不足道的小事，你本来只需简简单单，干干脆脆地说声"不"就可以解决了，但我想说的与这一切都无关，因为对我们俩来说，这已经具有普遍意义，已不能简单地就事论事。

独自坐在这张写字台前的时候，我比与你一起时更有自主性，我现在说这些话的时候并非更无所拘束，也并非因此而更符合实际，但至少应与我在不能自主的情况下所说的话具有同样的效力。两种情况下我说的都是真话，至少就我的判断力来说是真话。如果你很想弄清楚我关于你的这些想法——你也应该想弄清楚——那么你最好在我上上次去柏林之后给你写的那封信中去寻找答案[①]，我想我没记错。也许你还保存着那封信，并能找到它。我不想、也不能重复那上面的内容。但那上面我说的一切都将成为我们关系中最终的基础性的东西，是我们双方都不能解除的。

我知道，这个基础并非十分牢固，至少你还没有明确地承认这种说

---

[①] 这封估计写于1914年3月1日后不长时间的信没有能收到。

法，为此我也十分担心。我们想相互牵紧双手，但也许我们脚下的土地并不稳固，而是在不断地、无规律地变动。我们"手牵手"的稳固性是否能弥补这一点我目前尚不清楚，但从我这方面讲是不应该有什么问题的。

弗

〔19〕14.5.22

我最亲爱的菲莉斯：

我遵守我许下的诺言，虽然收到了你上次寄来的信也还是寄出了内附的信，这样做也是对的，因为即使它是针对一时一事，但也绝不会随着这一时一事的消失而失去意义，况且它们也根本不会完全消失。而且，信中没有一句话让我感到羞愧，从本质上讲，也没有一句话不包含了对你的关心。

出于信任我向你问起了那件难办的事。你认为困难是有的，但还是可行的，而且你显然同你母亲谈起过此事。这样做很对。而我也没有做错：读了你的上一封信后，我并不觉得你完全同意此事，而后我就一直等待你给出一个明确的答复（因为你说了要再给我写信的，可是至今没有）。总之我还没让我妹妹上路。我们都做得很对。可是，你母亲却给我母亲写了信（顺便说一句，她太客气了，这也使我痛心地想起，我至今还未给她回信）。她信中说——原话我不记得了——她也曾很希望奥特拉能早些去，但只是没敢贸然提出邀请，等等。我原本是想，这件小事如果不能实现只有你我知道，可现在看来，它已成为人所共知的家庭事务了，而这就不对了。这个请求是我一个人提出来的，除了我别人不应遭受拒绝，这是很清楚的。

另外奥特拉本身也根本不想去，我并非完全不赞成这种想法，这倒也不错。如果我订婚这件事没能使她有兴趣在柏林玩几天，那么至少她应该有兴趣反抗,当然不是针对你们,是针对父亲的,这已牵扯到我们家庭生活中的不和谐部分,没有能搞清楚其中的是是非非。

因你在信中提到了戏剧,还说想去看戏,于是我就看了一下节目表,只发现有两部或许会让我感兴趣,除此之外就没有什么可看的了,而这两部戏我们也都看不成。《雷尔大帝》星期六上演,我虽然7点钟能到柏林,但刚到的第一个晚上多半不大可能出去看戏吧。韦德金德的《弗兰西丝卡》也看不成,因为是首场演出,肯定买不到票,而且多半会要求穿晚礼服,这我很难做到。

另将我舅舅的信附上,这封信也关系到你。我想,我六十岁的时候将不会有他这样美好的心境。难道你不觉得他很可亲吗?如果你愿意,给他回封信,先寄给我,我可以接着再写,他的原信请再寄还给我。

如果有人问起你,你的未婚夫长什么样,那你就说你给他拍过照片,再拿随信寄上的这些小云彩给他们看。我就是云,你不是也的确为它们拍过照?

弗兰茨

〔19〕14.5.24

〔随信附寄〕

卡夫卡的舅舅阿尔弗雷德·略维从马德里的来信

亲爱的弗兰茨,亲爱的菲莉斯小姐:

你们一同写来的真诚的来信使我万分高兴。信中没有注明日期,想必是沉浸在幸福中的人们是不去计算时间的。这封信像一首爱情二重奏,我将不把它当做一封普通的信,而是作为音乐好好保存起来。

再一次衷心地祝贺并真诚地祝福你们,愿你们今日的幸福天长地久,不要忘记,幸福掌握在每个人自己的手中。

我多么想能像你们希望的那样,去参加你们不久将在柏林举行的订婚仪式，遗憾的是，越是临近假期我这里的事就越多。现在看来，我最快也要到 6 月 6 日才能动身，路上要耽搁几天，在巴黎还必须待几天，你们看，这样的话 6 月 15 日前我是到不了布拉格的。别生气，人常常是身不由己。

关于我，我未来的外甥女发了一些议论，对此我非常感谢，在这方面你可比我们的弗兰茨宽容得多，他在我身上找到了这样那样的缺点，但对此我没有丝毫不快，我本来就不是完美的，这一点你以后也会发现的。

热烈地拥抱你们俩，永远与你们在一起。

你们的 老舅舅和新舅舅<br>
阿尔弗雷德<br>
1914 年 5 月 14 日于马德里<br>
〔西班牙铁道部信头〕

## 致格蕾特·勃洛赫

亲爱的格蕾特小姐：

今天早上，我还躺在床上的时候，收到了您的信（我不爱起床的老习惯还是以前能美美地睡个好觉的时候养成的，现在越来越没实际意义了）。在床上我舒舒服服地躺了整整一个小时，心里默默想着如何给您回信。这样炎热的下午写的信一定不会像已往的信那么深刻和正确，特别是有关 F. 的事（写完信后我就去游泳）。

人在心灵深处，有一些坚定不移、根深蒂固的想法，人们根本无需费心去证明它们的正确性。而且这些想法充满了人们的大脑，于是人们也不再有多余的空间用来阐明理由，人们不知道该把理由放在哪里。只有在有人提出要求的时候，人们才会去阐明理由，但其说服力与那些自然的、不可辩驳的理由是无法相比的。我本人并没有很多这种心中根深蒂固的想法（从表面看完全可以把它们称为成见）。我们现在来讨论其中的两种成见：一是认为今天的医学一无是处；一是认为毛皮披肩丑陋。不过因为关系到您,所以这两个想法之间是有区别的。我不喜欢缬草水,即使您喝它,也改变不了这一点。而关于毛皮披肩则相反,我丝毫不反对您用它,我说这番话是认真的(我从未怕过那些被说得很可怕的衣服,我只是好奇,会是什么呢?五米长的拖裙?还是奥地利少女的民族服装?)。

您说得很对,失眠也是一件残酷的事。如果能让人看看我的大脑经过昨晚的失眠目前处于什么状态的话,肯定会令人大吃一惊。我清楚地知道,我失眠的原因主要是三十年来不正确的生活方式。其实我也可以采取许多有效的措施改变这种状况,比如有规律的、较早的睡觉,但我没有这样做,这是我的过错,我必须承担它带来的后果。我们俩都讨厌蹩脚的毛皮制品,为什么我们不能都去讨厌错误的失眠治疗法呢?自然疗法的第二个基本思想是:尽量避免用其他物质去干扰肌体的运转。你是不能完整地了解其内部是如何工作的,也不清楚在特殊情况下它是如何变化的,所以不可能有什么万无一失的特殊疗法,而每种试图治愈病痛的东西都该被枪毙掉。人的肌体是不能被分割的,除非它受到严重的干扰。我有一大块煤塞不进炉门,那么把它打碎是极合情理的。但如果是我想穿过一道狭窄的门,为了能过去把自己分成两半,这恐怕就不那么聪明了。如果我都是由睡眠细胞组成的,慢慢变成了失眠,我自然会毫不犹豫地喝缬草水进行治疗,我甚至会大灌溴或者佛罗那安眠药,以治好我的失眠。但我并不只是由睡眠细胞构成的,我是一个正常的人,那么,这样做无疑就大错特错了。

〔估计以下为此信的后半部分〕

关于这件事,我今天还不可能把我要说的都说出来。

我认为,在我和菲的关系中,菲知道的所有的事,您,亲爱的格蕾特小姐,都可以知道,而且我感觉您也应该知道。您信中提了一个问题:"您订婚前我一直知道,……后来又说可能会同意。"我没太明白您的意思。您是不是指同订婚前比,我和菲关系中的变化?那么,我的回答可能有点奇怪:什么也没有改变,也许从外表看有一些变化,但内在的东西没有变,至少我没有发现,或许说还没有出现足以引起重视的改变。您问菲信中都写些什么。她写信比较有规律,只是因为工作很忙,所以信的内容只局限于商量房子的事等等。这有两次收到了令人高兴的消息：她终于抛弃了大夫并代之以学习游泳。她兄弟那里有了好消息，他找到了工作，而且看来他靠这份工作可以过活。就我所见，菲肯定为他做了不少的事。再多的消息就没有了。

相反，关于您的信我却有很多想说的，但下次吧，现在很晚了，笔也不愿再动了。只是再说一下那地址，因为您问得那么迫切[1]。当时我把手稿拿到我们家的店里想封好，我本打算自己写地址，但我最小的妹妹奥特拉却想写（她几乎一整天都在店里做事），她总是这么孩子气（她二十岁，是个可爱的好孩子）。于是我念地址她写，最后她挨了我的骂，她将地址写得太小、太不清楚了，特别是维也纳的第一个字母写成那样，更加让我生气。不过不管怎么说，邮件总还是寄到了。

即致
衷心的问候！

您的　弗兰茨·卡
〔19〕14.5.24


明天我将听到些什么消息？为什么柏林会使您沉默？

您也许还是会想给魏斯博士写信的，但他的地址已与寄给你的手稿上写的不一样了，新地址是：莎洛滕堡，格劳曼街61号。

知道吗，我还没给布达佩斯写信，我还没下决心这么做。我是这么懒于写信，尤其是给不熟悉的人。这很有些不公平，是吗？您和菲都试图使我和这个姐妹能更亲近些，奇怪的是这反而使我有些不愿写信了，当然这只是原因之一，我对写信的反感有许许多多的理由。大约一年前，在我的要求下，菲寄给了我这个人的一封信[2]，那八页的信几乎只包含了家庭财务等诸如此类的琐碎小事，显得很古怪。您上次引用的她信中的那段话也很空洞。尽管如此我还是喜欢她的，但暂时还不能给她写信。

---

[1]　〔下面的两行之间〕您为什么要这么问？
[2]　参见1913年2月23日给菲莉斯的信，第312页。

我的胸中跳动着愤怒，这本是一个年轻的学生在读了印第安人的故事后才应有的情绪。而我曾是因读了几页贝罗茨的回忆录。但现在先不谈这个。

怎么了，菲莉斯，觉得时间过得太快？已经5月底了！真的已经这个时候了？那么好，我现在正坐在摇把旁边，如果你愿意，我来将时光倒转。我应该把时间倒回到前两年中的哪个月呢？回答得明确些。

你使我感到羞愧，你信中说，从笔迹上看，我的手或许已经好些了。好些了？我的手早已痊愈了，上封信的字几乎可以说是我能写的最漂亮的了。你还使我感到苦恼，你的思维应该更敏锐些。需要什么样的家具？当然是西班牙式的隔板或垫子，好能干"那件事"，好能光着身子敞着窗干"那件事"，以免让对面的人利用这个机会也干起来。

戏单我已经看过了，正如我昨天信中所说，我没有机会去看戏，但母亲和奥特拉能去，不过最好能在星期六父亲到达之前。他可没兴趣去看戏，如果他去，他就要强迫自己，所以最好给他随便看些其他的什么东西，比如你曾提到过的电影之类的，反正这种票随时都能买到。我认为母亲和奥特拉最好能去看星期五上演的《你们都如何》，不行的话就不要再买其他的票了，千万不要。

是的，奥特拉已不再固执，她很愿意一道来。又是家里的这些事，搞不清楚。

她们应该住在哪里呢？你们附近可没有旅馆，即使有，房租也一定很贵，没必要住那么贵的地方。是不是又要考虑阿斯卡尼亚旅馆了？我的幸福与不幸都与它紧密地联系在一起，可以说我把根留在了那里，如果我再去，我会将自己接种在那条根上。那里的人们也喜欢我，虽然陈设不那么舒适讲究，而且也够贵的，但我还是认为可以考虑住在那里，对我来讲这是最佳方案。

你只要在每封信中写上：婚礼的准备工作正在一一完成，我就很满意了。但我不明白，准备一次婚礼怎么会那么繁琐。另外别忘了，在你陪嫁的财产中，比家具和衣服重要得多的，是你的游泳技能。你答应过我要向我汇报学习游泳过程中的每一个进展。而至今你对此还只字未提，这是不是说明你一点进步都没有？我可不相信是这样。顺便说一句，圣灵降临节时可要进行游泳考试。你是抓着杆子还是其他什么东西学?

房子的平面图寄给你。我并不在意阿德勒①也住在这幢房子里,只要林特施特罗姆公司的电话机还没有被改进得让整幢楼都听得见就行,否则所有住户都要向他买电话机了。而我们俩在这个巨大的共鸣箱上应该怎么住,我可就不知道了。

弗兰茨<br>〔19〕14.5.25

## 弗兰茨·卡夫卡致菲莉斯母亲安娜·鲍威尔夫人的信

亲爱的母亲:

听说你受了伤,而且挺严重。你本可以像我希望的那样,在布拉格再待一段时间的,布拉格可没有环城车,即使有的话,我也一定会将你的手指及时地从车门处拉开的。但现在,我们只有纷纷前去探望你手指的情况,如果它能承受的话——希望是这样——我们将用一个吻来彻底治愈它。

向所有的人致以最衷心的问候!

弗兰茨 上<br>〔19〕14.5.25

捷克语小课文:

〔信头:úrazová pojištóvna dělnická pro království české v praze②〕

办公室的事情很多。我并没有发怒,我是很生气,不开心,还有其他别的坏心情,但我没有发怒(如果不是我本来就有失眠的毛病,那么,

---

① 是曾被多次提到的卡尔·林特施特罗姆股分公司驻布拉格的代表。
② 捷克语:布拉格波希米亚王国工人工伤事故保险公司。

这也许会使人睡不着觉的）。为了准确起见，我补充一点：你已有三天而不是两天没有写信了。

如同在整个世界历史中一样，到处都不停地发生着同样的事情：每个人都在努力为自己寻找一块地方，好去战斗。我也将别无选择，也会为自己去占领一席之地，这是强迫自己去做一件有意义的事。

过几天你将遭到两方面人的骚扰，是有关买家具的事，而且看起来好像还都是我让他们来的。一是德国工业协会，他们已经给我写了好几封信，现在我终于要答复他们了。我觉得他们的家具的确是最好的，即是最合适、最简洁的。此外，还得有一家布拉格公司的代表要来，你尽可以快些将他打发走。我有一次在办公室遇到了他，我当时昏昏欲睡，不知随口讲了些什么，他马上递上名片，说，因为曾是柏林人，所以他了解你的口味，一定保你满意，然后就走了。后来有一天，他又来了，穿着比上一次讲究了一些。我对人的记忆力很差，于是我把他认成了一个有名的律师，就十分热情地走上前去，同他热烈握手，这才知道了他到底是谁（他公司的家具极贵且卖不出去，这一点你必须心里有底）。可我又总不能马上换一副脸，变成态度恶劣的买主，于是只好应其要求，给了他你的地址，因为他恰好要去柏林。同时，他还请我写信向你事先打个招呼，我不可能拒绝我曾那么热烈地握过手的人，于是就以现在这种方式做了手脚，完成了我的使命。

问候大家，包括你的和我的家人[①]。吻你可爱的脸。

弗

〔19〕14.5.28

## 致格蕾特·勃洛赫

亲爱的格蕾特小姐：

当您读这封信的时候，我们两人——但愿是我们俩——已都在柏林了。您能来真是太好了，好极了。因为当着您的面，我也许不能完整地

---

① 当时卡夫卡的母亲及妹妹奥特拉已在柏林。

表达我的意思，所以，我还是很快地将我想说的写出来吧（如同您对相见时的穿着做了个保留，我也先不解释我为什么要沉默，沉默打击过我，也拯救过我）。

您的上上封信是星期三到的，读了好几遍我才发现，或者说我才自以为发现了，您认为您的这封信星期二就能到，那么，星期三即可收到我的回信了。不是不是，星期三的早晨才到，紧接着我在办公室里又收到了您的上一封信。假如您来了布拉格，我肯定会在星期六中午走，6点51分到柏林。但现在我又觉得有些不妥，可能3点离开，晚上11点半才能到。失眠、胃胀、头昏、左脚痛将是我带来的行李，但无论怎样，重逢都是快乐的，相形之下，它们就不算什么了。您尽快去菲那儿，不必顾及穿着，不必再做任何修饰，看她的将是最温柔的眼睛。

您的弗兰茨　上<br>〔19〕14.5.29

## 致格蕾特·勃洛赫

亲爱的格蕾特小姐：

只写几句，下午必须试着睡一会儿补回晚上的失眠，晚上要帮父母照看生意，时间不多，但写下面这几句话还是够的：您不会知道，对我来说您意味着什么。但您所知道的那部分已足以使您能够相信，对于我，有某种您完全不可能一清二楚，但却完全能有所感受的情况下，您可能会为我做一个人可以为别人所能做到的一切。而您所做的一切也证实了这一点，而且这一切十分有效，是很有效，格蕾特小姐，是很有效。吻您高贵的手。

弗兰茨·卡

## 致格蕾特·勃洛赫

亲爱的格蕾特小姐：

　　旅途顺利，睡得却很差，办公室中，在鸡叫三遍后描写了一名官员的幽灵般的形象。这凭记忆就可完成，因为这已是过去的事，而现实中，在一件事情结束之前的每时每刻似乎都是不保险的。我现在脑子里只有一个念头：要是终于能得一场伤寒或诸如此类的病该有多好，好将我在众人面前击倒，使我有理由让人抬着送回家。而现在我却正口述一篇关于第五危险级专家鉴定的冗长的报告，而面色红润、年轻快乐的打字小姐却在不时地抱怨今天很困，因为昨天晚上直到1点才（才！）睡。

　　今天感觉好些，睡了一会儿。而最糟的，几乎是最糟的是我的时间太少了。我没告诉您，节前我已开始写东西了吗（对此您莫名其妙地说了一句错话：这也许不是最重要的）？从昨天上午和晚上开始，我发誓10点半要上床。写作几乎停滞了，此外晚上还要在店里浪费时间。夜又来临了，马上又将去办公室继续口述那篇报告。也许您是对的：在布拉格，写东西不是最重要的，最重要的是离开这里。

　　我读了那些传说①（立即实现诺言是多么令人快乐呀！这种快乐已远远超出了实现诺言本身）。相比之下，你兄弟本人比这些传说更让我喜欢，当然也有一些地方写得挺不错，也有一些地方写得挺有新意，尽管如此，我感觉还是不能笼统地说他写得很好，这还只是些幼稚的作品，东拼西凑出的不和谐的整体。很奇怪，他竟责备过您过于热情，而他自己就很善于运用过分热烈的、空洞的词汇（生命在我心灵的深处反抗着，如受伤濒死的野兽，大声嚎叫，诸如此类），不，不能用"好"或其他赞美的词来评价它，这是"幼稚"，它有可能向任何方向发展，他肯定会写出更好的东西，或者他已经写出了更好的东西。总之，他将更有作为，因为他使人感到他十分专注，思路清晰，沉稳，有毅力而又有些锋芒。要想成为有用的人，这可是些必不可少的品质，我对这些品质的评价很高，因为我自己不具备其中任何一条。另外，那天在桌旁，他同您

---

① 估计卡夫卡读过汉斯·勃洛赫写的这些传说的手稿。这些作品从未印出。

说话时的确应该更礼貌些,更何况您是用那么温和的目光在看他。但也许他本已很有礼貌了,只不过一旦关系到您,我就显得特别敏感罢了。

弗兰茨·卡

〔19〕14.6.4

〔工伤事故保险公司信笺〕

我们还有机会再谈柏林的事。

〔信头上方〕
随寄一张夹在书中的小书签。

## 致格蕾特·勃洛赫

亲爱的格蕾特小姐:

昨天又是完全不得脱身的一天,无法做自己想做的事情,无法给您写信,而我生命中残存的一切都迫使我急于写信给您。有时,我真是不知道如何才能保证在婚姻中保持原来的我,通过一个建立在女人坚定决心上的婚姻吗?——目前您是唯一知道我这种想法的人。那将是一个倾斜的建筑,是吗?它会倒塌,还会从地中将地基都拔出来。

天啊,我能理解您对我的写作的想法,但纵使理解,这想法也是错误的,更别提真的要那么做了。每个人都以不同的方式将自己从地狱中解脱出来,我是通过写作。如果我想解脱自己,不能通过安宁的生活和充足的睡眠,只有写作,我在写作中得到安宁,而非在安宁中写作。

我一直在谈自己,仅从这一点就可以看出我目前的处境。我知道,在柏林时我也是这样的,虽然我心里清楚,只有将关系到我的事情尽量压制下去,我才存在,我才活着。

我说过,您在柏林会比在维也纳更愉快,您当时还不信,而我说对了,这让我很开心。您过得比原来更快活,有了一个更好的职位,但愿意工作了(没有"钢"了),家人就在身边,不再有遥远的、痛苦的挂念。柏林使您像其他人一样有了抵抗的力量。您提到母亲"过分"地关心，什么意思？我对您兄弟的评价并不涉及您，否则我必须再增加些内容，而这部分内容是难以用语言表达的，即使可以表达，我也不会将它们写出来。但有一点您可能是对的，你们可能是有许多共同之处，但因为涉及令兄弟，我自然就看不出来了，甚至在他写的东西中就有一些迹象，只不过被我忽略了，比如关于犹太居住区居民的那一小部分给人以真实的感觉，但却是普遍的，对犹太复国的向往，这对每个人来说都是能够实现的。尽管这样，我认为总的说来这东西还是不错的。但令我始终不满意的是整个情节结构的枯燥无味。它只停留在表层，所有要说的话都说了，却没有一处深入下去，引深下去。您提到了令兄弟还写些中篇小说，毫无疑问它们会更有个性，因为写传说时，他不可避免地要受到寓意的限制，而写其他东西他就一定会更自由、更直率、更有自信心。况且像写传说这类东西，只有一个人在生命快要结束的时候，倾其所有力量，而且有勇气自始至终尽力保持这种力量，而不是在刚刚开始后便失去信心才有可能成功。不过，您兄弟也正是这样做的，不必因我的话而对他的坚定产生怀疑。

衷心地问候！衷心地握您的手！

弗兰茨·卡
〔19〕14.6.6

## 致格蕾特·勃洛赫

亲爱的格蕾特小姐：

我真的在信中把自己写得那么可怜吗？其实没有那么糟，至少不总是那么糟。只要一坐下开始写信，一切就都涌上笔端，什么也不想被落下，因为这信是写给您的，而您对一切的反应都是那么友好和善意，使我安心的是，我最终还是忍住没有把一切都写出来，这样我就有权力从您信中完全为我自己汲取一些慰藉。

7月份我将住到森林中去，随便哪里，好在忙碌中尽可能地休养一下。在我们这儿，父母们常爱说：从孩子身上最能感到自己有多老。可如果没有孩子，就只有从自己的灵魂上去感受了，而这样的感受会更加透彻。年轻的时候，我是那么千方百计地引诱他们出来，可他们却不来，我于是更加努力地去引诱他们，没有他们我感到无聊，可他们还是不来，于是我想，他们根本不会来了，为此我曾常常几乎想诅咒生活。可后来他们却来了，总是居高临下的拜访。尽管他们很小，可必须向他们鞠躬致意。他们常常并不小，只不过看上去如此或听上去如此。一旦他们真的来了，倒很少对我十分疯野。你不会为他们感到十分自豪，他们扑向你时的样子，也只是像一头小狮子扑向一只雌狗。他们会咬人，但只有用手指固定被咬的部位，并用指甲用力压一压才会感到一点疼痛。过一段时间他们会长大，来到你这里。按自己的意志或留下或又离开，纤弱的小鸟的脊背变成了巨人的脊梁。他们来自所有的门，关着的门被他们推开，那是成群的、巨大的、瘦骨嶙峋的无名的鬼魂。你可以同其中之一斗，可不能同你四周所有的斗。你要是写，那么他们就是些很好的神灵，你要是不写，那么他们就是些鬼怪。在他们的拥挤中，你只将将能把手抬起来，好让人知道你在何处。至于如何扭曲那高高举起的手则不用你来管了。

您现在过得比原来更好了，本来就应当如此，这快乐是您应得的。前几个月您受了很多苦。而且我还不断地给您写信，开始时甚至自私地一直在谈自己的事。您在家中的不快我不了解，但您不认为，曾使您苦恼及现在您正为之苦恼的一切创造了良好的反抗力，这种反抗力使您现在能够自如应付世上的一切。此外，〔施特林堡的〕《死之舞》我没读过，所以不知道您指的是什么。故事是发生在一座灯塔里吗？

我还想说的是：不要过于费精力给我写信，另外早点离开办公室。只要给我写几行就够了，两句话加上您的签名足矣，但我需要它们。如果我抱怨得太多还请原谅，一切尚还可以忍受，痛苦虽然没有消失，可新的一天不断来临，痛苦的表现形式在变，对痛苦的承受能力也在变，就在这变化中苟且偷生吧。

弗兰茨·卡
〔19〕14.6.8

〔信纸边缘〕

我没收到星期日寄出的明信片。

## 致格蕾特·勃洛赫

亲爱的格蕾特小姐:

这真是一封奇怪的,十分奇怪的信。

您并不认为现在好些了,而且"说不出原因",这使我更加多了一层担心——当然这并不是您的本意。如果您有理由这样说,但这理由并非十分充分,那么,根据我的性格,最好还是彻底打消我的担心。

而同第一句话相反的是:您认为找不出理由相信我目前这样做的必要性。您先不要考虑我作为个体的人在性格上有哪些明显的特性,而把这个整体当做一个普普通通的例子。这是一个因其生活环境及天性而完全非社会性的人,其健康状况不稳定而且目前尚还不知糟糕到了什么程度。因他生为犹太人却不赞成复国主义,且不信教,所以被所有重要的大的集体排斥在外(我对犹太复国主义又是惊服,又是厌恶)。办公室中迫不得已的工作也在不断地折磨他——这样一个人决定要选择结婚这一社会性举动——当然,他这样做也是十分勉强的,即使这样,我觉得这对他来说也绝不是件容易的事。

最后,您在信中还粗声大气地说:"三个月您总还能活得过去吧!"这真的让我很开心。但格蕾特小姐,如果有人说:三个月很长,那么他言下之意一定是认为三个月很短,就是这么回事。最近一次,您还问起了奥特拉,她很好,只是整天都要待在店里。她的心思不在店里,一心只想着盲人院。几周以来,特别是近两周,她在那儿有了几个很好的朋友,她与其中之一交往尤其密切。那是一个年轻的藤编艺人,他一只眼睛看不见,另一只则肿得老高。他是她最好的朋友,温和、善解人意而且忠诚。她每逢星期日和节日便去看他,给他朗读,多半是些有趣的东西,可这种快乐中带着些冒险和痛苦。正常人用目光表达的情感盲人用指尖来表达。他们抚摸衣服、胳膊、手,而那样一个高高的,健康的,被我有些引离正路的女孩称这为最大的幸福。知道她是怎么说：每天她醒来都感到如此幸福，是因为她想到了那个盲人。一个星期她都在攒纸烟和雪茄（用的是省下的饭钱），星期日就给那个盲人带去，她甚至不知从哪儿找出了一个旧的装烟的口袋，准备今天带过去。她同盲女孩倒没有交往，那些盲人朋友也不同盲女孩交往，他们说她们太傲慢，"被我们呵护的女孩们太傲慢了"。

由于忙于这些事，奥特拉至今还没给柏林写信。她不知在信中应如何称呼，不写"亲爱的父亲、母亲"这我同意，但"我亲爱的"她也不要写，她认定只有年迈守寡的、感情充沛的、老实却常写错别字的、身形庞大且忍受着无人相信的巨大疼痛折磨的姑妈才会这样写，而且应该从她手中剥夺原本属于她的"我亲爱的"这种称呼方式。对此您有什么高招吗？

即致

衷心的问候！

您的 弗兰茨·卡

〔19〕14.6.11


〔信纸边缘〕

宫桥那张卡片我没收到，上面写了些什么？


## 致格蕾特·勃洛赫

亲爱的格雷特小姐：

首先，我既没有生气，也没有理由生气，如果生气，也是因为上封信没能说服您，而且也是生我自己的气。确切地说，那是一种病态的过度刺激（一个睡得特别糟糕的夜晚就可能会造成这样的后果，因为在目前这种状态下，每个夜晚、每个对睡个好觉的希望对我都是至关重要的。我今天又必须特别小心，因为昨晚的情形又如同那个恶劣事件后的第一个夜晚，不断地被惊醒，在短短的默默的祈祷中又迷迷糊糊地昏睡过去。

当然，这段时间有时也能睡得不错了）。总之，当时可能是由于受了一种过度的刺激，我几乎是有意识地读出了信中本没有写着的东西，即使写在上面的，我也读出了它们更深层的涵义。这些都符合您善良、宽博的心怀。但是，不知怎么，您对我说些难听的话也使我开心——虽然有时我也不一定能成功。我很坏是吗？被这种想法所吸引。

从整体上看，您大体上能理解我每次的"表白"，您的惊讶反应也是正常的。只是这"表白"的核心您理解得不够准确，而如果做一定的限定，且不考虑细枝末节的话，这核心是十分简单的，很遗憾，十分简单。在能列举出的几点中，有一定统协着其他的一切（奥特拉现在正在我这里，拿着要送给那个盲人的玫瑰花，讲着他的故事，打乱了我的思路）。这就是被您称为"无关紧要"的我的健康状况，您以后会很容易地发现我说的是对的。如果我能更健康、更强壮，那么所有的困难都会被克服，我也早就不再上班了，对整个世界、对菲，我也会有十足的把握，我所缺少的一切，都可以用健康之躯来弥补。而现在呢，我干一切事都要顾及身体，对此我还需再多说什么吗？这种身体状态还使人产生错觉，甚至使我自己产生错觉，这错觉随时到来，极为精确，而恰恰是在最不适当的时候。这真是种十足的疑心病，但它却深深地扎根在我心中，缠绕着我，让我不能解脱。您把我的"固执"当做一个好征兆赞扬了一番，这不无道理。但"固执"也许因怀疑而起呢？

打个比方：天平的一头是我的身体状况，而其他所有的一切则在天平的另一头，总有一天，这天平会失去平衡，而且结果不明。或者是健康一边强大得将另一边高高抬起，上面所有的一切都被抛得无影无踪，或者是健康这一头坚持不住了，被抬了起来，并被天平另一头的东西所消融。最后孕育出一个幽灵。

爱米莉姑姑[①]的病我是听您说了才知道的。而我自己很清楚，我还没给艾尔娜回信。我会给她回信的(有时我觉得艾尔娜几乎是很了不起)，我还应该给托尼也写封信，虽然我很喜欢他，可不知怎么却总懒得动笔。而我克服了这种懒惰，终于给爱丽丝写了信。

---

① 菲莉斯的姑姑，其父亲的姐妹。

您因为我而睡不着觉，这让我很不安，不要这样。而您终于能在5点半离开办公室又使我很满意。同菲一道去学游泳，如何？

您的 弗兰茨·卡

〔19〕14.6.14

## 致格蕾特·勃洛赫

亲爱的格蕾特小姐：

我现在正在一个美丽的公园里。只写几行，耳边是喷泉的哗哗声和孩子们玩耍时祥和的嬉闹声。这一切意味着什么？这一刻我体味到了那些老夫妇们快乐的真谛，体味到了观赏一片草坪，静坐在落日余晖中，或观察麻雀的一举一动的快乐的真谛，我的大脑连续四个夜晚几乎没有得到睡眠的休息——这比有时还强些呢——现在它终于得到了松弛。您想知道我这一天是怎么过的？今天是特别的、休养生息日，您坐在办公室，敲打学生的手指，而我先是徒劳地躺了一个小时，希望能睡上一会儿，然后又去了游泳班，游了泳，又做了体操，散步之后又去乳品店喝了酸奶，现在正坐在公园中给您写信。一个小女孩是不是都能比我更好地照顾人？那么晚上呢？晚上我常常只能在噩梦中很轻很浅地睡上两三个小时，然后就再也睡不着了。有时也迷迷糊糊，半睡半醒的，却总是只有很短的时间，而且再也不能真正入睡了。然后所有钟楼上的钟都准时敲响，告诉我时间过去了，可怕的夜晚过去了，但可怕的清晨又到来了……您看，我的抱怨真是无聊！我清楚地知道，这一切都会过去的，我还不会因此而垮掉。

另外，今晚我会特别晚才上床睡觉。魏斯博士今天11点从柏林来，他昨天写信告诉我的。这使我有些不快，他原本也是说要来布拉格的，但说是7月初，现在他却来得这么突然。他是因我而来，我又能怎么办。这也不是不可以，但让我感到有些厌烦。

这几乎又要让我牢骚满腹了，但我知道，类似的抱怨昨天已引起了您的不安，为此我一整天都受着良心的折磨，今天收到您的信后，这折磨又开始了。不知上帝是如何忍受这许多悲叹怨言的？为什么他不将我打垮？但我心中那个抱怨的声音在说，他是已经把我打垮了。

是的，我肯定会给艾尔娜写信，我还想送艾尔娜和托尼一点礼物。这又是我的一个弱点，不善于直接地与人交往。一旦我真的想和谁接近，就只有送他礼物。我打算送艾尔娜一本书，菲本要以我的名义给托尼买点什么，但显然是忘了，我在信中曾提醒过她这件事，读信时她大概故意视而不见。您能给我出个主意吗？事无巨细，您都曾是我的好参谋。

天已经晚了，就此结束今天的"光、水、空气疗法"，收起铅笔，散步回家。

即致

衷心的问候！

您的 弗兰茨·卡

〔1914 年 6 月 16 日或 17 日〕

您还想再给我寄点令兄弟写的东西吗？对糟糕的一周开端的抱怨是指什么？自然不会有其他人一起读信，而且也不会再有人去读它们了。

## 致格蕾特·勃洛赫

亲爱的格蕾特小姐：

还是简单写几句。

魏斯博士占用了我很多时间，根本没有空闲，但我依然很喜欢他（我曾担心他是因为我而来的，看来这是多余的）。他把柏林带来了，而这正是我需要的，他浑身都散发出柏林的气息，这使我暂时摆脱了办公室的烦恼和痛苦，虽然只是短暂的，可也深深地吸引着我。对我的情况，他比我更感到担忧，但使他忧虑的有一部分完全是另外的东西。在许多方面，我都十分拘泥形式，幼稚且刻板，而他消除了我的一部分忧虑，帮我找回了一部分被弃在地上的希望，激活了它们，并将它们放在了我的手中。明天他就要走了。几个星期以来，我第一次感到好多了，睡眠虽然还很差，但还是好些了。

  谨致
问候！

弗兰茨·卡<br>〔19〕14.6.18

## 致格蕾特·勃洛赫

亲爱的格蕾特小姐：

  连续两个晚上，我睡得好多了（魏斯博士走后，又曾经有过几个可怕的夜晚）。现在，只有我一个人，可以静静地思考一下我的处境。关于她的事情太特别了，所以在我今天这样头脑清楚的时候，根本不能谈这件事。

  几天前，我同一家很大的内衣及床上用品厂的一名负责人谈了谈，这家厂有两名负责人：约瑟和勒文施泰因，我是同后者谈的。我们说起工厂的组织问题，他正委托一个美国人重新组织他企业的生产和技术设施。我首先想到的当然是您的机器，这家工厂也有这种机器，但他们打算淘汰这些机器，因为工人们不愿使用它们，认为它们已经过时了。我当然说这些工人们显然不懂得如何正确使用这些机器，这些机器的性能依我的"经验"是很不错的。只是应该由一个能干的人，比如由我认识的柏林的一位小姐来教他们如何正确操作。他说好的，完全可以考虑，他非常乐意请这位小姐来，并承担所有费用，无论多长时间，当然他还要先同办公室主任说一声。因为他曾多次给雷斯提①写信，又多次被回绝，所以公司会不高兴，但没有关系。另外，勒文施泰因先生出差去了，7月份也不在，要到8月初才会回来，然后我再去问他，如顺利就可以开始办理了。您愿意做这事吗？有可能行吗？如果可能的话我会很高兴的。虽然我还不知道，您现在能否管理波希米亚地区的业务，但如果他

---

① 格蕾特·勃洛赫在维也纳的约·雷斯提公司工作。

们强调只想要您来,而不是其他的人,那么出于生意方面的考虑,我想还是有可能成功的。

顺致衷心的问候!

您的 弗兰茨·卡

〔19〕14.6.20

〔估计写于 1914 年 6 月 24 日〕

## 弗兰茨·卡夫卡致菲莉斯母亲安娜·鲍威尔夫人

亲爱的母亲:

你寄来的卡片我没能及时收到。没写我办公室地址而是寄到家里的信件总会被送到店子里,然后就找不着了,特别是我母亲不在的时候,只是很偶然的才又会被发现。前一阵我曾听到传言,据说有一张写给我的明信片,说虽然读了那上面的内容,却记不清写的是什么了,现在,您的明信片也有了同样的遭遇。亲爱的母亲,谢谢您善意的关心。写给菲莉斯的信虽然也有些重要的内容,但并不紧急,放一阵子没有关系的。

你提到一直在等我的信,却迟迟没有收到,这让我很不安。你当然有理由这么想,这是顺理成章的。你们万分周到热情地迎接、款待了我的父母、姐妹和我,我完全应该心有感激之情,并向你们致谢,给你们写信。而我却没有这样做,你一定会问为什么?亲爱的母亲,这是我犯的一个错误,而你永远也不会赞同我这种做法。我清楚地知道,这不仅仅涉及一封信,而且这封信也完全不在于形式,而在于心。尽管如此,我还是没写——但我不比会写这封信的人要差,相信我。

衷心地吻你的手,并请代我问候柏林及其他地方的、你方面所有的亲人们。

你的 弗兰茨

〔19〕14.6.24

## 致格蕾特·勃洛赫

您感到奇怪,为什么我没有写信,想知道我近来是怎么了。我之所以这样,是因为许多事很难说得清楚。比如,我现在虽然睡得还是很糟,但比我上一次抱怨失眠的那段时间要好多了。我自认为找到了失眠的原因,并相应地采取了措施,可这样一来,又有其他一些东西来折磨我了。我开始害怕这一切只不过都是假相,而在这假相后面,潜伏着最大的不幸的根源,我还不能直接地知道它是什么,只有它带来的难以忍受的危害才让我感觉到它的存在。您认为我沉默的主要原因是什么呢?

脚痛到底是怎么回事?以前从没出现过类似的情况吗?

我给艾尔娜写了信,但从您信中所述来看,已经太晚了。明天我可能要去海勒劳①,已经通知了那里。下星期是否能动身还不清楚,到时写信再告诉您。董事长的到来是否使您感到荣幸?我不能再写了,有很多事情都急待要干,但有一件事比其他所有的都更加紧迫。

为了安慰一下自己的心灵并能给您写点什么,我翻了三次《圣经》,它就在我手边,终于找到了下面这段话:"因为他手中拥有地球尘世上的一切,所以高山的巍峨也属他所有。"怎么我现在又觉得这话其实也没什么意义。

致

最衷心的问候!

您的 弗兰茨·卡
〔19〕14.6.26

正打算封信的时候,偶然看到桌上的一张明信片,邮戳是夏洛藤堡。开始我不明白是怎么回事,因为我总是把信件清理得井然有序。仔细一看,原来是您提到过的宫桥的那张卡片,也不知是谁,放在了桌上不显眼的地方。现在我第一次拿到了它。我的桌上就是这样一种状态。

---

① 参见1914年6月30日日记。

〔在两行之间〕

另外,我记得前一阵还是给您写过两封信的,虽然都很短。

## 致格蕾特·勃洛赫

亲爱的格蕾特小姐:

不打电话,而是眼睛注视,您不要用这样的口气说话。我没有什么不同,只是被抛来丢去,而且手撕裂般地疼,我就用这只伤手,去握您健康的手。请您对我有些耐心吧。女人们都是有耐心的,但可能我让最好的女人也筋疲力尽了。后天您会得到一封内容充实的信,今天已经太晚了。因德累斯顿之行我给菲写了信;我十四天后到柏林。不是菲,是您使我打不定主意是否应该星期日动身去德累斯顿。

即致

衷心的问候!

你的 弗兰茨·卡
〔19〕14.6.30

## 致格雷特·勃洛赫

亲爱的格蕾特小姐:

又很晚了,看来这不会是一封内容充实的信了。我近来常在户外和水中活动,感觉却不好。身上的每一部分都感到疲倦甚至疼痛。在家时就躺在沙发上,心中不由惊叹您的工作能力,不理解为什么有的人会有这样的能力。如果开始去做一件事,又几乎抬不起胳膊将它继续下去。抱怨在我看来是世界上最多余的东西了,可我恰恰也只有抱怨的一点力气了,而且正像您看到的那样,这抱怨也没有一回是完完整整的。

记得前不久,您曾提到合写明信片的事,我考虑了一下,您说得既正确又不正确。诚然,我在柏林所得到的一切对我来说都是很重要的,但目前我还只是下意识地认识到这一点，而且我还有这样一个附加要求：希望独自拥有每一个，而不要让我接受全部；我爱每一个独立的，但不一定爱他们的整体。我不善交往，几乎成了一种病态，这不仅关系到我，还关系到所有我爱的人。这是一种病，或许是可以治愈的病吧。

菲可能已对您说了，我下星期日要去柏林，更确切地说是途径柏林去度假，但我还不知道这个星期日是否会在德累斯顿。另外，我还有一个小小的、很容易履行的义务——度假前去看望我沉浸在夏日愉快当中的姐妹。但最有可能的是，我将留在布拉格。我没有机会让大家看到我了。下星期日您在柏林吗？

就此停笔，明天再写。

即致

衷心的问候！

您的 弗兰茨·卡
〔19〕14.7.1

脚痛好了吗？到底什么毛病，董事长是如何嘉奖您的？

## 致格蕾特·勃洛赫

亲爱的格蕾特小姐：

希望信的频繁能够弥补它内容的空洞，但或许我弄巧成拙，不但没能消除一个不足，反而更增添了一份不快。其实我很想给您写信，只是太累了，写不了别的，只想衷心地问候您。如果这星期日在德累斯顿见不到您，无论如何下星期日必须在柏林见到您。这个星期日我可能会在游泳学校的地板上躺一整天，闭着双眼，感觉着四肢和肌肉中一起一伏的疲倦（这真是很有趣的一件事）。

您的 弗兰茨·卡
〔19〕14.7.2

## 格蕾特·勃洛赫致弗兰茨·卡夫卡一封信的副本或底稿[1]

这封信我前天就写了,可您今天才收到,因为我昨天才将它寄出,以便使自己有一点时间,好再思考一下,虽然没必要,但我还是这样做了,我的担心难道没有道理吗?您自己难道不是证明了我完全有理由担心吗?您昨天的信,以及今天没收到您的信这种种情况,都让我感到恐慌,而且鉴于您经常都是很守时的,我更认为这一切都不是什么好兆头。我不知应该如何表达。如果您很清楚自己的处境的话,您能否告诉我,虽然有这种种不祥之兆,我现在是否还能对这件事抱希望呢?真是不妙。我一下子看清楚了一切,而这一切使我迷惑。我一直武断地认为婚姻会给您俩带来幸福,认定应该如此,这种想法不可避免地给我自己带来一种巨大的责任,而我现在感到不再能够承担这种责任了。

我几乎想请求您,在您还没搞清楚,没作最后决定,且没能**完全**高兴起来之前,请**不要**来这里。我只简略地同菲说过几句,这些信使我几乎不敢看她的眼睛。如果您对我发火,也只能是因为我在以前的信中表现的可笑且不负责任的软弱。

弗

[19]14.7.3

## 致格蕾特·勃洛赫

我亲爱的格蕾特小姐:

这可是一封非常明确的信。可以说,我终于说服了您。这比说服菲要快,因为我们是11月份才认识的,而第一次说服菲几乎用了一年的时间,当然也要补充一句,那一年年初时,我的状况很特别,以至于说服菲所需要的时间自然也就长了些。

在我们的关系中,格蕾特小姐,几乎只涉及了一件事,即说服您(当

---

[1] 估计是给卡夫卡1914年7月1日来信的回信。

然是以我们不可动摇的——希望如此——友谊为基础）。您完全不必引用我信中的话，更确切地说，仅仅引用那些话是不够的。在涉及我的问题上，我们一共度过的时间可分为三种而不是两种，我是指您没有提及的在布拉格度过的那两天。信中的那些话，我当时就试图对您说，而当时我既没订婚，也没为争取订婚而进行努力，只是内心有些不平静而已。而因为不能回答下面这两个问题，我更感到双倍的不安：第一，如果不再同菲联系了，她会怎么样（当时您来时我同时收到了菲的一封信）？第二，我又会怎么样？这两个问题所展现出的前景使我感到无法接受，而如果我们保持联系又会怎样？当时我却没能踮起脚尖，越过各种障碍，去展望这后一种前景。

现在，我终于说服了您，格蕾特小姐，您已经开始不把我看成是菲的新郎，而是她的一个危险因素了，这一点看来已经明确了。可让人不理解的是您信的结尾部分，您真心希望菲能有一位从各方面都能与之相配的丈夫。格蕾特小姐，一个人或者是"开朗、热情、智慧而善良"，但或许正好相反，悲观、迟钝、自我封闭，追求美好却力不从心。人不可能有意识地去改变这种情况，人的性格不是水，可以从一个杯子倒到另一个杯子中去。而事实上还有更糟的，他不是一个完全健康的人，至少患有不可救药的神经衰弱，是的，的确如此，这几天的情况更无可辩驳地证明了这一点。我最近虽然以各种方式进行休养，减少了办公室的工作，可仍疲惫不堪，假设我原本是快乐的，可在这样一种状态下这快乐怎么可能持久呢？您问我将如何去面对菲，您就把这个问题丢给我，如果不是您否认了，我会认为菲知道您的这封信。

另外，今天是我的生日，这样，偶然之间，您的信还有了特别的庆祝色彩（今天除了您的信和两件小礼物外，还收到了一封使人非常不快的信，但没关系，不快使我坚强，很奇怪，是吗？）。我完全相信您的善良和真诚，并充满信任地吻您的手。

您的　弗兰茨·卡

## 尤丽亚·卡夫卡夫人致安娜·鲍威尔夫人

〔信头的花押字为"HK"〕

亲爱的安娜：

你美好、善良的来信使我感到不安，请不要因我这么长时间没回信而生气。我一直都很忙，实际上几乎没有空闲时间写信。我们俩的情形真是差不多，你为经济而烦恼，我则因店子而忙碌，但重要的是我们都很健康。听说爱米莉姨妈要找地方避暑，我们也都很高兴，布拉格天气炎热，柏林大约也是如此。这种天气，只有在乡间能最好地消除疲劳，弗朗茨巴德不是很不错吗？但无论如何她应先请教一下医生。

在弗朗茨巴德我们休养得很好。十二天前，我在马德里的弟弟来看我们也使我们很高兴，大家一起度过了美好的时光。他为没能去拜访你们感到很遗憾，他很希望能见一见我们亲爱的菲莉斯，并拥抱她。但他已经保证，明年一定再来——上帝保祐能够如此——明年他要去柏林参加一个会议，于是想借机将愉快的拜访与必须的工作联系起来，顺路去看望你们。我们还收到了你先生卡尔真诚的来信，我将争取尽快回信，并请你转给他。

我很有兴趣去布置那套房子，可惜的是，房子可能8月14日之后才能腾出来，在此之前我什么也安排不了，而这以后，我就该着手把它布置得漂漂亮亮的了。我记不得卧室或书房家具中是否包括一张可睡觉用的长沙发，应该考虑一下日后的实际，如果有客人来睡在那儿。如需要我就再给弗兰茨购置一张客人用的睡床，包括垫子、鸭绒被、床罩。请你来信讲一下尺寸，好使这些床上用品也适合菲莉斯买的那些床的大小。我当然会选白天可以收起来的那种沙发床。

我看了看钟表，发现现在已是夜里11点了。我亲爱的海尔曼去拉德索维茨孩子们那里了。我坐在这里写信，思绪却将我带到你们身边。白天我根本不可能静下来写私人信件，如果像现在这样一个人在房中，可以不被打扰，写起来就快多了。奥特拉已经睡了，弗兰茨在他房间里工作。我进屋时吓了他一跳，当时他正幸福、快活地端详菲莉斯的照片，那照片照得的确很成功，很像她本人。这页纸快写满了，我的眼睛也快睁不开了，必须停笔了，我、孩子们的父亲及孩子们衷心地问候你们，祝健康、愉快、永远和睦。衷心地拥抱你。

尤丽亚·卡夫卡<br>1914年7月4日于布拉格

## 弗兰茨·卡夫卡致菲莉斯·鲍威尔父母的信①

  我不知道，现在应该如何称呼你们，不知道你们允许我如何称呼。

  我不去了，否则对所有人来说，那都将是一种无谓的折磨。我知道你们会对我说些什么，你们也清楚我的反应会是怎样的，所以我还是不去为好。

  今天下午我也许会动身去卢卑克。我想，我们仍能够继续很好地相处，也会去这样做，即使我们都希望能建立的那种关系看来已不可能存在了。这种想法对我来说毕竟是个安慰，虽然同目前的境况相比它显得很微不足道。相信菲莉斯已说服你们接受了这个现实。我将这件事看得越来越清楚了。

  祝你们幸福。在任何情况下我都会尊重你们的，特别是看到了你们昨天的态度。不要将我留在痛苦的记忆中。

  谨致
谢意！

弗兰茨·卡

## 尤丽亚·卡夫卡夫人致安娜·鲍威尔夫人

〔信头花押字为"HK"〕

亲爱的安娜：

  我不能不这样称呼你，因为我喜欢你。即使我们的孩子分手了，但

---

① 写于阿斯卡尼亚旅店解除婚约的第二天。解除婚约时在场的有格蕾特·勃洛赫、恩斯特·魏斯及菲莉斯的妹妹艾尔娜。一名信差送交了此信。另见1914年7月23日及22日日记。

这也不应影响和动摇我们的友谊。我不能理解他们之间发生的这一切，真是弄不懂。星期二我们收到了弗兰茨从柏林寄来的信，当时我们正忙着。海尔曼将没开封的信交给我，于是我放下手里的活计，走进里屋，好在读信时不被打扰。假如有人看到我读信时的表情，肯定会吓一跳，我惊得目瞪口呆，无论如何我也想不到事情会是这样。这之后的一整天里我都感到虚弱无力，只是心里暗暗庆幸我丈夫没有问起弗兰茨都写了些什么，由于忙碌他忘记了弗兰茨的来信。直到第二天，他睡了一个好觉后，我才问他难道不想知道儿子来信都写了些什么，然后就给他读了信。你可以想象得出他的反应。你能否帮我个忙，将那封信寄给我①，我不能理解，那上面都写了些什么可怕的东西，会带来如此严重的后果。弗兰茨喜欢菲莉斯，但方式与其他人不同，这我是知道的，他从来没有能力像其他人家的孩子那样表达他的爱。正如我深深地相信，他爱我，爱得体贴入微，尽管他从未向我显示过这种爱。对他的父亲及姐妹们他也是如此，可他是你能想象出的最好的人。他把自己的钱分给穷困的同事，他对物质方面的要求很低，不需要太多的钱②。可能婚姻就根本不适合他，他一心追求的只有写作，只有写作才是他生命中最重要的，而我把希望寄托在菲莉斯的聪慧上，我对自己说，一个聪颖明智的女人有能力去改变一个男人，而我的希望落空了。也许我们也还不必灰心丧气，孩子们不应完全中断他们的友谊，他们应该再相互考验一年，结婚并不着急，他们还年轻，还可以等待。这是我的想法，请说说你是怎么看的。

今天收到我弟弟阿尔弗雷德自马德里的来信，使我的情绪又激动起来。他附寄了一张一千克朗的支票，作为给弗兰茨和菲莉斯的结婚礼物。我马上也给他回信，问一下我该如何把钱寄还给他。现在已是晚上10点了，白天我一分钟时间都没有。我送给菲莉斯的手镯让她留作纪念吧，记住她有一个慈母般的朋友。我必须停笔了，纸已经写满了。忠心地问

---

① 估计是指1914年5月初至6月底写给格蕾特·勃洛赫的一封信。这封信中的一些话表达了卡夫卡对与菲莉斯结婚的可能性的巨大怀疑。格蕾特·勃洛赫可能为了在"旅店法庭"（指阿斯卡尼亚旅店）引用，而用红笔勾选。另见卡夫卡1914年7月3日致格蕾特·勃洛赫的信："您不必引用信中的话……"

② 参见瓦根巴赫的《卡夫卡传》第149页。

候你及你的家人们。愿我们永远友好和睦。

你的　尤丽叶·卡夫卡<br>
1914 年 7 月 20 日于布拉格

代我丈夫及孩子们向你们问好。

## 尤丽亚·卡夫卡夫人致安娜·鲍威尔夫人

〔信头的花押字为"HK"〕

亲爱的安娜：

你友好的来信早已收到，很抱歉一直拖着，好久了也没回信，但我相信你会原谅我的，因为在这段灰暗的日子里烦恼太多，我的大脑似已失去了正常思考的能力。我们的两个女婿都入伍了，我们的女儿埃莉同她的两个孩子住在了弗兰茨的房间，弗兰茨则住进了贝雷克巷佩波①的房子，因为瓦莉和她的孩子还待在波米施——波德她公婆那儿。你们的女婿没参军吗？你们的亲属②中有没有人参军？布拉格的情况很不乐观，我们的店子虽然还开张，可一整天也见不到什么顾客。不过只要孩子们能很快健康地回到我们身边，所有其他的一切也就无所谓了。在这种情况下，弗兰茨的事也就自然显得不那么重要了。我们近来还要花些钱，因为必须为那套房子付半年的房租。你的孩子们都怎么样？他们已经去度假了吗？或者已经回了柏林？今年夏天的假期根本没能好好过，局势混乱，于是所有人都从疗养地、浴场和度假地赶了回来。亲爱的爱米丽姨妈怎么样？她大概还同你们住在一起吧？你的卡尔现在一定在家，因为目前所有商店的生意都不景气。我现在几乎不看报，看得越多心里越紧张。这个月 3 号还收到了我两个女婿的来信，而这以后就一直没有他们的消息，也许已从他们入伍的地方开拔了，而并不是所有的地方都通邮。我的女儿们就更加心神不宁，战场上的事是不可能安心得下

---

① 卡夫夫的姐夫约瑟夫·波拉克。
② "亲属"一词原文为希伯来－依地语。

的，只有将一切都交给万能的上帝了。你说过要来看我们，想必因这场战争而推迟了，还能成行吗？你必须遵守诺言，来我们这儿一次，所有的人都将张开双臂欢迎你。

祝愉快，衷心地问候所有的人，热烈地拥抱你们。

你的尤丽亚·卡夫卡
1914年8月7日，布拉格

代我丈夫及孩子们向你们问好。

## 致格蕾特·勃洛赫①

真是太巧了，格蕾特小姐，恰恰今天收到了您的信。我不想说出巧在什么地方，这只关系到我，以及我今天凌晨3点躺在床上时的一些想法。

您的信使我很吃惊，并不是因为写信这件事本身，为什么您不该给我写信呢？但您说我恨您，这可就不对了。就算所有的人都恨您，我也不会的，一方面我没有权利这样做，另一方面，虽然您是作为审判我的人坐在阿斯卡尼亚旅店的，但这只是表面现象（另外要说的是，对您、对我、对所有的人，那一幕都是令人厌恶的），而实际上是我坐在了您的位子上，而且直至今日也没有离开。

在菲的问题上您完全错了，为了引出一些更细节的东西我暂且不说为什么。我不能想那些细节——这次危机大大激发了我的想象能力，使我可以相信这种能力——我说我不能想那些细节，因为它们也许能够证明您并没有错。您所说的完全是不可能的。我不愿意相信是菲自己弄错了，出于某种我们不能理解的原因，而且这也是不可能的。

我一直认为您的参与和关心是真实的，且丝毫没有考虑自己，就是这一封信对您来说写起来也不那么容易了，对此我要衷心地感谢您。

弗兰茨·卡
1914年10月15日

---

① 参见1914年10月15日日记，《日记》中本信根据记忆被重写出来。

〔1914年10月27日由布拉格发出的电报〕
菲莉斯·鲍威尔，柏林，林特施特罗姆，法兰克福街137号

信即到现在慢慢感觉好些祝安。

前几个月中，菲莉斯，我们关系中涉及我的那一部分发生了不小的变化，这变化既不能用"好"也不能用"坏"来评价。我自然是一直准备着接你的电话，而且如果收到你的信，自然也马上会回的，可我却没有想过先给你写信。在阿斯卡尼亚旅店发生的一切，充分地表现出了信及所有写出来的东西是多么没有价值。但因为我的头脑还是原来的（虽然头很疼，今天正恰恰如此），所以它依然存有关于你的思维、关于你的梦。只是在我头脑中我们共同生活的情景有时有些苦涩，不过大多还是愉快、幸福的。有一次，虽然不是想给你写信，却想让别人给你带个信儿，你不会猜出那是为了什么，那是一个特别的事，入睡的时候想出来的，将近凌晨4点，这是我通常的睡第一觉的时间。

我没有想到写信，首先是因为我自认为很清楚地知道，在我们的关系中什么是最重要的。如果你常常以没有说出口的东西为依据，那么，你在很长一段时间里都犯了一个错误，这里缺少的不是表达，而是信任，正因为你不相信你听到的和看到的，于是，你就想肯定还有没说出的东西。你就不能认识左右着我一切的我的写作的力量，你也认识到了，却很不完全，正因如此，你就必然会错误地理解引起我对写作工作担忧的原因，仅仅是对写作工作的担忧，这使你迷惑，而且，你比其他人更强烈地感受到这一点（我也承认，这让人讨厌，我对此尤其厌恶），这是很自然的，并非只因为固执。看呀，对于我的写作来讲，你不仅是最重要的朋友，同时也是最大的敌人，至少从写作的角度看是如此。因此，出于自我保护，我的写作会竭尽全力反抗你，尽管它从最根本上是无条件地爱着你的，而且这会表现在任何一件小事上。比如，我想起有一天同你的姐妹们一起吃饭，几乎只有肉，假如你在场，也许我就会要点炒杏仁。

在阿斯卡尼亚旅店，我也并非是因为固执而一言不发的。当时你的

话说得非常明了,这里我不想重复了,但有一些深层的东西,即使只有两个人也几乎无法出口,尽管如此,在我长时间的沉默,或张口结舌不知所云之后,你还是将那些难以启齿的话说了出来。而在这之后,你也等了很长时间,好让我能说点什么。我现在也不再反对你带上了BL〔勃洛赫〕小姐,在给她的信中,我几乎是侮辱了你,她有权在场,但我不理解的是,你让你妹妹〔艾尔娜〕也去了,我还不怎么认识她呢。但她们两人的到场也并没有太多地干扰我。我很有可能在能够说出一些关键性的话的时候因固执而沉默,这是完全可能的,但当时我根本没有什么关键性的话可说。我看到,一切都已失去了,我也看到,即使在最后的一刻,我也能够以任何一个意外之举挽救这一切,但我没有什么意外之举。无论当时还是现在,我都同样喜欢你,我看见,你沉浸在痛苦之中,我知道,因为我,你无辜地忍受了两年,即使有责任的人也不应忍受这么多。但我也看到,你不能理解我的处境。我还能怎么做呢?也只能像当时那样,一同坐车,一路沉默着或说些蠢话,听那个有趣的马车夫讲故事,边注视着你边想:这是最后一次了。

  我说你不能理解我的处境,其实是说明我不知道你到底应该怎么做,如果我知道,我不会不告诉你的。我总在不断尝试着向你解释我的处境,你其实也理解了,但却不能在活生生的现实中去面对它。无论过去还是现在,我心中一直有两个人,在相互斗争。一个几乎与你希望的一样,他所缺少的、用以满足你愿望的东西,可以通过以后的发展去弥补,你在阿斯卡尼亚旅店的责难没有一条是涉及他的。而另外一个则一心只想着写作,写作是他唯一关心的事,为了写作,他可以去做最无耻的事,假如他最好的朋友去世了,他最先想到的竟是他的写作会因此受到阻碍,即使这只是一瞬间的想法,也可被称为是很无耻的行为,而作为弥补这种无耻行为的,则是他为了写作也能够忍受痛苦。这两个人在斗争,但那不是挥拳猛击对方的、真正意义上的斗争,前者依赖于后者,因为内部的原因,他永远没有能力打垮对方,而实际上,他会为对方的高兴而高兴,一旦对方露出失败的迹象,他就会跪倒在他对手面前,除了他不想再看到任何东西。就是这样,菲莉斯。他们是在斗争,你也可以同时拥有他们俩,只是你无法改变他们,除非将他们毁坏。

而实际上，你当时本应完完全全地认识到这一切，本应认识到，所有的这一切也是因你而发生，明白我的写作所需要的东西既非执著、也非好的情绪，而是帮助，一部分是其本身所需，另一部分是写作造成的特别恶劣的生活境况所要求的。另外，看看我现在是如何生活的吧：我现在独自住在我大姐家，因姐夫上了战场，她住到了我父母家。如果其他的因素，特别是那家工厂不来打扰我，我一天的时间安排如下：2点半以前上班，然后在家吃午饭，接着看报、写信或做办公室里的工作，大约一至两小时，然后上楼去回到我自己的房间（你知道的），或睡觉或睡不着躺着，直到9点，再下楼和父母共进晚餐（多好的一次散步），10点又能力量充足地回到自己的房间，毫无睡意地待地那里，直至气力耗尽，承受不住对明天上午的恐惧，对办公室里头痛的恐惧。今天晚上是我近三个月来第二次没有写作，第一次大约是一个月前，那天我太累了。前一阵我还休了十四天假①。在这期间，我的时间安排当然有所变动，在这短暂的十四天的忙碌之中，只要时间允许，我就尽量安排得紧凑，但心里仍担心着时间一天天地过去。平均起来，我在办公桌前要坐到凌晨5点，有一次到7点半，然后去睡觉，假期的最后几天，我已能成功地真正入眠，能一直睡到下午一两点钟，然后我就有了真正的空闲时间，下午到晚上都是我的假期。菲莉斯，从我假期这段日子的安排中，也许你看到了另一种生活方式的可能性，但我其余时间的生活方式你却不能认可，或者说至少迄今为止还不能自觉自愿地认可。我或坐或躺，按照我自认为适当的方式过着每一天的每一小时。我独自待在这三间一套的静静的房间里，身边没有任何人，我的朋友也不在，每天，只有在从办公室回家的路上的几分钟才同马克斯在一起。我不快乐，这毫无疑问，但有时我很满足，毕竟，在这种情况下，我尽到了我应尽的责任。

我一直不讳言我的这种生活方式，它一直是一个问题，一种尝试。在回答这个问题时你没有说"不"，但你说的"是"并没有包括这个问题的全部，而这个漏洞你是用"恨"来弥补的。也许这个词过于激烈了，或者得说是用"厌恶"，那是从你在法兰克福的时候开始的，我不知道

---

① 1914年10月5日—19日，参见10月7日—15日日记。

直接的起因是什么，也许根本也就没有，反正在你从法兰克福寄来的信中开始有了这种厌恶。表现在你对我对你的担心的反应上，表现在你的冷淡上，也许当时你自己都没有意识到这一点，但后来你应该看出来了，那是恐惧。后来有一次在动物园，你多次提到了这种感觉，而这种感觉往往不是让你忍不住去谈论它，而是使你绝口不提，而有时，它则表现为对我生活方式的厌恶，进而也是对我目标的间接的厌恶。你是不能接受我的这些目标的，因为它伤害了你。我看到了，你是怎样地眼噙泪水地听 W.〔魏斯〕博士讲话——那是恐惧；我看到了，我去你父母那里之前的那个晚上，你是怎样地在答话的时候词不达意——那是恐惧；我看到了，在布拉格，你是怎样地抱怨我——那也是恐惧（当然，有的例子也许并不完全恰当），我用"恐惧"一词代替了"厌恶"，但这两种情感是相互交融的。在阿斯卡尼亚旅店，你最后所说的，难道不是这一切，一切的总爆发吗？当你听到自己所说的一切的时候，你还能怀疑我说的这一点吗？难道你不是甚至应该说你可能迷失了自己，如果你……就是在你今天这封信中，菲莉斯，我也找到了许多地方，那字里行间似乎仍流露出了这种恐惧。菲莉斯，你不能误解我。这种厌恶是存在的，但在所有人面前，你决心抗拒这种厌恶。在快乐的时候，我自己也曾希望这一切能有个好的结局，但这一点我现在不打算谈。你想让我对我最后的行为有个解释，我一直看到了你的恐惧、你的厌恶，这就是解释。我有义务管好我的写作，是它给了我生存的权利，而你的恐惧告诉我，或者说使我（带着百倍的、不能忍受的恐惧）担心，这对我的写作是个巨大的威胁。正像你所写道的："我心情焦躁，精神崩溃，感到精疲力竭。"我又何尝不是如此？在我心中，这两方面的思想还从未如此激烈地斗争过，于是，我给勃洛赫小姐写了那封信，但也许在那封信中，我还是没有能完全解释清楚我为什么会那么害怕，而这以后，在阿斯卡尼亚旅店，你对此作了自己的解释，在此我不应再重复了。最明显的一个例子是我们在房子问题上的分歧，你设想中的每一点都使我感到吃惊，而我又提不出新的建议，自然只好承认你是对的。只是你自己却不应自以为正确。其实你并没有什么非分之想：无非是一个宁静的、布置温馨的家，像你我双方亲人们所拥有的那样的家，除此之外，你并不要求更多（你今天的来信中又提到了这一点），但这些普通家庭所拥有的一切你也都想完全拥有。记得我曾请求你不要在教堂举行那些仪式——那几乎已是我最后的一个顾虑了，可你却不置可否，我担心地认为你生气了，而在阿斯卡尼亚旅店你真的提到了此事。你对家的种种设想又说明了什么呢？说明你与其他人都能和谐统一，与我却不能。别人心目中的家与我想象中的不同，这无可非议，但这些人一旦结婚基本上就满足了，婚姻对他们来说只是最后一次盛大而美好的事情，而对我却并非如此，我不会满足，对我来说，婚姻并非是一桩年复一年、不断发展的生意，我不需要这样一个归宿，好在这宁静的港湾中经营这桩生意，我之所以这样想不只是因为我不需要这样一个家，更因为它使我感到恐惧，我如此地渴求进行我的写作，这想法使我软弱，而我将要做的一切却是与我的写作相对立的。这种情况下如果我按照你的想法安置一个家，则意味着我要将这种与写作相对立的情况永远维持下去——这即使还没变成事实，至少也已显现出这种迹象了——而这是我所能做的、最糟的事了。也许我该将我的话退一步说，以便使它们更加确切。你完全有理由问我，我希望你对这个家有个什么样的设想，而我却答不上来。对我的写作最适合的、最好的是将一切都抛开，在随便什么地方找一个五层以上的房子，但不要布拉格，在其他地方，但是，你我无论如何是都不可能适应这种自讨苦吃的生活的，但或许你还会比我更适应一些呢，只是我们当中谁也没有去尝试过罢了。我希望你会提出这样的建议吗？不会的。虽然我会为这样的建议而高兴，但我并没有指望你会这样做。也许会有一条中间道路，肯定会有的，如果，是的，如果不是因为那种恐惧，因为那种厌恶，使你不能把握对我及我们共同生活至关重要的东西，你一定会毫不费力地找到那条中间道路。我仍然可以寄希望于我们今后也许能够协调一致，但那只是希望，当时的情况并不是我所希望的，这当然使我害怕，我必须保护自己，也只有这样，你才会得到一个有生命的我。

那么，你也许会说，这一切感受你也曾有过，同我一样，你也曾觉得没有安全感，也有理由感到恐惧，但我却不这样认为。从我的本心讲我是爱着那个真实的你的，只有当我的写作受到妨害时，我才会感到恐惧。因为我很爱你，才只有帮助你去保持自己。至少这种假设的说法并非完全符合事实，你没有安全感，但你是希望有完完全全的安全感吗？一直希望吗？是完完全全的吗？

我说的这一切已不是什么新东西了，也许略微重新组织了一下，但不是新东西，唯一不同的是，它不是在我们曾有过的定期的书信往来中写成的，而且，是你希望我能写出这些想法，所以我期望着能够得到一个明确的答复。我盼望着你的回信，你必须回信，菲莉斯，即使你在信中反驳我。我焦急地等待着。昨天直到很晚的时候，信还没有写完，我就睡下了，睡了一小会儿，醒来后直到清晨就基本上再也没睡着，于是，我们在那最难熬日子里的忧虑及痛苦——这的确是我们共同的感受——再次涌上心头。这感受完整地保留着，一旦将它们唤醒，就会发现，这痛苦并没有一丝一毫的减退。它们不断地折磨你，挥之不去。曾有几次我几乎在想，我可能是干了件蠢事，可又不知道如何拯救自己。你要回信给我，收到信后最好还能打个电报过来。

你还提到了同艾尔娜通信的事，你说给你回信时，我应该不考虑和她的通信。我不明白你指什么，而恰好明天我就要给埃尔娜写信，我还会告诉她，我给你写了信。艾尔娜一直对我很好，对你也是如此①。

弗兰茨
1914年10月底或11月初

〔1914年11月3日由布拉格发出的电报〕
〔信头的花押字为"HK"〕

菲莉斯·鲍威尔，柏林，法兰克福街137号

信已寄出顺致问候。

---

① 在菲莉斯的亲戚中，卡夫卡对艾尔娜的评价最高。在他第一次去鲍威尔家做客时（1913年圣灵降临节），她待卡夫卡就比其他人更加友好。婚约解除后他离开柏林时，艾尔娜送他到莱特火车站。"E.虽然目睹了法庭上〔阿斯卡尼亚旅店〕的一切，对我仍然很好，甚至不可思议地信任我。"